哈佛百年经典

约婚夫妇

[意]亚历山德罗·曼佐尼◎著
[美]查尔斯·艾略特◎主编
牟利璘◎译

北京理工大学出版社
BEIJING INSTITUTE OF TECHNOLOGY PRESS

图书在版编目（CIP）数据

约婚夫妇 /（意）曼佐尼（Manzoni，A.）原著；牟利璘译.—北京：北京理工大学出版社，2013.11（2019.9重印）

（哈佛百年经典）

ISBN 978-7-5640-7728-0

Ⅰ. ①约… Ⅱ. ①曼… ②牟… Ⅲ. ①长篇小说－意大利－近代 Ⅳ. ①I546.44

中国版本图书馆CIP数据核字（2013）第106697号

出版发行 / 北京理工大学出版社有限责任公司
社　　址 / 北京市海淀区中关村南大街 5 号
邮　　编 / 100081
电　　话 /（010）68914775（总编室）
82562903（教材售后服务热线）
68948351（其他图书服务热线）
网　　址 / http: //www.bitpress.com.cn
经　　销 / 全国各地新华书店
印　　刷 / 三河市金元印装有限公司
开　　本 / 700 毫米 × 1000 毫米　1/16
印　　张 / 37
字　　数 / 523千字
版　　次 / 2013 年 11 月第 1 版　2019 年 9 月第 2 次印刷
定　　价 / 99.00元

责任编辑 / 钟　博
文案编辑 / 钟　博
责任校对 / 周瑞红
责任印制 / 边心超

出版前言

人类对知识的追求是永无止境的，从苏格拉底到亚里士多德，从孔子到释迦摩尼，人类先哲的思想闪烁着智慧的光芒。将这些优秀的文明汇编成书奉献给大家，是一件多么功德无量、造福人类的事情！1901年，哈佛大学第二任校长查尔斯·艾略特，联合哈佛大学及美国其他名校一百多位享誉全球的教授，历时四年整理推出了一系列这样的书——《Harvard Classics》。这套丛书一经推出即引起了西方教育界、文化界的广泛关注和热烈赞扬，并因其庞大的规模，被文化界人士称为The Five-foot Shelf of Books——五尺丛书。

关于这套丛书的出版，我们不得不谈一下与哈佛的渊源。当然，《Harvard Classics》与哈佛的渊源并不仅仅限于主编是哈佛大学的校长，《Harvard Classics》其实是哈佛精神传承的载体，是哈佛学子之所以优秀的底层基因。

哈佛，早已成为一个璀璨夺目的文化名词。就像两千多年前的雅典学院，或者山东曲阜的“杏坛”，哈佛大学已经取得了人类文化史上的“经典”地位。哈佛人以“先有哈佛，后有美国”而自豪。在1775—1783年美国独立战争中，几乎所有著名的革命者都是哈佛大学的毕业生。从1636年建校至今，哈佛大学已培养出了7位美国总统、40位诺贝尔奖得主和30位普利策奖获奖者。这是一个高不可攀的记录。它还培养了数不清的社会精英，其中包括政治家、科学家、企业家、作家、学者和卓有成就的新闻记者。哈佛是美国精神的代表，同时也是世界人文的奇迹。

而将哈佛的魅力承载起来的，正是这套《Harvard Classics》。在本丛书里，你会看到精英文化的本质：崇尚真理。正如哈佛大学的校训："与柏拉图为友，与亚里士多德为友，更与真理为友。"这种求真、求实的精神，正代表了现代文明的本质和方向。

哈佛人相信以柏拉图、亚里士多德为代表的希腊人文传统，相信在伟大的传统中有永恒的智慧，所以哈佛人从来不全盘反传统、反历史。哈佛人强调，追求真理是最高的原则，无论是世俗的权贵，还是神圣的权威都不能代替真理，都不能阻碍人对真理的追求。

对于这套承载着哈佛精神的丛书，丛书主编查尔斯·艾略特说："我选编《Harvard Classics》，旨在为认真、执著的读者提供文学养分，他们将可以从中大致了解人类从古代直至19世纪末观察、记录、发明以及想象的进程。"

"在这50卷书、约22000页的篇幅内，我试图为一个20世纪的文化人提供获取古代和现代知识的手段。"

"作为一个20世纪的文化人，他不仅理所当然的要有开明的理念或思维方法，而且还必须拥有一座人类从蛮荒发展到文明的进程中所积累起来的、有文字记载的关于发现、经历以及思索的宝藏。"

可以说，50卷的《Harvard Classics》忠实记录了人类文明的发展历程，传承了人类探索和发现的精神和勇气。而对于这类书籍的阅读，是每一个时代的人都不可错过的。

这套丛书内容极其丰富。从学科领域来看，涵盖了历史、传记、哲学、宗教、游记、自然科学、政府与政治、教育、评论、戏剧、叙事和抒情诗、散文等各大学科领域。从文化的代表性来看，既展现了希腊、罗马、法国、意大利、西班牙、英国、德国、美国等西方国家古代和近代文明的最优秀成果，也撷取了中国、印度、希伯来、阿拉伯、斯堪的纳维亚、爱尔兰文明最有代表性的作品。从年代来看，从最古老的宗教经典和作为西方文明起源的古希腊和罗马文化，到东方、意大利、法国、斯堪的纳维亚、爱尔兰、英国、德国、拉丁美洲的中世纪文化，其中包括意大利、法国、德国、英国、西班牙等国文艺复兴时期的思想，再到意大利、法国三个世纪、德国两个世纪、英格兰三个世纪和美国两个多世纪的现代文明。从特色来看，纳入了17、18、19世纪科学发展的最权威文献，收集了近代以来最有影响的随笔、历史文献、前言、后记，可为读者进入某一学科领域起到引导的作用。

这套丛书自1901年开始推出至今，已经影响西方百余年。然而，遗憾的是中文版本却因为各种各样的原因，始终未能面市。

2006年，万卷出版公司推出了《Harvard Classics》全套英文版本，这套经典著作才得以和国人见面。但是能够阅读英文著作的中国读者毕竟有限，于是2010年，我社开始酝酿推出这套经典著作的中文版本。

在确定这套丛书的中文出版系列名时，我们考虑到这套丛书已经诞生并畅销百余年，故选用了“哈佛百年经典”这个系列名，以向国内读者传达这套丛书的不朽地位。

同时，根据国情以及国人的阅读习惯，本次出版的中文版做了如下变动：

第一，因这套丛书的工程浩大，考虑到翻译、制作、印刷等各种环节的不可掌控因素，中文版的序号没有按照英文原书的序号排列。

第二，这套丛书原有50卷，由于种种原因，以下几卷暂不能出版：

英文原书第4卷：《弥尔顿诗集》

英文原书第6卷：《彭斯诗集》

英文原书第7卷：《圣奥古斯丁忏悔录 效法基督》

英文原书第27卷：《英国名家随笔》

英文原书第40卷：《英文诗集1：从乔叟到格雷》

英文原书第41卷：《英文诗集2：从科林斯到费兹杰拉德》

英文原书第42卷：《英文诗集3：从丁尼生到惠特曼》

英文原书第44卷：《圣书（卷Ⅰ）：孔子；希伯来书；基督圣经（Ⅰ）》

英文原书第45卷：《圣书（卷Ⅱ）：基督圣经（Ⅱ）；佛陀；印度教；穆罕默德》

英文原书第48卷：《帕斯卡尔文集》

这套丛书的出版，耗费了我社众多工作人员的心血。首先，翻译的工作就非常困难。为了保证译文的质量，我们向全国各大院校的数百位教授发出翻译邀请，从中择优选出了最能体现原书风范的译文。之后，我们又对译文进行了大量的勘校，以确保译文的准确和精炼。

由于这套丛书所使用的英语年代相对比较早，丛书中收录的作品很多还是由其他文字翻译成英文的，翻译的难度非常大。所以，我们的译文还可能存在艰涩、不准确等问题。感谢读者的谅解，同时也欢迎各界人士批评和指正。

我们期待这套丛书能为读者提供一个相对完善的中文读本，也期待这套承载着哈佛精神、影响西方百年的经典图书，可以拨动中国读者的心灵，影响人们的情感、性格、精神与灵魂。

主编序言

亚历山德罗·曼佐尼伯爵于1785年3月7日出生在意大利米兰。他曾先后在卢加诺、米兰和帕维亚接受教育，获得学位后赴巴黎，和母亲一起生活。在巴黎，他发现母亲与孔多塞夫人及一批18世纪的理性主义者交往甚密。这些交往曾一度使曼佐尼对宗教产生了怀疑。后来，他皈依了天主教，至死笃信不移。为了捍卫这一信仰，曼佐尼曾著书反对信奉新教的历史学家西斯蒙第。曼佐尼热烈支持祖国争取政治上的独立，但是他并不积极参与民众运动。意大利终获独立后，曼佐尼被任命为参议员，享受政府津贴。1873年5月22日，曼佐尼在米兰逝世。

曼佐尼最重要的文学作品是他的诗歌、剧作和小说。在诗歌方面，他写下了一些以饱含宗教热忱而著称的圣歌和两首颂诗——《五月五日》和《一八二一年三月》。前一首为哀悼拿破仑的逝世而作，使他一举成名。他的两部剧作——《卡马尼奥拉伯爵》和《阿德尔齐》，集中体现了曼佐尼力图把意大利戏剧从古典主义的束缚中解脱出来的意图，但两部作品在意大利都反响平平。歌德却对《卡马尼奥拉伯爵》给予了极高的评价。曼佐尼的一篇序文为推崇浪漫主义，反对古典主义戏剧“三一律”的束缚起到了重要作用。然而，意大利人却还不大能接受这种取代了精美文风和传统形式而对人性如实处理的方式。

曼佐尼的杰作《约婚夫妇》（1825—1826）受到的评价褒贬不一。这是一部历史小说，创作于威弗利小说盛行之际，这股流行之风曾在欧洲范围内引发了同类型小说的创作风潮。因此，人们对这本在英国通常被叫作“约婚夫妇”的书的兴趣是出于心理和感情因素而非外在因素。小说叙述的故事发生在1628年至1631 年间的伦巴第地区，故事情节围绕一对农村青年男女的爱情受到当地恶霸的阻挠而展开。小说极其生动地展示了那个时代的风土人情，其中，尤其值得一提的是对1630年肆虐米兰的大瘟疫（见第31 ~ 37章）所进行的细致的描述。该小说是当代意大利最杰出的小说之一，被翻译成各种语言。

晚年的曼佐尼对意大利文学该用何种方言作为标准语言这一长久以来的争议产生了兴趣。他相信托斯卡纳方言会担此重任，于是重写了整部小说，去掉了所有非托斯卡纳方言，1840年得以出版。曼佐尼的这一举动重新激发了对意大利民族文学语言这一问题的讨论，时至今日，讨论还在继续。随着《约婚夫妇》修订版一起出版的类似其续篇，创作时间要比修订版早十几年。该小说说教过多，被普遍认为不如《约婚夫妇》。在国内外，曼佐尼的名声主要来自这本《约婚夫妇》，该小说在世界名著中占有一席之地，不仅因其对17世纪的意大利生活令人称羡的描写，更因其对人类情感及经历忠实而感人的呈现。

上文提到了《约婚夫妇》所谓的续篇，其文学价值实难与前者相提并论，所以较曼佐尼更有名的作品来讲，这部续篇不容易读到，因此下文将对其内容做一些介绍，读者们可能会有兴趣了解。

在小说《约婚夫妇》第三十二章末，曼佐尼提到了米兰的涂毒者事件。涂毒者被怀疑在建筑墙上涂毒以传播瘟疫。但作者另择篇幅详细叙述了此事。

1630年7月的一个早上，米兰的一位妇女站在窗边，她看见一位男子走进了德拉维特拉德齐塔达尼大街。男子手拿一张纸，正在上面写着什么，他不时地把手伸向墙壁。这位妇女突然想到这位男子可能是位“涂毒者”。她开始散布怀疑，结果该男子被捕。原来该男子名叫皮亚扎，是卫生法庭的一名专员。换在平常时期，经过一番自我陈述他本会立即被无罪释放。但是，肆虐的瘟疫使老百姓和法官都陷入了恐惧和痛苦中，他们惊慌失措，急于将这种恐惧和痛苦发泄在任何制造者身上。于是，皮亚扎受到了严刑拷打，经过了一而再的可怕折磨，他被迫招供，并牵扯出了一位无辜的理发匠。皮亚扎说理发匠给了他药膏，还承诺给钱让他把药膏涂抹在房子上。紧接着，这位叫莫拉的理发匠被捕了，遭受了相似的非法和无耻的惩罚，直到他也招供了，反过来把过错推给了皮亚扎。在受到赦免这一虚假承诺及他们需要做什么的暗示之下，他们指控另外几人是他们的同谋或是主谋，这批人也被投进了监狱。尽管莫拉和皮亚扎的证词在许多方面都互相矛盾，而且两人也几次翻供，但法官置之不理，也没有兑现赦免的诺言，判处了这两人死刑。两人坐上刑车，被押赴刑场，一路上，他们的身体被火红的烙铁烫得皮开肉绽，经过莫拉的理发店时，两人的右手也被砍掉了。两人均被处以车裂刑，头及四肢被分别系于五车车轮上，然后马拉车分驰而行，将两人从地上拽起来，六小时后，两人被活活撕裂致死。两人都毅然忍受着这一切，在此之前，他们声称过自己无罪，翻过供，也为所谓的同谋开脱过。莫拉的房子被拆除了，上面竖起了一根柱子，人称“臭名昭柱”。这个柱子在1778年才被毁掉。

在残杀了这两个可怜的人后，法官们开始对另外几名牵扯进该案的人提起诉讼，其中一位叫帕迪拉的官员也受到牵连，他是米兰城堡司令官的儿子。几位受牵连的人也跟莫拉和皮亚扎一样，受到了折磨，最终被处死，但帕迪拉的案子拖了两年，最终他被判无罪。

尽管早前维里在《论酷刑》中已就这一反映司法残暴的故事进行了一定程度的梳理，但曼佐尼还是急于表明，尽管允许使用肢刑架的法律是邪恶的，但罪责不在法律而在法官。因为哪怕是严酷刑法也禁止法官使用此案中的法官对犯人所用的方法，整个事件的非法和残暴应归咎于法庭。疯狂而无知的民众急于看到犯人付出血的代价，为满足民众的这一心理，法庭便不惜一切代价，急于去定罪。

曼佐尼对米兰事件的叙述相当婉转和艺术化，但这些事件恐怖的性质以及作者对一群惊慌失措的暴民内心的展示，赋予了作品骇人的吸引力。

查尔斯·艾略特

目录 Contents

第一章

科摩湖的一条支流，顺着山麓向南流淌；两岸山峦叠嶂，连绵不绝，凹凸蜿蜒，使水流聚成了无数水湾和深潭。突然，科摩湖变窄了，细流成河，右岸是高耸的岬角，左岸是宽阔的湖岸。联结那儿两岸的一座桥，似乎使这种变化显得更易入眼，这也标志着科摩湖的终结，阿达河的开始。然而，两岸又向两边收缩，使水面拓宽，水流形成了新的水湾和深潭，湖泊再次成形。

这一片湖滨地区原是由三股强大的急流冲刷下来的泥沙淤积而成，它紧紧依偎着两座毗邻的山峰，一座叫圣马尔蒂诺，另一座在伦巴第方言中被称作锯齿山，因为它的山脊从侧面望去恰似一把大锯的锯齿。因此，无论是谁，只要在其对面，例如在米兰的城墙上，向北远眺，准能在这连绵不绝的山峰中，将它与其他默默无闻、形状普通的山峰区分开来。此处相当长的一段湖岸是不断向上的缓缓斜坡。而后，由于两座山峰互相交错和湖水不断冲刷，湖岸时而形成山丘，变成峡谷，时而转为绝壁，降成平原。几条河流入湖的地方，湖岸被流水分割成一段一段的，沙砾和卵石遍布其间；其余平坦的地方则是田野和葡萄园，一些小镇、村庄和农舍错落有致地点缀其间；还有几簇丛林，顺着山脊一直蔓延至山上。

莱科是这一带最重要的一个镇，所以方圆左右的地方都因其而得名。该镇离桥不远，坐落在湖畔。每当湖水高涨的时候，它就像是站在湖中央，其中一部分村镇被淹没。现在，莱科已经是个大镇，有望发展成为一个城市。在我们将要叙述的故事发生的年代，该镇的地位已显得相当重要，因此做了军事要塞，于是幸得一位司令官坐镇于此的殊荣，以及一队由西班牙士兵组成的固定的卫戍部队驻军于此的好处。这些士兵教会镇上的少女和少妇如何保持端庄稳重，还时不时地让某个丈夫或某个父亲领略拳头的甜蜜滋味。到了夏末，他们总是不失时机地潜入各个葡萄园，摘取树上的果实，也好减轻农民采摘葡萄的劳苦。

在那个时候，而且时至今日，从一个镇到另一个镇，从高山到湖滨，从这个山岗到那个山岗，有许多大路和小径相通。这些路有的陡峭，有的稍缓，有的还相当平坦。它们有的隐于鹅卵石所砌成的墙之间，被古老的常春藤所打扮。常春藤的根长进了水泥路基，蔓延开来，缠绕在墙体上，将墙体的墙面装点得绿意盎然。有一部分小路隐匿在覆盖有常春藤的两墙之间，行人走在里面，举目而视，只能看见一小块蓝天和邻近的山峰。有的小路呈梯形，它们或位于平原的边缘，或从斜坡的坡面伸出来，就像一段由墙体支撑的长楼梯，这些墙体像壁垒一样护着山坡两侧。不过，位于小径两侧的墙体只有胸墙那么高，游客可以将一切变化多姿的美丽景色尽收眼底。向墙的一边望去，可以清楚地看到蔚蓝的湖面以及湖岸在平静湖水中的倒影；向另一边望去，阿达河刚好穿过了大桥的桥拱，拓宽的河面重新又形成了一个小湖，湖水蜿蜒而流，直至天际；向上望去，层峦叠嶂的山峰悬于头顶；向下望去，可以看到原野、犁过的梯田，还有桥；向对岸望去，可以看到湖岸以及在此升起的山界。

1628年11月7日傍晚，唐阿邦迪奥先生在散了一会儿步以后，沿着一条小径，悠闲自得地踱步回家，他是上述某一村庄的神甫（作者并未提及该镇的名字，已经有两处空白了）。神甫唐阿邦迪奥安静地做着祷告，时而在诵读两段圣诗的间隙，将《日课经》合上，右手食指夹在书中做个记号，而后又背着双手（拿书的右手放在左手中），眼睛望着地面继续前行。有时，他会将小径上的挡路石踢向墙边，如此一来，他便可以更加安静地倾听脑子里的杂念。与此同时，他的嘴不自觉地重复着晚祷。神甫抬眼朝耸立在对岸的山峰望去，他习惯性地凝视着夕阳的余晖，此时，夕阳钻进对岸山脉的裂缝，重峦叠嶂被一束束不均衡的光线照耀成了玫瑰色。接着，神甫重新翻开了书，又诵读了一段，就走到了小径转弯的地方。平时他每次走到这里的时候，总是要把目光从经书上抬起，向前面望一望，这天也不例外。拐弯之后，路笔直向前，走大约60码，就到了三岔路口，小路在这里一分为二，成“Y”字形。右边的小路沿着山冈向上，一直通往神甫的宅邸，左边的小路则向下通到山谷，尽头处是一条小河；路两边的矮墙不到两尺高。两条小路的内墙不是在拐角处相交，而是终结于一个壁龛，其上画着一些细长的、好像蛇游动的图案，顶端尖尖的。按照画师的构思和附近老百姓的理解，这些图案表示火焰；而烈火之中的一些怪模怪样的图像，则是代表炼狱中的鬼魂。火焰与鬼魂均呈砖色，绘在灰色的背景上。墙上某些地方的灰泥已剥落，露出斑驳的墙壁，给这些图案增添了生气。在小路的转弯处，神甫像往常那样朝前面的圣龛看时，突然看见了他意想不到，而且也是他很不情愿看到的事情：两个人面对面地待在两条小路的汇合处，其中一人正跨坐在矮墙上，靠外墙的一条腿悬空荡着，另一条腿支撑在路面上。他的同伴斜靠在墙上，双臂交于胸前。他们的穿着、举止，以及从神甫现在所处位置能够观察到的他们的表情，能清楚地看出他们的身份。这两个人头上都戴着一顶织成网状的绿色宽边帽子，上面装饰着一个大流苏，一直落到左肩上；帽子下面，露出一绺卷发，披覆在前额；两撇长长的髭须，在嘴唇上翘起；身上束着一条发亮的皮带，上面挂着两支手枪；脖子上挂着一只装满火药的牛角，垂到胸前，像一条项链；下身穿着宽松的灯笼裤，右边口袋里露出一把匕首的长柄；左腰悬挂着一把带铜柄的长剑，剑柄上镂刻着数字图案，被擦拭得精光锃亮。凭这一切，只消一眼便可以认出他们是两个暴徒。

这类人现已销声匿迹了，可是在当时的伦巴第却尤为猖獗，而且，自古以来就混迹于世。倘若有人不知晓他们，这里不妨援引若干真实的材料以清楚地展示其主要特征，以及他们顽强的、旺盛的生命力，虽然官方想竭力予以铲除，却始终未能成功。

1583年4月8日，身为卡斯特尔维特拉诺亲王、特拉诺瓦公爵、阿沃拉侯爵、布杰掩伯爵、西西里海军司令兼统帅、米兰总督和西班牙国王派驻意大利的全权代表的最尊敬高贵的堂卡洛·德·阿拉贡大人，“洞察由于强徒和浪人的骚扰，米兰城陷入不能容忍的混乱的情景”，颁布公告驱除此类人。公告指出：“不论外来人或本地人，凡没有正当职业，或虽有职业而不从事本职工作却投靠某些绅士贵族、官员或商人，不论收受酬劳与否，助其行凶作恶或坑害他人确有实据者，均属所禁之列，应以暴徒流氓论处……”公告勒令所有这些人在六日之内离境，拒不服从者将被判处划桨苦役，并授予所有司法人员异常广泛无限的权力以执行此令。然而，在第二年的4月12日，这位大人发现，“这座城市依然充斥着上述地痞流氓……他们依旧横行霸道、恶习不改，人数也没有减少”，于是又颁布了一条更为严厉和引人注目的法令，法令宣布：“凡本城之居民（含外来人员），一旦经两名证人揭发，被指控为强徒，纵然未曾发现犯下任何罪行……但仅此一端，无须其他佐证，即着法官团或一名法官审理，严刑讯问，施以吊刑……倘若此类分子拒不招供，即可根据上诉指控，判以三年苦役。”“总督大人令出必行，望各位遵从。”

这位尊贵的大人如此信心十足的豪言加上这些惩处条例，如雷贯耳，使人没法不相信，所有的强徒定会永远消失。但是，另一位权威不逊于他、称号不比他少的阁下的证言使我们不得不相信实际情况与此恰恰相反。这就是卡斯蒂利亚统帅、国王陛下的侍卫长、弗里亚斯公爵、哈罗和卡斯特尔诺沃伯爵、维拉斯科家族及拉腊七位王子的府主、米兰总督……最尊敬高贵的让·费尔南兹·德·韦拉斯科阁下。1593年6月5日，他也充分获悉“这些暴徒和流氓造成了众多损失和破坏……并且无视法令，严重危害了公众利益”，于是，他再次限令这些人在六日之内离境，并且几乎逐字逐句地重申了前任总督的处罚办法和威胁。及至1598年的5月23日，“他极其不悦地得知……在这个城邦，那些人（暴徒和流氓）的数量与日俱增，日夜均有这些暴徒和流氓的残害、凶杀、抢劫及其他犯罪行为的信息传来。且这些暴徒相信有主子为其撑腰，更加有恃无恐……”这位新总督又重申禁令，并加重了惩治的力度，就好像人们下猛药对付顽疾一样。公告最后宣称：“为此，每个人都必须切实遵守本公告的各项条款，如若有人试图以身试法，总督大人将严惩不贷……总督大人决心坚定，特作此最后的告诫。”

然而，弗恩特斯伯爵、米兰城邦司令兼总督——最尊敬高贵的唐佩德罗·恩里克斯·德·阿塞韦多阁下却并不认同上述做法，而且有其充分的理由，“因为他也得到消息说，由于暴徒泛滥，这个城邦之国面临惨不忍睹的境况……他决心要根除这些罪恶的根源”，遂于1600年12月5日颁发了一条新的、充满严厉惩处条例的法令，“坚决不折不扣、绝不手软地严格执行此令”。

然而，我们必须承认，阿塞韦多阁下对驱除暴徒一事并没有全力以赴，至少比起他策划阴谋诡计并煽动别人反对他最大的敌人亨利四世这件事，他此次没有竭其所能。历史告知我们，他成功地武装萨沃伊公爵以反对国王亨利四世，却使该公爵丢失了自己的城堡；他也成功地唆使庇隆公爵反叛，却害得他丢了脑袋。但是，到1612年9月22日为止，暴徒这一恶毒的种子仍在继续萌发。因此，在22日这一天，伊诺霍萨侯爵、贵族、总督，最尊敬高贵的唐·乔凡尼·德·门多萨阁下考虑要严厉地根除这一邪恶种子。为了达到这一目的，他把那经过修改和补充的、上文提到的公告送到宫廷御用印刷师潘多尔夫和马科·图利奥·莫拉塔斯蒂处，令其印刷发表以铲除暴徒。然而，暴徒们依旧繁衍，孳生不息。到1618年12月24日，他们遭到来自费里亚公爵……总督……最尊敬高贵的戈麦斯·苏亚雷斯·德菲圭罗亚阁下相似但更为严厉的打击。然而，他们并没有因为这样的打击而灭绝。1627年10月5日，最尊敬高贵的贡扎罗·费尔南德斯·德科尔多瓦阁下（唐阿邦迪奥先生散步的那天在他任期内）不得不再次修订和颁布上文提到的铲除暴徒的公告，也就是说，比本书开头叙述的令人难忘的事件发生的时间早一年一个月零两天。

这也并非最后一次公告，但是我们认为以后的几次就不必再去细说，因为它们不在我们的故事发生的时间之内，我们只提及1632年2月13日的公告就够了。在这条公告中，二度出任总督的最尊敬高贵的费里亚公爵阁下表示："最大的暴行都是这些被称为暴徒的人犯下的。"

这已足以让我们确信，在我们所讲述的这个故事发生的时间段里，暴徒仍然无处不在。

很显然，上文所描述的两个人正在等谁，但是，使唐阿邦迪奥感到惴惴不安的是，某些迹象表明他们等的人就是他。因为他一出现，两人便抬起头互递眼神，举动清楚地表明两人同时说了一声："就是他。"跨坐在墙上的人把悬着的那只脚抽回，放在地上，然后站了起来；靠墙站着的同伙也挺起身来；两人一同朝他走来。唐阿邦迪奥仍然手捧着打开的《日课经》，做出一副诵读的样子，而将目光投向前方，观察着那两人的举动。他看见他们径直向他走来，脑海里突然冒出了千百个念头。他匆忙地自问，在他和两个暴徒之间，是否有什么路可通向左边或右边？但他又立刻想到答案：没有别的路可走。他迅速地回想自己是不是冒犯了某个权贵或某个报复心很强的邻居，然而，他在感到惶恐不安时，也感到问心无愧，惊恐的心稍稍平静下来。同时，两个暴徒越走越近，眼睛紧紧地盯着他。他把他左手的食指和中指伸进领口里，仿佛是在整理衣服，又把两根手指在脖子上绕了下，同时将头转向后方，嘴巴也向后拧，用余光尽力环顾四周，看是否有人，却发现没有任何人。他又从矮墙上向田野望了一下，还是一个人影也没有；他又悄悄地向前面的路上望了望，除了这两个暴徒之外，空无一人。怎么办？向后转？来不及了。逃跑？这和说"你们追我吧"没什么区别，甚至更糟糕。既然无法逃避危险，他决定直面它。这种惶惶不安的紧张感压迫着他，他太痛苦了，他只希望快快地打发掉这一刻时光。他加快了步伐，大声地诵读着祈祷文，尽量表现得平静和若无其事，并尽力强装微笑。当走到两个暴徒面前时，他心里默念着：终于到了。他停了下来，站着不动。"神甫先生。"其中一个暴徒盯着他的脸说。

"有何指教？"唐阿邦迪奥赶紧回答，眼光从书上抬了起来，双手仍然捧着那本摊开的祈祷书。

“您可是打算，”那人怒容满面，好似某位上司把犯了严重过失的下属抓了个正着，“您可是打算明天为伦佐·特拉马利诺和露琪娅·蒙德拉主持婚礼？”

“这个……”唐阿邦迪奥颤抖着答道，“这个，先生们，你们都是见过世面的人，很清楚这是怎么回事。可怜的牧师拿这些事没有办法，因为他们先是已经谋划停当了，然后……然后他们就找到我们做神甫的，好似到钱庄支款一样。而我们……我们只是公众的仆人。”

“给我听好了！”暴徒用严厉的命令式的口吻低声地说道，“这婚礼不能举行，明天不行，以后永远也不行。”

“但是，先生们，”唐阿邦迪奥镇定温和地回答道，就像想要说服不耐烦的人一样，“请你们为我的处境想一想。如果这事由我做主……很明显的，你们知道我也捞不到任何好处……”

“得了，得了。”暴徒打断他的话，“如果磨磨嘴皮子就能解决问题，我们甘拜下风。我们替人当差，别的什么都不知道，也不想知道。我们已经警告过您……您应该明白。”

“两位先生真是太公正，太通情达理了……”

“但是，”这时，始终没有开口的另一个暴徒突然说道，“然而，这婚礼不能举行，否则……”此时他破口大骂了一句，“否则谁要是主持这场婚礼，那他就后悔莫及了，甚至没有追悔的时间……”

那人说完又骂了一句。

“别说了，别说了，”头一个发话的暴徒打断伙伴的话说道，“神甫先生明白事理，而我们又是正人君子，只要他谨慎行事，我们便不愿意伤害他。神甫先生，我们的主子——最尊贵的唐罗德里戈先生向你致以亲切的问候。”

在唐阿邦迪奥的心里，这个名字像是狂风暴雨夜的一道闪电，瞬间照亮并模糊了世间万物，他更加害怕了。他本能地鞠了个躬，并请求道：“要是方才您能指点下……”

“哟，您可是懂拉丁文的人，难道还要我们指点！”暴徒放肆而又狰狞地哈哈大笑，再次打断他道，“这完全是你的事。但是，最重要的是，要对我们给你的警告守口如瓶，这的确是为你好。要不然……哼……后果就和你主持了婚礼一样。好了，你有什么话要我们转述给最尊贵的唐罗德里戈阁下吗？”

“请代我向他致意……”

“讲清楚一点儿，神甫先生。”

“……我准备……准备随时听候吩咐。”在说这些话的时候，神甫先生自己都不知道在说些什么，不知是承诺还是只是一种客套话。两个暴徒听信了，或者故意表示他们相信他作出了承诺。

“好极了，神甫先生，晚安。”其中一个暴徒说着就打算和同伴一起离开。

几分钟前还一心想要逃避这两位暴徒的唐阿邦迪奥，现在却希望能够延长说话时间以便把此事好生商量一番。其实，说也是白说，他们不会听的。两人朝神甫的来路走去，很快就消失了，嘴里还哼着一支小曲，曲词不堪入耳，我不想在这里重复了。可怜的唐阿邦迪奥像是被施了魔法一样，张口结舌地愣了半天，然后拖着沉重的脚步，踉踉跄跄地踏上了回家的路。待我们对这位神甫先生的性格和他生活的时代稍作介绍之后，读者就更理解他此时的心情了。

读者也许已经发现，唐阿邦迪奥打从娘胎里出世，就没有一颗狮子的心。而且，在年幼的时候他就懂得，在那个年代，在所有的境况中，最悲惨的是一个缺牙少爪、不能自保却不甘心被吞噬的动物。

法律的力量不能保护那些安分守己又不能让他人感到恐惧的人。实际上，并不是因为没有惩治暴行的法律和刑罚，恰恰相反，这种法律多如牛毛，它们对罪行分门别类，不厌其烦地条分缕析，刑罚也骇人地严酷。而且，如果这都还无济于事，那么几乎在每一个案例中，立法者和上百个执法人员都可以随意加重刑罚。他们所制定的诉讼程序，只是为了替法官扫除判决时所遇到的一切障碍。上文我们援引的取缔暴徒的公告只是反映这一情况的真实的小例子。正是或者说主要是因为这一原因，尽管历届政府三令五申、变本加厉地发布公告，但除了把它们的炮制者庸碌无能的真相暴露于众人面前之外，别无结果；即使这些公告起到了某些微弱的作用，也无非是让那些遭受强徒们蹂躏的良民枉屈于新的祸难之中，反倒叫那些亡命之徒愈加贪酷凶残，手段也愈加奸诈难防。帮助暴徒免受惩罚是有组织地进行的，这种做法如今已是根深蒂固，那些公告不仅无力摧毁他们的根基，甚至连一根毫毛也不能触动。他们有藏身匿迹的据点，一些享有特权的阶级充当他们的保护伞；这类特权部分被法律所认可，部分得到敢怒而不敢言的容忍，部分遭到徒劳无益的抗议。然而，特权阶层出于自身利益，依然主动地甚至不无嫉妒地扶持和保护他们。政府的公告，虽然使这些包庇暴徒免受刑罚的现象遭到了威胁和打击，但其没有被摧毁。特权阶级为了求得自身的生存，自然也竭力要弄新的花招，以牙还牙，对付官方的每一次威胁和攻讦。事实的确如此。那些规束暴行的公告一经颁布，这些人便绞尽脑汁地寻找更合适的手段施行公告禁止的罪恶勾当。实际上，这些公告只能起到骚扰那些既无权力又无保护伞的老实人的作用，因为为了把每一个人捏在掌心，为了阻止或惩罚一切犯罪行为，各种各样的执法人员可以随心所欲地约束百姓的一举一动。但是，那些犯罪之前就采取措施以能及时地躲到那些衙役们不敢涉足的修道院或贵族邸宅的人，或者那些不采取任何措施而是穿上一身贵族人家仆役制服，仗着有主子为维护家族甚至整个阶级的虚荣和利益会为其进行庇护的人，就可以为所欲为，根本不把那些虚张声势的公告放在眼里。那些执行法令的人中，有的出身于特权阶层，有的却依附这一阶层，这两类人，由于所受教育、自身的利益、社会风气，以及仿效的缘故，都奉行特权阶层的处事原则，绝不会为贴在街头巷尾的一纸告示而去得罪那帮权贵。那些负责直接执行这些法令的人，纵使他们像英雄一样勇猛、像修士一般顺从、像殉道者一样不怕牺牲，也不能彻底执行法令，因为比起要与他们交锋的暴徒来说，他们在数量上处于劣势，而且还很有可能被那些装模作样派他们执行任务的人所抛弃，甚至牺牲掉。除此之外，这些人通常都是些最卑贱之人或地痞之流。

他们的差事就连平日畏惧他们的人也嗤之以鼻，而他们的职务也就成了遭众人唾弃的耻辱。因此，很自然，这些人不会为着毫无指望的事情去冒险或者白白送命，而只会消极怠工，与权贵狼狈为奸以收取好处费，并把那一点儿被人诅咒的权势用到最没有风险的地方去，也就是说，去欺压奉公守法、手无寸铁的百姓。

那些想要算计别人或是时刻担心被别人算计的人，自然都想着寻求盟友和同伙。因此，在那些年月里，结党营私达到了前所未有的地步。组织新的帮派，千方百计地壮大自己帮派的势力，便形成了一股风气。牧师谨慎地维护和扩大自己的豁免权，贵族们保护自己的特权，军人们念念不忘他们的特殊利益。商人和手工业者组成行会，法律工作者组成联合会，甚至医生也组成同盟公会。这些小集团都有自己独特的权力。在每一个小团体中，每个人都根据自己的权威和力量，利用团体的力量为自己谋利。忠厚的人利用这一点保护自己不受威胁，狡猾之人和善于耍诡计之人则利用这一点干尽所有暴力事件而保证自己不受处罚。然而，各种团体的势力却不均匀。特别是在乡村，那些富豪恶霸得到很多暴徒和周围农民的支持，这些农民受传统的影响，受利益或暴力的驱使，心甘情愿地为其主人效力，因而这些富豪恶霸拥有其他任何团体都无法与之抗衡的势力。

我们的唐阿邦迪奥先生既不高贵，又不富有，也不太勇敢，因而在童年时代就发现自己犹如一个易碎的陶罐，被迫同许多铁罐一起周旋。因此，他心甘情愿地听从父母的安排成为了一名神甫。说实话，他并没有考虑自己所从事的职业的义务和崇高目的。他追求舒适的生活，又努力让自己置身于受别人尊重的势力阶层，对他来说，这就是他选择当神甫的理由。但是，几乎所有阶层都只能在某种程度上提供个人保护及给个人一定限度的安全保证，没有任何阶层能够使个人摒弃他自己原有的特定的生活方式。

唐阿邦迪奥先生特别关心的是自己的安全问题，一点儿也不关心那些需要冒很大的险才能得到的好处。他的生活主要是逃避所有的敌对，并在不能躲避的时候选择让步。他在发生在自己周围的一切斗争中，保持非武装的中立。在牧师和世俗人民之间，在政府与权贵之间，在权贵和地方法官之间，在暴徒和军人之间，都频繁地发生斗争。甚至两个乡民之间，也会因为一句话就产生争执，进而拳脚相向甚至是刀剑相见。如果他被迫选择一方，他常常站到强者的一方，但是，他总是逡巡不前，竭力地让另一方看到他其实并不愿意成为他的敌人。他似乎想对人家说：“为什么你不成为强者呢？那样的话，我就会站在你那边。”他对专横霸道的人敬而远之：当突遇这些人的时候，便默默地承受着他们对自己的蔑视；当事态严重至需见胜负分晓时，他便忍辱屈从，对他们卑躬屈膝、点头哈腰，即便是最暴戾高傲的人见此情景，也只好报以一笑。可怜的唐阿邦迪奥神甫就这样毫无大风大浪地度过了六十个春夏秋冬。

第二章

这天晚上的大部分时间，唐阿邦迪奥都在焦急而烦闷地思考着对策，因为他知道明天将面临一场战斗。他暗暗思忖，不理会那无法无天者的警告，照常举行婚礼吧，这是一种办法，但他连想也不敢那样去想。还是把这件事告诉伦佐吧，同他一起商量个什么办法……这种想法令唐阿邦迪奥毛骨悚然。“不得泄露半个字……否则……哼！”那两个暴徒之一曾这样警告过他，现在他满脑子还回荡着那一声“哼”。想到这儿，唐阿邦迪奥先生不但不敢去想违反那个勒令之举，他甚至还很后悔将此事告诉了佩尔佩图阿。逃跑吧！可是去哪儿？而此后将有多少烦人之事，多少问题要解决。他否决了一个又一个方案，躺在床上辗转反侧。对他来说，最好的方法便是争取时间，缠着伦佐。恰好，他想起再过几天就是按教规不得结婚的大斋节了。“要是我拖住他挨过这几日，那我就还有两个月的时间，这两个月可能会发生某些大事。”他反复地思考着各种能派上用场的托辞，尽管这些托辞对他来说有点儿勉强，但他宽慰自己说，凭着他的威信，这些托辞会显得有分量的，而且精明老练的他对一个无知的年轻人具有很大的优势。“等着瞧吧！”他自言自语道，“伦佐想的是自己的爱情，而我可要顾全我的性命，此事跟我干系最大，且不说我也是最聪明的。我亲爱的孩子，假使你实在忍耐不住了，我倒也没有话可说，但是我决不会为你葬送我的性命。”想到这里，他的心里踏实多了，终于能够闭上眼睛。但是那叫什么睡眠啊！都做了些什么梦啊！暴徒、唐罗德里戈、伦佐、乡间小路、山坡、逃跑、追赶、狂喊、开枪。

大凡当一个人遭逢凶险陷入了困境，他从睡梦中恍然醒来，常常会体验到特别的苦楚。乍一醒来的时候，人最初的意识总是习惯地回到以往的平静的生活，但脑子里立即会冷酷无情地闪现出另一种思想，逼迫他面对不幸的事实，这两种意识顷刻之间的鲜明对照，使痛苦显得愈加剧烈。唐阿邦迪奥先生此刻也尝到了这样的凄楚，而后开始匆忙地将他昨晚的打算再琢磨了一番，肯定了这种想法，重新整理了思绪。他起了床，恐惧而又焦急地等着伦佐。

罗伦佐，大家都叫他伦佐，没有让神甫等太久。当他觉得到了可以不失礼地登门拜访神甫的时候，马上就出发了。他迈着二十岁男子那种轻快的步伐，因为这一天他就要同自己心爱的姑娘喜结连理了。伦佐年幼时，父母就去世了，可以说他继承了父亲的职业，以纺织丝绸为生。这一职业在早些年相当赚钱，眼下已开始衰落，但是能工巧匠还是可以凭手艺正正当当地谋生。工作一天比一天少，工人们受到了邻近城邦优厚待遇和高工资的吸引，不断涌向那儿去，因此那些仍留在本地的人还有足够的活儿干。此外，伦佐还拥有一小块土地，当他不去纺织丝绸时，便自己耕作，因此，对于他那种身份的人来说，他可以称得上是个富人。尽管这年比往年的收入要差些，并已经开始感受到了饥荒，然而伦佐自从看上露琪娅，就开始存钱，因此能够自给自足，不需要为自己的生计而乞讨。伦佐穿了一身漂亮的礼服，头戴着一顶插着五颜六色羽毛的帽子，口袋里装着一把佩有华丽剑柄的匕首，出现在唐阿邦迪奥先生面前，浑身上下透着一股子高兴劲儿，同时又带点儿英武神气，当然了，哪怕是不苟言笑的人在这种时候也会这样的。神甫心神恍惚，显出叫人捉摸不定的神情，这和伦佐快活的、坚定的态度大相径庭。

"他一定在想什么事。"伦佐心想着，随即说道："神甫先生，我来请示您，我们几点钟上教堂去最合适？"

"你想哪一天去呢？"

"不会吧，哪天？您不记得了吗，婚礼定的就是今天。"

"今天？"唐阿邦迪奥惊叹道，仿佛他是第一次听到这么说，"今天，今天……请容我想想，今天我去不了。"

"今天您去不了？发生什么事了，先生？"

"首先，我身体不舒服，你也看得出来。"

"太不凑巧了。其实这件事只要耽误您一点儿工夫，而且也不那么累人。"

"嗯，另外、另外、另外……"

"另外什么？"

"另外还有些麻烦。"

"麻烦？会有什么麻烦呢？"

"你得站在我的角度替我想想，才了解在这些事情上我会遇到多少麻烦，需要应付多少难事。我心太软了，只想着排忧解难，与人方便，助人为乐，去赢得别人的欢喜，结果却忽视了自己分内的职责，吃力不讨好，受到别人的谴责，而且更糟的是……"

"可是，看在上帝的份儿上，别再折磨我了，请您痛痛快快地告诉我，究竟出了什么事？"

"你知道照规矩举办一次婚礼要办理多少手续吗？"

"莫非需要考考我吗？"伦佐的心底燃起了一股怒火，"要知道，这些天来您已经把我弄得晕头转向，难道时至今日应当了结的事情都还没有了结，需要办理的手续还没有办理吗？"

"统统没有！你是这么想的！你再忍耐点吧，孩子。为了使别人免遭痛苦，我竟傻到忽视了自己的职责。我们这些可怜的神甫两面受夹。你心急如焚，我同情你，可怜的年轻人。可那些顶头上司……算了，不能什么都说。被夹在中间的却是我们。"

“但请您给我解释一下，先生，您说的还要办的手续是什么，我马上去办。”

“你知道婚姻的障碍有多少吗？”

“您都想让我知道哪些障碍呢，先生？”

“Error，conditio，votum，cognatio，crimen，cultus disparitas，vis，Ordo，ligamen，honestas，si sia affinis…”①

“您在作弄我吧，先生？您给我讲那些拉丁文是想让我知道什么？”

“那么，如果你不了解事态，那就耐心点儿，让了解的人去处理吧。”

“够了！……”

“轻点儿声，亲爱的伦佐，你不要发火，我准备去做……需要我去做的一切事。我，我也希望你能如愿以偿，希望你好。唉……我也在想，你日子过得好好的，还缺少什么呢？你却心血来潮，想到结婚……”

“这是什么话，神甫先生？”伦佐打断了他，惊讶而又生气地说道。

“耐着点儿性子，我只是说说而已。我希望你能如愿。”

“总之……”

“总之，孩子，这不是我的错，规矩不是我定的。在举办婚礼前，我们的专职便是去证明障碍是不是存在的。”

“得了，您就彻头彻尾地告诉我到底出现了何种障碍。”

“请耐心点儿，这些不是一下子就能说清楚的事。可能什么事也没有，我也希望如此。但是，不管结果怎样，我们必须得做这些调查。法律条文既清楚又明白：antequam matrimonium denunciet …”②

“我告诉过您，先生，我不想听拉丁文。”

“但是我还是有必要给你解释一下……”

“难道您还没有做这些调查吗？”

① 拉丁文，意思是：“过失、地位、誓愿、血统、罪孽、信仰差异、胁迫、圣旨、重婚、失贞、近亲……”按照教义，这些都可构成婚配的障碍。

② 拉丁文，意思为：“（教会）宣布承认婚姻以前……”

“我告诉你，我必须做的调查还没有做完。”

“您为什么不及时做呢，先生？为什么要对我说都做完了？为什么要等到……”

“你瞧！我一番好意，你倒怨起我来了。我想方设法为你省时省事，可是……可是现在我得到了……算了，我自己知道。”

“那您希望我做什么呢，先生？”

“再忍耐几天，孩子，几天又不是永远，忍耐一下。”

“要多久？”

“总算过了这关。”唐阿邦迪奥心想着，并以从未有过的客气口吻说道：“好吧，十五天之内我会尽力地去做……”

“十五天！这确实是个新情况！所有的一切都是按照您的方式做的，先生，您定的日子，时间到了，您却告诉我必须再等十五天。十五天……”伦佐提高了嗓门儿，更加生气地说道。他伸出一只手臂，在空中挥动着拳头。要不是唐阿邦迪奥打断了他，并抓着他的另一只手，没人知道他会接着这个数字再说些什么惊人之语。唐阿邦迪奥友好而小心翼翼地说道：“算了，算了，看在上帝的分上，别生气了。我试试，尽量能在一周之内……”

“我该对露琪娅说什么呢？”

“就说是我的疏忽。”

“人们说闲话怎么办？”

“也对他们说是因为我太心急，太善良，却出了错。将一切错误都推在我头上。我还能怎么说呢？就这样吧，再等一个星期。”

“到那时再也不会冒出别的障碍了吧？”

“既然我对你说……”

“好，我会耐着性子再等一个星期，但是请您注意，到那时，您别再给我满嘴空谈。现在我向您告辞。”说着，他便向唐阿邦迪奥先生鞠了一躬，但不是像平时那样低低地弯下腰，而后瞟了神甫一眼，与其说是出于尊敬，倒不如说有别样的表情。

出了门，伦佐怀着沉重的心情朝着未婚妻家走去。盛怒之下，他回想起方才的谈话，越想越觉得奇怪。唐阿邦迪奥冷冰冰的、惶惶然的态度，那吞吞吐吐，而且显得烦躁不安的言谈，那双灰色的眼珠在眼眶里滴溜溜地转来转去，好像害怕接触到从他嘴里说出来的话语似的婚礼的事本是商定好的，而谈到此事，他好像从没听说过一样，特别是他不停地暗示发生了某件大事，可又不说清楚，所有这些事使伦佐认为这里面肯定有什么隐情，实情并不是唐阿邦迪奥想让他相信的那样。伦佐正准备回头去找唐阿邦迪奥，强迫他把这件事说个明白，这时，他一抬头，便看见了离他不远处的佩尔佩图阿正要走进一个离神甫家不远的菜园里。她开门时，他叫了她一声，并加快了步伐，赶上了她，把她挡在门口处，站在那儿同她交谈，意欲从她口中探出点儿实情来。

“早上好，佩尔佩图阿，我本希望今天我们能一起开心一番呢。”

“怎么了，按照上帝的意愿，我可怜的伦佐……”

“我想让你帮我个忙。神甫先生编了一大堆稀里糊涂的理由，我弄不懂。你能否给我解释一下他为什么今天不能或不愿为我们主持婚礼呢？”

“噢，你觉得我可能知道我主人的秘密吗？”

“我就说这里面有隐情。”伦佐心想着。为了弄个明白，他继续说道：“嘿，佩尔佩图阿，我们是朋友，告诉我你所知道的一切，帮帮我这个不幸的年轻人。”

“穷人多薄命啊，我亲爱的伦佐。”

“是啊，”伦佐应道，进一步确认了自己的怀疑，为了更贴近这一话题，他又说道，“的确是那样，但是难道神甫就要对穷人另眼相看吗?”

“听着，伦佐，我什么也不能说，因为……我什么都不知道，但是我可以确信的就是，我的主人既不想伤害你，也不想伤害任何人，这事不是他的错。”

“那么究竟是谁的过错呢？”伦佐问道，表面上一副漠不关心的样子，但内心却急于知道答案，连耳朵都竖了起来。

“我说了我什么都不知道……但为了我的主人我可以说，因为我听不得别人说他作恶多端。可怜的人，如果他有什么过失，那也是因为他太善良了。在这个世界上，总有些恶棍，专横跋扈，横行霸道，他们都是不惧怕上帝的家伙……”

“暴君，恶棍，”伦佐想，“这些人可不是什么顶头上司。”“好吧，”他努力地掩饰着自己越来越激动的情绪，说，“告诉我是谁。”

“噢，你想让我说，但是我不能说，因为……我什么都不知道。我说我什么都不知道，就好比我已发誓对此守口如瓶。就算你对我严刑逼供，我也什么都不会透露给你。再见，你我都是在浪费时间。”

佩尔佩图阿说着便匆忙走进园子里，随手把门关了。伦佐和她道别后，轻手轻脚地往回走，不让她听出他的去向。当他觉得这位善良的女人听不到他脚步声的时候，便加快了脚步。不一会儿他便来到了唐阿邦迪奥先生的门口，进了门，径直地向他们方才分手的那个房间走去，找到了神甫，气势汹汹地奔向他，眼里闪烁着怒火。

“喂！喂！又有什么事？”唐阿邦迪奥问。

“那个恶霸是谁？”伦佐问道，声音异常坚定，一副决心刨根究底的语气，“到底是哪个恶霸阻止我和露琪娅结婚？”

“什么？什么？你说什么？”可怜的神甫大吃一惊，结结巴巴地说道，他的脸一下子变得苍白，像刚刚洗过的抹布一样淡然无色。他一边自言自语，一边猛地从椅子上一跃而起，径直向门外冲去。然而，早就料到会出现这种情况的伦佐一直警惕着，比神甫先跃到门前，把门锁上，并把钥匙放在了自己的口袋里。

“啊哈！神甫先生，现在你可以说了吧？我的事，谁都知道，就我蒙在鼓里。见鬼！可我也要知道。那恶霸叫什么名字？”

“伦佐！伦佐！瞧你在干什么，想想你的灵魂吧。”

“我只想马上、立刻知道这件事。”当他这样说时，也许并没有意识到自己竟用一只手握住了露出裤兜的匕首的手柄。

“上帝保佑！”唐阿邦迪奥用微弱的声音喊道。

“我要知道他的名字！”

“谁告诉你的？”

“好了！好了！不要耍花招了，快点儿说个清楚吧！”

“你想让我招来杀身之祸吗？”

“我只是想知道我有权知道的事。”

“但是如果我说了的话，我就得死。你这不是要我的命吗？”

“就是，说吧！”

这个“就是”说得那样铿锵有力，伦佐的脸变得异常可怕，以至于唐阿邦迪奥不敢不从。

“答应我，并向我发誓，”他说，“你不会告诉任何人，永远不泄露……”

“先生，我保证，如果你不立刻告诉我那个人的名字，我可要干蠢事了！”

听到伦佐再一次的恐吓之后，唐阿邦迪奥先生就像一个牙医将钳子插入他嘴里时那样恐惧，他说：“唐……”

“唐？”伦佐重复着，他弯着腰，耳朵贴近唐阿邦迪奥的嘴，两臂反剪，双拳紧握，好似在帮助一位病人吐出堵在嘴里的东西。

“是唐罗德里戈先生。”神甫被逼着匆忙地说出了这几个音节，辅音一带而过。一方面是因为受了刺激，另一方面是因为想凭着自己仅存的一点儿自制力，在两种恐惧中稍作周旋，所以在被迫说出这个名字的瞬间，他似乎很想赶紧收回那个词，让它消失掉。

“啊，狗东西！”伦佐大声吼道，“他怎么干的？他说了什么？……”

“怎么？哼！怎么干的？”唐阿邦迪奥几乎有些愤愤不平。他感觉在作出如此大的牺牲后，自己在某种程度上成了一个有恩于别人的人。“怎么干的？哼，我倒希望这事发生在你身上，而不是我，毕竟我与此事毫不相干。因为如果那样的话，你就不会动歪脑筋了。”此时，他开始绘声绘色地描述那次令人毛骨悚然的会面。在他讲述的时候，一阵阵愤怒袭上他的心头。在此以前，这种愤怒的情绪一直深藏于心，或者说是转成了恐惧。同时，他注意到伦佐低着头，一动不动，脸上露出愤怒而又惶惑的表情，不由地暗自高兴，继续道："瞧你做的，竟然这样报答我！你竟在一位老实人的家中，在这神圣的地方，给他当头一棒！你的确做得很好！竟逼我说出足以毁掉我，也足以毁掉你的事情！我瞒着你，是出于谨慎，是为你好！现在，你知道了实情，就因此变得多智慧吗？我真该看看到底你会怎样对我！这事可不是闹着玩的，也不必去追究谁对谁错，事情全在于谁有势力。今天早上，本来我要给你出个好主意……哎！你立刻勃然大怒。我是为我自己，也为你好好想过的，可现在如何是好呢？至少把门打开，把钥匙给我吧。"

"我可能错了，"伦佐回答道，声音变得温和，但仍然可以从中听出他压着对新敌的满腔怒火，"我可能错了，但你扪心自问，想想如果处在我的位置，是否……"

说着这些，他从衣袋里掏出钥匙，前去开门。唐阿邦迪奥跟在后面，当伦佐把钥匙插入门锁时，他走到他的旁边，伸出右手的三根指头，仿佛要帮他似的，神情焦急而严肃地说："至少你发誓……"

"我可能错了，我请求您的原谅，神甫先生。"伦佐回答说。他打开了门，准备走出去。

"你要发誓……"唐阿邦迪奥又说道，并用他颤抖的手抓住了伦佐的胳膊。

"我可能错了。"伦佐重复道，从他的手中挣脱出来，愤愤而去，因而中断了这场争论，否则它便会像争论一个哲学问题、文学问题或者其他问题一样，可持续几个世纪之久，因为双方都只知道固执己见。

"佩尔佩图阿！佩尔佩图阿！"唐阿邦迪奥没能把离开的伦佐叫回来，于是大声喊道。佩尔佩图阿没有答应，唐阿邦迪奥一时间失去了知觉，不知道自己身在何处。

那些比唐阿邦迪奥更高贵的人也不止一次碰到过身陷绝境、束手无策的情况，这时，最好的办法就是装病躺在床上。对于唐阿邦迪奥来说，这个方法还不用去寻找，它就自己送上门来了。昨日的恐惧、夜间的不眠、早上那新增的恐慌以及他对未来的焦虑，这一切统统发生了效力。他焦躁不安地靠在椅子上休息，开始觉得骨头在发抖。他看着自己的指甲叹了口气，不时地用颤抖而焦虑的声音喊道："佩尔佩图阿！"她终于来了，腋下夹着一棵大白菜，面无表情，像是什么事也没有发生。我就不再向读者叙述他们两人之间表示悲叹、安慰、责备、辩解，譬如"只有你会说出去"、"我没有说"，诸如此类的谈话了。我只提一点：唐阿邦迪奥吩咐佩尔佩图阿把门锁好，不论什么情况都不要打开；如果有人敲门，就从窗户答复说神甫发烧了，正躺在床上。然后他慢慢地爬上楼梯，每上三级阶梯就重复说一句"这下我可惨了"，果真躺倒在床。我们暂且不说他了吧。

与此同时，伦佐怒气冲天，大步流星地向家中走去，虽然他还没有决定要怎么做，但却渴望着干出点儿惊天动地的事情来。那帮横行霸道之徒，事实上，所有欺压别人者，他们的罪过不仅仅是作恶多端，而且还在于他们践踏了被欺凌者的心灵。伦佐是一个性情温和，反对暴力的年轻人。他为人朴实，对一切奸计深恶痛绝。而此时此刻，他心中泛起杀人雪恨的念头，脑子里只想着策划个什么阴谋来达此目的。他幻想着自己跑到唐罗德里戈家，掐住他的脖子，然后……但是，他猛然想起，唐罗德里戈的邸宅如同一座城堡，里里外外都有暴徒把守，只有很熟的朋友和仆人才可以不经过从头到脚的检查而自由出入。一个陌生的工匠不被搜身是不能踏进半步的，更何况是他……他这样一个别人已经注意上了的人。于是他又幻想自己拿着枪，埋伏在篱笆后面，等待着他的敌人独自出门。他沉醉在这样的幻想中，有种残酷的满足感。他想象着听到一阵脚步声，他镇定地抬起头，认出了那个坏蛋，举起手里的枪，瞄准目标——开火了！他看到他倒在地上，痛苦地呻吟着，他诅咒了他一句扬长而去，然后安全地逃出边境。"但是露琪娅怎么办呢？"露琪娅这个名字刚刚掠过他那可怕的幻想，他的头脑里便涌现出平素那些美好的想法来。他想起自己父母临终时的嘱咐，想起了上帝，想起了圣母，想起了圣徒，想起了自己因没有犯过罪而屡屡感到欣慰，想起了每次听到杀人传闻时的那种恐惧。他一下子从自己的血腥的噩梦中惊醒过来，并深感后悔，却也庆幸自己只不过是幻想而已。但只要一想起露琪娅，他就会有很多想法，那么多的希望，那么多的承诺，那么美好而可靠的将来，还有他们那么期待的那一天。但是现在该怎么办呢？他要怎么跟她说这个不幸的消息呢？然后，又该怎么做呢？怎样才能不顾这个强大的恶敌的阻止而实现他们的宿愿呢？在想象所有这一切的同时，他头脑里还闪过一个不确定的猜疑，一个令人苦恼的阴影。横行霸道的唐罗德里戈先生的目的只有一个，那就是想霸占露琪娅。那露琪娅呢？她是否会给这位恶棍丝毫的可乘之机或一丝渺茫的希望呢？这种想法在伦佐的头脑里一刻也不能逗留。但是她对此是否有所察觉？她难道一点儿也没有发觉这恶棍对她的歪念吗？事情已经发展到这一步了，难道他就没有以别的方式勾引过她？露琪娅竟然对他——她的未婚夫只字不提！

怀着这种种思绪，伦佐走过坐落在村庄中间的自己的家，来到了位于村子尽头的露琪娅的家。露琪娅家的房子前面有一个庭院，把房子和道路分隔开了，庭院四周都是些矮矮的墙。当伦佐进入庭院的时候，就听到从楼上的房间传来阵阵叽叽咕咕的嘈杂声，他想是一些朋友和邻居们前来向露琪娅道喜的。但是他不想一副苦脸出现在这些人面前，因为他的脸上分明写着这一坏消息。这时，庭院中的一个小女孩向他跑来，边跑边喊："新郎来了！新郎来了！"

"小点声儿，贝提娜，小点声儿！"伦佐说道，"过来，你上去把露琪娅叫到一边，小声地对她说……切记不要让别人听见或怀疑……告诉她我有话跟她说，叫她立刻过来，我在一楼的房间里等她。"这个小女孩飞快地跑上楼去，为能执行这一秘密任务而感到高兴和自豪。

这时露琪娅出来了，她的母亲已经把她打扮好了。她的朋友们都在偷偷打量着她，逼着她让众人看个仔细。而她却带着乡村少女特有的倔强的娇羞，不时地躲闪着，用她的手遮住她的脸，低着头，紧蹙着眉毛，嘴角挂着微笑。一头黝黑茂密的头发从前额中间齐齐地分开，梳成很多辫子，在脑后一圈圈盘起来，周围插着许多长长的银簪，宛如一个光轮或圣环，今天米兰地区的农村女性依然沿袭着这种流行的装扮。她的脖子上戴着镶有石榴宝石的金项链，穿着一件花纹紧身胸衣，用漂亮的锦带系着，外面套了一件丝绸的绣花短袍，脚穿一双缎面绣花鞋及红色丝袜。除了这些漂亮的穿着以外，露琪娅还拥有一种平日可见的朴实的美，而现在又因想到要结婚这样的好事而喜形于色，显得更加美丽。就像所有的新娘一样，她的脸上也不时地流露一点儿甜美的忧伤，但这无损于她的美丽，反而使她别具风韵。小贝提娜穿过说话的人群，来到露琪娅跟前，机灵地向她暗示她有话对她说，然后小声地对她说了她要说的话。“我出去一下，很快就回来。”露琪娅对她的朋友说，然后迅速下了楼。

看到伦佐一副难看的脸色，神色不安的样子，她略带惊恐地问道：“发生什么事了？”

“露琪娅，”伦佐回答道，“今天一切都完了，只有上帝知道我们何时能成为夫妻。”

“什么？”露琪娅吃惊地问道。伦佐简要地跟她说了今天早上所发生的事情，她沮丧地听着，而当她听到唐罗德里戈这个名字的时候，她“啊”地尖叫了一声，满脸发红，浑身颤抖，说：“事情竟到了这个地步！”

“看来，你是知道这件事了？……”伦佐问道。

“可不是！”露琪娅说，“但是没有想到会到这个地步。”

“你都知道些什么？”

“请不要逼我现在说，不要让我哭。我去叫母亲，让她把那些女人们都打发走，我们需要单独谈谈。”

当她走开时，伦佐喃喃自语道：“你从未对我说过什么！”

“噢，伦佐。”露琪娅回头答应道，但是没有停下脚步。伦佐清楚地知道，露琪娅此时此刻用这样的语气叫他的名字，意思是说：“我是出于最正当最纯洁的动机，才没有告诉你，你怎么能起疑心呢？”

善良的阿格尼丝（露琪娅的母亲）看到小女孩对女儿窃窃私语后，感到迷惑和好奇，就跟下来看看到底发生了什么事。露琪娅让她和伦佐先谈谈，自己回到那群女人中，尽可能保持镇定，用平和的语调说道：“神甫生病了，所以今天婚礼不能举行了。”话音刚落，她就和大家道别，然后又下楼了。女人们都离开了，四处散去，讲述着所发生的事，还去查看了神甫是不是真的病了。神甫确实病了的事实打消了她们心中的所有猜想，也煞住了她们谈话时七嘴八舌的无端议论。

第三章

露琪娅走进房间的时候，伦佐正悲戚地向阿格尼丝叙述着，而她也愁戚戚地听着。他们都转向这个比他们知道得更多的人，在等待她的解释，希望她能说明白，而这种解释只会令人更加痛苦。出于不同的身份，两人都给予了露琪娅不同性质的爱，但在悲愁之中，也不免流露出不同程度的愠怒，因为露琪娅对他们有所隐瞒，尤其因为这是件如此重要的事。尽管阿格尼丝急切地想要听女儿的解释，但是她还是忍不住责备了她一句："这么重要的事，你怎么也不告诉我！"

"现在我会把所有的事都告诉你们。"露琪娅边说边用围裙擦拭着泪水。

"你说，你说，你快说啊！"母亲和未婚夫异口同声地说道。

"最圣洁的圣母玛利亚，"露琪娅大声说道，"谁会料到事情竟会到这个地步！"然后，她用颤抖的声音哭述道，前些日子，当她从纺织厂回来的时候，落在了同伴们的后面。这时，唐罗德里戈先生，由另一位先生陪伴着，走到了她的身边。他企图和她搭讪，还说了些下流话，但是她并没有予以理会，而是加快了脚步，跟上了自己的同伴。这时她听到另一位先生大笑，而唐罗德里戈先生则说：“我们打个赌。”第二天他们又出现在那条路上，但幸好露琪娅跟同伴们在一起，她低着头走在中间。另一个先生又大笑起来，唐罗德里戈先生连声说：“咱们走着瞧，走着瞧吧。”露琪娅继续说：“谢天谢地，那天是纺织厂最后一个工作日。我就立刻告诉了……”

“你告诉了谁？”阿格尼丝问道，面露不悦，等待着女儿说出这位知己的名字。

“我在忏悔的时候对克里斯托福罗神甫说过，妈妈。”露琪娅带着一丝歉意，温柔地说，“我们上一次去教堂时，我跟他讲述了事情的所有经过。不知你是否注意到，那天早上我一直在磨蹭着，为的就是拖延时间，等着去教堂的人多起来，好和他们一起走。自从那次和唐罗德里戈先生相遇之后，我走路的时候总是提心吊胆的……”

听到克里斯托福罗神甫的名字之后，阿格尼丝的怒气减弱了很多。“你做得很对，”她说，“但是为什么不把一切都告诉母亲呢？”

露琪娅有两个正当的理由：第一，不想让这个善良的女人苦恼和害怕，因为她自己对此事也无计可施；第二，她不想让这件事传出去，闹得满城风雨，宁可小心翼翼地三缄其口，特别是她想到只要她一结婚就能让那可恶的家伙断了念想。但是她只说了第一条理由。“对你，”她转向伦佐说，其语气听起来像是在提醒一个不讲理的朋友，“我能对你说这些吗？好了，你现在也已经什么都知道了。”

“那神甫对你说了些什么？”阿格尼丝问道。

“他叫我要尽快完婚，同时让我待在家里，让我虔诚地向上帝祈祷。他希望那个男人见不到我，就不再惦记我。那时，我就尽力强迫自己，”她继续说，再一次转向伦佐，但没有抬头，满脸通红，“那时我就不顾羞怯地让你安排我们的婚事，在我们选定的日子前完婚。谁知道你当时是怎么看我的！但是我这么做完全是为我们大家好，我也是听了神甫的建议，认为肯定……所以今天早上完全没有想到……”

说到这里，她失声痛哭起来，再也说不下去了。

“啊，流氓！坏蛋！凶手！”伦佐大声吼道，气愤地在房子里来回踱步，不时握紧匕首。

“啊，上帝！多气人啊！”阿格尼丝喊道。年轻的伦佐突然扑到正在哭泣的露琪娅面前，一脸焦虑、愁苦而又柔情地看着她，说：“这将是这个恶魔干的最后一件坏事！”

“啊，伦佐，看在上帝的份儿上，不要这样做！”露琪娅哭着说，“看在上帝的份儿上，请不要这样，上帝是怜悯我们穷人的，如果我们做了错事，他还会帮助我们吗？”

“不，看在上帝的份儿上，不要啊！”阿格尼丝附和着喊道。

“伦佐，”露琪娅以一种满怀希望，平静又坚定的语气说，“你有手艺，我也会做工，我们就走得远远的，让那个人再也听不到我们的消息。”

“噢，露琪娅，那以后呢？我们还没有结为夫妻呢。神甫会给我们出具一纸‘无婚姻障碍证明’吗？他这样的人会吗？哎，要是我们已经结婚了，那该多好……”

露琪娅又哭了起来，三人都沉默不语，他们沮丧、惆怅的表情和他们所着的节日盛装形成了鲜明的对比。

“听我说，孩子们，请注意听我说，”过了一会儿，阿格尼丝开口道，“我比你们年长很多，对世事有所了解。你们不必如此惊慌，事情并没有你们想的那样糟糕。我们穷人之所以不能把一团乱麻理出个头绪来，是因为我们找不到正确的线头。但有时候，一个有学问的人出个点子，几句话一指点……你们很清楚我的意思。照我说的做，伦佐，去莱科找‘吹毛求疵’博士，告诉他所发生的一切。但是看在上帝的份儿上，不要这样称呼他，这只是一个绰号。你必须称呼他博士先生，噢，天哪，他们到底是怎样称呼他的？我不记得他的真实姓名了，大家都那样叫他。算了，你就找这位瘦瘦的高个子博士，秃头，鼻子红红的，脸颊上还有一颗紫红色的痣。”

“看到他我应该就能认出他。”伦佐说。

“好，”阿格尼丝接着说，“他是个能干的人。我不止一次看到有人遇到麻烦事，像一只小鸡扎进了一捆麻草中，急得团团转，束手无策，但是在和'吹毛求疵'博士（注意不要这样称呼他）面谈了一个小时之后，就不把困难当回事了。你拿着这四只阉公鸡，可怜的家伙，我本打算宰了它们今晚晚餐吃的，你把它们带去给他吧，因为我们不能两手空空地去麻烦别人。告诉他所发生的一切，他立刻就会给你想出办法来，而这样的办法是我们花一年时间也想不出的。"

伦佐欣然接受了这个建议，露琪娅也表示赞同。阿格尼丝则为出了这样的好主意而自豪，她把这些可怜的东西一个一个地从鸡笼里抓出来，就像拴一束花一样，把它们的八只爪子用绳子绑在一起，然后把它们交到伦佐手上。伦佐和她们互相说了些鼓励和充满希望的话，便从园子的一个侧门出去了，这样他就可以不被那些可能会追着他跑、喊着"新郎，新郎"的孩子们看见了。就这样，他穿过了田野，或者正如当地人所说的"地头"，继续沿着小路行走。他想起自己的不幸，又不禁愁容满面，思考着要对这位'吹毛求疵'博士说些什么。我想读者应该能够想象得到那些可怜的小东西是何等地享受着它们的"旅途"，它们被捆在一起，倒提在一个人的手里。那个人愁绪万千，激动异常，各种想法在他脑子里躁动的时候，他的手也跟着做些动作。他忽而生气，忽而决心十足，每一次伸出胳膊的动作都给这几只小鸡重重的打击，使这些倒悬着的鸡头猛烈地荡来荡去（如果我可以这样形容的话），与此同时，这些小鸡还猛烈地相互啄咬，如同那些一同落难的伙伴之间经常发生的一样。

一到镇上，伦佐便向人打听那位博士的住所，经人指点后，他径直朝博士家走去。但是，快到的时候，像穷人和文盲见了贵族老爷和有学问的人一样，他开始羞怯起来，竟忘了精心准备的一番言辞。但是看着提在手上的几只鸡，他又重新鼓起了勇气。他走近厨房，向一位女仆询问是否可以见见博士。这位女佣看见这些鸡，像是对这类礼物已经习以为常了，刚要把鸡接过去，伦佐却后退了一步，因为他想让博士看见他带来的礼物。就在这时，这个他所期盼的人物出现了，女仆说道："把东西放这里，去书房吧！"伦佐向博士深深地鞠了一躬，博士很和蔼地接待他，说："进来吧，小伙子。"然后带着他去了书房。书房很大，三面墙上悬挂着恺撒大帝等十二位罗马皇帝的肖像，剩下的一面墙前立着一个大书柜，里面放满了布满灰尘的旧书。房间中间有一张桌子，上面堆满了各种公文、申请书、诉状和公告，等等。桌子周围散乱地放着三四把椅子，桌子后面有一把大安乐椅，方形的靠背很高，靠背角上有两个木制的角状雕饰，椅背用皮革包着，并用大的钉子固定住。有些钉子已经掉了，因此皮革到处是皱褶，四个角都露了洞。博士随便穿了件长衣服，也就是他那已经褪了色的长袍。许多年前，每当去米兰为某些重大的案子担任辩护人的时候，他总是穿着这件长袍。关上门后，他说："小伙子，把你的案子告诉我吧。"这些话又使年轻的伦佐恢复了信心。

"我想私下里和您说。"

"我听着，请讲。"博士回答道，然后在安乐椅上坐下来。

伦佐站在桌子前面，左手支着帽子，右手转动着帽檐，说道："我想向您请教，您精通……"

"你就照实说是什么情况吧。"博士打断道。

"请不要见怪，博士先生，我们这些穷人不太会说话。我，我想知道……"

"真是的，你们全都一个样儿！总是不讲述你们的案情，而老是问问题，因为你们已经有了自己的打算。"

"请您原谅，博士先生，我只是想知道威胁神甫、不准他为别人主持婚礼的人会不会受到处罚。"

"我明白了，"博士喃喃自语道（实际上他并没有明白），"我明白了。"然后他的表情立刻变得严肃起来，同时又显现出同情和关切的样子。他紧闭双唇，含糊不清地说着什么，预示着某种看法，过了一会儿，他便很明确地表达出来："小伙子，这是一个很严重的案情，这是有法律依据的。你到我这儿来很好，这种案子好办，很多公告对此都有规定，而且……哦!你等一下，现任总督去年颁布的法令里就有。我马上找出来，让你看看。"

说着，他从椅子上站起来，把手伸进那一堆杂乱的文件中找，从下到上，翻了个底朝天，像是往测量器里倒粮食一样。

“在哪里呢？很快就找到了，很快就找到了，唉，无奈手头的东西太多了！这么重要的一份公告，一定是在这里。啊，找到了，找到了！”他拿起公告，把它打开，看了看日期，神情愈加严肃，继续说，“1627年10月15日，很确定，是去年的公告，刚颁布不久。这是最严厉的一份。小伙子，你识字吗？”

“会一点儿，博士先生。”

“好吧，跟着我念，你就会明白的。”他高高举起展开的公告，开始念起来，有些段落一带而过，有些段落因为关乎案子，就明显停顿下来，特作强调。

“1620年12月14日，奉费里亚公爵大人之命，并经最尊敬高贵的贡扎罗·费尔南德斯·德科尔多瓦大人批准，颁发此公告……公告规定以非常及严厉之措施对那些胆敢欺压、骚乱和残虐陛下的忠实臣民的犯罪分子予以坚决打击。然时至今日，这类犯罪及暴力事件频发……愈演愈烈，故总督大人不得不……因此，按参议院和委员会的统一意见……决意发布此公告。”

“‘就暴虐行为而言，业已查实，许多城乡的犯罪分子，’你在听吗？‘在本国范围内以暴力挑起事端，用种种手段残压百姓、巧取豪夺、强买强卖……’我念到哪儿了？噢，找到了！你听，‘强娶民女或破坏婚事，听到了吗？’”

“这正和我的事有关。”伦佐说道。

“听着，听着，还有别的。然后我们再看看相关的处罚。‘强迫他人做证或阻挠他人做证，强迫他人背井离乡……强迫他人还债。’可这些都与我们不相干啊。噢！有了，在这里，‘神甫拒不履行其职责的或做与其职责无关的事’。”

“这公告简直就像是专门为我颁布的。”

“啊，可不是吗？往下听。‘以及王侯、贵族、中产阶级和平民百姓所犯的类似暴行，所有人都逃不掉，就像在约沙法特山谷[①]，人人都得接受审判。现在请听处罚：尽管所有这些罪行，以及其他类似的种种罪行都曾被明令禁止，但是为了严肃国法，严加执行此公告，总督大人……命令所有的地方法官对违反上述条款或与其相似的条款者，判处罚款或肉刑，或处以流放或苦役，直至死刑……小事一桩！上述判决可遵照总督大人或参议院的意旨，视案件性质、罪犯个人情况和犯罪情节而定。此判决必须严厉执行，不可宽恕……’这可真是有法可依，对吧？你瞧，都有签名：贡扎罗·费尔南德斯·德科尔多瓦。下面是普拉托努斯，还有维迪特·费雷尔。真是应有尽有啊！”

博士读公告的时候，伦佐的目光随着慢慢地移动，尽力弄明白它所表达的意思，凝神地注视着那些神圣的字眼，认为它们会给予自己援助。看到自己的委托人一脸的认真却并不害怕，博士大吃一惊，心想：“这人一定上过大学”，然后他大声地说道：“喂，喂，你竟把前面的头发剪了，确实很小心谨慎，但把案子托付给我，你大可不必这样做。你的案情是严重了些，但是你不知道，碰到这种情况，我可是有勇气去摆平的。”

若要理解博士的这番话，读者必须知道，在那个时代，暴徒和形形色色的罪犯都留有一头长发。凡行凶作恶，需要伪装自己时或所干勾当需要暴力及谨慎时，他们就把头发披散在脸前，好似带着一副面甲。

公告对这种情况并不是没有作相关规定：“伊诺霍萨侯爵大人命令，凡留额发足以遮盖前额和眉毛者，或是在耳前耳后留发辫者，如系初犯，处以300克朗的罚款，若无能力交付者，就判以3年苦役，如若再犯，除上述处罚以外，则根据总督大人的意旨，加重处置。”

“但是，若系秃顶或其他正当的理由，如胎记或伤口等，从为仪容和健康的角度出发，准许其留足以掩盖其缺陷的长发，仅此而已，但应警告其不得超过需要的限度，否则按上述违反者论处。”

“同样，除上述秃发和有其他缺陷者外，理发师在为人理发时，应留

① 注：基督教传说中举行末日审判的地方。

同等长度的头发，不得在顾客的前额、两鬓或者耳后留超过规定长度的辫子，否则将处以100克朗的罚款或当众施以三次吊刑。情节严重者，将根据总督大人的意旨处以更重的肉刑。”那时，被用作盔甲的长发几乎成了那些暴徒和不务正业者的显著标志，这些人也因此被统称为“长毛”。这种称呼至今仍然在方言中使用，只是少了些贬义。也许我们米兰读者都会记得小时候，常听见亲戚、老师或朋友称呼他“小长毛，小长毛”。

“听我这可怜的小伙子说句实话吧，”伦佐说道，“我这辈子还从没留过长发。”

“那我就没法了。”博士摇了摇头回答说，脸上掠过一丝不耐烦的狞笑。“如果你不信任我，那我就无能为力了。小伙子，你可明白，对博士撒谎的人必定是个笨蛋，他到法官面前就非得吐露真情补课了。应当把事情对律师说得一清二楚，至于如何把它理成一团乱麻，再做文章，那就是我们的责任了。如果你希望我帮助你，你就必须敞开心扉，将事情的始末完完全全告诉我，如同对牧师忏悔那样。你必须说出是谁指使你那样干的。他很可能是位显贵，如果是那样的话，我得照规矩行事，先去拜访他。但是，你看，我是不会告诉他，我是从你那里知道是他派你干的，相信我。我会告诉他我登门拜访是请求他保护一个被诋毁的可怜的年轻人。我将和他一起采取一切必要的措施来体面地了结此事。你应该明白，他解救了自己，也就解救了你。即使这事是你一手干的，我也不会退缩。我曾将其他人从更糟糕的困境中解脱出来。如果你并不曾冒犯什么显贵，你知道，我会设法让你脱身，而你只需破费一点儿，你明白的。你把冤家的名字告诉我，不要含糊，这样也好根据此人的地位、身份和性格来相机行事，或者让他明白，我们的后台是惹不起的，他最好放聪明点，或者先下手为强，想个法子告他一状。至于神甫，如果他识相点儿，他就会沉默不语；如果他仍然兴风作浪，我们也会摆平他。再大的乱子也不可怕，但是得有一个精明练达的人。你的案子很严重，我得说，非常严重，公告说得很清楚。如果这件事要由法律裁决的话，说实话，你会倒霉的。我是作为朋友对你说，一个人必须为自己的恶作剧埋单，如果你希望平安无事，就需要金钱和坦白，信任那些希望你好的人，服从他们，听从他的意见。”

博士大发高论，伦佐站在那里看着他，听得入了迷，就像是一个工人在街上看魔术师变戏法一样，只见他往口中放入一把又一把的麻絮，然后从那里源源不断地拉出一根又一根的丝带。最后，等他终于明白博士这番话的意思，才知他误会了，便赶紧插话，剪断了“他口中的丝带”，说道：“噢，博士先生，您是怎么理解的？事情正好倒过来了。我没有威胁任何人，我绝没有做那样的事，没有。您要是问问我所有的邻居，便会知道我从未做过任何违法之事。是有人对我干了伤天害理的事，我是来问您我要怎么做才能讨回公道，我非常高兴看见了这份公告。”

“该死的！”博士大声说道，眼睛睁得大大的，“你在给我捣什么乱？你们这些人都一个样！难道你不知道怎样把事情讲清楚吗？”

“抱歉，博士先生，您并没有给我时间讲。现在我就如实地把这件事讲给您听。您知道吗？今天我原本要娶亲，”此时伦佐的声音变激动了，“今天我本来是要和一位年轻女孩结婚的，今年夏天，我就同她订了婚。今天就是婚期，我方才说了，是我同神甫先生商定好的日期，并且一切准备妥当。可今天早上，神甫先生却开始找某些借口……算了，为了让您不厌烦，我就简单说一下。我让他把事情如实地讲清楚，他承认说有人以他的性命威胁他，不准他为我们证婚。那个恶霸是唐罗德里戈先生……”

“别说了！”博士立即打断他的话，蹙起眉头，皱起他的红鼻子，噘着嘴。“唉，别说了，为什么你要来这儿胡说八道伤我脑筋呢？这种胡话说给你那帮不知天高地厚的乡里人听好了，别跑来跟我这样通达事理的正人君子说。走吧，走吧，你都不知道自己在说些什么，我是不管你们这帮毛头小子的闲事的，这种胡言乱语我不想再听了，全是一派胡言。”

“我向您发誓……”

“我再说一遍，快走吧。你发誓和我有什么关系？我不会掺和这事的，我洗手不干了。”他边说边开始搓手，好像真的在洗手一样。“先学会怎么说话，不要这样来把一位正人君子吓到了。”

“但是您听我说，听我说。”伦佐徒劳地重复着。博士一直在嚷嚷，将他推向门口，到了门口，便打开门，叫来了仆人，吩咐道："快把这人带来的东西还给他，我什么都不要，什么都不要。"这位女仆，在博士家干了这么些年，从来没有执行过类似的命令，但是主人的口吻如此坚定，她毫不犹豫地听了吩咐。她拿来了那四只可怜的鸡，把它们给了伦佐，同情而蔑视地瞅了他一眼，仿佛在说："准是你犯了大错。"伦佐推却了一番，但是博士的态度很坚决。这位年轻人，在吃惊和困惑之余还从没如此愤怒过，只好接过这些被退还的牺牲品，怏怏地回家去，准备将自己此行的结果告诉阿格尼丝和露琪娅。

他不在时，两位女人伤心地换下了参加婚礼的盛装，穿上了平时穿的素衣，然后又重新商量起来。露琪娅啜泣着，阿格尼丝时不时地悲伤叹息。阿格尼丝大谈着伦佐会从博士那里得到满意的结果，露琪娅却说，她们应该尝试一切可能的办法来帮助自己还说克里斯托福罗神甫每当穷苦人落难的时候，不但会提供建议，还会给予更多有效的帮助，要是她们能将这件事告诉他，那就最好不过了。

"确实如此。"阿格尼丝说。于是她们便立即开始一起想办法给克里斯托福罗神甫报信。修道院离她们家大约有两英里路程，况且今天这个日子，她们也不愿冒险去那，当然，任何明智的人也不会建议她们那样做。然而，正当她们反复斟酌的时候，听见有人在敲门，与此同时，还听到低低但清楚的一声"Deo gratias"（注：上帝保佑）。露琪娅一边想着可能会是谁，一边跑去开门，进来的是一位化缘的嘉布遣会俗家修士，他深深地行了个礼。他的左肩上挂着一个袋子，双手紧紧地抓着皱巴巴的袋子口，将其按在胸前。"噢，加尔迪诺修士。"两个女人惊叹道。"上帝与你们同在，"修士说，"我来是求你们施舍点儿坚果的。"

"快去给修士拿点儿坚果。"阿格尼丝说。露琪娅站起来，走向另一个房间，但是，在进去前，她在修士的背后停了下。修士仍以原来的姿势站在那，她用食指按住嘴唇，用含着恳求甚至有点儿命令意味的目光，娇嗔地给母亲使了个眼色，希望她保守秘密。

修士从远处好奇地盯着阿格尼丝，问道："婚礼怎么样？我以为定的就是今天，但是我看到村里有点儿混乱，好像有什么新闻似的。到底发生了什么事？”

“神甫先生病了，我们不得不推迟婚礼，”阿格尼丝急忙答道，如果露琪娅没有给她那个暗示，可能这个回答就不一样了。“化缘进行得怎么样？”她问道，希望转变一下话题。

“很不好，善心的太太，很不好。都在这里呢。”他一边说着，一边将袋子从肩上拿下来，双手掂量着。“全在这儿，为了化到这点儿东西，我不得已走了十户人家。”

“今年收成不好，加尔迪诺修士，吃饭都得省着，其他方面就不那么大方了。”

“要想有个好年景，该怎么做呢，我的太太？那就要行善施舍。难道您不曾听说多年前在我们罗马涅地区的一个修道院里发生的有关坚果的奇迹吗？”

“说实话，没听过。您给我讲讲吧！”

“好吧，您要知道，当年在那座修道院里，有一位叫马卡里奥的神甫。冬日的一天，他沿着一条狭窄的小径散步，经过我们一个施主的田野。这位施主是一位好人，马卡里奥神甫看见他站在一棵大核桃树附近，四位农民举起斧头，正准备将树砍倒，把树的根挖出来。‘你们想把这棵树怎样呢？’马卡里奥神甫问道。‘唉，神甫，这棵树很多年没结果实了，所以我们要把它当柴烧。’‘留着它吧，’神甫说，‘我肯定这棵树今年结的果实比树叶都多。’那位施主知道说话者的分量，立刻吩咐农民们又用土将树的根盖好，并且对正在赶路的神甫说：‘马卡里奥神甫，这棵树结的一半果实会贡献给修道院。’这个预言传开了，人们都纷纷跑来看这棵树。确实，春天，这树开了不计其数的花，随之结了累累果实。那位善良的施主没有尝到丰收的喜悦，因为在收获前，他便去世了，去天堂接受对他仁爱的奖赏了。但后来，更大的奇迹发生了，您且听我说。这位可敬的人有个儿子，性格与他完全不同。收获的季节到了，修士便来取那一半属于修道院的果实。可是他的儿子却假装完全不知道此事，竟一口咬定他从没听说嘉布道的修士有能耐让核桃树结出果实。你猜接下来发生了什么事？有一天，这个无赖请了一帮朋友前来饮酒作乐，并把这个故事讲给了他朋友听，还嘲笑修士们。那帮狐朋狗友一时兴起，想看看那硕大的核桃堆，于是他便领着他们到了仓库。但是请听着，他打开了仓门，朝着堆放果实的角落走去。他正开口说'你们看'的当儿，自己也抬眼望去，却看到——您猜他看见了什么？——一大堆核桃叶！这是给他的一个教训！而修道院并没有因没得到施舍而失去什么，反倒获得了很大的益处，在这件事之后，募捐的核桃越来越多，甚至还有一位施主因为同情化缘者，献给修道院一头驴，帮助把核桃运回了修道院。修道院榨了很多油，所有附近的穷人们都可以尽其所需地来取油。因为我们就像大海，从四面八方汇集水，然后又将其输送回各条河流。"

这时，露琪娅回来了，围裙中装满了核桃，她抓着围裙的两个角，双臂张开，很吃力地抱着。这时，加尔迪诺修士便将袋子从肩上拿下，把它放在地上，打开袋子口，以便好装这些核桃。阿格尼丝瞟了露琪娅一眼，为她的慷慨投去了惊异而又责备的目光。但是露琪娅也给她使了个眼色，仿佛在说："我自有道理。"修士对此大加赞赏，又是祝愿又是许诺，极尽感激之词。他把袋子重新挎上，准备离开。但是露琪娅却叫住了他，说道："我想请您帮个忙，告诉克里斯托福罗神甫我们有要紧事要跟他谈谈，劳驾他赶快来看看我们这些可怜人。因为我不能上教堂去找他。"

"就这事吗？不出一小时，克里斯托福罗神甫就会知道你们的愿望的。"

"我相信。"

"别担心。"说完，他便离开了。他的身子因为布袋的重量而比来时弯了很多，但内心却比来时满意。

在听到一位可怜的女孩如此切切地让人去找克里斯托福罗神甫，而那位修士既不奇怪也没有推脱就接受了这个任务时，读者切不可以为那位克里斯托福罗神甫是一位平庸之辈，一位无足轻重的人士。相反，他是一个在教民中和附近一带都很有威望的人。嘉布遣会修士们就是这种情况，对他们来说，事事无高低贵贱之分。他们既为高门望族的权贵服务，又为寒酸贫贱的百姓效劳，一视同仁；无论是进入宫殿豪宅，还是简陋的民宅，他们的态度总是同样的谦恭和泰然；有时在同一个家庭，他们既是被嘲笑的对象，也是举足轻重的决策者；他们靠着到处募化为生，却也乐意对所有前来修道院乞讨的人给予施舍；所有这一切嘉布遣会修士已习以为常了。行走在路上，他可能会遇到一位贵族，让其恭恭敬敬地吻他长袍的圣带，也可能遇见一群顽童，假装互相厮打，趁机朝他的胡须上扔泥土。那时，谈到“修道士”这个词，人们会带着很尊敬的口吻，同时也带有极苦涩的鄙视。或许嘉布遣会修士比其他修士要更容易唤起两种截然不同的情感，体验到两种迥然不同的对待，因为他们一无所有，穿着一身与众不同的奇特服饰，从事最谦卑的公开职业。他们随人们性情、观念的不同或受尊敬或遭冷眼。

加尔迪诺修士刚走，阿格尼丝就大叫道：“今年收成不好，你却送掉那么多核桃！”

“妈妈，请原谅，”露琪娅说，“要是我们也同其他人那样，给他一点儿，还不知道加尔迪诺修士要转悠多久才能装满他的口袋，都不知道他要何时才会回到修道院，此外，一路上跟别人说长道短，他很可能会忘记……”

“嗯，你想得周到。毕竟，行善终有好报的。”阿格尼丝说。尽管她有小小的缺点，但她是个心地善良的人。她无比疼爱自己唯一的女儿，为了她，她会不惜一切。

就在这时，伦佐回来了，一脸怒气冲冲、不高兴的样子。他将阉鸡扔在了桌子上。这也是那些可怜的家伙遭受的最后一次不幸。

“瞧您给我出的好主意！”伦佐对阿格尼丝说。“您让我去见一位善良的正人君子，一位真心实意帮助我们穷苦人的好人。”接着，他便开始讲述自己在博士家受到的礼遇。可怜的阿格尼丝，被这种糟糕结局惊呆了。可她还想证明她的建议是原本是很好的，只是伦佐处理不当，才坏了事情。可露琪娅打断了他们的争论，说她有希望能找到一个更好的帮手。

像大多数身陷厄运和困境中的人一样，伦佐也怀着同样的希望。“但是，如果这个神甫，”他说，“没找到补救方法的话，我无论如何要找出个办法来。”两位女人劝他要平静些、耐心些、谨慎些。“明天，”露琪娅说，“克里斯托福罗神甫肯定会来，到时你们就会看到，他会找到我们这些可怜人怎么也想不到的办法来。”

“希望如此吧！”伦佐说，“但是，无论怎样，我会讨回公道，或找人替我讨回公道。世界上终究会有正义的。”

他们忧心忡忡地谈着话，像刚才所述那样你一言我一语，不知不觉这天就过去了，天色渐渐暗了下来。

“晚安。”露琪娅伤心地对似乎还不想离开的伦佐说。“晚安。”伦佐答道，他显得更伤心。

“总会有圣人来相助的，”露琪娅补充说，“谨慎点儿，尽量忍着点儿。”阿格尼丝也做了类似的劝告。新郎这才离开，他满腔怒火，嘴里不停地重复着那句奇怪的话：“世界上终究会有正义的。”的确，一个伤心欲绝的人是不知道自己在说什么的。

第四章

太阳刚刚从地平线升起，克里斯托福罗神甫便离开了佩斯卡莱尼科修道院，朝着一间村舍走去，那儿有人正在等他。佩斯卡莱尼科是阿达河或者应该说是阿达湖左岸的一个小镇。镇子离桥不远，散落着一片房屋，住在这里的大部分是渔民，到处挂满了渔网，正在太阳下晾晒。修道院（此建筑至今还在）位于小镇外面，面对着小镇的入口，处在莱科通向贝加莫的大路上。天空晴朗，太阳渐渐地从山后露出脸来，从对面的山顶放射出万道光芒，迅速地洒向了山坡和河谷。一阵秋风拂过，桑树上的枯叶纷纷飘落到数步之外。在两边的葡萄园中，花彩似的葡萄藤一动不动，藤上深浅不一的红色叶子一闪一闪的；田野上，一片片白茫茫的麦茬在露水下闪闪发亮，新织的渔网被衬得更加黝黑和醒目了。这一派生机勃勃的景象真令人赏心悦目。但是一见路上偶尔出现的行人，这种好心情便荡然无存了。每走一步，就会看见一些面色苍白而又憔悴的乞丐，他们有的已经年迈，行乞多年了，有的则为生活所迫而无奈行乞。他们默默地从克里斯托福罗神甫身旁经过，可怜巴巴地看着他。作为一名嘉布遣会修士，克里斯托福罗并没有什么钱，乞丐们也没想过要从他那得到什么，尽管如此，他们仍然对他行礼致意，因为他们曾从修道院得到过布施，并还将去那里乞讨。一些分散在田间劳作的人们的境况更凄苦。他们有的在播种，很节省地撒下稀稀拉拉的几颗种子，就好像一个人极不情愿地把自己的珍品拿去冒险一样；有的艰难地抡起铲子，厌倦地翻着地。一个半饥半饱的孩子，用绳子牵着一头瘦瘦的小牛在放牧，她的眼睛紧紧地盯着前面，不时迅速地弯下身子去，从牛的嘴边一把夺来野菜，好拿回家给家人充饥。饥饿教会人们，野菜也可以用来活命。目睹此种情景，神甫每走一步，忧愁便多一分，此刻他的心里已有预感，他将听到某种不幸的事。

但是他为什么如此关心露琪娅呢？为什么他一听到口信便这么急切地去处理这事，就好像接到省里主教大人的召唤似的？这位克里斯托福罗神甫究竟是何许人物呢？看来很有必要解答这所有的疑问。

克里斯托福罗神甫是年过五旬，将近六旬的人了。他的头除了按照嘉布遣会修士的发型要求，留有一小圈像一个王冠似的头发外，其余全都剃光了。他常常抬起头，流露出一种超逸而又不安的神情，然后又迅速低下头，陷入谦卑的沉思。他的脸颊和下巴上长满了长长的灰色胡须，越发衬托出他脸上清晰的轮廓。多年来有规律的清苦生活，不仅没有抹掉他自然的表情，反而使得他的神情平添了些庄重感。他那凹陷的眼睛，总是盯着地上，有时会闪耀着明亮的光芒，就像两匹精力充沛的马，虽然凭经验知道战胜不了驭者，但偶尔也会由着性子跳几下、踢几下，但立刻又被缰绳紧紧地拽了回来。

克里斯托福罗神甫并非一直都是这样，他原来也不叫克里斯托福罗，他的洗礼名叫卢多维科。他是某地方一位商人（作者出于谨慎隐去了真实的地名和姓氏）的儿子，这位商人在晚年相当富裕，膝下只有这么一个儿子，于是便不再经营买卖，自顾自地过起有钱人的生活来。

闲来无事时，他开始对自己以前挣钱养家的日子极为不齿。他幻想着尽一切努力让别人忘记他曾经是个商人，事实上，他自己也希望能忘记这点。但是仓库、货物、账簿、米尺时刻浮现在他脑中，就像班科的鬼魂时刻出现在麦克白眼前一样。即便在盛宴上，食客们的笑脸也难以使他忘却这些东西。这些可怜的食客说话极为小心，生怕说出的只言片语隐射出主人从前的身份。譬如说，有一次，正当酒宴快散，众人酒足饭饱，欢畅淋漓，分不清自己究竟是宾客还是主人的最为高兴的时候，他摆出一副既友好又有点儿优越的架势，嘲弄起在座的一位食量大得惊人的宾客。此人并无丝毫恶意，像天真的孩子一样，脱口应道："啊，我就像商人一样充耳不闻。"这个人立刻意识到自己刚才的失言，不好意思地瞟了主人一眼，只见他脸色阴沉。两人都想恢复先前快乐的表情，但已经不可能了。其他客人此刻也都在想某种办法来弥补这个错误，改变下话题，但此时的安静使得这个错误更加明显。每个人都极力避开其他人的眼神，每个人都感到大家都恨不得有个地缝可以钻进去。于是当天的宴会就这样不欢而散了，那位说话不小心的食客，更确切地说，那位倒霉的客人，从此再也没有受到邀请。就这样，卢多维科的父亲度过了他的晚年，他一直烦恼着，总怕别人鄙视他。他从没想过，其实卖东西和买东西一样，完全不是什么令人耻笑的事，而且他现在为之羞耻的职业，过去这么多年来在公众面前一直做得那么理直气壮。依据当时的风气、法规和风俗习惯，他让自己的儿子接受了贵族式的教育，专门请了不同老师教授他文学及武艺。他死后，给年轻的儿子留下了一大笔财产。卢多维科养成了公子哥的习气，被周围一群阿谀奉承的人簇拥着长大，因此他习惯了别人对他怀有莫大的尊敬。但是当他想同城里的上流人士打交道时，却开始发现，如果他想融入他们的圈子，正如他所希望的那样，他就得学会另一种新的态度，学会忍耐、顺从，时时刻刻受到鄙视，让人瞧不起。

无论从教育上还是性情上，卢多维科都接受不了那样的生活，他于是愤然离开了。尽管他有些不情愿，因为对他来说，只要那些人能更好相处，他们本可以成为他的同伴的。他的这种厌恶感和向往感纠结在一起，使他不能同这些人打成一片，然而他又希望能以某种方式和他们有所交集，于是便努力同他们竞争，去炫耀，去比谁更富有。结果，他得到的却是仇恨、嫉妒和嘲笑。他的性情既坦率又粗暴，这种性格时不时地驱使他与那帮人之间展开更激烈的较量。他对欺骗和压迫行为有着自然的、本能的憎恶。而每日干这些罪恶勾当者恰恰是他深恶痛绝的那帮出身高贵门第的人，他心中也愈加愤愤然了。为了立刻平息这些怒气，或者说是为了宣泄全部怨恨的感情，他自愿地站在了弱势群众和被压迫者这边，当起了仲裁者，调节了一次又一次的纷争。就这样，从某种程度上来说，他成了被压迫者和受伤害者的保护人。不过，要履行自己的使命又谈何容易。可怜的他招引了许多冤家对头，陷入了种种纠纷和烦恼，这自不待说；他还一直饱受着内心的折磨，因为为了克敌制胜（更不用说在他失败的时候），他不得不要点儿诡计，施点儿暴力，这些都是他的良心所不容的。他被迫豢养很多暴徒，为了自身的安全，也为了得到有力的帮助，他不得不选择最胆大包天，换句话说，最没道德的流氓。因此，出于正义的缘故，他不得不和那帮恶棍厮混在一起。然而他不止一次因惨烈的胜利而气馁，因危险将至而感到不安，因时刻提心吊胆而感到厌烦。对自己的那帮手下他也心生厌恶，他更担心因每日支出大量钱财用于善事和豢养杀手而挥霍掉家业，因此，去做修士的念头不止一次地闪现在他的脑海。在那个时代，这是摆脱困境最普遍的做法。这个念头对他来说也许一辈子都只是幻想，但是因为遭遇了一次前所未有的大灾难，他竟然坚定地去做了一名修士。

一天，卢多维科在管家和两名手下的陪同下正在街上转悠，这位管家原本是个伙计，后来被卢多维科的父亲提为管家。管家名叫克里斯托福罗，五十岁左右，从小看着卢多维科长大，一直跟随其左右，忠心耿耿。靠着主人给他的薪酬和赏赐，他不仅养活了自己，还供养了妻子和八个孩子。卢多维科看见了不远处的一位富家子弟，此人傲慢而又专横，尽管自己从未与他说过话，但却从内心憎恶他。这个世界的奇特好处之一就是不认识的人可以相互憎恨对方。那位富家子弟由四名手下簇拥着，高昂着头，嘴角浮现出傲慢和轻蔑的神情，耀武扬威地迈着阔步。他们两人全是沿着街面的墙行走，卢多维科是顺着右边走的，依照当时的规矩，他有权照直行走，而不须向任何人让道。在那个年代，让道是件非同小可的重要事情。不料那位先生则认定，唯独他这个贵族才有权照直行走，卢多维科理应识相点儿，趁早回避才是，他这样的想法是符合那个时代的另一种规矩的。正像在其他场合屡次发生的那样，两种同时通行的规矩往往是水火不容的，竟然无法判断哪一种才算合情合理。倘若两个脾气都倔的人又碰巧撞在一起，争斗就必然产生了。这两位冤家都沿着墙向对方走近，犹如墙上的两座行走的浮雕。当两人走到面对面时，那位先生皱着眉头，眼睛盯着卢多维科，一副傲慢而专横的样子，厉声喝道："让开！"

"你给我让开，"卢多维科说，"右侧是我的。"

"像你这等人遇上我，总是得给我让道。"

"不错，如果你们这种人的傲慢就是我们的法律的话。"

双方的随从都静静地站在自己主人的后面，凶狠地注视着对方，手放在匕首上，准备交战。路过的行人停下脚步，躲到一边，远远地观看着这一局势。这些围观人群的出现使得争执双方更加不甘示弱。

"滚开，你这无耻的粗人，否则我很快便会教你该如何对待一位贵族。"

"说我是无耻之人，简直血口喷人！"

"骂别人血口喷人，你才是血口喷人呢。"这种回答在当时是相当实用的。"如果你想装成和我一样的贵族，"那人又说道，"我便会用这把剑来证明你是满口胡言。"

"这倒是个绝好的借口，有本事你就说到做到，不要只是口吐狂言。"

"把这个无赖扔进泥潭！"那位先生回过头对其手下说道。

"有你好看的！"卢多维科说道，立刻后退一步，伸手去抽宝剑。

"鲁莽之徒！"那个人大叫道，拔出了自己的剑，"要是这把剑沾上你卑贱的血，我就把它折断。"

两人说着就厮打起来，双方的手下也交战起来，以保护自己的主人。这场恶战不是势均力敌的，首先是卢多维科一方在人数上处于劣势，再就是卢多维科意在躲开对方的攻击，卸下他的武器，而不是杀了他，然而对方却不惜一切代价，一心想要了他的命。此刻，卢多维科的左臂被对方的手下砍了一剑，脸颊也受了轻伤，而他的对手却步步紧逼，想结果他的性命。这时，克里斯托福罗眼见自己的主人处境极其危险，便手握宝剑向那位贵族身后扑去，而贵族把所有的愤怒都转向了这位新敌，用剑把他刺穿了。见此情景，卢多维科非常愤怒，将剑刺向那位凶手，那人和不幸的克里斯托福罗几乎同时倒地。那位贵族的手下眼见主人倒地，立刻如鸟兽散。而卢多维科的手下，挨了打，受了伤，看见敌人已经毙命，又怕围拢来的人纠缠不休，也都从另一个方向逃跑了，现场只留下卢多维科和脚边躺着的两个不幸丧命的人，四周是围观的人群。

“结局怎样？”“死了一个。”“不，死了两个。”“他的身体被刺穿了。”“谁被杀死了？”“那个恶霸。”“噢，圣母玛利亚，场面真混乱！”“恶有恶报。”“一剑了结了他的所有罪恶。”“他终于完蛋了！”“好壮观的一击！”“这件事肯定很严重。”“瞧，还有不幸的人。”“仁慈的上帝啊！太可怕了！”“快救救他，救救他！”“看，他也伤得挺严重的，全身是血。”“快跑，可怜的家伙，快跑！”“小心别被逮着了。”

在人群混乱的嘈杂声中，这些话语可以听得清清楚楚，它们表达出众人普遍的看法，这些人中有给建议的，也有提供帮助的。此事发生在嘉布遣会修道院附近。众所周知，那时修道院是一个避难所，警察以及一切打着维护正义旗号的司法人员是不能进入的。受了伤，近乎昏迷的卢多维科被人们领着，准确地说，是抬着，进入了修道院，然后被交给了修士，大家说：“他是一位可敬的人，是对方挑衅他，他为了自卫，才不得已杀死了傲慢的恶霸。”

卢多维科之前从未流过血，尽管那时杀人是很平常的事，每个人都习惯了听人说这种事，或者自己亲眼看到过。然而亲眼看见一个人为他而死，而他又杀了另一个人，使他产生了一种新的无可名状的感觉，一种他从未有过的感情冲击。眼见自己的敌人倒毙，其凶恶、怒不可遏的表情随即变成了死一般的庄严寂静，作为杀人凶手的卢多维科的心情也在一瞬间发生了改变。他被人们拖到了修道院，他根本不知道自己在哪儿，他们对自己做了什么事。当他清醒时，他发现自己躺在修道院医务室的一张病床上，一位身为外科医生的修士（当时每个嘉布遣会修道院中，通常都有一名这样的医生）正在为他治疗，医生正用棉布和绷带包扎自己在打斗中受的两处伤口。另一位专门负责救助危重病人并时常在街头履行这种使命的修士很快被叫到了打斗现场。不一会儿，他就回来了，进入了医院，朝着卢多维科的病床走去。“你可以得到安慰，”他说，“至少那位贵族临终时很平静，他委托我来请求你的宽恕，并且他已宽恕了你。”这些话使可怜的卢多维科完全清醒过来，他心里那混乱的情绪变得更加清晰、强烈了：他为自己的朋友感到痛惜，对自己致命的一剑感到惊恐和悔恨，同时又对他杀死的人感到苦痛和同情。“另外一个怎么样了？”他焦急地问那修士。

“我到的时候，那个人已经死了。”

这时，修道院的门口和四周聚集了很多好奇的人，但是，警察一到就驱散了所有人，在离门不远的地方设下岗哨，这样任何人都无法悄悄溜走。死者的一个兄弟，带着他的两个表兄弟和一个上了年纪的叔叔全副武装地来了，还带着一大群手下的暴徒，开始搜索修道院。他们带着凶狠的眼光和恐吓的神情盯着好奇的旁观者。尽管这些人谁也不敢说“你们休想逮住他”，但脸上分明已经流露了这样的心思。

卢多维科刚能神志清晰地思考的时候，就请来一位神甫听他忏悔，恳求神甫去找克里斯托福罗的遗孀，并以他的名义请求她的宽恕，因为是他害得她一个人孤苦伶仃，尽管这并不是他自愿的。同时，他还让神甫代他向她保证他会承担起抚养她家的责任。他回顾起自己的境况，往日经常闪现在脑子里的当修士的念头，现在复活了，而且比任何时候都更加认真和坚定，好似上帝亲自将他引上这条正道，并给了他神圣的启示，因为在关键时刻，上帝使他来到修道院。就这样，他下定了决心。于是，他请来修道院院长，并告诉他自己的意愿。但是他得到的回答是，一定要谨慎行事，不要仓促作决定，但是如果他经过深思熟虑仍然坚持自己的想法，便不会遭到拒绝。然后他让人请来一位公证人，并立下文书，将自己的所有财产（这可不是一笔小数目）都馈赠于克里斯托福罗的家属。一部分给了他的妻子，如同她继承了丈夫留下的遗产，剩余的都给了他的孩子们。

卢多维科的决定受到很多修士的赞许，因为他们正因为他的事而感到很为难。把他赶出修道院，使其落入法网，就等于让他的敌人得以报仇雪恨，这样的做法他们是决不会考虑的。这样做不啻是放弃修道院享有的特权，使修道院在百姓中声誉扫地，并将遭到世界上所有嘉布遣会道士的谴责，因为这样做是任凭别人侵犯大家的权利，同时也会激怒教会当局，而教会向来认为自己是此种权力的维护者。另一方面，死者的亲属本身都很有势力，又有一批坚实的后盾，随时准备报仇雪恨，还扬言说谁要是从中作梗，谁就是他们的敌人。这个故事里并没有提到死者的这些亲人是如何悲痛，甚至都没有说有哪位亲人为死者掉过一滴眼泪，只说是他们急切地想要抓到凶手，不管他是死是活。但是卢多维科一旦做了嘉布遣会修士，一切纠纷自然就好解决了。做了修士，无疑是以某种方式在赎罪，表明自己的忏悔，并且默认自己有罪，实际上就是一个放下了武器，缴械投降的敌人。如果他们愿意的话，死者的家属也可以认为并且向别人吹嘘说他是怕他们复仇，绝望之下才做了修士。但是，不管怎样，他们使这个人失去了所有财产，削发为僧，赤脚行走四方，睡在草上，靠化缘为生，这等惩罚也足以惩戒最恶劣的罪行。

修道院院长谦逊地来到死者的兄弟面前，千百次地声明他对这个高贵的家庭的尊重，并希望能够尽可能使这家人满意。他讲到了卢多维科的忏悔以及他作出的决定，又礼貌地说死者的家庭对此应该很满意，并且用温和的语言，更加巧妙的方式向他们暗示不管他愿不愿意，事情就这样定了。死者的兄弟听罢怒火直冒，修道院院长却不动声色，还不时地说："您的悲愤是理所当然的。"那位先生还说，不论如何，他的家庭有能力实施报复，使自己满意。院长不管心里作何感想，都没有加以反驳。最后，死者兄弟要求，或者说是提了一个条件，那就是杀死他兄弟的凶手必须立刻离开这个城市。早就有此决定的院长回复说，一切会遂其所愿，并且让对方以为他这样做是听从命令的表现。最终，这件事就这样了结了，各方甚是满意：贵族家庭保全了荣誉，不再为复仇的职责所累；而修士们救了一个人，并保全了自己的特权而没有与人为敌；那帮维护贵族尊严的人也乐意看到事情以一个令人称赞的方式结束；平民百姓则为这样一位令人敬重的人脱险而高兴，同时对他皈依宗教的做法赞许不已；最后，对于我们可怜的卢多维科来说，悲伤之余，这是最大的安慰，他过上了赎罪的生活，并把自己奉献给宗教，尽管他所做的这些并不能弥补自己犯下的过错，但至少可以有所补偿，以缓解令人无法忍受的悔恨的折磨。想到别人会以为自己是出于恐惧才去当了修士，卢多维科痛苦了一阵，但是当他想到，即使是如此不公正的非议对他也是一种惩罚，也是一种赎罪的方式，他也就立刻得到了安慰。因此，在他三十岁的时候，他穿上了修士的长袍，并按照教规改了自己的名字。他选择了一个时刻能够提醒自己所犯过错，并需要为此过错赎罪的名字——克里斯托福罗。

领取神袍的仪式一结束，修道院院长就告诉他必须到六十英里远的某个修道院去修炼，而且第二天就得起程。这位新弟子恭恭敬敬地鞠了个躬，并有一事相求。“神甫先生，”他说，“在这个城市里，我曾经杀了一个人，并因此伤害了他的家人。在我离开之前，请允许我向他们赔罪，至少向他们表达我的愧疚和痛心，并祈求死者兄弟的宽恕，请他消除对我的仇恨，如果上帝肯恩赐于我的话。”院长思忖着，认为这一举动除了本身是善行外，更能够调和死者家庭和修道院的关系。于是他立刻就去了死者兄弟家里，向他转达了克里斯托福罗修士的请求。听到这个出乎意料的建议，那位先生大吃一惊，突然陡生怒火，又有点儿得意，想了一会儿后，说：“叫他明天过来吧。”并且确定了时间。修道院院长回去后，告知新弟子他的愿望得到了应允。

那位贵族突然想到，赔罪的场面越隆重越轰动，越能提高他在朋友及公众面前的影响力和威望，还将掀开这个家族史上“辉煌”的一页（借用当今时髦的一种说法）。因此，他火速地通知所有的亲属，第二天中午一定要光临他的府邸，为的是使大家得到一个满意的结果。第二天中午，贵族的府邸里挤满了身份高贵的男女老少。宽大的披风，高高的羽饰，晃晃荡荡的珠宝首饰，翩翩舞动的上过浆的卷曲的衣领，以及刺绣拖裾长裙，混杂在一起，翔游于室。候客厅中、院子里及道路上都挤满了仆人、侍从、手下暴徒以及好奇的看客。克里斯托福罗修士一见此情景，便猜到了主人的用意，一时间有些不安，但他很快便恢复了过来，自言自语道：“一切听便吧。我在公共场合当着他的很多冤家对头的面杀了他，那是一种罪过，而今天是赎罪的机会。”于是，在神甫先生的陪同下，他低着头跨过门槛，在一群人好奇而无礼的目光的注视下穿过庭院。他登上楼梯，顺着一群高贵的宾客让出来的道，在上百双眼睛的注视下，走到主人面前。主人被一群近亲簇拥着，站在房间中间，眼睛望着地面，左手按住剑的手柄，而右手压住垂至胸前的衣领。

有时，一个人的面部表情和举止行为几乎就是他内心世界最真切、最直接的写照，众多旁观者对他的评价也是一致的。克里斯托福罗修士就是这样，他的面孔和行为举止明显地向围观的人群说明，他并不是因为惧怕而才做修士，也不是因为惧怕才来请罪的。众人的这一发现使他们对他顿生好感。看到这位被自己伤害的先生，他加快了脚步，跪在他的面前，双手交叉放在胸口，低着他那剃过的头说：“是我杀了您的兄弟，上帝知道我是多么乐意以我自己的血为代价，将他带回您的身边，但是这已经不可能了，我只能带来这迟来的无用的歉意，看在上帝的份上，祈求您的宽恕。”所有人都目不转睛地看着这位见习修士和与他讲话的那位尊贵的人，都听得很是入神。克里斯托福罗修士一席话讲完后，屋子里满是同情和敬佩的嘀咕声。一直展现出傲慢的态度并强压住心中怒火的那位先生，此时也被这些话感动了。“请起来吧，”他用一种缓和的语气，俯身对跪着的修士说道，“我们受了伤害……确是事实……但是您如今穿上了一身僧袍……不仅如此，而且为了您……快起来，神甫……我的兄弟……我不能否认……是一位绅士……他这人……性子急躁……容易冲动。但发生的一切都是上帝的旨意。不要再提这些事……神甫，您切不要这样跪着。”贵族挽着神甫的胳膊，把他搀扶了起来。克里斯托福罗站了起来，但仍然低着头，双眼盯着地板，说道：“现在我可以得到您的宽恕了吗？如果我得到了您的宽恕，那还会有谁不愿宽恕我？噢，要是我能亲耳听您说出‘宽恕’一词，那该多好啊！”

“宽恕？”那位贵族说道，“您已经不需要它了。但是既然您如此希望得到我的宽恕，那理所当然……理所当然地，我真心诚意地宽恕您，而且在场的所有人……”

“我们都宽恕他，都宽恕他。”在场的人异口同声地说。克里斯托福罗修士脸上露出因感激而喜悦的表情，但是，这喜悦中又隐隐流露出谦卑的、深深的悔恨，因为大家的宽恕并不能弥补自己犯下的罪行。贵族被他的这种表情所感动，并为众人兴奋的情绪所感染，他展开双臂，搂住克里斯托福罗修士的脖子，两人互相亲吻了一下，以示和解。

“太好了！好极了！”整个大厅都响起了喝彩声。众人都纷纷走上前去，围在修士旁边，这时，仆人们送来了很多茶点。克里斯托福罗修士正准备离开，那位先生走上前，对他说：“神甫先生，请随便吃些吧，以示友谊。”贵族正要请他第一个享用点心，可修士后退了一步，礼貌地拒绝了。“这些东西，”他说，“我再也没有缘分享用了，但是上帝是不容我拒绝您的馈赠的。我就要起程离开此地了，请赐给我一块面包吧，如此一来，我便可以说我领受过您的好意，享用了您的面包，以示我得到了您的宽恕。”那位贵族深受感动，令仆人去拿面包。一会儿，一位身着礼服的仆人端着一个盛着面包的银盘走了进来，并把它呈给神甫。神甫接过面包，放进自己的篮子里，深表感谢。然后，他便转身向这家主人及他周围的人告辞。到了客厅，这家的仆人，甚至手下暴徒都缠着亲吻他的衣褶边、腰带和帽子，他费了好大劲才得以脱身。当他终于来到大街上的时候，像是凯旋的英雄一般被众人簇拥着一直走到了城门口。他出了城门，朝他修炼的地方走去。

死者的兄弟和其他亲属，本打算那天早上领略到悲凄而骄矜的快慰，却享受了因宽恕和慈爱所带来的庄严喜悦。聚会又持续了一段时间，这些人谈论着他们参加聚会前所不曾料到的事情，内心洋溢着异乎寻常的亲切感和真挚感。他们谈论的话题并不是如愿以偿、报仇雪恨和履行义务，而是对见习修士的称赞，以及和解和谦让。有一位客人，本准备第五十次来讲述他的父亲穆齐奥伯爵如何在类似的一次冲突中帮助了斯塔尼斯劳侯爵（一个人人皆知的粗暴的吹牛大王），但他却谈起多年前就去世了的西莫内修士的苦行修炼及其惊人的忍耐。宾客都散去以后，主人仍然很激动，回想起自己所听到的和他自己所说过的话，甚是吃惊，喃喃自语道："这个修士简直是个魔鬼（我们必须准确地援引他的原话），简直是个魔鬼，如果他再跪得久一点儿，我几乎都要乞求这个杀害我兄弟的人的宽恕了。"我们的故事明确地提到，从那天起，这位贵族变得没有以前那么冲动鲁莽了，也通情达理多了。

克里斯托福罗神甫怀着一颗平静的心走在路上。自从发生那件可怕的事情以来，他还从没有如此安心过，他将奉献自己的一生去赎罪。他默默遵循着修炼期间必须保持沉默的规定，一心只想着为了弥补自己的罪过而即将遭受的艰辛、困顿和屈辱。到了吃饭时间，他在一位施主家稍稍驻足，津津有味地吃着那块象征着宽恕的面包，但是，他留了一小块在篮子里，作为永久的纪念。

我们并不打算叙述他在修道院的生活，只消提一点就够了，那就是他总是很乐意也很认真地履行平日分给他的任务，去布道或为垂死之人祈祷，而且，他从未放弃任何机会，去尽两项自己过去所订的职责：平定纷争和保护受欺压者。尽管他自己并未觉察，在做这些事情的时候他仍带着些许从前的那分热忱以及一丝残存的勇敢精神，谦恭和苦行的生活并没有使这种精神完全泯灭。他平日的言谈是温和而谦逊的，但是当真理和正义受到威胁时，他便焕发出旧日的激情，而布道形成的庄重语调，既鼓动又缓和了这种激情，给他的语言赋予了一种独特的特点。他的所有表情和举止都表明了一场长久以来都存在的内心冲突，即他那与生俱来的粗莽、暴烈的性格，同受到崇高的原则和动机所控制的意志相斗争，并且后一种力量总是占上风。有一次，一个很了解他的修士朋友把他比作那些在自然的形态中特别具有表现力的言辞，有些人，甚至是那些平时表现很文雅的人，在被激怒的时候，往往会简化这些言辞，稍微改变一下某些字母。然而，这些哪怕是变了形的词语，也依然保留着它先前的表现力。

就算是一个克里斯托福罗神甫不认识的人在遇到像露琪娅这样的不幸

境况时向他求助，他也会立刻前去帮忙。然而，不幸就发生在露琪娅身上，他于是格外担心，并急速前去救援，原因是他很了解和钦佩她的纯真善良。他早已为她的危险处境感到焦虑，并为她所受的卑劣迫害感到义愤填膺。此外，他曾建议露琪娅不要把事情张扬出去，安安静静地待在家里，他担心自己的建议会导致某种可怕的后果。于是在这种情况之下，除却天生的一副仁慈心肠外，他还怀着几分忐忑的歉疚，善良的人往往如此。

就在我们叙述克里斯托福罗神甫早期往事的当儿，他已经来到村庄，到了露琪娅家门口。两位女人赶忙停住了吱呀作响的纺车，站起身来，异口同声地说："噢，克里斯托福罗神甫，愿上帝赐福于您。"

第五章

克里斯托福罗神甫站在门口，向两个女人瞥了一眼，顿时觉得自己的预感并不是没有根据的。他头稍稍向后一仰，抬起了胡须，用一种等待不祥的回答的语气询问道："怎么了？"露琪娅泪流满面以示回答。母亲刚开口为胆敢惊动神甫而道歉，但神甫却走上前来，坐在一只三脚凳上，打断了她的客气话，对露琪娅说："我可怜的孩子，冷静点儿。请您……"他转向阿格尼丝说，"告诉我究竟发生了什么事。"这个善良的女人竭力保持镇定地讲述起这个悲惨的故事，神甫的脸色变了又变，他一会儿抬头望天，一会儿用脚跺地板。听完阿格尼丝的叙述，他双手捂着脸，惊叹道："噢，神圣的上帝啊！竟然到了这等地步！……"但是，这句话还没有说完，他又转向这两个女人，"可怜的人啊！"他说，"上帝确实已经看到了您的遭遇，可怜的露琪娅。"

"神甫先生，您不会抛下我们不管吧？"露琪娅抽泣着说。

"抛下你们？"神甫回答说，"伟大的上帝啊！你们如此处境，如果我抛弃你们不管，我还有什么脸面去请求上帝的帮助？上帝把你们托付给我，请不要如此绝望，上帝会帮助你们的，上帝无所不知，连我这种无足轻重的人也被他发动起来……让我们想想看，看我能够做些什么来帮助你们。”

说这话时，他把左肘倚在膝盖上，手撑着前额，右手摸着胡须和下巴，像是要集中和掌控好所有的精力。

但是一番冥思苦想只是让他更清楚地认识到这件事是多么的紧急和复杂，应对的方法又是多么难以找到、没有把握，而又充满危险。“对唐阿邦迪奥先生晓之以理，使他感到羞愧，让他明白自己是多么的失职？当一个人被恐惧淹没时，羞愧和责任对他来说毫无价值。那么，吓唬他一番？可我能用什么手段使他比受枪弹的威胁还要害怕呢？把这一切禀报红衣主教大人，祈求他出面施压？这需要时间啊，在此期间，指不定会发生什么呢？以后又怎么办呢？假如这个可怜的无辜女孩结了婚，他那样的人会因此停手吗？……谁知道他还会做什么？干脆对抗他？如何对抗？啊，要是我能……”可怜的神甫想到，“要是我能把这里和米兰的修士们都发动起来支援，那该多好啊！但是这件事并不简单，没有人会前来帮助我。唐罗德里戈假装和修道院亲善，声称自己是嘉布遣修士的拥护者，他手下那帮人曾多次来修道院避难。在这件事情上我只能孤军奋战了，那些爱寻衅滋事，好争吵的人肯定会从中作梗。更糟糕的是，如果这些努力都不合时宜，我只会使这个可怜的孩子的处境更加险恶。”克里斯托福罗神甫权衡了各种办法的利弊，觉得最好的办法就是他亲自去见唐罗德里戈本人，请求他，并且如果可能的话，便以来世的恐惧及现世的报应说服他舍弃自己无耻的图谋。如若不能，至少也可以通过这个方法弄清楚他是否会继续固执地坚持自己邪恶的计划，更多地了解他的打算，并据此作出相应的对策。神甫正这样思考着的时候，伦佐在门口出现了，他不舍得走远，原因大家都能猜到。看见神甫正专注于思考，两位女人示意他不要打扰到神甫，所以他默默地站在门前。神甫抬起头，准备把他的计划告诉这两个女人，这时他看到了伦佐，便像平时那样亲切地问候他，出于怜悯，他的语气更加慈爱。

“神甫先生，她们都向您说了吧？”伦佐焦虑不安地问道。

“已经说了，我正是为此来到这里的。”

“那您说那个流氓……”

“您叫我怎么说他呢？他又不在这里，我的话又有何用呢？但是，伦佐，相信上帝，上帝不会抛弃您的。”

“您说得太好了！”年轻的伦佐惊叹道，“您和那些总是冤枉穷人的人不一样，不像那个教区神甫先生和那位律师先生……”

“不要再想那些于事无补的事了，伦佐，它们只会让您恼怒。我只是一个可怜的修士，但我想向您重复一下我刚才对这两位可怜的女人说过的话：我将尽我的绵薄之力帮助你们，绝不会弃你们不管。”

“啊，您和那些世俗的朋友可不一样！他们都不是什么好东西！您不会相信他们平时都对我说了哪些保证的话，哈！哈！说什么可以为我去死，即使遇上魔鬼，他们也愿意拔刀相助。要是我树了敌……我只消让他们知道，他们便会马上让其完蛋。现在呢，若您看见他们是如何避而远之……”这时，他抬起头看了看神甫，只见他一脸愁苦，便顿时觉得自己说错了话。他本想补救，但困窘之下，他愈发显得语无伦次，“我是说……我并不是指……也就是，我是说……”

“您到底想说什么？您是要在我把计划付诸实施之前就把它毁了吗？好就好在您及时地醒悟了。什么？您去找您的朋友……一帮狐朋狗友！……他们想帮也帮不了您，您忘了那唯一能够且愿意帮助您的上帝吗？您不知道上帝乃是那些信任他的受苦之人的朋友？您不知道弱者的威慑和争辩毫无用处吗？即使……”这时，他使劲地抓住伦佐的手臂，他的表情不失威严，却流露出一种严肃的懊悔。他低头看着地面，声音变得缓慢而又深沉，“即使那样做赢了……那也是可怕的胜利！伦佐！您愿意相信我吗？我是说，您愿意相信我这一介凡夫俗子，一个穷修士吗？不，您愿意相信上帝吗？”

“噢，当然愿意。”伦佐回答道，“上帝是真正的上主！”

“那好，您答应我您不会闯祸，不会去招惹任何人，一切听从我的安排。”

“我答应您。”

露琪娅如释重负般长吁了口气。阿格尼丝高兴地说道："做得好，孩子。"

"听着，孩子们，"克里斯托福罗神甫继续说道，"我今天就去和那个人谈。如果上帝能赐予我的话以力量，打动他的心，那固然好；如若不然，上帝会给我们指点其他的解决方法的。同时，你们要静下心来，躲起来，不要说长道短，抛头露面。今天晚上，最迟明天早上我会再找你们的。"说完这些，他打断他们表示感谢和祝福的话就离开了。他首先回到修道院，到达时正赶上午间的诵经赞唱，吃完饭后，他便出发前往他试图驯服的"猛兽"的"巢穴"。

唐罗德里戈先生的府邸小巧雅致，好似一座宫殿，孤零零地耸立在一处山冈上，湖岸尽是这样连绵起伏的丘陵。除了这些外，我们的作者还补充说道，这个地方（其实直接给出它的地名更好）位于这对有婚约的夫妇住的村子的上游，大概有三英里的距离，距修道院大概四英里。在山脚下，向着湖的方向散布着一些简陋的小屋，里面住的是唐罗德里戈的佃农，而这里好像就是他的小小王国的小都城一般。只要在那里转上一圈，就会了解这一带的风土人情。向那些矮一点儿的楼层瞥去，若碰巧遇见门开着，就会看见墙上杂乱地挂着猎枪、铁铲、耙子、草帽、发网和火药筒。到处都可以看见身形彪悍、面露凶相的汉子，他们的头发挽成大发卷，罩在发网里；还有那些牙都掉光了的老人，只要稍被人惹恼，便会狠狠地咬着牙龈，露出一脸凶相；那些女人们，生就一副男人面孔，有着强壮有力的臂膀，像是随时准备好在用舌头难以取胜时，助一臂之力。甚至那些在路上嬉戏的孩子们的举止和行为都显露出爱挑衅和好斗的架势。

克里斯托福罗神甫穿过这个小村庄，沿着一条蜿蜒小路直上来到一块小平地，到了唐罗德里戈先生的府邸前。门是关着的，表明这家主人正在用餐，不愿意受到打扰。面向大路的几个小窗户的框架因为年久失修而破烂不堪，外装了些铁护栏起保护作用。最底层楼的窗户很高，一个人要站在别人肩上才勉强够得着。四周鸦雀无声，要不是大门口对称地安放了四尊生物（两个活的，两个死的），表明这房子有人住，路过的人甚至会认为这是一座被废弃的房子。两扇大门上镶嵌着两只大秃鹫，伸展着翅膀，悬垂着头，一只羽毛已经脱落，被岁月蚕食得只剩下了半个身子，另一只则保存完好，羽毛也未脱落。两名打手躺在大门两边的长凳上，一个在左侧，一个在右侧，两人看守着大门，正等着被叫去享用主人剩下的残羹冷炙。神甫直立在门前，像是准备好在此候着。这时，其中一个打手站起身来，对他说："神甫，神甫，请进，我们可不能让您在这里候着，我们是修道院的朋友。当外面的情况对我不利的时候我好几次都是在那里避风头，如果当时没有开门的话，我就遭殃了。"说着，他把门环扣了两下子，听到声音，里面的那些狼犬和家犬立马狂叫了起来。稍后，一个老仆人嘟囔着走了过来。看见神甫，他深深地鞠了个躬，挥着手，呵斥着让狗安静下来，把神甫领进了一条窄窄的通道，又关上了门，然后把他带到一个小房间，吃惊而又尊敬地看着他，问道："您莫非是……佩斯卡莱尼科修道院的克里斯托福罗神甫？"

"正是。"

"您上这儿来？"

"正如您瞧见的，善良的老人。"

"保准是来做善事的。善事嘛，"老人一边在前面带着路，一边咬着牙齿嗫嚅道，"善事哪里都能做的。"

在穿过两三间昏暗的房间后，他们终于来到了餐厅的门口。刀叉杯碟叮叮当当的碰击声声声入耳，刺耳的谈话声一阵高过一阵。修士想要回避这种场面，他正在门口与仆人商量着，恳请让他在房子的某个角落候着，等主人用完餐。就在这时，餐厅的门被打开了。面对门坐着的是一位叫阿蒂利奥的伯爵（他是唐罗德里戈的表兄弟，前面我们已提到过他，只是没说出他的名字），他一眼瞧见了一个光秃秃的脑袋和修士的长袍，察觉到善良的修士到此有事。"嘿！嘿！"他大声喊道，"别走开，尊敬的神甫，快请进，快请进！"唐罗德里戈虽不能确切地猜到神甫突然来访的意图，却朦胧地预感到此事与自己有关，而且他很想避开这一切。但是莽撞的阿蒂利奥不假思索已经发出了邀请，他只好附和着招呼道："快进来，神甫，快进来。”神甫走上前，向主人深深鞠了一躬，恭敬地回复了宾客们的问候。

人们通常（我没说总是）会认为，光明磊落之人在邪恶之人面前定会目光坚定，昂首挺胸，勇敢无畏，谈吐自若。然而，在实际生活中，要使其以这样的姿态出现，需要许多条件，而这些条件又很难完全具备。因此，尽管克里斯托福罗神甫问心无愧，坚定地认为自己所捍卫的事是正义的，并对唐罗德里戈先生怀着厌恶和同情的感情，但倘使他在唐罗德里戈先生面前表现出某种胆怯和敬畏的神情，一点儿都不足为奇。唐罗德里戈坐在餐桌的上座，他在自己的家中，正如在他的王国中，被一伙酒肉朋友，被形形色色的阿谀奉承之词包围了。这一切都显示出他的权势。他的一副表情足以让任何人惶恐不安，没人敢开口向他提出小小的请求，更不用说提出建议、规劝或者责备了。他的右边坐着他的表弟阿蒂利奥伯爵，不用说，这位伯爵是他放荡生活和欺压他人的同谋者。这位表弟从米兰来，要和他待上些日子。他的左边，即桌子的另一侧，坐着当地的镇长，此人于恭敬中却透着几分自信甚至说是傲慢。照理说，他的职责应该是为伦佐·特拉马利诺主持正义，并使唐罗德里戈先生依法受到相应的处罚。镇长的对面，坐着我们那位“吹毛求疵”博士，一副奴颜婢膝、卑躬屈膝的样子。他戴着黑色的帽子，鼻子比平时更加红润。在这对表兄弟对面坐着的是两位不知姓名的客人，我们的作者在小说里只提到他们垂着头就顾着吃，当别的宾客席间说了什么话而又没有遭到别人反驳的时候，他们就微笑着表示赞同。

“给神甫赐座。”唐罗德里戈先生说道。一位仆人便搬来了椅子，克里斯托福罗神甫坐了下来，并对唐罗德里戈先生表示歉意，说来得不是时候。

“我希望同您单独谈一件很重要的事。”神甫低声凑在唐罗德里戈先生的耳边说道。

“好吧，我听你说，”唐罗德里戈先生回答说，“现在先给神甫斟酒！”

神甫正要推辞，唐罗德里戈先生在宾客新发出的一片嘈杂声中，提高嗓门说道："不，不，您别不给我面子，还从未有过哪个嘉布遣会修士没有尝到我的酒便离开我家的，同样，也没有哪个无礼的债主来我家不吃我的一顿棍棒的。"这话引起了哄堂大笑，暂时打断了食客们激烈争论的话题。接着仆人便用托盘盛来了一瓶酒，还拿来了一支高脚杯，形似圣餐杯，并将它们呈递给了神甫。神甫不愿拒绝主人迫切的邀请，因为他特别希望劝解他，于是赶紧倒了些酒出来，开始慢慢地呷起来。

"塔索的权威丝毫不能帮到您，尊敬的镇长先生，相反，它反倒驳斥了您的观点。"阿蒂利奥伯爵用雷鸣般的嗓音说道，"因为那位有学识的大人物，完全了解骑士的所有规矩，他在诗中写到使者阿尔甘泰在向基督教骑士下战书之前，就请求虔诚的布廖内许可……"

"但是这，"镇长同样大声地反驳道，"这是信手之笔，纯属信手之笔，是诗歌的修饰，因为，根据国际法，使者本来就是不可侵犯的。其实不必说得那么远，有一句谚语就说得好：'两国交兵，不斩来使。'您也知道，谚语是人类智慧的结晶。除此之外，使者并没有以自己的名义说什么，他只不过是呈递了一纸挑战书……"

"但是您何时才会明白这位使者其实就是一个冒失鬼，连最起码的规矩都不懂……"

"抱歉，先生们，"唐罗德里戈先生打断了他们的争论，担心他们会把这个话题越扯越远，"我们该听听克里斯托福罗神甫的见解，让他评判一下。"

"嗯，好吧。"阿蒂利奥伯爵说道，他认为让一个嘉布遣会修士来评论有关骑士精神的问题，这一主意很好。然而镇长争论正酣，情绪激昂。他好不容易才抑制住了自己激动的情绪，轻蔑地耸了耸肩，仿佛在说："荒谬！"

"但是，就我方才耳闻而言，"神甫说，"这不是我这种人能理会的事情。"

"这是你们神甫惯常谦虚的托词，"唐罗德里戈先生说，"但您也不能就这样轻而易举地推脱了之。说吧，我们都很清楚，您并非生来就戴着修士的帽子，这类尘世之事您应该明白得很。你瞧，争论的问题就是……”

“事情是这样的……”阿蒂利奥伯爵插嘴道。

“让我来说吧，我是保持中立的，表弟，”唐罗德里戈先生说道，“事情是这样。西班牙的一位骑士差人把一封挑战书送给米兰的一位骑士，使者来到受书人的府邸，但没有找到他，于是便将挑战书给了受书人的兄弟。其兄弟看罢，狠狠地打了使者一顿作为回答。争论点就在于……”

“打得好，打得妙，”阿蒂利奥伯爵嚷嚷道，“这真是有创见的做法……”

“魔鬼的创见，”镇长补充道，“棒打一个使者，一个神圣不容侵犯的对象。神甫，您倒是说说这是不是一种骑士行为。”

“没错，先生，这就是骑士行为，”伯爵大叫着说，“还是容我来说吧，我了解骑士的行为规范。噢，要是他们是用拳头的话，那就是另一回事了，但用棍子并不会玷污任何人的手。让我疑惑的是，为什么您如此关心一个恶棍的脊背呢？”

“谁说我关心他的脊背了，伯爵先生？您把我想都不曾想过的胡话强加于我。我谈及的是他的职务，不是双肩。我现在正思考着骑士制度的条例呢。我只请您回答我：那些古罗马人派遣的祭司团传令官向别国递送挑战书时，他们是否要先获得对方的允许呢？请指出哪位作家曾在作品中描述祭司团成员因下战书而遭到痛打的？”

“古罗马的那些官员和我们有什么关系，该民族行事简单，在这种事情上， 远远落后于我们。但是，根据现代骑士制度条例——它们才是唯一正确的条例，我敢肯定，并坚信一个使者在没有获得骑士准许的情况下向其呈递挑战书的，绝对是个轻率的傻瓜。这样的人就该打，完全是罪有应得……”

“请您回答我这个推理式的论断。”

“不，不，无可奉告。”

“但是请听着，听着，打一个手无寸铁的人是一种背信弃义的行为，而我们谈及的那位使者正是没有携带任何武器，因此……”

“请别激动，别激动，镇长先生。”

“什么别激动？”

“我是说您不要激动，您是怎么理解的？背信弃义的行为指的是背后用剑刺人，或者是从背后打冷枪。即使这样做，有的时候也无可厚非……但是我们还是不要离题太远了。我承认这种行为一般情况下可以称作背信弃义的行为，但是棒打一个像他那样的可鄙之人也无可厚非。难道还得这样说：‘当心点儿，我要打您了。’就像提醒贵族说‘请拔剑’那样。而您，尊敬的博士先生，请不要只顾在那儿微笑，让我知道您是否赞同我的观点。为什么不用您那能言善辩的口才来支持我的见解，帮我说服这位镇长先生呢？”

“我……”博士有些慌乱了，答道，“我很享受聆听这闪耀着智慧火花的争辩，也很高兴那一事件竟引起了如此才华横溢的天才论战。但是还轮不到我来评判，因为尊敬的主人方才已经邀请了一位仲裁……在座的神甫大人……”

“没错，”唐罗德里戈先生说，“但是如果你们不安静点儿，裁判又怎么说话呢？”

“我马上闭嘴。”阿蒂利奥伯爵说道。镇长做了一个手势，表示他也将缄口。

“嗯，这下好了！您的高见，神甫？”唐罗德里戈先生半开玩笑半严肃地问道。

“我已经表示了我的歉意，说过了我实在弄不明白这些事。”克里斯托福罗修士回答说，并将酒杯递给了仆人。

“您推辞的理由可不能叫人信服，”两位表兄弟大叫道，“我们一定要听您的评判。”

“既然如此，我的愚见是既不该有挑战，也不该有送信人，更不该有棒打。”

食客们面面相觑，吃惊不已。

“瞧，这话说得！”阿蒂利奥伯爵惊叫道。“抱歉，神甫，但是话不该这么说。看来您是不大了解这大千世界的事。”

“他？”唐罗德里戈先生说，“哈，哈，他可了解得很，表弟，一点儿也不亚于你哟。我说得没错吧？神甫。”

对这一看似客套实则是探口风的做法，神甫并没有予以回应，而是暗暗对自己说：“这一切是冲着您说的。记住，修士，您上这儿来并非是为自己，切莫理会针对您的任何事。”

“或许吧，”阿蒂利奥伯爵说，“可是这位神甫……神甫该怎么称呼呢？”

“克里斯托福罗神甫。”不止一个声音回答道。

“但是，克里斯托福罗神甫，最令人尊敬的神甫，按您方才的一番原则，这个世界会天翻地覆。没有决斗！没有棍棒的惩罚！所有的恶棍将不会受到惩罚，还有什么荣誉可言呢？然而，庆幸的是，您的这种假设是不可能实现的。”

“勇敢点儿，博士，勇敢点儿，”唐罗德里戈先生突然说道，他总是想岔开最初争论的两人，“您是一个可以就任何事而辩论的人，让我们看看，在这件事上，您将如何与克里斯托福罗神甫做些探讨。”

“说实话，”博士在空中挥舞着叉子，转向神甫说，“说实话，我真弄不明白，像克里斯托福罗神甫这样一位完美无缺的虔诚信徒，一位深谙世事的人，竟忘了他的评判在讲道坛上是如何的精彩纷呈、恰如其分，但就骑士的辩论（恕我冒昧地说）却给了一个毫无价值的评判。当然，神甫比我更清楚任何事只有在其应有的位置上才美好的道理。我想，这次他只是想用一句玩笑话来回避这一难以评判的争论罢了。”

怎么能反驳这个从如此古老常新的学问中演绎出来的理论呢？没有法子。我们的神甫也是这么认为的。

但是唐罗德里戈先生，为了了结这一争论，就提出了另一个问题。“对了，”他说，“我听到米兰有些关于和解的传言。”

读者想必知道，这一年里有一场有关曼图亚大公国统治权之争论。温琴佐·贡札加公爵去世后没有男性子嗣，他的爵位便落到了他的近亲内韦斯公爵手中。法王路易斯十三世，或者说首相红衣主教黎塞留，很喜欢这位在法国出生的意大利血统的君主，充当他的庇护者。而西班牙王菲利普四世，或者说奥利瓦列斯伯爵——通常称为伯爵大公，因同样的原因而反对他，因而对其发动了战争。由于公爵的领地是帝国的封地，双方便在国王费迪南二世的宫廷里通过密谋、威胁、恳求等向其施加影响，前者催促他同意授权给新就任的公爵；后者却希望他拒绝，甚至提出帮忙将新公爵驱逐出去。

“我倾向于认为，”阿蒂利奥伯爵说，“事情可能会调停成功。我有某些理由……”

“别信，伯爵先生，别信，”镇长打断他的话说，“我虽然身处偏僻的角落，但还是有法子探明一些事的，因为那位西班牙驻军司令阁下，愿意屈尊同我交朋友，他又是奥利瓦列斯伯爵大人的亲信的儿子，一切事情都了如指掌……”

“告诉您吧，我在米兰城每天都要同那些大人物打交道。根据可靠消息，我知道教皇对恢复和平很感兴趣，他已经提议……”

“理应如此，凡事都有个规矩，教皇陛下理应履行自己的职责。教皇就应该在这些信奉基督教的亲王中间斡旋，促成和平。但奥利瓦列斯伯爵大公也有自己的政策，并且……”

“哎，哎，我的先生，您知道当前国王陛下对此事是作何感想的吗？您觉得难道除了曼图亚世界上就再没有其他地方了吗？有很多事情需要操心的，我的先生。比如说，您知道国王陛下现在在多大程度上依赖他的瓦尔迪斯塔诺，那个什么瓦里斯泰的，或者那个大家叫什么什么的……又是否……”

“他的准确的名字，”镇长再次打断了他的话说，“在德语里叫瓦伦斯坦。因为我常听我们那位西班牙驻军司令这样叫他。不过，您尽可放心……”

“您想教训我？”伯爵生气地大呼道。但是唐罗德里戈先生用膝盖碰了碰他，示意看在他的面子上，停止反驳。伯爵因此安静了下来。而镇长先生，就像一艘搁浅的船只离开了沙洲，扬起了雄辩的风帆，继续高谈阔论。“我并不担心瓦伦斯坦，因为伯爵大公眼观四方，明察秋毫。如果瓦伦斯坦想玩把戏，他便会用好言好语或者用点儿手段使其循规蹈矩。我是说，他明察秋毫，还是个铁腕人物，他不愧为杰出的政治家，说到做到。要是他下定决心不让内韦斯公爵在曼图亚站稳脚跟，那么内韦斯公爵就休想在曼图亚立足，而红衣主教黎塞留大人也会落得个竹篮打水一场空的下场。可这位尊贵的红衣主教先生偏要同伯爵大公奥利瓦列斯较量一番，着实可笑。我想两百年后再投胎转世一次，听听后人是如何评价这一痴心妄想的念头的。在这儿，单是嫉妒是没有用的，还得需要点儿脑子。像伯爵大公那般头脑的人，在世界上再也找不到第二个了。伯爵大公，我的先生们，”镇长继续滔滔不绝道，恰如顺风而行的船只，连他自己也很惊讶竟没遇到暗礁，“伯爵大公是只老狐狸（当然我是心怀尊敬说的），他能让所有人摸不透其踪迹。当他向右动作时，结果必定是往左。因此，没人敢吹嘘说能识破他的意图。即使是那些执行他命令的、那些撰写公文的人也丝毫不清楚他的意图。我多少知道点儿情况，所以才这么说。因为那位可敬的驻军司令愿屈尊信任我。另一方面，那位伯爵大公能确切地知道所有别的王宫爵府所发生的事，那些府里卓越的政治家（不可否认，他们中的好些人都非常正直）刚刚策划了某一计谋，伯爵大公立马就给识破了，因为他有一颗聪明的脑袋，有很多秘密的法子，以及遍及各地的内线。那位可怜的黎塞留红衣主教，这儿试试，那儿忙忙，到处奔波，想方设法，何必呢？当他成功地挖出一条地道时，才发现伯爵大公早已挖好了另一条地道反抗他……”

如果唐罗德里戈先生不是受到了表弟的暗示，吩咐仆人把某一瓶酒给他拿来，没人知道镇长雄辩的船只何时才能靠岸。

“镇长先生，”唐罗德里戈先生说，“各位先生，我提议为伯爵大公干一杯。然后，请诸位告诉我这酒可否与伯爵大人相称。”镇长鞠了一躬，表露出某种赞许的神情，因为他觉得，他为对这位伯爵大公表示敬意而所说所做的一切，似乎自己部分地沾了荣光。

“祝奥利瓦列斯伯爵、圣卢卡尔公爵、伟大的菲利普亲王殿下的亲信加斯帕罗·古斯曼先生千岁！”唐罗德里戈先生举起酒杯大喊道。

也许有人不知道，“亲信”一词当时是用来指代君王的宠臣的。

“千岁！”众人同声附和道。

“给神甫斟酒！”唐罗德里戈先生说。

“请原谅，”神甫回答说，“今天我已经破戒了，可不能再……”

“怎么！”唐罗德里戈先生说，“这是为伯爵大公干杯，难道您要让人认为您站在纳瓦拉人一边吗？”

当时，纳瓦拉的君王们轻蔑地称法国人为纳瓦拉人，因为以亨利四世为首的纳瓦拉贵族开始统治法国人。

在这番反诘之下，神甫不得已喝了那杯酒。所有的客人突然高声赞叹起那酒来，只有那位博士除外，他仰着头，瞪着眼，嘴唇紧抿着，这神情远比言语富于表现力。

“您觉得这酒如何，啊，博士先生？”唐罗德里戈先生问道。

博士从酒杯中抽出红润的，比酒杯更晶亮的鼻子，咬着每个音节装腔作势地回答说：“我说，我宣布，我断言，这是酒中的‘奥利瓦列斯’，censui，et in eam ivi sententiam[①]，这种好酒，在上帝庇护的我们国王陛下的二十二亲王国中都找不到。我声明并确信，尊敬的唐罗德里戈先生的宴会比黑利阿加巴卢斯的宴会更丰盛。饥荒永远地被赶出此地，豪华富足永驻。”

“说得好，说得太对了！”客人们齐声喊道。但是他无意中说出的“饥荒”一词，立刻让所有人想起了这一惨淡悲伤之事，于是大家就议起了饥荒。在这一问题上大家的看法是一致的，或者说至少在主要的方面是一致的。但是，他们掀起的喧闹声，可能比因意见分歧发出的争吵声还要

① 注：拉丁语，意思为：我业已鉴定，现持有这样的看法。此处律师仿效法官在法庭诵读判决词的语气。

大。所有人都抢着说话。“其实并没有饥荒，”有一个人说，“是那帮囤积者……”

“还有那些面包商，”另一个人说道，“他们把粮食藏起来了。要我说，应该把他们绞死。”

“对，对，把他们绞死，绝不能心慈手软！”

“要对他们进行公正的审判！”镇长大声喊道。

“要什么审判？”阿蒂利奥伯爵用更大的嗓门喊道，“要我说，即刻判决！逮他三四个或者五六个公众认为最富有、最贪婪的，把他们绞死！”

“得抓几个典型！典型！不杀一儆百，什么都办不成。”

“绞死他们！绞死他们！这样粮食就会大量地涌出来。”

逛集市并有幸听到一些卖艺者演奏的人，都知道在演奏的间歇，每个演奏者都会调自己的乐器，使它发出的声音尽可能最大，这样他便能在周围的一片喧嚣中，更清楚地听见自己乐器发出的声音。此刻，应该想象得到那帮人高谈阔论的情景是怎样的。大家频频地斟酒、喝酒，对美酒的赞美声和对经济问题的纷纷议论夹杂在一起，而叫得最响和使得最多的词语便是“好酒”和“绞死他们”。

与此同时，唐罗德里戈先生时不时地朝修士瞥上一眼，看见修士纹丝不动地在那儿坐着，既没有不耐烦也不显急躁，更没有作出让别人意识到他是在等待什么的举动，但其神态却表明，在没有说出他想说的话之前，他是不会离开的。唐罗德里戈先生很想将神甫打发走，免得听其啰唆什么。但是，不听他说什么就把他打发走，这显然不符合唐罗德里戈的行事原则。既然这种烦人之事避免不了，唐罗德里戈决定立即了结它，好让自己尽早解脱。因此，唐罗德里戈先生从席间站起身来，酒酣耳赤的食客们也都跟着站了起来，但并没有停止喧哗。在同客人们打过招呼后，他以一种傲慢的姿态朝着修士走去，修士早已随其他客人一起站了起来。唐罗德里戈先生对其说道：“现在我听您的吩咐，神甫。”接着他便将神甫领到了另一个房间。

第六章

“我该如何遵从您呢？”唐罗德里戈先生站在房间中央说。虽然他只说了一句话，但是他说话的语气却分明是在向神甫暗示说，要记住站在您面前的是谁，说话要小心，而且越短越好。

倘若要激发克里斯托福罗修士的勇气，再也没有比以傲慢的态度对待他更保险、更快捷的方法了。他刚才站在那里还犹豫不决，不知该怎么说什么才好，手指不停地拨动着挂在腰间的一串念珠，似乎想从珠子里寻到一句开场白。然而，一见唐罗德里戈先生这般举止，他立刻觉得脑子里冒出许多要说的话来，多得他说都说不完。然而，随即他便想到眼下最重要的是不能把他要办的事，确切地说是别人托他办的事弄糟了，于是他纠正并缓和了语气，谨慎谦卑地说出了思量好的一番话：“我来是为了让您主持公道，祈求您的怜悯。有些坏人盗用了您尊贵的身份去恐吓一个可怜的教区神甫，阻止他履行他的职责，并且去欺负两个善良无辜的人。您仅凭一句话就足以震慑那帮坏人，让所有事情恢复其原本的秩序，并解救那些被欺辱冤枉的人。您能够办到的，并能够……良心、名誉……”

“当我向您忏悔的时候，您再谈论我的良心吧！至于我的名誉，您应该明白，我，唯有我才是我的名誉的维护者。谁要是胆敢和我一起维护我的荣耀，我就把他视为糟蹋我的名誉的鲁莽之徒。”

听罢一席话，克里斯托福罗神甫觉察到唐罗德里戈先生是在想方设法故意曲解自己说的话的意思，并使这次谈话变成一场争吵，以阻挠他触及事情的重点。神甫决意要耐住性子，忍气吞声地接受可能遭遇到的侮辱。于是用温和的语气回答道：“如果我说了任何冒犯您的话，请原谅我并不是故意的。如果我说错了，您尽管指正我、责骂我好了，但是您且听我把话说完。看在上帝的份上，看在我们迟早都要去面见的上帝的份上……”说这些的时候，他用手指夹起念珠串上挂着的木制十字架，举到皱着眉头的听者面前，说：“请不要如此断然而执意地拒绝给予穷人们应得的公道，您做来完全是不费吹灰之力的。请记住上帝始终都在关注着他们，他们的哀怜乞求声上帝是听得见的。善良无辜乃是一种巨大的力量……”

“呵，神甫先生，”唐罗德里戈先生粗暴地打断了他，“我对您的这身宗教服装是很尊敬的，但如果有任何事可以让我不再尊敬它，那就是看见它被穿在一个来到我家刺探秘密的人的身上！”

这些话使神甫的脸颊变得通红，但他像吞服了奇苦无比的药一样强忍着说：“您并不认为我适合奸细这个称号，您心里一定很清楚我现在的行为既不缺德，又不可鄙。听我说，唐罗德里戈先生，愿上帝保佑，将来不会有这一天，您因为没听我的话而追悔。希望您的荣耀不……那是何等的荣耀啊！唐罗德里戈先生！在众人眼里那是何等的荣耀啊！在上帝眼里这是多高的荣耀啊！您尽可以为所欲为，但是……”

“您可否知道，”唐罗德里戈先生打断了他，激动的语气中又透着几分生气和懊悔，“您可否知道我若是忽然想去听布道，我可以和别人一样去教堂？但是这是在我家里！嘿！”他又强装笑脸，用嘲讽的语气继续说道，“您实在太抬举我了，讲道竟讲到家里来了！只有王亲国戚才配享有这等殊荣。”

“正是那位让王亲国戚在宫中听布道，并让他们作出回应的上帝，如今垂爱于您，向您派来他的使者，尽管是一个卑微的、微不足道的使者，但终究是他的使者，为一个善良无辜的女子说情……”

“总之，神甫先生，”唐罗德里戈先生一副准备离开的姿态说道，“我不明白您在说什么，我只明白肯定有某位您特别关心的年轻姑娘，您尽管和您喜欢的人商讨这事好了，请不要再随心所欲地来骚扰一位绅士了。”

唐罗德里戈先生正要离开时，神甫先生也抢先一步，恭敬地挡在他的面前，举起他的双手，像是一副恳求的态度，又像是请他留步，继续说道：“我是关心她，这没错，但同样也关心您。我关心你们两个甚于关心我自己的生命。唐罗德里戈先生，我不能为您做别的，只能为您祈祷，我会全心全意地为您祈祷。请您高抬贵手，不要让一个可怜无辜的人感到痛苦和害怕。只要您一句话，一切都迎刃而解了。”

“那么……”唐罗德里戈先生说，“既然您认为我可以为这个人做这么多，既然您如此关心她……”

“那么？”克里斯托福罗神甫焦急地说。然而，唐罗德里戈先生的话似乎带来了一线光明，但他的言谈举止却让神甫不敢抱太大希望。

“那么，您去劝她上我这里来受我的保护。在这里她将什么都不缺，也没有人敢骚扰她，因为我是个十足的绅士。”

听到这一提议，神甫一直强忍着的愤怒顿时完全爆发了。所有谨慎和忍耐的决心都被他抛弃了，往日的天性抢占了他的耐性，在这种情况下，克里斯托福罗神甫身上确实集合了两种不同的性格。

“受您的保护！”他大吼道，后退了一两步，用右脚站立着一动不动，右手放在唇边，举起左手，用食指指着唐罗德里戈先生，一双闪烁着怒火的眼睛狠狠地盯着他，说：“您的保护！竟然这样说，这样给提议，那您就倒霉吧！您真是罪大恶极，我再也没有什么可以怕您的。”“你是怎么跟我说话的，修士？”

“我在对一个被上帝抛弃，再也不能吓到人的人说话。我知道这个无辜的姑娘受到上帝的保护，但是您，您使我更加确信我根本不需要再请求您的保护。露琪娅，您看我是多么面不改色、镇定从容地说出这个名字。”

“什么？在我家里……”

“我怜悯您的这个家：诅咒就悬于您家上空。您将会看到，上帝的正义是否是这四面墙以及门口的四位打手能够阻挡得了的。您认为上帝按照自己的样子造了这位姑娘，就是为了让您去折磨她吗？您认为上帝不会保护她吗？您蔑视上帝的告诫，您会因此受到审判的！那法老的心和您的心一样冷酷，但上帝还不是有办法摧毁它。我这个卑微的修士可以直截了当地告诉您，露琪娅绝不会落入您的魔掌。至于您，您请听着，我预言，终有一天……”

唐罗德里戈先生一直被一种愤怒和诧异交织的感觉包围着，他哑口无言地呆站在那里，但当他听到神甫说起对他的预言时，盛怒之下，一种难以名状的神秘的恐惧感向他袭来。他迅速抓住神甫挥舞着的胳膊，提高音量以淹没这不祥的预言之声，大声说道：“给我滚开，你这狗胆包天的恶人，披着修士长袍的流氓！”

这些清晰的骂名顿时叫克里斯托福罗神甫冷静了下来。一直以来，他意识深处已将屈服和沉默与蔑视和中伤联系在一起，在听到这一番“恭维话”时，他的怒气消了，也不那么激动了，他只决意要耐心地听完这位唐罗德里戈先生想要说的话。

于是他平静地将自己的手从这位先生的手中抽出，低着头，一动不动地站在那里，犹如一棵经历了一场猛烈的暴风雨的古树在暴风雨骤停时恢复了原样，低垂的枝条随时准备好承受从天而降的冰雹。

“无耻的狂徒！”唐罗德里戈先生接着说，“你竟敢与我平起平坐。你得感激你这懦弱肩上的这身长袍，使你免受了你这等的无赖该受的毒打，因为我倒要教会他们怎样和正人君子说话。这一次算饶了你，快给我滚出去，不信我们走着瞧。”

他一面说，一面蛮横轻蔑地指着正对着他们进来的一扇门，克里斯托福罗神甫低着头走了出去，留下唐罗德里戈先生怒气冲冲地踱着步，好似在丈量着战场。

当神甫关上他背后的门时，看到他原先进去的房间里有一个人正沿着墙根蹑手蹑脚地往后退走，似乎怕被方才客厅里谈话的人给瞧见。他立刻认出了那是他来时在门口接待他的那位老仆人。这位老仆人已经在这个家里待了四十年了，在唐罗德里戈出生之前，他就在侍奉他的父亲，他的父亲和唐罗德里戈先生是完全不同的人。父亲死后，这位新主人辞退了所有的仆人，新雇了一批，然而却留下了这位老仆人。一来是因为他年长，再者，尽管他的脾气和习惯完全不合新主人的口味，但他的两大优点却弥补了这一不足：一是把这个家庭的尊严看得很崇高；二是深谙各种礼仪，他比谁都熟悉传统礼节及微小的细节。在主人面前，这位可怜的老人从来不敢稍有暗示，更不用说清楚地表示自己对每日所见所闻之事的不满情绪，只是偶尔会忍不住对其他仆人发点儿感叹，嘀咕谴责几句。那帮仆人总爱取笑他，有时候故意逗他发牢骚，挑动他说出不想说的话，或者听他唠唠地夸耀这个家族旧时的生活方式。他的非议常被添油加醋地说成笑料传到主人的耳朵里，所以主人也只是把他作为嘲笑的对象，并不憎恨他。每逢庆典活动和宴请宾客的日子，这位老人便成了举足轻重的人物。

克里斯托福罗神甫经过老人身边的时候，看了他一眼，向他致意后，便继续向前走了。然而老仆人却神秘地走近他，将食指放在嘴唇上，然后又用食指示意他随自己进入一个黢黑的通道。到了那儿，老人低声说道："神甫，我听到了你们所有的谈话，我想同您谈谈。"

"那么请快说吧，善良的人。"

"不能在这儿说，要是让主人看见了，我们就遭殃了。我知道很多事，明天我会想法子去修道院一趟。"

"难道他们有什么阴谋？"

"肯定正在酝酿什么计划，我已经有所察觉。可是现在我得去盯着，希望能弄个水落石出。这事就交给我吧。我无意中听到并且看到一些事……一些奇怪的事！我竟然在这样的宅子里！……但是我希望拯救我的灵魂。"

"上帝保佑您！"修士一边轻声地道出祝福，一边将手放在老人的手上。尽管老人年岁比他大得多，但是他却像儿子对父亲般那样恭敬地弯着腰。"上帝会报答您的，"修士继续说，"请明天一定来见我。"

“我一定会去的，”老人回答说，“但是，现在请快走吧，还有……看在上帝的份上……请别泄露我的名字！”老人边说边小心翼翼地朝四周望了望，然后从通道的另一端走了出去，来到一个通往庭院的大厅。看到院中没人，他便招呼善良的修士出去，修士的面孔比任何声明都更加明确地答复了老仆人方才的请求。老人指着门，修士没再说什么便走了出去。

这位老人在主人的门前偷听，他的做法对吗？而克里斯托福罗神甫因此赞许了老人又正确吗？根据最普遍的、广为接受的规矩，这是一种很不正当的行为。但是此事可以看作特例吗？对于最普遍的、广泛接受的规矩，有特例吗？

这些问题，倘使读者感兴趣的话，就自己解答吧。我们不想在这里加以裁决，只把这些事实讲述出来就够了。

到达外面的路上后，克里斯托福罗神甫背对着这一野兽的巢穴，觉得呼吸也更畅快了。他急匆匆地朝着山冈下走去，只觉得脸烧得通红，而他的内心，大家可以想象得到，因为他刚刚听到的话和说出的话，变得激动而又困惑。但是老仆人意想不到的出场却让他深深地松了口气，就好像上帝给了他一个明显的保护信号。“这是一条线索，”他这样想着，“简直是上天送到我手中的线索，况且就在那个家中！真是我做梦也求之不得的！”他这么想着，抬眼朝西边望去，只见太阳已经落到山顶处了，这才想起这一天这么快就过去了。尽管经历了一整天的烦恼之事后，他又累又疲倦，但他还是加快了步伐，以便尽快向他所保护的人通报消息，尽管不是好消息，然后在天黑前回到修道院。因为这是嘉布遣会修士必须绝对严格遵守的一条规矩。

与此同时，在露琪娅家中，大家也在讨论对策，商讨计划，这些有必要让读者了解。修士离开之后，三人沉默了一会儿。露琪娅带着悲伤的心情，准备着午饭。伦佐一副踌躇不定的样子，时时刻刻都在换着姿势，他不想看到露琪娅那悲伤的面孔，但他又不忍心离开。而阿格尼丝，虽然表面上在认真地缠绕着线轴，实际上却是在考虑一个计划。当她觉得这个计划已经考虑得很周全时，她打破了沉默，开口说道：

“听着，孩子们。如果你们有足够的勇气和机敏，如果你们相信你们的母亲（‘你们的母亲’，是对两人说的，这让露琪娅心头一震），我会争取让你们渡过这一难关，或许比克里斯托福罗神甫解决得还要好，还要快，尽管他是个很仗义的人。”露琪娅停下来看着她的母亲，脸上表现出更多的是惊讶，而不是对这一了不起的承诺的信心。而伦佐急忙问道：“勇气？机敏？——快告诉我，告诉我，我们能做什么？”

“如果你们结了婚，”阿格尼丝继续说道，“不就解决了最大的困难，对吧？而余下的问题不都迎刃而解了？”

“可不是！”伦佐说，“要是我们结了婚……我们在哪儿都能住下去。有一个叫贝加莫的地方，离这儿不远，那里张开双臂欢迎纺丝绸的工人前去呢。你们知道，我的表兄博尔托洛多次要我去那儿跟他一起干，还说我可能像他那样走运。我之所以一直没听他的，是因为……你们也知道，我的心在这儿。一旦结了婚，我们就可以一起去那儿，过着惬意而平静的生活，摆脱这些恶棍的魔爪，也就不至于去干那鲁莽之事。你说是吗？露琪娅。”

“是的，”露琪娅说，“但是怎样……”

“就像我告诉你们的那样，”阿格尼丝回答说，“大胆点儿，机智点儿，此事很容易办到的。”

“容易办到！”两位恋人同时惊呼道，对他们来说，此事早已痛苦地变得异常困难。

“容易办到，只要你们知道怎样做，”阿格尼丝回答说，“认真听我说，我会尽量让你们明白如何去做的。我听内行人说，而且我也亲自见过一回，要举办婚礼，当然必须得有一位牧师。但是不管他乐意证婚与否，只要他在场就行了。”

“这事该怎么做呢？”伦佐问道。

“听着，你们好生听着。一定要有两位既机敏又愿意合作的见证人。他们得去见牧师，关键是要出其不意地逮住他，这样他就没时间逃走了。男士就说：‘神甫先生，这是我的妻子。’女士就说：‘神甫先生，这是我的丈夫。’必须要有神甫在那儿并且还得有见证人听见这话，接着，这个婚姻就如同教皇亲自主婚一样神圣和合法。只要一旦说了这些话，牧师吵吵嚷嚷也好，大发雷霆也罢，都将无济于事了，因为你们已经结成了夫妻。”

“这样可行吗？”露琪娅惊讶地问道。

“怎么！”阿格尼丝回答说，“在你出生前，我在这世上活了三十年，难道你觉得我什么都没学到吗？事情就是如我告诉你们那样。我的一个朋友就是很好的证明。这个朋友不顾父母的反对，想要嫁给一个男子，就按照我刚刚对你们说的那样做了，终于如愿以偿。牧师对此事早已有所怀疑，所以比较警觉，但是他们非常清楚该怎么做，于是他们便瞅准时机来到牧师面前，说了那些话，从而结成了夫妻。尽管那个可怜的姑娘三天不到就已经后悔了。”

事实上，正如阿格尼丝所描述的那样，以这种方式缔结的婚姻，在当时，并且时至今日，都被认为是有效的。然而，这种权宜之计一般不会被采用，除非是采取正常途径时遇到了阻碍或是遭到了拒绝，而牧师也非常小心地避免这种被胁迫的证婚。如果某位牧师碰巧被有证人陪同的一对男女逮到的话，他便会想方设法地逃脱，就像海神普罗特斯竭力从强迫他做出预言的人手中逃脱那样。

“要是是真的就好啦！露琪娅。”伦佐一边说着，一边以恳求和希望的神情注视着她。

“什么？要是是真的！”阿格尼丝回答说，“那么，你们认为我是在说谎了，我尽我所能地帮助你们，你们却不相信我，好吧，你们有能耐就自己摆脱困境吧，这事我不管了。”

“啊，不！别扔下我们不管！”伦佐说，“我之所以那样说是因为这主意听起来太好了。我都听您的，我当您是我的亲生母亲。”

这些话立刻驱散了阿格尼丝一时的怒气，也使她忘记了刚刚自己赌气时说的话。

“妈妈，那为什么，”露琪娅像平时一样，以温和的语气问道，“为什么克里斯托福罗神甫没想到这个办法呢？”

“想到这个主意？”阿格尼丝回答说，“你以为他不曾想到这个主意！他只是不愿说出来罢了。”

“为什么呢？”两位年轻人同时问道。

“因为……因为，如果你们确实想知道，那就不妨告诉你们吧。修士们会认为那样做不合适。”

“既然事情一旦做成，我们就算是体面地结了婚，怎么会是不合适呢？”伦佐问道。

“该怎么对你说呢？”阿格尼丝回答说，“其他人按照自己的喜好制定了法律。并非所有的事情都是我们这些小人物能理解的了的。而且，这世上该有多少事情……这么说吧，好比是给一个基督徒一拳，这固然是不对的，但是一旦这样做了，哪怕是教皇也无法取消这已经打出去的一拳啊。”

“如果那样做不对，”露琪娅说，“我们就不该那样做。”

“什么？”阿格尼丝说，“难道我会给你触犯上帝的建议？如果你违背父母的意愿，嫁给一个恶棍……但是，同这个年轻人结婚，我很满意。造成所有这些麻烦的简直形同恶棍，而教区神甫先生……”

“这事清清楚楚地摆在那儿。”伦佐说。

“在做此事前，没必要告诉克里斯托福罗神甫。”阿格尼丝继续说道，“但是，一旦做了此事，而且成功了，你们觉得神甫还会怎么说？‘啊，孩子，你们那样做是错误的，不成样子的，但事情已经做了，也只能这样了。’做修士的一定会那样说。但是相信我，他心里对此是很满意的。”

露琪娅虽无法回答那样的理论，可她认为那样并不能让人信服。但是伦佐显然很受鼓舞，说道：“既然是那样，这事就成了！”

“且慢，”阿格尼丝说，“上哪儿去找见证人呢？还有，那教区神甫已经两天都闭门不出了，你怎样设法逮到他呢？真逮住了，你又如何叫他站定呢？尽管他天生一副笨重模样，但我敢说，要是见你们那副神气出现在他面前，他定会变得像猫一样敏捷，像魔鬼见到圣水一般逃之夭夭。”

“有了！我想到了一个办法，”伦佐大声说道，他用拳头敲打着桌子，桌上为午餐准备的餐具都震动了起来，并发出了“咯咯”的响声。接着他便道出了自己的计策，阿格尼丝对此完全赞同。

“这全乱了套，”露琪娅说，“这样做实在不正大光明，我们素来都是老老实实做事的人，我们要坚定信仰，上帝会帮助我们的，克里斯托福罗神甫也是这样说的，我们要听从他的建议。”

“你要听从那些比你懂得多的人的安排，”阿格尼丝严肃地说道，“干吗要听从别人的意见？上帝吩咐我们要自助，这样他才会帮助我们。当这件事办妥后我们再告诉神甫这一切。”

“露琪娅，”伦佐说，“你现在要舍弃我吗？我们不是一直都像善良的基督教徒一样行事吗？现在我们不应该成为夫妻吗？举行婚礼的时日不是教区神甫自己定的吗？我们现在迫不得已要点儿小花招，那又是谁的错呢？不，不，你不会丢弃我的。我这就去，带了结果来告诉你们。”说完，他用恳求的目光看了看露琪娅，又心领神会地扫了阿格尼丝一眼，然后匆忙地离开了。

常言道：“苦难磨炼人的才智。”至今一直行走在平坦、笔直的人生路上的伦佐从不曾有机会好好磨炼自己的才智，却在这件事情上想出了一个足以给律师的职守争光的计策。按照早已定好的计划，他径直去了附近托尼奥的家。托尼奥正在厨房里做事，他正单腿跪在炉灶前的台阶上，右手握着放在炭火上的炖锅的手柄，另一只手用一根破旧的擀面棍搅着一小锅灰暗的粥。托尼奥的母亲、弟弟和妻子围着桌子坐着，三四个孩子在旁边站着、等着，一双双眼睛紧盯着那口锅，眼巴巴地盼着粥煮好。通常人们看到自己以辛勤劳动换来的饭菜时会流露出愉快的神情，但是这一家人却没有。粥的数量不是取决于家里的人数和他们的食量，而是当年的收成。每一个人都垂涎欲滴，斜视着这属于大家共有的食物，似乎都在盘算着自己赖以生存的那份口粮。伦佐和一家人相互问好时，托尼奥把粥倒入了一个早已准备好的木制食盘里，此时，它看起来就像笼罩在一大圈雾气中的一轮小小的月亮。然而女人们还是很客气地对伦佐说：“和我们一起吃点儿吧？”这是伦巴第族农民对任何一个遇到他们用餐的人的一种客套话，哪怕来的是一位刚结束用餐而且贪吃的有钱人，而主人只剩下最后一口饭了，他们也会这么说。

“谢谢，”伦佐答道，“我只是来这里和托尼奥说几句话。托尼奥，如果你愿意，我们可以找个酒馆，边吃边说，免得打扰了你的家人。”伦佐的提议虽出乎托尼奥所料，但却甚合他意。眼见着少了一位食粥的竞争者，而且是最强大的一位，女人们倒也乐意得很。托尼奥不再多问什么，便和伦佐一同出去了。

两人来到村里的一家小酒馆，他们随意找了一处座位坐了下来，没有任何人打扰他们，因为普遍存在的贫穷使那些常来这酒馆寻点儿乐子的客人不能再像以前一样了。他们叫了店里仅有的几样菜，干了一杯葡萄酒后，伦佐神秘兮兮地对托尼奥说：“如果你愿意帮我个小忙，我会帮你一个大忙。”

“帮什么忙？只管说好了，我很乐意帮你。”托尼奥又倒了一杯，回答道，“今天我已准备好为你上刀山下火海了。”

“你欠教区神甫二十五里拉地租，因为去年你耕了他的地。”

“啊，伦佐，伦佐，你请我吃饭一番好意，此刻全被你破坏了。你干吗现在跟我提这个？太让我扫兴了。”

“我现在向你提起此事，”伦佐说，“是因为我打算，如果你愿意的话，帮你找到偿还债务的方法。”

“果真如此？”

“真的。怎样？你满意吗？”

“满意？那还用说，我当然满意啰！我只求每次遇到神甫的时候不再瞧见他那使人痛苦的一副嘴脸，不再瞧见他摇头晃脑的模样。另外，他还总是说：‘托尼奥，记得你欠我什么噢；托尼奥，我们何时能解决这事啊？’他在讲道的时候，也老盯着我看，我真害怕他会在众人面前对我说：‘那二十五里拉呢？’我真希望这二十五里拉给一笔勾销了！然后他就能还回典押给他的我妻子的金项链，我也好拿去换好些粥回来。不过……”

“不过，如果你愿意帮我这个小忙，这二十五里拉就包在我身上了。”

“我定当全力以赴，你继续说。”

“但是……”伦佐用手指按住嘴唇说。

“这还用你说？你又不是不了解我。”

“教区神甫找了些荒唐的理由，硬要推迟我的婚礼。有人肯定地告诉过我，说只要我们找两个证人一起来到神甫面前，我说：‘这是我的妻子。’露琪娅说：‘这是我的丈夫。’这就算合法的婚姻了。你明白了吗？”

“你想让我当其中一位见证人？”

“没错。”

“然后你就会替我还了那二十五里拉？”

“正是这个意思。”

“谁不干就是傻瓜。”

“但是我们得再找一位证人。”

“我有现成的。我那个老实的弟弟杰尔瓦索听我的话，我叫他干什么，他就干什么。事成之后你得请他喝顿酒。”

“还有吃饭，”伦佐回答道，“我们带他到这里来一起乐乐。但是他知道要做什么吗？”

“我会教他，你知道他听我指挥。”

“明天……”

“好的。”

“傍晚的时候……”

“很好。”

“但是……”伦佐又一次用手指按住了嘴唇说。

“噢！”托尼奥回答，头向右侧了一下，举起左手，脸上露出的表情似乎在说：你还信不过我？

“但是如果你的妻子问起你，毫无疑问她会……”

“我的妻子老对我撒谎，她骗我的次数实在是太多，所以我不知道这笔账我这辈子能否算清。我保证，我会编出一些谎话让她安心。”

“明天，”伦佐说，“我们好好安排一下，确保事情顺利进行。”

说完，他们便离开了酒馆，托尼奥向家中走去，一路上琢磨着该编些什么谎言，好对家里的女人们说；而伦佐急于回去报告他和托尼奥约定好的事。

在这期间，阿格尼丝竭力想说服自己的女儿，却徒劳无功。每一次争论，露琪娅要么提出这个理由，要么又提出另一个相反的理由来反驳母亲，她要么说我们不应该做这件错误的事，要么就说这样行事不坏，可为什么我们不把它告诉克里斯托福罗神甫？

伦佐得意扬扬地回到家，讲述着他是如何成功地安排好了此事，最后感叹一声："啊哈！"这一米兰人常用的感叹词的意思是"我可是男子汉大丈夫？还能找到一个更好的办法吗？你们想得出吗？"以及一些诸如此类的话。

露琪娅怀疑地摇了摇头，但其余两个热衷于这个计划的人根本就没在意，就像对待一个孩子那样，并不指望他能明白事情的来龙去脉，而是决计好言相劝或是威逼其按要求行事。

"很好，"阿格尼丝说，"很好，但是……你还没有考虑周全。"

"还有什么没考虑到的？"伦佐问道。

"佩尔佩图阿，你还没有想到佩尔佩图阿。她可能会允许托尼奥和他弟弟进去，但是，你……你们两个……想想看！她肯定不会让你们靠近，就像不让一个孩子靠近一棵挂满熟透果实的梨树一样。"

"那我们该怎样办呢？"伦佐说着，便开始思考起来。

"看，我已经想过这个问题了。我会和你们一起去，我有个方法可以把她引开，并把她缠住，这样她就不会瞧见你们，你们就得以进去了。我把她叫出来，自有法子触动她的痒处……你们等着瞧吧。"

"上帝保佑您，"伦佐大声说，"我就说您一直都是我们的福星。"

"但如果我们没有说服露琪娅，所有的这些就毫无价值，因为她总说这是罪过。"阿格尼丝说。

伦佐滔滔不绝了一番，企图说服露琪娅，但是她却不为所动。

"我不知道怎样反驳你们的这些道理，"她说，"但是我明白，如果要照你们说的去做，就得要花招、说谎话和弄虚作假。噢，伦佐，我们起初绝不是这样的。我很希望成为你的妻子，”她说这个字眼和表露自己的这种心迹时，总是面红耳赤，“我希望成为你的妻子，但要通过正大光明的途径，怀着敬畏上帝的心，在神圣的祭坛前。让我们一切听从上帝的安排吧。你认为上帝找不到比我们的方法更好的办法来帮助我们吗？一定要用这些欺骗性的手段吗？又为什么要瞒着克里斯托福罗神甫呢？”

争论仍在继续着，似乎一时半会儿还不会收场。这时，一阵急促的拖鞋踏着地板的声音，和长袍发出的沙沙的声音（就像缓慢的帆船被一阵阵狂风吹打着帆布的声音）表明克里斯托福罗神甫回来了。大家立马静了下来，阿格尼丝慌忙小声地对露琪娅说：“这事千万别让神甫知道。”

第七章

克里斯托福罗神甫来了，那副神情好像一位优秀的将军在一场重要的战役中吃了败仗，而过错不在自己一样。他虽然沮丧，但并不泄气；他忧心忡忡，但却不惊慌失措；他迅疾而行，但并不是逃跑。他迈着步伐奔向需要他的地方，给受敌人威胁的地方增援，整顿军队，发出新的号令。

“愿你们一切安好！”他进屋时说道，“不要再指望什么人了，所以我们应更加相信上帝，而且我已经得到上帝将庇佑你们的征兆了。”

尽管三人对克里斯托福罗神甫的这次尝试并未抱太大的希望，因为，单靠一个手无寸铁的人的恳求，并未受到强权所压，就能让一位有权势的贵族停止压迫人的勾当，这种事不是少之又少，而是闻所未闻。但是，这种悲伤的结局对大家来说仍是一个不小的打击。他们不自觉地垂下了头，而在伦佐的心里，愤怒很快压倒了悲伤。一连串令人痛苦的意想不到的事、徒劳无益的尝试、破灭的希望本已使他很受伤很苦恼了，尤其是露琪娅在这个节骨眼儿上竟拒绝他的安排，他更是恼怒不已，而此时神甫带来的消息不啻是火上浇油了。

“我想知道，”伦佐咬牙切齿，提高嗓门大声嚷道——他在克里斯托福罗神甫面前从未这样过，“我想知道那个狗东西究竟说了什么理由……什么理由，说我不能同我的未婚妻完婚？”

“可怜的伦佐！”修士回答说，他的表情和声音透着怜悯，而又似乎在委婉地示意伦佐保持冷静，“如果有权有势之人为非作歹定要说出个所以然的话，那么事情就不会像现在这样了。”

“那么，那个狗东西说不让我们结婚，就因为他不让？”

“他连这样的话都没说，我可怜的伦佐！要是有人做了坏事还公开承认的话，那就好了！”

“但是他肯定对你说了什么呀，那个地狱的魔鬼究竟说了些什么？”

“他说的话，我自然是听到了，可我不能向你转述。那个有恃无恐的恶人说的话语，分明进入了你的耳朵，却让你抓不住把柄。要是他的话叫你起了疑心，他会勃然大怒；与此同时，他又让你感觉自己的怀疑不是没有根据的；他侮辱了你，可又反过来说是你冒犯了他；嘲笑了你，又装作问你意见；威胁了你，还抱怨说自己受到了恐吓；他傲慢无礼，却觉得自己不该受谴责。不要再问了，他既没有提到这位无辜姑娘的名字，也没提到你的名字。他甚至显得不认识你们的样子，更闭口不谈他的阴谋诡计，但是……但是我非常清楚他是不会改变主意的。不过，你们要相信上帝！可怜的女人！”他转向露琪娅和阿格尼丝，后又对着伦佐说，“而你，伦佐……噢，请相信我，我会设身处地替你着想，我明白你心里的感受。但是，要忍耐！对那些不信奉上帝的人来说，这个词是痛苦而苍白无力的。但对你不同……难道你不愿给上帝一天、两天，或者更多的时间让他为你主持公道，还你清白吗？时间是属于上帝的，而他已对我们作了很多承诺。听从上帝安排吧，伦佐！而且……请相信我，我已经有一条线索，可以帮助你们。现在我只能告诉你们这些。明天我不会来这儿，为了你们的事，我必须一整天都待在修道院。你，伦佐，要设法来见我。或者，要是你因为某事不能来，那就派一个值得信赖的人前来，比如说一位明白事理的小伙子，通过他，我会告诉你该怎么做。天黑了，我必须赶快回修道院了。你们要有信心，有勇气。再见。”

说完这些话，神甫便匆忙离开了。他沿着一条弯曲的石子小路快速地走着，生怕自己回修道院迟了会受到严厉的谴责，或者遭到闭门思过这更重的处罚，这样，会使他第二天不能顺利地去帮助他的被保护者。

“你们方才听到神甫说……好像是……他掌握了一条可以帮到我们的线索吗？”露琪娅问道，“我们最好信赖他，他这个人，答应出十分力就……”

“我知道像他这样的人不多，”阿格尼丝打断她的话说，“但是，他也应该把事情讲得更清楚些，或者至少把我叫到一边，告诉我到底是怎么回事。”

“全是空话！我去了结此事，我去！”伦佐打断了阿格尼丝的话说，他在屋子里急速地走来走去，他说话的语调、脸上的表情，都明白无疑地表明了他此话的含义。

“啊，伦佐！”露琪娅惊呼道。

“你说这话是什么意思？”阿格尼丝失声问道。

“还需说什么呢？我去了结此事！尽管他被千百个魔鬼附体，但他毕竟还是个血肉之躯吧……”

“不，不，看在上帝的分上……”露琪娅开始哀求，但抽泣的声音淹没了她的话语。

“可不能那样说，即使是开玩笑也不成。”阿格尼丝说。

“开玩笑？”伦佐大声喊道，他站在坐着的阿格尼丝面前，双眼盯着她说，“开玩笑？你们等着看我是不是在开玩笑。”

“啊，伦佐！”露琪娅泣不成声地说，“我从没有见过你这样。”

“看在上帝的份上！别再那样说了，”阿格尼丝压低了声音，急忙说道，“你难道不记得他一声令下，会有多少手下吗？而公道总是和穷人作对……上帝保佑！”

“我就是去为自己讨回公道，我会讨回的，现在是时候了。事情并不容易，这点我也知道。那个恶棍一定戒备森严，狗贼也知道自己的处境，但这没关系。只要有耐心和决心……这一时刻很快就会到了。是的，我会讨回公道，解救这个村庄的老百姓，他们会祝福我的。然后，只消跃几步，便可以远走高飞……”

听到这些再清楚不过的话，露琪娅心里感到着实可怕，因而停止了哭泣，并鼓起了说话的勇气。她松开紧紧捂住脸庞的双手，抬起满是泪痕的脸，用坚定而又悲伤的语气对佐伦说道：“看来，你并不在乎我做不做你的妻子了？我允诺要嫁给一个敬畏上帝的年轻人，但是这个人竟……即使他能安全逃脱所有的制裁和报复，即使他是国王的儿子……”

“好！”伦佐大声喝道，他的脸因愤怒而越发抽搐了，“既然我得不到你，他也休想得到。没有你，我仍可以在世上活着，而他却要被打入……”

“噢，不，别那样说，别一副怒不可遏的样子！不，不，看见你这个样子，我真的受不了。”露琪娅哭着大声说道，双手合十乞求着。而阿格尼丝不停地叫着她的名字，抚摸着她的双肩、手臂和双手，让她平静下来。伦佐一动不动地站在那儿，一副沉思的模样，看着露琪娅恳求的面孔，他差点儿就动容了。然后，他突然狠狠地凝视着她，向后退了退，伸出手臂，用手指指着她，大声叫道：“她！是的，他要的就是这个女人！你必须得死！”

“我到底做了什么伤害了你的事，你竟然想杀了我？”露琪娅说着，跪在了地上。

“你！”伦佐说道，他的声音里透着一种异样的愤怒，但毕竟还是愤怒，“你，你就是这样爱我的吗？你用什么来证明你对我的爱？我这么一而再，再而三地求你……我有得到你……”

“好，好，”露琪娅急促地说，“明天我就去牧师那儿，如果你愿意，我现在就去。只要你做回原来的你，我去！”

“你向我保证？”伦佐说，他的声音和表情瞬间变得温和了许多。

“我向你保证。”

“你终于答应我了。”

“感谢上帝！”阿格尼丝大声喊道，心里倍觉满意。

伦佐生气的时候，是否想到可利用露琪娅的恐慌，从而使其满足自己的要求呢？他是否蓄意要点儿小花招，使露琪娅感到恐慌，以达到自己的目的呢？我们的作者声明对此毫不知情。我觉得连伦佐自己也不一定说得清楚。但不管怎么说，可以确定的是他对唐罗德里戈充满了无比的愤怒，并热切地希望露琪娅能同意他的计划。当一个人的内心挣扎于这两种强烈的情感之间时，任何人，哪怕是极有忍耐力的人，都无法准确地将两种情感之声区分开来，也无法肯定地说出哪种声音占了上风。

“我已答应你了，”露琪娅以一种胆怯而又带有温柔的责备的语气说道，“但是你也得答应我不能再去捣乱，一切听从神甫的安排……”

“噢，算了吧，我是因为谁而发火的？你又想打退堂鼓了吗？还是你想逼我干出鲁莽的事情来？”

“不，不，”露琪娅说，一下子又跌入了恐慌之中，“我既然答应你了，就不会再退缩，但是，看看你，你是怎么让我答应你的。上帝不希望……”

“你为什么老说些不吉利的话呢，露琪娅？上帝知道我们没有害人之心。”

“那你至少要向我保证，以后绝不再做这样的事了。”

“我说话算话。”

“感谢上帝！”阿格尼丝说。

作者在此处向我们承认他对另一件事毫不知情，那就是露琪娅迫于无奈答应了伦佐的要求，她对此是否深感不满呢？对这个问题我们遵照作者的做法，把此事暂搁一边吧。

伦佐很想将这一谈话继续下去，一一安排好明天要做的事，但是，因为天色已晚，女人们认为这么晚了还留他在这儿很不合适，便对他说晚安，同他道别。

这一夜对这三人来说都异常平静，因为此前的一天充满了紧张和不幸，而明天他们又得办一件大事，并且此事胜负难料。第二天一早，伦佐早早地就来了，同女人们，或者更确切地说是同阿格尼丝，商量傍晚时分的大事。他们轮流地提出可能会遇到的困难以及解决办法，预测可能出现的阻碍。然后两人又开始轮番描述当时的场面，好似在叙述一件往事。露琪娅默默地听着，口头上并没有说支持自己内心并不赞同的事，只答应会尽力而为。

“克里斯托福罗神甫昨晚吩咐过你，让你上修道院找他，你是否去呢？”阿格尼丝对伦佐说。

“反正我不去，”伦佐回答道，“神甫有一双明察秋毫的眼睛，他看着我的表情，就像在看一本书一样，能看出有事要发生。要是他问起我来，我就没办法轻易脱身了。而且，我得待在这里把事情安排妥当，你最好叫别人去。”

“我让梅尼科去。”

“很好。”伦佐回答道，然后，如他所说那样，前去安排事宜了。

阿格尼丝去隔壁找邻舍梅尼科，对于他这个年龄来说，他称得上是一位机智灵活的小伙子。依堂兄嫂的这层关系，他算得上是她的侄子。阿格尼丝找到他的父母，像是借钱似的，说有事要借他一用，耽搁他一整天。“有特殊事情要办。”她如此说。得到允许之后，她便把他带到她的厨房，让他吃了早饭，吩咐他去佩斯卡莱尼科找克里斯托福罗神甫，适时神甫会让他捎个话回来。“克里斯托福罗神甫，那个善良的老人，你知道的，留着花白的胡须，大家都称他为圣徒……”

“我知道，”梅尼科说，“他总是很温和地对孩子们说话，有时候还给他们一些小圣人泥像。”

“正是，梅尼科。如果他叫你在修道院等一会儿，你就不要跑远了，千万不要和别的孩子去湖边往水里扔石头，也不要去看他们钓鱼或者玩那些挂着晾晒的渔网，还有不要……”

“唉！婶婶，我又不是小孩子。”

“好吧，你小心谨慎就是了，等你把口信带回来了……瞧！这两枚崭新的小银币就是你的了。”

“现在就给我吧，反正……”

“噢，不不，给你你就该拿着玩了。去吧，好好表现，然后你就会得到更多的银币。”

在这一漫长的清晨发生了很多奇怪的事，使阿格尼丝和露琪娅原本就很凌乱的心更加不安。一个乞丐，远不像普通乞丐那样面黄肌瘦、衣衫褴褛，带着几分阴森和邪恶的神色，来到她们家乞讨，同时仔细地端详着四周。她们给了他一片面包，他接过并放进篮子里，但掩饰不住他漫不经心的神态。他磨蹭着不愿离去，厚颜无耻而又迟疑不决地问了阿格尼丝很多问题，而阿格尼丝则努力做出与实际情况相反的回答。当要离开时，他又假装走错了门，走到了楼梯口，快速朝楼上望去，细细地打量了一番。听见她们喊道“喂，喂，你去哪里？先生，从这里出去”时，他转过来向所指的门的方向走去，恭敬地表示歉意，佯装谦卑的神态与那张凶狠无情的脸极不相称。此人走了之后，她们又时不时地留意到一些形迹可疑的人。很难说清楚他们到底是什么人，然而她们不相信那只是些过路人，尽管这些人都竭力装出一本正经的样子。一个人假装进来问路，其余的就在门口放慢脚步，透过小院子偷看屋子里发生的事，似乎想要看见但又怕被人猜疑。临近午时，这些令人讨厌和不安的家伙才不再露面。阿格尼丝时不时地站起来穿过小院子到临街大门外去侦察一番，焦虑地左顾右盼一通后带着情报回到里屋，高兴地说：“没人了。”露琪娅听到这话也很高兴，两人都不知这是什么缘故。但是她们每走一步，都觉得被一种无可名状的不安所萦绕着，这多多少少挫伤了她们，尤其是露琪娅于晚间行事的勇气。

也许读者需要更明确地知道这些神秘的闲逛者到底是谁，为了把此事交代清楚，我们得退后一两步说说唐罗德里戈的情况。我们讲过，克里斯托福罗神甫昨天离开后，他一个人留在自己府邸的某个房间里。

我们已经说过，唐罗德里戈在他宽敞的房间里大步地踱来踱去，房间的几面墙上都挂着他几代先辈的画像。他走到一面墙前，回过头来，目光停在了一位英勇的祖先的画像上，当时，不论是他的敌人还是自己的士兵都很畏惧他。他的表情严肃而可怕，头发从额头一直向上竖着，双鬓及弯弯的下巴上长满了浓密的、尖尖的胡须，像武士一样威猛，他全身披着铁甲，右手叉在腰际，左手握住剑柄。唐罗德里戈打量了一会儿，他走到画像下面，然后转过身去，凝望着他面前的另一位祖先的画像，那是一位使诉讼人畏惧的地方法官，坐在一把覆盖着深红色天鹅绒的高高椅子上，身着一件宽大的黑袍。除了领口和两条胸前饰带是白的外，他一身黑色，貂皮领子的里衬向外翻着（这是参议员的明显标志，但只有冬天才穿，这就是从来看不见参议员着夏装的照片的原因）。这位法官眉头紧皱，手里拿着一份申诉书，好像在说："走着瞧吧。"他的旁边是一位令其女仆们畏惧的女主人，另一边则是一位修道院院长，手下的修士们都很害怕他。总之，他们在世时都是些显赫威严之人，在这一点上他们是那么相似，因此时至今日仍能唤起人们的恐惧感。面对这些祖先，唐罗德里戈一想到一个修士竟敢以预言来斥责他，顿觉愤怒难耐，羞愧不已，内心无法平静下来。他想了个复仇的计划，但随即又放弃了，与此同时，他思考着如何在保全名誉的前提下使自己的欲望得到满足。有时，当听到回响在耳边的克里斯托福罗神甫所给的诅咒时，顿时又觉得浑身不自觉地发颤，差点儿就要放弃满足自己欲望的想法。最后，出于总要做什么的缘故，他叫来了一位仆人，吩咐他替自己给客人们道个歉，说他突然有急事缠身，不能奉陪了。仆人回来说客人们说了些问候他的话，都告辞了。

"阿蒂利奥伯爵呢？"唐罗德里戈仍踱着步，问道。

"他和其他宾客一起走了，大人。"

"很好，给我找六名随从来，动作要快。马上取我的剑、斗篷和帽子来。"

仆人鞠了一躬，退了出去。片刻工夫以后，仆人回来了，呈上宝剑、斗篷和帽子。唐罗德里戈把剑佩挂在腰间，斗篷披在肩上，并接过一顶装饰着长长羽毛的帽子，戴在头上，以一种傲慢的姿态使之戴牢。然后他走向大门口，六名剽悍的家丁全身披挂，一字排开，在迎候主人，他们向他请了安，便跟随在他的后面出发。唐罗德里戈的情绪比往日更加阴沉，表情更加威严，气势汹汹地走出了府邸，朝莱科镇而去。一路上，遇到他的农民都摘下帽子，向他毕恭毕敬地鞠躬表示敬意，那些经过他身边却胆敢不脱帽致敬的粗野之人，要是随行的暴徒们在其头上敲上一棍子迫使其放尊敬点儿才满意的话，这些粗野之人会觉得自己没有脱帽致意，挨上一棍子算是捡了便宜。对这些致意的人，唐罗德里戈根本不予理会。但对于有一定地位，身份不如他高贵的人，他矜持地回礼。那天他碰巧没有遇到西班牙城堡主，如果遇到的话，他们同时向对方深鞠一躬，就像两位有权有势的人会面一样，即便没有共同利益之争，但出于礼貌起见，也会互相致意，以示对对方地位的尊敬。为了打发时间，摆脱始终萦绕在他头脑里的神甫的形象，看看那些对待他与神甫的举止完全不同的人，唐罗德里戈走进了一座房子，那里聚集着很多人。在此地他通常受到人们的殷勤接待，而这种曲意逢迎仅限于对那些他们特别爱戴或特别惧怕的人。夜深了，唐罗德里戈回到自己的府邸，遇上阿蒂利奥伯爵也刚好回来，于是两人坐下一起吃晚饭，唐罗德里戈沉默寡言，一副心事重重的样子。

收拾好桌上的残羹冷炙，仆人们离开了，阿蒂利奥伯爵随即以嘲弄且不怀好意的语气问道："表哥，我们打的赌，你什么时候付我赌注啊？"

"圣马丁节还没有过呢。"

"你可要记得早点儿兑现哦，因为再过几个日历上的圣人节，你也不会……"

"你且拭目以待吧。"

"表哥，你是要和我要政术吗？我可全都明白。这次打赌我是赢定了，我打算和你再打一个赌。"

"赌什么？"

"赌那个神甫……神甫……我记不清他的名字了，总之，他点化了你。"

"那只是你自己的猜想而已。"

"你被点化了，表哥，你被点化了，我再说一遍。我倒是为你高兴，只是看见你双眼低垂、痛心忏悔的样子，那将是一幅多美好的景象啊！对于神甫来说这又是一件多么令人欢欣鼓舞的事啊！回到修道院他该多么自豪啊！像你这样的鱼，他们可不是每天，也并不是用任何渔网都能捕到的哟。你放心好了，他们定会以你为榜样，当他们去较远的地方布道时，便会谈起你的事迹。我仿佛都听见了他们布道时的声音。”于是，他滑稽地作出牧师布道的姿势，用浓重的鼻音模仿着牧师布道的语调接着说，“我亲爱的听众们，在世界的某个地方，出于尊重当事人我就不说出其具体的地名了，居住着一个放荡的绅士，他与女人们的交情要深于男人们，他习惯见女人就搭，某天竟然盯上了……”

“够了，够了，”唐罗德里戈半恼半怒地打断道，“如果你想再打一个赌，我奉陪到底。”

“见鬼！看来，或许是你点化了神甫？”

“别给我提起这个人，至于说输赢，圣马丁节那天见分晓。”这么一说，伯爵的好奇心被激了起来。他不断发问，但是唐罗德里戈巧妙地避而不答，只说一切到时自见分晓，他不愿向伯爵透露自己既未完全定下来也未开始执行的计划。

第二天早上，唐罗德里戈恢复了常态，神甫对他说的“总有一天……”的预言曾使他惶恐不安，如今已随着昨晚的梦烟消云散了。如今，他只觉得十分愤怒，一想到自己昨天一时的怯懦，他羞愧不已，心底的怒火更是噌噌直往上蹿。回忆起昨天凯旋式的出行，众人的点头哈腰、殷勤款待，以及表弟的玩笑话，他往日的精气神儿在很大程度上得以恢复。他刚一起床，就差仆人把格里索叫来。“定有什么大事。”接到命令的仆人心里暗想，因为那个名叫格里索的人可不是一般的家丁，此人乃唐罗德里戈的一帮打手的首领，大凡最骇人最危险的事主人都托付于他。此人也是最得主人信任的，而出于感恩和自己切身利益考虑，他对主人忠心耿耿，为其赴汤蹈火也在所不辞。当初因为犯了杀人罪，他来到唐罗德里戈家寻求其庇护，以逃脱法律的追究。唐罗德里戈让他做了一名家丁，使他免受法律制裁。就这样，他干着主人交代下来的种种罪恶勾当，而不必为自己犯下的第一桩罪落入法网。对于唐罗德里戈来说，收留格里索意义非同小可，因为在唐罗德里戈所豢养的一帮手下中，格里索毫无疑问是最胆大的一个，而且，这件事也证明了唐罗德里戈能够逆法而行而免受惩罚，如此一来，他的权势无论是在实际中还是在舆论上都增强了。

“格里索，”唐罗德里戈说，“现在是彰显你英雄本色的危急时刻了。明天之前，你一定要把露琪娅弄到这个地方来！”

“只要是我最尊贵的主人开口，格里索绝不退缩。”

“你想要多少人就带多少人吧，你觉得怎么合适，就怎么调遣和指挥他们，只要能把这件事办好就行。但是你要特别注意，决不可伤害到她。”

“老爷，她会受点儿小惊吓，为的是不让她大声叫喊……这是避免不了的。”

“一点儿惊吓……我明白……是在所难免的，但不要伤她哪怕一根头发，尤为重要的是，要对她以礼相待。明白吗？”

“老爷，从枝头摘下一朵花献给您，一点儿也不碰它是办不到的。但我会按规矩办事，只做该做的。”

“若有差池，唯你是问。还有，你打算怎么行动？”

“我还在考虑中，老爷。幸运的是她的家在村子的尽头，我们得找个地方埋伏起来，我知道离她家不远处的田野中间有一座无人居住的房子，那个房子……老爷您应该是不清楚这样的事的……几年前被火烧了。因为没有资金重建，所以废弃了，那里经常闹鬼，但今天不是星期六，我不在乎那些。村民们迷信得很，就算里面有宝藏他们晚上也不会靠近它，所以我们可以在那里安全落脚，不必担心有人扰乱我们的计划。”

“很好，然后呢？”

格里索接着提出他的计划并和唐罗德里戈一同讨论，直到两人商定好了一个万无一失的方法，使整件事得以圆满完成，而又不至于留下作案者的蛛丝马迹。他们甚至想到了设法通过制造假象把人们的猜疑转移到别处去，使可怜的阿格尼丝不敢张扬，使伦佐的恐惧大于悲伤，不仅不敢诉诸法律，甚至不敢诉苦申冤。两人还密谋了一些其他的罪恶行径，以确保主要的罪恶阴谋得以成功。在此，我们就不一一详述他们商讨的内容了，因为正如读者所看到的，这些内容并不妨碍我们对整个故事的理解，若真花很长时间去听这两个可憎的恶棍的谈话，不论是对读者还是对我，都只不过是徒增些无趣罢了。只是提一下，格里索正要离开房间去执行命令时，唐罗德里戈又把他叫了回来，说：“听着，万一今天晚上那个鲁莽的乡下人竟然自投罗网，先行给他点儿苦头尝尝，让他长点儿记性，倒也未尝不可。这样的话，明天对他发出的不许声张的命令将会更奏效。但是你不要特意去找他，以免耽误了更重要的事。你明白吗？”

“放心交给我好了。”格里索回话时鞠了一躬，神情恭敬而又傲慢，然后便离开了。

这天早上，他四处游荡，侦查周围的情况。那位假扮成乞丐混入阿格尼丝家的人，不是别人，正是格里索，他想亲自前来看清屋内的情形。那些假装路过的行人都是他无耻的手下，他们依他的命令行事，只需大致熟悉此地就行。侦查完地形后，他们便悄悄离开了，以免引起过多的怀疑。

回到府邸后，格里索便向大家说明了情况，仔细地安排了这件事的行动计划，分别指派了各自的任务，并作了相应的指示。所有这一切均没有瞒过老仆人，他的双眼和双耳时刻保持着警惕，已经发现他们正在谋划某件大事。凭借自己的观察和打探，从这里获得一点儿消息，那里掏来一点儿消息，仔细推敲着暗语的含义，猜测着他们神秘的行动，老人终于弄清楚了夜间他们要做的事。然而，当他弄清此事时，天色已近傍晚了，一小撮暴徒已经离开了府邸，前往那废弃的房子隐蔽去了。尽管这位可怜的老人非常清楚自己所做之事很危险，尽管也担心自己的帮助为时已晚，但他仍不想袖手旁观。他借口散步走出府邸，朝着修道院匆匆走去，如他所承诺的那样，向克里斯托福罗神甫汇报了此事。过了不久，第二批暴徒也纷纷行动，一次一两人，这样看上去便不会像一伙人。格里索最后一个动身，他的身后只剩下了一顶轿子，要等天黑时再抬到废弃的屋子。当所有的人都到了集合地之后，格里索便派了三人去镇上的小酒馆。其中一人站在门外放哨，观察街道上的动静，等镇上的居民都回家休息了就发出信号；另外两人则待在小酒馆里，打牌、喝酒，装作一副作乐的样子，但随时留意着那些应当注意的事。而格里索和其他人，则埋伏在那废弃的屋子里，等待时机到来。

可怜的老仆人还在路上行走时，那三名前去打探的暴徒已经来到了岗位上。太阳快下山时，伦佐来到了露琪娅家，对两个女人说："托尼奥和杰尔瓦索此刻正在外面等我，我要同他们一起去小酒馆吃晚饭。晚祷钟声敲响时，我们便来接你们。加油，露琪娅，勇敢点儿！成败在此一举了。"露琪娅叹了口气，应道："噢，是啊，勇敢点儿。"她说这话时的声调显得言不由衷。

伦佐和他的两位同伴到达酒馆时，发现已经有一个暴徒在门口望风了，此人斜靠在一根门柱上，身子挡住了大半个门口，双手交叉放在胸前，用打探的神情左看看，右望望，两只鹰眼般的眼睛时而露出眼白，时而露出眼珠。他歪戴着一顶深红色的扁平丝绒帽，遮住了一半头发，长发在黑黑的前额处分开，梳到脑后用梳子束了起来。他一只手拿着一根短棍，确切地说，表面上看不出他带了武器，但是只消看看他的面孔，哪怕是小孩子也能猜出他的衣服下藏了不少武器。伦佐走在他的两位同伴的前面，当他来到这名暴徒跟前，准备进屋时，此人的眼睛死死地盯着他，并没有打算让路；而这位年轻人，因为目前有要事要办，想避开一切麻烦，便假装没看见，也没有停下来说声："请让一下。"而是侧着身子，贴着另一边的门柱，从那位站着不动的人留下的空隙间挤了进去。他的两位同伴也不得不采取他的策略，才进入酒馆。他们进去后，便看见另外两个暴徒正坐在酒桌旁，饮酒划拳，一齐大声叫喊着，伦佐他们早在门外就听见了他们的声音。两位暴徒还不断地拿起置于两人之间的大酒瓶，轮流给对方倒酒，眼睛却紧紧地盯着刚进来的三人，特别是其中一位暴徒，他的右手举在空中，三根大手指伸得直直的，嘴里刚刚蹦出个"六"，还没来得及合上，眼睛却把伦佐从头到脚打量了一番。他先对同伴使了个眼色，接着又对门外那个暴徒使了个眼色，那人点了点头。见此情景，伦佐觉得很疑惑，朝那两个人看了看，想从他们的表情中找到有关这些迹象的答案。但是那两个人除了表现出一副狼吞虎咽的样子外，没有透出半点儿信息。这时，店主过来点餐了，伦佐让他带他们进了隔壁的房间，点了些吃的当晚餐。

“那些陌生人是谁？”当店主胳膊下夹着一块粗糙的桌布，手中拿着一壶酒回来时，伦佐低声向他问道。

“我不认识他们。”店主回答说，摊开了桌布。

“怎么，一个都不认识吗？”

“你也知道，”店主回答说，双手再次将铺在桌面上的桌布弄平，“做我们这一行，首要的规矩就是不要探听客人的隐私，所以即使我们店里的女仆也不爱打听。再说，这儿就像码头一样，人来人往的，要打听也很难，当然，我说的是好年景时。但是现在我们得乐观点儿，因为好年景总会到来的。我们只关心上我们这儿的人是否是正派人，至于他们是谁或者不是谁，对我们来说无关紧要。好了，我这就给你们上一盘肉丸子，这样好的肉丸子你们还没吃过呢。”

“你怎么知道……”伦佐正要问下去，但是店主根本不理会他的话，径直朝厨房走去。当店主端起盛着肉丸的锅时，那位紧紧盯着我们那位年轻人的暴徒走到了店主身旁，低声问道：“那些人是谁？”

“镇子里的本分人。”店主回答说，并将肉丸倒在了盘子里。

“哦，那他们叫什么？又是谁呢？”暴徒继续问，声音很粗鲁无礼。

“有一个叫伦佐，”店主低声回答说，“是个好青年，编织丝绸的，手艺很好。另外一个叫托尼奥，是个农民，喜欢寻快活，只可惜没几个钱，不然全花在这儿了。那第三个是个呆子，给什么就乐得吃什么。对不起，我得忙活啦。”

说着，店主微微鞠了一躬，便从问话人和炉灶间穿了过去，端着肉丸走进隔壁房间。“你怎么知道，”伦佐再次看见店主时，继续问道，“他们是正派人，既然你不认识他们？”

“看他们的举止，小伙子，根据一个人的举止就可看出他的人品。那些喝酒时不挑剔，付账时不计较，又不同客人争吵，如果想捅某人一刀，会离开小酒馆，走得远远的，以免让可怜的老板卷入其中，这样的人就都是正派人。不过，要是人人都能像我们四人了解彼此那样了解别人的话，那就好了。但是你这个新郎官怎么对这些事那么好奇呢，你不是应该有许多其他事要张罗吗？尝尝你面前的这些肉丸子吧，可口得很，连死人吃了都能活过来呢。”说完这些，店主便回厨房去了。

我们的作者在谈及店主用不同的方式回答不同的询问时，说店主这样的人，嘴上说愿意与诚实正直的人交朋友，可实际却更愿向那些长相或是品性像恶棍的人献殷勤。大家一定注意到了，他就是个古怪人。

这顿晚餐，大家吃得并不愉快。两位被邀请而来的客人很想好好享受这顿美餐，而请客之人却满脑子的……读者知道是怎么回事，那几个外地人的奇怪行为让其深感不安和焦虑，他急着想离开。为了不引起那几个陌生人的怀疑，伦佐压低了声音，断断续续地跟同伴交代着，语速很快。

“这事太好了，”杰尔瓦索突然喊道，“伦佐想要结婚，就需要……”伦佐狠狠地瞪了他一眼，托尼奥则一边用胳膊肘碰了碰他，一边大声斥责道：“闭嘴，傻瓜！”他们的谈话也越来越索然无味，伦佐时不时地给两位同伴斟酒，但始终很有节制，既要使他们壮了胆，又不能使其喝得晕乎乎的，酩酊大醉。晚饭后，吃喝得最少的人付了账，三人在暴徒们审视的目光下经过他们身边，暴徒们死死地盯着伦佐，就像他刚进入小酒馆时那样。伦佐走出小酒馆，向前走了几步，转过身来看时，发现先前坐在酒馆里的两个暴徒正跟着他。于是他便和同伴停了下来，好像在说：“咱们看看这两人究竟想打我什么主意。”不过，那两人感觉到自己好像被发现了，于是也突然停了下来，轻声地说了几句，就又返回去了。要是伦佐站得近，就能听到他们的谈话，且一定会觉得他们的言语很奇怪。“且不说赏给我们喝酒的钱有多少，那真是多么有面子的事情啊！”一位暴徒说道，“要是我们回到府邸，禀报说是我们很快让他们投了降。而且是我们自己干的，格里索先生没有在这里指挥我们。”

“那岂不要坏了头等大事！”另一个暴徒回答说，“瞧，他们肯定有所察觉，正停下来看着咱们呢。唉，要是再晚点儿就好了！我们还是回去吧，不然他们肯定会怀疑咱们。你没看见人们正从四面八方走过来吗？再等等，等到他们都回家休息了再说。”

事实上，夜幕降临时，镇上通常是嘈杂声一片，不过再过一会儿，一切将归于夜晚的静谧和肃穆。女人们从田野回来，背上背着婴儿，手上还牵着大点儿的孩子，教他们做晚间祷告。男人们也回家了，肩上扛着铁锹和锄头。随着房门一扇扇地打开，可以看见到处闪耀着火光，那是人们点燃灶火准备做简陋的晚餐。街上可以听到人们互道晚安的声音，以及人们关于歉收、饥荒三言两语的愁话。同时，街道的上空还回荡着洪亮而有节奏的钟声，钟声宣告着白天的结束，淹没了其他的声音。伦佐看见跟在他们身后的那两个冒失鬼已经退回去，便又继续赶路了，此时，天越来越黑，他压低了声音，时不时地提醒兄弟二人各自应该注意的事项，怕两人搞忘了。当他到达露琪娅家时，天已经完全黑了。

一位不乏才智的外国作家曾说过："做一件可怕的事情，从最初谋划到开始动手，中间所经历的仿佛是一个幻象或是一场可怕的梦。"露琪娅几个小时一直饱受着这样的噩梦的惊扰，而阿格尼丝自己，作为这个计划的炮制者，却一副心神不宁的样子，不知道该说什么来鼓励女儿。但是，从梦中醒来的时刻，也是开始行动的时刻，思想即在瞬间发生了转变。原先在内心深处斗争着的恐惧和勇气被一种新的恐惧和一种新的勇气所取代了。拟订好的计划仿佛是新的幽灵一样出现在头脑中；那些乍一看很可怕的事，似乎一下子变得容易起来，而原先几乎没有察觉到的小障碍，似乎变得难以逾越了。想象力在惊慌中丧失了，四肢也不听使唤，原先以极大的把握所承诺下的事，而今觉得是那样力不从心。听到伦佐轻轻敲门的声音，露琪娅突然感到惊恐不已，以至在那一瞬间她决意忍受任何苦难，哪怕是同伦佐永远分开，也不愿去执行事先说好的那个计划。但是，当伦佐站在露琪娅面前，说："我来了，咱们走吧。"当所有的人都一副毫不犹豫的样子，准备和她一起前去执行一件事先定好的，无法改变的事时，露琪娅既无时间也无心情去反对了。她浑身颤抖着，一只手攥着母亲的胳膊，另一只手抓着未婚夫的胳膊，几乎是被拖着，随着这队冒险的人出发了。

黑夜中，他们迈着小步，轻脚轻手地跨过门槛，走上了通向镇外的小路。穿过镇子，他们到达唐阿邦迪奥先生家。有一条最便捷的路，但是，为了不让人发现，他们竟选择了另一条较远的路，因为这条路更加僻静。穿过一条条狭长的位于田间小路后，他们来到了唐阿邦迪奥的房子近旁，在这里他们分了手。两位恋人躲在房子某一角的后面，阿格尼丝与他们在一起，只是站在稍靠前的地方，以便能及时上前拦住佩尔佩图阿，并缠住她。托尼奥和他的傻瓜弟弟杰尔瓦索一起。这个杰尔瓦索自己什么都不会做，但是缺了他又什么事都做不成。兄弟俩赶紧大步走上前去，敲了敲门。

“这么晚了，是谁啊？”一个声音喊道，这声音是从刚打开的窗户传出的，是佩尔佩图阿的。“据我所知，没人生病啊。不过，大概发生了什么不幸的事。”

“是我，”托尼奥回答道，“还有我弟弟，我们想找神甫先生谈谈。”

“哪个基督徒会在这个时候来？”佩尔佩图阿厉声回答说，“你们真不懂规矩！明天再来吧！”

“听着，随您的便吧，明天我也许来，也许不来，但我凑了一笔钱，专门前来还债，那笔债您是知道的。瞧！我带来了二十五枚崭新的米兰银币，不过，要是现在还不成也没关系，我自然知道怎样花它们。那就等我啥时候攒够了，再来吧。”

“等一下！等一下！我去去就来。不过您干嘛在这个点儿来？”

“要是您能换个时间，我倒是没意见，可我已经站在这里了，要是来的不是时候的话，那我走便是了。”

“不，不，稍等一会儿，我马上给您回话。”

这样说着，她又关上了窗户。就在这时，阿格尼丝轻轻地对露琪娅说：“勇敢点儿，这只需一小会儿，就像拔颗牙那样。”说完便离开了那对恋人，走到两兄弟面前，在门口同托尼奥闲聊了起来，这样，要是佩尔佩图阿回来看见她的话，她会认为她可能是碰巧路过这儿，被托尼奥叫住了，于是就待了片刻。

第八章

“卡涅阿德斯[1]！这人是谁？”当佩尔佩图阿进来通报消息的时候，唐阿邦迪奥正在楼上的房间里，坐在一把扶手椅上，面前摊开着一小卷书，思考着这一问题。“卡涅阿德斯，我似乎听过或看到过这个名字，他一定是某位有学问的人，古代的某个大学者。这名字听起来就像是位学者，但他究竟是谁呢？”可怜的唐阿邦迪奥万万不曾想到，一场可怕的风暴正聚集在他头顶。

应向读者交代一下，唐阿邦迪奥喜欢每天读一点儿书，邻近的一位教区神甫收藏了一些书籍，隔三差五地借书给他，而且还总是将刚到手的书第一个借与他看。唐阿邦迪奥现在正在专注地读一篇歌颂圣卡罗[2]的颂词。（因为恐惧而发烧生病的他已经痊愈了，甚至比他料想的都还要好得快，只是他不想让别人看出来罢了）两年前，在米兰的大教堂里，有人曾慷慨

① 卡涅阿德斯（约公元前214—前129），古希腊怀疑派哲学家。

② 圣卡罗·博罗梅奥（1538—1584），意大利天主教枢机主教，意大利反宗教改革运动的重要人物。

激昂地宣读过这篇颂词，博得听众一片称赞。颂词中谈到圣卡罗对研究热爱有加，人们把他跟阿基米德相提并论，直到此时，唐阿邦迪奥读起来并没有遇到任何困难，因为阿基米德取得了那么多伟大的成就，早已声名远扬，即便是那些没有渊博学识的人也对他有所耳闻。可是，继阿基米德之后，这位颂词作者又把圣卡罗与卡涅阿德斯作了一番比较，此时唐阿邦迪奥遇到障碍了。就在这时，佩尔佩图阿进来禀报托尼奥求见。

“现在这个时候？”唐阿邦迪奥自然也这样问道。

“那有什么办法呢？他们做事是不会考虑这些的，但是如果您不趁这个机会抓住他，恐怕……”

“如果我现在不抓住他，谁知道我何时才有机会呢。让他进来……喂，喂，佩尔佩图阿，你肯定是托尼奥无疑？”

“肯定啦！”佩尔佩图阿回答道。于是便下楼去，开了门，说，“你在哪里？”托尼奥走上前来，同时阿格尼丝也走上前来，叫了佩尔佩图阿的名字，向她打招呼。

“晚上好，阿格尼丝，”佩尔佩图阿说，“这么晚了您打哪儿来啊？”

“我从……来，”她提了一个邻村的名字，“您可知道……”她接着说，“正是为了您的缘故，我才在那里耽搁了好久。”

“噢，那是为什么？”佩尔佩图阿问道，随即转向两兄弟，对他们说，“你们先进去吧，我随后就来。”

“因为，”阿格尼丝回答道，“你相信吗……有一位爱说长道短的女人，根本就不了解事情的真相……却坚持说您没有和贝培·苏拉维基亚结婚，也没有和安塞尔莫·伦吉尼亚结婚，是因为他们都嫌弃您，我就坚持说是您拒绝了他们二位……”

“正是如此。啊，这女人真是在嚼舌根子，她是谁啊？”

“别问我，我可不想挑拨离间。”

“你应该告诉我，你一定得告诉我，真是个胡说八道的坏女人！”

“好了，别骂了……你不能想象当时我是多么闹心，因为我也不很清楚事情的来龙去脉，否则的话我就会驳她个哑口无言。”

“这些人讨厌得很，”佩尔佩图阿说，“净说些无耻的瞎话!就拿那个贝培来说，谁都知道，而且也可能见到……喂，托尼奥！把门带上，你先上去吧，我马上就来。”

托尼奥从里面应了一声，佩尔佩图阿继续激动地讲述着。唐阿邦迪奥的房前，有一条狭窄的路夹在两间小屋之间，出了小屋，这条路便拐向田野。阿格尼丝故意朝这条路走了去，像是要找一处僻静的地方，更方便她们说话，佩尔佩图阿紧随其后。她们沿着小路拐了弯，来到一处无法看见唐阿邦迪奥门前发生的事的地方，阿格尼丝大声咳嗽了一声。这其实是一个暗号，伦佐听见咳嗽声，便抓住露琪娅的胳膊再次鼓励她打起精神来。他们蹑手蹑脚地绕过墙角，顺着墙壁悄悄前进，到了门口，轻轻地将房门推开，弯下身子，屏气凝神，很快就到了走廊，托尼奥两兄弟正在这儿等他们。伦佐异常小心地取下门闩，然后四人便上了楼，根本没发出什么声响来，仿佛上楼的还不到两人。上了楼，两兄弟走到位于楼梯口的房门口，这对未婚夫妇紧紧地贴着墙站着。

“上帝保佑。”托尼奥清楚地说道。

“呃，托尼奥，是你吗？进来吧！”屋里传来的声音说道。

托尼奥打开门，但开得不大，只够他和弟弟逐个地进入。突然一束光线透过门射了出来，照在昏暗的楼板上，露琪娅仿佛被人发现了似的，吓得打了个冷战。两兄弟进门后，托尼奥随手关了门，这对情侣一动不动地站在黑暗处，都竖起了耳朵，屏住呼吸，此时最大的声响便是可怜的露琪娅心脏跳动的声音。

正如我们说过的那样，唐阿邦迪奥坐在一把旧的扶手椅上，裹着一件旧袍子，头上戴着一顶破旧的冠状帽子，在一盏小灯昏暗的灯光下，帽子在他的脸上投下了一圈阴影。两缕浓密的头发从帽子里露出，垂下来，两道浓眉，两撇浓密的八字胡，以及下巴上的一缕长须都已花白，分布在他布满皱纹的黑色脸颊上，犹如月光下的一处峭壁上那被白雪覆盖着的丛林。

“啊。”他一边招呼这两兄弟，一边取下眼镜，放在书上。

“神甫先生想必会责怪我们这么晚才来吧。”托尼奥深深地鞠了一躬，说道。杰尔瓦索学着哥哥的样子，笨拙地鞠了一躬。

“当然，太晚了，从哪方面说都是。你难道不知道我生病了吗？”

“噢，我很抱歉。”

“你肯定听说我生病了，不知道什么时候才能露面……但你为何带着这个……这个小青年和你一起来？”

“他是给我做伴的，神甫先生。”

“很好。那我们就谈谈正经事吧！”

“这是二十五元崭新的银币，上面还有骑马的圣安布罗斯像。”托尼奥说着，从衣服口袋里掏出一个小包来。

“让我看看。”唐阿邦迪奥说着，戴上眼镜，接过这个小包并打开，取出了银币，把它们翻来翻去，清点了一番，没有发现任何缺陷。

“神甫先生，现在您把特克拉的项链还给我吧。”

“你说得对，”唐阿邦迪奥回答道。他走到一个柜子前取出一把钥匙，向四周环顾了一下，像是要让所有的旁观者都离得远远的，这才打开其中一扇门，用身体挡住了门缝，把头伸进去，然后伸手进去把作为抵押品的项链取了出来。他关上柜子，拆开包裹着项链的纸，问道：“是这条吧？”说完又把项链包好，递给了托尼奥。

托尼奥说：“您能白纸黑字地写个收条给我吗？”

“你还不满意啊？”唐阿邦迪奥说，“这事儿已经很清楚了。哎，这世道怎么变得如此猜疑了，你难道连我也不信任？”

“什么呀，神甫先生，我怎么能不信任您呢？您错怪我了。不过，我的名字作为借债人已经写在了您的记账本上……那么，既然您已经费力写了一次了，那么……一笔勾销……”

“好吧，好吧。”唐阿邦迪奥打断了托尼奥的话。他打开一个抽屉，拿出笔、墨和纸就开始写起来，并且一边写一边大声地把所写的字读了出来。同时，托尼奥和他旁边的杰尔瓦索站在桌子前以挡住唐阿邦迪奥的视线，并开始蹭地板，看上去一副很是无聊的样子。但实际上，这是给门外站着的情侣的暗号，示意他们现在可以进来。而且，蹭地板的声音还为了掩盖他们进来时所发出的脚步声。唐阿邦迪奥专注于自己写的东西，丝毫没有察觉到别的动静。听到托尼奥兄弟蹭地板的声音，伦佐抓紧露琪娅的手臂，再一次鼓励她。他们向前走着，伦佐仿佛是拖着露琪娅前进，因为露琪娅全身抖得厉害，要不是伦佐的帮助，她恐怕早已瘫倒在地上了。他们踮着脚尖，屏住呼吸，静静地走进了房间，躲在托尼奥兄弟的后面。与此同时，唐阿邦迪奥写完了收条，低着头认真地读了一遍，然后将字条折了起来，说："现在你该满意了吧？"

他抬起头来，一只手摘下眼镜，用另一只手把字条递给托尼奥。托尼奥伸出右手去接，并向一边退去了，杰尔瓦索看到他给的信号，也闪到了另外一边，此景就像拉开舞台帷幕一般，伦佐和露琪娅出现在兄弟二人中间。唐阿邦迪奥先是朦朦胧胧，然后才清清楚楚地看见了他们，刹那间恐惧、吃惊和愤怒一齐涌向他的心头，他飞快地想了想，作出了一个决定。而此时伦佐却趁着这个机会，在他面前说道："神甫先生，在这两位的见证之下，我娶露琪娅为妻。"然而，在露琪娅开口之前，唐阿邦迪奥丢下收条，左手抓住灯，高举在空中，右手抓起桌布，狠狠地一拽，书籍、纸张、墨水瓶和吸墨粉全都掉在了地上，他从桌椅间一跃而起，蹿到露琪娅的面前。这个可怜的女孩剧烈地颤抖着，用温和的声音差一点儿就说出"我嫁……"唐阿邦迪奥狠狠地将桌布朝露琪娅劈头盖脸地扔了过去，不许她把那句话说完。接着，唐阿邦迪奥干脆扔掉了另一只手上的油灯，两手用桌布捂住露琪娅的脸，几乎使其窒息了。与此同时，他还扯着嗓子大喊着："佩尔佩图阿！佩尔佩图阿！有人陷害我！救命啊！"油灯掉在地上，光线越来越暗，一束微弱而摇曳的幽光照在了露琪娅身上，此时她是那么惊慌，丝毫没想到去扯开桌布，解救自己，她就像一座刚制作的泥塑雕像，被艺术家盖了一块湿布一样。灯光完全熄灭了，唐阿邦迪奥弃可怜的姑娘于不顾，自己摸索着去找通向里屋的门，找到后，便进了里屋，将自己关在里面，不停地大声喊着："佩尔佩图阿！有人害我！救命啊！都给我出去，给我滚出去！"

另一间房里，场面一片混乱。伦佐想抓住神甫，他的手在黑暗中摸来摸去，好像捉迷藏似的，终于摸到了里屋的门，一边踢门一边喝道：“快开门，快开门，不要嚷嚷了。”而露琪娅则用微弱的声音喊着伦佐，央求他道：“我们走吧，我们走吧，看在上帝的份上。”托尼奥匍匐在地上，双手在地板上摸索着，想找到那张收据。被吓坏了的杰尔瓦索在那儿又喊又跳的，摸索着去找通向楼梯的门，想安全逃掉。

在这一片骚乱之中，我们不得不稍作停顿，反思所发生的这一切。伦佐在深夜偷偷潜入别人家滋扰生事，而后又将这家主人堵截在他家的某一间屋子里。表面上看来，他俨然是一个压迫者，而实际上，他却是被压迫者。唐阿邦迪奥正在安分守己地做着自己的事时，却突遭袭击，惊慌失措，到处逃窜，看似一副受害者模样，可实际上，是他有错在先。这样的情况在世界各地时常发生，或者应该说，十七世纪的世道就是这样。

被困在里屋的唐阿邦迪奥发现敌人没有丝毫要撤退的迹象，便打开一扇面向着教堂庭院的窗户，大声喊道：“救命，救命！”此时，外面一轮明月高高挂在天上，教堂的黑影和稍远处钟楼投下的长长的、尖尖的影子，清晰地映在广场明亮的草坪上。一切都看得很清楚，如同白昼一般。但是，目之所及，却空无一人。在教堂的侧面墙的附近，也就是牧师住宅的对面，有一间小屋，里面睡着敲钟的人，他被这一不同寻常的叫喊声吵醒了，于是便急忙从床上跳了下来，打开一扇窗，将脑袋伸出窗外，睡眼蒙眬地问道：“发生什么事了？”

“快，安布罗吉奥，救命，有人闯进我家了。”唐阿邦迪奥回答说。“我马上就来。”安布罗吉奥应道，将头缩了回去，关上了窗户。尽管他半梦半醒，又受了不少惊吓，可他还是当机立断，想出了一个权宜之计，这主意能提供比神甫的请求更大的帮助，而安布罗吉奥自己还不必卷入纷争，不管出了什么样的乱子。他抓起放在床头的裤子，就像大礼帽似的将其夹在腋下，从一个小木梯跳了下来，跑到了钟楼，抓起两口钟中较大的那口垂下的绳子，撞起钟来。

“当，当，当，当……”农民们都被惊醒了，一个个从床上爬了起来，躺在干草房的小伙子们竖着耳朵认真地听着，也跳了起来。“出什么事了？出什么事了？钟声又响了！失火了吗？有小偷吗？有匪徒吗？”许多妇女好言相劝，甚至是恳求他们的丈夫不要起来，让其他人前去救助。有些男人起身到窗户边张望；还有的胆小之人，装着一副听从妻子请求的样子，又回到了被窝里；那些好奇胆大之人从床上爬起来，拿起铁叉和火枪，朝吵嚷的地方跑去；还有些人却等着看热闹。

然而，在这些人到达事发地以前，甚至没等他们完全清醒，喧闹声早已传到了不远处的另外两拨人的耳中，引起了他们的注意。一拨是那些暴徒，另一拨则是阿格尼丝和佩尔佩图阿。上文交代了那批暴徒有的待在酒馆，有的守在废弃的屋子里，且让我们先简要叙述一下这些人后来的情形。

在酒馆的那三名暴徒，看到家家户户都关上了门，街上也空空荡荡的，便出了门，佯装着走远。不过，他们只是在镇子里悄悄地转了一圈以确定所有的人都已回家休息了。而且，他们确实没有遇见一个人，也没听见任何吵闹声。他们还更轻脚轻手地从露琪娅的家门前走过，那儿是最安静的地方，因为里面已空无一人。然后，他们径直向那间破屋走去，向格里索先生汇报了他们侦察到的情况。格里索匆忙地戴上大毡帽，披上一件朝圣者穿的麻布斗篷，上面还沾着一些贝壳，拿起一根朝圣者所用的棍子，说道：“现在到了大家大显身手的时候了，保持安静，听我的指挥。”说着，他便走在了前面，身后跟着他的手下。他们沿着伦佐一行人离开时相反的路线前进，不一会儿便来到了露琪娅家门前。格里索命令手下在他身后几步远的地方停了下来，而他自己一人前去打探情况。他发现四周空无一人，一片沉寂，于是又示意其中两名手下上前来，命令他们悄悄翻过院墙，跳到院内，躲在他一早留意好的那棵茂盛的无花果树后的角落里。此事完成后，他便轻轻地敲着门，打算装成一个迷路的朝圣者，恳求在此留宿一夜。敲完之后，没有回应，于是他又使劲地敲了几下，还是没有一点儿声息。他因此又叫来了第三名手下，命令他像前面两人那样也翻进院子，小心地将大门门闩从里面拔开，这样他就能自由进出了。所有这一切都进行得特别小心，最终也顺利地完成了。接着，他便命令其他手下同他一起进入院子，让他们同开始进入的暴徒一起躲在角落里，然后又轻轻地将大门闩上，还安插了两名放哨的，而后径直朝堂屋门走去，再次敲了起来，等了一会儿。要是他愿意等，不知要等到什么时候。然后，他轻轻地将门撬开了，里面没人问谁在敲门，也没听见任何人的声音。真是天赐良机，再好不过了。接着他又向前走去。“快。”他对那些躲在树后的手下说道，唤来了他们，并同他们一起进入了他早上低声下气地乞讨面包的那个房间。他从口袋里拿出了火镰、打火石、火绒和火柴，点燃了准备好的小灯笼，踏进了隔壁房间，以确认是否真的没人在：确实空无一人。于是他返回房间，走向楼梯口，朝楼上看了看，又仔细听了听，一切都是那么寂静。他留下另外两名暴徒在楼下放哨，又叫来了格里尼亚波科，此人是一个来自贝加莫的暴徒，其任务就是恐吓、安慰还有命令，总之，得让他讲话，因为他的口音会让阿格尼丝误以为这些人是来自贝加莫的。有此人跟在身边，身后还有一群手下，格里索十分缓慢地爬着梯子，每上一步都在心里咒骂着楼梯发出的吱吱嘎嘎的响声和这些暴徒每踏一步发出的一点儿响动。最后他们总算登完了最后一步梯子。最叫人提心吊胆的地方到了。他轻轻地推开了通向第一间屋子的门。那门开了个小缝，他往里面看去，一片漆黑；他又仔细地听着，唯恐听到鼾声、呼吸声或任何动静，但是他什么也没听见。接着，他又朝前走去，将小灯笼举在脸面前，这样就能看见前方，还不至于被人看见。他将门推得更开一些，看见了一张床，抬眼望去，床收拾得整整齐齐的，床上用品也叠得好好的，放在床头。他耸了耸肩，转身对着手下，示意他们说他要到其他房间去看看，让他们安静地待在此地不动。格里索走进了另一间屋子，同样小心地观察着一切，遇到的情形亦如此。“这是怎么回事？”他大声喊道，“肯定有哪个狗东西当了奸贼，走漏了风声。”接着，大家便不像刚才那样小心谨慎了，他们察看了房间的每一个角落，将屋内的东西翻了个底朝天。

正当楼上的那群人在乱翻时，临街大门口放哨的两人听见了一阵慌慌张张的脚步声自远而近地传了过来。他们心想，不管这些人是谁，他们肯定会从门前经过的。于是他们便安安静静地守在那儿，仔细地听着一切。但是，脚步声恰恰就在门前停止了。原来是梅尼科，他受克里斯托福罗神甫之托，一路小跑而来，通知两位女士，看在上帝的份上，赶快离开她们家，去修道院避难，因为……这个“因为”读者们都知道。他抓住门环，正要叩门，突然感觉门环在手中摇晃，像是有人破门而入而忘了闩门。“这是怎么回事？”他心里想着，接着他便惊慌地推了一下门，门就开了。他十分疑惑，刚迈进一只脚，就感觉自己的双臂被人抓住了。两个闷沉沉的声音，带着威胁的口吻，一左一右地在其耳边说道：“不许出声，否则杀死你！”然而，他不由得尖叫了一声，一个暴徒狠狠地朝他嘴巴扇了一耳光，而另一个暴徒则拿出一把大刀恐吓他。这个可怜的孩子就像树叶一样吓得直抖，再也不敢吭声。但是，这时突然从远处传来了一声异样的响声，此乃上文所提到的第一声钟声，继而又传来了一阵雷鸣般的钟声。米兰有一句谚语叫作“做贼心虚”。这两个恶棍都感觉这钟声像是在喊着他们的名字、姓名以及诨号。两人放开了梅尼科的胳膊，蓦地抽回自己的胳膊，彼此惊异地对视了一眼，随即跑进了大部分同伙所在的屋子。梅尼科撒腿就跑，穿过了田野向钟楼跑去，因为他觉得那里一定聚集了很多人。另外一些恶棍正将房子翻了个底朝天，但这可怕的钟声同样使他们感到了不安。他们乱作一团，各个惊慌失措，踉踉跄跄地互相撞击着，每个人都自顾自地争着抢着寻找最近的路逃到大门外。尽管这都是些被认为有胆子的人，在明知危险的情况下通常绝不退缩，但却抵挡不住这一突如其来的、未知的危险。格里索凭着自己的威信，好不容易才把他们召集在一起，有秩序地撤退而不是到处逃窜。那情形就好比一只牧猪犬东跑西跑着追赶那些离群的猪。它咬住一只猪的耳朵，欲将其拽回来，见了另一头猪，又用鼻子去推，同时还忙不迭地向第三头正要离群的猪发出吼叫。就这样，这位“朝圣者”一把揪住了一个正要跨出门槛的暴徒，把他拽了回来，又用手里的棍子拦住了一群不知该往哪里逃窜的暴徒，最后总算成功地将所有手下集中在院子中央。“快，快，把枪拿在手里，匕首准备好，全体集合，列队出发。我们得有秩序地行进，如果我们齐心协力，还怕这钟声不成？你们这群蠢驴！但如果我们单独行动，就算是村民也能把我们逮了去。真丢人！后面排好队，跟紧点儿。”这么训斥了一番过后，格里索站在队伍前面领着所有同伙一同出去。前面说过，这个房子在镇子的尽头，格里索顺着通向镇外的小路前进，其余的人整整齐齐地跟在后面。

我们暂且不管格里索他们的行踪，回过头来说说某条路拐角处的阿格尼丝和佩尔佩图阿。阿格尼丝尽可能地使佩尔佩图阿远离唐阿邦迪奥的房间，从某种程度上说，她进展得还算顺当。但是，这个仆人忽然想起她没有锁门，于是想转身回去。阿格尼丝再也找不出什么话来留下她，为了不让其起疑心，就随她一起往回走，每次看到她谈论那告吹的婚事而神色激动时，就尽可能地多耽误她一会儿。阿格尼丝假装很认真地听她说话，还不时地说出“当然……现在我明白了……好极了……显而易见嘛……然后呢？他呢？你呢”之类的话以表明她在仔细听着。但她心里却一直在盘算着另外一件事：“他们现在出来了吗？或者说还没出来？我们一群傻子，当初怎么就没说好事成后给我发一个暗号呢！我真是太笨了！说这些也没有用了，我现在能做的就是尽量多缠她一会儿，最坏也就是浪费点儿时间。”因此她们俩走走停停，来到了离唐阿邦迪奥房间不远的地方，但因为中间有两座平房阻隔，因而还看不见神甫的房子。一直被阿格尼丝拖住的佩尔佩图阿，没有作出任何反抗，她甚至丝毫没有觉察到这点，当她正兴致勃勃地谈到关键之处时，突然听得唐阿邦迪奥慌了神地大声疾呼：“救命啊！救命啊！”这喊声划破了夜晚的寂静，回荡在茫茫四宇。

“天呐，出什么事了？”佩尔佩图阿惊呼道，拔腿就跑。

“怎么了？怎么了？”阿格尼丝问道，一把抓住佩尔佩图阿的衣服，把她拖了回来。

“天呐，难道你没有听到吗？”她回答道，努力挣扎着想要脱身。

“什么事？怎么回事啊？”阿格尼丝抓住佩尔佩图阿的胳膊，重复道。

“你这恶毒的女人。”佩尔佩图阿大吼一声，把她推到一边，挣脱开来，赶紧跑。正在这时，从更远处传来了一声更加刺耳、更加急促的尖叫声，阿格尼丝听出那是梅尼科的声音。

“天呐。”阿格尼丝也不由得惊呼起来，紧随着佩尔佩图阿迈出了脚。她们还没跑出第一步，便听到了教堂传来的第一声钟响，紧接着第二声、第三声及一连串的响声，这两人奔跑事出有因，这钟声仿佛就是在激励两人快跑一样。佩尔佩图阿早先两步到达，当她伸出手去开门的时候，门却从里面被打开了，托尼奥、杰尔瓦索、伦佐和露琪娅出现在门槛处，他们找到楼梯后，便快步跑了下来，比上楼时还要快，听到可怕的钟声后，他们更是着急着奔跑，急于逃到一处安全的地方。

“发生什么事了？发生什么事了？”气喘吁吁的佩尔佩图阿拖住托尼奥两兄弟问道，但他们猛地把她推开了，然后继续向前跑。认出了这对恋人后，随即问道：“还有你们，怎么回事？你们在这里做什么？”但是他们也没搭理她，继续跑。因此，她便没再多问就径直朝最需要她的地方跑去。她快速地冲进走廊，以她最快的速度摸索着，寻找楼梯。

这对未婚夫妇仍然没有成为夫妻，他们迎面撞上气喘吁吁的阿格尼丝。“啊，是你们！”她吃力地吐出话来，“事情怎么样了？钟声是怎么回事？我好像还听到了……”

“快回家！快回家！”伦佐说道，“趁其他人还没有赶来。”他们急急忙忙地往回走，就在这个时候，梅尼科飞奔而来，认出了他们，然后拦住他们，浑身颤抖，气喘吁吁地说：“你们要去哪里？向后转！快向后转！走这边，上修道院去！”

“刚才是你……”阿格尼丝问道。

“又是怎么回事？”伦佐问道，露琪娅垂头丧气地站在旁边瑟瑟发抖，沉默不语。

“你们家里有坏人，”梅尼科回答道，“我亲眼看见了他们，他们还想杀我灭口，看来克里斯托福罗神甫说得没错。他还说，你，伦佐，要快点儿过去。真的，是我亲眼看见的，幸好你们全都在这儿，其余的情况，等我们出了镇子，我再告诉你们。”

伦佐比任何人更加理性，他想到，大家不管通过什么方法，都要在别人到来之前离开这个地方，而最好的办法就是照梅尼科说的做，更准确地说，是依这个吓得魂不守体的人的命令行事。伦佐觉得等出了镇子，远离了这骚乱和危险后，便可以向这个男孩打听所有的情况。“你带路，”他对梅尼科说，然后转过来对两个女人说，“我们和他一起走吧。”于是他们快步向修道院走去，穿过了教堂庭院。老天保佑！庭院里空无一人，便拐进了教堂和唐阿邦迪奥府邸之间的一条小路，钻进了路边篱笆的第一个窟窿，然后便走在了田野上。

大约走出不到五十码的距离，教堂庭院里便聚集了不少人，来的人越来越多。他们相互打听发生了什么事，似乎每个人都带着疑问，却没有一个人能给出合理的解释。先到的人跑到了大门前，但是大门紧闭着，继而他们又跑到钟楼外面。其中一个把嘴巴凑近一个枪眼似的小窗口问道：“究竟发生什么事了？”安布罗吉奥一听到是个熟悉的声音，便放开了手中紧握的发信号的绳子，并通过人们乱哄哄的说话声确定外面聚集了很多人，这才回答道：“我马上开门。”他快速地套上他夹在胳膊下的裤子，走到教堂门口，把门打开。

“这闹哄哄的是干什么呀？……怎么回事？……在哪儿？……是谁？”

“什么？你们问是谁？”安布罗吉奥说，一只手搭在门柱上，另一只手提着他那方才匆忙套上的裤子，“什么？你们还不知道？有人闯进了教区神甫的房子里，快，孩子们，救命去！”听见这话，众人纷纷朝神甫的房子跑去，到了那里，他们抬头看看，俯着身子仔细听，又抬起头看，并仔细听，却没有发现任何动静。有的人跑到大门前，发现大门仍然紧闭着，他们向上看了看，有一扇窗户开着，却听不见任何声音。

“里面有没有人呐？……喂！喂！……神甫先生！……神甫先生!”

唐阿邦迪奥意识到入侵者已经逃之夭夭，便马上从窗口退了回去，然后再把窗户关上。此时，他正在小声地责骂佩尔佩图阿，说她不应该在混乱时刻丢下他一个人。当他听见有人叫他的名字时，便又出现在窗户旁边，将窗户打开。他看见大伙儿都跑来救援，顿时后悔方才不该大呼小叫。

“发生什么事了？……他们对您做了些什么？……是谁这么大胆？……他们现在在哪里？”四五十人同时嚷嚷道。

“现在这里什么人也没有，多谢你们，请回去吧。”

“谁来过这儿？……他们又去了哪儿？……到底发生了什么事？”

“就是些坏人，那些晚上出来捣乱的坏人，但现在他们已经走了。你们先回家吧，没什么事了，另外，我的孩子们，谢谢你们对我如此友善。”说完这些话后，他又退了回去，关上了窗户。人群中有人开始抱怨，有人开始说笑，更有人大骂起来。有人耸耸肩，然后便离开了。就在这个时候，一个人气喘吁吁地跑过来，累得连话都说不出。这个人住在阿格尼丝家对面，听到喧闹声时便走去窗户那儿看了看，他看到阿格尼丝家的院子里有一些暴徒，那会儿，格里索正在集合他的手下。他缓过气后大声说道：“你们还在这里干什么呀，我的好伙计们？坏人不在这儿，他们在镇子尽头阿格尼丝的家里，他们全副武装，好像要杀一个朝圣者，谁知道这些魔鬼究竟要干出什么伤天害理的事！”

“什么？……什么？……什么？”大家又开始乱成一团，七嘴八舌地说道，“我们应该赶紧去那里！……应该去看看！……那儿有多少人？……我们有多少人？……都有谁？……保长！保长！”

“我在这儿！”人群中的保长回答道，“我在这儿，但是你们得帮我，听从我的指挥，快，那个敲钟之人在哪儿？赶快敲钟，赶快敲钟！快，哪位跑到莱科去请求援助。其他人都来这儿集合……”

有的人跑了过来，有的人在人群中闪躲着，溜走了。正当大家吵得沸沸扬扬的时候，又有一个人跑了过来，他是亲眼看到格里索及其手下已匆匆离开了的人，他喊道：“快追，伙计们，那群不知道是强盗还是小偷的人把一个朝圣者抓走了，他们现在已经逃出了镇子。追！追上去！”听到这个消息，大家根本没等保长下令，一窝蜂地就朝田间奔去了。在大队人马行进的途中，开始冲在前面的许多人，故意放慢速度，让其他人超过他们，自己则钻进队伍中间，走在队伍后面的人又使劲儿地往前挤，最后这群混乱的群众终于到达了目的地。入侵的痕迹非常明显：门大开着，门锁被撬，但是入侵者已经不见了。人们进入庭院，走向房门，发现这个门也是开着的。于是，他们大声呼喊：“阿格尼丝！露琪娅！朝圣者！那位朝圣者哪儿去了？斯特凡诺一定是在梦中瞧见他的吧……不，不，卡兰德雷亚也瞧见了他。嗨！嘿！朝圣者！……阿格尼丝！露琪娅！”没人回答。“他们肯定被那些人抓走了，被那些人抓走了。”接着，有人提高嗓门，提议去追那些暴徒，说要是任何一个暴徒都可以带走村中的女人而不受惩罚，就像老鹰从无人看管的打麦场叼走小鸡一样，这不仅是极其可耻的罪行，还给整个镇子带来了莫大的耻辱。这话又引起了人群的骚动。不过，人群中有人（始终不清楚到底是谁）喊道，阿格尼丝和露琪娅都安全脱险，现待在某处。这话很快就传开了，大家也都信以为真，于是再没人说要去追赶那些逃跑的暴徒了。人群散开了，每个人都回到了自己家中。而整个镇子里到处回荡着人们低声说话的嘈杂声、敲门声和开门声。油灯点亮后又被吹灭，灯光一闪一闪的，有的女人在窗口询问，大街上传来回答声。当街道再次空无一人、鸦雀无声时，每户人家里仍在继续着谈话，最终人们都酣眠了，谈话声这才停止，一切待到第二天一早再谈。次日凌晨，一切都是老样子，只有保长站在田间劳作，他一只手托着下巴，一只胳膊肘支撑着半插在地里的铁锹，一只脚蹬在铁锹上，回想起昨晚所发生的一切怪事，思量着别人会期待他做出什么情理之中的事情来，以及自己接下来该怎样行事才好。这时，他看见两个人朝他走来，他们有着狰狞的面孔，留着长长的头发，有如法国第一代王朝的国王，又很像五天前唐阿邦迪奥所遇见的那两个人，不过并不是那两个人。这两人比之前神甫遇到的两位暴徒的举止更恶劣，他们示意保长不能向上级汇报所发生的事，若被问起也不能说实话，不能散布流言蜚语，也不能怂恿村民们说长道短，除非他活得不耐烦了。

我们的逃难者安静地跑了一小段路，他们中的这个或者那个时不时回过头来，看是否有人追了上来。一路马不停蹄奔波的劳累，时刻提心吊胆的焦虑，计划流产的苦闷，对未来不可预测的危险的隐隐担忧，此刻早已使他们疲惫不堪了。而身后那不断作响的钟声更是加剧了他们的恐慌，随着他们越跑越远，钟声听起来愈加沉闷和嘶哑，也愈加传递出一种可怕和不祥之感。钟声终于停了下来。他们来到了一个荒废的田野，四周听不到一点儿声响，他们也放慢了脚步。阿格尼丝深吸了一口气，最先打破了沉默，她问伦佐事情进行得如何，又问梅尼科她家中闯入了什么恶魔。伦佐简要地叙述了他不幸的遭遇，接着，大家全都转向了梅尼科，那孩子便清楚地向他们说了克里斯托福罗神甫嘱托的事，还讲述了自己亲眼所看到的事和亲身经历的危险，这些都证明了克里斯托福罗神甫的嘱托是正确的。不过，在听话人看来，情况要比说话人反映的还要严重，三人的这一发现又使得大家顿时产生了新的恐慌，不由得停下了脚步，惊恐地你看看我，我看看你。接着，三人同时伸出手来，有的摸着梅尼科的头，有的摸着他的肩，就像是在安抚他一样，并默默地感谢他救了他们的命。与此同时，他们也为他因为救自己而受到的惊恐和害怕表示同情和怜悯，甚至还有歉疚。“现在回家吧，别让你家人再为你担忧了。”阿格尼丝对他说，想起答应要给他两枚钱币，于是便随手掏出了四枚，递给了他，还说道：“就这样吧，上帝保佑，希望我们很快再见面，到时……”伦佐也给他一枚新银币，请求他不要将神甫嘱托他的事告诉任何人。而露琪娅再次抚摸了他，同他道别，声音很悲伤。那个孩子也大为感动，同他们依依惜别，然后转身回家去了。忧心忡忡的三人又继续向前赶路，两个女人走在前面，伦佐走在后面当护卫。这是一条人迹罕至的小路，每遇到难走的地方，伦佐便上前扶持，但露琪娅紧紧抓着母亲的手臂，友好而又机敏地避开了的伦佐搀扶。在如此危难之时，她竟为自己单独而且是很亲近地和他待了那么长时间而羞愧不已，同时，有那么一段时间她又在内心渴望着成为他的妻子。现在这种幻想已经凄惨地破灭了，她后悔自己曾在此事上走得太远。她有种种担忧之事，但她竟然为自己的贞洁而担忧，这种担忧并不是源于已知的邪恶，而是源于一种无可名状的恐惧，就像一个孩子并不清楚为什么在黑暗中被吓得发抖那样。

“那我们的家怎么办？”阿格尼丝突然大声问道。然而，不管这个问题有多重要，还是没人回答。因为没人能给她一个满意的答案。因此，他们仍继续安静地走着，不一会儿，就到了修道院教堂前的广场。

伦佐走到教堂门口，轻轻地推开了门。月光从门缝射入，照在了克里斯托福罗神甫苍白的脸和银色胡须上，他正站在那里等他们。看到三人都到齐了，神甫说道：“感谢上帝保佑！”接着示意他们进去。神甫身旁站着另一位嘉布遣会修士，他是一位没有剃度的圣器看管人。经过神甫的恳求和劝告，他才同意同神甫一起守夜，将门半开着，警戒着，等待迎接这些受到威胁的可怜人。神甫以自己的权威和圣人的名誉担保，才劝服这位圣器看管人答应这件麻烦、危险而又不合规矩的差事。大家进去后，克里斯托福罗神甫轻轻地关上了门。此时，圣器看管人再也控制不了自己，将神甫拉到一边，低声对他说："不过，神甫，神甫，已经深夜了……在教堂……和女人……关着门……教规……但是，神甫！"他一边摇着头，一边吞吞吐吐地说出这些话。"你看，"克里斯托福罗神甫心想，"要是一个被追捕的强盗，法齐奥修士都不会为难他，更何况刚刚从恶狼爪下逃脱的一个无辜的可怜女子……""Omnia munda mundis。"[①]神甫突然回过头对法齐奥说道，忘记了他不懂拉丁语。不过，神甫这一健忘却产生了好的效果。要是神甫同他争辩、推理，法齐奥准会想出其他理由来反驳他，谁也不知道这个争论会怎样结束，何时才结束。不过，当法齐奥修士听到这句具有神秘含义的话，而且神甫又说得那么肯定和坚决时，他觉得这句话里肯定蕴含了一些解决他疑虑的方法。他默许了，并且说："好吧，你对此事比我了解得要多。"

"那么，请相信我吧！"克里斯托福罗神甫回应说。凭借着供桌前昏暗的灯光，神甫朝着前来避难的三人走去，他们正不安地等着他。神甫对他们说："孩子们，感谢上帝将你们从那样的险境下救出，不然，或许，就在此刻……"这时，他开始讲述自己获得的消息。他丝毫不怀疑他们比自己要更了解情况，而且以为梅尼科会在那些恶棍赶到之前，在他们家找到平安无事的他们。没有谁对他说出实情，就连露琪娅也没有，不过，她的良心却在为自己欺骗这样一位善良的老人而感到愧疚。的确，那确实是充满窘迫和欺诈的一夜。

"另外，"他继续说，"我的孩子们，你们一定要知道这个镇子对你们来说已经不再安全了，这是你们的家乡，你们出生在这里，也没有做过任何伤害别人的事，但这是上帝的意愿，这是一次考验，我的孩子们，你们一定要有耐心，要相信上帝，不要怀有怨恨，要相信你们今天的选择

① 拉丁文，出自《圣经》，意为"纯洁的人凡事皆纯洁"。

终会给你们带来欢欣的一天。我已为你们准备了一个暂时的避难所，希望你们很快就能安全地回到自己的家乡，上帝会为你们提供最好的帮助。我向你们保证，身为上帝的使者，我也绝不辜负上帝施与我的恩典，为你们——上帝所珍爱的受苦受难的人效力，你们……”他转向两个女人继续说道，“可以待在……在那里，你们能远离危险，而且离你们自己的家不远。你们到那里先去找到我们的修道院，求见院长并把这封信交给他，对你们来说，他就是另一个克里斯托福罗神甫。而你，伦佐，不要让别人的愤怒影响到自己的安危，自己也要心平气和一点儿。你去位于米兰城东门的我们的修道院，把这封信交给博拉文杜拉·达·洛迪神甫。他会像父亲一样对待你，给你指引方向，为你找工作，直到你可以重返故乡平安地生活。你们去离比奥内河口不远的湖岸吧，就在离修道院不远的地方，那儿有一艘船在等你们，你只要喊‘搭船’，便有人问你‘是谁要搭船’，此时你只须回答‘圣方济各’，他便会让你们上船，带你们到对岸，我已在那里安排了一辆大马车，他会直接带你们去……”

若有人要问克里斯托福罗神甫怎么在如此短的时间里就安排好了水陆交通工具，那就表明他根本就不明白一个被称作圣人的神甫拥有多大的影响力和威力。

剩下的便是他们房子的看管问题。神甫从伦佐和阿格尼丝那里接过钥匙，并保证会把钥匙交到她们所托付的人的手里，阿格尼丝在交出她的钥匙时深深地叹了口气，想到此时自己的房门现在还开着，坏人闯入过，谁知道还有什么东西值得看守！

“在你们走之前，”神甫说，“让我们共同祈祷上帝与你们同在，并且是永远与你们同在。最重要的是，上帝会赐予你们克服困难的力量，赐予你们仁爱，使你们照他的意愿行事。”说完，他跪在教堂中间，其他人也跟着跪下，默默地祈祷了一会儿之后，他用低沉却很清楚的声音祷告说，“上帝啊，我们还要向那个让我们走到现在这个地步的人祈求，如果我们不虔诚地为他祈求，便不配您的怜惜，因为他需要您的宽恕。噢，主啊，我们深受磨难，但我们已得到宽慰，因为我们已走上了您为我们指点的路，我们向您倾吐痛苦，却因此获益。但是他是您的敌人！哎，这卑劣的人！竟敢违抗您！但请饶恕他吧！噢，主啊，请感化他吧！改造他吧！请赐予他所有我们希冀自己得到的一切吧。”

然后他匆忙地站起来，说：“快走吧，孩子们，没有时间浪费了。上帝会保佑你们的，他的天使会与你们同在——再见了。”当他们怀着难以言喻的心情正要离开时，神甫激动地又补充了一句：“我能感觉到我们很快便会再见面的。”

对于那些聆听内心的人来说，心灵总是能预见未来发生的某些事，但是他的心知道什么呢？准确地说，它对过去已经发生过的事知之甚少。

没有等到任何回答，克里斯托福罗神甫迅速地往回走了，这些逃难者也开始出发，法齐奥修士支支吾吾地和他们道别后，关上了修道院的门。

这三人慢慢地走到神甫给他们指点的湖岸，远远地就看见一只船停在岸边。他们和船主交换了暗号后便上了船。船夫用一只桨撑住岸边，船便离开了湖岸，接着又拿起另一只桨，双手不停地划起来，船便向对岸驶去。没有一丝风吹动，湖面平静无比，只有投射在湖面的月光使湖面荡起了一阵阵微波。四周一片寂静，只听见波涛拍打着岸边的卵石而发出的缓慢而又有节奏的声音、远处流水撞击桥墩的汩汩声以及船桨拍打水面发出有节奏的泠泠声。湿淋淋的双桨突地蹿出水面，随即又倏地扎进水里，划破了蔚蓝色的湖面。被船头劈开的细浪在船尾又聚在了一起，形成了一条波光粼粼的水带，湖岸也越来越远了。这三名逃难者都沉默不语，回头凝望着苍白的月光下的山冈和市镇，它们在这里或那里都投下了大片的阴影。镇子、住宅和木屋仍然依稀可见，有着方形尖顶的唐罗德里戈府邸在许多小屋之中显得特别高大，就像一个矗立在黑暗中的魔鬼，守卫着一群沉沉入睡的人，正筹划着某种罪恶行径。露琪娅见此景象不由得全身发抖，遂将眼光移至斜坡下，直到看到了自己的镇子。她呆呆地眺望着镇子的尽头，试图找到自己家的房子，发现了那棵伸出了院子的无花果树，还看见了自己卧室的窗户。她坐在船尾，手支撑在船沿上，前额伏在胳膊上，仿佛是在睡觉，其实是在暗自哭泣。

再见吧，那些高耸入云、形形色色的山峰，任何生长于此的人都是多么熟知你们，你们就像最最亲密的朋友一样给他们留下了很深的印象。再见吧，奔腾的激流，你潺潺的水声是多么悦耳亲切啊。再见吧，山冈上闪烁着银色光芒的小村庄，它们多像一群群啃食着青草的羊羔。再见了！对于在你们的怀抱中长大的人来说，被迫离开你们是多么令人痛苦的事啊。即便是一个希冀在他乡发迹而甘愿离开的人，在这离别的时刻，他的发财梦也不禁黯然失色，他甚至会为自己作出的这个决定而感到惊奇。要不是想到总有一天会带着很多财富荣归故里，他现在便回家去了。当他踏入平原，眼睛因为那单调乏味的景色而感到疲惫时，他会觉得空气是那么沉闷死寂。他满怀悲伤，无精打采地进入这繁华的城市，那里满地都是房屋建筑，街道纵横交错，使他喘不过气。来往的陌生人都景仰着这些大楼，他躁动不安的心却想到了自己家乡的田野和他早已中意的小别墅，当他衣锦还乡时，他决心要买下它。

然而，那些未曾想过要离开家乡，一心只把未来寄托在这里的山山水水的人，却在邪恶势力的逼迫下，背井离乡，那该是怎样的伤感！顷刻间被剥夺了自己熟悉不过的习俗以及最美好的理想，垂头丧气地离开这群山，去投奔远方的陌生人，而全然不知何时才能重回故里，那该是怎样的惆怅！

别了！亲爱的故宅，她曾在此冥想发呆，学会了从众多平常的脚步声中听出自己怀着神秘的羞怯心情期待着的心上人的脚步声。别了！那仍然属于别人的房子，多少次从那里走过的时候她涨红了脸儿，飞快地朝里张望，幻想着这便是自己新婚以后安乐而永久的小家。别了！教堂，那颗心曾多少次在那里虔诚地赞美上帝而获得宁静；在那里，举行了订婚仪式；在那里，芳心的悄悄叹息得到了圣洁的抚慰，爱情备受激励，可爱的人儿被圣洁的光辉所环绕。别了！赐予你们如此欢欣的上帝是无所不在的，他从来无意扰乱他的儿女们的欢乐，倘使他那样做了，却只是为着赐予他们更可靠更持久的幸福。

如此这般，或者说大抵如此般的思绪萦绕在露琪娅心间，其余两位流亡人的心境也与此相似。此时，小船载着他们向阿达河的右岸飞快地逼近。

第九章

小船撞在河岸上，惊动了露琪娅。她悄悄擦干自己的眼泪，抬起头，就像自己刚睡醒一样。伦佐第一个跳下船，他伸出手去拉阿格尼丝，阿格尼丝下船后，又伸出手去拉露琪娅。下船后，三人转身凄惶地向船夫道了谢。“没什么可谢的，我们生来就是要互相帮助的。”船夫说。当伦佐想塞给他一两枚随身带的银币时，船夫几乎是恐慌地缩回了手，像是有人怂恿他去抢似的。伦佐揣了这几枚银币在口袋里，原本是打算待唐阿邦迪奥不得已地为他们证完婚后，慷慨地赠予他作为酬劳的。此时，一辆马车早已停在岸边等候他们了。车夫问候了三位客人后，便请他们上车，接着，随着车夫的一声吆喝和一记鞭响，他们上路了。

我们的作者并没有描写这一段夜间旅程，也没有提及这三位将要落脚的那个小镇叫什么名字，并且他还特意强调自己并不想说出这一名字。随着故事的逐渐展开，他秘而不宣的原因也就清楚了。露琪娅在那个地方避灾躲难，却被卷入了一个女人的不可告人的奸计；而在我们的作者著书的年代，这个女人的家族看来是名门旺族。若想说明那女人在干这件勾当时的诡秘行为，不得不简略地提及她往日的生活，于是这个家族也就在读者面前显露了原形。我们可怜的作者小心翼翼、煞费苦心地对我们隐瞒的东西，我们费点心思就可以在别处豁然发现。作者恰好提及的这个地方是一个著名的古老市镇，只是没有提及该市镇的名字。接着，他又不小心地提到兰布罗河流经那里，而且还说那个地方有一位大主教。有了这些暗示，全欧洲大凡有点儿学问的人都会随即脱口而出道："是蒙扎市！"我们还能准确地推测出那个家族的名字。不过，尽管那个家族早已灭亡了，我们以为还是笔下留情为好，免得伤害了那些亡故之人，也好给有学之士留下一些研究的课题。

刚好黎明时分，我们的几位流亡者就到了蒙扎市。车夫进入了一家客栈，他对此地很了解，又非常熟悉店主，便为新来的客人订了一间房，并领他们进了房间。伦佐再三感谢，想请他收下一些钱作为酬劳，可是，就像那个船夫一样，车夫心中希望的是另一种报酬，一种更遥远的但却更丰富的报酬，他赶紧收回了手，逃也似的走了，前去照看他的马匹。

经过了前面我们所描写的那天夜里的事情之后，大家都能想象得到，大半个晚上他们都愁思绵绵，时刻担心着某种不可知的厄运会降临。在这忧愁的寂静之夜，在这比瑟瑟秋风更凉的寒风里，三人挤在并不宽敞的马车里，疲惫的身躯被一路上的颠簸震颤了，所以，当他们来到客栈里，很快便觉得睡意绵绵，遂从隔壁房间找来了一张长凳，坐下稍作休息。三人简单地吃了些饭菜。在饥荒的年代，他们的食物本来就少，又要留备将来的种种不时之需，再加之他们的胃口欠佳，三人吃得少之又少。他们又纷纷忆起了两天前他们本应享用的那顿婚礼的盛宴，每个人都次第发出声声长叹。伦佐原本想再留些时候，至少过完那天，看看母女二人如何安顿下来，也好帮帮她们，可是，克里斯托福罗神甫早已嘱托过她们，让伦佐尽早上路。因此，她们还断言说神甫这样安排有多种原因：人们会说三道四……他们越是迟迟不分离，越是痛苦……他很快便会回来的，会带来好消息……就这样，这个年轻人终于决定离开。他们商定了尽可能快的见面的办法。露琪娅任眼泪肆流，伦佐竭力地抑制住自己的眼泪，紧紧握着阿格尼丝的手，用近乎哽咽的话语说了声"再见"，然后便起程了。

两个女人不知会遇到多大的麻烦，要是没有那位善良的车夫受命将她们带到修道院，给予她们一切必要的帮助的话。于是，她们在车夫的陪同下，朝着修道院走去。众所周知，修道院在蒙扎市镇外不远处。到了修道院门口，车夫敲响了门铃，还叫人去请院长。院长很快就出来了，收下了那封信。

“噢，克里斯托福罗修士！”他认出了字的笔迹，随口喊道。他的语气和表情明显地显示出，他是在叫一位亲密的朋友的名字。也可以很容易地看出，我们善良的修士在信中肯定大力推荐了这两位女士，并饱含感情地介绍了她们的遭遇。因为院长看信时，时不时流露出惊讶和气愤的神情。他的目光时不时从信纸上抬起，用某种爱怜而又好奇的眼神凝视着她们。看完信后，他站在那儿想了一会儿，然后对自己说道：“这事只有找小姐，要是她愿意施以援手的话……”接着，他将阿格尼丝叫到了修道院广场的一旁，问了她一些问题。阿格尼丝的回答令他很满意，然后他又转向了露琪娅，对她们两人说道：“善良的女士，我会尽力帮助你们的，我希望能替你们找到一个更安全和体面的避难之处，直到上帝更好地安置你们。你们愿意随我走一趟吗？”

女人们恭敬地点了点头，表示愿意。接着修士继续说道：“同我来吧，我现在就带你们去小姐的修道院。不过，你们得跟我保持几步的距离，因为人们爱说闲话。要是他们见到一个修道院院长同一位年轻漂亮的姑娘走在一起……我是说，同女人走在一起的话，天知道他们会编出多精彩的故事来。”

说罢，他便走在了前面。露琪娅满脸绯红。车夫笑了笑，瞥了一眼阿格尼丝，她也禁不住笑了。院长走了几步，他们跟在他身后，相距十步远。此时女人们便向车夫问道：“那位小姐是谁？”这个问题她们不敢向院长询问。

“小姐，”他回答说，“是一位修女，不过她同其他的修女不同。她既不是女修道院院长，也不是女修道院副院长。因为，据说她是她们当中最年轻的一位，但是她出身于一个世世代代都是名门望族的家庭，她的祖辈是西班牙的一个古老而又尊贵的家族。现在，她的某些家族成员还是王子王孙，所以人们把她称作小姐以显示她贵为小姐的身份。该地区的人都这么叫她，因为人们说以前那个修道院中从没有她这样高贵的人物。即使是现在，她的家族在米兰仍享有很高的声誉，备受人们的尊敬。在蒙扎市更是如此，因为她的父亲，尽管他并没有居住在这儿，是这个地区首屈一指的权贵。因此，她在修道院可以随心所欲、我行我素，就连修道院外面的人也敬她三分。要是她应下某事，就一定能办到。所以要是我们眼前的这位善良的修士能设法将你们托付给她，而她又能答应下来的话，我敢说你们将会像在圣坛一样安全。"

走进小镇门口时，修士停了下来，回头看了看其他几人是否跟了上来。在那个时代，这里一边是一座废弃了的古塔，一边是一座毁坏的城堡，只剩下断壁残垣。或许，只有少数读者仍能记得它们完整的样子。接着，院长穿过城门，朝修道院走去，到达大门口处，他再次停了下来，等待着其他几人。他请求车夫过些时候再来修道院听回音。车夫同意了，向两位女士告了别，她们再三感谢，还请他替她们向克里斯托福罗神甫转达她们平安抵达的消息。院长带着她们进入了修道院的第一进庭院，将他们领进了女管事的房间里，把二位暂托付于她，而他自己一人先去求见那位小姐。过了一会儿，他回来了，非常高兴地让她们同他一起进去。他回来得正是时候，因为女管事正穷追不舍地询问二人，她们正愁不知道该如何回避。穿过内庭的时候，修道院院长指点两位女士在那位小姐面前如何表现。"她对你们很有好感，"他说，"她可能会尽力帮助你们的。你们要谦虚，有礼貌。坦诚地回答她的问题。她没问你们时，就交由我应付。"接着，他们穿过楼下的一间屋子便到了修道院的会客厅。在进去前，院长指着会客厅的门对女人们低声说道："她就在里面。"仿佛是在提醒她们别忘记方才他给她们的忠告。露琪娅之前从来没见过修道院，一进客厅，便四处张望，因为她想找到那位小姐，准备向她施礼。结果她没看到任何人，便疑惑地站在那里。但是，看到院长朝前走去，阿格尼丝跟在他身后，便朝那个方向定睛一看，这才瞧见了一个近乎方形的孔，好似半边窗户，上面有两排牢固的铁窗棂，中间隔着将近一掌宽的距离，窗棂后面站着一位修女。她看上去二十五岁左右的样子。第一眼看去，她很美，但是，这种美丽恰如凋谢、枯萎的花，只留下了残韵，甚至可以说是一种残败的美。她的头上罩着一块平整的黑纱，从两边垂下，没有贴着脸庞；黑纱下面，一条雪白的亚麻带子半掩着她那白皙莹润的额头；还有一条折成褶状的带子，裹住她的脸颊，在下巴处交叉，然后绕在脖子上，尾端垂至胸口，遮住了她黑色长袍的领口。不过她的额头时不时地皱起，好像在很痛苦地痉挛着，她的两条墨玉似的眉毛也随之迅速地上扬，一挤一挤的。有时，她的两只黑色的眼睛会紧盯着另一个人的脸庞，似乎是在高傲地探查什么；然后又会很快地垂下眼帘，仿佛在寻找一个地方隐藏起来。细心观察的人会以为，她的双目是在乞求爱怜、交流和怜悯。在其他时候，人们又会发现，她的双目瞬间流露出由来已久的、压抑着的仇恨和某种无可名状、凶狠的神情。当她的双目呆呆地停留在眼眶里一动不动时，有人会认为这是一种傲慢的神态，而有的人会认为她正在努力思考着什么事，或是摆脱不了重重心事。这些，都远比周围其他事物更令她全神贯注。她苍白的脸颊长得很精致，但疲惫的神情却使其失去了原有的光泽。她的嘴唇尽管只带了些许红润，但是在她白净的皮肤的映衬下却也娇艳动人，就像她的眼睛那样，显得特别轻盈、灵活，又富于表情，充满了神秘感。她身材苗条，体型优美，但却因某些急促的、不规整的举动而显得过分粗犷，对一个女人，尤其是对一位修女来说，这有损于她美妙体态的风韵。她的衣着，给人一种精心打扮过又不特别讲究的印象，这些都说明了她是一个不同寻常的修女。她的头饰很注重世俗的雅致，系着带子的前额下，一绺黑色的卷发垂在太阳穴上，这或许是她已经忘记或者故意藐视修道院的戒律，因为在女人进入修道院举行入院仪式时，就得剪成短发，此后也一直不许留长发。

这一切倒也没有引起这两个女人的注意，因为她们也不知道该怎样分辨这个修女和其他修女的区别，而院长由于常见这位小姐，像别人一样，已经习惯了她在举止和服饰上别具一格的特点。

正如我们所说过的，这位小姐站在窗户旁边，一只手扶着窗棂，那纤细嫩白的手指缠绕在窗棂的空隙间，头微微垂下，打量着朝她走来的一行人。“尊敬的嬷嬷、我们最高贵的小姐，”院长将右手放在胸前，低头示礼道，“这就是那可怜的年轻女子，您曾仁慈地允诺会给予她有效的保护。这位是她的母亲。”

阿格尼丝和露琪娅深深地鞠了一躬，小姐用手向她们示意不必多礼，她转向院长，说：“能够为我们的良友、善良的神甫效劳，是我的荣幸，但是……”她接着说，“你能把这位可怜的女子的遭遇给我说得再具体点儿吗？这样也许我更明白自己该为她做些什么。”

露琪娅的脸刷地红了，低下了头。

“尊敬的嬷嬷，您得知道……”阿格尼丝开口道，但神甫给她使了使眼色，接过她的话，回答道：“尊贵的小姐，我对您说过，一个修士将这个女人托付给我。为了逃避大难，她被迫偷偷地离开了家乡。如今她需要一个避难所来待些时日，在那里，她可以太平地生活，没有人敢前来骚扰，甚至……”

“究竟遇上什么大难了？”小姐打断道，“我的神甫，您就直说吧，不要把事情说得那么含糊，您知道我们修女最喜欢把事情弄个清楚明白。”

“那些事情，”院长回答道，“对于尊贵的小姐来说，只怕稍稍提及也会打搅尊贵的嬷嬷您清净的耳根……”

“哦，您说得没错。”小姐匆匆答道，脸上泛起了红晕，这是羞怯的表现吗？谁要是注意到她脸红的时候那一闪而过的气恼的神情，自然会报以怀疑，尤其是把那红晕和露琪娅脸颊上的红晕做了一番比较的话。

“只要向您说明一点就够了。”院长说道，“一个很有权力的贵族……并不是世上所有的贵族都像您一样，利用上帝赐予他的权力为自己的荣耀奋斗以及为自己的邻居谋福……那位很有权势的贵族，先是无耻地向这可怜的女子献殷勤。一段时间后，眼见这招不管用，于是便干脆露出了凶相，以暴力来迫使其就范。无奈之下，这可怜的孩子背井离乡，出来避难。”

“你过来，姑娘，”小姐用手示意露琪娅，说道，“我知道院长说的都是真实可信的，但是没有人能比你更清楚这件事的内情，你说说看，那个贵族是否就是迫害你的那个恶棍？”

小姐叫露琪娅靠近些，她立刻答应了，但是要回答这个问题，却又是另外一回事。即便是与她身份相同的人问到她这个问题，她都会觉得羞愧难耐，更何况是像小姐这样高贵的人，并且还带着一种不怀好意的猜疑，这叫她完全丧失了回答的勇气。“小姐……尊贵的嬷嬷……”她结结巴巴地说道，但似乎再没什么可说的。此时，阿格尼丝心想，除露琪娅之外，自己是最了解真相的人，现在应该全力帮助女儿。“最尊贵的小姐，”她说，“我可以完全证实我女儿痛恨这个贵族，就像魔鬼痛恨圣水一样。我敢说，他本身就是恶魔，但如果我的言辞有失妥当的话，请您不要见怪，因为我们原本就是无知的百姓。事情的经过是这样的：我女儿出于自愿和一个小伙子订了婚。这个小伙是一个踏实稳重的人，一个敬畏上帝的人，如果教区神甫做了他应该做的……我知道我不应该这样谈论一个教士。但是，克里斯托福罗神甫，也就是我们这位院长的朋友，他同样也是一位教士，但却有一副仁义心肠。如果他在这里的话，他可以证实……”

“我没有问你话，你却自己说了起来。”这位小姐打断她说道，脸上露出高傲自大和愤怒的表情，这使她的模样变得丑陋了。“你住嘴！我早知道做父母的总是替自己的孩子回答问题！”

阿格尼丝退了回来，感觉受到了侮辱，她给了露琪娅一个表情，像是在说：看吧，都怪你不知道如何说出口，我才遭受到这样的侮辱。院长也微微动了一下头，向露琪娅使了使眼色，意思是说：现在你该鼓足勇气把事情的真相说出来，不要再让可怜的母亲遭此难堪了。

“尊贵的小姐，”露琪娅说，“我母亲告诉您的确实是事实，那个小伙子很爱我（说到这里，她的脸涨得通红），是我自愿和他订婚的。如果我说得太直白，我请求您的原谅，我只是希望您不要再为难我的母亲。至于那个贵族先生，愿上帝宽恕他，我宁死也不愿掉进他的魔爪。如今我们走投无路，只好厚着脸皮来烦劳善良的人，只祈求能有一个安身之处，如果您肯开恩收留我们，小姐，请相信，没有什么人比我们这些可怜的人更真心实意地为您祈福了。”

“我相信你说的话，”小姐的语气变得温和了许多，“但是我得和你单独谈谈。我自然不是需要了解更多的内情，也不是需要谈及其他的理由，才肯为我们热心的院长效劳。”她彬彬有礼地转向院长，匆忙补充道。“实际上，”她接着说，“我早已想过这件事了，这是我目前能想到的最好的办法。几年前，我们修道院女管事最小的女儿出嫁了，这两个女人可以暂且住进她空出来的那个房间，顺便把她原来在修道院的小差事应下来。事实上……”此时她向院长示意，要他靠近窗棂一点儿，小声地说道，“事实上，这年成不景气，本来不打算找任何人顶替那年轻女孩的差事，但是我会和女院长谈谈，只要我一句话……而且又是应院长您的要求……总之，这件事就这么定了。”

院长刚要表示感谢，这位小姐便打断道：“请不必多礼。必要之时，我也会毫不犹豫地请求神甫的帮忙。归根结底……”她微笑着说，但这种微笑里含有一种莫名的嘲讽和苦涩，“归根结底，难道我们不是兄弟姐妹吗？”

说完，她唤来一个女仆（由于她特殊的身份，修道院特地指派了两名女仆供她使唤），叫她去告知女院长她的决定，又唤了女管事到修道院门口，在女管事和阿格尼丝之间协调好了必要的安排。送走了阿格尼丝后，她又和院长道别，把露琪娅一人留了下来。院长陪同阿格尼丝一起走到门口，又顺便给了她一些嘱咐，然后便去给他的好友克里斯托福罗写回信，告知他事情的进展。“那女人真古怪，”他在回府的路上暗自想，“真奇怪！但谁要是懂得如何正确行事，让她为自己做事倒也不难。我的好友克里斯托福罗当然没有想到我能够在这么短的时间内就把这件事处理得如此妥当。那个高贵的家伙，真拿他没办法，时时刻刻都在为别人排忧解难。他有如此好友，能在短时间内帮他把事情办妥算是他的福分了。善良的克里斯托福罗一定会很满意，他甚至也将明白我们这里的人还是有些本领的。”

在一位年老的嘉布遣会修士面前，这位小姐言语举止都十分注意，现在跟一个没见过世面的乡村姑娘在一起，她便不再约束自己，谈话竟渐渐变得稀奇古怪了起来。对于这些谈话我们还是先不描述为好，我们得简单地叙述一下这位不幸之人以前的经历，然后才足以说明她那些不同寻常的神秘的行为举止，并道出一些事实以解释她的行为举止背后的动机。

她是某个亲王最小的女儿，她的父亲是米兰的贵族，被认为是这个城市最富有的人之一。但是他受虚荣心的驱使，过于看重自己家族的头衔地位，总觉得自己的家产只能勉强甚至难以维持自己的颜面。因此他一门心思地想保护自己的财产，至少是现有的财产，不让其在自己的手里有任何的散失。他有多少子女，史书并无明确记载，只提到他把长子留在身边让其继承所有财产，延续香火，而把其余的儿女都统统托付给了修道院，他还规定长子生儿育女后，也得遵照父亲这一既折磨自己又折磨儿女的做法。我们这位不幸的小姐还在娘胎里，她的人生轨迹就已经定了，无法更改。只有一点是待定的：生下来的会成为一名修士还是一名修女，而且这个决定也不须征得他（她）的赞同，他（她）只须问世即可。她出世时，亲王，也就是她的父亲，想给她起一个能立刻让人联想到以一个出身名门贵族的圣女的名字命名的修道院的名字，所以就给她取名为格特鲁德。在她小的时候，父母给她的第一批玩具便是一身修女打扮的布娃娃，之后给她的便是身着修女服的修女雕像。在给她这些东西的时候，总是告诫她要以这些为荣，要像珍爱珠宝一样爱护它们，同时，总是肯定地附上一句：“漂亮吧，啊?”亲王、亲王夫人或是那位唯一在家中抚养的长子，在夸奖小格特鲁德娇艳的容貌时，总会说“多像一位女修道院院长啊！”除了这句，似乎再也找不到别的言辞来表达他们的赞赏了。然而，没有任何人直接对她说：“你长大了就得去做修女。”虽说如此，这个意思是不言自明的，并且每每谈及她未来的命运时都要附带地提到这点。任何时候只要她作出反叛或傲慢的举动——她原本天性如此——家里人就会对她说：“你现在还是个小孩子，不可有这般不合体的行为举止。当你长大成为一名女修道院院长的时候，你尽可发号施令，做任何你想做的事。”有时候，亲王见她太过于我行我素、不拘礼节时，便会责备她说：“嗨，嗨，这样做可有失你贵为小姐的身份哦。如果你想将来能受到别人对你应有的尊敬，从现在起你就得学会矜持。记住！你将来要做修道院的头号人物，因为不管走到哪里，你都顶着高贵的身份。”

那些话让这个小女孩的脑海中有了一种隐约的印象，那就是她要成为一名修女，并且她父亲的话比其他所有人的话对她更有影响。亲王的行为规范自然而然地带着一位君主的严厉的威严，特别是当对待自己女儿的未来时，他的一字一句是那么的坚决，那么的不可撼动，这赋予人们这样一种感觉：这是命中注定的。

格特鲁德在六岁时就被送到了我们方才已经知道的那座修道院接受教育。其实更主要的是让她为父母替她选择的职业做好初步的准备，也就是在那里，我们遇见了她。亲王选择这个地方也是经过深思熟虑了的。给露琪娅母女领路的那位好心的车夫就说过这位小姐的父亲是蒙扎市首屈一指的权贵。将这个说法和作者在其他地方无意提到的别的暗示比较一下，我们可以很轻易地断定他是这个地区的封建地主。不管这个地方怎么样，他在此处享有很高的权威，并且他认为这儿比其他地方更好，他的女儿在此可以得到不同寻常的对待和尊重，这也会促使女儿将这个修道院作为自己永远的安身之地。他的考虑一点儿没错。女修道院院长和其他几位管事的修女都很兴高采烈，因为要是她们同另一个女修道院发生争执，有了这个地区的贵族家族作后盾，那她们就有了保障，于是她们非常高兴地接受了亲王的这一请求，并特别感激亲王给予她们的这一荣耀；同时，她们完全赞同亲王流露出的打算，这跟她们的打算不谋而合。因此，格特鲁德一进入修道院，大家都不直接唤她的名字，而称其为小姐。她的餐桌和私人住宿的房间，都是与其他人分开的。她的举止行为也被当作其他人的典范。一直以来，人们都迁就她、安抚她、尊敬她。孩子们看到那些一贯以高傲的态度对待其他孩子的人那么待她，都很羡慕她。当然，并非所有的修女都有意让可怜的女孩落入陷阱。许多修女还是心地善良，很诚实，竭力远远地躲开女院长的诡计。她们一想到那些人出于利欲熏心的卑鄙动机，竟要葬送一个女孩子的幸福，心里不免非常憎恶。不过，她们都还有自己的事，有的根本没注意到这些阴谋的底细，有的没察觉到它们是多么的不好，有的不愿深究此事，还有的宁愿保持沉默而不愿提供一切有用的建议。还有的记得自己曾经也是因为类似的诡计而被引进来做一些自己事后后悔的事，她们觉得自己同这个可怜的无辜小女孩格特鲁德很类似，因此对她深表同情，温柔而伤感地爱抚她，不过这个小女孩完全没想到围绕她正在进行的某种阴谋，于是这个阴谋就这样一直继续下去了。要是格特鲁德是这个修道里院唯一的小女孩的话，这个阴谋或许就会这样一直发展下去。但是，在她的同学中，有的知道自己将来要结婚。小格特鲁德从小就被灌输了高于他人的思想，高谈自己将来要当女修道院的院长，她希望自己在每个方面都成为众人嫉妒的对象，可她却惊讶而又恼怒地发现，有的修女对她的夸耀毫不在意。女修道院院长的形象很威严，但是也要受约束，而且还冷冰冰的。而其他修女则与此相反，她们所想象的是一幅多姿多彩的明亮的画面，有丈夫、客人、城镇、随员、华服、马车，等等。那些闪耀的画面在格特鲁德的心中激起了巨大的涟漪，使其激动而又兴奋，就像是一大束刚采撷下来的鲜花置于蜂箱前面那样。她的父母和老师曾竭力培植她自负倨傲的优越感，任其滋蔓，为的是使她接受修道院的宁静生活。随着父母及老师经常有意地向其灌输这一观念，她的激情随之被点燃，她很快便以一种更加炽热、更加主动的热忱投身于这件事情中。为了不使自己在女伴们面前低人一等，同时屈尊让她们受到思想的新转换的影响，她声称，到了作决定的时候，没有人能不征得她的同意强迫她去做修女。而且，她也可以结婚，居住在宫殿，享受世间的种种乐趣，并比其他任何女伴过得幸福。还说，只要她想做到，她就能做到；只要她愿意那样，她就能那样。而事实上，她确实很想过世俗的生活。“必须得到她的同意”，这种想法到目前为止仍然存在，尽管连她自己也不曾察觉，但却隐藏在她脑中的某一角落，现在就完全展露出来了。她不时用这个想法来宽慰自己，以便可以平静地沉醉于自己选择的未来的形象。不过伴随着这种想法，她脑中还总是浮现出另一种想法，那就是拒绝当修女就违背了父亲的意愿。因为父亲早已经相信，或者说假装相信她是愿意当修女的。一想到这点，这个小女孩就远远没有自己所宣称的那样满怀信心了。然后，她就会将自己同她的女伴们相比，她们的自信心是完全不同的一种，而她的心里就会产生一种痛楚的妒忌，尽管一开始时，她也让她们嫉妒和羡慕。她的妒忌很快转变成了仇恨，具体体现在她对别人的鄙视、粗鲁地对待他人以及言语上的挖苦。不过，有时候，她同她们爱好一致、愿望相同时，她便不会那么充满敌意；相反，她会和她们建立一种显而易见而又短暂的友谊。有时，由于渴望享受一些真实的、实在的乐趣，格特鲁德又会因自己的特殊待遇而感到洋洋自得，让女伴们感受到她的优越性。有时，她不能忍受孤独，不愿独自一人面对害怕和希冀，便会去找女伴们，表现出温顺的样子，几乎是在向她们乞求友好、怜悯和鼓励。就这样，她在与自己及别人的痛苦的斗争中，度过了自己的童年，步入了危机四伏的豆蔻年华。在这个年华里，一种神秘的力量似乎占据了她的灵魂，这力量使她的一切爱好、一切想法得到了升华、滋润，获得了无限的生气，有时将其转化，或者将其引向意想不到的方向。之前，格特鲁德在对未来的梦想中，明显追求的是荣耀和富贵；而现在，一种柔和的、亲切的情感头一次轻轻地、朦胧地在她的头脑中弥散开来，如今已扩散开去，占据了她的想象。在她心里最隐秘之处，构建了一个美丽的隐蔽所，在那里，她可以逃避现实的事物。她根据少年时代混乱的回忆、自己对外面世界有限的了解、和女伴们交流时获得的知识，用奇异的方式构造出这些人物。她同这些人物玩耍、交谈，然后代替她们回答自己的问题。在那里，她发号施令，接受各种各样的顶礼膜拜。有时，宗教的意识会打扰这些明亮而又劳累的狂欢。但是，这种宗教意识，同人们从小给这个可怜的小女孩灌输的和她所接受的宗教意识一样，并没把傲慢禁锢，而是使她的傲慢变得更神圣，还被用来作为获取尘世幸福的一种方式。这样，宗教意识失去了它的本质，不再是宗教意识，而是变成了与其他鬼怪一样的东西了。有时，这种鬼怪占据着首要的位置，控制着格特鲁德的幻想。于是，这位不快乐的小女孩便被一些混乱的恐怖思绪和一种不确定的责任感所压倒，她甚至觉得自己讨厌修道院，觉得自己在选择未来的生活时，违背了长辈的意愿，是一种错误。她的内心想为此赎罪，于是她便自愿成为了修女。

根据当时的教规，一个年轻女孩在被认定为修女前，必须要经过一位牧师、一位修女牧师的审查，或是修女牧师所赋予职权的人的审查，看这是否是女孩本人的意愿。女孩首先得提交书面申请书，表明自己是自愿做修女，一年之后，考核才能进行。那些修女接受一项不光彩的任务，抓住了我们所说的那种时刻，引诱格特鲁德在毫不知道自己在做什么的情况下，劝她在早已替她写好的申请书上签字，写下了自己的名字。为了更容易地劝服她这样做，她们还多次对她说这只是一种形式（事实上的确如此），如果她本人不同意，这根本没有任何作用。不过，格特鲁德签下的申请书还没传到女修士手中，她就已经后悔了。她后悔自己所做的这些事。就这样，几个月来，她几乎每天都在后悔和希望的不断纠缠中度过。很长一段时间，她都对女伴们隐瞒了这件事。有时是害怕女伴们不赞成自己善意的决定，有时是羞于在她们面前暴露自己的错误。不过，最后，她还是卸下了自己思想上的包袱，去寻求他人的意见和帮助了。

此外，还有一条规定，那就是一个年轻女孩必须在她学习的女修道院外至少住一个月才能接受审查。提交申请一年之后，格特鲁德被告知她很快便得搬出修道院，到父亲家去住一个月，这是履行她已经开始的事业必不可少的步骤。亲王和家里其他成员都认为这事是有把握的，似乎一切都已安排停当了。然而，对他女儿来说，却并非如此。她非但没有想要完成这一步，反倒想方设法去推翻第一步。在她困惑之际，她将自己的心声告诉了她的一个同伴，那个最真诚并且总是愿意给她提意见的同伴。因为她没有勇气面对父亲亲口大胆地说出“我不愿意”，于是同伴便建议她给父亲写一封信，告诉他他女儿现在已经改变主意了。由于世上无偿的建议是少之又少的，这个同伴也让格特鲁德为此付出了代价，经常嘲笑她胆小怕事。她和三四个知己一起商讨了信的内容后，便悄悄写了一封信，通过仔细研讨出的方法将信送了出去。格特鲁德焦急地等着父亲的回信，却始终没收到回复。除此之外，几天后，女修道院院长将她叫到了一边，以一种神秘、不悦和怜悯的神情，暗示她说她犯了个错误，令她父亲很生气；不过，又让她明白，要是她表现好的话，她还是有希望让大家忘了此事的。这个可怜的小女孩明白了院长的话，也不敢再贸然进一步去打听。

最后，她热切渴望而又担心的一天终于到来了。尽管她知道她此行犹如参加一场可怕的战争，但只要想着就要离开修道院，从监禁了她八年的围墙里走出来，坐着马车穿越在空旷的乡下，再一次看到她的城市和家园，她就感到无比兴奋。对于这次“战争”，在好友的指示下，她已经想好了对策，制订了计划。她想，就算他们中任何一个强迫我，我也绝不会动摇。我可以低声下气、很谦卑地求他们，但是我不会同意。最主要的是我绝对不会说“同意”这两个字。如果他们假装对我好，那我便会对他们更好。我会哭着哀求他们，以博得他们的同情。至少祈求他们不要把我当作牺牲品。然而，就像先前所预测的一样，尽管没有人哄骗，也没人勉强她，几天过去了，她的父亲或哥哥都闭口不谈她的请愿书，或者她改变当初做修女的决定后写给父亲的信，也没给她任何建议，既不好言相劝，也不危言恐吓。她的父母整日摆出一副严肃、忧愁和郁郁寡欢的样子，却也不告诉她是何缘故。但是在他们看来，她是个有罪的人，像是被下了神秘的诅咒一样，她觉得自己已经被这个家庭隔离出来，唯一的联系便是她的命运还得由他们操控。只有很少的时候，而且是在特定的时间里，她的父母和哥哥才接纳她。在谈话的时候，他们三个显得格外亲切，这使格特鲁德觉得更加痛苦。没有一个人和她说话。当她壮着胆子胆怯地插上几句话时，若不是十分有必要，是没有人回应她的；或者他们摆出一副漫不经心的样子，轻蔑地瞟她一眼，或者是向她投去严厉的一瞥，以示回应。倘若她再也无法忍受如此痛苦不堪、让人觉得羞辱的对待，感觉自己再也不能融入到这个家庭中或祈求不到一点儿爱抚，他们便拐弯抹角但又很明确地暗示她，她只能当修女，并且这是能够让她重新得到家庭的爱的唯一途径。既然她不愿意接受这些条件，那么她将注定被这个家庭遗弃，完全得不到她迫切想得到的关爱，她又回到了那个被排斥的状态，继续被愧疚折磨着。

周围的事物给格特鲁德的感觉与她心中秘密抱有的幻想形成鲜明的对比，她原本想着，在她富丽堂皇、宾客如云的府邸里，至少也能够体会到她向往已久的真正的愉悦，但她却发现自己不幸被欺骗了。她在家里受到的监禁与在修道院受到的监禁是那么的相似，都一样严格，外出消遣想都别想。连接房屋的过道直接与邻近的教堂相通，这使她连上街走走的机会都没有了。她所接触的人比修道院里的人还无趣，而且还越来越少。每当有人拜访，父母亲都要求她上楼去，并由家里的几位老妈子陪着，若客人没有离去，她便留在楼上用餐。家里的仆人对其主人的命令言听计从，决不违背，而格特鲁德本想像一位淑女那样亲切、随和地对待他们，如今却落到如此地步。对自己来讲，如果他们能够平等地对待她，她就已经很感激了。她有时甚至还低声下气地讨好他们，以求得到平等的对待。尽管有时候他们也礼节性地恭维她，但最终得到的却是仆人们赤裸裸的冷漠。然而，格特鲁德发现，在所有家仆中，有一个人表现得与众不同，对她非常恭敬，似乎是一种特有的同情。这个青年的举止是她一直以来在自己的想象中所追求的，他的品质也符合她想象中的完美人物的品质。渐渐地，这位女孩的言行举止发生了微妙的变化，不像平常那样焦躁不安，她就像一个发现了已经隐藏已久的宝藏的人一样，时刻关注着它，又担心别人会看见。格特鲁德更加严密地观察这个人。然而，不幸的是，有一天早上，格特鲁德正在折叠一封信时（她在这封信里写下了不该写的东西）被一个侍女发现了，使她大吃一惊。短暂的争吵过后，信落在了侍女手里，她立即拿去呈给她的主人。听到父亲的脚步声，格特鲁德感到非常恐惧，这种恐惧只能想象而不能用言语表达，那毕竟是她的父亲，他格外愤怒，而格特鲁德自己也觉得很愧疚。但当他手里拿着那封不吉利的信皱着眉头站在她面前时，她恨不得找个地洞钻进去，就算躲进一座修道院也可以。她的父亲只说了寥寥数语，却让人倍感惊惧。她所受的惩罚便是被关在自己的房里，由发现这封信的侍女看管着。但这仅仅是个开端，一个临时的措施。他恐吓她说还将会有更可怕的惩罚，但又说得模糊不清，使格特鲁德更加惶恐不安。

自然地，那个年轻仆人立即被解雇了，并被威胁说，若他对过去发生的事吐露半个字，便一定会受到严厉的惩罚。亲王在警告他时狠狠地给了他两耳光，像是在提醒他记住这次教训，不要拿出去炫耀。要找到一个解雇仆人的理由并不难，而对于这个年轻的女士，则对外声称她生病了。

如今格特鲁德所剩下的就只有害怕、羞愧、悔恨以及对未来的恐惧，她的唯一伴侣便是这位看守她的女仆，她讨厌这个女人，这个带给她耻辱的女人。同样的，女仆也痛恨格特鲁德，因为她的原因，女仆才受到约束，谁知道这像狱卒一样的日子要持续多久，而且还要永远保守这个会给人带来危险的秘密。

最初由这些事情引起的纷乱的思绪渐渐地平息了下来，但后来这些思绪又一次萦绕在她的脑海里，并且不断增长，使她更加痛苦。更严重的惩罚到底是什么呢？为何如此神秘兮兮？格特鲁德脑海里涌现出许多不同的、奇怪的惩罚方式。可能性最高的惩罚便是她会又一次被带回蒙扎的修道院，并且不再是受人尊敬的小姐，变成一个戴罪的小人被关在那里——谁知道会被关多久，谁知道会遭到何等待遇！在众多令她烦恼的事情当中，也许最烦恼的便是她将蒙受别人带来的羞辱。那封给她带来不幸的信里的每一个表达、每一个词，甚至是每一个标点都在她脑海里反复出现。她想象着那封信落入了始料未及的人的手里，那些人细细地读，仔细地推敲，与那封信原本的收信人是多么的不同！她想象着到底是谁偷看了那封信，可能是她的母亲，可能是她的哥哥，也或许是别人。和这件事相比，其余所有的事对她来说都已经无足轻重了。致使这一切不幸发生的年轻人的形象也频繁地骚扰我们这位被锁深闺的可怜人儿。很难描绘这个幻象出现在她面前时与周围一群人的面孔所形成的奇特的反差，那些严肃呆板、不苟言笑、令人望而生畏的形象跟他是何等的不同啊！然而，无论是她想起他那与众不同的形象还是忆起那短暂的慰藉时，都会立刻想到眼前的哀伤，这一切哀伤都是上述一切带来的恶果。因此，她渐渐地不去回忆了，进而消除回忆以使她从这些想法中解脱出来。格特鲁德不再沉溺于自己以前拥有的五彩纷呈的幻想中，这些幻想与她的现实处境，与她未来的种种境遇简直就是天壤之别。格特鲁德想到，唯一能庇护她，使她过上宁静而体面的生活的隐居地方不是空中楼阁，而是修道院，只要她能下定决心，永远遁入空门。她毫不怀疑，一旦作出了这样的决定，一切关系都将得以修复，一切过错都将得以弥补，她的处境顷刻之间也将得以改变。诚然，这一想法与她孩提时代对未来的规划与期望是背道而驰的。但时过境迁，她现在已经不比从前了，而是陷入了深渊，和她所受的那些惩罚相比，受人尊重和崇敬，还有人俯首听命的修女生活似乎让她看到了光明的未来。两种全然不同的情绪时常能缓和她以前的厌恶心理：有时她懊悔自己所犯的过错，便想着把自己的一生奉献给宗教；有时，那个看管她的女仆的行为激怒了她的自尊心（必须指出的是，女仆的恶劣行为全是格特鲁德自己造成的）。为了替自己报仇，女仆常以更恐怖的惩罚来恐吓她，或是用她所犯下的过错耻笑她。但是，当女仆想对她表示出仁慈时，便以一种保护者的口气对她说话，这比羞辱更让她愤恨。想到这些，格特鲁德想要逃出女仆的魔爪的愿望更加强烈、更加迫切，她要使自己上升到一种更高的地位以超越自己的愤怒和可怜，因此，任何能够让她达到这一目的的事物都是可爱宜人的。

经过了四五天漫长的被囚禁的日子，格特鲁德对其中一个仆人放肆的行为感到厌烦和愤怒，她跑了出去，躲在一个小角落里，双手遮着脸，悄悄地任由自己的满腔愤怒肆意地发泄了好一阵子。她迫切地想要见到另一种脸孔、需要听到另一种声音、领受到另一种待遇。她想到自己的父亲、家庭，但想到这些，她的思想惊骇地退缩了。她知道，要想和他们重归于好，全取决于自己，想到这里，她内心涌起一阵喜悦。继而她又为自己犯下的过错感到无比的懊悔，她想做些事情为此赎罪。这并不是说她已经下定了决心去做修女，只是这种想法从未如此强烈。她站起来，走到桌子旁边，拿起笔给她父亲写了一封信。这封信充满了热情与羞愧、痛苦与希望，她乞求得到父亲的宽恕，并表示，只要能够让这个唯一能宽恕她的人高兴，做任何事她都心甘情愿。

第十章

有的时候，人们的心灵，尤其是年轻人的心灵，是那么的随和，以至任何外部的影响，不管这影响是多么的微小，都足以唤起看似高尚的自我牺牲的东西，就像一朵初绽的花骨朵儿生长在脆弱的花枝上，准备将自己的芬芳吐给第一缕吹拂它的微风。这种向善的倾向，原本应当受到人们的崇敬与敬畏，但偏偏有些狡猾自私之人却虎视眈眈，他们想乘势抓住这样的时机，去实现自己可鄙的阴谋。

在仔细阅读这封信后，亲王立刻明白，通向自己梦寐以求的宿愿之门已经打开。因此，他准备趁热打铁，于是派人去叫格特鲁德，让她来见他。格特鲁德没敢抬眼看父亲，径直跪倒在地，结结巴巴地说道：“请宽恕我。”亲王示意她站起来，接着以一种让她感受不到一丝安慰的声音回答说，仅仅是渴望和请求宽恕是不够的，因为对于一个犯了错而又害怕受惩罚的人，这点是很容易做到而又特别自然的。总之，她必须用行动证明她配得上得到别人的宽恕。格特鲁德以一种颤抖的声音低声问道，她该怎么做。就这个问题，亲王（因为此刻我们心中找不到任何能够说明他配得上父亲这一称号的理由）没有直接回答，却继续谈论着格特鲁德所犯的错误，他的话句句刺在这个可怜的女孩的心上，仿佛用一只粗糙的手去揭伤疤那样。接着，他继续说，即使……他曾想过……要给她找一个不错的丈夫，可现在她自己也在这条路上设置了一个无法逾越的障碍，因为，像他那样受人尊敬的贵族，是不会将品行上有缺陷的女儿嫁给任何其他贵族人家的。可怜的女孩完全屈服了，亲王的声音也渐渐变得柔和了，接着说道，任何过错皆有补救之法，均可得到宽恕。而她的补救之法早已清楚地表明了。她应该明白，这件可悲的事就是给她的一个警告，尘世的生活对她来说，充满着危险……

“嗯，是的！”格特鲁德大声喊道。她甚感害怕和羞愧，同时瞬间又为某种柔情所动。

“嗯，你总算明白了。”亲王突然接过她的话回答道，“好吧，过去的事就别再提了，一切都过去了。你已经作出了唯一正确而又适合你的决定，但是，既然这次是你心甘情愿选择了这条路，我会尽可能地让你满意，让你重新得到优待和尊敬，我保证为你做到这些。”这样说着，他拿起桌上的铃摇了几下，他对进来的仆人吩咐说：“请太太和公子马上来见我。”然后转过身对格特鲁德继续说道：“我想让他们立刻分享到我的喜悦，我想让所有人即刻开始好好待你。你已经体验过父亲的严厉，不过，从今以后，你会发现我是一个慈爱的父亲。”

听到这些话，格特鲁德大吃一惊。一时她竟在想那声“是的”是怎样说出口的，怎么会有这么大的作用。接着她又想，是否有方法收回那句话或是限定其意义。不过，亲王对她的话如此相信，似乎根本无法动摇；他的喜悦是如此得来不易，他的温和仁慈伴随着如此苛刻的条件，以至格特鲁德不敢再吐出哪怕会稍稍损害这一局面的半个字。

亲王夫人和公子很快就来了，一看到格特鲁德，他们既吃惊又疑惑。不过，亲王那欢乐、高兴的神情，瞬间便迎来了他们同样的神情以示回应。他说道：“你们看，这迷途的羔羊。但愿这个字眼儿意味着那段伤心的往事的结束。看，格特鲁德为我们家带来了慰藉，她不再需要被人劝说了。我们为了她的幸福而对她的期许，如今成了她的志愿。她已经下定了决心，而且让我明白她决意……”此时，格特鲁德抬起头，用恐惧和哀求的目光看着父亲，似乎是在请求他别再说了，但是父亲仍大声继续说道：“她决意要出家做修女了。”

“好，真是太好了。”母子俩异口同声地喊道，同时转过身去拥抱格特鲁德。格特鲁德含泪接受了他们的祝贺，而他们却误以为这是她开心的泪水。接着，亲王详细说道他会怎样使女儿生活得舒适、精彩。他还说，她在修道院和故乡也会受到特殊的待遇，说她会像一位公主，会是这个家族的代表；一旦到了合适的年龄，她就会成为女修道院的院长，而在此之前，她也只是院长名义上的下属而已。亲王夫人和公子再次表达了他们的祝贺，又赞许了她一番，而可怜的格特鲁德却恍如噩梦缠身。

“我们得商定个日子去蒙扎市一趟，好向女修道院院长提出申请。”亲王说道，“她不知道会有多高兴呢！我敢说整个修道院的人也都会感激格特鲁德给她们的这一荣耀。并且……我们何不今天就去呢？格特鲁德一定会愿意去外面呼吸下新鲜空气。”

“那么，我们现在就去吧。”亲王说道。

“我先去通知她们。”公子说道。

“可是……”格特鲁德怯生生地说道。

“慢着，慢着，”亲王说，“让她自己决定吧，或许她今天感觉不舒服，想明天去呢。你说，你想今天去还是明天？”

“明天吧。”格特鲁德以微弱的声音回答说，她觉得还能抓紧时间做些什么。

“好，就明天。”亲王郑重地说道，“她决定我们明天去。现在我得去修道院，叫教区神甫确定下考核日期。”这样说完，亲王就离开了，果真亲自去找教区神甫（对他来说，这确实是相当屈尊的举动），同他商定好，神甫两天后来家考核。

那天，在接下来的时间里，格特鲁德没有安静片刻。她本想在经历这么多事后，得让自己那激动的心平静下来，清理下自己的思绪，让自己考虑下已经做了什么事，还要做什么事。弄清自己想要做什么，至少让那一旦发动起来就不停运转的机器停下片刻。但是，她仍然毫无办法。事情一件接一件，就像链条上连锁的小环，永无中断。亲王走了之后，母亲便将她带到了自己的房间，让伺候自己的婢女为她梳妆打扮。还没打扮好，就有仆人来叫她们去吃午饭了。在去餐厅的路上，仆人们对格特鲁德鞠躬致意，对其痊愈表示祝贺。一到餐厅，格特鲁德便发现了她之前的一些亲密朋友，她们被匆忙请来替她祝贺，祝贺她双喜临门：一是她身体康复了；二是她选择了美好的志向。

年轻的新娘（当时，人们是这样称呼即将当修女的女孩的，所以，格特鲁德一露面，人们就这样叫她）要答谢所有人对她的祝贺。她完全感觉到自己的每次回答都是赞同和确认既成的事实。可是，要是不这样回答，她又该怎么回答呢？刚吃完午饭，出游的时间就到了。格特鲁德在母亲的陪伴下，和其他两位参加午宴的叔叔一起上了马车。按惯例绕了一圈后，马车进入了玛丽娜大道。那时，这条大道穿过现在公园所占之地，是劳作了一天的人们休息娱乐的地方。在当天气氛的渲染下，两位叔叔也同格特鲁德交谈起来。其中的一位叔叔似乎熟悉每一个人、每一辆马车、每个侍从的制服，他时时刻刻都在对那些绅士和贵妇人指指点点。突然，他转身对侄女说道：“啊，你这小调皮鬼。你就是要将所有这些愚蠢之事全部丢掉，你是一个机灵之人，将我们这些可怜的人丢在困境中不管，但你却自己一人去过着虔诚的生活，乘着马车进入天国。”

临近傍晚时，他们回了家。仆人们急急忙忙地提着灯迎了出来，还说有几位访客到来，正在等他们。格特鲁德要做修女这件事早已传开，朋友们和亲戚们都纷纷前来表示祝贺。一进入客厅，这位年轻的新娘就成为大家的偶像，成了众人唯一瞩目的对象，一个牺牲品。每个人都为着自己的利益，竭力同她拉关系。有的表示有求必应，有的表示将去修道院看望她；有的说某某院长是他的亲戚；有的人说某某嬷嬷和自己很熟；有的大赞蒙扎市的天气，有的津津乐道地说她将成为那儿的大人物；还有的人无法接近被大家包围着的格特鲁德，觉得很遗憾，于是就竭力寻找机会走近她，向她表示敬意，直到自己最终如愿以偿。最后，客人慢慢地离开了，只剩下格特鲁德和家人在一起。

“我总算很欣慰地看到我的女儿得到她应有的尊敬和对待了。”亲王说，“我得说，她的确表现得很好，她崭露头角，就落落大方，维护了我家的荣耀。”

他们迅速吃完了晚饭，以便早点儿休息，也好第二天早点儿起程。

格特鲁德觉得既烦闷又恼怒，同时又因白天大家的赞赏和恭维觉得有点飘飘然，此时竟记起了看守她的女仆对她的虐待。看到父亲除了那件事之外，愿意满足她所有的事，她决定利用自己现在受宠的这一有利条件，至少让这一痛苦地折磨她的怨恨的情绪宣泄一番。于是她便表示绝不愿意再和那位女仆待在一起，还百般痛诉女仆对她的虐待。

“岂有此理！”亲王说，“她竟敢对你这般放肆！我明天就会让她受到应有的惩罚，这事就交给我，我会做得让你特别满意的。在我女儿身边的人，不论怎样都不能有她不喜欢的人。”说着，他便叫来了另一位女仆，让她好好服侍格特鲁德。尽管格特鲁德确实享受到此番报复给她带来的快感，但是她却惊奇地发现，这比起她之前想象的还相差甚远。尽管她不情愿，可有种想法一直占据着她的思维，那就是她在走向修道院的过程中迈的步子太大了，她意识到，要想再退回去，得需要比前几天更大的勇气和决心，而现在，她却没有了这样的勇气和决心。

被指派去伺候她的是家里的一位老仆人，是公子小时候的保姆，她一直照顾他，直到他长大成人。她把所有的欢乐、希望和骄傲都寄托在公子身上，她很高兴亲王让她来照顾格特鲁德，这让她觉得自己又成了一个幸运的人。在这一天快要结束的时候，格特鲁德听了这位老仆人的祝贺、夸耀和劝说，感到很高兴。老仆人告诉她，格特鲁德的某个姑姑和近亲都做了修女，而且生活得很愉快，因为她们出身于这样高贵的家庭，始终受到极大的尊敬，而且在外也很有影响力。在修道院的客厅里，她们所享用的东西跟那些最高贵的太太们所用的相比，后者也要甘拜下风。她告诉格特鲁德她将会受到很多人的拜访，有一天也会见到她的兄长携带自己高贵的妻子前去拜访她。到时，不仅仅是修道院，甚至整个城市都会沉浸在欢乐当中。老仆人一边给格特鲁德宽衣，一边说着。等格特鲁德躺在床上，甚至当她已经睡着了，老仆人还在喋喋不休地说着。格特鲁德疲惫不堪，很快进入了梦乡，她睡得很不安稳，老是受到惊扰，还一直做噩梦，直到第二天早上，老仆人尖利的声音把她叫醒，叫她做好去蒙扎的准备。

“起床吧，新娘小姐，天已经亮了，您至少得花一个小时的时间梳妆打扮。亲王的夫人的侍女们比以往提前四个小时将她叫醒，现在早已经起来了；公子去过马棚，现在也已经回来了，已准备好随时出发。这年轻人就像野兔一样敏捷，但他小时候就经常这样：是我一手把他带大的，我有权力这样说。但是既然他已经准备好了，就不要让他等太久，因为尽管他是世界上脾气最好的人，有时也会因等得不耐烦变得暴怒起来。可怜的家伙，我们必须得体谅他，这就是他的脾气。况且，这一次是有原因的，因为他一直都在为你忙碌着，谁也说不上现在招惹到他会是什么后果，他只尊敬亲王，而且有一天他自己也将成为亲王，但是希望那天来得越迟越好。快点儿，快点儿，小姐，您为何像着了魔一样看着我？您现在应该离开您的被窝了！”

格特鲁德刚刚醒过来，一想到公子那不耐烦的表情，其余的想法像一群麻雀突然见了稻草人一样，顷刻间消失得无影无踪。她立刻遵从了女仆的劝告，匆忙穿好衣服，又梳妆了一番，便来到了客厅，此时父母和哥哥已经到了。她坐在扶手椅上，仆人给她倒了杯巧克力茶，这个仪式在当时类似于古罗马人给男孩子穿上表示成年的长袍。

马车已经准备好了，亲王把女儿拉到一边，说：“过来，格特鲁德，昨天你已经下定决心，今天你更要战胜自己，关键在于你在修道院及周围的小城一定要举止得体，这是你出人头地走出的第一步。他们会在那里等你。（不消说，亲王前一天已派人给修道院女院长送了信儿）他们会在那里等你，所有的眼光都会注视着你，你一定要保持高贵的举止，要从容不迫。按照常规，女院长会问你的愿望是什么。你一定要回答说，你希望能够在修道院做个修女，因为在那里你得到过至善的爱的教育，受到过别人的善待，实际的情况也确实是这样。你一定要很自然地说出这些话，我不想让别人说闲话，说这些都是别人灌输给你的，并不是你自己的意思。修道院的那些人对你的那件事一无所知：这个秘密只有我们家里人知道，必须永远埋藏在家里。记住不要面带忧愁或犹豫不决，这样会引起别人的怀疑。要将你高贵的血统展示在别人面前，你既要保持礼貌端庄又要谦虚谨慎，记住只要你离开家，到了修道院，就再也没有人拥有比你更高的身份了。”

没有待其回答，亲王便走在前面领路，格特鲁德、亲王的夫人和年轻公子跟在后面，他们下了楼梯，进入马车。他们一路上谈论着人世间的诱惑和烦恼，修道院里幸福快乐的生活，尤其是出身高贵的年轻人的生活。快要达到目的地的时候，亲王再一次向格特鲁德做了些指示，一再重复该如何回答被问及的问题。当马车进入蒙扎城时，格特鲁德不安的心剧烈地跳动着，但她的注意力突然被几个绅士吸引住了。他们把马车靠在一边，不停地称赞她。然后格特鲁德一家继续上路，他们在众人好奇目光的注视下慢慢地驶向修道院。当马车停在修道院门口的时候，格特鲁德的心变得愈加躁动不安。他们下了马车，仆人们竭力让道路两边的人退后好给他们让路。意识到所有人都注视着她，可怜的格特鲁德对自己的言行特别注意。最让她感到害怕的是她父亲的眼神，她极其害怕瞧见那双眼睛射出的让人害怕的目光，但又忍不住不时地偷看两眼。那双眼睛仿佛一根无形的缰绳，控制着她的每一个动作和每一种表情。穿过了第一进院子后，他们来到了第二进院子，院内门大开着，许多修女在那里等候。女院长周围是一些年老的修女，她们站在所有修女的前面，其余的修女排成凌乱的队形，有的还踮起脚尖。在队伍的最后一排，那些在修道院干杂活儿的修女站在高脚凳上观看。在这些修女中间，时不时会出现一些明亮的眼睛和可爱的小脸，她们都是些机灵胆大的小孩，在修女之间窜来窜去，总想看看外面发生的热闹事儿。人群中有些人欢呼着，有些人不断挥舞着手以表示欢迎和喜悦。

他们到达门边，格特鲁德站在女院长面前，相互寒暄一阵后，女院长便以高兴而又严肃的神情问格特鲁德抱着怎样的愿望来修道院的，并且还说，在这里，没有哪个人能阻挠她实现自己的愿望。

“我来这里……”格特鲁德开始说话了，但当她正要说出将会不可挽回地决定她一生的命运的话时，她犹豫了片刻，眼睛凝视着前面的人群。这时，她看到了一位她原来的好朋友，好友以一脸同情的表情看着她，好像在说：“啊，这女人竟也落得如此下场！”这恶意的目光唤起了她心里隐藏着的仇恨情绪，使她重新找到了勇气。她本想给出一个不同于父亲给她的指示的回答，她抬头看见了父亲的面孔，觉得非常不安，因为那面孔似乎要她赶快说出自己的决定。她被恐惧驱使着，于是快速地说道：“我来这里是希望得到恩准，成为这里的一名修女，因为我曾在这里受到过至善的爱的教育。”话音刚落，女院长就随即回答说，在这种情况下她感到很抱歉，因为她不能立刻作出答复，这件事必须由院里所有修女投票来决定，而且还要得到上级的认可。然而，格特鲁德很清楚这里的人对她怀有怎样的感情，答案是可想而知的。同时，并没有任何规章制度可以禁止修女们对格特鲁德的这个请求表示兴奋，于是人群中爆发出一阵阵祝贺声和欢呼声。立刻便有人拿来了装有糖果的大盘子，首先献给格特鲁德，然后再给她父母。一些修女甚至走上前来祝贺格特鲁德，另外一些纷纷向她的母亲、哥哥表示祝贺。女院长恭请亲王到外面的客厅见面，她会在那里等他。两名上了年纪的修女陪着她，当亲王出现时，她便说：“亲王大人，按照我们这里的规章制度……还有一个必不可少的手续要办……尽管在这件事情上……不管怎样，我不能不告诉您……在任何情况下，一个女孩子请求做修道院的一名修女……作为女院长——我知道自己不够格担此重任——有责任提请她的父母注意……万一要是……他们强迫自己的女儿来做修女，他们将会被逐出教会。请您原谅……”

“噢，那是当然，那是当然，尊贵的院长嬷嬷，我钦佩您做事的态度，这是对的，但您没必要怀疑……”

“噢，请别误会，亲王大人……我只是出于我必须履行的职责才对您说这些……至于别的……”

“那是当然，那是当然，院长。”

在短暂的谈话之后，两人彼此鞠了一躬就离开了，他们好像都不太愿意再交谈下去。他们各自回到自己的队伍里，一个向修道院外面走去，一个留在了修道院门槛里面。“现在我们该走了，”亲王说道，“格特鲁德很快就有机会享受到这么多姐妹们的陪伴所带来的快乐，目前，我们已经引起太多不便了。”他深深地鞠了一躬，示意要回府了。于是他们相互致意了一番就离开了。

在回府的路上，格特鲁德一点儿也不想说话。她为自己所踏出的这一步感到吃惊，又为自己精神上的胆怯而感到耻辱，她痛恨别人，也痛恨自己。她心里盘算着还有什么机会可以让她说“不”，她心里暗自下定决心，若以后真有这样或那样的机会，她一定要表现得更加果敢无畏。然而，在思考这些的时候，父亲那咄咄逼人的眼神仍然令她十分害怕。她悄悄地瞥了一眼父亲的面孔，却发现他脸上并没有愤怒，她甚至感觉到父亲对她的做法很满意，因而感受到了虽短暂却真实的愉悦。

他们到达府邸后，重新花时间梳妆了一番，用了午餐，拜访了一些亲朋好友之后，便乘车兜风，然后闲聊，接着吃晚饭。晚饭过后，亲王提出了一个新话题——为格特鲁德找一个教母。所谓教母，就是由父母雇用一位妇人，在少女提出做修道院修女的申请到进入修道院期间，做她的看护者和伴侣。这段时间几乎都花在参观教堂、公共邸宅、公馆以及寺庙上。总之，就是参观这个城市和其周围一些比较著名的地方，以让年轻的少女们在还没有进行那不可更改的宣誓之前，知道自己即将永远放弃的东西。“我们必须得找一位教母，”亲王说，“因为明天修女们将派代表过来进行正式的审查，然后格特鲁德将会被推荐给修道院，正式成为修道院的修女。”说完这些，亲王转向亲王夫人，她想他是在叫她提些意见，于是她说：“可以找……”但是亲王打断道：“不，不，夫人，首先得让格特鲁德喜欢这个教母，尽管按照惯例来说都是由父母代选，但是格特鲁德自己很有判断力，也很聪慧，她可以是个例外。”这时，他转向格特鲁德，像是在施恩一样，接着说：“今晚来这里聚会的任何一位贵夫人都可以做像我们这样家庭的教母，你自己选吧，我相信任何被选中的人都将觉得这是莫大的荣幸，你就自己选吧!”

格特鲁德完全明白，让她选择教母无疑是再次重申她同意做修女。不过父亲的建议是那么的郑重，要是她拒绝的话，则会被认为不齿或是在找借口，是任性或放纵的行为。因此，她还是迈出了这一步，从当晚参加宴会的人中挑选了一位她很满意的妇人。那位妇人深得她的欢心，她多次赞赏她，对她很亲切、很温柔、很热情，虽然她们是初次见面，可却仿佛交情很深一样。“真是选择得太好了。”亲王惊呼道，那位妇人也正是他所看中并希望女儿选中的人。不知是故意安排的还是偶然的，这就好比玩扑克牌一样，一人手中拿着一些牌在你眼前晃了一下，让你随意抽取一张，或许是因他的动作太过奇妙，你只能抽出他做过手脚的那张，而他恰能准确地辨认出来。那位妇人一整晚都在格特鲁德周围，千方百计地引起她的注意，这样一来，在挑选教母时，格特鲁德除了想到她，很难再想到其他人了。不过，妇人千方百计地引起格特鲁德的注意，也不是没有任何目的的。这位妇人早就看上了年轻的公子，想让其做自己的女婿，因此，她早已将公子的家人看成自己的家人，因而很自然地对可爱的格特鲁德也很关心，把她当成自己的近亲一样看待。

第二天早上，格特鲁德一醒来，想的第一件事就是今天神甫要来审查。然而正当她在想是否可以抓住这个决定性的机会反悔及怎样反悔时，亲王便派人来传唤她了。“勇敢点儿，我的孩子，”亲王说，“到现在为止，你一直表现得很好，今天要顺利地完成此事。现在所有的一切都是在你的同意下进行的。如果，在此之前，你有什么怀疑，什么疑虑，或是后悔的话，你早就应该提出来。不过，现在我们已走到这关键的一步了，没有时间再胡闹、任性了。那位可敬之人今早会来看你，他会就你的选择问你很多问题，比如说，他会问你是否是自愿做修女的、为什么要选择做修女、怎样做一个修女，等等。要是你回答问题时，流露出一点儿犹豫不决的神情，他就会揪住你一直问下去，天知道会问多久。这对你来说，也很烦闷和痛苦，甚至会带来更严重的后果。毕竟，你已经在公众面前承诺了要做修女，你要是表现出丝毫的犹豫、踌躇都会使我名誉受损，会让人们以为我把你一时的天真笑话当了真，说我轻率仓促行事，说我……谁知道还会说些什么！在这种情况下，我就必须得在两个痛苦的选择中作出抉择：要么听任世人对我的行为的诋毁，而这对我来说是肯定不合适的；要么对他们说出你的真实想法，到那时……”说到这里，亲王注意到格特鲁德满脸绯红，热泪盈眶，脸痉挛着，就像是一朵花瓣在刚经历狂风暴雨后，忍受不了那种闷热似的。于是他即刻改变话题，和颜悦色地说：“罢了，罢了，一切还是取决于你自己，取决于你的决定。我知道你是个聪明人，也不再是个孩子了，不会去弄糟一件马上就顺利完成的事情。不过，我得预防所有可能发生的情况。好了，不多说了，现在我只想确定一件事，那就是你得坦诚地回答所有的问题，不能让那位可敬之人怀疑你的回答，这样你也可尽快通过审查。”然后，他又设想了一些可能提到的问题，并教了女儿怎样回答。接着他又回到了平常的话题，说女儿在修道院会过上多么幸福、快乐的生活。就这样一直谈论着，直到仆人进来禀报说审查官来了。亲王再次匆匆地重复了那些最重要的指示后，便按规矩离开了，留下女儿和审查官在一起。

善良的审查官头脑中多少带着些先入为主的观念就来了，那观念就是格特鲁德很想做修女。因为亲王去请他的时候，就是那么对他说的。的确，善良的神甫非常清楚他的职责之一就是要采取怀疑的态度，最大限度地、尽量慢慢接受别人的论断，避免先入为主。但是，一位权威人士斩钉截铁的言辞，竟没在听者的头脑中留下一定的印记，这种情况颇为少见。寒暄一番后，审查官发话了：“小姐，我此次前来是扮演魔鬼的角色，对于你的回答中坚定表示的意思，我会提出一些疑问，会告诉你，在你选择的这条路上有种种困难，会仔细思考你是否好好考虑过这些问题。现在，我能问你一些问题吗？”

“请问吧。”格特鲁德回答说。

于是，令人尊敬的神甫便按照惯常的方式对她发问。“在你心中，你是自愿成为一名修女的吗？不是被威胁、被奉承才选择做修女？没有任何权威之士逼你这样做？请你坚定地、诚实地回答我的问题，我的职责就是要了解你的真实愿望，以防止有人使用某些手段强迫你说出实情。”

这些问题的真实回答立刻浮现在格特鲁德脑中，清晰得令人害怕。但是，要是她那样回答了，就必须作出解释，必须说出她所害怕的一切，讲述一个故事……这个不幸的姑娘迅速放弃了这一可怕的想法，试着想出能让她很快从这些问题中解脱的回答，那就是与事实相反的回答。“我想做修女。”她极力掩饰内心的慌乱，回答说，“我做修女是出于我本人的意愿，是自愿的。”

“你什么时候有这样的愿望的？”善良的神甫继续问道。

“我一直都有这种愿望。”格特鲁德回答说。在迈出第一步后，她就可以更肆无忌惮地欺骗自己了。

“你想做修女的最主要的原因是什么？”

善良的神甫并不知道自己的话戳到了格特鲁德的痛处。格特鲁德尽力不让这些话在她心里所引起的波动流露在脸上。她回答说：“最主要的原因是我想侍奉上帝，避开世间的种种威胁。”

“是不是出于什么烦恼？一些……请原谅……一些任性的想法？有时，一时的想法会让人以为它会始终如一的继续下去，不过事后，当这种想法一过，头脑清晰了，就……”

“不，不，”格特鲁德急忙回答说，“原因就是我方才对您说的那样。”

神甫与其说是认为必须那样做，还不如说他是想履行自己的职责，因而继续发问。但是格特鲁德已下定决心要继续欺骗他。她一想到善良的神甫会发现她的弱点就害怕，而看上去神甫对此并未怀疑。女孩认为，尽管神甫很容易就能让自己当不上修女，可是他的权力和对她的保护也就仅此而已了。一旦他离开了，她又会和父亲单独待在一起，她又将遭受怎样的痛苦，神甫是全然不知的；或者，即使他知道，也只能对她表示同情。不幸的姑娘还没为编谎言欺骗审查官而感到厌倦，审查官却已经对发问感到不耐烦了，而且，他发现姑娘的回答总是前后一致，便觉得没有理由再怀疑她的真诚了，于是便改变了语气，说他所做的一切都是想确信她的意志是否坚决，接着便祝贺了她，然后就离开了。神甫在穿过客厅，准备出门时，遇见了碰巧也经过的亲王，向他祝贺说他女儿表现得很好。亲王之前一直提心吊胆地等着，不过，听到神甫这么说，他总算松了一口气，忘记了自己惯常的严厉，他几乎是跑到女儿的房间的，他不断地称赞她、爱抚她，对她作出种种承诺。他是发自内心的满意，对她也是相当的温柔。人心呵！真是如此奇特而复杂啊！

我们不必再追随格特鲁德去经历那一轮又一轮的游玩和娱乐，也不必再仔仔细细去描述她在这一过程中的心情和感受。那只不过是一段充满哀伤、波澜起伏的乏味历史，同我们之前讲述的那些大同小异。大千世界那美丽的场景，那千姿百态的景象，还有那出外旅行的无限乐趣，使她一想到自己不久之后就要永远住下去的地方，就觉得它比以往任何时候都更令她讨厌，令她感到更痛苦的是城里的聚会和娱乐活动留给她的印象。每当看见那些初婚的新娘，她就产生一种妒忌，一种几乎无法忍受的痛苦。有时，看见某一单身男子，她会想，要是自己也能被称作这一男子的新娘，那该多幸福啊！甚至有的时候，豪华的宫殿、华丽的装饰、热闹欢庆的交谈会，都会让她陶醉，让她产生想过那样快乐的生活的强烈愿望，她宁愿收回以前的誓言，忍受一切的痛苦，也不愿再回到那冷冰冰的、阴森森的修道院。然而，一旦她冷静下来，考虑到那样做会遇到多大的困难，会看到父亲多恐怖的脸庞时，所有这些坚决的意念也就完全消失了。有时，她想到自己要永远抛弃这些乐趣时，就觉得眼前这些许的体验更令人痛苦，更让人厌烦。这就像一个口干舌燥的病人，面对医生勉强递给自己的那一勺清水，眼里顿时流露出不快，几乎是带着鄙夷的神气给拒绝了。

与此同时，神甫已经开具了必要的证明，准备举行修女大会，票决格特鲁德是否能成为修女。修女大会召开了，大家秘密投票表决。不出所料，三分之二的人在投票中表示赞同，达到了规定要求，格特鲁德被接收为修女。格特鲁德已被这长期的折磨弄得精疲力竭了，因此请求早点儿进入修道院。当然，没有人会反对这一请求。于是，在一番隆重的仪式下，她进入了修道院，穿上了修女的道袍，从而实现了自己的愿望。她经过了十二个月的见习期。尽管在此期间，她时而后悔，时而又忏悔。但现在，她公开发愿的时刻到了。也就是说，此时，她既可以说不做修女，虽然这种情况极其少见，极其奇怪，出人意料，也很不光彩；也可以重复一遍她已经说过无数次的“我愿意”。她选择了后者，永远地成为了修女。

基督教的一项独特的不能言传的特质就是，一个人不管在何种情况下，事态多么危急，只要向它求助，他都能获得指引和慰藉。如果过去之事还有补救之药方，它就会为你开具该药方，帮你服药，赐予光明和能量使之生效，不计任何代价。要是没有现成的补救之法，它就教给你在现实中行之有效的方法，恰如谚语所说：不得已而甘愿为之。它会教你持之以恒，把轻率答应之事勇敢地坚持下去；它促使心灵对强权加给你之事坚定不移地干下去；将那些当时草率作出的，而今却无法改变的选择赋以神圣而又明智的色彩，说得更明白些，使它成为令人愉悦的宗教使命。一条圣路就是这样筑成的：不管人们是从什么样的迷宫、什么样的悬崖峭壁走出，只要他愿意并安全地踏上这条路，就会一直走向快乐的终点。凭借这种方式，格特鲁德一定能成为一名神圣的、令人满意的修女，不管当初她是怎样成为一名修女的。但是，这位不幸的姑娘却竭力想挣脱这样的枷锁，这样一来，她反而觉得这一枷锁更沉重。她不停地怀念已失去的自由，从而更加厌恶自己目前的状况。她竭力地追求自己想实现可又无法满足的愿望，这些想法占据着她的全部思想。她一次又一次地回想着过去的那些痛苦之事，正是那些事导致她弄成现在这个样子。她千百次地幻想着要推翻自己已做的事。她谴责自己无能，责备他人专横、背信弃义，十分痛苦。她既欣赏又悲叹自己美丽的容颜，哀叹自己的青春，因为它注定要在漫长的苦难中被摧毁。有时，她又妒忌每一个能在世上自由享受这些恩赐的女人，不管她们的身份地位如何，靠怎样的学识才获得这一切。

每当看见那几个合谋将她拉入修道院的修女，格特鲁德就觉得十分憎恶。她们当初所使的种种阴谋诡计，都历历在目。为了报复她们，她粗暴地对待她们，嘲弄她们，甚至在众人面前指责她们，而她们却只能默默地忍受这些辱骂，因为尽管亲王当初为了逼迫女儿进入修道院，在必要时总是采取很专横的手段，但一旦达到了这个目的，他便绝不允许别人伤害他的家人。

倘若他听到半句流言蜚语，她们便会失去他强有力的保护，或者，更不幸的是，她们将成为他的仇敌。格特鲁德似乎觉得自己可以依靠另一些没有参与此番阴谋诡计的修女，但她们并不想与她做伴侣。如今她当了修女，她们对她倒也颇为体贴，总是很友善地对她。她们整天表现出忙忙碌碌、愉悦的样子，好像是想通过自身的经验告诉她，就算是在修道院中，不仅可以活下去，甚至也可以活得很开心。然而，她对这些修女同样感到很厌恶，这是出于别的原因：她们所表现出的虔诚和自满自足的神态好像是对格特鲁德的不安和任性的一种谴责，因此她不放过任何一个机会，在其背后说她们是心胸狭窄的人，或骂她们是伪君子。倘若她知道或者揣测到了，在决定是否接受她做修女的投票表决中，罐子里那几颗表示反对的黑骰子正是这些修女投进去的话，她可能就不会那么反感她们了。

有时候她也会得到一些满足，因为她可以命令别人，因为她受到修道院里的人的尊敬，因为她受到来自外面的宾客的祝贺，可在某些事中大显身手，充当别人的保护者，还听到别人尊称她为小姐。这些对她来说都是怎样的安慰啊！但这一切对她来说还不够，有时，她那颗空虚的心会乐于增加些和享受到宗教带来的安慰。然而，若不是放弃了别样的慰藉，又岂能得到这样的安慰呢？这就好比一个遇险落水的水手，若想抓住一块能将他安全带到岸边的木板，就必须得放弃出于本能而抓在手里的实实在在的海草。

最终做了修女不久后，格特鲁德就当上了修道院里年轻学员的教师。我们不难想象在她的管制下那些人将会受到怎样的待遇。她昔日的女伴们都已经离开了修道院，然而由她们所激起的欲念依然萦绕在她心头，因而她的学生们不得不以这样或那样的方式承受着所有的压力。她想到她的许多学生最后都会回到她曾经失去了所有希望的世俗生活中，便更加仇恨这些可怜的孩子们。这种仇恨几乎达到了充满复仇的欲望的程度。她把这些情绪都宣泄到了学生身上，管制她们、压迫她们、欺辱她们，并且不时地把她们希望有朝一日能享受的快乐提早地贬低一番。有时，学生们的一点儿小错误也会惹得她大动肝火。凡听说此事的人定会以为她是一个没修养的蛮横的泼妇。然而在别的时候，她对修道院规章制度的憎恨又表现得完全不一样：她不仅不反对学生们上课时注意力不集中、大声喧哗，甚至还煽动她们；她参与到她们的游戏中，使她们更加无秩序；她还加入她们的谈话，大谈特谈，直至离题万里。若有人说修道院女院长是个多么爱闲聊的人，格特鲁德便会长时间地模仿她。她们像是演喜剧一般，模仿一个修女的表情，又模仿另一个修女的动作，但在这种情况下，她们都能无拘无束地大笑起来，但是她的笑却并非发自内心。就这样，她在修道院里度过了几年，没有闲暇时间也没有机会去改变自己的处境，直到一场灾难不幸地降临到她的头上。

由于当不了修道院院长，格特鲁德在修道院中享有种种特权和优待，修道院又给了她一座单独的院落。院落的一侧紧邻一所住房，里面住着一位恣意放荡的年轻人。当时有很多这样的人，他们家里豢养着一群打手，并和其他恶棍结成帮派，从某种程度上说，这些人根本就不把社会和法律放在眼里。我们仅仅知道这个人名叫埃吉迪奥，他从他房间的小窗户可以看到格特鲁德所住的庭院，并常常看见她走过那里或在那里闲逛，心中受到了诱惑，竟然冒着危险和亵渎宗教的大逆不道，某一天竟大胆地向她献殷勤，而这个痛苦的女孩竟也回应了他。最初的时候，格特鲁德还感到一种满足，尽管是种不纯洁的满足，一种新鲜的动力，犹如一股旺盛的生命力一般浸入了她那空虚的灵魂，然而这种快乐就像是古人给已经定了罪的犯人服用恢复体力的药一样，好让他恢复元气，以忍受更残酷的刑罚。同时，格特鲁德的行为举止发生了很大的变化：她立刻变成了一个守规矩的文静的女子，不再那么怀恨或讥讽别人，甚至表现出自己亲和友善的一面。修女们对她有这么美妙的改变都感到高兴并相互庆贺，然而谁也猜想不到这背后的真正原因，也不知道这种变化只是在过去的恶习上徒增的一种伪善。这种表面上的伪装没有持续多久。她很快就恢复了她以前习以为常的傲慢无礼的态度，她尖酸刻薄和任性的老毛病又犯了，并以新的言辞嘲讽和诅咒起禁锢她的修道院来了。那些粗鲁字眼儿在那种地方从这种身份的人的口中吐出，那真是闻所未闻！然而，每次这样的爆发过后，随即而来的都是一次次的忏悔。为了弥补，她甚至说一些谦恭友好的话请求修女们忘掉她的过错。修女们尽可能地忍受她喜怒无常的性格，完全把它归咎于小姐的任性脾气。

有一段时间似乎没有人想起过这些事，但是有一天，格特鲁德和一位干杂活儿的修女为一些琐碎小事争吵过后，她便没完没了地狠狠辱骂起那位修女。那位修女忍气吞声地忍受了一段时间后，再也耐不住性子，就威胁格特鲁德说她知道一些关于她的事情，并扬言要在适当的时机便会将之公之于众。从那时起，格特鲁德再无安宁之日。不久后的一天早上，这个干杂活儿的修女没有像平时一样照常干活儿，别的修女便去她的房间找她，但没有找到。她们在院子里大声地叫她，却没有人回答。她们慌忙四处寻找，着实费了一番苦心，院子里里外外、上上下下，从阁楼到屋顶都找了个遍，但仍然不见她的踪影。要不是在寻找的时候有人在院墙上发现了一个大洞，谁知道大家会作出怎样的猜测。这个洞使所有人都认为她已经逃走了。于是修道院立刻派信使从各个方向去追她，把她带回来。这些人在蒙扎城及周边地区四处打听她的下落，但都没有得到有关她的丝毫讯息。如果她们就地挖地三尺，而不是到远处去搜寻的话，也许她们会更清楚她的遭遇。大家都觉得不可思议，因为她们从未想过像她这样的人居然做出了如此举动。争论了一番后，她们断定她已经逃到很远的地方去了。此前有一位修女随口说了句："她肯定躲到荷兰去了。"于是，修道院里的人后来都说，并且断定她逃到荷兰去了。然而，小姐似乎并不认同这个看法。她既没有流露出不予置信的表情，也拿不出特别的理由来反对这一普遍的看法。当然，有某种理由，她也极力掩饰、讳莫如深，在所有事情中，她最愿意避而不谈此事，最不希望去揭开这一谜团。然而，她说得越少，头脑里想得便越多。一天之中多少次那个不幸的修女的形象会擅自闯入她的脑子，挥之不去！她多少次希望这个修女能活生生地出现在她的面前，而不是时常萦绕在她的脑海中；她更不愿日日夜夜与这个虚幻的、可怕的、冷漠的幽灵做伴！也不知有多少次她渴望听见她真切的声音，忍受她的任何恫吓与责骂，而不愿那个似梦似幻的窃窃私语声无休止地在自己的心灵深处回荡，也不愿让任何一个活人都没有的、不知疲倦的声音重复着那无法回击的话语！

距此事发生大约一年后，露琪娅出现在这位小姐面前，她们俩进行了我们前面叙述过的一番谈话。小姐多次询问她有关唐罗德里戈对她的迫害，甚至大胆地询问了细节，这使露琪娅感到很诧异，因为她从来没有想过一个修女竟会对这种事如此好奇。小姐在询问时所表达出的见解也使露琪娅特别震惊。她似乎在嘲弄露琪娅对那位贵族的恐惧，还问她他是否是个怪物，竟令她如此害怕。她甚至以为，露琪娅的趋避态度是不合理的、荒谬的，倘若她事先没有爱上伦佐的话。而且，说到伦佐，她也问长问短的，这着实让可怜的露琪娅惊异和羞赧不已。末了，小姐也意识到自己想得太远，问得太多了，这才赶紧纠正自己，解释说这全是为了露琪娅着想，但这并不能打消露琪娅心头的诧异和说不清的恐惧。可怜的露琪娅一回到母亲身边就给她讲述了她和小姐对话的全部内容，但更加老练的阿格尼丝却用很简短的话平息了她的疑虑。“不要惊讶，”她说，“当你和我一样了解世事时，便会懂得这样的事根本就不足为奇。那班大人物，或多或少都有点这样那样的怪癖。由着他们说好了，特别是当我们有求于这些人的时候，我们必须假装洗耳恭听，就当他们在讲大道理。你方才不也听见了她是如何训斥我的吗？就像我胡说八道了什么似的。我对此并不觉得诧异，他们都这个样。然而，托上帝的福，她好像很喜欢你，她会保护我们的。另外，我的孩子，如果你逃过此劫，如果你命里注定还会和那些大人物打交道，你就会明白这一点的，你会明白的。”

除了施恩于一位善良无辜的姑娘，加上扶助和慰藉被压迫者能让她感到几分宽慰和安心外，想要为神甫院长效劳的愿望、给别人提供保护的喜悦、仁慈地施予保护而获得的众人的好评、对露琪娅的某种好感，这种种原因，使得小姐关心起这两位逃难者的命运来。在她的安排下，这两个人被安置在与修道院相毗邻的女管家的住宅里，算作在修道院里打杂的佣人。母女俩都很欣慰自己在这么短的时间里就找到这么安全而体面的避难所，她们很希望不被外人知晓，平静地住下来。但在修道院里，这绝非易事，何况有那么一个人下定决心要打探到她们其中一人的下落，原先的欲念和怨恨、如今的挫败与失望，一起汇聚到那个人的心中，燃起了一股不可遏制的怒火。暂且把这两个女人留在她们的避难所，我们回到那个恶棍的府邸，此时，他正等待着他策划的邪恶行动的结果。

第十一章

就像一群猎狗去追一只野兔而没有追到，于是低垂着脑袋，摇着尾巴，怏怏不乐地回到主人的家。在那恐怖的夜晚，暴徒们也正是这副模样回到了唐罗德里戈先生的府邸。在楼上那间可以看见外面的台阶的空屋里，唐罗德里戈先生正不安地走来走去。时不时，他会停下来仔细聆听，或者是透过被虫蛀的窗框的缝隙向外张望，显得十分烦躁，异常不安，这不仅是由于他不知道此番行动是否会成功，而且也是由于他害怕此番行动可能带来的后果，因为这次行动是这位勇敢的先生所从事的最大胆的、最危险的行动。不过，一想到自己已经采取了预防措施，不会留下任何痕迹，他也就镇定了一些。“至于怀疑嘛，我一点也不担心。我只想知道谁敢上这儿来，来查探这里是不是有个年轻姑娘。只要他敢来，只要那个鲁莽的笨蛋敢来，那他定会受到好好的招待！要是那修士愿意，他也来吧。至于那个老女人？就让她去贝加莫。公道？哼，公道。那镇长既不是孩子，也不是傻瓜。要是他们去米兰呢？在米兰，谁会去理会这些人？谁会信他们？谁又知道他们是什么人呢？他们在这个世界仿佛迷路了一样，甚至连个主子都没有：他们不属于任何人。加油，加油！永远都别害怕。看明天阿蒂利奥还能说什么！他会看到我究竟是不是个说大话的人。那时——谁知道会不会再出什么差错——要是我的某个仇敌抓住这个机会——阿蒂利奥也会为我出主意，因为这可关乎整个家族的名誉。”但是，他脑中想得最多的还是怎样利用花言巧语和承诺来赢得露琪娅，因为这样既能减轻他的疑虑又能满足他的情欲。“发现自己孤身一人在这儿，再看到这些狰狞的面孔，她肯定会很害怕的，而这些人中，我是最慈善的……那她肯定会向我求救，她会跪下来恳求我，要是她恳求……”

正当他沉溺于这一想法时，听见了一阵脚步声，于是他便走到窗前，将窗户打开一点点，透过窗缝向外看：“是他们，嗯，轿子呢？轿子在哪儿？三、五、八、他们全在那啊，格里索也在。可轿子没在啊，真见鬼，一定要让格里索给我解释清楚。”

暴徒们进入府邸后，格里索便在一楼房间的某个角落里摘下了帽子，脱下了僧衣，就像是肩负着某一重担似地朝楼上走去，向唐罗德里戈先生汇报情况。只是在这种时候，没有人羡慕他的这种重任了。唐罗德里戈先生此时也正在楼上等他。一看到他那副只有恶棍遭受挫折后才有的透着傻气、尴尬的面容，唐罗德里戈先生便说道：“好啊，吹牛皮的先生！队长先生！夸下海口说‘放心交给我’的先生！”

“真叫人伤心，”格里索回答说，他的一只脚刚迈上楼梯的最高一级台阶，“我冒着生命危险，如此忠心耿耿、尽职尽责地去做这件事，并且已经竭尽全力了，可到头来还得受责备，真叫人伤心。”

“事情进展得如何？说出来让大家听听，让大家听听。”唐罗德里戈先生说道。接着便朝自己的房间走去，格里索跟在他的身后，简单地向他叙述了自己是如何安排这件事的：做了什么、看见了什么、没看见什么、听见了什么、害怕什么，又是怎么撤退的。在叙述这一切的时候，他显得那么井井有条，又那么混乱不堪，夹杂着疑虑和惊骇，这种情绪显然牢牢地盘踞在他的脑子里。

“这事不怪你，你已经尽力了。”唐罗德里戈先生道，“你已经尽你所能了，只不过……只不过，可能我们中间出了奸细。要是真出了奸细，要是我将他揪了出来——你放心，要是他在这里面，我就能把他揪出来——我定会好好修理他。我向你保证，格里索，我会让他为他所做的事付出应有的代价。”

“我也有过这样的怀疑，老爷。”他回答道，“要是真有奸细，我们把他揪出来后，老爷，请先把他交给我处理。他让我度过了那样的一夜，而他自己却因此感到高兴，我要让他为此付出代价。不过，从种种迹象来看，很可能有其他什么阴谋，现在我还不确定到底是什么。明天，老爷，明天我们就会弄得一清二楚。”

“没人认出你们来吧？”

格里索回答道：“但愿没有。”谈话快结束时，唐罗德里戈先生吩咐他明天要做三件事，这些事他自己也可能想到了。第一件事是派两个人明天一早去找保长，警告他，这事我们已经知道——他们确实那样做了；第二件事是另派两个人去老房子四处看看，不让任何游荡之人靠近，将轿子放在人们看不见的地方，直到天黑，再去取轿子，不要再有其他行动以免引起怀疑；第三件事就是格里索自己亲自带几个敏捷、机灵的手下混入人群，这样他便可能了解到那晚发生混乱的原因。下达这些指示后，唐罗德里戈便去睡觉了，留下格里索把这些指示吩咐下去。临睡前，他对格里索道了声晚安，还大肆赞扬了他一番。很明显，这是对格里索进门时他不问青红皂白发出的一顿训斥表示道歉。

“快去休息吧，可怜的格里索，你肯定需要好好睡一觉了。可怜的格里索，劳累了一整天，又折腾了半夜，没有考虑到落入一群乡下粗人手中的危险，也没有考虑到已有的罪衣上面又罩上一条‘抢夺良家妇女之罪’，回来后竟还受到这样的待遇！不过，人们常常就是这样犒赏同伴的。不过，从这件事情上，你也可以看出，有时人们是论功行赏，而且，凡事也自有公道。去休息一会儿吧，因为说不定哪天你又要被叫去做一件更能证明你的忠心的事情。”

第二天清晨，唐罗德里戈先生起来时，格里索又去忙去了。唐罗德里戈先生迅速去找阿蒂利奥伯爵。阿蒂利奥伯爵一看见他来了，就以一种逗弄的姿势和表情对他大声喊道："圣马丁节到了。"

"我无话可说，"唐罗德里戈先生走到伯爵身边，回答道，"愿赌服输。但是这并不是最令我烦恼的事。我承认，对于此事，我什么都没告诉你，这是因为我想今早给你一个惊喜，但是……得了，我把一切告诉你吧。"

"那个修士肯定插手此事了。"阿蒂利奥惊奇而又不安地听完堂兄的叙述后说道。他这种古怪之人表现得这么严肃，真是出人意料。"那个修士那天遮遮掩掩、不着边际的回答，让我总觉得是个无赖、伪君子。而你又不对我敞开心扉……你始终没把那天他来哄骗你的情形清清楚楚地告诉我。"接着唐罗德里戈先生便将当天同修士的对话告诉了他。"你就屈服了吗？"阿蒂利奥伯爵大声喊道，"他怎么来，你就让他怎么走了吗？"

"你难道想让我同整个意大利的嘉布遣会修士作对吗？"

"我不知道，"阿蒂利奥道，"除了这个胆大包天的恶徒，到了那个时候我是否还会想起这世界上还有别的嘉布遣会修士。但是，可以肯定的是，即使是出于谨慎，也必定会有让一个嘉布遣会修士赔罪的方法。我们必须设法给予所有的修士加倍的礼让，这样我们就可以不受惩罚地打击其个别分子。然而，那修士现在已逃脱了他应有的惩罚。不过，我会让他置于我的'保护'下，我很乐意教他该怎么样和我们这样的贵族说话。"

"别给我把事弄得更糟糕。"

"信我一次，我是作为一个亲人和一个朋友来为你效劳的。"

"你打算做什么？"

"我现在还不知道，但是请放心，我会让那个修士付出代价的。我会想办法，而且……我的一位叔叔，是枢密会议的伯爵，他能帮我这个忙。啊，亲爱的伯爵叔叔，每当我能请到他这位政界的大人物出面帮忙时，心里别提有多美了！后天我就去米兰，我一定会找到这种或那种方式惩治那个修士的。"

该用早餐了，不过，这如此重要的谈话并没有因此而中断。阿蒂利奥伯爵在夸夸其谈，尽管他插手此事是出于他自己理解的表兄情谊和他家族的荣誉的需要，但是偶尔他还是忍不住嘲笑他这位表兄兼朋友的失败。

不过唐罗德里戈先生觉得这是一己之事，本想神不知鬼不觉地给对手重重一击，但却落得个惨遭失败、人尽皆知的下场，痛苦恼怒的思绪搅得他烦躁不安、心神不宁。“这些无赖，”他说道，“会在周围散布流言蜚语。但是我有什么可担心的？至于公道，我根本不屑。没有证据控告我，即使有，我也并不担心。今天早晨，我们已警告保长，要他听我们的话，不得为所发生的事做证，否则他的性命难保，所以不会惹出什么事端来的。不过让我心烦的是不知道那些人会怎么说长道短。遭受这奇耻大辱，本就已够我受的了。”

“你做得非常对，”阿蒂利奥伯爵回答道，“你们的那位镇长，就是一个固执、愚笨的家伙，不过，他还算是个正人君子，知道自己的职责。同那样的人打交道，我们得小心点儿，不要让其陷入麻烦。要是那个混账的保长把这件事给捅了出去，镇长即使有一番好心，也不得不……”

“但是你，”唐罗德里戈先生打断他的话说道，“你坏了我的事，你处处跟他唱反调，对他反唇相讥，还逮住机会嘲笑他。既然这位镇长是个正人君子，怎么就跟个笨蛋似的，顽固不化呢？”

“你知道吗，堂兄，”阿蒂利奥伯爵惊讶地看着他说道，“你知道吗，我开始觉得你有点儿胆小怕事。说实话，你大可放心那个镇长……”

“算了，算了，你不是说我们得小心行事吗？”

“我的确这样说过。但一旦遇上正经事儿，我会让你明白我不再是个孩子了。你可知道为你做事我可是铆足了勇气哟！我会亲自去拜访镇长先生，啊，他会为此殊荣感到多骄傲啊！而且，我已经做好准备听他讲上半个钟头，说什么伯爵公爵以及那位西班牙驻军司令，我会认真地听他说。然后我将谈到我枢密院的伯爵叔叔，你将发现这些话会对镇长先生产生怎样的影响。毕竟，他需要我们的保护，远胜于你需要他的关照。我会尽我所能，让他以后对你们的态度好一些。”

说完这些后，阿蒂利奥伯爵便出门去了，唐罗德里戈仍焦急地等待着格里索回来。到了用午餐的时候，格里索终于回来向主人报告了。

昨晚的混乱引起了很大的轰动，三个人从村庄无故消失是件很诡异的事。无论是出于关心还是出于好奇，很多人都热心地打听这件事，想弄个水落石出；此外，知道这事的人太多了，要想完全不泄露消息几乎是不可能的。佩尔佩图阿不敢踏出房门半步，生怕一出去就被人问及到底是什么使她的主人感到如此害怕。她不断地回忆整个事情的经过，才意识到她是如何中了阿格尼丝的圈套。她对阿格尼丝的狡诈行为感到愤怒无比，因此她随时都想发泄一番。并不是说她会向别人透露阿格尼丝是怎样戏弄她的，对此事她倒是避而不谈，然而她却不能对自己的主人遭受到的蒙骗置之不理，尤其是这个欺骗计划竟是由那看似正派的年轻人、善良的姑娘和那看似本分的寡妇预谋策划的。唐阿邦迪奥竭力阻止佩尔佩图阿，甚至恳求她不要将此事告诉外人，而佩尔佩图阿则回答说这样浅显明白的道理自不用他提醒。然而这个可怜的女人心里藏着如此重大的秘密，就像一个旧的、桶箍松散的桶里装入了一种新酒，这酒在桶里发酵、咕噜冒泡、翻腾，直到产生酒泡，渗透进桶壁，然后渗出来，滴得满地都是。这样，人家就可以品尝它，甚至差不多能辨出它是什么酒来。杰尔瓦索简直不敢相信，他对事情知道的底细比别人多，他在那天夜里的恐怖经历竟成了不小的光荣，而他因为掌握了一件散发着罪恶气息的事情，便获得了和别人相等的地位，所以他恨不得借此机会大大夸耀一番。而托尼奥一想到这事可能惹来询问、调查甚至诉讼等麻烦，便对杰尔瓦索挥舞着拳头，警告他不得对任何人有半点透露，虽然他并没有法子让杰尔瓦索完全沉默。然而，想要做到滴水不漏谈何容易。对托尼奥自身来说，自从那天夜里在不寻常的时刻离开家，回来时又拖着沉重的脚步，带着一副严肃的表情，而内心的激动使他想坦白所有的事情——他无法对他的妻子隐瞒这件事，况且他的妻子又不是哑巴。此事要数梅尼科谈论得最少，因为每当他对他的父母叙述这个事情的时候，他的父母似乎都为自己的儿子竟去阻碍唐罗德里戈的行动而感到胆战心惊，因此他们便不允许他再继续说下去，然后他们便严厉地命令他不准向外透漏关于此事的任何消息。第二天早上，他们仍然不放心梅尼科，便决定把他锁在家里，至少躲过那一天甚至更久。但结果又怎样呢？虽然他们并不想向村民表明他们知道得更多，但当和村民们聊天时却不断提到那三个逃亡者，谈到他们是以何种方式逃跑，谈到他们为什么逃跑以及逃到了哪里去，就像谈论一件熟知的事一样说他们逃到了佩斯卡莱尼科。就这样，这一消息在村子里不胫而走。

这些零零碎碎的消息凑合在一块儿，加上在流传的过程中被添枝加叶，便已经形成了一个框架清晰的故事，就算是最挑剔的人也会对此感到满意。然而，那些暴徒的侵扰是一件十分严重、十分轰动的事情，不能搁在一边不谈，但对此谁也没有准确的消息，因而这一事件把故事搅得更加神秘和复杂。到处都有人窃窃私语，谈及唐罗德里戈的名字，所有人都认定他跟此事脱不了干系，但是这一切又是如此模糊不清。人们还七嘴八舌地议论那天傍晚时分在街上被人瞧见的暴徒以及另一蹲守在酒馆门口的暴徒，但是从这种赤裸裸的事实中又能得出什么结论呢？有人去问店主，头天晚上有谁光顾过，但店主却回答说他连那天晚上看见了什么人都记不太清楚了，末了，像往常一样补充了一句，说什么他的酒馆就像是一个自由往来的港口。尤其是被斯特凡诺和卡兰德雷亚看到的那位朝圣者，暴徒们本想杀了他，但他却和暴徒们一起走了，或者说是被暴徒们带走的，他来这里做什么呢？他是善良的天使，来帮助这两个女人，还是一个乔装成朝圣者的骗子，总是夜间出来跟别人合伙，干一些见不得人的勾当？有人说也许他真的只是一个朝圣者，他们想杀他是因为怕他唤醒了村里的人；也有人说（看他们都是怎样猜想的）他其实也是恶棍之一，只不过乔装成了朝圣者。这个那个的，众说纷纭。要是换作让格里索来从这些人口里探出真相，即使用上他格里索全部的智慧和经验都不足以揭开那个朝圣者的真实身份。然而，就读者所知，那些别人都很费解的地方，恰好是格里索最清楚的部分。他以此为关键线索，再将自己或其下属收集到的消息进行分析整合，好使自己给唐罗德里戈先生一个翔实无误的报告。他私底下向主人汇报情况，说那对可怜的未婚夫妇是如何突袭神甫的，这便很自然地解释了为何他发现她们家没人，教堂钟声为何响起，因此也排除了他们两位认为家中有奸细的怀疑。他还向主人汇报了伦佐等人逃跑的事，理由也很简单：他们的计划失败，这对情人感到很害怕，或者是当他的手下闯入露琪娅的房子时被人发现，惊动了整个村子，有人去向他们通风报信。最后，格里索汇报说伦佐等人都逃到了佩斯卡莱尼科，除此之外，别的情况他就不得而知了。唐罗德里戈先生很高兴没有人背叛他，很高兴自己的行动没有留下蛛丝马迹，但这只是短暂的喜悦。“他们一起逃走了！”他说道，“他们一起！那个混账神甫——那个神甫！”他气喘吁吁，咬住手指，气愤地说出这些话，他的表情和他的情绪一样，阴沉得叫人害怕。“那个神甫要为此付出代价。格里索，我都气炸了，我必须得知道，必须得查明，今天晚上，我一定要知道他们的下落。现在我冷静不下来。你马上去佩斯卡雷尼科打听一下，去看一下，去找一下……我现在就赏你四个克朗，而且我会永远保护你。今天晚上你必须给我准信儿。那混账东西！……那神甫！……”

于是格里索又投入了战斗。当天晚上他竟能向自己尊贵的主人汇报他想得到的消息，他自有一套办法。

世上最令人感到欣慰的东西有很多，而其中之一便是友情，友情的一大好处便是有一个值得信赖的人为自己保守秘密。如今，朋友已不像丈夫和妻子一样成双成对，通常来说，每个人不止有一个朋友，因此便形成了一条友情链，谁也找不到哪里是开端或尽头。当一个人有机会向他的一位好友吐露一个秘密而获得一种乐趣时，这个朋友接下来也可以向别人吐露这一秘密而获得同样的欢乐。诚然，他请求朋友不要向别的任何人提起，然而倘若这个朋友真的如此照办的话，便立刻断绝了友情的乐趣。通常说来，所谓的保守秘密仅仅是指对外人守口如瓶，而并非对知心的朋友，当然也要对他提出同样的要求——即要他保证不能外传。因此，从一位知心的朋友到另一位知心的朋友，秘密便随着这条友情链条不断地传播，直到最后传到第一个说出秘密的人不想传到的那个人或那些人的耳朵里。一般来说，如果每个人都只有两个朋友，一个是告诉他秘密的朋友，另一个是他告知秘密并让其保密的朋友，那么秘密的传播将是一个漫长的过程。然而，一些有人脉的人有着数以百计的朋友，一旦某个秘密传入这类人的耳朵里，那么秘密便四面八方地传开，再也无法追寻它的踪迹。

我们的作者无法证实格里索要打听的消息是经过多少人才传入他的耳朵里的，可以确定的是，护送那两个女人去蒙扎的人傍晚时分驾着马车返回佩斯卡莱尼科，在他还没有踏进家门时，巧遇一个他十分信赖的朋友，便悄悄地向他讲述了他刚刚完成的一件好事及后续情况。两个小时过后，格里索便回到其主人府邸，向唐罗德里戈先生汇报说露琪娅和她母亲已经在蒙扎找到一个避难所，而伦佐已前往米兰了。

唐罗德里戈先生听到他们分开的这个消息，内心充满了恶意的满足感，重新燃起了希望，觉得自己的图谋最终能得以实现。那天夜里，他多数时间都在苦思冥想、筹划计谋。第二天一早，他便起床了，脑子里已经有了两个方案。一个已经决定好了的，另一个还只有粗略的轮廓。他的第一个方案，便是派格里索立刻赶去蒙扎，去掌握更多有关露琪娅的消息，以及他所能知道的任何事情。他立即召集忠实的仆人格里索，把那四个克朗塞进他的手里，再一次赞扬他说这是他该得的，并把他预先想好的计划告诉他。

“老爷……”格里索犹豫不决地说。

“什么？难道我说得还不够清楚？”

“不知您是否可以派别人去……”

“怎么回事？”

“我最尊敬的老爷，为了您我愿意牺牲自己的性命，这是我的职责，但我也知道您是不愿意让您手下的人去冒无谓的风险的。”

“然则？”

“尊敬的阁下，您也很清楚地知道我的脑袋现在值多少钱。在这儿，有老爷您庇护着我，我们团结一气。镇长先生是府上的好朋友，那些衙役们也对我恭敬三分，我也……这种事说来并不光彩，我只是为着安安稳稳地过日子……所以，我像对待朋友一样对待他们。在米兰，谁都认得老爷您府上的人，但在蒙扎……我却是个众所周知的人。老爷您也知道，我并不是吹嘘自己，谁要是把我交给官府或是献上我的首级，那可是非同小可的功劳啊！一百克朗的赏金立马到手，外加释放两名匪徒的特权。”

“真见鬼！”唐罗德里戈先生咒骂道，“现在你就像一条胆小怯懦的狗，没有勇气去咬路人的腿，倒还回头看看主人是否把你拒之门外，竟不敢向前迈出半步。”

“我的主人，我想我已经证明……”

“那么……”

“那么，”格里索被逼无奈，只好说，“那么老爷您就当我刚才什么也没说。我有狮子一样的野心，野兔一般的双腿，我马上就出发。”

“我又没说让你孤身前往。你带上两个得力的手下——‘伤疤脸’和‘犟种’和你一起去。去吧，抖擞精神，你得拿出你格里索的样子。真见鬼！像你们这样的三人静静地去办事，你觉得有谁不愿放行？蒙扎市的法警必定是活得不耐烦了，才为了那一百枚银币去冒身家性命的险。此外，难道你觉得我在那儿一点儿名气都没有，我的仆人也一点儿能耐都没有吗？”

唐罗德里戈先生这样羞辱了格里索一番后，给了他更全面详细的指示。而后格里索便带着两个同伙出发了，他的脸上显示出高兴而又坚强的神情，而内心却一直在咒骂着蒙扎、悬赏、那两个女人和主人的肆意妄为。他朝前走着，犹如一只被饥饿驱使的狼，神色憔悴、肚腹空空、瘦骨嶙峋，从白雪覆盖的山上下来，充满疑虑，沿着平原前进，时不时停下来，抬起一只爪子，摇摆着光秃秃的尾巴，“扬起鼻子，嗅着不可捉摸的风”。要是偶尔嗅到人的气味或是武器的气味，它就会竖起它那灵敏的耳朵，转动着它那闪耀着对食物的渴望和对猎人的恐惧的眼睛。要是读者想知道我是从何处得到上文中引用的那句优美的话的，我可以告诉他，我是从还未出版的有关十字军远征和伦巴底人的新诗中援引的，这本书不久就会发行，肯定会引起巨大的轰动。我之所以援引它是因为它用在此处很合适。告诉大家它出自何处，是由于我不想拿别人的东西来邀功。任何人切不要误会，我可不是要点儿小聪明，大肆宣扬这本书的作者和我情同手足，我可以随意翻寻他的诗稿。

唐罗德里戈先生的另一个计划是想个办法阻止伦佐再次同露琪娅相

聚，或者是踏进自己的故乡。因此，他得下定决心到处去传播一些陷害和威胁伦佐的流言，而伦佐的某个朋友定会将这些流言告诉伦佐，那他就不会想再回来了。不过，唐罗德里戈先生觉得要做此事最保险的方法就是当地的政府将伦佐驱逐出境。而要完成这一计划，比起使用武力，他认为法律更易达到目的。比如，他可以将那晚在神甫家发生的事情加以渲染，把它说成是一种侵略性的、煽动性的强闯民宅的行为，让律师告诉镇长这是个逮捕伦佐的好机会。可是，我们的精心策划者很快又想到自己不应该卷入这件臭名昭著的事中。于是他决定不再为此事费神，直接将此事告诉“吹毛求疵”博士，让他去办，眼下要做的就是让他了解自己的愿望。“颁布了那么多的法令，”唐罗德里戈先生心想，“但博士又不是傻瓜，他定会找到完成此事的方法，定会给那个粗野的乡下纺织工一点儿教训，否则，他就不配叫‘吹毛求疵’博士了。”不过，世上总会发生一些奇怪的事！正当唐罗德里戈先生认定“吹毛求疵”博士就是那个能就此事帮助自己的人时，另一个人——可能大家都不会想到此人，就是伦佐自己，正在竭力帮助他自己，其方法比律师更确切，更快速。

我时常见到一个小孩儿，老实说，他的活跃、聪明非一般人能比，种种迹象都表明他有朝一日定会成为一个勇敢之人。我是说，我经常看见他在晚上忙着将一群小猪赶回家，这些猪白天就在田间或果园觅食。他本想努力将所有的小猪一起赶回圈里，可是却徒费精力。一头小猪从右边跑了，小牧人就去将它抓回来放入猪群，可另一头或另两头、另三头又迅速从各处朝左边跑去。就这样，他渐渐失去了耐心，最后就任小猪们跑，先把那些靠近圈门口的小猪赶进去，然后再去抓那些跑了的，一次抓一两头，最后把它们全都逮了回来。对于本书中的人物，我们也可用类似的方法：将露琪娅安置好后，我们谈到了唐罗德里戈先生，现在我们就把唐罗德里戈先生放在一边，来看看我们许久不见的伦佐。

在我们叙述了那一哀伤的分离后，伦佐便带着读者们能想象到的忧伤心情离开了蒙扎市，朝着米兰出发了。他离开了自己的家，离开了自己的村舍，更糟糕的是离开了露琪娅，踏上了旅途，不知道何处才能安身，所有这一切都拜那个恶棍所赐。一想到此事，他顿觉愤怒难耐，一心想要报仇。但是他一想起在佩斯卡莱尼科教堂同善良的神甫一同做的祷告，就为自己的愤怒感到懊悔。而后，他又会再次愤怒。但是一看到路边墙上的圣像，他便会摘下帽子，停下一会儿来做祷告。就这样，在这旅途中，他在心里将唐罗德里戈先生杀死，又让其复活，如此不下二十次。道路两边是地势颇高的田野，路上满是泥土和石头，还有马车碾过的沟壑。大雨过后，这些沟壑俨然成了一条条小溪，在低洼之处，雨水甚至漫了出来，淹没了整个路面，形成了一个水池，行人几乎无法通过。在这样的路段上，可见一条陡峭的小径，那一级级的阶梯表明其他行人是由此登上田岸走出来的。伦佐也沿着这样的一条小径，登上了高地。他举目四望，看见了远处平原上那宏伟的大教堂。它仿佛并非位于城中，而是立于沙漠中一样。他停了下来，忘记了自己所有的忧伤，注视着他打小就已耳闻其盛名的这一伟大建筑——世界第八大奇迹的米兰大教堂。不过，他看了一会儿后，转过身来，看见地平线处那崎岖不平的山峰。在这些山峰中，他清楚地看见了自己家乡那高耸的雷塞戈内，顿时觉得热血沸腾，然后便站在那里，悲伤地看了几分钟，最后再忧伤地、慢慢地转身，继续上路。渐渐地，他开始看得清钟楼、塔楼、教堂圆顶和房屋的屋顶，然后便从山坡上走下来，来到大路上，再继续向前走了很久。最后，他发现离城很近了，便走到一位路人身边，向他鞠了一躬，礼貌地对路人说：“劳驾，先生……”

“有什么可以帮你的吗，勇敢的年轻人？”

“你能告诉我去博纳文图拉神甫所在的修道院的最近的路吗？”

伦佐所问的人是附近一个富裕的居民，他当天早上去米兰办事，最后什么事都没办成，正想在天黑前赶紧赶回家，因此，他不怎么愿意停下来回答伦佐的话。不过，他没有表现出一点儿不耐烦，而是有礼貌地回答道：“我亲爱的朋友，这儿的修道院可不止一个，你得说清楚点儿你到底要去哪个修道院。”接着，伦佐便从胸前拿出了克里斯托福罗神甫的信，将它递给那位先生看。那人一看信上写着“东门”二字，便将信还给了伦佐，并对其说道：“你可真走运，年轻人，你想找的修道院离这儿不远。

沿着左边这条路——这是一条近路，走不多远你便会看到一座又矮又长的建筑物，那是传染病院。再沿着传染病院外的水沟往前走，你就会找到东门了。进城之后，再走三四百步，你就会看到一个周围栽有榆树的小的广场，那就是修道院，你准会找着的。愿上帝保佑你，勇敢的年轻人。”说完最后几个字，他礼貌地挥了挥手便继续赶路。伦佐还待在原地发愣，城里人对他这个乡下人的友善态度让他很是感动。他不知道那天是一个不同寻常的日子，穿骑士斗篷之人要对穿布衣之人彬彬有礼。他沿着那人给他指的那条路走，最后就到了东门。然而，提到东门，读者大可不必在脑子里把它跟现在的样子联系起来：门外是宽大笔直的街道，两边有很多杨树；两栋高大的建筑物之间留出的很宽敞的空间便是门，门前至少还有一些装饰；刚一走进位于城堡脚下的这两处顶端水平、四周种满树的护堤，就看到了一旁的花园，继续往前走，位于城里主街道左右两边的宫殿便映入眼帘。伦佐走进那道门，只见沿着传染病医院伸展的道路，在两行篱笆之间形成一条曲折、狭窄的路径。这门由两根柱子组成，顶上盖了顶棚用来保护城门，旁边还有一间海关军官居住的小房子。城堡是建在不规则的斜坡上的，而道路也是用人们随意抛撒的一些破碎瓦砾铺成的，崎岖不平。从东门进来的人看到这样的路会觉得和从萨门门口进来时所看到的路一样难走。路的中间有一条水沟，一直延伸到几码外的大门口，将大路分成两条弯弯曲曲的小道。旱季尘土飞扬，雨季则到处泥泞。在如今被称为博尔盖托的那个地方，这条水沟流入下水道，也就是另一条靠墙而流的臭水沟。那里有顶端上带有一个十字架的纪念柱，称作圣迪奥尼吉纪念柱，左右两边到处是篱笆围着的小园子，每相隔一点距离还有几座小屋，大多居住着洗衣的妇女。伦佐进入那道门继续前行，却发现没有一个税务官员注意到他，这使他觉得愈加纳闷，因为听他家乡去过米兰的几个人说，所有到米兰城里的乡下人都要受到严厉的询问和盘查。道路是如此的荒凉，要不是听到从远处传来的嗡嗡的声音，他肯定会认为自己进入了一座荒城。在还不清楚为什么会这样的情况下，他便继续向前走，看到地上有一些白色条纹，洁白得像雪一样，但不可能是雪啊，因为雪不是呈条状落下，况且现在也不是下雪的季节。他在一条白色条纹前蹲下，仔细看了看，用手摸了摸，发现竟然是面粉——“米兰真富足啊！”他想，“竟如此糟蹋上帝的恩赐。他们却要我们相信，现在到处都在闹饥荒。可瞧瞧他们是怎样欺哄我们这些穷苦百姓，让我们保持安定的。”他又向前走了几步，向纪念柱走去，看到柱子底座的台阶上有一些奇怪的东西，看上去确实不是石头。假如这些东西摆放在面包店的柜台上，他会毫不犹豫地认为这是面包。但伦佐没有那么轻易地相信自己的眼睛，因为这确实不是摆放面包的地方啊！“我倒要看看这些到底是什么东西。”他开始自言自语，走到柱子跟前，俯下身，捡起了一个，发现还真是面包，一个很白的面包。除了逢年过节，伦佐不常吃到这样的面包。“还真是面包！”伦佐大声说道，他惊讶万分，“他们就是这样随意糟蹋面包的吗？在这样的年头？掉了的面包他们也不愿意捡起来吗？这里岂非安乐之乡？”迎着早晨清新的空气，他又走了十分钟的路程。他恢复了以前的泰然自若，但面包却引起了他的食欲。“我可以吃吗？”他心里暗自思忖着，“呸！他们把面包扔在路上是喂狗吃的，一个基督教徒当然也可以享用。假如面包的主人来了，我付钱就是了。”伦佐思量着，便把拿在手里的那块面包放进衣袋里，又拣起一块放在另一个衣袋里，然后又拣起第三块开始吃起来。他接着往前走，但心中的疑虑却越来越多，期待着这所有谜团都能解开。他刚一走，就看到很多人从城里出来，他停下脚步仔细观察走在前面的几个。那是一个男人，一个女人，后面不远处是一个男孩，三人都背负着重物，明显体力不支，身体扭曲得厉害。他们的衣服上，或者说他们身上的破烂衣片上沾满了面粉，由于负荷太重，他们的脸都抽搐着。他们走路时，不仅仅被背负的重物压弯了腰，而且好像因为挨了打而瑟瑟发抖。那个男人扛着一大麻袋面粉，麻袋上零星有几个小洞，每一次他跌跌撞撞地走着，面粉都洒落下来。但那个女人的形象似乎更加丑陋：她挺着一个大肚子，两只手艰难地托着，好像托着一个有两只手柄的大铁锅，肚子下露出两只裸露到膝盖的腿，摇摇晃晃地向前走着。伦佐仔细看了看这硕大的肚子，竟是这女人的裙子，里面装了很多面粉，而且每走一步，面粉就要洒落出来。男孩双手扶着顶在头上的装满面包的篮子，由于他的腿比父母的要短，不由得落在了后面，他便不时加快脚步去追赶他们，篮子失去了平衡，几块面包掉了下来。

“你这不中用的废物，你要是再扔掉一个面包……”母亲咬牙切齿地对孩子说。

“我没有要扔掉它们，是它们自己掉下来的，我能怎么办呢？”孩子回答道。

“哼！我两手不空，算你走运。”女人说道，一边挥舞着自己的拳头，好像要揍这可怜的孩子。她做出的这个动作，使更多的面粉撒了出来，甚至比这孩子掉的两个面包所需要的面粉还多。

“算了，算了，”那男人说道，“等我们回来的时候再拣吧，或者让别人拣去。我们已经贫困了这么久，现如今有充足的粮食，就好生享用吧。”

与此同时，又有一些人从城外进来了，其中一个走到女人跟前，问道：“面包在哪里拿的？”

“往前走，往前走。”她回答道。当他们走到几码远的时候，她又小声嘟囔道，“这帮乡下来的流氓肯定会把面包房和仓库里的面包全部拿走，什么也不会剩下。”

“瞧你嘴渣渣的样儿，有福大家都有份儿嘛，”她的丈夫说道，“东西多得是，还有很多呢。”

伦佐从他的所见所闻了解到他来到了一个暴乱的城市，而今天正是胜利的一天。也就是说，每一个人都可以根据自己的喜好和力量去拿自己想要的东西，且不用支付任何费用。虽然我们希望这个可怜的山里人能给读者一个好形象，但我们不得不实事求是地说，见此情景，他的第一反应是十分高兴。对他这样一个事事都不如意的人来说，任何事——不管是何事——只要有改变，他都倾向于赞同。何况，他又不是一个超时代的人，他怀着公众普遍的看法或者说成见，认为面包的缺乏是由囤积居奇的商人和面包商造成的，他们既然残酷地掠夺了天底下百姓的口粮，那么，不管以何种手段把粮食从这些人手中夺过来，伦佐以为都是应当的。然而，他决定不参与这一暴乱，而去找一位嘉布遣会修士为他提供一个安身之处和良策。他一边这样想着，一边看着又一批扛着战利品满载而归的胜利者，走完了通向修道院的那条近路。

如今矗立着辉煌的宫殿和美丽的门廊的地方几年前只是一个小小的广场，广场最深处的地方便是教堂和修道院，其门口有四棵大榆树。我们衷心地为没有亲眼目睹前面所述的米兰当时的情景的读者而感到庆幸，因为那表明他们还很年轻，没有足够的时间去做那么多傻事。伦佐径直走到门前，把剩余的半块面包放在胸前，掏出他的信，拿在手里，按下了门铃。大门上的一扇木栅窗应声打开了，看门的修士探出头来问道："来者何人？"

"我从乡下来，有一封来自克里斯托福罗神甫的密信要交给博拉文杜拉神甫。"

"把信给我吧。"看门人说道，把手从木栅窗里伸了出来。"不，不，"伦佐说，"我必须亲自交给神甫。"

"现在他不在修道院里。"

"让我进去吧，我等他回来。"伦佐回答道。

"听我说，"修士回答道，"你去教堂里面等，这样对你有好处。你现在不能进修道院。"话一说完，他便关上了木栅窗。

伦佐手里拿着信，伫立在那儿。随后，他听从了看门人的建议，向教堂走去。刚走几步，他突然想，何不再去看一眼那街上骚动的场面。于是他穿过小广场，来到大路旁边，双手交叉放在胸前，朝左边市中心眺望着。那里人潮涌动、人声鼎沸。混乱的局面吸引着我们这位旁观者。"我去看一看。"他想。然后他拿出那半块面包，边吃边朝人群走去。趁此机会，我们不妨尽量简短地说一说这场动乱的起因以及最初的情况。

第十二章

这已是歉收的第二个年头了。上一年，凭着前些年剩余的粮食，粮食的匮乏差不多得到了弥补。老百姓虽说没饱食，但也不至于挨饿，但是到了1628年的收获季节，也就是我们所讲述故事的这一年，他们确实是缺粮少吃了。如今，人们期盼已久的收获季节到了，可收成比往年更差。一方面是由于天气不好（不仅是在米兰，大多数周边地区亦如此）；另一方面则是由于人为的原因。上文我们提起过的那场战争，造成了很严重的破坏和浪费，使得战场附近的部分地区有了比平常更多的荒废的、未被开垦的土地，农民们不再靠劳作为自己和他人换取食物，他们被迫离开自己的家园，到处流浪，以乞讨为生。政府贪婪而又不明智地胡乱征收赋税，种种苛捐杂税令农民不堪重负，还有驻扎在当地的军队（当时的历史文献视他们为入侵的敌寇）即使在和平的日子里也肆无忌惮地进行搜刮，以及不能在此一一列举的其他原因，导致了整个米兰地区现在这悲惨的局面。我们眼下所说的这一事件的详情，就好比是一种慢性疾病的突然发作。那少之又少的收成还没来得及入库，为军队提供食物的号令又传达下来了，随之而来的对粮食的糟蹋使老百姓的口粮紧缺了起来，人们很快就感觉到了粮食的匮乏，这种匮乏引发了痛苦的、不可避免的、而于少数人有利可图的结果，那就是粮食价格的飞涨。

不过，当粮食的价格上涨到一定程度时，总是有人——总是有许多人有这种看法（这种看法时至今日一直存在，甚至在许多学者就此问题发表了无数著作之后，人们仍然持有这种看法，当时的情形自不待言！）——那就是导致粮食价格飞涨的原因并不是由于粮食缺乏。他们忘记了自己也曾预测过粮食的歉收，突然觉得粮食其实是充足的，只是那些囤积居奇的商人没有尽可能地出售，供人们消费。这种观点非常的荒谬可笑，不过却平息了他们的怒气，满足了他们的希望。那些囤积粮食的商人们，不管是真实的还是人们想象的，那些大地主，还有购买粮食的面包铺老板，总之，所有那些有点儿或有很多粮食的人，或者是被认为多少有点儿粮食的人，都被指责为是造成粮食匮乏和物价上涨的罪魁祸首。他们是众人广泛抱怨的对象，是各个阶层的人们憎恨的对象。老百姓能够确切地说出哪儿有满是谷物的库房和粮仓，有的库房和粮仓里谷物多得装不下，还向外溢出，甚至要用柱子来支撑。他们还指明粮袋的数量，尽管说得有些夸张。他们还肯定地说大量的粮食被悄悄运到其他地方；可能其他地方的人也同样地认定他们那里的粮食也被偷偷运到了米兰。他们恳求当地官员采取预防措施，采取当时最公正的、最简单的、最合适的措施，将那些藏起来的、囤积的或埋着的粮食找出来，让大家享用。因此，地方官员也采取了一些措施，比如固定每件商品的最高价、威胁要惩罚那些拒绝出售粮食的人，还颁布其他一些类似的法令。然而，所有这些预防措施，无论多么有力，都不能减少人们对粮食的需求，也不能在收获季节外产出粮食来。这些预防措施也并不能吸引其他粮食充足的地区将他们的粮食运到米兰。因此，粮食的匮乏继续着，并且事态越来越严重。人们将那样的结果归咎于预防措施的软弱无力，大力宣称应采取更加有力、更加果断的措施。不幸的是，他们心中已有了一个合适的人选。

在总督贡扎罗·费尔南德斯·德科尔多瓦离开米兰驻扎在蒙费拉托指挥卡萨莱战役期间，暂由同为西班牙人的安东尼奥·费雷尔大臣代理其职务。安东尼奥·费雷尔明白（谁会不明白呢？）给面包限定一个适当的价格是人们最想看到的事。他认为（这正是他的错误所在）自己的一个命令就足以办成此事。于是他固定了粮食的官价（这里称为商品的价目表），如果谷物的一般售价为三十三拉，那该谷物最高可卖到八十拉。他这样做，就好比是一个年老的女人以为将自己受洗礼时的信仰给改了，自己又能重获新生一样。

那些规定既非不合理也非不公正，只是不切实际，多数情况下都未执行。但是，民众眼见自己的要求总算变成了法律，当然不能忍受这仅仅只是一种形式，于是便仔细观察着这些命令的执行情况。他们即刻跑到了面包铺，要求面包按官价出售。他们的要求是如此坚决，并伴着威胁的语气，仿佛激昂的情绪、力量和法律一起赋予了他们如此姿态。我们也不必再问面包铺老板们是否会接受这一要求。他们将袖子卷得高高的，不停地拿起面团，将其放进烤箱，再将烤好的面包拿出来。至于跑来面包铺的人们，他们隐约觉得自己的行为太暴力而不会持续太久，便纷纷包围着面包铺，享受着他们短暂的好运。每个读者都能想象到，看到面包铺老板比平常更累、更辛苦，却还要赔钱，当时的群众会是多高兴。但是，由于地方官员一方面威胁说要进行惩处，另一方面人们又纠缠不休，面包铺老板要是服务时稍有怠慢他们就会抱怨，还恐吓面包铺老板说要用世界上最严厉的法律来惩处他们。面包铺老板们没有办法，只能埋头苦干，他们不停地和面、烤面包、从炉子里取面包和卖面包。不过，要让面包铺老板们继续这样干下去，单靠严厉的法令以及恐吓他们是不够的，要考虑他们的承受力，要是这样的情况再持续久一点儿，他们也就干不下去了。他们不停地向当局陈述，说他们承担的任务是如何不近情理、不堪忍受，他们抗议说要把木铲扔进炉中烧掉，撒手不干了。然而，他们仍继续这样坚持着，希望有朝一日首席大臣能理解他们的苦衷。但是，安东尼奥·费雷尔——一个如今被称作非常有个性的人物——答复说，面包铺老板在过去获得了大量的收益，而且来年收成好时仍然会获得好的收益，因此给公众一些补偿既是合理的也是必要的，他们还是得继续干下去。或许，他真的很相信他给别人讲的道理是正确的；又或许他已从法令颁布后的结果看出这种法令是不能维持下去的，想将废除法令一事留给其他人来做。现在有谁能看透安东尼奥·费雷尔的心思呢？不过，可以确定的就是他没有放松一点儿自己所定下的法令。最后，十夫长们（由贵族组成的市政机构，延续到1796年）致函总督大人，禀告了此事，希望他能想出一个解决的办法，摆脱当时的困境。

贡扎罗先生正埋头于战争事务，读者们肯定能想到他会怎么做：他任命了一个委员会，授予其所有的职权，以竭力制定一项可实施的面包价格，这样，双方的利益就都得到了照顾。委员会的成员们聚集在了一起，或者用当时西班牙流行的一句行话来说叫委员们召开例行会，在经过无休止地问候、寒暄、发言、叹息、小声嘀咕、空洞的提议和敷衍之后，他们一致认为有必要通过一项决议。由于明白自己正在打一张重要的牌，并确实没有其他的办法，他们最后一致同意提高面包的价格。面包铺老板们再次松了口气，不过民众却十分恼怒。

伦佐到达米兰的头一天晚上，街道和广场上挤满了人。他们被共同的愤怒驱使至此，都怀着共同的想法。无论是熟人还是陌生人，他们都成群结队地聚集在此处。他们事先并没有一起商量过，几乎是不约而同地聚集到了一起，就像是洒落在斜坡上的雨滴，渐渐汇流到了一处。他们的每一次交谈都增强了公众的信念，唤起了听众和讲话者本人的激情。在骚动不安的人群之中，自然也有一些冷眼旁观的人，他们安静地站在那里，关注着事情的发展，眼看着一盆清水慢慢变得浑浊，心中顿时升起一种满足之感。他们故意讲些流氓痞子所编造的，情绪激动之人易于相信的故事和说法，使水变得更加浑浊，好使自己能浑水摸鱼。那晚，数千人带着一种模糊的感觉进入了梦乡，他们都觉得自己必须做点儿什么事，而且肯定会做些什么事。不到黎明，大家又聚集到了一起，小孩、妇女、男子、老人、工匠、乞丐，所有的人都自发地聚在了一起。这儿，混乱的噪声此起彼伏；那儿，一个人在大声演说，听众鼓掌喝彩；这个人向紧挨着自己的人询问刚刚别人问过他的那个问题；那个人也跟着传到自己耳朵里的呐喊声起哄；到处都是争论声、恐吓声和惊叹声；那为数不多的几个字眼，竟成了滔滔不绝的话题。

随意的一个契机、一个开端、一个动力，就能使语言转化为行动，而且还不需要等多久。快到黎明时分，许多小伙计从面包铺里蜂拥而出，背着一大筐面包去送给他们的常客。这些可怜的孩子刚一出现在人群中，就如同一根燃着的爆竹落进了弹药库一样。“看，这里有面包。”数以百计的声音立刻同时喊道。“啊，真是面包，但是却是为那些富有的人准备的，而他们却想饿死我们。”其中一个人说道，并向一个伙计走去，把手搭在背筐的边缘，抢过背筐大声吼道：“让我们瞧瞧！”小伙计的脸刷地一下变得通红，继而又变得很苍白。他浑身发抖，想说“让我们走吧”，但是却没有说出口。他松开双臂，竭力从绑背筐的绳子里挣脱出来。

“放下筐子！”人们立刻吼道。很多人把背筐抓住，把它放在地上，并把盖住背筐的那块布扔向空中，一股香味弥漫在周围。“我们同样是基督教徒，我们也得有面包吃。”第一个人说。他拿出一块面包高举在空中，好让众人看见，然后便吃起来。顷刻间所有人都伸手去背筐里抢面包，只一瞬间的工夫，面包就被一抢而空。那些两手空空、什么都没有抢到的人看到别人抢到了面包，心中不由得愤懑起来，却又发现这事儿很容易得手，便又得到了鼓舞，成群结队地到别处去抢，一旦遇到装满面包的背筐，他们就将背筐一扫而空。事实上都没有必要去攻击那些送面包的小伙计，这些倒霉的孩子们在路上，眼见事态不妙，便立马自觉地放下背筐，撒腿就跑。那些什么都没有抢到的仍然占多数，即使抢到了面包的人也仍不满足，甚至有一些人又混入到那些决定再次挑起风波的人群里，大吼道：“去面包铺，去面包铺！”

在名为塞尔维的大街上老早就有一家面包铺，时至今日那家店还开着，且保留着原来的名字。这个名字在托斯卡纳语中叫作“瘸子面包铺”，而在米兰方言中，这个名字却是由一些不规则的、罕见的，甚至粗鲁的音节组成，以至于在意大利官方语言中都找不到表示那些音节的字母。人群朝着这个方向走去，面包铺里的人不停地质问那丢下面包独自逃跑的可怜的小伙计，他吓得面色苍白，心里很不安，小声地描述着他刚刚经历的悲惨遭遇，就在这个时候，他们突然听到人群发出的嘈杂声，这声音越来越近，他们甚至看到了人群中领头的几个人。

“关门，把门锁上，快，快！”有人跑去警局求助了，其余的人慌忙地把门锁上，并从里面把门闩紧了。外面的人群聚集得越来越多，大声吼道：“面包！面包！开门！开门！”

就在这个节骨眼上，一位军官带着一支手持兵戟的队伍赶来了，说：“让开，让开，孩子们，都回家去，给长官让路。”此时人群还不是那么拥挤，他们给长官让了一点儿路，尽管士兵还不能排成队列，但有足够的空间使他们到达面包铺。“然而，我的朋友们，”军官说道，他从那时起就一直称呼他们为朋友，“你们在这里做什么呀？回家去，回家去吧。你们都不再敬畏上帝了吗？我们的陛下会怎么说呢？我们不想伤害你们，回家去吧，做一个老实的人。你们聚集在这里能做些什么？不管是肉体上还是灵魂上，你们聚集在这里都没有什么好处。回去吧，回去吧！”然而，那些站在军官旁边，看着他的面孔、听着他讲话的人，尽管他们想要听从他的劝告，但他们怎样才能做到呢？后面的人不停地推动他们向前，而他们同样被别人推动着，犹如后浪推前浪一样。这位军官开始惊恐起来。“让他们退出去，我好喘口气。”他对他的士兵们说道，“不要伤害到任何人，我们得到面包铺里面，快敲门，让他们退后！”

“退后！退后！”士兵们一边吼着，一边一起向靠他们最近的人扑过去，用兵戟将他们往后推。人们小声地抱怨着，尽力向后退去，其背脊靠住了后面的人的胸膛，又撞到后面人的肚子，还不时地踩到他们的脚指头。人们相互挤压，乱成一团，那些被挤在人群中的人似乎愿意牺牲一切来逃离这个地方。同时，面包铺门口终于有了一块小空地。这位军官不断地敲门，高喊着叫里面的人开门，而躲在屋里的那些人，透过窗户看见后，匆忙下楼为军官开门。军官进门后，召唤士兵一个个进来，只留下几个用兵戟挡住人群的士兵。当所有人都安全进去后，他们又把门紧紧地闩住，上了楼。军官从窗口探出身子向下望去。我们就让读者自己去想象下面是怎样的一副喧闹场面吧。

“我的朋友们，”军官大声喊道，很多人抬头望见他，“我的朋友们，回家去吧。谁要是立刻回家，我就饶恕谁。”

“面包！面包！开门！开门！”人群中发出野蛮的喧闹声，唯独这几个字最能惹人注意。

“法不容情，我的朋友们！你们可要注意了，现在抽身还来得及！走吧，回家去吧。你们会有面包的，但不是通过这种方式得到。喂！……喂！你们在那儿干什么？喂！你们在门边做什么？喂！喂！我可看见了，我看见了，法不容情，你们要注意啊！这可是大罪！我这就来对付你们。喂！喂！放下那些铁器，把手放下！喂！你们这些米兰人，你们的善良品质曾是名扬天下的。听我说，听我说！你们一直是善良的民……哎唷，你们这帮流氓！”

军官突然改变了说话的语气，原来是这些善良的民众中，有人向军官扔了一块石头，正好砸在他的前额上，也就是掌管他思辨活动的左脑瓜子。“你们这些流氓！流氓！”他继续说道，愤怒地将窗户关上，便退回了屋里。然而，尽管他撕破喉咙大声叫喊，不论是好言相劝还是恶语威胁，都被淹没在下面一大群人的喊声中。据他后来说，他当时看到的情况是，人们手拿着从街上随手拣来的石头和铁棍，使劲儿地敲打着面包铺的门和窗户，企图闯进去，并且已经取得了很大的进展。

与此同时，面包铺的老板和伙计们手里也拿着石头站在楼上的窗户旁（这些石头可能是从院子墙里拆下来的），表情严肃而又可怕，他们对下面的人大声吼叫，让他们离开这个地方，并且亮出了自己的武器，示意要往下扔。看到这并没有一点儿效果，他们真的开始往下扔石头。扔下去的石头简直就百发百中，因为下面的人群太密集了，正如俗话所说，竟连一粒谷物都不会掉在地上。

“啊！你们这些流氓，你们这些可恶的流氓！这就是你们赏给穷苦人民的面包？啊！哎呀！噢！现在，现在，又这样对待我们？”下面的人发出这样的声音，到目前为止不止一个人受伤，还砸死了两个孩子。愤怒使这些人更有力量，面包铺的门被撬开了，人们像湍流一样涌进面包铺，里面的这些人意识到了危险，便躲进了楼顶的阁楼：军官、他的士兵以及几个店里的伙计躲在角落里的一块石板下，其余的人则从天窗逃了出去，就像老鼠一样在屋顶窜来窜去。

看到这样的胜利，胜利者们都忘记了他们企图血腥报复的计划。他们飞奔到面包架旁，将面包全部抢走，有的人则飞速跑到柜台，抢过钱箱，大把大把地掏出钱来塞进自己的口袋，然后便带着这些钱逃之夭夭，打算回头再来抢面包，如果还剩有面包的话。这群人又跑到库房去。有人抓起麻袋就往外面拖，还有人把麻袋倒过来，解开麻袋口，倒了一些面粉出来，好减轻一些重量，使其能够搬得动；有人一边喊道“慢着，慢着”，一边弯下腰去，用自己的衣服和围裙接住那些掉下的面粉，省得浪费。另外一些人则跑到揉面槽那里，抓起一块湿漉漉的生面团，可滑溜溜的面团任他们怎么抓也抓不稳，不断地从这些人手里滑溜下来；另外一个人抢到一个筛子，在空中挥舞着。不断有人进来，有人出去，有人搬着抢到的胜利品离开，男人、女人和孩子等一大群人你推我搡，大声吆喝着。突然一团大的白面粉被扔在空中，继而洒向各个方向，整个库房像是弥漫着一层厚厚的白雾。外面的人群由两股去向不明的队伍组成，他们时而分离，时而混合，有的人拿着猎物出来，有的人则进去分享更多的猎物。

当这家面包铺正在被抢劫的时候，其他的面包铺也不能幸免，但却没有一个地方聚集了像这个面包铺里这么多的人。在一些店里，店主还召集了几个助手拼命地防卫；而别的地方，由于人手不够，或由于极度害怕，双方便达成了协议，向那些聚集在商店门口的人发面包，如果让他们满意了，他们便会自己离开。那些撤退了的人，大多不是因为收获了战利品而心满意足，而是因为那些远离这个令人胆战心惊的“瘸子面包铺”的士兵和警察时时出现在别的地方，他们拥有充分的力量，足以威慑那一小撮哄抢分子。因此，在第一个遭抢劫的面包铺里，动乱丝毫没有减弱，甚至还愈演愈烈，所有那些手脚发痒并想干出什么轰动的事儿的人都赶到那里，并且那里朋友多，不会受到惩罚。

当事情正处于此种形式的时候，伦佐吃完了他手里的半块面包，来到了东门的附近，然后继续出发，他没有意识到自己已经走进了动乱的中心地区。他继续前行，并加快了脚步，却被人群阻碍了去路。他一边走，一边东张西望，还仔细听，想从这些混乱的声音中听出到底发生了什么事。下面是他一路上大致听到的一些话。

“现在，”一个人说道，“这些坏蛋的无耻谎言已被拆穿了，说什么没有面包了，没有面粉了，没有谷物了。如今我们清清楚楚，明明白白地看见了事实并非那样，他们再也不能像之前那样欺骗我们了，但愿我们都能过上富裕的日子！”

“我告诉你，这一切统统都无济于事，”另外一个人说道，“这就好比在水中弄个洞；要是我们不能得到完全的公道，情况将会更糟。面包会低价售出，不过他们会在面包里下毒，将我们这些穷人像杀苍蝇一样给毒死。他们本来就说过，现在穷人太多了，他们在委员会里就是这么说的。我确信此事是真的，因为我是从我的教母那听说的，她是一个贵族的亲戚的朋友。”

“这些事可不能不当回事。”另一个可怜的家伙说道，他口中吐着白沫，手中拿着一块破头巾，按住流着血的、乱糟糟的头发。他旁边的一个人，似乎是为了对他表示安慰，也随声附和着。

“让让，先生们，请发发善心，为我这个穷父亲让让路吧，我得去给我那五个受饿的孩子拿点儿吃的。”一个扛着一大袋面粉、摇摇晃晃走来的男子说道。人们立刻向后退了几步，为他让路。

“我，”另一个人低声对其同伴说道，“我要离开这了，我是个见过世面的人，我知道此事会怎么结束。这些傻瓜现在闹得这么天翻地覆，明天或者后天，他们就会躲在自己家里，怕得发抖。我已经注意到有些人，有些可敬之人，他们装成间谍，四处转悠，就是来看哪些人在这儿，哪些人没在这儿，等此事一结束，他们就会来算总账，惩罚那些该惩罚的人。”

“保护面包铺老板的人，”一个洪亮的声音喊道，吸引了伦佐的注意，“是督办。”

“他们全是无赖。”一个旁观者说道。

“是的，但是他是他们的老大。”第一个人回答说道。

粮食督办是由总督大人从十夫长委员会推举的六名贵族候选人中选出来的，每年任免一次。他身兼十夫长委员会主席和粮食委员会主席两个要职。粮食委员会是由十二名贵族成员组成的，除了有其他职务外，主要的职务是管理本城粮食的分配。谁拥有这一职务，在饥荒和群众愚昧无知的年代，谁就会被当作众矢之的，除非他也像这位费雷尔那样去做，不过即使他有这种想法，也没权那么做。

“坏蛋！”另一个人大声喊道，“他们做的事还不够坏吗？他们竟然敢扬言说首席大臣是个年老的傻瓜，想以此来贬低人们对他的信任，这样他们就能自己掌权，发号施令。我们应该制作一个大鸡笼，把这些人扔进去，让他们吃野豌豆和唛头，就像他们对待我们一样。”

“是面包吗？啊？”一个想尽快回家的人说道，“面包？是一磅重的石头像冰雹似的砸了下来，把肋骨都砸断了。我很想早点儿到家。”

听着这些话，很难说伦佐到底得知了更多的消息，还是更困惑了，在经过了反复地推挤和簇拥后，他总算来到了面包铺的对面。此处的群众差不多都散开了，这样他也可以看看那混乱的凄凉的现场。墙上的石灰已被人们用石头和砖头弄掉了，窗户也被打破了，门也被弄坏了。

“都没有什么东西是好的了，”伦佐心想，“要是人们用这样的方式对所有的面包铺的话，面包铺老板到哪儿去做面包呢？到沟渠去做吗？”

时不时会有个人从面包铺出来，手中拿着一个面包箱的碎块，揉面桶的残块，或者一个门闩，一根揉面棒，一个凳子，一个背筐，一本账簿，一本废书，或者是属于这个倒霉的面包铺的某样东西。他还高喊着：“让让，让让！”然后从人群中穿过。伦佐发现，所有这些人都朝着同一个方向，要去某个特定的地方。他决定去查证下这到底是怎么回事，于是便跟在一个男士身后，这个人弄了一捆碎木板和碎木片，将其扛在背上，像其他人一样，沿着阶梯大教堂北侧的大街走去。这个教堂的名字取自当时还保留、不久就消失的阶梯。这个山里人虽然还是想看看发生了什么事，不过当他看见这个宏伟的大教堂，还是不由得停了下来，张大嘴巴向上凝视着这一建筑物。接着，他加快了脚步去追那个自己选来作为向导的人，拐了一个弯，又瞟了一眼该建筑的正面。那时，这一建筑物还很粗糙，离完工为时尚远。伦佐一直跟着那人，朝着广场中间走去。越往前走，人群越拥挤，不过，大家都在为这个背木块的人让路。这人乘风破浪似的向前走着，而伦佐紧随其后，同他一起挤入了人群的中央。这里有一块空地，中间有一堆炭火，还有方才提到的那些木料燃烧后的灰烬。其四周围满了人，他们在跺脚、鼓掌，数千人胜利的呼喊声和咒骂的声音混在了一起。

背着木块的那个人，将木块扔进了火堆。其余的人手拿烧焦了半截的长棍，把四周和底部那些尚未燃尽的木块刨到一起，聚成了一堆：烟越来越大，越来越密，火又熊熊燃烧起来。此时，周围人群呼喊的声音也更大了，他们喊道："但愿我们都过上富裕的生活！那些让我们挨饿的人真该死！远离饥荒！打倒粮食督办！打倒粮食委员会！愿我们都过上富裕的生活！愿大家都有面包吃！"

说实话，毁坏筛子和揉面槽，洗劫面包铺，赶跑面包铺老板，这些都不是实现有面包供应的最快速有效的法子。这属于一种深奥的哲理，决然不是这些民众所能想到的。伦佐诚然没有太多哲学方面的天赋，但由于他不像其他人那样头脑发热，因此脑子难免会做出此种反应；然而，他却没有向外人道出此种想法，原因自然是多方面的，有一点就是，在这么多人中，似乎没有谁要对他说："我的朋友，要是我错了，请纠正我，我会感激你的。"

火焰又熄灭了。没见有人再走近火堆添柴，人们开始觉得不耐烦了。正在此时，一个消息传来，说在科尔杜西奥（离此处不远的一个小广场或十字街）人们又包围了一家面包铺。在同样的情况下，要是有人说某件事，常常就会发生此事。这一消息激起了大家想去那儿看看的愿望。"我要去那儿，你去吗？我们走吧！我们走吧！"周围传来这样的话语。人群散开了，大家纷纷朝那里走去。伦佐留在了后面，除了有时被人群推挤着向前，他站在那里几乎没有动。与此同时，他暗问自己，他是该离开这些人群，回到修道院去找博拉文杜拉神甫，还是也去看这场纷争。好奇心再次占了上风。不过，他决定不再混入密集的人群，不再冒着折断骨头或者更糟的事的危险，而是站在远处，静静观望。这样决定之后，他发现自己没被人注意到，就拿出第二块面包，咬了一口，跟在混乱的人群后朝前走去。

从广场一个角落的出口出来，公众就到了那条又短又窄的鱼市街——老佩斯凯莉亚街，再穿过一个弯曲的拱门就进入了名为梅尔坎蒂的商人广场。再往前走点儿，就是当时的学士院。很少有人在经过此处时不抬眼朝该建筑中间的壁龛雕像投去一瞥。该雕像刻的是菲利普二世，他的表情既庄严，又闷闷不乐、不友善，即使是用大理石砌成，也给人一种敬畏的感觉，仿佛在说："我就在这儿，你们这些下等人。"

该壁龛因为一次特殊事件，如今已经不在了。大约在我们现在所讲述的这个故事发生的一百七十年后，有一天早晨，该雕像的头被换了，手中的权杖被换成了匕首，此雕像被刻上了马库斯·布鲁图的名字。就这样，保持了几年左右。但是，有一天早上，一些讨厌马库斯·布鲁图的人——他们甚至特别怨恨他——用绳子套住该雕像，将其拉倒摔成了许多碎片。就这样，该雕像被弄得变了形，只留下了不成形的躯干。他们还毫不吝惜地将其拖着游街。当他们都拖得累了时，就扔了，没人知道他们将它扔到哪儿去了。安德烈亚·比菲在雕刻该塑像时，怎能料到会有这样的结局呢？

喧哗的人群先从梅尔坎蒂广场走进了福斯塔尼亚大街，然后又从那里涌入了科尔杜西奥大街。一到目的地，每个人就立即将目光投向人们所说的那个面包铺。但是，他们本以为大批"朋友"肯定已经在开始"工作"了，没想到却只看见几个人，站在面包铺不远处，犹豫不决地在那里徘徊。面包铺的门紧紧关着，窗口站着手持武器的人，一副随时准备保护自己的姿态。见此情形，人们停了下来，转身将此情况告诉了后来之人，看看他们希望采取什么样的行动。这些人听后，有的准备往回撤，或者就地不动；大批人撤的撤、留的留、问的问、答的答，人群呈现出一种停滞不前的迹象，犹豫的叹息声和低声细语的商议声不绝于耳。正在此时，人群中传来一种不祥之声："粮食督办的家就在附近，我们去找他讨回公道，包围住他家。”此话看起来更像是早就商议好的决策，而不是一个建议。“去找督办！去找督办！”这是唯一能够听到的喊声。在这不祥的时刻，愤怒的人群朝着通往粮食督办家的那条街道走去。

第十三章

此时，那可怜的督办正在享用那勉强能够填饱肚子的午餐，他很不情愿地啃着不太新鲜的面包，心事重重的样子，等待这场动乱的结束。但他却完全没有料到这场可怕的风暴会降临到他自己的头上。有一个好心肠的人急忙赶在人群前面去禀报他即将面临的危险。那些早已被嘈杂的喧闹声吸引到门口的仆人们，非常惊恐地朝着大街上传来喧闹声的方向望去。当仆人们听见那些警告时，已经看见人群中带头的几个人了，便迅速跑来向主人禀报情况。当主人正在考虑着是否该一逃了之以及该怎样逃的时候，另一个人又跑来禀告说已经没有时间逃走了。仆人们几乎没有时间将门闩好，然而他们迅速地将大门关好后，又跑去把所有的窗户关紧，就像是当一场暴风雨来临之际，冰雹来袭时做好防护一样。人们不断的号叫声，就像天边的霹雳声一样咄咄逼近，回荡在空旷的院子里，传遍府邸的每一个角落。在这庞大的骚乱中，还能听见无数石头敲打在督办府邸大门的巨大的响声。

“督办！暴君！想要饿死我们的家伙！不管你是死是活，我们都要捉拿到你！”

可怜的督办吓得面色苍白，呼吸急促。他不停地擦着手，从一个房间踱到另一个房间，祈祷上帝的帮助，同时又让仆人们坚决顶住，并帮他找到可以逃出去的路。但是，怎样才能逃出去呢？又能逃到哪里去呢？他登上顶楼的阁楼，透过一个小孔朝大街上望去，看到到处都是愤怒的平民百姓，他比以往更觉惊慌害怕，于是退了回去，试图尽其所能找到一个更安全的藏身之处。他在那里俯下身子，仔细听人们的愤怒是否有所减弱，骚乱是否平息。然而，他却听见更加野蛮更加粗暴的喧闹声，并且打门的声音也越来越猛烈。他的心一下子沉了下去，匆忙用手捂住耳朵。一会儿过后，他又像是发了狂一样，咬牙切齿，扭曲着面孔，猛烈地张开双臂，挥一挥拳头，似乎要不顾一切奋力顶住门一样。当然，结果总是令人失望的，他一屁股跌坐在地板上，极度惊慌失措，甚至毫无知觉，只能等待死神来取走他的性命。

这一次伦佐发现自己正处于骚乱人群的中心，而且还不是被人群挤到那儿去的，而是他自己故意要挤进去的。第一次听到要让督办血债血还的叫喊时，他内心不寒而栗。至于这次抢劫，他一时还无法判断在这样的情形下这到底是好是坏，但杀人的主张，倒立即使他感到了实实在在的恐惧。尽管激动的心很不幸地容易受到众人激动的言辞的蛊惑，他也觉得这个督办就是一切犯罪的罪魁祸首，也确定他是所有穷苦人民的仇敌；然而，当他冲在人群之前时，却下定决心要尽其所能地去拯救督办。怀着这个决心，他来到那扇无数次以各种方式被攻击过的门前。一些人正用石头使劲儿敲打锁上的钉子，试图把门打开；一些人则手持木桩、斧子和锤子，采用更多的方式敲打着；还有一些人用锋利的石头、不锋利的刀子、铁片、钉子，甚至自己的指甲刮着墙上的灰泥，使劲儿把砖头敲松，以便砸出一个缺口。那些在一旁帮不上忙的人则大声呼喊以示鼓舞，然而，人们毫无秩序地敲打本就已经阻碍了工作的进度，而这些人又混乱地推推嚷嚷，给这工作乱上添乱。要感谢上帝，让那些恶人作恶的时候，像平常做好事一样，那些最热情的教唆者往往便是最大的碍事者。

最早获悉事态恶化的官员立刻派人去乔维亚城堡，请求其指挥官派军队前去支援，城堡指挥官便立刻派了一个军队的力量前去救援。然而，从城堡指挥官获知消息，到发布命令，到集合军队，再到军队出发前进，花费了不少时间，当军队到达的时候，粮食督办的府邸已经被众多的人群围住，因此，军队只能停在府邸人群的外面。军队的指挥官不知该如何是好。那些男男女女老老少少全都聚集在那里看热闹。当听到让他们散开让路的时候，他们只是低沉地小声地嘟囔着以示回答，却没有一个人挪动过一步。对于军队指挥官来说，对着人群开枪不仅残忍也很危险，这不仅会伤害到那些相对软弱的人，还会激怒更多的人。况且，他也没有收到任何开枪的指示。最好的办法莫过于将最外层的人群驱散到左右两边，好让士兵们穿过去，到达动乱发生的地方。然而，该如何执行这一办法呢？谁知道士兵们是否能够按秩序集体前进呢？因为如果士兵们并没有驱散群众，队伍反倒乱了套，被驱散开了，他们就会把群众激怒，自己就会落得听凭他们摆布的下场。军队指挥官的犹豫不决，士兵们的逡巡不前，不论怎么说，都是由恐惧引起的。站在他们旁边的人扬扬得意地看着他们，正如米拉尼斯说，装着一副毫不在乎的表情；那些站得稍微远一点儿的，不停地做鬼脸，还发出猴子一般的叫声，忍不住地嘲笑他们、刺激他们；站得更远的那些人，只有为数很少的一部分才知道是谁在这边，但是根本就不在乎；那些肇事者仍然不停地敲击着墙，他们一心只想着尽快完成他们的任务，而那些旁观者仍然不停地大声呐喊鼓动着他们。

在所有出现的人当中，有一个饿得半死的老人，他本人就是一个奇观：两只凹陷火红的眼睛不停地转动着，布满皱纹的面孔挤出一丝微笑，像是魔鬼一样洋洋自得。他把双手举在头顶上，在空中挥动着一个锤子、一根绳子和四颗大钉子，他说，只要他活着，就要把粮食督办钉在他自己府邸的门前。

“呸！真不知廉耻！”伦佐突然说道，他听到那些表示赞同的话，看到那些表示赞同的脸庞，顿时觉得毛骨悚然。同时，他又看到那些虽然没有参加暴乱却在脸上表示反叛的人群和他有同样的感受。“真可耻！难道要我们去当杀人犯？杀死一个基督教徒？倘若我们真做了这样的事，又有什么脸面祈求上帝给予我们食物呢？我们会遭到天打雷劈，而不会得到任何食物！”

“啊，你这狗东西！国家的叛徒！”暴乱中，一个听到伦佐讲这些话的人，转向伦佐，凶神恶煞地对他说，“等等，等等！他是粮食督办的走狗，穿得像个贫民一样，其实他是个间谍，抓住他，抓住他！”数以百计的声音回荡在四周。“什么？他在哪里？是谁？——粮食督办的走狗！——间谍！督办肯定是假扮成农民的模样逃走了！在哪里？在哪里？抓住他！抓住他！”

伦佐顿时再也不敢出声，他慢慢地退出人群，假装什么事都没有发生，想方设法逃出那个地方。他周围的一些人掩护着他，并且大声地吼出一些不一样的叫喊声，试图淹没那充满敌意的叫喊声。然而，比这一切更有用的办法却是一声声“让开，让开！”的声音，有人在眼前喊道：“让开！有人来帮忙了！让路，让路！”

这是怎么回事？是一些人抬着一把长长的梯子过来了，他们想把梯子架在房子上，这样便可以破窗而入。然而幸运的是，这个方法看似很简单，实际上并不容易实施。梯子的两头及中间都有人扛着，在往前推的过程中这些人被拥挤的人群阻隔，摇来晃去地好似此起彼伏的波浪。一个人的头在梯子两个阶梯之间，肩上扛着横梁，就像背着一个枷锁，在重创下不断地呻吟着；另一个在极大的推力下已经丢弃了自己扛着的梯子，被抛弃的梯子撞在人们的头上、肩上和胳膊上。读者一定能够想象那些被撞之人会发出怎样的抱怨声。又有一些人用手将倒下的梯子举起来，把身子钻进梯子间，用肩膀把梯子扛起来，并大声吼道：“该我们上了，出发！”这要命的器械时而笔直、时而倾斜，不断变换着前进的姿势。它来得正是时候，因为它分散了那些要迫害伦佐的人的注意力，伦佐被这动乱中的动乱解救了。起初，他悄悄地前行，接着使劲儿地用肘挤出一条路来，从他发现自己处于危险的那个地方逃了出来，他心里只想着一件事，那就是尽快逃离这场骚乱，去寻找或等候博拉文杜拉神甫。

突然，在人群的一端涌现出一个波动，继而延伸到人群中心。大家都传着同样的声音："费雷尔！费雷尔！"这个名字传到哪里，哪里就发出惊奇、赞同，或蔑视、兴奋，或生气等的声音。有人不断重复这个名字，有人却想淹没它，有人肯定他，有人否定他，有人保佑他，有人诅咒他。

"费雷尔在这里？""不可能，不可能！""是的，是的，费雷尔万岁！是他降低面包价钱的！""不是，不是！""他在这儿，他在这儿，在他的马车里。""这家伙想做什么？他管这闲事儿干吗？我们不需要任何人的帮助！""费雷尔！费雷尔万岁！贫苦人们的朋友，他是回来把粮食督办送去监狱的！""不行，不行，我们要自己争取正义和公平，滚回去！滚回去！""是的，是的，让费雷尔来吧！把督办带去坐牢！"

所有人都踮着脚尖，朝着费雷尔意外出现的地方望去。但由于每一个人都踮着脚尖，因此他们所能看到的也就和他们平常能看到的一样。然而，尽管这样，所有人仍然踮着脚尖张望。

的确，在人群的边缘，在士兵的对面，高等大臣安东尼奥·费雷尔坐着马车过来了。或许他已经察觉到，自己的错误和固执造成了这场暴乱，如今他来到这里，是想尽自己最大的努力平息这场骚乱。或者，至少防止由它所引起的可怕的、不可挽回的后果。总而言之，他来到这里是要使他本不配得到而得到了的那份拥戴发挥良好的作用。

在骚乱中，总有一些人，或许是因为过热的激情，或许是由于别人无休止地劝说，或者是为了某个邪恶的阴谋，或许是很乐于破坏，或许只是想把事情闹得更大；当事情逐渐平息之时，他们便到处煽风点火，提出一些最没有人性的主意。对于他们来说，怎么行事都不嫌过头；他们一心只想让事态无休止地、无限度地发展下去。然而，事态总是处于平衡的状态，也有一些与他们完全不同的人，他们也有同样的热情和毅力使事情往相反的方向发展。有些人出于与受威胁之人之间的友情与喜爱，另一些人没有别的动力，而只是出于对流血事件和残暴行为的自发的恐惧。愿上帝保佑这些人。敌对双方的任何一方，虽然事先并未协商过，但由于看法相同，所以顷刻间便会取得行动上的一致。此外，组成这一群混乱主体的人，其实是一帮乌合之众，而且形形色色的人充斥其中。由于他们态度上的差异，这群人又各自向这个或那个极端靠拢。他们有的性情激动，有的无比狡诈，有的倾向于他们所理解的某种公正，有的渴望看到某种骇人的恶性事件。当不同的时机出现的时候，他们便视时机肆意地放纵这种或那种情感，时而易于施暴，时而易于怜悯，时而去盲目崇拜，时而又无情诅咒；他们每时每刻都渴望知道、渴望相信某些谬论或者不可能发生的事，渴望呐喊、鼓掌，或者辱骂别人。“万岁”或“打倒”是他们喊得最多的口号。要是谁成功劝服他们，说某人不应该被打倒，那他无须多说，他们就会相信那人应该胜利。他们可以是演员、观众、工具、障碍，反正风往哪边吹，他们就往哪边倒。没有人讲话时，他们也可以很安静；没有煽动者时，他们会停止行动；大家一致说出“我们走”而又无人反对时，他们也会分散开来，准备回家，还会相互问道“发生什么事了？”不过，由于这些群众在此有很大的力量，并且，事实上，他们本身也是一股大的力量。所以，敌对双方都尽自己最大的努力想将其拉到自己这边，使之全心全意为自己服务。这有点儿像两个敌对的精灵，互相争斗着想占据这一个巨大的躯体，支配其身体。而这却取决于哪一方最能散布言辞激发人们的激情，最能将人们的行为往有利于自己图谋的方向引导；取决于哪一方最能在合适的情况下，找到激发或者抑制他们的愤怒之火的消息，重新唤起他们的恐惧或者希望；取决于哪一方最善于给出那个经过强有力的不断重复，能显示、证实和造就有利于一方获得多数选票的口号。

所有这些评述只是想说明双方都在争夺粮食督办家周围聚集的那些群众，而安东尼奥·费雷尔的出现，几乎是瞬间就使较温柔的那方声势大增。他们明显处于劣势，要是费雷尔这个救星再晚来一会儿，那他们就再没有力量和动力对抗下去了。费雷尔深受大家的喜欢，因为他制定了面包的官价，对消费者十分有利，也因为他曾勇敢地驳斥反对派的任何意见，坚持推行自己的决策。人们本就偏向于他，更何况现在这位老人只身前来，没带任何侍卫和随从，冒险来面对这些愤怒的、混乱的人群。他的勇敢令人们更加佩服。而他将粮食督办收押监禁，这一消息更是产生了惊人的效果。要是反抗群众，对其不做任何让步，那他们就会更加憎恨这个不幸的粮食督办；不过现在，有了这个令人满意的承诺，用米兰行话说，嘴里已啃上了一根骨头，心里的愤怒多少平息了点儿，从而引发了大部分人心里普遍怀有的截然不同的情绪。

那些拥护和平的人总算松了一口气，他们以各种各样的方式为费雷尔效力。那些在费雷尔周围的人，不停地为他鼓掌，并带动其他人也为他鼓掌。与此同时，他们还劝人们为他的马车让路。而其他的人，一边鼓掌，一边重复和传递着费雷尔所讲的话，或者说在他们看来是费雷尔所能说出的最美好的话，以使那些愤怒而顽固的家伙安静下来，并利用没有主见的群众变化了的情绪来攻击他们。"谁不愿喊'费雷尔万岁'？难道你们不希望面包卖得便宜点儿吗？嗯？不希望获得像基督徒式的公正的人，全是坏人！那些尽可能地大声喧哗，好让粮食督办逃跑的人也是坏人！将粮食督办关起来！费雷尔万岁！快给费雷尔让路！"随着这些呼喊声越来越大，敌对方的气势也就相应减弱了。这样拥护费雷尔的那一派人，从开始的劝说转为现在的行动，阻止那些人对督办家的毁坏，将其驱散，甚至还夺下了他们手中的武器。那些被夺武器者咕哝着，扬言要将自己的武器再夺回来，说着已经有人动手了。不过，制造流血事件的时机已经丧失了。这时，人群中喊得最多的口号是："监禁！正义！费雷尔！"稍微一番较量之后，被夺武器之人败下阵去。为了防止他们的进一步攻击，为了给费雷尔留下一个安全通道，另一些人趁机占领了大门。他们中有的人还透过门缝对里面的人说，救兵已经到了，叫他们务必看好粮食督办，"让他直接去监狱……嗯，听明白了吗？"

"这位就是那个颁布了很多告示的费雷尔大臣吗？"我们的朋友伦佐向他旁边的人问道。他记得，律师曾指着那张公告的末尾处，对着他的耳朵大声嚷道"费雷尔阅"。

"是的，是首席大臣。"

"他是一位可敬之人，对吗？"

"何止是一个可敬之人，是他将面包的价格定得很便宜，而其他官员都不同意。现在，他是来抓粮食督办的，要将其打入监狱，因为那家伙对我们不公。”

不用说，伦佐立刻便站到了费雷尔这边。他想亲眼看看费雷尔，不过，这并非易事。他就像一个山里人一样，用力推开前面的人，又用胳膊撞开两边的人，终于挤出了一条路，走到了最前面，站在了那辆马车旁。

这辆马车已经驶入了人群，此时正停在那儿，因为在这种情况下，马车常常会由于受阻而停下来。年老的费雷尔一会儿从这边的窗口探出头看看，一会儿又从那边的窗口探出头看看，脸上露出谦虚、和蔼、慈爱祥和的神情。他曾经去见菲利普四世时，就是这种神情，一直以来，他都保留着。不过，在如今这种情况下，他不得不再次装出这种表情。当然，他也发表了讲话，不过由于有太多的噪声，还有人们对他的“万岁”的欢呼声，人们只能听见他极少的几句话。因此，他不得不借助手势来表达自己想说的话。有时，他将手指放在自己的嘴唇上亲吻一下，然后做出一个飞吻以此来表达自己对公众的感谢。有时，他将手伸出窗外，慢慢地挥动着，以此来叫群众稍稍让一下路。有时，他又很客气地将手往下摆了摆，以此来让大家安静下来。一旦安静了下来，他旁边的人才听见他的话，于是又将他的话重复着，传给其他人：“面包，富裕，我是来为你们主持公道的，请稍稍让一下！”然后，他只觉得无数喧闹的声音、无数张脸庞，以及无数逼人的目光，沉重地压迫着他，令他透不过气来。于是他往后退了退，鼓起两腮，长长地叹了一口气，自言自语道：“我的天啊！怎么这么多人！”

“费雷尔万岁！您别害怕。您是一个可敬之人。面包！面包！”

“是的，面包，面包，”费雷尔将手放在自己的心口回答说，“会很充裕，我向你们保证！”

“请稍微让一下，”他继续说道，“我来是要将他投进监狱，让他受到应有的惩罚。”随后，他又低声说：“如果他有罪。”然后便弯下腰，对车夫匆匆说道：“彼得罗，你尽管前进。”

车夫也对群众微笑着，十分礼貌、客气，就好像他也是位大人物似的。他无比礼貌地朝左右挥动着马鞭，请求人们挤一挤，两边稍稍让一下。“善良的先生们，”他最后说道，“请稍微让一下，让一下，只要能过去就行。”

接着，那些最活跃的好心人，依据车夫那礼貌的要求，为马车让路。有些站在马车前的人，好言好语地劝着人们，还把手放在人们的胸脯上，轻轻地推着，说道：“往后退一点，稍微让一让，先生们！”马车两旁的一些人，也照此而行，这样马车过去时就不会再压着人们的脚趾或者弄伤他们的脸。否则，这不止会给人们造成伤害，还会玷污安东尼奥·费雷尔的名声。

伦佐在那儿站了一会儿，注视着这位费雷尔老人。尽管老人因为局势混乱而忧心忡忡，身体又疲惫不堪，但是他也因群众对他的关怀而感到快乐，更因有望将一个人从致命的痛苦中解救出来而显得生气勃勃。见此情形，伦佐抛开了所有逃离此处的想法，毅然决定要帮助这位费雷尔。而且不达到此目的，他是绝不会离开的。说做就做。他开始加入其他人，同他们一起劝说人们让路，当然，他做得比别人还积极。当人们让出了一条路时，“现在，请往前走吧！”不止一人对车夫说道。他们或是往后退几步，或是走到前面去，为马车继续开路。“往前走，快一点儿，小心！”主人也对车夫说道，于是马车向前开动了。费雷尔频频向公众致意，还很礼貌地微笑着，特意向那些为自己服务的人表示感谢。他多次对伦佐微笑，这也的确是他应得的，因为，这天他确实帮了首席大臣很多忙，甚至比他的私人秘书做得还好些。这个年轻的山里人受到了这般礼遇，甚为高兴，他几乎觉得自己已同安东尼奥·费雷尔有了一定的交情。

马车再一次上路了，继续前进着，速度或多或少有点儿慢，当然也免不了一些停顿。它走的路程或许只有一箭之远，然而，它所花的时间却像度过了一次小小的旅行那么久，即使对不像费雷尔这样心急的人来说，也有类似的感觉。人群在马车的前面、后面、左边、右边不停地移动着，就像是在暴风雨中围绕在行进的帆船周围不停翻滚的巨大海浪一样。人们的声音愈发尖锐，愈发喧嚣，愈发震耳欲聋，甚至比暴风雨的喧嚣、吼叫还要响亮。费雷尔一会儿看看这边，一会儿又看看那边，还比划着各种各样的手势，努力想明白什么，以便做出恰当的回答。他尽自己最大的努力去同这些朋友交谈，但是，太难了，这或许是他做首席大臣这么多年，觉得最难的一次。然而，在马车前进的过程中，时不时地一个词，或者某个断断续续的句子，被人们重复着，他能够听道。就像是在一片响亮的爆竹声中，能够听见其中最响的那声爆竹声一样。为了尽力给公众的这些呼喊一个满意的回应，费雷尔大声地说出了那些他觉得人们最乐意接受的话，或是那些需要立刻回复的话。他一路上不停地说道："是的，先生们，面包，会很充裕的；我会把他送进监狱，他会受到惩罚的——如果他有罪。是的，是的，我会下令：以低价售卖面包。正是这样……就这样。我的意思是说，我们的国王是不希望你们这些忠诚的臣民遭受饥饿的。""噢，噢，当心。小心马车伤着你，先生们。彼得罗，快走，小心一点儿。会很富裕的，会很富裕的！麻烦请让点儿路。会有面包的，会有面包的。我是来将他送入监狱的，送入监狱。您说什么？"他向一个把半身探入马车小窗口的人问道。那个人在他面前大声嚷嚷，像是要表达自己的建议，或者请求，或者赞许。但他还没有来得及听见费雷尔先生说的"您说什么？"因为有人眼看马车的轮子就要压着他的身子，便赶忙把他拽了回去。在这样的提问与回答下，时而还能听见一些表示反对的话，但很快便被人们不断的欢呼声给淹没了。在那些善良人的帮助下，费雷尔终于到达了粮食督办的府邸。

我们在前面已经提到过，另外一些怀有同样美好愿望的人早已经到了那里，还努力地清扫出一块儿空地。他们祈求、劝说，甚至威胁周围的人群，又动手推着、搡着和挤着，眼看快要达到他们希望的目的，便变得愈加兴奋。他们把人群分成两排，继而又推压这两部分人，让他们退后，好让马车到达门前的时候有一块儿小小的空地。同时扮演开路人和指引者的伦佐，同马车一起到达门前，成功地站在了两个先锋队伍之一的旁边。这两个队伍为马车保驾护航，抵挡那些迫切想要观看的人群。伦佐用他坚实的臂膀挡住了一个人，占据了一个方便看到事态发展的位置。

看到这块儿小小的空地，费雷尔深深地舒了一口气，而此时，门依旧是关闭的。所谓关闭，在这里意味着没有被攻破，至于其他方面，铰链差点被从柱子上撬下来，门板已经被损坏，透过门上的一个洞，可以看见一条弯曲的、几乎断成两节的铁链，这链子还勉强地把门闩在一起。一个好心人已经来到门前叫里面的人把门打开，另一个人跑去放低马车的台阶：年老的费雷尔站起身来，伸出头张望了一番，用右手抓住那位为他效劳的人的胳膊，走出马车，站在了马车最高的台阶上。

两边的人群都踮起脚尖争先恐后地想要看到费雷尔：成百上千的面孔，成百上千的胡须向上仰望着，人们的好奇和关注使这里安静了片刻。费雷尔站在那个台阶上，向四周望了望，就像站在布道台上一样，向人们鞠了一躬以示敬意。他把左手放在胸口，说道："面包和正义。"然后身着长袍的他在人群的欢呼声中无畏地、笔直地走了下来。

此时，屋里的人已经把门打开了，或者更准确地说，他们终于解开了那条每个铁环都快要脱落的铁链。然而，他们只是打开了一个门缝，只允许他们如此期盼的客人进入。"快，快，"费雷尔说道，"打开一点儿，让我进去。你们，好样儿的，让人群往后退，看在上帝的份儿上，不要让他们跟着我。预备好一条通道，因为不久……喂，喂，先生们，请等一等，"他对屋里的人说道，"轻轻地打开这扇门，让我进去，噢，我的肋骨，小心我的肋骨。现在关上门吧，不，喂，喂，我的长袍，我的长袍。"倘若费雷尔先生没有及时敏捷地将长袍收回，它便被卡在门里了，从外面看，长袍像蛇尾一样钻了进去。

屋里的人重新尽可能地把门关好，又从里面把它闩好。再看外面的情况，那些自认为是费雷尔先生的护卫的人用他们的肩膀、手臂以及叫喊声来保住这块空地，他们虔诚地祈祷他会很快处理完这件事。

"快点儿，快点儿！"费雷尔在屋里的门廊上，对他周围的那些仆人们说，那些仆人气喘吁吁地说道："上帝保佑您！啊，阁下！噢，阁下，阁下！"

"快点儿，快点儿，"费雷尔回应道，"那可怜的家伙在哪里？"

此时，粮食督办来到楼下，半拖着腿，又被他的仆人搀扶着，脸色苍白。当他看见这个仁慈的救助者时，便轻松地吸了一口气，他的脉搏重新开始跳动，四肢又感觉到了活力，脸颊也恢复了一丝血色。他快速地走向费雷尔，说道：“我的命就掌握在上帝和阁下您的手里了。但是我们该如何逃离这里呢？到处都是那些想要我死的人。”

“跟我走，先生，你得拿出勇气，我的马车就在外面，快，快！”费雷尔抓着督办朝门边走去，并尽其所能鼓励他，但他心里却想着：“现在是关键时刻，愿上帝保佑！”

门打开了，费雷尔走了出来，督办使劲儿抓住他的长袍，蹑手蹑脚地走着，就像小孩子紧贴在母亲的长服上一样。那些在门外守住那块空地的人都举起手和帽子，就像编织成了一张网或形成了一片云，用来遮挡人群的危险的目光，使督办不会被发现。他登上马车，蜷缩在一个角落里面以免被发现，等费雷尔也上了马车之后，便把门关上了。人民群众也许已经知道或早已猜到到底发生了什么事，于是发出了一片欢呼的掌声，也夹杂着诅咒的叫骂声。

似乎最艰难、最危险的一段路程还摆在前面，但是群众却很明显地表达了他们的意愿，那就是要把粮食督办打入监狱。方才那许多为费雷尔先生打开通道进入房间的人，仍然努力地在人群中保留住这条通道，因此马车在返回的路上就没有受到任何阻拦，可以快速行走。最后，当马车不停地前行时，被迫分开的人群又集聚在一起了。

费雷尔一坐下，就俯着身子叫粮食督办好好地躲在那个角落里，看在上帝的份儿上就不要现身了。然而，很明显的是，这个警告是没有必要的。相反，费雷尔则需要不停地出现在马车的窗口，以吸引人群的注意。在整个行程当中，正如来的时候一样，他都不断地向那些不断变化着的听众发表讲话，这是他有史以来时间拖得最长、内容最不连贯的一次讲话。他还不时地中断自己的讲话，转过身来，对那蜷伏着的督办急促而轻声地说上一两句西班牙语。“是的，先生们，面包和正义。到城堡去，在我的护送下，把他送进监狱。谢谢您，谢谢，非常感谢。不，不，他逃不掉的。Por ablandarlos[①]。千真万确，我们会调查，一切都会清楚。我也祝愿

① 西班牙语：这是为了平息他们的怒气。

你们，先生们。要严加惩处。Esto lo digo por su bien[①]。一定会合理地限制面包的价格，一定将那些让你们挨饿的人绳之以法。劳驾，请往后退让一下。是的，是的，我是个正人君子，是人民群众的朋友。他定会受到惩处。不错，他是个卑鄙小人，恶棍。Perdone usted[②]！ 他绝没有好下场，绝没有好下场……Si es culpable[③]。是的，是的，我们要使面包铺的老板都奉公守法。国王万岁！他最忠实的臣民、善良的米兰百姓万岁！他这坏人，不会有好下场的。Animo; estamos ya quasi afuera[④]。”

他们确实已经穿过了人群最密集的地方，现在刚好要进入大街。费雷尔正好想让自己松一口气，此时，他看见了他的援助者——那些西班牙士兵，在一些市民的支持和指导下，他们并不是完全没有用处：他们驱散了一些暴徒，使他们安静地离开了，从而疏通了通向最后关口的过道。马车到达的时候，他们让开了路，并举枪向费雷尔致敬，费雷尔则向他们鞠了一躬致意。军官走近费雷尔大臣并向费雷尔致敬，费雷尔挥了挥右手，说道：“Beso á usted las manos[⑤]。”军官听懂了这话的内在含义——即你们为我效力，功不可没！作为回答，那军官深深地鞠了一躬，并耸了耸肩。有一句名言用在这里太合适不过了——“Cedant arma togae[⑥]。”然而，费雷尔当时却根本没心情去引用这句名言，即便他引用了也只是对牛弹琴，因为这位军官根本就不懂拉丁语。

当这些西班牙士兵尊敬地高举着火枪，彼得罗在他们当中行走的时候，彼得罗方才恢复了他以前的精神。当他从惊愕中清醒过来，他才想起自己是谁，是在为谁驾驶马车。他省掉了那些礼貌的言辞，对已经为数不多的、因而可以粗暴对待的群众大声喝道：“嗨，让开！嗨，让开！”然

① 西班牙语：我这样说是为你好。

② 西班牙语：请你原谅。

③ 西班牙语：如果他有罪的话。

④ 西班牙语：鼓起勇气来，我们几乎到外面了。

⑤ 西班牙语：我吻您的手。

⑥ 拉丁文，古罗马政治家西塞罗的名言，意为“武器让步于长袍”，即战士向行政官让步。

后策马向前，直奔城堡。

“站起来吧，站起来吧，我们已经脱离险境了。”费雷尔对粮食督办说。没有听到人们的叫喊声，加上马车行驶得很快，督办方才安下心来。听到这些话，他便舒展了一下身子，站立了起来，神气也恢复了一点儿，他开始对他的解救者表示感谢。费雷尔对他的危险境况表示同情，又对他再次获得平安而表示祝贺，然后用手拍拍他光秃的脑袋，说道：“啊，总督大人将会怎么说呢？要知道，他已经疯了。可恶的卡萨莱是不会投降的。伯爵将会怎么说呢？就算是一片叶子掉在地上发出与平时所不同的声音，他都会感到害怕。国王陛下又会怎么说呢？这场骚乱肯定会传到他的耳朵里。这什么时候才是个尽头啊，上帝知道。”

“啊，至于我，我不会再干涉这件事了。”督办说道，“我洗手不干了，我想把我的公职交到阁下您的手中，我会去找一个山洞或者一座山，像一个隐士一样生活，远离这些野蛮的下等人。”

“您要以最好的方式为国王陛下效力。”费雷尔大臣严肃地回应道。

“如果国王陛下能够赦免我的话，”督办回答道，“就让我生活在洞穴里吧，在洞穴里生活，远离这些人。”

我们的作者并没有描述接下来发生了什么事，在这个可怜的人进入城堡之后，便再也没有提及到有关他的事情了。

第十四章

留在后面的人群也开始散去，他们沿着不同的街道左右疏散开去。有的回家去料理自己的事情；有的离开是想在经历了这么多个小时的拥挤之后，走开去呼吸点儿新鲜空气；还有的离开是为了去找朋友，同他们聊聊今天所发生的事。而在另一条街道的人们也同样散去了，只剩下极少数的人还留在那里，他们的人数是如此稀少以至于根本无法阻止西班牙军队的前进，只好任由他们朝着督办家走去。而在督办家周围，可以说还是聚集着一些暴乱的残渣——即少数暴乱分子，他们对这一重大排场的骚乱那不完美的凄凉结局很是不满。他们中有的在抱怨、有的在咒骂、有的在商量，看是否有什么还没做以便再次引发暴乱。仿佛是为了试探，他们又开始敲打，撞击着那扇勉强撑起的可怜之门。就在此时，来了一批军队，那些人见此情形，便不约而同地离开了，有的是从对面离开的，将这里让给了那些士兵。于是士兵们便占领了此地，驻扎在这里，守护着督办家和这条街道。然而，在附近的街道和广场上却站满了人群。要是哪儿站了两三个人，很快就会有另外三四个人，或者十几二十个人围拢来；有人走开了，另外又会有人围过来。这就好比一场暴风雨过后，蔚蓝的天空中还飘浮着厚厚的云层，使那些仰望天空的人觉得，天好像还没有真正放晴。当然也免不了会听见一些嘈杂的话语。有的在兴奋地述说着自己所见到的奇特之事；有的在讲述自己所做之事；有的对这一事件的完美结局甚感欣慰，大肆赞扬着费雷尔，还预言粮食督办会倒大霉。也有的讥讽道："督办是不会受到什么伤害的，因为狼是不会吃狼肉的。"还有的非常生气，抱怨说事情没有办好，说这整件事就是一场骗局，说他们自己就像傻瓜一样制作了这场闹剧，最后还遭人耻笑。

此时，太阳已经西下，所有的事物均被染上了一层暗黄的颜色。劳动了一天的人们也累了，加上他们又不喜欢在黑暗中闲谈，于是他们大多数都各自回家了。我们的年轻人——伦佐——在马车需要帮助的时候，帮助其顺利通过，并且夹在士兵的队列中间，跟在马车后面，像是队伍凯旋似的。最后，当他看见马车畅通无阻地前进着，脱离了险境，心里十分高兴。于是他又随着人群走了一段路，很快便在第一个拐角处离开了车队，因为他也想自由地呼吸下新鲜空气。他向前走了几步，心情仍十分激动，脑中也不断浮现着刚才混乱的画面。他开始感觉自己需要吃饭，需要休息一下了。由于现在已经太晚，不能去修道院了，伦佐便边走边向两边看，希望看见某个客栈的招牌。就这样，他一边继续往前走着，一边往两边看。突然，他听见了一些人在谈话，于是便停了下来去听他们在说什么，最后得知他们是在说明天的计划和打算。在听了一会儿后，他忍不住想说出自己的见解，心想自己做了那么多事，应当理所当然地发表点儿意见。从自己白天所见的事可知，要完成某件事，只需让公众支持自己就行。"善良的先生们，"伦佐以演讲的方式大声喊道，"我能说说我的拙见吗？以我之见，我觉得除了面包外，还存在其他的问题。今天我们也清楚地看到，要是能让他人听见我们的声音，我们就能够伸张正义。因此我们必须继续这样干下去，直到所有的不平之事都得到消除，直到这个世界能向美好的基督教世界迈进一点点。先生们，不是有一些恶霸吗？他们不遵守十戒，并想方设法地对付可怜的老百姓——他们并没有招惹他们——肆意地残害他们。然而，他们还总说自己有理，不仅如此，当他们干了什么比平时那些还要严重得多的坏事时，他们仍然昂首挺胸，大摇大摆的。是的，甚至在米兰，也有类似的人。”

“有太多这样的人了。”一个人说道。

“我也是这么认为，”伦佐又说道，“我们的家乡就有这样的事。此外，事情本身就可以说明问题。举个例子，我们试想一下，假如有个人既住在城外，又住在米兰。要是他在城外是个恶魔的话，那他在米兰也绝不会是个天使，我是这么认为的。先生们，请告诉我，你们是否见过这样一个人被关进监狱呢？更糟糕的是——我敢肯定地说——公告说要惩罚他们，这些公告并不是毫无意义、空空洞洞的，而是列举得有理有据，你再也找不到写得比它还好的了。它清清楚楚地列举了各种各样的罪恶行径，而这些恰恰是确实发生了的事，还给出了对其相应的惩罚。法令规定：‘不管是谁，卑贱之人也好，平民百姓也罢，只要违法，一律严惩，等等。’而现在，要是你去找善打官司的律师，会写状子的抄写员，或是假装正经的伪君子，请求他们根据告示所说的为你主持公道，他们会像教皇对待地痞流氓的请求一样，不理不睬，任何一个老实人也会因此而感到绝望。那么，很显然，国王和那些执行其命令的人，都希望那些无赖得到应有的惩罚，但是，却什么都做不了，因为这些流氓有一些同党。所以，我们应该打破他们的同党。明天早晨，我们就该去找费雷尔，他是一个正直的人，一位平易近人的先生。今天，大家也看到了，他是多么愿意同贫穷的人站在一起，多么努力想听到他们的心声，多么谦虚地回答他们的问题。我们应该去找费雷尔，告诉他事情究竟是怎样的，至于我，我会告诉他一些其他的事。因为我亲眼看见一个告示，上面盖有多个印章，是由三位有权颁布公告的人颁布的。其中有一个名字就是费雷尔，这是我亲眼看见的。而现在，这一法令所讲的情况与我的事情正好相符。我曾去找过一位律师，请他按照三位先生——其中之一就是费雷尔——的意愿，还我一个公道。这位律师先生亲自给我看了看那公告。啊哈，多么公正的一份公告啊！可是，他却认为我就像一个疯子一样在同他谈话。我确信，当费雷尔这位正直的老人听到一些这样的事后——因为他不可能知道所有这些事，尤其是不知道那些米兰城外的事——他绝不会愿意让这个世界继续这样下去，而是会找到一些补救的办法来补救这一切。此外，那些制定这些法令的人应该也希望人们去遵守这些法令吧。如果这些法令被认为无关紧要、一文不值，那么对于在这些告示上签署了自己姓名的官员来说，简直就是一种侮辱。而且，要是那些有权的恶霸们不愿低头认罪，继续装疯卖傻，那我们随时准备让其出尽洋相，就像今天这样。我并不是说费雷尔应该乘坐马车到处巡视，把那些恶霸、土豪一网打尽，嗯嗯，要是那样，就得需要一座诺亚方舟才能装得下他们。不过，他应该命令所有那些有关之士，不止是米兰的，而是世界各处的有关之士，按照法令要求的那样去做，严惩那些为非作歹的人。那些该监禁的人，就监禁起来；该服苦役的人，就让其服苦役。还要吩咐长官履行其职责。要是他不愿履行，就罢免他的官职，重新任命一个比他优秀的人担任他的职务。此外，正如我所说的，我们应当准备好随时伸出援手，助其一臂之力。当然，他还应当命令律师们仔细倾听贫穷之人的心声，维护正义。难道我说的不对吗，善良的先生们？”

伦佐说得如此真诚以至于从一开始就有大部分聚集在一起的人停止了自己的谈话，转过来仔细倾听他讲话。到了一定的时候，大家全都成了他的听众。随后人群里响起了一阵混乱的掌声，大家还高呼着“说得太好了！确实是那样！他说得对！说得真有理！”不过，当然也不乏批评的声音。“哼，是的，”一个人说道，“听一个山里人演讲，他们全都是律师！”那人说完，便走开了。“现在，”另一个人轻声说道，“每个贱民都想发表自己的见解，说再多还是有那么多铁锹被扔进火堆，我们还是没有便宜的面包。我们正是为了获得便宜的面包才进行这次反叛的。”不过，伦佐什么都没听到，除了人们对他的恭维，一个人握着他的一只手，另一个人握着另一只，“我明天会来见你。”“在哪儿？”“教堂的广场。”“很好。”“很好。”“我们得做点儿什么事！”“我们得做点儿什么事！”

“哪位善良的先生能告诉我这个可怜的孩子该怎样去客栈，在哪儿我可以吃点儿东西，留宿一晚？”

“我愿意为你效劳，勇敢的年轻人。”一个人说道，这人听伦佐的演讲听得很认真，并且一句话也没说过，“我知道有家客栈非常适合你，我会把你介绍给那家客栈的店长。他是我的朋友，是个非常正直的人。”

“离这儿近吗？”伦佐问道。

“离这儿不远。”那人回答道。

人群渐渐散去了。伦佐同几个素不相识的人礼貌地握手道别后，又由衷地感谢那位刚刚认识的人的一番好意，便随他走去。

“这没什么，这没什么的。”那人说道，“用一只手能洗另一只手，双手就能洗脸。我们都有责任帮助他人，对吧？”他一边走，一边同伦佐交谈，问完一个问题又问另一个。“我不是好奇你是做什么的，但是你看上去很疲惫，你从哪儿来的？”

“我从莱科远道而来。”伦佐回答道。

“莱科？那你是莱科人？”

“是莱科人——属于莱科地区。”

“可怜的年轻人，我从你的讲话中感觉到，有人欺负了你。”

“唉，亲爱的朋友，为了不将我的事情公之于世，我不得不小心说话，但是……算了，来日你们就知道了，那时……我看见这儿有一个客栈的招牌，说实话，我真的不想再往前走了。”

“不，不，还是去我给你说的那家客栈吧，就在前面一点儿。”那个向导说道，“这儿，你会住得不舒服的。”

“哦，没事，”伦佐回答道，“我并不是那种阔少爷，我习惯了低下的生活，只需随便吃点儿东西填饱肚子，有一张草席可以睡觉，就足够了。我现在最想干的就是找到这样一个能满足这两样的客栈。多幸运，看，这儿刚好有一家。”接着，他便走进了一个破门，门上挂着满月的招牌。

“好吧，既然你希望如此，我就把你带到这儿。”那位陌生人说道，便跟着伦佐进去了。

“不用再麻烦您了，”伦佐回答道。“但是，”他又说道，“若再和我共饮一杯，那就再好不过了。”

“那我就不客气了。”那人回答道，便走在伦佐前面，像是对这个地方很熟悉一样。他们穿过一个小院子，来到一扇玻璃门前，解开了门闩，将门打开，走进了厨房。

固定在天花板上的两个钩子上悬挂着两盏灯，照亮了整个房间。一张又长又脏的桌子占据了房子整个一边的空间，桌子两旁摆放着长凳子，许多并不空闲的人懒洋洋地坐在上面打发时间。桌子上有一块抹布，还摆放着一些盘子。人们聚集在一起，不时地玩儿玩儿扑克牌，掷掷骰子，到处都撒落着酒瓶子和玻璃杯，还可以看见很多西班牙硬币和米兰钱币，倘若它们能够说话的话，也许它们会说：“今天早上我们还在一个面包铺的钱柜里，或在某些围观骚乱的人的口袋里，因为几乎每个人都专心致志地观看公共事态的发展，根本就没有留意自己的私人利益。”屋子里人声鼎沸，一个伙计跑前跑后，忙得团团转，照料着这张大桌子以及杂七杂八的牌桌。店主坐在壁炉架下的一个小凳子上。表面上，他是在用火钳在灰烬上画着某种轮廓，然后又立即将其毁灭，实际上，他却关注着周围所发生的一切。听到门闩被打开的声音他便站了起来，向这两个新顾客走了过来。当他看见这个向导时，心里咒骂道：“你这个讨厌的家伙！你总是在我最不想看见你的时候来烦扰我。”接着他又匆匆瞥了伦佐一眼，心里又暗自说道：“你这人好面生啊。但你和这样一个猎人一起来，你恐怕不是一只猎狗，就是一只可怜的野兔。只要你说上一两句话，我就能猜到你到底是哪种人。”然而，店主的表情却丝毫没有表露出他心里的想法，他的面色没有任何改变，他有着光滑而圆圆的脸庞、浓密的暗红色胡须，还有两只闪闪发亮的眼睛很是显眼。

“先生们，你们要点儿什么？”他问道。

“先来一瓶好酒，”伦佐说，“再来一些吃的。”说着，他坐到靠近桌子上方的一条凳子上，深深地叹了一声“啊！”，好像在说：“在站立着忙碌了那么久后，能够坐下来休息是件多么舒服的事儿啊！”然而，他突然想起最后一次和露琪娅及阿格尼丝一起围着桌子坐在凳子上的情景，便情不自禁地叹了口气。他使劲儿地摇了摇头，想赶走这些思绪，继而便看见店主拿着酒走了过来。伦佐的同伴坐在他的对面，伦佐倒满一杯酒，递给了同伴，说："这一杯先润润嘴唇吧。"他又倒满了一杯，自己一饮而尽。

"你这儿有什么吃的？"伦佐问店主。

"要炖肉吗？"店主问道。

"好的，先生，来点儿炖肉。"

"很快就来，"店主对伦佐说，继而转向那个伙计，"给这位外地人上菜。"他走向壁炉，又转过身来对伦佐说："可是……今天没有面包。""至于面包，"伦佐一边笑一边大声说道，"上帝已经赐给我们了。"他拿出在圣迪奥尼吉十字架下面拣到的第三个也是最后一个面包，高举在空中，大声说道："看吧，这是上帝赐给的面包！"听见这声音，许多人都转了过来。看到空中高举的战利品，有人大喊道："低价面包万岁！"

"低价？"伦佐说，"gratis et amore……"[①]

"那更好，那更好。"

"但是，"伦佐立刻补充道，"我不希望听到先生们说我坏话。这不是我偷的，是我在地上拣到的，倘若当时能够找到它的主人，我会付钱给他的。"

"干得好，干得好！"屋里的人喊道，他们笑得更加大声，他们没有一个人相信伦佐说的这些是事实。

"他们认为我在说笑，但事情就是这样的，"伦佐对他的指路人说，他把手里的面包翻转过来，接着说道，"看他们把它挤压成什么样子了，就像一块蛋糕。当时那里有很多人，倘若他们当中谁有比较鲜嫩的骨头，恐怕早就已经被挤坏了。"然后伦佐开始啃面包，三四口就把它啃完了，随后又喝了一杯酒，接着说道："这个面包是不会自己下肚的，我的嗓门从未这样干燥过，刚刚吼得太大声了。"

---

① 拉丁语，完整的句子应是Gratis et amore Dei，意为"感谢上帝的保佑与仁爱"。

“为这个老实的家伙准备一个好床。”指路人说，“他今晚要在这儿过夜。”

“你要在这儿过夜？”店主走到桌子旁问伦佐。

“当然，”他回答道，“确切地说，一张床就够了，只要床单是干净的就可以了，因为，虽然我只是一个穷小子，但我很爱干净。”

“噢！那是当然。”店主说道。他走到坐落于厨房角落里的柜台，回来时一只手里拿着一个墨水瓶和一张信纸，另一只手里拿着一支笔。

“这是什么意思？”伦佐一边问道，一边吞下店里伙计送到他面前的炖肉，然后惊奇地笑道，“这就是洗过的白净的床单吗？”

店主没有回答，只是把纸放在桌子上，把墨水瓶放在纸的旁边，然后把左臂和右胳膊肘撑在桌子上，将笔举在空中，面向伦佐，对他说道：“劳驾，请告诉我您的姓名和籍贯？”

“什么？”伦佐说，“这些与我想要的床有关系吗？”

“我也只是履行我的职责，”店主看着向导，说道，“每一个来我们店里借宿的人，我们都要登记他的‘姓名、籍贯、来此有何贵干、是否携带武器、在此需住多久’等等，这是告示明文规定的。”

伦佐回答之前又吞下了一杯酒，这已经是第三杯了，这杯之后，恐怕我也就无法计算他到底喝了多少杯。然后，他说道：“啊！啊！你有公告？我倒很想当一名律师，而且我马上就会弄清楚，这些公告究竟是怎么回事。”

“我是实话实说。”店主说道。他一直注视着伦佐那口不开言的同伴，又回到了柜台那里，拿出一张很大的纸——这确实是公告的复印版，来到伦佐前面并把公告放在他的面前。

“啊，您瞧！”年轻的伦佐大声喊道，他一只手举起重新斟满的酒杯，很快就喝完了，又伸出另一只手，指着展开的公告，说：“看那张漂亮的纸，就像一份祈祷书，看到它真是太高兴了。我知道那些纹章，知道那张脖子上挂着套索的异教徒的脸意味着什么。”（当时的告示上方，通常都会印有总督的纹章。而在这份印有贡扎罗·费尔南德斯·德科尔多瓦的纹章的告示上，一个脖子上套着锁链的摩尔王的肖像十分醒目。）

“那张脸孔意味着：谁有本事，就发号施令，谁情愿，就唯命是从。等到这张脸孔把那个唐……算了，只有我知道……把那个恶棍投入监狱，就像另一张告示宣布的那样；等到一位诚实的青年娶上了那位愿意嫁给他的诚实的姑娘，那么我便把我的真实姓名告诉这张脸，而且还会亲吻它。我有很多正当的理由拒绝说出我的姓名。噢。这是真的！如果一个恶棍手下有很多恶棍，因为，若就他一个人……”此时，他以一个手势结束了自己的话，“如果一个恶棍想要知道我在哪里，然后加害于我，请问公告上那张脸是否会前来帮助我呢？竟要我说我是干什么来的！这倒是个新鲜事！假定我来米兰是为了忏悔，那我希望向一位嘉布遣会神甫忏悔，而不是向一个店主忏悔，恕我这样说。”

店主沉默不语，看着向导，而此人也沉得住气，不露半点声色。伦佐，我们不得不痛心地说，又喝了一杯酒，接着说：“我亲爱的店主，我可以给你一个原因，这该让你满意了吧。如果这些对善良的基督教徒有利的公告到头来还是一文不值，那么，就更不必指望那些不为我们说话的公告了。所以不要再说这些烦人的事了，还不如再给我们上一瓶酒，因为，这一瓶都喝完了。”这样说着，伦佐用指节轻轻地敲了下酒瓶子，说：“你听，是空瓶发出的声音。”

伦佐的话引起了周围的人的注意，而当他停止说话时，大家都嘀咕着，表示对他的赞许。

“我该怎么做？”店主一边问，一边看着实际上他并不陌生的那个向导。

“拿走，把它们都拿走，”许多客人大声说，“这个乡下人说的有道理，这全都是些害人、欺人和骗人的把戏，如今已经颁布了新法令，新法令！”

在人群的乱哄哄的喧闹声中，这位隐瞒了自己身份的人向店主投去了责备的目光，怪他方才在众目睽睽之下那一番盛气凌人的发问，说道：“让他随意一点儿吧！别再惹事啦。”

“我已经履行了自己的职责，”店主大声地说道，然后又自言自语地说道：“现在我可是走投无路了。”然后，他拿走了笔、墨水和纸，并把那空酒瓶给了那伙计。

“再来一瓶同样的酒，”伦佐说道，“我发现这酒才是个正人君子，我要把它和另外一瓶酒一样喝到肚子里去，不用管它的姓名，不用管它来这里做什么，也不用管它是否要在这个城里待一段时间。”

“再拿一些同样的酒来，”把空瓶给伙计的时候，店主对他说，然后又回到自己壁炉下的座位上，重新拨弄着灰烬，想到：“简直比野兔还容易到手！看你今天落到何人的魔爪！真是个蠢货！如果你想呛酒淹死，就淹死吧，但满月旅店的老板可不想因为你的愚蠢而搭上自己。”

伦佐对他的向导以及所有支持他的人表示感谢。“勇敢的朋友们，”他说，“如今我明白了，但凡老实人都互相帮助，互相支持。”他再一次摆出一副演讲家的架势，在桌子上方挥舞着手，激动地说：“如今，所有的统治者走到哪里都要靠笔、墨水和纸，这不是一件令人惊奇的事儿吗？时时刻刻笔不离手！他们肯定对笔的使用走火入魔了！”

“喂，那位好心的乡下人！你想知道原因吗？”一名赢了钱的赌徒笑着说。

“让我们听听看。”伦佐回答道。

“原因就是，”那个人说，“这些大人们都喜欢吃鹅肉，鹅毛多得堆成了山，所以总得想办法使这些鹅毛派上用场。”

所有的人都笑了，除了那个刚刚输了钱的可怜的家伙。

“噢，”伦佐说，“这真是位诗人呐。这里诗人倒还不少，其实，哪里都能冒出诗人来。我也会作一点儿诗，有时还能作出一些好诗篇……不过，那得是在我一帆风顺的时候。”

要理解可怜的伦佐的这番废话，读者必须得知道，在米兰的那些底层平民中，尤其是在乡村中，“诗人”一词并不是像所有那些有学问的人理解的那样，指的是一位神圣的天才、一位品都斯山[①] 的居民、一个缪斯的信徒，而是指一个想入非非、草率从事的人。他们有着奇思怪想的头脑，他们的言谈举止充满机智和奇特，而非理性。那位自称诗人的一介平民，在侃侃而谈之中竟然信口开河，把事情说得远远离开了它们的本意！我真想请教诸位，诗人同奇思怪想的脑袋有何相干？

“不过，我会告诉你们真正的原因，”伦佐说，“原因就是他们自己手中握着笔，这样，他们说出来的话，随风而逝，很快就消失了。而一个可怜的小伙子说的话，他们却非常留意，并迅速地用笔将话套住，记在纸上，以备在合适的时候、合适的地点加以利用。此外，他们还有另一个花招，就是去迷惑一个不识字，但有点儿……的人，我知道我想说什么……”为了让别人明白自己的意思，他开始用食指敲自己的前额，“一旦他们察觉到人们开始明白那些难题，他们就立即说几个拉丁词，打断人们的思路，扰乱人们的思维。好吧！好吧！我们的职责就是废除这些惯常的做法！今天，一切都做得很合理，只是靠我们的嘴就顺利完成了，没有用到笔、墨、纸。而明天，要是人们控制好自己，我们就会做得更好，不会碰触到任何人的一根头发。当然，一切都必须得秉公处理才行。”

与此同时，一些顾客继续赌博，一些顾客继续吃喝，很多人在大声呼喊，有的离开了，也有的刚刚才进来，店主忙着招呼所有的顾客，但是，这些事情同我们的故事没有任何关系。这位不知姓名的向导也不急于离开，尽管表面上看起来，他在这里也没什么要做的事，但在没有同伦佐私下聊一些事情前，他是不会离开的。因此，他转向了伦佐，再次谈起了有关面包的问题。在聊了一会儿大家早就聊过的一些问题后，他开始谈及自己对此事的看法。“啊哈，要是是我说了算的话，”他说，“我定会想出一个能将事情处理得顺当的办法。”

“你会怎么做呢？”伦佐问道，两眼紧紧地注视着他，眼光比平时要

① 据古希腊神话记载，品都斯山是掌管音乐与艺术之神的阿波罗喜爱的栖息地，通常喻指诗歌的圣地。

闪耀得多，嘴唇略微扭曲，一副专心致志的样子。

“我会怎么做？”那人回答道，“我会让每个人都有面包，穷人和富人都有。”

“啊，那太好了！”伦佐说道。

“看，我会这样做。首先，我会制定一个合理的面包价格，这样人人都能买得起面包。接着，我会根据人们的需要，为人们分发面包，因为总有一些不体谅他人的贪嘴好吃者，他们总希望所有的面包都归他们自己，并且努力用高价购买，希望得到最多的面包，这样一来，穷人就没有足够的面包吃了。因此，必须得分发面包。不过，要怎么来分配呢？看，就按人口的数量，给每户人家发一张粮票，让他们凭此粮票去面包房领取面包。举个例子，对于我来说，他们就应该给这样一张粮票：安布罗焦·富塞拉，制剑工人，有妻子和四个孩子，全都处于吃面包的年龄阶段——这点得写清楚——给他们多少面包，应当支付多少价钱。不过，得公平行事，给的面包数一定要与人口数量相符。比方说，假设给你的话，也应该有一张粮票，上面写着……你的名字叫什么？”

“洛伦佐·特拉马利诺。”年轻人说道。他对这一计划甚是满意，只是他永远都没想起，该计划是完全建立在纸、笔和墨水之上的，而要执行它，首先要做的事就是记下每个人的名字。

“很好，”那个陌生人说道，“不过，你有妻子和孩子吗？”

“我本应该，其实……孩子，没……那么快……但是妻子……要是这个世界按照它该有的方式运转……”

“噢，你是单身！那你得耐心点儿，你只能得到较少的一份……”

“你说得对，但是，要是如我所望，很快……在上帝的帮助下……算了，要是我也有妻子呢？”

“那就修改一下粮票，增加数量，就像我所说的，面包的分配要同家里的人口相符合。”那个不知名的人说道，并从座位上站了起来。

“那太好了，”伦佐大声说道，他一面用手敲打着桌子，一面继续大声叫喊道，“他们怎么不制定一种像这样的法令呢？”

“我该怎么对你说呢？不过，我必须得给你说声晚安，我得走了，我想我的妻子和孩子肯定已等我多时了。”

“再喝一小口，就一小口，”伦佐大声喊道，急急忙忙给那人斟满酒，又迅速地站了起来，抓住那人的衣服，努力让他再次坐下来，“再喝一小口，别不给我面子嘛。”

然而，这位朋友突然一拉，就挣脱开了伦佐的手，任由伦佐在那儿恳求和责备，他又说了声“晚安”然后就走了。他都已经走到了街上了，伦佐还在他身后喊他，然后又跌坐在凳子上。他紧紧地盯着刚斟满的那杯酒，一看到伙计从桌旁走过，就用手拦住了他，仿佛要同他交谈什么似的，接着便指着那杯酒，以一种奇特的方式，用一种缓慢而又沉重的语气说道：“看，我为那位好心人倒了这杯酒，你看到了吗？我是作为一个朋友，给他斟了满满的一杯酒，但是，他却不喝。有时候，人们脑子里竟冒出些古怪的念头。真拿他没办法，我对他其实是一番好意。现在，既然已经斟了这杯酒，我定不能将其浪费了。”这样说着，他就拿起那杯酒，一饮而尽。

“我理解。”伙计说完就走开了。

“啊哈，你理解了，是吗？”伦佐说道，“那么，我说的是正确的了，当你做得合情合理时……”

完全是出于对真实的热爱，我们才继续忠实地讲述了如此重要的人物——几乎可以说是我们故事里重要的男主角那不光彩的事。不过，出于同样不偏不倚的目的，我们还必须陈述清楚，那样的事也是第一次发生在伦佐的身上。这是因为他并不习惯喝那么多酒，所以第一次尝试就给他带来了灾难。他喝完一杯酒，又接着喝另一杯，连续喝了好几杯。这本来就有悖他平常的习惯，他这样喝，部分原因是他觉得口干舌燥，另一部分原因是他思想太激动，所以使得他无法有节制地做事情，他很快就晕头转向了。换作是一个经常饮酒的人，他可能永远都不会有这样的感觉。对此，我们的作者做了一番评论，我们将其好处为我们的读者重复一下，以此为鉴。他说：有节制的、诚实的习惯，会使人受益匪浅；这样的习惯在一个人的心中越是根深蒂固，当人们逆着习惯行事的时候，也就越快、越容易感觉到其带来的伤害和不便，或者，至少说那样一种行为所带来的不愉快。如此一来，他就会长时间地牢记于心，所以，哪怕是一个小小的过失，也足以给人教训。

不管怎么说，可以确定的是，当最初的醉意涌上伦佐的脑袋时，酒和话也就继续流淌出来了。酒汩汩下肚，话滔滔不绝，毫无节制和章法。到了我们叙述他方才的情形时，他已经无法控制自己了。他觉得自己非常想说话。听众，或者至少那些被他当作听众的在场的人，并不缺乏。开始那段时间，他还能够很有条理地说出话来，不过，渐渐地，他便很难说出一句完整的话，开始语无伦次了。呈现在头脑中的想法开始明明是生动、清晰的，可是突然就变得模糊不清、消失不见了，而他想要表达的和苦苦等待的词，一说出来，却显得极不恰当、极不合适。在这种困惑之中，受到某种错误的直觉的驱使，他再次借助于酒，希望借酒消愁，而这种直觉经常就把好端端的一个人给毁了。但是，在这种情况下，任何人，只要他稍有理智——都能明白，酒对他能起什么作用。

在这糟糕的夜晚，伦佐说了很多话，而我们仅仅讲述了他所说的其中一些话，其他不合时宜的话，全被我们删掉了。因为那些话不仅毫无意义，而且也没有必要在一本出版的书中叙述出来。

"喂，老板，老板，"伦佐重新喊道，双眼紧紧地盯着老板转，老板一会儿围绕在桌子旁，一会儿在壁炉烟囱下。有时，他盯着的地方，老板并不在那，他就一直在嘈杂的人群中大声嚷嚷："你是老板！我就是咽不下这……这刺探我的姓名和职业的诡计。对于一个像我这样的年轻人……你做得一点儿都不好。现在，你将一个可怜的年轻人的情况写到纸上，有什么满意的？有什么好处？有什么乐趣？……我说得对吗，先生们？店主应该支持善良的年轻人……听着，听着，店主，我会同你比较……因为……你们都在笑话我，嗯？我是扯得有点远，我知道……但是我说的理由都是非常正确的。现在请告诉我，是谁让你的店铺得以维持的？可怜的平民百姓，不是吗？看，没有哪个颁布告示的长官来你这儿喝几杯吧？"

“他们那些人都只喝水。”伦佐旁边的一个顾客说道。

“他们想让自己保持清醒的头脑，”另一个人补充道，“以便能将谎话说得更完美。”

“嗯！”伦佐大声喊道，“方才是诗人说的话。这么说，你们也都明白我讲的道理。那么，请回答我，店主，那个最好的人费雷尔曾到过这来喝一杯没呢？或者他到这来花过一分钱没呢？那个狗东西，大坏蛋……先生……来过没呢？噢，我得管住自己的嘴，因为我是一个非常谨慎的人。费雷尔和克里……神甫，我知道，是两位正直之士，不过，世界上的正直之士太少了，老年人比年轻人坏，而年轻人……比老年人更坏。但是，我高兴的是还没有谋杀事件。呸，残忍的事就留给刽子手去干吧。面包，噢，是需要的。今天我被别人推来推去，不过……我也推了其他的人。让一让！富裕！万岁！……但是，即使是费雷尔……也说了少量的拉丁语……sies baraos trapo-lorurn……真叫人讨厌的习惯。万岁！……正义！面包！啊，这些才是公正的词……而那个地方如果有这样的大好人……当时响起了那讨厌的当……当……当……的钟声，接着响起另一阵当……当……当……的钟声，那个时候，我们就不会逃跑了，就会让牧师先生待在那儿……我知道自己在说什么。”

伦佐在说这些话时，低垂着头，就这样沉默了一会儿，仿佛是在思考什么一样。接着，他深深地长叹了一口气，抬起了头，一双湿润的眼睛，流露出忧伤、痛苦的神情。要是他为之悲伤的那个人，看到他此刻的情形，也必定会深感忧伤。但是他周围的那些顾客，早已经开始讥讽他那充满激情而又混乱的讲话。现在看到他那懊悔忧伤的神情，他们讥笑得更厉害了。离伦佐最近的那位顾客，对其他人说道：“你们看！”于是所有的顾客都看向了可怜的伦佐，就这样，他成为了这伙刁民的笑柄。事实上，不管这些人处于什么样的状态，并不是所有的人都保持着清醒的头脑，或者说神智处于正常的状态，但是说实话，他们没有谁有可怜的伦佐那样醉，更何况，他还是个乡下人。随后，他们开始一个接一个问伦佐一些愚蠢的、粗俗的问题，以此来激怒他，又或者以取笑的方式来嘲弄他。有时，伦佐看上去被激怒了；有时，他又将其当作玩笑话；有时，他根本不理会他们的话，说些与之完全不同的事。他时而回答，时而询问。而他讲的话也总是前后不连贯，牛头不对马嘴。幸运的是，在所有这些言谈中，他维持了一种本能的警惕，丝毫没有提及人的名字，即使是那个在他头脑中根深蒂固的人名也没提到。要是那个连我们都觉得尊敬和喜爱的人名被说了出来，在那些臭嘴里传来传去，成为这些邪恶之人消遣的对象，那肯定是一件令人痛心的事。

第十五章

店主看到事情闹得太久太过分了，便来到伦佐跟前，极其礼貌地请求别的客人让伦佐静一静，又使劲儿摇了摇伦佐的胳膊，让他知道现在该去睡觉了。然而，伦佐却始终不忘那些姓名、公告及善良的青年之类的事。然而，那几个不断在他耳朵里重复出现的“床”、“睡觉”的词终于对他产生了影响，让他很清楚地明白了他们想要表达的意思，也让他保持了片刻的清醒。这一片刻的清醒在某种程度上使他明白大部分人都已经离开了，就像最后一根发着微光的蜡烛照亮了其余所有已经熄灭了的蜡烛一样。他下定决心要站起来。他把手伸开撑在桌子上，大口大口地喘着气，身子摇摇晃晃，尝试了一两次，努力地使自己站起来，在店主的扶持下，第三次终于站了起来。店主一边搀着伦佐一边想办法使他冷静下来，让他从长凳和桌子间走过去。店主一只手里拿着一盏灯，另一只手半扶半拉地带他来到楼梯口。此时，伦佐听见从后面传来的众人对他的呼声，便立刻转过身来。要不是店主时刻警惕，抓住他的手，他肯定狠狠地摔在地上了。然而，他又转了回来，用他那只没有被牵住的手，就像打活结一样，在空中乱挥舞着，做出各种各样的致意的手势。

“睡觉去吧，睡觉去吧。”店主说道，推着他走过了楼梯口，又费了更大的力气把他拖上了楼梯，然后把他拖到一个早已为他准备好的房间里面。看到床已经铺好了，伦佐很高兴，他亲切地看着店主，两眼微微发光，继而又黯淡下来，就像两只萤火虫。他努力地使自己站稳，伸出一只手去捏店主的脸颊，想把它夹在食指和中指间，以表示友谊和感谢，但却没有摸到。“真勇敢的店主啊。”他终于结结巴巴地说，“现在我知道你是一个好人，给一个可怜人一张床便是一种善举，但是有关姓名的那个把戏，却非正人君子所为。幸运的是，我看透了那把戏……”

店主从未想到他还能说出如此连贯的话来，从他长期的经验来看，他知道人们在这样的情况下比平常更容易被引诱，因而突然改变想法，因此，他便下定决心在伦佐清醒的时候，再尝试一下。

“我亲爱的孩子，”店主用一种哄骗的语调和神情说道，“我那样做并非故意激怒你，也并非要打探你的隐私。再说了，你又拥有什么呢？法律摆在那里，我们必须得遵守啊！否则我们将会是第一个被惩罚的人。最好是不要违反法律，还有……毕竟，这又算什么事呢？算不了什么大事，也就是说一两句而已。然而，这并不是为了他们，而是方便我们自己做事儿。告诉我你叫什么……然后安心地上床睡觉吧。”

“你这流氓！”伦佐大吼道，“你这骗子！你又再一次抨击我，叫我说出我的姓名和来此的目的！”

“你给我住嘴，你这蠢驴。上床睡你的觉吧！”店主说道。

但伦佐这次却来劲儿了：“我明白了，你也是那些恶棍的同盟。等等，等等，让我教训教训你。”于是他朝着楼梯口，大声喊道，“朋友们，原来店主是……”

“我只是在开玩笑，”店主当着伦佐的面大声说道，并把他朝床上推去，“是玩笑，难道你不明白我只是在开玩笑吗？”

“啊，玩笑话，现在你说对了。如果你是在开玩笑……那便只是玩笑话。”话刚落音，伦佐便躺到床上去了。

“喂，把衣服脱了，快点儿。”店主说道，他一边劝说着，一边帮伦佐脱衣服，而且，他确实需要帮忙。伦佐脱下他的马甲，店主便立刻接过来帮他拿着，还顺便把手伸进马甲口袋里看是否有钱。结果发现还真有钱，他便想到这个客人明天也许还有别的事要处理，就不会再付给他钱，而这些钱都将落入别人的手里，而他却没办法得到任何好处了，于是，他决定再冒一次险。

“你是一个善良的小伙子，一个老实人，对吗？”他问道。

“我是一个善良的小伙子，一个老实人。”伦佐回答道，他还在解开那没有脱下的衣服的纽扣。

“很好。”店主说道，“那么我们就先把今天的账给结了吧，因为明天我要出去办点儿事儿……”

“那是当然，”伦佐说，“我虽很笨，但我很正直，很老实……可我的钱呢？现在我得去找我的钱……”

“在这里。”店主说，然后便使出了他所有的经验、耐心以及他的老练，跟伦佐结清了账。

“店主，麻烦你给我搭把手，我好把衣服脱了。”伦佐说，“我开始觉得很困了，想睡觉。”

店主应他的请求帮他把衣服脱了，然后给他把被子盖上，倨傲地说了声“晚安！”，那时伦佐已经打着鼾睡着了。然而，有时候面对某种诱惑，人们对待自己不喜欢的东西却会像对待某种喜欢的东西一样，也许，只是想了解到底是什么如此强烈地操纵着我们的心灵。店主站立了一会儿，注视着这个令他恼怒的客人，慢慢地把灯挪近他的脸庞，用一只手遮挡着光，好让灯光照着客人的脸。他的这一举动，很像是那位在偷偷地打量着她陌生的爱人的面孔的普赛克[①]。他在心里对这个正熟睡的可怜的人说：“很明显，你这是自讨苦吃。你们这些乡下人，就想着在世界里游

① 希腊神话和罗马神话中的人物。传说爱神丘比特（希腊神话称厄洛斯）爱上了普赛克，每晚都来与她相会，但是普赛克从来没有看到他的真面目。在两个嫉妒她的姐姐的怂恿下，一天夜里，普赛克举灯偷看熟睡的恋人，但是她不小心将一滴灯油溅落在丘比特的肩上，丘比特惊醒，从窗户飞走了。

荡，却不知道太阳从哪方升起。不但自找麻烦，还让别人跟着遭殃。”

说完这个，或许也可以说是想完这个，他把灯收了回来，关上身后的门，离开了房间。走到楼梯的平台上时，他叫来了店主娘，叫她把孩子们托付给一个女仆人看管，到厨房去代替他看管一下店子，并对她说：“我必须得出去一下。一个来到这儿的陌生人给我带来了不幸的事儿。”他简单地描述了一下那令他烦恼的事，补充说道：“你眼睛要放宽一点儿。最重要的是，在这个不幸的日子里，一定要多加小心。下面有些放荡的人，喝得半醉，他们可能会说出一些不堪入耳的话。好了，好了，倘若一个粗野之人……”

“噢，我又不是个孩子，我知道该怎么应付那些人。到现在为止，我觉得还不能说……”

“好了，好了，要注意让他们付钱，当他们谈论到什么粮食督办、总督、费雷尔、十夫长、骑士、西班牙和法国或是类似的蠢话时，你一定要假装什么都没有听见，因为如果你反驳他们的话，你便立刻惹麻烦上身，倘若你赞同他们的话，在后来的时日里你便会遭殃。你知道那些有时说狠话的人……算了，当你听到某些话时，就扭头过去，好像有客人在招呼你一样，说‘我就来’，我会尽快赶回来。”

说完这些，他和他的妻子一同走下楼去，来到厨房，并向四周望了望，看看这儿是否还有新来的人。他从一根柱子上取下自己的帽子和披风，在墙角里拿了一根短的但很粗的棍子，又瞥了妻子一眼，好像是要她记住他给她的指示，然后便出去了。然而，就在他做这些准备工作的时候，脑子里接着在伦佐床边展开的思路想了下去，他一边走着，一边想着。

“真是个顽固的乡下人。”因为，不管伦佐怎样掩饰自己是个乡下人的事实，他的言辞、发音、相貌以及行为动作都无法隐瞒他的真实身份。“在像今天这样的日子里，多亏了我的计谋和判断，我原想已经保全了自己的清白，而你却在最后关头出现，坏了我的好事儿。难道米兰城里没有旅店吗？干吗偏来到我这家呢？你要是一个人来的话，我今晚便睁一只眼闭一只眼就过去了，到明天早上再给你说明情况。然而，我亲爱的先生，你却还带了一个人来。更重要的是，还是和一个警长一起来的。”

一路走来，店主遇到一些行人，要么一人踽踽独行，要么三四个成群结队，一边走一边小声地谈论着什么。眼下当他正在自言自语的时候，他看到一支巡逻的士兵队伍，便立马往边靠了一点儿。他透过眼角瞟了他们一眼，又自言自语道：“瞧，这就是执法队。而你，一头蠢驴，只因为看见一伙人上街喧嚣滋事，你就脑子里空发奇想，以为要翻天了。你打着这样的如意算盘，就毁了你自己，而且还想把我也毁了。这就大错特错了。我尽我所能来帮助你，而你，你这蠢蛋，却在我的店里制造混乱。如今你得自己想办法脱离困境，而我也只能自保了。我难道出于好奇想知道你的名字不成？你叫萨迪厄斯或是巴塞洛缪，与我又有何干呢？你以为我就那么想把那支笔拿在手里？谁不想照着自己的方式来行事？我也知道，正如你知道的一样，有一些公告确实没有任何意义。但要一个乡下人来告诉我这些，这也够新奇的了。然而你却不知道，那些针对旅店主的公告却是会严格执行的。你假装说自己周游世界，还信口胡说，你不知道，倘若一个人想要按照自己的意图办事，想要无视公告的存在，首先要做的便是不要在公共场合反对它。如果一个可怜的旅店主赞同你的观点，不登记任何来他店里投宿的客人的姓名，你这蠢货，你知道他会遭到怎样的处罚吗？公告规定：旅店主、酒店主以及其他店主，违反上述规定者，处以300克朗罚款。就有人虎视眈眈地等着300克朗，这下钱可花到点子上了。罚款三分之二上交王室，其余则奖励举报者或告密者。这是多诱人的诱饵啊！若无力上交罚款，则服五年苦役，或根据总督大人的意愿，给予身体上更重的惩罚，或罚款加倍。就这样，你还得对他感恩戴德的。”

这样想着，店主已来到了警察署的大门口。

这儿就像其他所有的衙门一样，正忙碌不堪。大家正忙着下达命令，以控制第二天的局势；设法消除可能引发不满的种种托词，抑制那些可能引发新的暴乱的人的激动情绪，确保权力回归到通常掌权的人的手中；增加守卫粮食督办家侍卫的数量，用木料和马车封锁街道两端；命令所有的面包商不停地做面包，派遣使臣到临近地区，命令各地向城里运送谷物；

每个面包房都派一些贵族人士去，让其负责监管第二天早上的面包分配，运用自己的权威好言相劝，以制止那些捣乱分子。但是，俗话说“砸了铁箍还得砸桶”，得软硬兼施嘛。为了施点儿小小的威慑力好使那些劝告更有效，于是当局又想到要采取措施抓上几个煽动分子，而这便是警察署长官的主要职责。读者们可以想象，那位左额头被人们用石子击中，至今头上还涂着药水的长官，对于那些暴乱分子的态度会怎样。暴乱一发生，他的警犬就到了现场。那个自称为安布罗焦·富塞拉的人，正如店主所说，就是一位便衣警察。他受命四处察看，抓住暴乱现场的某个暴乱分子，将其记住，以便识别，待到晚上夜深人静之时或第二天一早将其抓获。他才听了伦佐的几句演讲，就将其作为主要目标人物，认定其正是他要找的人。随后，他发现伦佐才刚来到此地，人生地不熟的，本想将其拿下，送进监狱，因为这家客栈是本城最安全的客栈。但正像我们所看到的，他未能得手。但是，他还是套取了部分信息，知道了伦佐的名字、姓氏、籍贯以及其他很多揣测出的信息。因此，当店主来到警察署，告诉自己知道的有关伦佐的事情时，他们知道的比店主还多。店主走进了他平常进的那间房，禀报说他的店里来了一位陌生人要求住宿，但那人却不愿透露自己的姓名。

“你将此事告诉我们，已履行了你的职责。”一位刑事书记官放下了手中的笔说道，“不过，我们已经知道此事了。”

“真是奇了怪了！”店主心想，“他们肯定绝顶聪明！”

“而且我们还知道，”那位书记官继续说道，“那陌生人的尊姓大名。”

“还知道姓名啊！他们是怎么知道的呢？”店主又暗自思忖。

“不过，”书记官严肃地继续说道，“你没有坦率地说出全部实情。”

“我还要说什么呢？”

“哈哈，哈哈，我们很清楚，那人带了大量偷来的面包，哦，不，是抢来的面包，从暴乱中抢来的面包住进你的客栈。”

“那人来时，兜里是有一块面包，你觉得我会知道他的面包是从哪儿得到的吗？我以性命担保，并敢肯定地说，我只瞧见了一块面包。”

“好哇，你总在为自己辩解，替自己开脱，谁要是信了你的话，那都成诚实的人了。你如何证明他的面包是合法获得的呢？”

“我为什么要去证明这个？我跟这个毫不相干，我只是个店主。”

“但是，你无法否认你的那位老主顾十分鲁莽，说了一些辱骂告示的话，还做了些亵渎大人徽章的可耻举动吧？”

“请原谅，先生。我才第一次见他，怎么能将他称作我的老主顾呢？是个魔鬼——请允许我这么说——将他送到我的客栈来的。你看，先生，要是我认识他那我又何必来问他的名字呢？”

“好吧，可在你的客栈，当着你的面，有人竟在煽风点火、建议叛乱、散布不满、不停抱怨、大声喧嚣。”

“善良的先生，那么多吵闹的顾客同时都在说话，乱哄哄的，你让我如何注意到他们的胡话呢？我得照顾我的生意，因为我是个穷老板。此外，先生你也很清楚，那些话太多、管不住自己的舌头的人，常常动辄就使拳头，尤其是当有一大群人时……”

“好，好，就让他们去吵，去打。明天你就会看到，他们的那些花招能不能使得出来。你觉得会怎么样？”

“我根本没想过此事。”

“你以为那一群暴民真能在米兰得势？”

“噢，就是这样想的。”

“咱们等着瞧，等着瞧吧！”

“我非常清楚，国王始终是国王，谁该受罚就得受罚。但是，一个家庭的穷父亲，自然不愿牵扯到这些事，这事得由你们有权势的大人物去管。”

“你的客栈还有很多顾客吗？”

“还有很多。”

“你的那位顾客，在干什么？他还在大喊大叫，煽动群众，想再次发动暴乱吗？”

“先生，你说的是那位陌生人啊，他已经睡觉了。”

“这么说，你那里还有很多人……好，注意别让他们溜走了。”

“我也得充当警察？”店主心想，既没有回答是，也没有回答不。

“那就回去吧，小心点儿！”书记官重新说道。

“我一直都很小心的。先生你说，我几时违背过法令？”

“得了，得了，你别以为法律已丧失了它的威严、权力。”

“上帝明证，我从没那么想过，我只想经营我自己的客栈。”

“又是这套老调儿，难道你就不会说点儿别的？”

“那，先生，你希望我说点儿别的什么呢？真理只有一个。”

“好，我们已知道你所禀报的事，要是案子有需要，你得给我们衙门提供更多特殊的案情，仔细回答问你的问题。”

“我还要禀报什么呢？我什么都不知道，我的头脑顾自己的生意都差点儿顾不过来。”

“注意点儿，别让他跑了。”

“我希望您能转告尊敬的警长大人，我及时赶来这儿履行了我的职责。请允许我告辞了！”

天破晓时，伦佐已经打了将近七个小时的呼噜了，并且仍然睡得很香。此时，他的两个胳膊被人粗鲁地摇晃着，一个声音从床脚处传来，大喊道：“洛伦佐·特拉马利诺！”这声呼喊让他清醒了点儿。他摇了摇，抽回了两只胳膊，艰难地睁开双眼，看见床脚那儿站着一个身穿黑色衣服的人，而他的枕头两边站着两个带有武器的人。他十分惊讶，加之没有完全清醒，而头一天晚上喝的那些酒使他仍迷迷糊糊的，于是他又躺下了片刻，好像很迷惑似的，认定自己是在做梦。不过，他并不喜欢这个梦，接着便摇了摇自己以便完全清醒过来。

“喂，你听见没？洛伦佐·特拉马利诺。”戴着黑色斗笠的那人说道，他正是之前晚上的那个书记官。

“快起来，快起来，快起来跟我们走。”

“洛伦佐·特拉马利诺，”伦佐说道，“这是什么意思？你们想让我干什么？谁告诉你们我的名字的？”

“少废话，快起来。”站在伦佐身旁的一位警官再次抓住他的胳膊，说道。

“啊，好哇，你们这行为好野蛮啊！”伦佐大声喊道，抽回了自己的胳膊，“店主，喂，店主！”

“要不我们就让他穿着衬衫把他带走？”那位警官看着书记官再次问道。

“你听见没有？”书记官对伦佐说道，“要是你不赶快穿上衣服，同我们走，他们就会那样做的。”

“为什么？”伦佐问道。

“警长会告诉你为什么的。”

“我，我是个老实人，我什么都没做，我很吃惊……”

“要是那样，当然最好，到时你就只会被问几句话，然后就可以去干你自己的事了。”

“现在就让我走吧，”伦佐说，“我没干违法的事。”

“别说那么多，快点儿把衣服穿上。”一位警察说道。

“我们就这样把他抓走吗？”另一位警察问道。

“洛伦佐·特拉马利诺！”书记官喊道。

“你是怎么知道我的姓名的，长官？”

“就按你们说的做吧！”书记官对那两个警察说道，他们立刻用手去抓伦佐，将其从床上拽了下来。

“嘿，不要伤我一根头发……我自己会穿衣服。”

“那你就自己穿吧，快点儿穿好！”书记官说道。

“我不是正在穿吗？”伦佐回答说，接着便开始去拿衣服，他的衣服被扔在床上，到处都是，就像是遗留在海岸上的船只的遗骸一样。他一边穿衣服，一边继续说道：“我不想去见警长，我不想去，我同他毫无关系啊。既然你们这般侮辱我，请带我去见费雷尔，我认识他，我知道他是一位绅士，他还欠我的情呢！”

“好，好，孩子，我们会带你去见费雷尔的。”书记官说道。要是在其他情况下，对这样一种要求，他肯定会哈哈大笑，不过，现在还不是笑的时候。刚刚到这儿来的时候，他就注意到街上有骚乱的迹象，但他不是很确定这到底是昨天那场暴乱尚未完全镇压，还是又一场新的暴乱。街上挤满了人，有的成群结队地走着，有的三五成群站在一堆。这时，他不动声色地，或者说，至少他努力做出不动声色的样子，仔细地倾听着，感觉人们的谈论声越来越大。这让他马上就想离开，但是他又希望伦佐心甘情愿地、安静地跟着自己走。因为，要是他同伦佐闹翻了，走到街上去，他不敢确定就是三个人对付一个人了。因此，他同那两位警察使了个眼色，让其耐心点儿，不要激怒了这位年轻人，而他自己也竭力说些好话来劝服伦佐。此时，伦佐一边快速地穿着衣服，一边努力地回想着前一天发生的混乱情形。最后，他大致猜到，那个关于告示和姓名的谈话，可能就是这次遭遇的祸因。但是，这个人怎么会知道自己的姓名呢？昨晚究竟发生了什么事，以至于衙门如此自信地前来抓一位诚实的年轻人呢？况且这位年轻人昨天在集会上还大出了一番风头。看来，并非所有的人都在睡觉。因为，伦佐也注意到街上越来越吵了。他看了看书记官，发现他竭力想隐藏住，可却又隐藏不了他脸上那犹豫不决的神情。最后，为了证明自己的猜测是正确的，并弄清楚这些警察的意图，还为了拖延时间甚至碰碰运气，伦佐说道：“我很清楚所有这一切的起源，这全是源于我的姓名。昨晚，我是喝得有些糊涂了，这些店主的酒有时真害人，有时，我的意思是说，你们也知道，一杯酒下肚，人就会滔滔不绝地乱说话，一说就说个没完。但是，如果只是这个原因，那我现在就能满足你们的任何要求。此外，你们也已经知道我的姓名了，究竟是谁将我的姓名告诉你们的呢？”

“做得好，孩子，做得好。”书记官以哄骗的语气说道，“我看得出来，你还是挺聪明的，相信我吧，我是个懂行情的人，你比别的许多人都要聪明。你得尽快摆脱这个困境，按照你的性情，到我们那里问你一两句话，就会让你脱身，到时候你便自由了。但是，你要明白，孩子，我也只是奉命行事，并没有权利释放你，尽管我很想这样做。走吧，安心地跟我们走吧，动作快点儿，当他们知道你是谁时，我会为你辩解的，尽管交给我去做吧。够了，够了，快点儿吧，我的孩子。”

“啊，我明白你没有这个权力。”伦佐说道，他继续穿衣服，那两个警察暗示他，倘若他不迅速穿好的话，他们便会帮助他，但是伦佐拒绝了。

“我们会经过大教堂广场吗？”伦佐问道。

“不管你想走哪条路，但请选择最短的路，这样便可以让你尽快获得自由。”书记官说着，但心里却十分恼火，因为他不得不把伦佐这个神秘的问题放下，而这个问题却能够为数以百计的质问提供线索。“真是生不逢时啊！”书记官暗自思忖着。“看，现在这个家伙落在了我的手里，很明显，他可是个话痨子。只要给他一点儿时间，就算不用严刑逼供，他也会像和朋友聊天一样，轻松地交代所有的事。在这不幸的时刻，他落入我的手里，我们可以在他毫无察觉的情况下，便对他进行审问，然后将其关进监狱。好了，已经没有别的法子了。”他全神贯注地听着，头稍稍向后仰，继续想到，“没有别的办法了，今天好像比昨天更加糟糕。”他这样想，是因为听到大街上不同一般的喧闹声。他忍不住打开窗子偷偷地看了一眼，他看到一支巡逻的士兵队伍正在驱散那些成群结队的市民。刚开始的时候，那些市民只是以辱骂作为回答，最后还是抱怨着离开了。而士兵们对其礼貌的态度却使书记官认为这是一个毁灭性的信号。关上窗子后，他踌躇了片刻，不知道该自己去完成这项任务，还是将伦佐交由两位警察看管，自己跑去向警长汇报这件事情并告知自己遇到的困难。“但是，”他立刻又想到，“他们一定会说我是一个胆小鬼，是一个卑劣的无赖，说我原本该执行命令的。在其位就得谋其政，这该死的人群，这该死的职业。”

伦佐起身站在两位警察中间，书记官示意两位警察不要给他施予太多的暴力，并对伦佐说：“拿出勇气，我的孩子，我们走吧，快点儿。”

伦佐认真听着，看着，心里盘算着。他几乎穿好了衣服，只是还没有披上马甲，他一只手拿着马甲，另一只手在他的口袋里摸来摸去。“噢，”他神色郑重地看着书记官，说道，“我亲爱的先生，我的口袋里原有一些钱和一封信的。”

“所有东西都会如期地归还给你，”书记官说道，“当我们完成了这几项手续过后。快走吧，快走吧。”

“不，不，不，”伦佐摇摇头说，“你们不能那样做，我得拿回我的钱，我的先生。我会交代我的事，但是我得拿回我的钱。”

“我会证明给你看，我是信任你的。拿着吧，快走。”书记官说着，便从怀里拿出那些扣押的东西，深深地叹了口气，交给了伦佐。伦佐收下后，便放进了自己的口袋里，嘴里还念叨着：“离我远点儿吧！你是和贼人打交道的，当然也学会了一些他们的本事。”两位警察似乎已经失去了耐性，但是书记官给他们使了眼色，示意他们要控制住。他自言自语地说：“只要你跨进那个门槛，我就会让你付出代价的，你一定会付出代价的。”

当伦佐穿上马甲，戴上帽子的时候，书记官示意其中一个警察先下楼去，犯人跟在他后面，随后便是另外一个警察，而他自己则走在最后。然而，当他们走过厨房的时候，伦佐问道：“那位好心的店主藏到哪儿去了？”书记官又示意两位警察，他们便非常迅速地用一种工具扣住了伦佐的手腕。这种工具被起了个委婉的名字叫作“腕套”。（很遗憾，为了让读者更加明白，我们不得不交代一下相关的细节，诚然这同历史的严肃性是不相称的）所谓腕套，只是一条比常人的手腕的圆径略长的绳子，两端各系着一个很像橛子的木片。捕人者先用绳子套住犯人的手腕，再用中指和无名指夹住两根木橛子，握紧拳头，只消将手转动，便可随心所欲地绞紧绳子。采用这种刑具，不仅能使犯人无法逃脱，而且还能使那些执拗倔强之人饱受痛苦。为了更有效地达到这个目的，其还在绳子上打了很多结。

“你们这是干什么？竟对一个善良老实之人……”伦佐挣扎着大声吼道。

然而，对于每一件恶意的事情，书记官都能说出冠冕堂皇的好听的话。他回答道：“再忍耐一下，他们也只是在履行职责而已。再说了，你又拥有什么呢？这只是例行公事，走走过场。有时候我们总不能按照自己的意愿来对待每一个人。如果我们不遵从命令，我们便会遭殃，而你会更惨。所以，再忍忍吧！”

书记官这样说的时候，两位警察突然猛拉了一下手铐，伦佐忍受着疼痛，就像一匹不听使唤的马忍受剧烈的鞭抽一样，他大声喊道："那我就再忍忍吧！"

"好样儿的，小伙子。"书记官说，"这是摆脱现在处境的最佳办法，你觉得该怎样做呢？我也知道这是件烦人的事儿，但如果你好好表现，很快便会摆脱它了。看得出来，你也很赞同这个做法，我是很乐意帮助你的。为了你好，我还得给你另外一个劝告，你必须得相信我，因为在处理这些事上，我比你有经验——在大街上，你就直走，不要东张西望或者引起别人的注意。这样就没有人会注意到你，也就没有人会觉察你是做什么的，你也因此维护了自己的荣誉。再过一个小时，你就自由了。现在还有很多事要做，他们也想尽快完成这件事，除此之外，我也会为你说情……你很快就可以去做你自己的事，而且没有人会知道你曾落入执法部门的手里，而你们……"他转向两位警察，神情严肃地接着说，"你们一定要注意，不要伤害他，因为我会保护他。你们只是履行职责，但要记住这是一位很正直的人，一个很有礼貌的青年。再过一会儿，他就自由了，而且他将尽力维护他的名誉。你们三个走在一起要像三个老实人一样，一定不要让人看出点儿什么来。"最后，他以命令式的口吻说道："你们听明白了吗？"然后，他转向伦佐，眉头舒展，微微笑着，好像在说："我们是好朋友！"继而又小声地对伦佐说："一定要小心，按照我说的做，不要东张西望。要相信一个希望你好的人，走吧！"说完，这支护送队伍便出发了。

然而，对于这些华丽的辞藻，伦佐一概不信。书记官说希望他好甚于他希望那两个警察好，说他是如此关心自己的名誉，说他很乐意帮助他，这些话他通通不信。他很清楚地知道，那位看似善良的先生害怕他在半路上逃跑，所以才说了这些谄媚讨好的话，他这样做只是为了使伦佐转移注意力，不要趁机逃走。然而，所有的这些话只是让伦佐反其道而行之。

谁也不要由此认为我们的书记官是个毫无经验的新手，因为谁要是这样想，那他可就大受蒙骗了。我们的作者似乎是这位书记官的一个朋友，他说他是一个老奸巨猾之徒。但此时此刻，书记官的内心却躁动不安。要是在他头脑清醒之时，我敢说，倘若他看见有人为了怂恿别人去做就连自己都疑虑的事情，便装出一个朋友的样子，借口说要贡献自己大公无私的建议热心地予以启发和劝导，他肯定会嘲笑这样的人。然而，这确是人类普遍有的趋向：当他们焦躁不安，内心对某些事困惑不解的时候，倘若发现别人能够帮助他们解除困惑，于是便以各种借口或托词，迫切而执拗地恳请别人去做。就连那些恶棍也不例外，当他们感到不安或困惑时，仍然逃不出这个规律。因此，当他们遇到类似的情况，他们常常出尽了洋相。那些狡诈之徒通常采用一些奸诈的计谋来取胜，而这些似乎已经成为他们的第二天性。在心神稳定、头脑清醒的状态下，在适当的时候使用这些招数，不知不觉间他们便准确地命中了目标。就算事成之后被发现，他们仍能得到普遍的赞扬。当他们的雇主遇上麻烦时，他们便会匆忙地、慌乱地使用这些手段，既没有做更多的思维判断，而且动作也不文雅。因此，当那些旁观者看到这些恶棍这样慌乱地忙碌时，既表示同情，又觉得好笑。那些他们原本想要欺骗的人，尽管没有他们那样狡诈狡猾，却都很清楚他们到底在玩儿什么把戏，并能从中获得些信息，并借此以其人之道还治其人之身。因此，让那些职业恶棍永远保持清醒是不可能的，或者永远成为强者，这才是最可靠的。

伦佐一走在大街上，便忍不住开始东张西望。他扭动着身子，竖起耳朵仔细地听。然而，大街上却没有不同以往的群众——尽管从某些过路人的神情可以轻易地看出某种骚乱的情绪——但每个人都只顾走自己的路。至于骚乱，可以说根本没有这回事儿。

“精明一点儿，精明一点儿，”书记官在他背后轻声嘀咕道，“你的名誉，你的名誉，我的孩子。”然而，伦佐却注意到迎面走来的三个神情激动的人，听见他们说什么“面包房、隐藏起来的面粉和正义”之类的话，他开始对他们使眼色，并且不断大声地咳嗽，让人觉得这并非是因感冒而咳嗽。那三个人便仔细地打量了一番这个护送队伍，然后停下了脚步，另外一些路过的人也停了下来，还有一些已经走过的人听见那叽叽喳喳的说话声也都折了回来，加入了这个群体。

“你要好自为之，精明一点儿，小伙子。你也看出来了，这对你没有好处，不要半途而废，记住你要保持你的名誉，名誉啊！”书记官在伦佐耳边小声地说道，而伦佐却全然不听。两位警察用眼神交流了一下，认为自己做得很对（每个人都容易犯错），便将手铐拉得更紧了。

“啊！啊！啊！”痛苦的伦佐大声喊道，听到这叫喊声，路过的行人都聚集在一起，其余的人从街道的各个方向走过来聚在一起，挡住了这队伍的去路。“他是个犯人。”书记官对围观的人群说道，“这小子犯了偷窃罪！退后，让执法人员过去！”伦佐看见两位警察的脸变白了，或至少是脸色苍白，心里想到：“如果我现在不求救，那就没有机会了。”于是他立刻大声喊道：“朋友们，就因为我昨天呼吁了‘面包和正义’，他们要抓我去坐牢。我什么都没有做，我是一个老实正直的人。救救我，不要抛弃我，我的朋友们！”

作为回答，人们发出哝哝的声音，继而发出一阵阵表示要帮助他的声音，这声音清晰可闻。两位警察先是命令靠他们最近的人让出一些空间好让他们过去，相反人们前呼后拥，根本就没有要让开的趋势。这两位警察要求他们让路，甚至是祈求，但都丝毫没有用处。他们看到对自己如此不利的处境，便松开了拷在伦佐手上的手铐，混进了人群中，悄悄地逃走了，以免被人发现。这个书记官也想趁机逃走，但他的黑色披风却使他陷入了更加糟糕的境地。这个可怜的家伙，脸色苍白，内心绝望，他尽其所能蜷缩着身子，希望钻出人群，但是他根本就不敢抬头看，害怕看见大伙儿看他的眼神。他想方设法把自己伪装成一个恰好路过此地的陌生人，却发现自己被人群死死地包围着，就像冰窖里的一棵稻草，根本无法动弹。他和一个人面对面地碰上了，那个人的神情比别人更加严厉，更加可怕。书记官强迫一笑，假装无知地问道：“这是怎么回事？”

“哼！你这丑陋的大乌鸦！”那个人回答道。“乌鸦！乌鸦！”四周都回荡着这个声音。人群叫骂着，同时又推挤着，因此，在很短的时间内，他一面靠着自己的双脚，一面靠着人群推挤的力量，终于实现了自己当时的迫切愿望——在拥挤的人群中找到一个安全出口，逃之夭夭。

第十六章

“快逃，快逃，善良的孩子，这儿是修道院，那儿是教堂，快从这边走，噢，还是从那边跑。”周围的人对伦佐喊道。至于逃跑，读者可以判断一下，伦佐还需要别人来叫自己逃跑吗？从他被那几个警察抓住的那一刻，他就想过要逃走，并且开始构想他的计划，而且下定决心要是他能成功逃脱，他一定会马不停蹄地马上逃出这个城市，逃出米兰的领地。因为，他暗自思忖道，不管他们是如何得知我的姓名的，他们都已将我的名字记在黑名单上了；而有了我的姓名，不管什么时候，他们都能抓到我。至于说避难所，只要那些警察还在追捕他，他就不会愿意去求助。因为，要是我能成为一只自由鸟，他又暗自思忖道，那我绝不愿成为一只笼中鸟。因此，伦佐决定去贝加莫地区的一个小镇避难，那儿居住着他的表兄博尔托洛。读者可能还记得他，他就是那个多次叫伦佐搬去他那儿小住的那个表兄。但是，现在的问题是伦佐该怎样去那儿。伦佐如今身处一个陌生城市的陌生地区，他连要穿过哪扇门去贝加莫都不知道，即使知道，他也不知道走哪条路可以到达那扇门。他站在那儿想了一会儿，不确定自己是不是该找个人问问路。但是，就在他思考的短暂时间里，他想起了自己的处境，想起了那位乐于助人的制剑工人——那人自称为四个孩子的父亲。因此，经过考虑，他不愿把自己的打算透露给公众，因为公众中可能有与制剑工人相类似的人。因此，他决定要尽快离开那里，待来到一个没人认识他又不知道他为什么要问路的地方，再向旁人问路。他对解救自己的人说道："谢谢，谢谢，我的朋友们，上帝会保佑你们的。"接着，他便急急忙忙地穿过那条人们刚刚为他让出的路，快速地向前跑去。他穿过一条小街，跑过一条小巷，又继续向前跑了一会儿，他自己也不知道究竟要去哪儿。当他觉得自己应该跑了很远时，这才放慢了速度，以免引起怀疑。他开始打量四周，想找一个面目和善可以信任的人问路。不过，在此也有必要小心警惕。因为问路本身就让人起疑心，加之时间紧迫，一旦那几位警察从那小小的困境中逃离出来，毫无疑问，他们肯定会重新追捕他这个逃跑者。那他逃跑的消息甚至就可能会传到此处。在这种情况下，伦佐可能要仔细打量十多个人的面貌，才能遇上一张符合自己要求的面孔。那个站在自家小店门口的胖子，叉着双腿，手背在背后，挺着个大肚皮，脸向上望着，垂着双下巴。他无所事事，时而让踮起的脚尖支撑着他那肥胖的身体，时而又将他那肥大的身体全都压在脚跟上。他看上去很像一个多嘴多舌爱打听消息的家伙，看他那样，他不仅不会回答问题，反倒会问很多问题。另一个迎面走来的人，双眼紧紧盯着前方，嘴唇向下垂着，他看起来几乎都不知道自己要走哪条路，又怎么能准确、迅速地替别人指路呢？说实话，那个个头高长得又结实的小伙子，看上去确实还挺精明的，不过有一副不怀好意的样子，他可能会弄个恶作剧——给一个可怜的陌生人指的路正与之想去的路完全相反。确实，对一个处于困难中的人来说，几乎所有的一切看上去都是新的困难。最后，伦佐两眼紧紧盯着一个正快速迎面走来的人。他暗自思忖道，这人可能有些要紧事要做，肯定会立刻给他指路，以便摆脱他。伦佐听到那人自言自语，认定他肯定是个毫无心机的人。因此，伦佐向那人走去，问道："打搅一下，先生，你可否告诉我去贝加莫该怎么走呢？"

"去贝加莫吗？走东门。"

“谢谢你，先生，那该怎么去东门呢？”

“走左边这条街，到教堂广场，然后……”

“这就够了，先生，其余的我知道了，上帝会奖赏你的！”说完这句话，伦佐就朝着那个指路人给他指的路走去。指路人站在那儿，瞧了一会儿他的背影，回想着他走路的姿势以及他问的问题，心里暗自想道，伦佐要么是在追赶某个人，要么就是某个人在追他。

伦佐到了教堂广场，穿过它，经过了一堆灰烬和熄灭的炭火——他认出这就是昨天自己亲眼见过的那堆炭火的残渣。随后，他沿着教堂的台阶走着，又看见了那个毁坏了一半的面包房，现在这面包房正由侍卫守护着。他继续向前走着，走过那条昨天与人们一起拥挤过来的街道，来到了嘉布遣会修道院前。他深深地叹了一口气，对自己说道：“昨天那个修士给我的是一个好的建议，他叫我待在教堂，好好祈祷。”

伦佐在这儿站了一会儿，侦查着那扇他要通过的大门。他远远地看去，发现城门口有许多侍卫守卫着，于是便觉得很紧张（大家应该对他感到很遗憾，因为他的紧张自有道理），甚至有点儿不愿通过那扇门了。如今，这避难所近在眼前，加之有了这封推荐信，他若进去，定会得到很好的招待。这样想着，他的心中升起了一种很强烈的愿望，很想立刻就进入这修道院。但是，他很快又恢复了勇气，心想：“我要尽我所能，做一只林中之鸟。谁认识我呢？并且那几个警察又没有分身之术，不可能到每个城门口来抓我。”接着，他往身后看了看，看警察是不是从后面来了，不过既没看到他们，也没看到任何注意自己的人。因此，他又朝前走去，放慢了速度，因为那两条该死的腿总是不由自主地往前跑，而他现在最好就是慢步走着。于是，他吹着口哨，从容不迫地到了城门口。在城门口， 有一批税务稽查官及一组前来增援的西班牙士兵把守着。不过他们全都注视着城外，禁止外面的人进入城内。那些人听说城里发生了暴乱，就像乌鸦聚集上战场般，想涌入城内。就这样，伦佐默默地向前走着，两眼盯在地上，走出了城门，没有任何人询问他，不过他的心却怦怦地跳个不停。他的步伐既像个旅行者，又像个普通的过路人。伦佐看见右边有条小路，便走了上去，以避免走大路。他继续向前走了好一会儿，根本没回头看一眼。

他一直向前走，经过了许多村庄和农舍。不过在经过时，他并没有询问这些地方的名字。他确信自己已经离开米兰，希望自己已在去贝加莫的路上了，而眼下这些对于他来说就足够了。他在向前走时，时不时会往身后望望；有时，他会看看自己的两只手腕，并揉一揉，因为它们仍然有点儿麻木，残留着手铐留下的红色淤痕。大家可能想象得到他此刻的思绪，懊悔、不安、憎恨、愤怒、温情正交织在一起，乱作一团。他努力思索，回忆着那天晚上他所说的话和所做的事，想揭开自己这可悲的经历的诡秘之处，尤其是想知道那些人是怎样得知自己的姓名的。他的疑问自然而然地落在了那位制剑工人身上，他记得自己曾对他坦言相告。回想起那人从他口中套取姓名的方式，加之他的种种行为，还有他主动谈起什么，完了总是想从自己口中探出点什么来，伦佐原先的怀疑现在变得可以说是确信无疑了。除此之外，他还记得自己在制剑工人离开后继续说了很久，但是是对谁说的呢？说了什么？尽管他努力回忆，可就是想不起来。这只让他想起那晚他一直都是和人们在一起的。可怜的年轻人越想越迷糊，就像一个在许多白纸上签了字据的人一样，将白纸交给了一个他自认为高尚诚实之人，结果却发现是个大骗子。现在他想弄清自己究竟被骗到了什么程度，可这又怎么能查得清呢？只有一片混乱。另一件令他觉得很苦恼的事是怎样为将来制定一个切实可行而不是虚无缥缈的计划，或者，至少不是一个令人沮丧的计划。

然而，他现在更担心的是寻找自己的路径。在冒险走了一段路之后，他觉得有必要向旁人问问路。不过，他又特别不情愿说出“贝加莫”这个词，仿佛这名字很危险，会令人怀疑似的，可他不说又不行。因此，他决定像在米兰问路那样，向第一个他觉得外貌可信的人问路，不久，他就遇到了这么一个人。

“你走错路了。”那人回答道。他思考了一会儿，接着一边说一边用手势，为伦佐比画着怎样绕个圈，再回到大路上。伦佐感谢他为自己指了路，接着便假装朝他指的方向走去，尽管事实上，他走了那条路，不过他只是想尽量靠近那条大路，不让它消失在自己的视线范围内，同它保持一定的距离，但是却不踏上这条大路。这计划构想出来很容易，可实行起来却很难。结果就是，伦佐一会儿向左走，一会儿又向右走，走了个“之”字形。有时，他按照路人给他指的路走，有时又根据自己的判断加以纠正，使之符合自己的意图，然后再走。有时，又索性让脚下的路引着自己往前走。最后，我们这位逃难者大概走了十二英里，可实际上才走出离米兰不到六英里远。至于说贝加莫，如果他没有越走离它越远的话，还是很有可能走到的。最后，他感觉要是继续采用这个办法的话，那他永远也走不到尽头，于是他决定另找补救之法。他想到了一个点子，向人询问贝加莫同米兰交界的某个村镇的名字，这个村镇肯定会有通向贝加莫去的小路，他只需问得这些小路，而不用再提贝加莫的名字，因为这名字对他而言，有种想逃脱、跑掉、犯罪的感觉。

正当伦佐在思考着既可以获取所有这些信息，又不惹人怀疑的方法时，他看见了一个小村庄，村庄外有一间孤零零的房子，门口挂着标志着小旅店的几根树枝。他早就感觉需要吃点儿东西，补充点儿体力了，而且他心想还可以在这儿问路，于是便走了进去。房间里只有一位老妇人，她的身旁放着一根卷线杆，手中握着纺锤。伦佐问老人有没有什么可以吃的东西，老人说有一些奶酪和好酒，于是，他很高兴地要了一些奶酪，婉言拒绝了酒，因为昨晚喝酒酿成的大祸已使他对酒产生了厌恶之感。接着，他坐了下来，请求老人尽快拿来食物。老人很快便将食物拿来了，然后开始询问她的客人伦佐。她一会儿问伦佐的自身情况，一会儿又问米兰发生了什么大事，因为那场骚乱的风波已传到了此处。伦佐不仅非常机敏地回答了她的问题，还将这些难题化为了良机。当老人询问他要去何处时，他便利用她的这一好奇心，让其为自己的打算服务。

“我去过很多地方，”伦佐回答说，“要是有时间的话，我还想去一个小村庄，或者是个大村庄，该村庄通向贝加莫，临近边界，不过还是属于米兰地区……这村庄叫什么名字来着？”“那里肯定会有这样一个村庄。”与此同时，伦佐这样暗自思忖。

“你是说戈尔贡佐拉。”老太婆回答道。

“戈尔贡佐拉，”伦佐重复说道，好像是为了更好地记住这个名字，“这个地方离这儿远吗？”他问道。

“我不太清楚，也许十英里，也许有十二英里，如果我的一个儿子在家的话，他会告诉你的。”

“您认为我不走那条大路，就沿着这条不错的小路走，能够走到那里吗？大路上太多灰尘了，多得令人感到震惊。已经太久没有下雨了。”

“我想这是可以的。你出去之后向右走，到第一个村庄后，向别人打听一下就知道了。”这个老太婆还把村庄的名字告诉了伦佐。

“好极了。”伦佐说。他站起身来，把这顿勉强够的午餐所剩下的一块面包拿在手里，这块面包与他昨天在圣迪奥尼吉十字架拣到的面包相差太远了。他付完账后就离开了，并向右边的路走去。他特别小心，防止多走很多绕路，嘴里不停地念叨着戈尔贡佐拉这个名字。他穿过一个又一个村庄，直到太阳下山的前一个小时才到达目的地。

还在路上的时候，伦佐便决定在这里休息一下，吃一顿比较丰盛的晚餐。他的身体已疲惫不堪，需要休息。然而，与其这样来满足这个愿望，还不如直接昏厥在地上来得直接。他又想去一个旅店打听一下这里离阿达河到底还有多远，还想打听一下是否有捷径通向那个地方，因此尽管是在黄昏时候，他稍作休息后，便立刻出发了。可以这么说，伦佐是在这条河流的第二个源头出生的，也是在那里长大成人的。他曾经听说，这条河流的某个地方是米兰和威尼斯的分界线，他不知道这条分界线到底在哪里，也不知道在什么地段。然而，在那个时候，当务之急便是渡过阿达河。如果当天他没有到达目的地，只要时间和精力允许，他便决心继续走下去，然后在一个田野，或荒地，或任意什么地方（只要不是旅店就行）休息，等待第二天的到来。

在戈尔贡佐拉的街上走了几步，伦佐看见一个旅店招牌，于是走了进去。旅店老板急忙上前来迎接他，他点了一些吃的，还要了一小瓶酒。走了这么远的路，过了一整天，他原来对酒怀有的极度厌恶感也消失了。

“希望您快点儿上菜，”他说道，“我休息片刻便要出发。”他之所以这样说，不仅仅是因为这本身就是事实，更是因为他幻想着自己今晚在此留宿，惧怕旅店老板再一次向他询问姓名，他从哪儿来、为何目的来此，等等。让这些见鬼去吧！

店主回答伦佐，饭菜马上就好。伦佐则在靠门边的一张桌子的一边坐了下来，这通常是那些想要避开别人的顾客坐的位置。

镇上几个游手好闲的人在店里坐了下来，在争论和评价了米兰前一天的重大事件过后，如今想知道现在发生了什么事。得知了事情的一点点消息后，他们的好奇心非但没有得到满足，反而越来越强。一场骚乱，既未获得成功，又没有被镇压下去，黑夜的到来使之悬而未决，而未被终结。这是一件只做了一半的事情，犹如一幕戏的落幕，而不是一出戏的结局。其中一个人离开了自己的队伍，来到伦佐旁边，问他是否来自米兰。

“我？”伦佐惊奇地说道，这只是为了争取更多的时间，好回答他的问题。

“是的，如果你允许我这样问的话。”

伦佐摇摇头，抿了抿嘴唇，不善辞令地说道：“据我从周围的人的话中获知，倘若不是不得已的话，现在这个时候不太适合去米兰。”

“那场骚乱今天仍在继续吗？”那个好奇的人迫切地追问道。

“恐怕得去过那儿的人才知道。”伦佐说。

“但是你——难道你不是来自米兰吗？”

“我从利斯卡特来。”伦佐立刻回答道，同时，他也想好了该如何作答。严格地说，他的确来自利斯卡特，因为他确实经过过此地。他是从一位路人那儿听说的这个名字，那个人告诉他那是去戈尔贡佐拉所必须经过的一个小镇。

“噢，”那个人说道，言外之意好像在说：你要是来自米兰就好了。然而，他继续问道：“在利斯卡特这个地方，你没有听到关于米兰的任何新闻吗？”

“在那儿，很有可能有人知道一些事。”伦佐回答道，“但是我什么也没有听说。”他这样说着，好像在说：该说的我都说了。那位好奇的人回到了自己的队伍，过了一小会儿，旅店老板给伦佐上了饭菜。

“这里距阿达河有多远？”伦佐低声地问道，就像一个半睡半醒的人一样，我们曾在某种场合见到过这样的神情。

“去阿达河？过河吗？”店主问道。

“就是说……是的……去阿达河。”

“你是想从卡萨诺大桥过去，还是想从卡诺尼卡坐船过去呢？”

“我不介意从哪里过去……我只是出于好奇，问问而已。”

“我所提的这两个地方，通常都是正人君子、清白之人过河会选择走的地方。”

“太好了，那到底有多远呢？”

“你可以想想到底走哪一条路，这两条路距这里都差不多六英里，或许还不到六英里。”

“六英里！我不知道会有这么远，”伦佐说道，“对了，”伦佐做出一副毫不在意的样子，甚至装模作样地问道，“对了，如果有人要抄近路，应该还有别的地方可以过河吧？”

店主好奇的眼神死盯着伦佐，回答道：“当然有。”这回答足以使伦佐将已到嘴边的其他问题咽下去了。他把盘子拉到自己面前，看了看店主放在桌子上的那一小瓶酒，说道：“这酒够纯吗？”

“像金子一样纯，”店主说道，“你随便问问村里的人就知道。况且，你也可以自己尝尝。”说完，便去招呼其他的客人去了。

“这些不怀好意的老板，”伦佐心里大喊道，“我见得越多，发现他们越坏。”然而，他却吃得津津有味。同时，他又假装一副毫不在意的样子，竖起耳朵偷听旁人的对话，看能否听到一些对自己有利的消息，看看这里的人对于他曾参与过的那次骚乱持何种态度。更重要的是观察这些说话人当中是否有一个正直的人，可以给他这个可怜的人提供一点儿信息，而不用担心会落入别人的圈套，也不会被迫说出自己的事情。

“但是，”其中一个人说道，“这一次米兰好像要大动干戈了。我觉得，最晚，到明天，我们就会知道了。”

“我真后悔今天早上没去米兰。”另一个人说道。

“如果你明天去，那我和你一起去。”第三个人说。“我也去。”“我也去。”很多人都跟着响应。

“我想弄清楚的是，”第一个人说道，“米兰的那些绅士们是否有考虑到我们这些乡下人？还是他们只是为了自己的好处而制定一些法律？你们知道他们是怎样的人，嗯？他们都是些高傲的城里人——人人都只为自己，根本不把别人放在眼里。”

“我们也有嘴巴，不仅用来吃，也用来维护我们自己的权力。”另一个人很谦虚地说道，“如果事情更进一步的话……”然而，他认为最好还是不要说下去了。

“说到藏匿的粮食，不仅仅只有米兰才有。”另一个人接着说，他的表情阴暗而狡猾。当一阵马蹄声邻近的时候，他们都跑向门口，当认出来者是谁时，便走上去迎接他。那是一个经常在此借宿的米兰商人，一年要去贝加莫两三次，由于他几乎总是在这里遇到这些人，所以大家都认识他。如今他们都围着他，一个人帮他拿着缰绳，一个人拿着马镫，并说道：“欢迎。”

“很高兴再见到你。”

“旅途顺利吗？”

“很好，你们最近可好？”

“都很好，都很好。有没有什么来自米兰的新闻啊？”

“啊。你们总是对那些有兴趣。”这位商人说道。他下了马，把马交给一个男孩看管。“而且，”他和众人一道进入旅店后，继续说道，“也许你们现在了解到的情况比我还多呢。”

“我向你保证，我们什么都不知道。”不止一个人把手放在胸口这样说道。

“怎么可能？”商人说道，“那么，你们就听我给你们讲些好消息……其实也许是不好的消息。喂，老板，我常睡的床还是空着的吧？很好，来一杯酒，上一些我平常点的那些菜，要快点儿，因为我得早点儿休息，明天早上很早就得出发，好在吃午饭的时间赶到贝加莫。你们……”他在伦佐对面的凳子上坐下来，接着说，“你们真不知道昨天发生的种种恶劣事端吗？”此时，伦佐默不作声，但却全神贯注地听着。

“昨天的事，我们也有所耳闻。”

“你们看，你们看，”商人说道，“你们都知道的。我就觉得，你们整天把守在这儿，要从过往的每个人口中打探……”

“但是，今天……今天事情进展得怎么样了？”

“噢，今天啊！你们不知道今天的情况吗？”

“确实什么都不知道。今天没有一个人从这儿经过。”

“让我先润润喉，然后再一五一十地告诉你们今天的情况。我会告诉你们的。”他给自己倒满了一杯酒，右手举起酒杯，左手的拇指和食指把两撇胡须往上梳理，又摸了摸胡子，将酒一饮而尽，他接着说：“我亲爱的朋友们，今天的情况差点儿就和昨天的情况一样糟糕，甚至更糟糕，我真不敢相信自己如今还能在这里跟你们讲述事情的经过，因为我本想把所有的旅程都搁置一边，留下来打理我那可怜的小店铺。”

“究竟发生什么事了？”他的一位听众问道。

“发生什么事了？你们且仔细听我说嘛。”他用刀切着端上来的肉，开始一边吃，一边继续讲述。站在桌旁两边的人们，张大着嘴听他讲。而伦佐，表面上看去根本不注意他在讲什么，但实际上听得比其他任何人都要认真。他慢慢地咀嚼着最后几口饭。

“今天早上，昨天那些搞暴乱的歹徒，又到了一个约定的地方碰面——他们早已相互串通，一切都安排妥当了——他们聚集在了一起，又开始故技重施，从一条街到另一条街，狂呼大叫，吸引群众加入他们。你们也知道，这就像是，请允许我打个比方——一个人打扫房间，越打扫垃圾堆越多。当他们认为自己已召集了足够多的人时，便朝着粮食督办家走去。仿佛昨天他们给他的教训还不够似的！唉，这群暴徒！他们还编造了一些诬蔑督办的话，全是无中生有！我得说，那位督办确实是个正人君子，我同他很熟，负责供应他家里仆人的衣料。就这样，那些暴徒继续朝他家奔去。你们应该看看他们是多么的恶劣，其嘴脸是多么的丑陋，想想他们经过我家店铺时，那副丑陋的嘴脸——连那些押送耶稣基督的那些犹太人与之相比，都算不了什么。还有他们说出的那些话也是十分的难听！简直要叫人捂住耳朵，如果不是这样做会引起别人注意的话。他们前去，意图很明显，就是洗劫督办家，但是……”说到此处，那人伸出左手，举了起来，用拇指顶着鼻尖，很轻蔑的样子。

“但是什么？”几乎所有的听众都问道。

“不过，”商人继续回答说，“他们发现街道被木条和马车堵住了，在这个路障的后面站着一排排西班牙士兵，这些士兵正举着枪对着他们。他们见此情形……如果是你们，你们会怎么做？”

“往后撤！”

“肯定得这样，而他们也正是这样做的。但是，你们瞧瞧，他们要不是魔鬼附身，怎么会这么做嘛。随后，他们回到了科尔杜西奥街。在那儿，他们瞧见了一家面包铺。这是他们昨天就想抢劫的。这时，面包房的人正忙着将面包分发给他们的顾客，那里还站着一些贵族人士，唉，全是些贵族中的精英，他们正在那监管着，以确保面包分配有序地进行。但是，那些暴徒——我告诉你们，他们准是魔鬼附身了，此外，加之有人教唆他们——那些暴徒怒气冲冲地涌入了面包房，心想：‘既然你们可以拿，那我们也可以拿。’一眨眼的工夫，贵族之士、面包商、顾客、面包、长凳、柜台、和面槽、箱子、袋子、筛子、面粉、面团，全都乱作了一团。”

“那些士兵呢？”

“那些士兵要守卫粮食督办的家，一身不能二用啊。我告诉你们，抢啊，夺啊，所有这一切都发生在转眼之间。而且一切有用的东西都被抢走了。然后，他们又像昨天一样，将剩下的东西搬去广场，焚烧掉。他们已经开始——那些暴徒——将东西从面包房搬出。就在那时，一个更恶劣的暴徒提出了一个建议，你们觉得他们提出了什么建议呢？”

“什么建议？”

“他要人们将店里的所有东西堆成一堆，放一把火将这些东西连同面包房一块儿烧了。他一说完，人们就开始……”

“他们真的放火烧了吗？”

“请慢慢听我讲，就在那时，临近地区的一个可敬之士受到上帝的鼓舞出现了。他走上楼去，找到了一个耶稣钉在十字架上的图像，将其悬挂在其中一个窗户前。接着，他又从床头拿来两根祝福的蜡烛，将其点燃，然后把它们放在窗前的耶稣图像的两边。暴徒们抬头看着上面。不得不说，在米兰，人们还是敬畏上帝的。每个人都恢复了理智。我是说，至少大多数人恢复了理智。当然，还有一些恶魔，他们是如此的恶毒，竟想放火烧了天堂，就为了能抢劫。但是，发现人们并不同意自己的观点，他们也不得不放弃自己的打算，安静地待在一旁。你们猜猜，这时谁来了？是大教堂所有的主教们，他们举着十字架，穿着教服，排着队列过来了。本堂神甫总司铎马曾塔大人在一边，听告罪神功的主教塞塔拉大人，在另一边，开始了讲经布道，其他的圣职人员也跟着纷纷在各处劝说着：‘善良的人们，你们想干什么？难道这就是你们给你们的子女树立的好榜样吗？快回家去吧，回家去吧。难道你们不知道面包已经低价出售了吗？那你们去看看吧，街角的各个拐角之处都已贴满了告示。’”

“真是这样的吗？”

“怎么？难道会不是这样？那你们是不是以为那些大主教们穿着华丽的衣服，匆匆赶来，是来胡说八道的？”

“那接下来人们又是怎么做的呢？”

“人们渐渐离去了，有的跑去了街角，一些识字之人看到面包确实定了官价。八盎司面包，只需一便士。你们觉得如何？”

“运气真好！”

“布丁好不好，吃了才知道。你们可知道，他们昨天和今天早晨浪费了多少面粉吗？足够让整个米兰大公国的人吃上两个月。”

“那么，米兰城外的地区没有制定这么好的法律吗？”

“米兰制定这样的法律，是由全城人民付出代价得来的。我不知道还该对你们说什么，但愿上帝会保佑你们。幸运的是，暴乱总算结束了，我还没有告诉你们所有的消息，现在我给你们说些好消息。”

“什么好消息？”

“就是，我不确定到底是昨晚还是今天早晨，许多暴乱分子的首领都被抓住了。有四个据说还被直接处以绞刑。这消息一传开，大家都赶紧抄近路回家了，谁也不想冒险成为第五个被绞死之人。当我离开米兰时，整个城市就像修道院一样寂静。”

“但是，他们真的会绞死他们吗？”

“那是毫无疑问的，而且很快就会执行。”商人回答道。

“那人们有何反应？”刚刚问话的那人再次问道。

“他们自然去看热闹了啊。”商人回答说，“那些暴徒，他们那么迫切地想看到一个基督徒被绞死在空中，甚至还想那样绞死粮食督办。不过现在却交换了一下，他们只看到了他们中的四个恶棍在嘉布遣会修士和其他修士的陪同下被送往刑场。不过，这些人也是罪有应得。你们看，这就是天意，他们弄成这样是必然的。他们已经养成了一种恶习——随便乱闯商店，在店里想要拿什么就拿什么，不付一分钱。要是让他们继续这样下去，那他们抢了面包之后就会抢酒。这样下去，他们会抢完一件东西，又接着抢另一件……你们可以想象一下，他们又怎么会自愿放弃这么便利的恶习呢？我可以告诉你们，如今那些诚实的商店老板一想到这，就大为不快，心神不宁的。”

“确实如此！”一个听众说道。“确实如此！”其他人也附和道。

“而且，”商人继续说道，他用餐巾擦了一下胡须，“有个人密谋了很久，还有个秘密组织，你们知道吗？”

“有个秘密组织？”

“是的，有个秘密组织。所有的阴谋都是由纳瓦拉人和法国的红衣主教策划的，你们知道我说的是谁吗？他的名字听起来多半像土耳其人，而且他每天想出一个新的计谋，以扰乱西班牙的法庭。不过，更重要的是，他旨在对付米兰，因为他清楚地知道，米兰正是西班牙国王的力量所在地。”

“说得很有道理。”

“需要我给你们证据吗？那些闹得最厉害的都是外乡人。人们说他们从没在米兰见到过他们。对了，还忘了告诉你们一件真实的事。警察在一家客栈抓住了那些歹徒中的一个。”伦佐仔细倾听着商人的谈话，一字一句都没放过。当他听到这里，便禁不住打了个寒战，差点儿滑到桌下去了，好不容易才控制住自己。然而，幸好没有谁察觉到他。那个讲话的商人，一直不停地在讲述，又继续说道：“人们根本不知道那被抓之人来自哪个地方，谁派他来的，也不知道他是个怎样的人。不过可以确定的是，他是那些暴乱者的领头人物之一。昨天，在暴乱之中，他到处煽风点火。接着，他还不满足，又开始演讲起来，蛊惑人们杀掉所有的贵族人士。那个该死的恶棍！要是所有的贵族人士都被杀了，那谁来保护、支持贫穷的老百姓呢？警察们一直在暗中观察他，最后将他抓获了。他们还在他身上找到一大摞信，准备将其送进监狱。可是，他的同伴一直在客栈周围守卫。来了一大群人，将他救走了。”

“那他最后怎么样了？”

“现在还不知道，他可能逃跑了，可能在米兰躲了起来。他们那样的人，既没有房子也没有家，可以到处去找个住宿之地，找个避难的地方。不过，尽管魔鬼可能会帮助他们，他们在意想不到之时，肯定还是会落入警察之手的，因为梨子熟了，定会从树上掉下来的。众所周知，目前，那些信正在官府手中。信中叙述了一切阴谋。据说，很多人都牵扯了进去。有一点是肯定的，那就是，这些人已经把米兰搅了个底朝天了，而且还会弄得更糟。据说面包商们就是暴徒，我知道他们就是，但是他们应该被公正地处以绞刑。人们还说有人囤积了谷物，谁不知道这个呢！不过，找些精明的去侦查一番，将这些谷物找出来，让其见光；还有绞死投机商和面包商，这些都是官府的责任。如果官府对此什么都不做的话，那整个城市就得抗议；抗议一次不行，那就来第二次，通过一次次的诉请，总会达到目的。但是不能来流氓那一套，动辄气势汹汹地闯进商店和仓库去抢东西。”

听到这些话，伦佐吃的这顿饭就像是毒药似的，难以下咽。他觉得自己要想逃出去，离开这个客栈和村庄，需要很久，很久。他不下十次地对自己说道：“现在，我可以走了，可以走了。”但是，他很怕引起众人的怀疑，现在更是怕得不行，恐惧几乎占据了他所有的思想，仿佛将他钉在凳子上似的。在这困惑之中，他想到这位喋喋不休的商人最后肯定会结束谈论他。伦佐决定，一旦他谈到其他话题，他就马上起身离开。

“就因为这个原因，”一人说道，“我知道这些事会怎样继续下去，在那样的混乱之中，诚实之人肯定会遭殃，我不会让好奇心征服自己。因此，我会安静地待在家里。”

“出于同样的原因，我也不会动。”另一个人说道。

“我，”第三个人补充说道，“要是碰巧我去了米兰，我一定会留下任何没有完成的工作，尽快回家，我有妻子和孩子。此外，说实话，我不喜欢那样的骚乱。”

此时，那位一直在热切倾听谈话的店主，朝着餐桌那头走去，看看那位陌生的客人在做什么。伦佐抓住了这个机会，向店主打了个手势，示意他过来，请他结账。他付了钱，也不用找零，尽管他的钱此时已不多了，接着便片刻也没耽搁就直接朝门口走去，跨过门槛，听从上天的指引，朝着与自己来时的那条路相反的方向走去。

第十七章

人们常常会因一个愿望而寝食难安。那么设想一下，同时有了两个愿望，而且是两个彼此水火不容的愿望，又会是怎样的情形呢？正如读者所知道的那样，几个小时以来，我们可怜的伦佐的头脑里一直有两个互相冲突的想法：一是逃跑，另一个则是隐藏起来，不被别人发现。然而，那位商人所说的令他胆战心惊的话，使他的两个想法都变得尤其强烈。他的冒险行为已经传播开来，警察局想尽各种法子将他捉拿归案，谁知道有多少警察想要逮捕他，谁又知道政府下了什么命令在村庄、旅店或路上监视他！他暗自想，毕竟只有两个警察认识他，况且自己的名字也没有写在额头上。然而，那些他所听到的数以百计的故事又闪现在他的头脑里，那些逃亡者因其走路的姿态、疑神疑鬼的表情以及一些其他令人出乎意料的痕迹被发现，然后被抓获，所有这一切都使他毛骨悚然。伦佐离开戈尔贡佐拉时，教堂已经敲响了晚钟，天色越发黑暗，这使他的危险降到了最低限度。然而，他仍然不愿意走大道，而是走上了他原本认为能够把他带到他想去的地方的乡间小路。刚开始时，他偶尔也会遇到过路行人，这使他感到非常害怕，因而便没有勇气去向任何人问路。“那旅店老板说有六英里，”他暗自想到，“如果我就走这条小路，也许会走上个八英里或者十英里，然而，我已经走了这么远了，剩下的路还是可以走过来的。肯定不能再去米兰这个地方了，因此我得出发去阿达河，迟早我会走到那里的。阿达河的声音于我太亲切了，只要我一走近它，我便不需要任何人为我指路了。如果那儿靠有船只，那再好不过了，我便可以直接过河；倘若没有，我便会在田野里等，或者像一只麻雀一样在树上等，一直等到次日早上，在树上等总比蹲在监牢里好得多。”

很快，他看见一条通往左边的小路，便沿着这条路继续前行。

在这个时候，倘若他遇见了什么人，他便可以毫不犹豫地和他打招呼，但此时此刻他却听不到任何脚步声。因此，他只能沿着这条蜿蜒的小路前进，同时，他心里暗自想：“说我是恶棍。说我要杀了所有拥有高贵身份的人！从我身上搜出一沓信！我的同伴们在周围为我守护着！到了阿达河的另一边（哎，我何时才能走到那该死的阿达河啊！），我会不惜一切代价找到那位商人，和他当面对质，问他是从哪儿听说这些可怕的消息的。我只会告诉他：‘我亲爱的先生，事情的原委是这样的：我所做的这些所谓的捣乱，都是为了帮助费雷尔，就好像他是我兄弟一般。而且，你也该知道，那些歹徒，听你这么一说，别人还以为是我的朋友，因为我曾像一个善良的基督教徒一样说过一两句话，他们便想对我下毒手。你也知道，当你正在看守自己店铺的时候，我却冒着被打断肋骨的危险，只是为了救助你的大人粮食督办——一个和我素不相识的人。等着瞧吧，说不定我还会再次帮助这些贵族们……为了我们的灵魂，我们应该帮助他们，因为他们也是人。至于你说的那叠写满了阴谋的信，你确切地说它们已经落入政府的手里。好吧，倘若有魔鬼的帮助，我现在就可以把它们呈现在你面前。你是否很好奇地想看看我这个神奇的衣袋？看吧！只有一封信！是的，我亲爱的先生，只有一封信。如果你想知道的话，我可以告诉你这封信是一位修道士写的，他可以就任何你想知道的教义布道于你。而且，我可以很公正地说，他的一根胡须比你所有的胡须都有价值。你也知道，这封信是这位修道士写给另外一位修道士的，他也是一个……现在您可以看得出来，我的朋友中可没有什么坏蛋。下次说话请注意你的用词，尤其是当你在谈论别人的时候。’”

然而，没隔多久，这些想法以及与其相类似的想法便消失了。眼下这位可怜的逃难者不得不全神贯注于他目前的形势。白天的旅程使他惊恐万分，生怕被跟踪，生怕被别人发现，如今这种感觉也已经消失了，然而，又有多少别的事情让他的这次行程变得愈发令人烦恼。黑暗、孤独、令人痛苦的疲惫，温和但又持续不断的刺骨的夜风，使这位身着新郎盛装的人感到好不愉快。他本应该匆忙举行完婚礼后就开心地回家的，而离成功就差那几步之遥。而如今，他冒着危险走在漆黑的小路上，只为找一个安全的栖息地，这一切使他感到分外沉重。

每当他经过一个村子，他都会蹑手蹑脚、小心翼翼地走路，以免被那些门还开着的人家中的人看见，但是除了看见从一两家窗户发出的微微的灯光以外，看不到任何居民的痕迹。当走在一条远离村民居住的大道上时，他便不时停下脚步，总是渴望听见一些关于阿达河的消息，但结果总是令他失望。在这漆黑的夜晚，除了能听见从远处一些独户人家传出来的狗吠声以外，再也听不到别的声音。那狗吠声在空中盘旋着，伦佐突然感到毛骨悚然。当他走近一家村民的住所时，那狗吠声突然变成了一种愤怒的狂叫声。而当他从门前走过时，他听见而且仿佛看见了那些凶猛的家犬正竖起耳朵，透过门缝不停地狂吠。这打消了他上前敲门求宿的念头。而且尽管没有这些障碍，他也没有足够的勇气上门求宿。“谁在外面啊？”他想着那些可能会发生但还没有发生的场景，“现在这个时候，你到这儿来做什么？你是怎么来到这里的？你是什么人？难道没有旅店为你提供一张床吗？”如果我敲门的话，他们这样问我那倒是最好的情况了，如果是惊醒了某个正在睡觉的胆小的人，他可能会大声喊道：“救命啊，有贼！”如果是这样的话，我就必须要回答他们的质问。可是我能怎样回答呢？任何人在夜里听到嘈杂的声音，都会认为是强盗、恶棍或流氓入侵，他们绝不会想到一个老实人也会流落街头，走投无路（这里并不是说那些乘坐马车的绅士们）。因此，他决定只有在迫不得已的情况下才实行此计划。他继续前行，心里迫切地希望，就算今晚过不了阿达河，至少能够发现它，这样的话，就不用第二天白天冒着危险继续寻找了。

因此，他继续向前走着，直到田野的尽头，他来到一个长满了蕨类植物和金雀花的荒地。他觉得这虽不是什么确切的指示，但至少也表明附近有河流经过。他跨过这块荒地继续前行，沿着那条横越它的小路往前走。他走了几步，停下脚步仔细听了听，但仍然什么也没有听见。旅途随着这宽阔的荒野而愈显沉闷。他没有看见一棵桑树或一棵葡萄树，甚至没有发现一点点其他养植物的痕迹。而在他早期的旅途中，这些东西却随处可见。尽管如此，他仍然继续前行，为了消磨时间，为了驱除那些萦绕在他脑海里的幽灵的形象，他一边走着，一边为死者祈祷。

渐渐地，他走进了一片大的矮灌木丛地，里面有很多野生的李子树、小橡树和荆棘。他怀着焦躁的心情继续向前，时而还能看见这灌木丛里还有一些零散的树，他沿着小路一直走，觉得自己进入了一片树林。他踌躇不定，不敢向前，然而，他征服了这种恐惧感，虽然很不情愿，但还是迈着步子向前走。可是，他越是往林子里走，由不安带来的恐惧感就越发强烈，他所看到的事物就越使他烦恼。他看到前面的那些灌木，就像看见一些奇形怪状的鬼怪一般。微风袭来，在微弱的月光的映衬下，树影在地上一晃一晃，踩上去还发出沙沙的声音，使他恐惧万分。他的双腿似乎受到一种奇怪的推动力，使他总想向前跑，同时又感觉双腿已难以支撑他的身体。冷冷的夜风吹打着他的前额和脸部，他感觉风已穿过他单薄的衣服，刺进他的皮肤，使他的骨头感到一阵阵的刺痛。这使他耗尽了自己仅存的最后一点儿精力。他曾一度与之抗衡的疲劳和恐惧突然把他给镇压住了。伦佐似乎已经失去了自我控制的能力。然而，他明白最恐惧的东西便是自身对于事物的恐惧。因此，他又像以前一样鼓足勇气，继续前进。伦佐就这样恢复了精神，他站在原地一动不动，仔细思考着，然后，他下定决心要通过来时所走的那条路离开这片树林，直接回到他所经过的最后一个村庄，再一次回到人群中，找一个地方借宿，就算是旅店也行。他就这样矗立在那儿，脚踩在树叶上所发出的沙沙的声音也停息了，他的周围一片寂静。突然，他听到一点儿杂音，那是水流发出的声音。他听了听，确定这就是水流的声音，于是他不禁吃惊地大声喊道：“是阿达河！”这如同遇见了一位好友、一位兄弟、一位救星一样使他兴奋不已。他的疲劳似乎瞬间消失，他再一次感到了脉搏的跳动，再一次感受到血液在血管里自由地流动。他变得自信起来，心里的沮丧和压迫感也消失得无影无踪。此时，他毫不犹豫地走进树林深处，向发出潺潺流水声的方向走去。

伦佐很快走到了林子的尽头，在一个陡峭的斜坡上停了下来，他透过灌木丛的缝隙看到下面到处是波光粼粼的水面。他抬起头，发现对面是一块开阔的平原，零零碎碎散布着几个村庄。再往前是绵亘的丘陵，在那里可以见到一片影影绰绰的宽广地带，他觉得这应当是一座城市，当然是贝加莫无疑。他用双手和胳膊拨开灌木林的树叶，沿着斜坡往下走。他往下探了探，看是否有船只经过，又俯着身子听了听，看是否能听见船桨拍打水发出的声音。但是他什么也没有看见，什么也没有听见。如果下面是任何一条比阿达河浅的河流，伦佐会立刻下去，并试着自己走到河对面去。但是，他很清楚地知道，面对阿达河，他不能轻举妄动。

因此，伦佐站在那里，心里思忖着该采取怎样的做法。他想爬上一棵树，在那里等待黎明的到来。但是，他身着单薄的衣服，加上这冷冷的夜风、严寒的空气，他一定会被冻僵，以致不省人事。而一直在原地来回地走动，不但不能抵挡严寒的温度所带来的寒冷，而且对于两条已经很疲惫的腿来说，未免也要求得太过分了。他突然想起在那没有耕作的田野附近看到过的一座茅草屋。这是由米兰人搭建的小屋舍，它由稻草、树干及一些树枝搭建而成，并用泥土将其固定在一起。夏季的时候，他们便把收获的粮食存放在里面，晚上就在此休息以保护粮食；在其他季节，这房子便是空着的。伦佐立刻想到今晚就在此休息，于是他重新踏上小路往回走，穿过树林、灌木丛以及荒地朝那茅屋走去。他一踏上那块耕地就看到了那茅舍，他直接走过去。一扇腐烂的摇摇欲坠的门半掩着，这扇门既没有上锁也没有用链条拴住。伦佐推开门走了进去，看到一个用树枝编织而成的格子围栏悬挂在空中，好似一张吊床，但他并没有想要利用它的意思。他看到地上有一些稻草，心想，就算在这里我也可以睡个好觉。

不过，在躺上那张上帝为自己准备的床铺之前，伦佐跪了下来，感谢上帝给予的这一恩惠，以及他在这糟糕的一天中所获得的帮助。接着，他像往常一样做了祷告，做完之后，又请求上帝原谅自己，因为他昨晚忘记了做祷告，而且还像他自己所说的，像狗一样乱喊乱叫，甚至更糟糕。“就因为这个原因，”伦佐一边将手撑在稻草上，准备躺下，一边对自己说，“就因为这个原因，我今儿早才被那样‘友好’的访客唤醒。”随后，他收集了周围所有的稻草，将其盖在身上，当作被子，以使自己少受些风寒。因为，即使是在棚屋里，他也明显感觉到很潮湿，很寒冷。所以他蜷缩在稻草下，打算睡上一觉。他觉得，这一切是自己付出比平时更高的代价才换来的。

可是，他一闭上眼，记忆中或者幻想中（我也不敢确信到底是哪里）就浮现出当天人群的景象。那画面是如此的拥挤，如此的接连不断，以致将他的睡意驱散得一干二净。商人、书记官、警察、制剑工人、店主、费雷尔、粮食督办、旅店里的顾客、大街上的人群，然后是唐阿邦迪奥先生，再然后是唐罗德里戈先生，所有这些人，全都给伦佐带来了一些痛苦的记忆。

只有三个人的形象出现在伦佐的脑海里时，没有给他带来一点儿痛苦，引起他的半点儿怀疑。他们是那么的可亲，那么的可爱，尤其是其中的两位，他们是那么的与众不同，并与伦佐的心紧紧相连。一位是有着一头乌黑长发的露琪娅，一位是留着白色胡须的克里斯托福罗神甫。这两个人给了他莫大的慰藉。不过，这也并不是说他此刻就心无旁骛，心情很平静。一想到善良的神甫，伦佐就深深为自己的越轨行为、自己可耻的放纵以及自己对神甫慈父般的忠告的忽视，感到无比的羞愧、内疚。而一想到露琪娅，我们在这儿也不再去描述伦佐对她的感觉了。因为，读者也了解这一情形，能够想象得到伦佐那时的感受。当然，他也并没忘记阿格尼丝。这个阿格尼丝，选了他做女婿，将他与自己的女儿视为一体。尽管她尚未叫他女婿，可她早已在言语上表明了对他的喜爱，从行动上表明了对他的关爱。然而，让他尤为悲痛的是，正是由于对他的这种喜爱和关心，可怜的阿格尼丝才变得无家可归、前途未卜、颠沛流离，忍受着忧伤和痛苦，而她原本还梦想着自己能在他们成婚之后，过着安逸、舒适的晚年生活。这是一个怎样的夜晚啊，可怜的伦佐！这才是他新婚的第几个夜啊！这是一个怎样的新房！怎样的婚床！过了多糟糕的一天啊！"随后又会是怎样的一个明天？会经历多少个日子？但凭上帝的安排吧！"伦佐这样暗暗回答着那些令其痛苦的想法。听凭上帝的安排吧，上帝知道自己在做什么！他会赐福于我们的！让如今遭遇的一切都作为对我的过错的一种惩罚吧！露琪娅是那么的善良，相信上帝不会让她长久地受苦受难，不会那么长久地折磨她吧！

被这些思绪困扰着，伦佐已完全没有睡意了，而且，他感到寒气刺骨，令人难以忍受。他冷得直打哆嗦，牙齿也不停地打架。此时，他很渴望黎明的到来，并不耐烦地计算着时间的流逝。我说计算，是因为他每隔半个小时就听到穿过寂静的夜色传来的钟声，或许这钟声是从特雷佐市传来的。他是第一次听到这样突如其来的钟声，根本不知道这钟声来自何处。它是如此的庄严和神秘，就像是一个看不见的人，用陌生的声音告诫世人一样。

最后，当钟声敲了十一下[①]时，伦佐决定起床了，因为这是他预定的起床时间。他站了起来，身体已经冻得半僵了，双膝跪着，比平时更加虔诚地重复着早间的祷告。接着，他站了起来，伸开了四肢，摆动着身体，仿佛要将身体各部位结合在一起似的——因为这些部位几乎像散了架似的。他用热气哈了哈手，双手相互搓着，接着便打开了棚屋的门，先小心地朝四周看了看，以防有人。发现没人在外面后，他又去找自己昨晚走过的那条小路。他很快就找到了，于是便朝着那小路走去。

① 读者须知道，意大利人计时的方式是早上七点钟为每天的第一个时辰，第二个时辰就是我们说的八点钟，如此往下推，到了晚七点又变成了第一个时辰。这样一来，文中出现的十一点钟相当于英国的凌晨五点钟。

天空的景象预示着今天是个好天气，苍白、灰暗的月亮仍悬挂在地平线上，隐约可见，但在广阔的灰蓝色的天幕上，它却依然很醒目。在东方，天空逐渐被抹上了一重红黄色的晨晖。在远处的地平线上，几朵形状各异的云朵飘浮在空中，这些云朵呈现出蓝色和灰色；最下面的云彩被罩上了一层火红的光芒，越来越鲜明，越来越绚烂。平静的天空中飘浮着一簇簇羊毛般轻软的白云，呈现出上千种说不出名字的色调。伦巴第的天空，一如既往，绚烂，恬静。要是伦佐在此处好好休息下，他必定会抬头望望天空，欣赏下黎明的苍穹，因为它与自己在故乡所见的是那么的不同。但是，他现在得盯着脚下的路，快速地向前走，以便使自己的身体暖和些，以尽快到达阿达河。他走过了田野、穿过了树丛、经过了灌木丛、穿过了树林，他不时向四周张望，并为自己数小时前的恐惧感到羞愧。他走到了陡峭的河堤边，透过悬崖和灌木向下望去，看见一艘渔船正沿着河岸，慢慢逆水驶来。伦佐立即抄了近路，穿过灌木丛，来到岸边，轻轻地叫着船夫，他本想装出一副毫不在意的样子，去问一件无关紧要的事，可不知不觉却用了几乎恳求的口气，请求船夫将船划过来。船夫向河岸瞟了一眼，仔细地看了看来自上游的河水，又看了看身后的河水，然后将船头对着伦佐，靠了岸。伦佐站在岸边，一只脚几乎站在了水里，看着船靠近了，就赶紧抓住船头，跳上了渔船。“请把我渡过河去，我会付钱给你的。”伦佐说道。船夫早已猜到他的意图，将船头调转过来，朝着对岸划去。看见船里还有一只桨，伦佐弯下身，将其捡了起来。

“慢点儿，慢点儿！”船夫对伦佐说道。不过，看见伦佐这个年轻人那么敏捷地拿着船桨，并准备划桨时，他又说道：“啊哈，你还是个行家噢。”

“懂一点儿而已。”伦佐回答道，接着便使劲而又熟练地划起桨来，一点儿也不像个外行。就这样，他一边划着桨，一边时不时忧郁地朝着刚刚离开的那个河岸望去，而后又焦虑地望了望要去的对岸。他因小船无法垂直渡过河岸而感到有点儿恼怒，不过此时河水太湍急，很难垂直渡河。因此，小船一面劈开水面，一面顺着水流，被迫斜着向前划。就像所有的困难之事一样，起初粗略地显现出困难，但随着事情的发展，困难便变得具体了。可以说，现在伦佐已渡过了阿达河，可他仍感觉很不安，因为他不知道这究竟是不是两个地域的交界处，也不知道他在度过这个障碍之后还会不会遇到其他障碍。因此，他招呼着船夫，用头示意自己昨晚看见的那一片白色的，现在却非常清晰可见的地方，问道："那是贝加莫市吗？"

"是贝加莫市。"船夫回答道。

"对岸属于贝加莫吗？"

"是圣马可的土地。"

"圣马可万岁。"伦佐大声喊道。船夫没有回答。

最后，他们到了对岸，伦佐跳到了岸上，心里感谢着上帝，并向船夫表达了感谢之情。接着，他就将手伸进兜里，掏出一枚银币，考虑着他当时的处境，这枚银币对他来说并不少，将其递给了船夫这位可敬之人。船夫再次向米兰的河岸望了一眼，还看了看河岸的上游和下游，接着伸出手，收下了船费，将其揣进了兜里。然后，他闭着嘴唇，将手放在了嘴前，作了一个十字架形状，意味深长地看了伦佐一眼，说道："祝你一路顺风。"说完，便划船回去了。

读者可能会对船夫如此谨慎、礼貌地对待一个陌生人感到有点儿惊讶，所以有必要解释一下这一点。由于经常有走私者和强盗要求船夫提供类似的服务，所以船夫早已习惯这么做了，不是为了能够获得那点儿小小的酬劳，而是为了避免自己成为他们的仇敌。无论何时，只要他确定没有被税务官、警察或者密探发现，他都会提供这样的帮助。这样，他既不偏袒这一方又不偏袒另一方，而是努力让他们都满意，做到不偏不倚，这也是他必备的才能。因为他被迫同某一些人打交道，同时又得对另一些人有所交代。

伦佐在河岸上停了片刻，凝视着对岸那刚刚让他想快点儿离开的土地。"啊，我总算逃离那片土地了。"他首先这么想着，"再见，讨厌的地方！"他接着这么想。但是，他再然后就是想到那些留在对岸的人们了。随后，他双手交叉，放于胸前，长长地叹了一口气，眼睛紧盯着脚下流淌的河水，心想：“这河水是从那座桥下流过来的！”按照家乡人们的称谓，他这里说的那座桥就是莱科桥。“啊，可恶的世界！算了，不管上帝怎么安排，还是听从他吧。”

伦佐转过身，背对着这些令其忧伤的事物，向前走去，将山坡上那苍茫的憧憧阴影作为自己前进的目标，打算遇上什么行人时，再请他为自己指条明确的路。现在不妨看看，他是怎样从容不迫、小心谨慎地走近行人，又是怎样大胆、毫不犹豫地说出表兄所居住的地方的。这会让你觉得很有趣。从第一个行人为他指路中，他得知，要到表兄家还得走九英里路。

他的这段旅途也不是那么愉悦的。且不说他自身所遇到的麻烦，每当他看见那些可怜的人和场景时，都让他感觉到自己即将要去的地方也是一个遭受饥饿，与自己家乡的情形一样的地区。这一路上，尤其是在一些村庄和大镇上，他看见许多贫穷的人。他们并不是乞丐，而是农民、山民、工匠，或者一整家人，他们的表情比其衣服更让人觉得可怜。乞讨声、争论声、婴儿的哭声混成一片。这种景象，除了唤起伦佐的同情之心和感伤之外，还引起了他对自己情形的忧虑。

“天晓得，”他一边走一边想着，“我找得到事情做不呢？这儿如今也能像往年一样有工作吗？算了，博尔托洛待我很好，他是个好人，也挣了些钱，还多次邀请我到他这儿来，我相信，他肯定不会丢下我不管的。此外，上帝过去一直在帮我，我希望，他今后也还是会帮我。”

与此同时，他早就感到饥饿了。随着他不断向前走着，他也变得越来越饿，越来越想吃饭。尽管他感觉自己能完成这段旅途，毕竟也只有两英里路了，但是，他一想到自己要是像个乞丐一样出现在表兄面前，一见到他就对他说：“给我点儿吃的。”这样难免有点儿不好。于是，他掏出兜里所有的钱，将其摊在手掌上，仔细地数了数。算清这些钱，不需要太多的数学知识，不过这钱还够吃上一顿。因此，他走进了一家客栈去吃点儿东西，补充点儿能量。付完账后，他发现自己确实还剩下几个便士。

刚离开饭店的时候，伦佐差点儿摔倒在地上。他看见两个女人靠在门边，面向大街躺着，其中一个已经上了年纪，另一个要年轻很多，她怀里抱着一个孩子，这孩子由于没有吃饱而痛苦地大声哭起来。他们三个面色苍白得像死人的面孔一样，他们旁边站着一个男人，从他的面容和体魄可以看出他曾经是个强健之人，但如今由于长期的贫穷失去了原有的强壮的体魄。当伦佐迈着自由的步伐，面带神气地走出旅店时，那三个乞丐都向他伸手祈求，但谁也没有开口说话。这应该比语言更能表达他们那祈求帮助的心情吧！

“这是上帝的旨意。”伦佐说道。他把手伸进衣袋，拿出所剩的最后一点儿钱，放在了离他最近的那个人的手中，然后继续前进了。

那顿饭和善举（由于我们由肉体和灵魂组成）使伦佐精神倍加。他把自己的最后一点儿钱都施舍给了别人，这比他拥有十倍的钱更使他对未来充满信心。因为，他想如果是上帝让这位远离家乡、不知去向的逃亡者保留着自己身上仅存的最后一点儿钱，让其施舍给路边几乎眩晕的乞讨者，那么，谁能相信，上天会把他这样一个驯服的工具，并且曾如此明确、如此坚定、如此有效地表示要给以庇护的人，置于难以解脱的困境呢？这个年轻人的想法大致如此，但也许并没有我们所描绘的那样清晰。在他剩余的路途中，他回忆起那些曾经让他特别恼怒、特别困惑的各种各样的境况和突发事件，如今一切都变得明朗起来。每年都会有丰收的季节，所以饥荒和贫穷终将结束。同时，他又将得到表兄博尔托洛的帮助，并且自己也有谋生能力，除此之外，他可以立刻叫人送来他家里的那点儿积蓄。倘若足够节俭的话，这些钱财至少也能支撑到他过上好一点儿的日子的时候。“当收获的时日到来时，”伦佐继续幻想着，“工作量便会大大增加，老板会因为米兰人拥有高超的技艺而争着雇用米兰工人，因此米兰人此时总是摆出一副趾高气扬的样子。那些想要雇用能干的工人的人就得多付钱。我们所挣的钱不仅能谋生，而且还有剩余，于是便会搭建一座小屋，写信给家里的女人，叫她们也搬过来。另外，为何要等待那么长的时间？就用家里的那点儿积蓄，不也可以在家乡度过这个冬天吗？那么，在这儿也同样可以！至于说神甫，那是到处都有的，真希望这两个亲爱的女人立刻到来，这样我们就可以一起搭建房屋。噢，那该有多美好啊！我们可以一起放心大胆地在街上散步，一起坐着马车去阿达河，一起在岸边野餐。对，就是在河岸上。我会告诉她们我在哪里上的船，从哪条布满荆棘的路走下来，以及我寻找小船的地方。”

伦佐最终到达了他表兄所住的村庄。就在村庄口，还没有踏入村子时，他就看见一座比其余房屋都要高的房子。这座房子有几排长长的窗子，窗子一个叠着一个，并且由很小的空间分割开来，而不是由不同楼层之间的缝隙隔开的。他立刻就认出这是一家纺织厂。他进入厂房，在流动着的水和操作中的机器所发出的嘈杂声中大声问道：“是否有一个名叫博尔托洛·卡斯塔涅里的住在这里？”

“博尔托洛先生，他在那里！”

“先生？这真是个好兆头！”伦佐心里想到，他看到表兄就直奔过去。博尔托洛转过身来，认出是自己的亲属，大声喊道：“嘿，我在这里！”伦佐以一声“噢！”回应了他。两个人都惊喜地伸出双臂拥抱了对方。相互寒暄之后，博尔托洛把伦佐带到另一个房间，以便远离机械运作所发出的杂音和人们好奇的眼光。他对伦佐说：“我很高兴见到你。但你这人也真是的，我曾邀请你那么多次，你都不来，如今却在条件不好的情况下来了。”

“我实话告诉你吧，我并不是出于自愿想到你这里来的。”伦佐说道，然后便尽可能简略地、情绪激动地讲述了他那悲惨的故事。

“那是另一回事。”博尔托洛说道，“噢，可怜的伦佐，但是你尽可以依靠我，我是不会抛弃你的。然而，眼下确实不是招工的时候。事实上，我们都在勉强地养着自己的工人，只是为了不让他们流失、厂子关门。不过我的老板很器重我，而且还颇为富有。跟你实话实说吧，不是我吹嘘，他把大部分的功劳都归功于我。他有资金，我有点儿技能，于是事情就这样一拍即合了。你可知道，现在我是工头，而且，我告诉你，我可算得上是他的总管。可怜的露琪娅·蒙德拉。我还记得她，就如同昨天发生的一样，她是一个多么善良的女孩啊！在教堂里，她的举止是那么的端庄得体，不论何时，只要有人经过她的屋舍……我仿佛又看见了她的小房子，就在村子外面，一棵大的无花果树隐隐约约出现在墙角……”

“不，不，我们不要再谈这些了。”

“我只是想说，每次有人经过她的小房子，总能听见纺织机不停地转动的声音。至于那个唐罗德里戈——我还在那里的时候，他就已经有邪恶的苗头了——如今，从我听说的来看，只要上帝由着他这么干下去的话，他可是彻彻底底地在作恶。对了，如今这个地方也在闹饥荒，只是不是特别严重……顺便问一下，你现在想吃点儿东西吗？”

“不久前，我在路上吃过一点儿。”

“还有，你身上还有钱吗？”

伦佐伸出一只手，放在嘴边，轻轻地吹了一下。

“没关系，”博尔托洛说道，“放心吧，我现在还有点儿钱。但我希望这样的情况很快就能得到改变。请求上帝保佑，到时候你再还我吧，而且你也可以给自己积着点儿。”

“我家里还有一点儿积蓄，我会叫人给我捎来。”

“好吧，现在你就先依靠我吧。这是上帝赐予的财富，我可以馈赠给他人，如果不用来帮助亲朋好友，那还能用来帮助谁呢？”

“我就说过上帝会帮助我的。”伦佐惊奇地喊道，亲切地握着表兄的手。

“还有，”伦佐的表兄继续说道，“米兰总是时不时地发生骚乱。我觉得他们所有人都有点儿疯狂。那些流言已经传到了这里，但是我想让你告诉我更多详细信息。啊，我们要谈的可真不少啊！然而，你也知道，这里倒也没受多大影响，因为人们做事都非常谨慎。本市从一位威尼斯商人那里买了两千担粮食，这些粮食是从土耳其进口的。这件事情涉及百姓的口粮，也就不能用狭隘的眼光看待。你且听听这事惹出了什么来。维罗纳和布雷西亚两城的长官封锁了关卡，并且宣称道：‘禁止粮食从这里通过。’你认为贝加莫人会怎么做？他们派了一个善于言谈的人去威尼斯[1]。

① 注：当时维罗纳和布雷西亚属于威尼斯共和国。

那人火速出发，立刻去拜见了威尼斯执政官，问他玩儿这种把戏的意义何在。他滔滔不绝，讲述了很多大道理。人们都说，他的话可以载入史册。拥有一个能言善辩之人是件多么令人愉悦的事啊！威尼斯政府立刻颁布法令，准许粮食通过，并要求各地官员不仅要允许粮食通过，并且还要协助这一任务的完成。现在粮食正在运载的路上呢，也考虑到了赈济周围的乡村。还有一个伟大人物也向威尼斯参议院报告说农村里面的人几乎都要饿死了，于是威尼斯政府立刻给这些农村拨了成百上千蒲式耳小米。你知道，这些也是用来做面包的。此外，不用我说你也应该知道，就算我们吃不了面包，我们还有别的食物。正如我所告诉你的，上帝赐予了我很多财富。现在，我带你去见我的老板，我经常向他提起你，我相信他会很欢迎你的，他是一位老式的贝加莫人，心肠特别好。当然，他肯定没有想到你会现在来到这里。但等他听了你的故事……另外，他知道如何重视工人，因为饥荒总会过去，他还得留住工人打理生意。不过，首先我要警告你一件事，你知道在这里他们是怎样称呼我们米兰人吗？”

“不知道，怎样称呼？”

“他们叫我们傻瓜。”

“这可不是什么好名字。”

“的确是这样。无论是谁，只要他在米兰出生，并且想在贝加莫谋生，他就一定得接受这样的称呼。对于他们来说，叫米兰人傻瓜是一件很普通的事，正如把骑士称作‘尊贵的阁下’一样普通。”

“我认为，只有那些能够忍受这个称呼的人，他们才可以这样叫。”

“我亲爱的表弟，倘若你不能忍受这样的称呼，那你就别想在这里混下去。那你就只能整天手里握一把刀。让我们来想一想，假如哪一天杀了三四个邻居，那么你总会遇到一些想要置你于死地的人。你这样顶着三四条人命出现在上帝面前，会是怎样的景象啊！”

“如果米兰人知道一点儿……”这时，伦佐像在满月旅店里那样，用食指敲了一下前额，“一个精通手艺的米兰人呢？”

“全部都一样，就算是个技艺高超的人，同样被称作傻瓜。你知道我的老板跟他朋友说起我的时候，是怎样说的吗？‘上帝把这个傻瓜赐给了我，叫他来帮我打点生意。要不是这个傻瓜，我的生意肯定做得很不景气。’他们已经习惯了这个说法。”

“真是一个荒谬的习惯，特别是当考虑到我们为他们所做的事的时候。因为，事实上，是我们自己把技艺引入到这里，是我们自己在传播那些技艺。但是，难道就没有补救这种恶习的方法吗？”

“到目前为止是没有的，但随着时间的推移，可能会有办法。孩子们长大成人，可能会改变想法，但我们这一代已经这样了，根本无法改变。他们已经养成了这种习惯，是无法改掉的。但是，这又算什么呢？他们这样取笑你倒算不了什么，就连我们的老乡，他们同样会玩弄你！”

“这倒是真的，如果没有别的什么邪恶……”

“如今你已明白这一点，那么所有的事都会很顺利地进行。走吧，打起精神来，我们去见我的老板。”

果然，一切都进展得很顺利，正如博尔托洛所承诺的一样。在此便没有必要给予详细的描述了。这真是上帝的安排，且让我们看看伦佐家里仅存的那点儿积蓄能派上多大用场。

第十八章

11月13日这天，一位信使来见莱科市镇长，他呈递给镇长一封由警长先生亲写的公文。文中命令镇长得采取一切可能的严厉措施，查明是否有个名叫洛伦佐·特拉马利诺的年轻丝绸纺织工，从长官大人手下逃逸，已公开或秘密地回到了他的家乡。家乡名不是很清楚，但是若是情况属实，他的家乡肯定在莱科市的某个地区。镇长必须竭尽全力，尽其所能将此人抓获。换句话说，就是要用更牢靠的手铐将其铐住——因为此人曾挣脱手铐逃跑过——然后将其打入监狱，严加看守，直到我们派人来将其押走。不管将其抓获与否，你们都得派人到伦佐家，尽一切努力，没收一切与本案有关之物，并收集有关此人的邪恶品质、生平和同党情况。将其所有的言行、找到的和没找到的赃物，以及所获得的和所漏掉的，一一如实记录下来。在派人暗访伦佐家，确信其确实没有回家之后，镇长先生又召来了村长，让他带路，领着书记官和众警察一行人一同去了伦佐家。大门紧锁，大家都没有钥匙，而那有钥匙的人又找不到。因此，他们强行撞开了门，一拥而入，就像一群攻入一座沦陷的城池的军队一样大肆洗劫。有关此次行动的消息很快就在附近传开了，还传到了克里斯托福罗神甫的耳中。他十分震惊，又异常悲痛，接着便到处去打听造成这一突如其来的事件的来源。不过，他所获得的也只是些人们的猜测，因此，他立马给博拉文杜拉神甫写了封信，心想从他那肯定会得到一些更准确的消息。与此同时，伦佐的亲戚朋友也都被一一传召，让其透露一些他们知道的有关伦佐的恶习。特拉马利诺这一姓氏也成了一种不幸、一种耻辱、一种罪过。整个村子顿时喧闹了起来。渐渐地，人们得知伦佐在米兰叛乱期间，从警察手中逃脱了，自那之后，就再没人见过他了。传闻说他犯了什么大罪，但是究竟犯了何罪，没人说得清。大家的说法很多，不下百种。不过，越是说伦佐犯的罪大，人们就越是不相信。因为，在此地，大家都知道伦佐是一位诚实、正派的年轻人。很多人猜测，还互相传布说这是有权势的唐罗德里戈先生想铲除伦佐这个情敌而策划的阴谋。确实，要是单凭推断来断定某事，而不对事情进行必要的考证，即使是罪大恶极的坏蛋有时也会被冤枉。

不过，如俗话说的那样，事实在握。可以肯定的是唐罗德里戈虽不曾参与对伦佐的陷害，但是，他却非常的高兴，就像是自己亲自谋划了这件事而取得了成功一样，足以令自己与心腹朋友，特别是同阿蒂利奥伯爵弹冠相庆。这位朋友，阿蒂利奥伯爵，按照唐罗德里戈先生原先的打算，此时早就应该在米兰了。不过，他一听说米兰那儿发生了骚乱，叛乱分子在那儿横行霸道，抢劫面包房，他就不想立刻去那儿，认为最好还是先躲过这一风头，等骚乱平息了些再去。还有就是，因为他在那儿曾得罪过很多人，有理由害怕有的人会借此机会对其报复。不过，去米兰这一旅程也不会耽搁太久。米兰颁布的通缉伦佐的公告已经暗示了那儿的事态差不多已恢复了正常，而且阿蒂利奥很快也确认该消息属实。所以，他即刻动身去了米兰，并鼓励堂兄得继续努力完成未做完的事，且对其许诺说，在他这方面，他会用一切办法将克里斯托福罗神甫解决掉。对他们而言，那位可怜的情敌所发生的事，简直就是漂亮的一击。阿蒂利奥刚走，格里索就安全地从蒙扎市回来了，对其主人汇报他所打听到的消息：露琪娅在一个女修道院避难，受到一位叫什么小姐的修女的保护；她躲在那里，就像自己真是个修女一样，从不踏出门槛半步，只在教堂窗户的铁棂后面做宗教仪式。她的这一行为令许多修女都很不悦，因为她们听说她有些悲惨的遭遇，而且长得很貌美，都想迫不及待地看看她到底长什么样。

这一汇报激发了唐罗德里戈先生所有邪恶的激情，或者更准确地说，使得他那原有的邪念更加难以控制。这么多情形都有利于他实施自己的计划，当然进一步将混合着拘泥、愤怒和那邪恶的欲望燃烧起来了。伦佐背井离乡，如同流放，加之又被通缉，所以，不管自己对其做什么都是合法的了。就连他的未婚妻露琪娅也因此被牵涉其中，从某种程度上说，她也已成为了反叛者的财产。而世界上唯一一个愿意并有能力帮助他们，并善于制造声势，惊动远方的权贵之士的那位修士，可能不久也会消失，再也不能帮助他们了。不过，现在又遇到了一个新的障碍，它不仅超过其所有的有利条件，而且可以说，还能使这些有利条件变得毫无用处。即使在蒙扎市的女修道院没有那样一位小姐挡道，他唐罗德里戈也难以啃下女修道院这一块大骨头。不管他怎样绞尽脑汁、想方设法，也不管是使用武力还是诈骗之法，他都无法动修道院分毫。他几乎都想放弃这一打算，绕道去米兰，以避免经过蒙扎市。因为在米兰，他可以同自己的朋友沉浸在纵情狂欢、寻欢作乐之中，以此来消除自己心中那痛苦的思绪。可是，可是，可是，那可是他的朋友们。且慢，别急于去找这一帮子朋友。同他们厮混在一起，恐怕不仅不能驱散自己心头的苦闷，反而会叫他旧愁未解又添新忧，因为阿蒂利奥肯定已经在他们中间大肆宣扬了他的事，大伙儿都期待着看这事如何收场呢。人们会向他询问有关那个山村女孩的事，而他必须得给出某种答复。他可以说他想过得到她，也尝试了追求她，可最后得到了什么样的结果呢？他努力地想办好此事，尽管，说实话，这并不是什么高尚之事，但这也算不了什么，因为人们总是无法控制自己的感情，以使其得到满足。可他要怎样从此事中解脱出来呢？怎么样呢？被一个乡巴佬和一位修士打败！哈！好运的突然降临，替他消除了一个对手，而他的朋友又会帮他消除另一个对手，他根本不用费丝毫力气。而他竟不晓得如何抓住有利的时机，反倒怯懦地打起退堂鼓来。这就足够了，从今以后他在那班绅士面前休想再抬起头，或者时时刻刻都得手执着利剑，准备跟别人格斗。再者，他又怎么好意思回到他的故乡、他的府邸，怎么好意思再继续住在那儿呢？暂不说他那激动的情怀萦绕于心，令其痛苦不堪，他还得一直忍受这事的失败给他带来的耻辱。公众会越来越怨恨他，同时，他的权势和名声也会相应减弱。此外，在那儿，他还得忍受那些衣衫褴褛的下等人暗地里的幸灾乐祸，他们会说："你也有今天呀，我简直太高兴了。"作者的手稿在此处写道："邪恶之路是宽广的，但是并不意味着它很容易走；尽管它是一条下坡路，可它也有凹凸不平、高低起伏之处，而且也是单调乏味、令人厌倦的。"

在这进退两难的情况下，唐罗德里戈先生既不愿意放弃自己的计划，赶紧撤退或者撒手不干，但是又不能单靠自己一人继续干下去。就在这时，他想到了一个点子可以帮助他实施自己的计划，那就是请求帮手，助其一臂之力。这个帮手的双手能够伸到常人目光所看不见的地方，他既是个人，也是个魔鬼。对他来说，越是困难，荆棘之事，越能刺激他去做。不过，请他帮忙也有些不便和潜在的危险。因为，一旦与此人上了同一条船，便很难预测他会走多远，的确，他是一位果敢、有权势之人，不过也同样是个心肠坚硬、极度危险的人物。

这些思绪使得唐罗德里戈先生一连好几日都心烦意乱。与此同时，他又收到了表兄阿蒂利奥的信件，信中告诉他对抗神甫一事进展得很顺利。闪电过后，紧接着的是一片雷声。在一个阳光明媚的清晨，唐罗德里戈先生又听说克里斯托福罗神甫已经离开了佩斯卡莱尼科修道院。如此迅速圆满的成功，加之阿蒂利奥的信件，使唐罗德里戈深受鼓舞，促使他继续干下去，而且伴随着他的这一威胁，即要是他就此撤退，定会遭人耻笑，也让他忍受不了，使得他更倾向于继续从事那一危险之事，而不是就此放弃。不过，最后促使他真正下定决心那么干的是一个突如其来的消息，即阿格尼丝已回到她自己的家中，这样一来，露琪娅身边又少了一个障碍。我们会一一叙述这两件事究竟是怎么回事，不过，还是先谈后面一件事吧。

两个不幸的女人刚刚在修道院安顿下来，米兰的骚乱就在蒙扎市传开了，最后也传到了修道院。随后又不断传来有关具体情节的消息，内容不断增多，看法也各不相同。女管事的房间恰好位于街道和修道院之间，既是将修道院内的情形散布出去的通道，又是外部消息传进修道院的通道。她四处打听，到处收集消息，然后将其转述给她的两位女客人。“两个、六个、八个、四个、七个被关进了监狱，他们被绞死了。有的被绞死在面包房前，有的被绞死在粮食督办家街道的两端……唉，唉，还有个消息，你们好生听着：他们中有个人逃脱了，那人是来自莱科市，或者是那一带的人。他叫什么名字，我并不知道，但是马上会有人来告诉我们，你们可以看看是否认识那人。”

这个消息使两个女人感到特别不安，尤其是露琪娅。因为伦佐恰好是在爆发骚乱的那一天到达米兰的。女管事跑过来告诉她们说：“那个人恰好是你们村的。他为了不被绞死，逃跑了，是一个纺织工人，叫特拉马利诺。你们认识他吗？”

正坐着做缝纫的露琪娅听女管事这么一说，手里的针线立刻掉在了地上，她的脸色立刻变得无比惨白，表情也变化了不少。要是女管事走近她，定能看到她瞬间变化的表情。然而，不幸的是，女管事正站在门边和阿格尼丝谈话，阿格尼丝也心烦意乱，但没有像露琪娅一样惊慌失措。她继续保持着冷静的情绪，并回应女管事说道，在一个小村庄里面，大家都相互认识。她说她也认识这个小青年，并且不相信这样的事竟然发生在他的身上，他是一个很稳重的年轻人。随即她便问起是否确定他已经逃走了，又逃到哪里去了。

“大伙儿都说他已经逃走了，至于逃到哪里去了，他们也无从得知。或许他会再次被抓住，也或许他现在已经到了一个安全的地方，但如果他真的再一次被逮到，只怕这稳重的小青年……”

幸运的是，在这个时候，女管事被叫走了，只剩下这母女两人，读者完全可以想象她们此时的心情。可怜的阿格尼丝，连同她那备受煎熬的女儿有好几日都一副心神不宁的样子。她们不断猜测这不幸的事情所发生的原因，以及它所产生的后果。她们心里各自揣摩着，或小心议论着那个女管事还未说完的使她们感到胆战心惊的话。

终于，在一个星期四，一个人来到修道院找阿格尼丝。他是来自佩斯卡莱尼科的鱼贩子，定期去米兰卖鱼。好心的克里斯托福罗神甫请求他在经过蒙扎的时候，去一下修道院，替他问候一下两个可怜的女人，把有关伦佐的不幸消息全部告诉她们，告诉她们要有耐心，要相信上帝，向她们保证他一定不会抛弃她们，并且会寻求机会帮助她们。同时，他每周都会以这种方式，或类似的方式向她们传达他所收集到的所有信息。除了说伦佐家已经被查抄，官府正在逮捕他以外，这位带话人也没有什么新的或是确切的有关伦佐的消息。但是，他说官府到目前为止都没有将伦佐捉拿归案，他已经安全到达了贝加莫。不用说也知道，这样的消息对可怜的露琪娅来说算是莫大的安慰了。从那以后，她更加容易掉眼泪，但却感到更舒心，她默默地在祈祷中开始带有对上帝感激不尽的情绪。

格特鲁德经常邀请露琪娅去她自己的房间，有时甚至还会留她多待一会儿。这个可怜女孩老实而又温和的性格使她感到很愉悦，听到露琪娅对她的感激和祝福，她也感到非常开心。她甚至秘密地对露琪娅倾吐自己的心声，道出了一部分（自然是纯洁无瑕的那部分）自己痛苦的过往经历，为此她才来到这个地方受苦。最初露琪娅是怀着怀疑和惊讶的心情听她讲的，渐渐地她开始同情起她来。露琪娅在听这个故事的过程中找到了能够更好地解释她的这位恩人举止怪癖的原因，尤其当她想到阿格尼丝说的出生名贵的人都有这种行为时，她更加确信了这一点。尽管有时候露琪娅想要报答格特鲁德对她的信任，但是她仍然巧妙地避免提起任何有关她最近惊恐不安的原因——她新遭受到的不幸，以及她和那逃亡的纺织工人的关系，避免把这个使她感到无比耻辱和伤心的消息传播出去。格特鲁德好奇地追问她订婚以前的一些事，她也尽其所能地回避了，但这并非出于谨慎，而是因为这样的经历对于一个纯朴的女孩来说，比起格特鲁德对她叙述的，或者她认为格特鲁德可能会叙述的一切，更加令人费解，更难以启齿。在格特鲁德的故事中，总是充满了压迫、阴谋以及各种苦难，全都是些令人悲痛的事情。尽管如此，这些事还是可以说出来的。在她自己的经历当中，总是弥漫着一种感情，一个字眼，那就是“爱”，而对于这个字，她却很难向别人说出口，也根本就找不到能表明她内心的字眼来代替它。

有时候，格特鲁德对于露琪娅的故意逃避感到很生气，然而，这似乎又显现出她们是何等地相互关爱，相互尊重，以及多么感激和信任彼此。也许有时候露琪娅细微敏感的朴实仍然会使格特鲁德不愉快，但只要一想到露琪娅，她心中所有的不愉快也就烟消云散了。她暗暗说道：“我要为这个女子造福。”事实也的确如此。除了她所提供的这个避难所之外，她和露琪娅的谈话以及像密友一样对待她的方式都使露琪娅颇为宽慰。这可怜的女子在不断干活儿时也能找到些许安慰。她总是请求去做一些事情，当她进入小姐的客厅时，也总是带点儿针线活儿在手上，不让自己闲着。但是，不论她去到何处，那些悲伤的情绪总是盘旋在她的头脑里。以前，她从未接触过的针线活儿，如今却成了她的一种新技能，她不停地想起那纺织机，而除了纺织机，她头脑里还惦记着多少事啊！

在第二个星期四的时候，那个卖鱼的，或是另外一个捎信者，又来到修道院，他带来了来自克里斯托福罗神甫的问候和鼓励以及确定伦佐已经成功逃跑的信息，但却没有任何关于他的不幸遭遇的消息。读者应该还记得我们曾提起过，那位嘉布遣会修士曾经写信给他那位在米兰的同行引荐过伦佐，如今想从他那里得知一点儿消息，但他却回复说自己既没有见过信，也没有见过人。但是却说有一位乡下人来过修道院找伦佐，却发现他已经离开了，此后，此人再也没有出现过。

第三个星期四没有任何传话人来到修道院，对于这两个可怜的女人来说，不仅没有得到事先所期盼的安慰，而且更加引起了她们的忧虑和不安。正如通常所发生的一样，对于那些深陷悲伤的人来说，一件微不足道的事都能使其感到疑虑。阿格尼丝之前就一直考虑着回自己家乡一趟。现在，神甫没有派传话人来，这更加坚定了她的信心。一想到要离开母亲的庇护，露琪娅便产生一种很奇妙的感觉。但是，她也迫切地想知道一些事，以及认为自己在那受保护的修道院里是很安全的。所以，尽管先前有些不情愿母亲离开，后来也同意了。她们商量着说，第二天，阿格尼丝便在大街上等待那个必定会从米兰回来的鱼贩子，然后请求他让自己搭他的车回到自己的家乡。第二天，她果然等到了那个卖鱼的，并问他克里斯托福罗神甫是否让他带来了什么消息。卖鱼的说他离开的前一天一整天都在打鱼，并没有收到神甫的任何消息。阿格尼丝请求卖鱼的是否可以顺便带自己回去，卖鱼的毫不犹豫地答应了。于是，阿格尼丝与格特鲁德和女儿挥泪告别，承诺会尽快给她们消息，并说很快就会回来，然后出发离开了修道院。

阿格尼丝在返乡的路上没有遇到任何意外。他们在路途中的一个旅店休息了半夜，第二天太阳还未升起，便继续赶路，一大清早就到了佩斯卡莱尼科。阿格尼丝在修道院前的一个广场下了车，多次向卖鱼的道谢后便离开了。既然已经到了这里，阿格尼丝便决定在回家之前去拜见她的恩人，也就是那位善良的神甫。她敲了敲门，开门的是那位募化过核桃的加尔迪诺修士。

“噢，善良的夫人，什么风把您给吹来了？”

“我想见见克里斯托福罗神甫。”

“克里斯托福罗神甫？他不在修道院里。”

“噢！他要很久后才会回来吗？”

“对，很久。”那位修士说着，耸了耸肩，好把他光秃秃的脑袋缩进僧帽里。

“他去哪里了？”

“里米尼。”

“去了？”

“里米尼。”

“那个地方在哪里？”

“呃，呃，呃。”修士回答道，他伸出手臂，竖着上下挥舞了几下，表示去了很远的地方。

“哎呀，我真倒霉。可他为何突然就离开了呢？”

“这是省总神甫大人的命令。”

“他在这里不是做得很好吗？为何要把他调走啊！噢，可怜的我！”

“如果上级每发布一个命令都要给出理由，那还谈得上什么服从呢？善良的夫人。”

“是这样的。但这样的话对我就不利了。”

“可事情就是这样的。里米尼需要一位出众的布道者（确切地说，每个地方都有布道者。但有时候为了某些目的，这布道者还得特意挑选一番），那里的省总神甫大人给这里的神甫大人写了一封信，问他这里是否有那么一个合适的人选，而这里的省神甫大人便说道：‘克里斯托福罗神甫最合适不过了。’您瞧，事情大概就是这样了。”

“哎，我们真可怜。他什么时候走的？”

“前天。”

“你瞧，要是我按照自己最先的想法，提前几天来，该多好啊！你知道他什么时候能够回来吗？大概猜一下他何时能够回来？”

“哎，善良的夫人，除了省里的大神甫们知道以外，没有别人知道。只要我们的布道神甫离开了修道院，便没有人知道他会去到哪个地方。这里需要他，那里需要他，到处都需要他。况且我们的修道院布满世界各地。四旬斋的时候，克里斯托福罗神甫一定会在里米尼引起极大的轰动，因为他在这里给这些穷人布道时，从来都是即兴布道，好使他们听懂；而在城市的讲坛上，他得穿上最好的长袍，准备最精彩的讲稿。他这个著名的布道者肯定会名扬四海，他们也有可能会请他去……我也不知道请他去哪里。再者，我们是靠天底下人的布施而生活，就理所应当地为天底下的人效力，因此我们只得派遣他去。”

“噢，天呐，上帝啊！”阿格尼丝再一次喊道，她几乎快要哭了，“没有他我该怎么办啊？他像父亲一样待我们！这对我们来说真是天大的不幸啊！”

“听我说，善良的夫人，克里斯托福罗神甫的确是一个令人敬佩的人，但是，你知道吗？还有一些神甫和他一样，充满了爱心，也很有能力，他们同克里斯托福罗神甫一样，同等地对待贵族和穷苦人民。您愿意让阿塔纳西奥神甫帮助您吗？或者是吉罗拉摩神甫？还是找扎卡赖亚神甫？您知道吗，扎卡赖亚神甫是一位有才之人。您不要像那些愚昧的人一样，只看到他骨瘦如柴的身体、微弱的声音以及稀疏的胡须。我不敢断言他就是一个很好的布道者，因为每个人都有自己的特殊的长处。但是，您知道吗？在为别人出主意这方面，他的确是个不错的人选。”

“噢，实在不敢当！”阿格尼丝感叹道，语气中伴随着一种感激和不耐烦相混合的语态。从方才的一席话中，她明显感受到修士的话都是好意，只是不适合她自己。“别的神甫如何，对我来说，有什么用呢？那位善良的神甫不在，他知道我们所有的事，而且也帮助过我们。”

“那么，您一定得耐心点儿哦！”

“我知道，”阿格尼丝回答说，“很抱歉打扰了你。”

“哦，别那么说，善良的女士，我很同情你，要是你决定要找其他神甫商议商议的话，修道院就在这儿，不会搬的。当我下次收集橄榄油时，很快便会再见到你的。”

“嗯，再见。”阿格尼丝回答道。说完，她就朝着自己的小村庄走去，她是那么的孤立无助、那么的困惑、那么的不安、就像一个丢了拐杖的盲人一样。

关于事情的真实情况，我们知道的比加尔迪诺修士多，现在我们就来讲述一下事情究竟是如何发生的。阿蒂利奥一到米兰，便像对唐罗德里戈先生所承诺的那样，去拜访了他们参加枢密会议的叔叔。（枢密会是一个委员会，是由当时的十三个阶层的文武大臣组成，州长通常会同他们商议大事。一旦州长突然去世或者辞职，则由枢密会暂代其职务。）他们的叔叔，是一位身穿长袍衣服的伯爵，也是枢密会的元老之一，在米兰享有一定的威望。不过他在展示其威望，让人感受到其影响方面是无人能比的。他那模棱两可的语言，意味深长的沉默，以及说话时的突然停顿，眼睛的一眨，似乎都在说“我不会讲的”。他阿谀奉承，可却又从不允诺，彬彬有礼却又伴随着威胁，所有这些都只是为了一个目的——达到他预期的效果。因此，即使有时他说“此事，我无能为力”时，虽然有时确实如此，不过，他说此话时的语气却让人根本不相信他真的毫无办法，反而因此使其提高了自己的威望，增强了自己的实力。就像一个偶尔可以在药店看到的涂着黑色油漆的药瓶一样，上面虽然写着几个拉丁字母，可实际上瓶里却什么药都没装，不过却因此提高了药店的声誉。这位伯爵，长时间来，其名声一直在缓慢地上升，不过据说，他近最在一个特别的场合下突然名声大震。那次，他作为一个大使被派去马德里宫廷，在那里他所受到的接见就由他自己来叙述吧。不说别的，就说伯爵公爵有多信任他吧：有一次，伯爵公爵竟当着众官员的面，问他是否喜欢马德里；还有一次，伯爵公爵和他单独待在 扇窗户前，亲口对他说，米兰大教堂是西班牙王国最大的教堂。

在向伯爵叔叔寒暄问好之后，阿蒂利奥又替堂兄向其问了好，然后便一本正经地对他说道："为了不辜负堂兄唐罗德里戈对我的信任，我认为，我有职责向叔叔您禀报一件事，还得请您出面干预下，否则事情将变得很严重，还会带来严重后果。"

"我猜又是他惹的一场祸！"

"我敢说，此事错不在堂表兄唐罗德里戈身上。但是，他现在情绪激动，就像我说的，只有叔叔您才能……"

"好吧，你说说什么事，让我听听看，让我听听看。"

"那附近有位嘉布遣会修士，他同堂兄有过节，事情竟发展到那样一种地步……"

"我告诉过你们俩多少次，不要去惹修士，大家井水不犯河水。那些要做之事就让应做之人、有干系之人……"说到这儿，伯爵叹了一口气，"不过，你们可以避开他们……"

"尊敬的叔叔，说到此事，我有责任告诉您，唐罗德里戈堂兄已经尽可能地在避开他了，是那位修士抓住堂兄不放，并想方设法地挑衅他。"

"那个修士着了什么魔，要跟我侄子作对？"

"首先，他是一个众所周知的好管闲事之人，他以同贵族们争斗而自豪。他还保护着、摆布着——我不知道该怎么说好——那村里的一个女孩，他非常关心……这种关心……我虽说不上究竟属于哪一种，但是确实是很酸溜溜的、令人怀疑的和唯恐他人觊觎的。”

“我明白了。”伯爵说道，一道狡黠之光透过造物主给他造就的一张笨拙的脸显现出来，不过，现在由于被政治的诡计谋略所掩饰，他的表情显得有点儿道貌岸然。

“现在，有一段时间了，”阿蒂利奥继续说道，“那修士一直认为堂兄唐罗德里戈对那女孩有所企图。”

“一直认为？哼，一直认为？我太了解唐罗德里戈了。在这些事上，除了你之外，还需另找一位律师为他辩护。”

“尊敬的叔叔，堂兄在路上遇见了那个女孩，我相信他可能只是同她开了些玩笑，他是个年轻人。此外，他又不是个嘉布遣会修士。不过这些都只是些小事，不值得向叔叔你老人家禀报，重要的是那个修士现今到处说堂兄要流氓，还努力煽动全村所有的修士来对付堂兄。”

“那其他修士怎么做的呢？”

“他们并没有参与，因为他们知道那修士是个头脑发热、爱管闲事的笨蛋，加之，他们很尊敬堂兄。不过，另一方面，那修士在村民中享有很高的声誉，人们都称他为圣人，而且……”

“我想他肯定不知道，唐罗德里戈是我的侄儿……”

“他不知道，怎么可能？正是因为他知道，他才更加要捣蛋的。”

“怎么会，怎么会呢？”

“因为，让堂兄唐罗德里戈出丑，他会从中得到很大的乐趣，尤其是因为他有一个像您这样有权势的保护者保护他。他还喜欢嘲笑伟人和政客们，说什么圣方济各的束腰带也能束缚利剑，而且……”

“这个鲁莽的修士，他叫什么名字？”

“克里斯托福罗修士。”阿蒂利奥回答道。伯爵叔叔从他自己桌子上的抽屉里拿出一个记事本，他十分恼怒，将这不幸的名字记在了记事本上。与此同时，阿蒂利奥又继续说道：“这个修士总有那样的一种性情，他的生平尽人皆知。他本是一介平民，有一点儿钱，因此就想同本乡的贵人们竞争竞争，因不能让所有的贵人们都屈服于他，所以一怒之下便杀了其中一位贵人，然后就去做了修士，以逃避绞刑。”

“好哇，太好了。我们就走着瞧，走着瞧吧！”伯爵大声喊道，不停地喘着气。

“最近，”阿蒂利奥继续说道，“他比往常更加的愤怒、生气，因为他急于想干的一件事失败了。从这件事，高贵的叔叔您也可以看出他是一个什么样的人。这个修士想让那个女孩嫁人，不管是出于想将其从尘世的危险中解脱出来，你明白的，还是别的什么缘故，他就是铁了心要让其嫁人。而且他还给她找到了一个……一个男人，另一个受他庇佑的人。这人的名字，叔叔您也听说过，我敢说枢密院也在追究此人。”

“他是谁？”

“一个丝绸制造者，名叫洛伦佐·特拉马利诺，他是……”

“洛伦佐·特拉马利诺？”伯爵叔叔惊呼道，“做得好，太好了，这位神甫！当然……确实……他身上藏了一封信要交给……不过现在已经不重要了，真是太好了，为什么我侄儿唐罗德里戈就这些事，对我只字不提，任事情发展，也不去求助一个既能够又愿意指导和帮助他的人呢？”

“关于此事，我愿意向叔叔您坦诚相告。一方面，堂兄知道叔叔您本有很多烦心之事要操劳……”听到这，伯爵叔叔长长地叹了一口气，他的手放在额头上，好像表示繁重的公务下的辛劳。阿蒂利奥继续说：“他不想再给您添更多的麻烦。此外，我就将所有的事都告诉您吧。据我所知，他已经对神甫对其的侮辱感到相当的恼怒、生气和烦恼了。所以，他更想靠自己通过某种方式去获得公正，而不愿来劳驾叔叔您，请您帮他。我也试图扑灭过他这一怒火，但是看见事情越弄越糟，我觉得我有义务告诉叔叔您所有这一切。毕竟，您是我们这一家之首，是我们一家的支柱啊！”

“你应该早点告诉我这些。”

“是的，但是我原本希望事情能自己平息下来，或者那位修士最后能够想通，又或许他会离开修道院，就像修士们经常做的那样，时而在这个地方，时而又在那个地方。这样的话，一切就会静静地结束，但是……”

“但是现在得要我来帮忙解决此事了。”

“我也那么认为。我对自己说，我的叔叔，英明神武，德高望重，肯定非常清楚怎样预防这一丑闻，同时又能保全堂兄唐罗德里戈的名声，其实也是保全叔叔您自己的声誉。我认为，那个修士总是夸耀自己的圣方济各的腰带。但是为了恰当地利用那腰带，并不需要总是将其系在自己的腰部。尊敬的叔叔您有很多解决之法是我们不知道的。我只知道省里的那位总神甫很敬重您。要是叔叔您认为解决此事最好的办法是给那修士换换空气，您只需说上两句就……”

“这你就别担心了，让相关的人去处理就行了。”伯爵有点儿愤怒地说道。

“哦，那是当然。”阿蒂利奥感叹道。他摇了摇头，脸上露出一种自嘲的假笑。“我怎敢给叔叔您献计献策呢！不过，我这么说，纯粹是考虑到家族的声誉。我怕自己又犯了另一个错。”他补充说道，脸上显出沉思的神情，“我怕叔叔您会错怪表兄唐罗德里戈。要是因为我的过失让叔叔您产生误解，以为堂兄没有理所当然地完全依靠您，听从您，那我会寝食难安的。请相信我，叔叔，在这件事上，仅仅就是……”

“好了，别说了，你们两个之间能有什么误会，什么过节？你们好得跟穿一条裤子似的，除非你们哪个变得谨慎了。你们总是不惹这事，就招那事，最后就想我来替你们收拾……你们迫使我说句令人不高兴的话，你们俩老是让我多操心……”说到这，伯爵叹了一口气，“给我惹的麻烦比我为国家大事操的心还多。”

阿蒂利奥再次请求了原谅，做出了承诺，又说了些恭维的话，然后便离开了。临走时，他听到了那句伯爵与自己的侄儿们告别时常说的话：“谨慎点儿！”

第十九章

倘若一个人在一块开垦了的耕地里发现一株草，比如一株美丽的酸模，那么他一定想弄个清楚，它是否就是这块地里本身的种子，还是随风飘来的草籽或是一只飞鸟衔着掉落的种子而长出来的。不管他如何思考，最终都得不到一个满意的答案。同样，我们也无法确定伯爵利用省总神甫来解决这个问题（他认为是最好的，也是最容易的方法）的决定，是他自己想出来的主意，还是听从了阿蒂利奥的建议。可以确定的是阿蒂利奥是存心想要给出这个暗示的。虽然阿蒂利奥已经预想到他高傲的伯爵叔叔会拒绝他如此直白的请求，但他仍然想尽一切办法，无论如何使伯爵叔叔相信他想的这个办法是可行的。此外，他的这个计划也非常符合伯爵叔叔的性情，与当时的形势也非常吻合，因此，我们可以肯定地说，就算没有任何人给予他这样的建议，他也会自己想到这个办法，并且想办法付诸实践。对于伯爵而言，在这样一场公开的纷争中，决不能让身为他家族一员的侄子被打败，因为这事对自己执掌的权力的声誉来说至关重要，而他又是那么在乎自己的声誉。如果任由侄子自行其是，而获得了胜利的满足，那将是比灾祸本身更糟糕的法子，遗患无穷，所以，必须不惜一切代价、不失时机地予以制止。如果叫他马上离开，他肯定不会听从；如果他真的听从了，那也就意味着不战自败，意味着自己的家族在修道院面前败退。命令、法律的手段及其他类似的种种恫吓，对于像克里斯托福罗神甫那样的敌人都无济于事，因为那些教士完全不受法律的约束，不仅仅是人本身不受约束，就连他们的住所也不在法律的管辖范围之内。凡是读过此书的读者，即便他没有读过别的书籍，也应该知晓这一点。要不是因为这样，这些教士的境况就不济了。要解决这种事只有一个办法，那就是让他离开这里，而只有省大教主能够办到此事，他能够决定克里斯托福罗神甫的去留。

省总神甫和伯爵已经认识很久了，他们平时很少见面，但只要一见面，双方都尽力向对方表示友好，并宣称愿意为对方效力。有时候，和一个统领许多人的人打交道远比与他的下属打交道要有利得多。因为下属只是为了自己的目的，只在乎自己的情感，仅仅是为了自己的利益着想，而一位统领人物一瞬间之内便能觉察各种错综复杂的关系、无法预料的后果、各种利益之争和那些需要回避或挽救的事情。因此，要和这类人物打交道，也需要从各个方面入手。

当伯爵在心里盘算好了一切之后，有一天他邀请省总神甫来到府邸，准备设宴款待他，并且还花费心思挑选了一些客人来陪伴这个高级人物。在这些客人当中，有几个人的家族名声尤其显赫，他们拥有华丽的外表、满满的自信以及旁若无人的绅士风度。他们用通俗易懂的语言谈论大事，他们无须刻意做作，便能使人感受到他们的优越和权力。还有几个世世代代都依附于伯爵家族的人，甘愿为他效犬马之劳。他们从喝第一道汤开始，嘴巴、眼睛、耳朵、脑袋、整个身体，甚至整颗心，都用在了唯唯诺诺地说“是”上面了。到了上甜点的时间，他们几乎都忘了“不”该怎么说。

在宴会期间，伯爵很快就把话题转移到马德里。俗话说得好，条条道路通罗马，而伯爵却用了很多方法说马德里。他高谈宫廷，谈到伯爵、大臣和总督的家庭；当他谈到西班牙斗牛时，他描绘得如此绘声绘色，没有漏掉一个细节，因为他是在一个很有利的位置上观看的；当他说到埃斯库利亚尔这个地方时，他对这个地方很熟悉，因为伯爵的一个侍从曾带他参观了那里的每一个角落。有时候，那些宾客就像云集的听众一样，在那里聚精会神地听他讲着，然后宾客们便逐渐地分成几群，自己交谈起来。而伯爵大人则继续对坐在他身旁的省总神甫小声地讲述着一些他所看到的奇闻轶事。省总神甫并没有打断，而是继续听他这样讲下去。然而，伯爵也会在不经意间转换话题。他不再谈马德里，而开始从一个宫廷谈到另一个宫廷，从一个显要人物谈到另一个显要人物，直到他把话题集中在一个名叫巴尔贝里尼的红衣主教身上。他是一个嘉布遣会修士，是现任教皇乌尔班八世的弟弟。最后，伯爵不得不停止自己的谈论，听听神甫的意见。毕竟他还知道，在这个世界上，并非所有人都会对他毕恭毕敬。宴会结束后不久，他便邀请省总神甫去另个房间。两位位高权重、见多识广之人如今面对面站着。伯爵请那令人敬畏的神甫就座，自己则坐在神甫旁边。他开始说道：“考虑到我们如此深厚的友谊，我想告诉你一件与我们俩都有利的事。这件事最好在我们之间解决，而不要使用别的途径，否则可能……哎，我就直截了当地告诉你吧，我相信你会很快和我达成一致意见。请告诉我，佩斯卡莱尼科修道院里是否有一位名叫克里斯托福罗神甫的人？”

省总神甫点了点头，表示确实有这么一个人。

“请大人像老朋友那样坦率地告诉我，这个人……这个神甫……我并不认识他。我认识很多嘉布遣会神甫，他们都是热情谨慎而又谦虚之人，我从小就是嘉布遣会的朋友……然而，在一个人口较多的家庭里面——总有某个人，一些粗野之人——从各方面传来的消息使我们得知，这个克里斯托福罗神甫是一个……他行事一点儿也不谨慎——我敢肯定他曾多次让大人您感到焦虑。”

“我明白了，这是在探口风。”省总神甫心里暗自想到。“都是我的错，我应该让这个令人敬畏的克里斯托福罗神甫从这个地方再到那个地方，不能让他在一个地方的修道院里待上半年，尤其是在乡村的修道院里。”

“噢，”他大声说道，“听到阁下对克里斯托福罗神甫持这样的态度，我真的感到抱歉。据我所知，他在修道院里堪称楷模修士，就算在外地也受到很大的尊敬。”

“我完全明白，大人应该……然而，作为您诚挚的朋友，我得告诉您一件对您非常重要的事。尽管您已经听说了这件事，我也有责任跟您说它可能引起的后果。您知道克里斯托福罗神甫正在庇护一位乡下人吗？您肯定听说过这家伙，他便是在圣马丁节那天惹起很大轰动，然后又从警察手中逃跑的那个人，叫作洛伦佐·特拉马利诺。”

“啊！”省总神甫心里叹了一口气，说道：“我还真不知这事儿。但阁下也很清楚地知道，我们工作的一部分便是寻找那些误入歧途的人使他们重新获得……”

“但是庇护这种触犯法律的误入歧途的人，可是一件很危险的事，也是一件很微妙的事。”说到这里，他不再像平时那样呼气，而是抿着双唇，深深地吸了一口气。他继续说道：“我觉得还是有必要向大人提示一下这件事。因为如果大人您可以把他调到罗马去——尽管我不知道——但罗马教堂会给您……”

“我很感谢阁下的这个劝告。但我确信，如果他们询问此事的话，他们便会发现克里斯托福罗神甫和你说的那个人毫无关系，他只是为了帮助那人忏悔过错而已。我很了解克里斯托福罗神甫。”

“也许，你比我更了解他还是一个世俗之人时是个什么样的人，他年轻时曾做过什么事。”

“这正是我们宗教的光荣，伯爵大人。一个人可以让别人指指点点，但只要一穿上那长袍，就变成了和原来完全不一样的一个人。自从克里斯托福罗神甫穿上这长袍以后……”

“我很乐意接受这一点，真的，我乐意接受这一点。但是有时候……正如俗话说的：‘穿上修士服的不一定就是修士’。”

伯爵想说的其实不是这句话，只是这句话代替了从他心里一晃而过的另一句话：江山易改，本性难移。

“我有证据，”他继续说，“我有真凭实据……”

“倘若你的确知道，”省总神甫打断他说道，“这位神甫真的因犯错而内疚（谁都会犯错），你可以直接告诉我事情的详情。尽管不称职，但好歹我也是他的上司，让他改正错误是我的职责。”

“我直接告诉你吧，这个神甫始终庇护着我提起的那个人，这已经是一件令人不愉快的事了。还有一件事，这件事可能……但我们可以立马解决。这位克里斯托福罗神甫正和我侄子唐罗德里戈发生冲突。”

“噢，很抱歉，真的很抱歉！”

“我侄子年轻气盛，脾气暴躁，但还有那么一点儿自知之明，他不喜欢被人挑逗。”

“我有责任对这一类事情做个详细的调查。正如我曾跟您说过的，您能够洞悉世间万物，又通事理。您也知道，我们都是有血有肉的普通人，难免会犯错误，无论以这种方式，还是以另一种方式，如果克里斯托福罗神甫真的犯了……”

“大人，正如我所说的，所有这些事我们都可以在我们两个人之间了结，这些事情纠缠得越久，便会越糟糕。您已知道整个事情的真相，那些冲突和争论通常是由那些微不足道的琐事引起的，任由其发展的话，后果就越来越严重。在趁这些冲突和争论还未扩大和恶化时，我们就应该将其根除掉，不然又要惹出好些别的事端来。要平息事态，了解此事，最尊敬的神甫大人。我的侄子还很年轻气盛，而我听说这个神甫也是有着年轻人一样的精神——血性。这些事得由我们这些上了年纪的人（唉，我们是不是过于老朽了，最尊敬的神甫大人？），我的意思是说，得由我们来为年轻人决断，纠正他们的错误。幸运的是，我们仍然还来得及，事情还没闹得人尽皆知的地步，我们仍可采取措施将事情遏制在萌芽状态。就让我们将稻草从火焰旁移开吧。有时，一个人在某个地方做得不好，或者他就是引起某些麻烦的根源。不过，可能他在另一个地方就会做出令人惊讶的举动。毫无疑问，神甫大人您肯定知道该将这样的修士安置在哪个修道院。此外，对于此事，还有一点值得注意，或许这事已经引起另外某个人的怀疑了，此人也非常愿意看到那修士换换地方。这样，将那修士安置在一个稍远点儿的修道院，我们就可以一箭双雕，一切问题也都静静地解决了，或者说得更确切点儿，不会伤害到任何人。”

打一开始见面，省总神甫就已猜到这样的结局。“唉，唉，”他心中暗暗想，“我非常清楚你请我来的用意，通常都是这样。要是我们中哪个可怜的修士惹到你们了，或者惹到你们中哪个人了，你们都不管三七二十一，不管他是对是错，都希望其上司立马将其调走。”

最后，伯爵安静了下来，长长地呼出了一口气，表示他已说完了。“我很清楚，”省总神甫说道，“尊敬的伯爵先生你想说什么，但是在走出这一步之前……”

“可以说这是一步，可也说不上是一步，最尊敬的神甫先生。不过，这是很自然的一件事，一件非常普通的事，要是不走这一步的话，我看很快就会发生一连串的事，惹来很多麻烦。去干一件蠢事——我的侄儿，我不太相信——我还在这儿，因为这……但是，如今事情已发展到了这个地步了，要是我们不抓紧时间，当机立断，使其终结，那此事可能就很难再是秘密了。到那时，不仅是我侄儿，而且我们也捅了马蜂窝，尊敬的神甫先生。您也知道，我们都是有权势、有脸面的家族——我们还有很多的支持者……”

“这倒显而易见……”

“你懂我的话哈。他们都是些血管里流着热血的人……在世界上举足轻重。一旦涉及他们的名誉，那就会成为一件被广泛关注的事。到那时——即使是一个喜欢和平之人……这对我而言，是一种很大的悲伤，我不得不重新寻求……我一直对嘉布遣会神甫很有好感。你们这些尊敬的神甫，为了能继续做好事，教诲人们，就像你们到目前为止所做的一切一样，得需要和平之地，远离纷争，还得同那样一些人……相处融洽。此外，你们的朋友遍及全世界……要是这些涉及名誉的事，时间拖得越长，就越容易扩散，就会到处节外生枝，牵涉大半个世界。我身居这一要职，不得不维护某种尊严：总督大人、我枢密院的同事……这已经变成了一件关系所有人的事，等等。尤其还涉及那神甫同……关系……你也知道，此事会发展成什么样。”

“当然，”省总神甫说道，“克里斯托福罗神甫是一个布道者，我对此已经有一些打算……恰好有人又向我提出请求……不过，在这一关键时刻，在目前这种局势下，这看上去像是一个对他的惩罚，一个还没完全弄清事实，就给予的惩罚。”

“不，哪是什么惩罚嘛，只是一种谨慎的措施而已，一种对大家都有好处的措施，预防发生灾祸，我已经解释得很清楚了。”

“我清楚，伯爵先生同我之间对此事的看法也就只能如此了。不过，既然先生你已经讲述了此事，我想说，这在村中不可能不走漏风声。到处都有挑唆者和挑拨是非的人，或者至少有些邪恶的好奇之人，他们非常高兴看见贵族人士和宗教神甫们发生争执，并且一旦发现了，就会立马发狂似地去探听消息，大肆宣传，还会夸大其词——每个人都有自己的尊严要维护，我也一样，作为一个上司（尽管不太称职），也有明确的职责——神甫的荣誉，并非是我个人之事，而是一种委托——你那位侄儿，既然他已像你所描述的那样恼怒了，可能会将此看作一种对其的补偿。我不是说他会夸大此事，认定自己胜利了，而是……”

“神甫大人您在同我开玩笑吧，您就是这么看他的吗？我的侄儿是一个绅士，他凭自己的地位和责任被世人认同……不过，在我面前，他就是一个小孩儿，我吩咐他做什么，他就会做什么，从不会自己擅作主张，多做或是少做了。我再进一步告诉您吧，我侄儿对此事毫不知情。我们也没什么必要到处张扬，是吧？这事儿就是我们俩之间的事，是两个老朋友之间的事，永远都不需要暴露出来，让他人知道。您也别再想这事了，我已习惯守口如瓶了，不会将其告诉任何人的。”伯爵深深地叹了一口气，接着又说道：“至于说那些爱搬弄是非者，你觉得他们还会说些什么呢？一位修道士去另一个地方布经讲道，是很正常的一件事！而且，这件事是由我们决定，由我们未雨绸缪，由我们承担责任，我们自不必去理会那些流言蜚语。”

“不管怎样，在这种情况下，为了预防这些流言蜚语的出现，您的侄儿应该有所表示，表现出友好顺从的样子——这不是为了我们，为了我们个人，而是为了整个教会。”

“当然，当然，理应如此……不过，没有必要如此。我知道，我侄儿向来善待嘉布遣会修士。他这样做是出于他的爱好，而且也是我们这个家族的品性。此外，他知道这样做会让我高兴。然而，在这种情况下……更突出之举……是正确的。就将此事交给我吧，尊敬的神甫。我会命令我侄儿……我定会小心劝诫他，以免他怀疑我们之间的事。您也知道，我不会在没有伤口的地方贴膏药。既然我们已经决定这么做了，那就得越快越好。要是您能在稍微远点儿的地方，为其找到个安身之处以避免一切可能发生……”

“恰好里米尼向我要一位教士去布道，或许即使没有这个原因，我也会考虑。”

“那正好啊，正好，什么时候……”

“既然这事一定要解决，那当然越早办越好。”

“那就马上办吧，马上办吧，尊敬的神甫，今天办好过明天。而且，”伯爵从座位上站起来继续说道，“要是我，或是我的朋友们，能为我们尊敬的嘉布遣会神甫做些什么……”

“您的好意，我们早有体会。”省总神甫也站了起来，尾随着那胜利者，朝着门口走去。

“我们已扑灭了一个火星。”伯爵说道，慢慢地朝前走去，“尊敬的神甫，星星之火，可以燎原，朋友之间，通常三言两语就可以解决一件大事。”

走到另一个房间时，伯爵打开了那房间的门，坚持让神甫先进去，然后自己再跟在其身后进去，同其他朋友混在了一起。

伯爵运用高超的计划，施展着巧妙的手段，运用美妙的言辞达到了他的目的，而且还取得了应有的效果。事实上，通过我们所叙述的对话，他成功地使克里斯托福罗神甫从佩斯卡莱尼科走到里米尼。这真是一次美妙的旅行！

一天晚上，一个嘉布遣会修士从米兰来到了佩斯卡莱尼科，向院长递交了一封信函。信中命令克里斯托福罗神甫立刻前往里米尼，去那里做四旬斋讲道。信中还指出克里斯托福罗修士必须马上放弃他离开之地的所有事物，不得再同当地有任何联系，此外，送信人还得一路陪同他去里米尼。当晚院长什么都没说，不过第二天一早，他就唤来了克里斯托福罗神甫，给他看了上级的信件，让他带着一些盘缠、手杖、披肩和腰带，连同送信人一起，立马起身去里米尼。

读者可以想象一下，这位可怜的修士受到的打击会有多大。他即刻想到了伦佐、露琪娅、阿格尼丝。他对自己感叹道："噢，我的上帝啊，要是我不在这儿，这几个可怜的人该怎么办啊！"不过，他又马上仰望天空，责备自己失去了对上帝的信任，将自己看作某事不可缺少的人物。他双手交叉在胸前，表现出服从的态度，垂着脑袋，站在院长面前。院长将其带到一边，告诉他其他的消息，还给他提供了一些建议，实际上这建议就是戒律。随后，克里斯托福罗神甫走进自己的房间，拿着他的篮子，在里面放上他的《日课经》，讲经布道书，还有请求宽恕的面包，然后再在其腰间系上皮革腰带，同修道院的师兄师弟们一一告了别，接受了院长的祝福，随后便同他的同伴走上了那条为他准备的路途。

我们已经说过，唐罗德里戈先生决心要完成他那值得赞扬的伟业，决定去找一位恐怖之人，请他帮忙。对于这个人，我们既不知道他的名字、姓氏，也不知道他的称号，甚至有关他的一切我们全都不知道。更不寻常的是，在那时出版的很多书中，我们都找到了他的名字。那是同一个人，这一事实是毋庸置疑的。但是，所有的书都在尽力避开他的名字，好像一提到他就会点燃作者的笔，灼烧作者的手似的。弗朗切斯科·里沃拉在他写的《红衣主教费德里戈·博洛梅奥传记》一书里提及此人时，称他是"一位贵族，因富有而有权有势，因出生门第而高贵"，仅此而已，再无其他。朱塞佩·里帕蒙蒂在其《祖国通史》一书第五编第五卷中也曾多次提到此人，将其称之为"某人"、"这人"、"那人"、"这位男子"、"那位人士"。他用很优美的拉丁文字描述，我们尽可能地翻译如下："我将描述其中一个人物的经历。他在这个城市中也是大人物之一，在乡下建有自己的府邸，在那里，他借助暴力维护自己的安全，蔑视所有执法人员、法官，甚至也不把王权放在眼里。由于府邸坐落于国土的边界处，他在此过着无拘无束的生活。这是一个聚集歹徒的地方，他自己曾经也是一个亡命之徒。如今，他却若无其事地回到了家乡……”我们还从作者的其他书籍中摘录些别的段落来证实这位匿名人士的故事，接下来便继续讲述这位匿名人士的有关故事。

他总是做些法律所不能容忍的事，或是一些有权威的人禁止做的事；他是一位主宰者，为了满足自己对别人发号施令的欲望，他专门主宰别人的私事；他是一位令所有人都感到害怕的人；他习惯令所有高踞别人之上的人对他俯首称臣，这便是此人一直以来的主要的目和欲望。从小时候起，当他看到或听到那些权力之争、尔虞我诈以及各种压迫行为时，他便蔑视它们，但又带点儿无法压制的羡慕之情。到了年少轻狂之时，由于住在城里，他没有错过任何机会去和城里最赫赫有名的人较量。有时候甚至千方百计寻找机会来干这事，他想要同他们斗争到底，他想征服他们，或者是使他们对他产生一种敬畏感，或者引诱他们谄媚讨好他。他在财富和同党方面已经胜过大部分人，而且，在计谋和胆量上他已经超过所有人。许多人被迫退出竞争，有些人饱受他的蔑视和贬低。他也把一些人当作朋友对待，但并不是和他平等的朋友，因为孤傲能够使他高傲的心感到满足，因此所谓的朋友只是对他唯命是从、俯首帖耳的朋友。然而，事实上，他自己最后也变成了一个为别人效力的大主子，成了他的同伙的工具。那些同伙抓住各种机会恳请这位显赫的人帮忙，而对于他来说，退缩就意味着自毁名声，也就意味着他失去了权力。因此，他除了做自己的事以外，还不停地为别人办事，以致犯下了许多罪行。因此，无论从他的名声、家庭、朋友，甚至是他自己的胆量方面来看，都已无法再与公共公告和驱逐令抗衡。因而他被迫离开自己的家乡。我觉得关于这一点，里帕蒙蒂的著作中有一段很重要的描写：“有一次，他被迫离开家乡，他所表现出来的鬼鬼祟祟的行为所显示出的尊敬和怯懦竟是这样的：他骑着马横穿过城市，后面跟着一群猎犬，还发出有号角的声音，在经过宫廷前面时，他让守卫交给总督一封大不敬的信。”

在离开家乡的这段时间里，他也并没有停止自己的种种恶行，甚至没有中断与其同党的联系。用里帕蒙蒂的话来说，便是“结成了一个从事残暴行为的秘密团体”。由此看来，当时他和一些有权有势之人混在一起，从事一些新的、可怕的勾当。对上面所提到的，作者神神秘秘地简略地说道：“有些国外的君王也通常借助他的帮助来实施杀人计划，而他们也时常从遥远的地方派来士兵支援他，供他差遣。”

最后（也不知道确切是多久以后），或许是因为得到了某个有权势的人的求情因而取消了驱逐令，也或许是因为他本身的勇敢使他获得了自由，他决定返回家乡，而且他也的确回来了。然而，他却没有回到米兰，而是到了一个坐落于贝加莫边界的城堡中。众所周知，当时贝加莫隶属于威尼斯。“那个地方”，我们仍然引用里帕蒙蒂的话，“就像一个充满血腥的地方，那里的仆人都是些亡命之徒或杀人犯，厨师和厨役都是些还未被赦免的杀人犯，甚至连小仆人的手都沾满了血腥。”除了城堡里的这一群党羽，正如这位作者所确认的，他还有一些分布在国外的同党，他们都分散在两国边界的不同地点上，并随时等候他的命令。

在周围相当广泛的领域里，所有横行霸道之人都会出于不同的原因选择做这个大恶霸的盟友或是敌人。然而那些最初试图反抗他的人，都败得惨不忍睹，因此再也没有人敢再次挑起事端。就算有些人为了自保而保持中立，都不可能摆脱他的控制。如果有一天这个大恶霸差人前来传信，说要他们停止做一些事，停止讨还债务，或是一些别的事情，那么这些人都要给出一个是否服从的回答。如果一方对他言听计从，并把所有事物都交由他裁决，那么另一方就不得不做出选择，要么遵守他的裁决，要么宣布与其为敌。而做后一个选择的人，正如人们通常所说的，如同到了肺痨晚期。那些应受责备之人有了他的庇护后更加振振有词，许多原本有理之人也去寻求他如此强有力的保护，不让敌人有机可乘。因此，不论好坏，他们都归附于他的膝下。有时候，当受恶霸所压迫的弱者向他求救时，他便会站在受压迫者这一方，并强迫那恶霸不要再伤害他们，赔偿他们所造成的损失，甚至要他鞠躬道歉。如果这个恶霸执迷不悟，他就会使他一无所有，或者迫使他离开这个他做出这样不正义的事情的地方，甚至让他承受更可怕的惩罚。在这样的情况下，这个平时如此令人畏惧、惹人憎恨的名字暂且受到了人们的祝福。因为，在当时的环境下，任何其他公共或个人机构都无法使受压迫的人得到补救，更不用说补偿损失了。一般情况下，他的权力和威胁都是用来助长那些极其邪恶的欲望、恶毒的报复或粗暴的想法。但当他全然不同地使用自己的权力时，却得到了相同的效果，给人们留下了深刻的印象，让他们明白了不论是公正还是邪恶，他都有很大的权力进行干涉。而公正与邪恶这两个理念，又给人的愿望的实现带来了很多阻碍，使他不得不退后。通常所说的恶霸的名声只不过仅限于他们不停地施暴的那片地区。每个地方都有恶霸，他们都如此相似，因此人们也没有理由去干涉那些对自己构不成伤害和妨害的人。但是这个恶霸的名声早已传遍米兰的每个角落，人们到处都在谈论他的生活，他的名字蕴含着某种不可抗拒的、模糊的、寓意般的含义。无论在哪里，人们总是怀疑他是否还有同党和杀手，这种怀疑使他在人们心中的形象更加活跃。他们只是怀疑，可有谁会公开承认他是自己的依靠呢？但是，每一个暴君都有可能是他的同伙，每一个抢劫犯都有可能是他的附庸，因而人们便感到更加恐惧。每当一个面带凶残表情的恶棍出现时，每当发生一件滔天大案而起初又不能查清或猜测到它的肇事者时，到处可以听见人们窃窃私语，悄悄地提起他的名字。由于我们的史学家格外地小心谨慎，没有提及此人的名字，所以我们也只能把他称作无名氏。

这座城堡与唐罗德里戈的府邸相距不到七英里。唐罗德里戈一继承祖业成为恶霸后，就明白他和那位无名氏相隔竟是如此之近，他若要横行霸道，要么与他发生斗争，要么和他同流合污。因此，他和其他人一样去拜访了那位无名氏，并与他结交为朋友。他不止一次为他效力（原稿没有记载更多的内容），而且每一次无名氏都允诺他，不论在什么情况下他都可以得到报酬和帮助。然而，唐罗德里戈却极力掩盖这样的友情，或者至少不让人发现这种友情是什么性质，也不让别人知道他们的关系有多亲密。唐罗德里戈很想当一名恶霸，但不是那种残忍的、野蛮的恶霸。对于他来说，他为非作歹的行径只是一种手段，而不是最终目的。他想在这个城市里无拘无束地生活，享受那种养尊处优、寻欢作乐和荣华富贵的社会生活。为了达到这个目的，他不得不摆出某一副样子来，既要顾及家里人，又要想方设法结交一些上层人士，还要和司法部门搞好关系，好让他们在他需要的时候偏向自己一点——要么使其对自己视而不见，要么借其力量狠狠地打击某个人——这可比他动用私人暴力更容易实现自己的图谋。如今，他和这位臭名昭著的、与国法公开为敌的无名氏成为了很亲密的朋友，甚至可以说已经结为联盟，自然使他难以在上述这些方面为自己谋利，尤其是难以获得他在枢密院的伯爵叔叔的支持。然而，虽然他无法掩饰和无名氏的这种交情，但也很好地为自己开脱，说是同此人交恶特别危险，跟他拉关系实属无可奈何，也可以找借口说是不得已而为之。既然那些有权之人很不情愿采取措施，或根本无计可施，那么，久而久之也就允许了人们在某种程度上可以用自己的方法处理自己的事，即使没有明确地说出来，但至少是睁一只眼，闭一只眼，也就默许他们这样做了。

有一天，唐罗德里戈打扮成猎人的样子，由几名步行的手下护卫着，骑着马出去了，格里索紧紧跟在旁边，其余四名暴徒紧随其后，朝无名氏的城堡出发了。

第二十章

无名氏的城堡位于一条黑暗和狭窄的山谷之上，坐落在一个悬崖峭壁的顶峰上。这一峭壁从一些崎岖不平的群山中凸起，很难说，它到底是同这些山连在一起的，还是同它们分开的。在这山的两侧，全是悬崖峭壁、嶙峋怪石。俯瞰峡谷的另一侧，有唯一一条通向山顶的路。当然，这是一条陡峭的斜坡，不过，它却很平坦，迤逦上行。山顶是用于放牧的，而较低的地面则用来耕作，到处坐落着零散的农舍。峡谷底是一座卵石构成的河床，它随着季节的变化而改变，时而形成一条平静的小溪，时而又变成喧嚣的洪流。在那时，这儿就是两国的交界之处。对面凸起的山峰，可以说形成了峡谷的另一岩壁，山上也有一些可以耕作的田野，倾斜在地基之上。其余的地方则全是悬崖、巨石、凸起的崖壁和人迹罕至的荒芜之地，只在山峰的缝隙中或者岩石的边缘之处，长着几株植物。

那位野蛮的人士居住在高高的城堡之中，就像一只雄鹰站在自己满是鲜血的巢穴之中一样，眺望着周围人迹可至之处，再也没有人高居自己之上。只需一瞥，他就可以看见整个山谷、所有的山坡、河床以及通往山下的路。那条路蜿蜒曲折，通向那座可怕的府邸，在抬头仰望的人看来，就像一条蛇形的带子。然而透过窗户和射击孔，这位人士可以从容不迫地观察任何一个上山之人的每一个步伐，能够千百次地将其当作射击的靶子。他豢养了一大批暴徒，这些人足以将那些进攻的大队人马在未到达山顶之前杀掉，或者将其打入谷底。但是，还从不曾有人来以身试险。因为要是没有同堡主达成一致，得到他的允许，没有谁敢踏进山谷半步，不管是进入山谷还是从其附近路过。要是偶尔在那儿看见了警察，这些警察也会被他认定为敌人的间谍，会被当场抓住。当地还流传着许多这类冒险之人的悲惨故事，不过这些都是很久以前的事了。这个村庄的年轻人，没有谁记得他们曾见过这样的人，不管这些人是死人还是活人。

以上就是我们的作者对那堡主的住处的描写。不过，他并没有说到此处的名字。因为他害怕我们会找到此处，他还故意不提唐罗德里戈先生是如何来此地的，只说将他带到了山谷之中，置于山谷底那险峻蜿蜒的小路的入口处。此处有一家客栈，通常也叫作岗哨。客栈门口悬挂着一个古老的招牌，门的两侧各画着一个耀眼四射的红日。不过，众人有时重复着它最初的名字，有时就根据自己的喜好重新改掉它的名字，将其称为“恶夜客栈”。

听到慢慢走近的马蹄声，一个小伙子出现在了门边，他拿着刀和手枪全副武装。在瞟了一眼正骑马而来的人后，他又走进了屋内，向里面的三个恶棍汇报。这几个人正坐在桌旁，玩着肮脏的扑克牌，这牌已经翘得像瓦片似的了。那个看上去像老大的人站了起来，朝门口走去，认出了来人是主人的一个朋友，于是就向其鞠躬致意。唐罗德里戈先生也向他礼貌地回了礼，接着便问他，他的主人是否在城堡。那人回答说，应该在。随后，唐罗德里戈先生便从马上下来，将马绳交给了他的一个随从蒂拉德里托，然后又将自己的滑膛枪从肩上取下，将其递给了蒙塔纳罗洛，仿佛要卸下自己身上无用的重负，让自己轻松点儿似的。不过，实际上却是，他非常明白这儿是不允许任何人带枪上去的。再接着他又从钱包里掏出两三枚银币，交给塔纳布索，对他说道：“在这儿等我。同他们好好玩金狮。”随后，他又将一些金币给了那个可能是小头目的人，示意一半给他，其余的给他同伴。最后便随同格里索一起开始向上攀登，格里索也卸下了武器。与此同时，上面提到的那三个恶棍，同他们的第四个同伴斯昆特洛托（瞧，他们的名字是多么的美，得小心记住才是！）与刚刚打牌的三个人，以及那个被训得将来要上绞刑架的不幸小子，开始一起赌博、玩耍、喝酒，相互炫耀自己的勇猛。

无名氏的另一个暴徒很快也从下面爬上来了，还赶上了唐罗德里戈。在打量了唐罗德里戈后，认出他是主人的一个朋友，于是便同其一起前行，省得他一路上要跟那些遇见他而又不认识他的人自报家门，费些口舌。到了城堡后，唐罗德里戈先生走了进去，不过，格里索留在了外面。他穿过黑暗的纵横交错的走廊，走过几间挂满滑膛枪、马刀和长戟的不同大厅——每个大厅门口都有几个人守卫着——在等待了一会儿后，他被引进了一间屋子，那位无名氏正在那儿等着他。

这位先生向前走去，接见了唐罗德里戈，向其回了礼，同时根据其习惯，从头到脚地仔细打量了他一番。如今这习惯几乎已成了他的一个无意的动作，对任何到这儿见他的人都这样，即使是他的老朋友和交情深厚的朋友。他身材高大，脸晒得黑黝黝的，头光秃秃的。第一眼看到他这光秃秃的头上那稀疏的几根头发，以及他那满脸的皱纹，会让人以为他年龄很大，不过，其实他才刚过六十。然而，他的举止、行动，那刚毅严厉的神情，闪光似火的眼睛，都显示出此人身体强健、精力充沛，即使是一个年轻人也很难与之相比。

唐罗德里戈先生告诉堡主，说自己来是请求他给点儿建议和帮助的。他说自己正陷于一件麻烦的事中，而目前他的名誉又无法容忍他自己退缩，于是他就记起了一位贵族朋友许下的承诺，这位朋友是一个从不许诺太多，也不会食言的人。接着，他便开始叙述自己那件有失体面的事。这个无名氏，对此事并不是很了解，所以听得非常认真，一是因为他向来就很喜欢听这类故事，二是因为这里面涉及一个他非常讨厌的人的名字，那就是克里斯托福罗神甫——他是所有恶棍的公敌，不止在言语上，可能的时候在行动上也是。接着，这位讲述者又继续有理有据地夸大做此事的难度：说什么到那地方很远，又是个女修道院，还有位什么小姐……听到此话，无名氏就像听到了潜藏在心中的魔鬼的暗示一样，突然打断了他的话，说他愿意揽下此事。他记下了我们可怜的露琪娅的姓名，用这样的承诺打发走了唐罗德里戈先生，这承诺就是“你很快便会得到我的通知，到时自会告诉你该怎么办”。

要是读者们还记得那个臭名昭著的埃吉迪奥的话，他就住在可怜的露琪娅避难的那个修道院的附近。如果记得，那你们肯定知道，他就是无名氏最亲近、最得力的心腹之一，也正因为这样，无名氏才那么迅速而又坚决地许下承诺。不过，他刚刚一个人留下来，就开始觉得——我不能说是悔恨，而是烦恼——自己不该那么轻率就许下承诺。一段时间以来，他一想到自己过去所经历的邪恶生活，就感觉到懊悔和厌烦。这些感觉即使不是沉重地压着他的良心，至少是在其记忆里日益沉积。他每做一件犯罪之事，他的这些感觉就重现一次，冲撞着他的良知，而且每次都越来越沉重，不堪忍受。最初，他也会因自己所犯的罪恶感到厌恶，不过，慢慢地，这种厌恶便被他克服，几乎完全消失，而现在他又恢复了这样的感觉。然而，在他最初的印象中，未来是遥远的，不确定的，精力充沛的体魄和无比的自信充溢着他的心灵。如今，却正好相反，那对未来的思考激起了他对过去的怨恨。“变老！去世！然后呢？”他心里想。值得注意的是，以前当他身处险境、面对敌人时，死亡的形象通常只会使他的精神更加抖擞，增强他的勇气。而如今在这寂静的夜晚，在自己的城堡之中，死亡却使他产生一种莫名恐怖的、惊慌的感觉。这死亡独行而至，始自他心灵深处。它可能还很远，不过每时每刻都在一步一步地靠近。甚至，当他绝望地搏斗着想驱逐出这一可怕的敌人的记忆时，他却更加快速地向其靠近。在他的早年生活中，他经常目睹暴力、复仇和谋杀的场景，而这些也鼓励着他进行大胆的仿效，同时也作为一种权威对抗着他的良知：如今，一种模糊而又可怕的个人责任感和对事情的独立判断的能力，不断地萦绕在他的头脑中。如今，那种摆脱为非作歹的同伴，并且远远地超越他们，这样的欲望有时让他感觉到不寒而栗。上帝，他曾经听人说过，不过有很长一段时间，他既不愿去否认，也不愿去承认，只是关注着自己的生活，就当他不存在似的。而现在，有时他会毫无缘由地觉得很沮丧，毫无危险却感觉很恐怖，他想象着自己似乎听到内心中上帝的呼喊：“可是，我是存在的。”最初，当他正值年轻，情绪高昂之时，他只觉得那以上帝的名义颁布的法律是非常讨厌的。如今，当他再想到这些法律时，则不由自主地视其为某种不可争辩的东西。然而，他不愿向任何人透露他这种新的不安的情绪，而竭力用更加卑劣的残暴作假象，以伪装自己的痛楚，把它深深地掩盖起来。他甚至想借助这样的手段为自己掩饰这一切，或者把它们从自己的心中统统抹去。他还羡慕（因为他既不能消灭它们也不能忘记它们）过去那些日子，做了坏事又不感觉到悔恨，不会有丝毫的担心，只想着成功。他千方百计地想要恢复，或者重新捕捉和保持从前那样的意志力，那种富于机智的、凌驾于一切的和从容不迫的意志力，只为让自己确信，他依然是从前的那个他。

因此，在这种情况下，他立刻向唐罗德里戈做出了承诺，说会毫不犹豫地帮助他。然而，当造访者离开的时候，他又开始后悔自己做了这个承诺。渐渐地，他头脑里满是那些企图让他收回自己的承诺的想法，但如果他向这些想法屈服的话，他便会在朋友，也就是那些二流同谋眼中颜面尽失。为了停止头脑里两种想法的斗争，他立刻叫来了尼比奥。尼比奥是他手下中身手最敏捷、最胆大的暴徒之一，也就是常常和埃吉迪奥联系的人。无名氏表情坚定，命令尼比奥立刻快马加鞭奔赴蒙扎，把将要实施的计划通报埃吉迪奥，并要他协助完成这项计划。

无名氏万万没有想到，尼比奥这么快就回来了，并带回了埃吉迪奥的回复，说这件事可以不费吹灰之力就能完成，并且毫无风险。他要求无名氏立刻派一辆马车过去，并要几位伪装得很好的暴徒，其余的事便由他来指挥，并说自己会很成功地办好此事。听到这个消息，无名氏不管内心作何想法，立刻命令尼比奥去安排好所有埃吉迪奥需要的东西，并要他带着两个他指定的暴徒一同前往。

倘若埃吉迪奥只想用一贯的方法来完成这件恐怖的事情，那他肯定不会给出如此果断的承诺。那个避难所的每个地方似乎都设有屏障，但是这个极其残暴的恶霸有他自己的独门方法，使得对别人来说极其困难的事情在他眼里却成了一种强有力的手段。我们已经说过，那个可怜的夫人曾经还为他所用过，读者应该明白那并非最后一次，而是令人厌恶的流血道路上的第一步。她无法抗拒这个似乎命令她去犯罪的声音，甚至是牺牲正受她保护的无辜少女。

格特鲁德觉得这个计划太可怕了。在这样出乎意料的情况下就抛弃露琪娅（而且可怜的露琪娅并没有犯任何过错），对格特鲁德来说简直就是一种不幸，甚至是一种严厉的惩罚。埃吉迪奥命令她就算背上背信弃义的恶名也要抛弃露琪娅，并让她原有的赎罪行为变成一种新的愧疚。可怜的格特鲁德想尽各种办法使自己逃脱这个可怕的命令。罪恶本就是一个专横的暴君，主宰着那些弱小但又极力反抗的群体。关于此事格特鲁德下不了决心，只好唯命是从。

在指定的那一天，当他们所安排好的时刻渐渐临近的时候，格特鲁德带着露琪娅一起进入了自己的房间，并比平常给予她更多的关心和照顾。露琪娅也欣然接受，并回之以礼，就像一只小羔羊在牧羊人的抚摸下颤抖，它转过身来舔他的手，却不知道片刻前牧羊人已经把它卖给了正在圈外等待着的屠夫。

“我想请你帮我办件事，这件事除了你之外没有别人能够完成。我下面有很多人都听从我的安排，但没有一个值得我信任。这是一件很重要的事情，容我稍后再告诉你，我得和把你带到我们修道院来的那位嘉布遣会院长谈谈，可怜的露琪娅。一定要保证没有别的人知道我请他来。我信不过别人，只有你能够帮我秘密地传递这个信息。”

听到这样的要求，露琪娅感到惊恐万分。她还是一副平素羞怯的样子，但并没有极力掩饰惊讶的情绪。她说出各种理由力劝格特鲁德收回这个要求，而这些理由都是格特鲁德应该预料得到并且理解的：母亲不在身边，没有任何人护送，在一个陌生的地方走在一条偏僻的路上……不过格特鲁德不愧是在埃吉迪奥的地狱学校里受过训练，她做出万分惊诧和不满的样子，表示没有料到她所信赖的人竟然会婉言推托，她认为那些理由都是不值得一提的。在光天化日之下，仅仅是几步路，就几步路远，而且还是露琪娅前几天才走过的路，可以这样说，就算是一个从未见过这条路的人都不会迷路。……总之，格特鲁德说了很多劝诱的话，可怜的露琪娅立刻心怀感激和羞愧，便说道："好吧，我能为您做些什么？"

"你去嘉布遣会修道院，"说着说着，格特鲁德又说了一遍去那里的路，"找到修道院院长，告诉他立刻来见我。但是一定不要让别人知道他是受我之邀来的。"

"但是女门房从未见我外出，如果她要是问起我去哪里，我该怎么回答她呢？"

"试着在她看不到你的时候出去。如果实在不行，就告诉她你要去教堂，想在那里祈祷。"

对于可怜的露琪娅来说，说谎是一个新的挑战。然而，夫人再一次因为她的拒绝而感到恼怒不安，并谴责她在感恩的时候还有如此多徒劳的顾虑，这使露琪娅觉得非常耻辱。听到这些话，露琪娅惊讶万分，可没有被说服，但最后她回答道："好吧，我去，愿上帝保佑。"然后便出发了。

格特鲁德透过铁窗，以一种坚定但又焦虑的眼神看着露琪娅。当看到她刚踏上门槛时，心里便产生一种不可抗拒的情感，于是她大声喊道："听着，露琪娅。"

露琪娅转过身朝窗户走来，但此时格特鲁德心中又产生了另外一个想法——一个平常支配着她的行为的想法如今又重现在她的头脑中。她假装自己没有吩咐清楚，于是又描述了一遍露琪娅必须得走的路，然后向她道别，并说道："照我说的做就可以了，快去快回。"于是露琪娅又出发了。

露琪娅走出修道院大门的时候没有被人发现，她低着头，沿着修道院墙的一边默默前进。按照夫人的指示，凭借着自己的记忆，她找到了城市的大门，并走了出去。她假装镇定，但身体不由自主地颤抖。她沿着大路走，很快就到了通向修道院的那条路，并立刻认出了这条路。那条路曾经像两河岸之间的河床一样，如今仍是这个模样。露琪娅发现自己正要独自一人踏上这条路时，心中的恐惧感不断滋生，于是她加快了脚步。她走了几步就看见一辆过路的马车停在那里，两位游客不停地向四周探路，好像迷路了一样，于是她又恢复了原来的勇气。当她走得离马车越来越近时，她听到其中一个人说："这里有一位善良的姑娘，我想她会给我们指指路的。"当她走近马车的时候，那个人以一种很有礼貌的口气问道："善良的姑娘，你能告诉我们去蒙扎的路吗？""你们走错方向了。"可怜的露琪娅回答道，"蒙扎在那边……"她转过身来指给他们看。另外一个同伙（尼比奥）趁她不注意时抓住她的腰将她从地面提了起来。露琪娅惊恐地转过头尖叫了一声，尼比奥将她推进马车；第三个坐在马车尾部的恶棍接过她，并且不顾她的挣扎和叫喊，强迫她坐在他对面；另一个人用一块手帕捂住露琪娅的嘴不让她喊出来。尼比奥迅速地回到马车里，关上车门，匆忙地离开了。那个假装问路的恶棍留在大路上，匆匆地环顾了一下四周，没有发现任何人，于是他跑到路边，抓住一棵树的树枝往上爬，推翻了一片栅栏，闯进了一片绿橡树种植园。他沿着路边走了一小段，然后躲在下面，生怕被那些被那尖叫声所吸引的人发现。这个人是埃吉迪奥的手下之一，他在修道院门口附近观察，看着露琪娅出门，在记住了她的穿着和长相后便抄近路回到他们所预定的地方等待露琪娅的出现。

谁能够描绘出此时可怜的露琪娅心中所经受的恐惧和痛苦？她睁开了那双满带恐惧的眼睛，急切地想要弄清楚自己现在的处境。但当她看到这些可怕的面孔时，又害怕地闭上了眼睛。她试图扭动身子，却发现自己全身都被按住了。她积聚身上所有力气，使劲儿向门边冲去，但那两条强有力的胳膊将她按住，再加上其余四条胳膊的帮忙，她就像被钉在了马车上一样一动也不能动。每次当她想要叫喊的时候，那个恶棍便把手帕塞进她的嘴里使她不能发出声音。其余三个恶魔用比平时更有人性的声音不断重复道："不要动，不要动。不要害怕，我们是不会伤你一根头发的。"在如此短暂而又痛苦的挣扎过后，露琪娅似乎变得安静下来。她的双手垂在两边，头向后仰着，眼睛半开半闭，目光很呆滞。那些可怕的面孔在她面前形成了一副无比丑陋的画面。她的脸颊渐渐失去颜色，冷汗淋漓，她逐渐失去了知觉，晕了过去。

“喂，醒醒，别害怕。”尼比奥喊道，“别害怕，别害怕。”其余两个恶棍也不停地喊道。然而，此时的露琪娅已经失去了知觉，她没有听到那些恐怖声音里的一丝安慰。

“这个——她好像死了。”其中一个恶棍说道，“如果她真的死了……”

“呸！”另一个说道，“她只是被吓晕了，女人常常这样。我很清楚地知道，当我想要谁死的时候，不论是男人还是女人，我都得采用一些除此之外的办法。”

“闭上你的嘴，”尼比奥说道，“做好你自己的事就行，其他的什么都别管！把你的滑膛枪从座位下拿出来，把它们准备好。因为一旦我们进入树林，那儿总是有一些歹徒隐藏在其中。嘿，别把枪拿在手上，将其平放在背后。难道你没看见那女人胆小如鼠吗？我们什么都没做她就晕了，要是她看见这些火枪，那当真会吓死的。她苏醒之后，注意别吓着她了，另外，没有我的允许，不准碰她，我一个人对付她就够了。不准嚷嚷，让我单独同她谈！”

与此同时，马车快速驶进了树林。

过了一会儿，不幸的露琪娅渐渐恢复了意识，仿佛像刚从深沉的昏睡中醒来一样，慢慢地睁开了眼睛。最初，她发觉很难辨别围绕在她周围的阴暗的物体。不过最后，她还是成功地记起了自己目前的可怕处境。一恢复意识，尽管她仍很虚弱、无力，可她仍然快速地朝着那车门奔去，努力想冲出去。不过她被拉住了，只是碰巧瞟见他们走过的路是很僻静的。她又试图大声呼救，但是尼比奥顺手便用手帕捂住了她的嘴。“嘿，”他以一种自己能够控制的最温柔的语气说道，“别出声，这样你就会很好，我们也不会伤害你一根头发；不过，要是你不闭上你的嘴，那我们就会帮助你闭上。”

“放我走！你们是什么人？要带我去哪儿？为什么要抓我？快放我走，放我走！”

“我告诉你，别害怕。你已不是个小孩子了，应该看得出我们并不会伤害你。要是我们真有什么坏的企图，你早就死了上百次了。所以呢，你得安静点儿！”

“不，不！让我自己走自己的路，我根本不认识你们。”

“可是，我们认识你。”

“噢，圣洁的圣母玛利亚！看在我可怜的份儿上，放我走吧。你们究竟是什么人？为什么要抓我？”

“因为，有人吩咐我们这么做。”

“谁？谁？谁指使你们这么做的？”

“安静点儿！”尼比奥说道，神色十分严厉，“你不该问我们那样的问题。”

露琪娅再次尝试着冲向车门，不过她发现这样做根本就是徒劳，于是又开始苦苦哀求。她低着头，满脸的泪水，声音也因为哭泣时断时续，她双手紧捂着嘴，哭着说道：“噢，看在上帝和圣洁的圣母玛利亚的份儿上，放我走吧。我到底做错了什么？我只是个无辜的受害者，从来没有伤害过任何人。我会从心底原谅你们对我所做的一切，还会向上帝祈求，请他保佑你们。如果你们有女儿、妻子和母亲，要是她们处于我这样的情形之中，想想她们会有多痛苦啊。记住，我们大家终归都会死的。要是有一天你们想让上帝对你们仁慈一点儿，那就请放我走吧。就在这里放了我，上帝会教我找到我自己的路的。”

“我们不能放了你。”

“你们不能？噢，我的上帝啊，你们为什么不能放我呢？你们要把我带到哪儿去？为什么？”

“不能放了你就是不能放了你，你再怎么问也没用。不过别害怕，我们是不会伤害你的。只要你安静点儿，没人会碰你的。”

露琪娅看见自己的话没起一点儿作用，心里越来越忧伤、痛苦和惊恐。她转而向那位主宰人们心灵的主祈求，因为只有主能够依照自己的意愿，将铁石心肠软化。随后她退回到马车的角落里，双臂交叉放于胸前，在心里虔诚地祈祷着。然后，她又拿出一串念珠，以一种她从未有过的虔诚和忠诚默诵着玫瑰经。时不时，她仍会向那些人请求，希望他们能大发慈悲放了她。不过，这一切仍是无济于事。随后，她又昏了过去，又慢慢地醒了过来，面对新的痛苦。然而，我们也不忍心再这样继续叙述露琪娅的痛苦了。一种强烈的同情感促使我们匆忙地结束这一持续了四个多小时的痛苦旅程。随后，我们还会被迫描述一些更痛苦的事。现在我们就调转笔头，来看看等待着这位不幸的女孩的那座城堡吧。

无名氏正在十分地焦急地等着露琪娅的到来，他从未这样忐忑不安过。这的确挺奇怪的！以前他冷漠地处置过那么多条人命，做了那么多伤天害理的事，从没考虑过自己会给别人带来什么样的痛苦，只是偶尔品尝下复仇所带给他的快感，而如今，要用自己的强权来对付这个陌生的、可怜的乡下女孩露琪娅，他却有点儿退缩、后悔，几乎可以说是一种恐惧。他站在自家城堡那高高的窗户旁，盯着山谷的入口处，望了片刻。马车终于出现了，正缓缓地前进，因为起初的那段迅速的奔跑，消耗了马匹的精力。尽管从他所站之处向下看去，那马车就像小孩子所玩儿的玩具一般大小，不过，他却一眼就认出了它。他的心又开始快速地跳了起来。“她会在里面吗？”他立刻这样想着，接着又自言自语道：“这个女孩竟弄得我如此烦恼，我得从中解脱出来。”

此时，他本准备召来一个手下，派他立刻去截住那辆马车，命令尼比奥带着那个女孩马上调转车头，直接去唐罗德里戈先生家。不过，他又突然想到不能这样做，于是便放弃了这种打算。他无法忍受这样眼睁睁地等待着马车一步一步缓慢地走近，这好像是故意跟他作对似的，又好像是对他的一种惩罚。他浑身不自在，觉得非下达个什么命令不可，于是便唤来了他家的一位老婆子。

这位老婆子是这座城堡里的一位老管家之女，她出生在这堡里，也在这儿度过了她的一生。从孩提时代起，她所见的一切和所听到的一切都已在她的头脑中深深地留下了一种可怕的印象——即她的主人拥有至高无上的、可怕的权力。她从主人们的言传身教中获得了最主要的原则，那就是必须服从主人所安排的任何事，因为他们既能做最大的善事，也能做最坏的恶事。责任感像是一粒种子，滋生在人们的心中，而在她的心中，责任感却是同尊敬、害怕、过分屈从的忠诚混合在一起，并同它们一起生长的。当这个无名氏成为她的主人之后，他就开始滥用自己可怕的权力。开始，这个老婆子感觉很厌恶，同时也伴随着一种强烈的顺从感。不过慢慢地，随着时间的流逝，她也已经习惯自己每天所见，和所听到的一切了。对她来说，先生那强势而放纵的意念早已是某种命定的正当之事。当她到了一定的年龄，她就嫁给了这城堡里的一个仆人。结婚不久，此人便受命去办一件非常危险的事，没想到最终却死在了路上，她也从此成了堡里的一个寡妇。很快，主人便替她的丈夫报了仇。这使她深感安慰，同时也使她产生了一种备受保护的骄傲。从那之后，她便很少踏出城堡的门。渐渐地，她变得很孤陋寡闻，不再了解外面人们的生活了。她并没有什么特别的事要做。不过，那些歹徒，一会儿这个，一会儿那个，总是不断要她做这做那的。这使她总是抱怨。有时，她需要补补衣服；有时，需要赶紧为那些刚从外面做事回来的人准备饭菜；有时，还会被叫去替伤员包扎伤口。这些人的命令、责备和感谢总是夹杂着一些嘲笑和粗鲁的语言。“老婆子”就是大家对她的习惯称呼。不过，根据说者的心情和说话的场合，有时还会给“老婆子”添加一些修饰的形容词。她天性懒散、容易发怒，这是她的两大主要的特点。有时，她也会对嘲笑她的人回以讥讽之语。此时，若是撒旦在场，也可能会大赞她的机智，而不是称赞那些挑衅者。

“你看见下面那辆马车了吗？”主人向她问道。

“看见了。”她回答说。她向前伸着自己那尖尖的下巴，眯着凹陷的眼睛，仿佛要将眼珠挤出来似的。

“命人马上去准备一辆轿子，你坐在轿子里，让他们把你立刻抬到‘恶夜客栈’。快去，快去，争取比马车先到那儿。那马车正不死不活地慢慢向那儿驶去，在那辆马车里有……应该有……一个年轻的女孩。要是她真在那儿，就告诉尼比奥，要他把这姑娘转移到轿子里，并且让他立即来见我。你同那女孩一起乘轿子，到了山上的时候，你将她带进你自己的房间，要是她问你要带她去哪儿，这城堡是谁的，注意别……”

“好的。”那位老婆子说道。

“不过，”无名氏继续说道，“尽量鼓励鼓励她。”

“那我该对她说些什么呢？”

“你该对她说些什么？难道你活到这把岁数，还不知道该怎么鼓励别人吗？难道你从没感觉到悲伤？你从没害怕过？难道你不知道在那种时候，该说什么样的话安慰别人吗？就对她说那样的话，你自己去想，快走吧。”

老婆子刚一离开，他就又站在窗户那儿。他两眼紧盯着那辆马车，马车已变得越来越大了。随后，他看了看太阳，那时太阳已落在大山之后了。接着，他又望了望天空中飘浮着的云彩，它们瞬间由酱紫色变成了火红色。他向后退了退，关上了窗户，开始在房间来回地走来走去，其步伐很像一个步履匆匆的游客。

第二十一章

老太婆立刻听从了主人的吩咐，以他的名义去发号施令。在这个城堡里，不论是谁提到主人的名字，都会使所有的家仆提高警惕，因为任何人都不敢在未经批准的情况下使用主人的名义。老太婆比马车先一步到达“恶夜客栈”，她看见马车靠近时，便从轿子里走了出来，示意车夫将马车停下。她走向车门，小声地向将脑袋伸出车门外的尼比奥说了主人的命令。

露琪娅从昏睡中渐渐苏醒过来，当她感觉到马车停下来时，心中的恐惧感再次袭来，她睁大眼睛凝视着周围发生的一切。尼比奥退回到自己的位置，老太婆把头伸进车门，仔细地打量着露琪娅，说道：“下来吧，我的姑娘，来吧，可怜的人儿。跟我走吧，我受命要好生待你，安慰你。”

听到这个女人的声音，可怜的露琪娅感到了一丝安慰——瞬间又有了一些勇气，但很快又感到更加恐惧。“您是谁？”她用颤抖的声音问道，惊奇地注视着这个老太婆。

“过来吧，过来吧，可怜的小姑娘。”露琪娅不断听到这样的答复。

尼比奥和他的两个同伙从老太婆那些不同寻常的话语中听出了他们主人的用意，主人是想用一些花言巧语说服露琪娅遵守老太婆的意愿。然而，她却不断向四周张望。这是一个荒凉陌生之地，并且车门口的看守守备森严，她感觉不到任何能逃脱的希望。尽管如此，她仍然试图张嘴大声呼救。但当看见尼比奥要拿起手帕时，她便停止叫喊在那里哆嗦了一下，然后被抓住推进了轿子。老太婆也随着露琪娅进入了轿子。尼比奥让其余两个同伙看管着，自己则听从主人的命令走最短的路上去了。

“您是谁？”露琪娅焦急地向陌生的、丑陋的女人问道，“为什么要叫我跟你一起去？我在什么地方？你们要把我带去哪里？”

“带你去见一位想要对你好的人，”老太婆回答道，“带你去见一位伟大的……谁能得到他的好处，那真是太幸运了。我告诉你，你真幸运。不要害怕，勇敢一点儿。他吩咐我好好鼓励你。打起精神，你会告诉他我已经试着安慰过你了，对吗？”

“他是谁？为什么？他想我做什么？我又不是他的人！告诉我我在什么地方！放我走！让他们放我走吧，让他们把我送回教堂。噢，同样是女人，看在圣母玛利亚的份儿上……”

这个神圣而使人慰藉的名字，老太婆小时候也曾虔心地重复念叨过，到现在为止已经很久没有提起过这个名字，甚至很久没听到过了。如今，可怜的露琪娅一说出这个名字，老太婆便产生一种奇怪、迷惑的感觉，就像一个从小失明的老人重新回忆起记忆中的光明一样。

与此同时，无名氏正站在城堡的大门前。他朝山下望去，看到轿子像前来的马车一样，一步一步向上攀登。尼比奥驾着马车快速向前跑，使他们之间的距离变得更大。当他到达山顶时，主人领着路说：“这边来。”他们走进了城堡，进入了一个房间。

“事情进展得顺利吗？”主人停下来问道。

“一切都进展得很顺利。”尼比奥深深地敬了礼，回答道，“得到的情报很及时，那位女子出现得也正是时候，周围没有一个人，她尖叫了一声，但是没有人注意到。马车夫随时准备着，马匹跑得很快，途中没有遇见任何人，但是……”

“但是什么？”

“但是……我得说实话，我倒希望你命令我从背后给她一枪，免得听见她叫喊或看见她的面孔。”

“什么？……什么？……你什么意思？”

“我是说，一路上，我觉得我已对她产生了怜悯之心。”

“怜悯？！你懂什么叫怜悯？什么是怜悯？”

“我从未像这一次这样了解什么是怜悯。怜悯就像一种恐惧，一旦你被它俘虏了，你就不再是个男子汉。”

“告诉我她做过什么让你对她产生了怜悯之心？”

“噢，最尊贵的主人，她一直哭哭啼啼，用苦苦哀求的眼神看着我们。她的脸色变得像死尸一样苍白，然后又不断抽泣，虔诚地祈祷，嘴里还嘟哝着……”

“我不会把她留在我的家中，”无名氏暗自思忖，“我承诺了这件事真的很不幸运。可我已经承诺了，我已经承诺了。也许等她离开了我的地盘……”此时，他抬起头，以命令的语气对尼比奥说道：“现在，你必须得抛开你的怜悯，带上一两个伙伴，快马加鞭，赶到唐罗德里戈的府邸，请他立刻派人！立刻！要不然……”

但是他的内心又发出一个“不”字，比第一次发出的还强烈，这使他改变了主意。“不！”他语气坚定，就像是内心那个秘密的声音向自己下的命令一样，说道：“不！你去好好休息一下。明天早上,你再照我的吩咐去做。”

“这个女孩儿一定有什么魔鬼附身。”他想。尼比奥离开以后，他一个人站在那里，双手交叉放在胸前，目光注视着地板上的一个污点。月光透过高耸的窗户照了进来，在地面映射出一个苍白的正方形，纵横交错，就像一张国际跳棋棋盘。“某个魔鬼，也或许是某个天使在保护她……尼比奥的怜悯……明天早上，明天一大早就让她离开这里。她必须去到她该去的地方，然后谁也不能再提起她。还有……”他继续想着，就像一个人给叛逆的孩子施加命令一样，且明明知道孩子不会遵从命令，“谁也不会再想起她。唐罗德里戈这家伙也不会再次以感谢为借口来打扰我。因为，我再也不想听到任何人提及关于她的事。我帮助他是因为……是因为我给了承诺，而我承诺他是因为这就是我的命。但是，我一定要让这家伙好好地报答我一番！”

作为补偿，甚至是作为惩罚，他设法让唐罗德里戈去做一件棘手的事情，但是这些话又涌现在他的脑海里：“竟连尼比奥都怜悯她。”“这女孩儿到底做了什么对不起他的事啊？”此时，他突然想出了一个法子。“我得见见她……不！……噢，对，我得见见她。”

他进入了另一个房间，来到了楼梯口，顺着扶手上了楼梯，来到老太婆的房前，用脚踢了一下门。

“是谁呀？”

“开门。”

听到他的声音，老太婆慌张地跳了三下，她立刻解下门闩，把门打开。无名氏站在门口时扫视了一下房间，他看见三角桌上放着一个油灯，透过灯光他看见离门口最远的角落里，可怜的露琪娅正蜷缩在那里。

“谁叫你像扔一袋垃圾一样把她丢在那里？你这恶毒的老女人！”他皱着眉头对老太婆说。

“是她自己蹲在那儿的，”老太婆谦卑地回答道，“我已尽我最大的努力叫她打起精神来，她自己也可以证明这一点。但是她却不听我的话。”

“站起来。”他向露琪娅走去并说道。然而，原本就心怀恐惧的露琪娅在听到他踢门的声音、老太婆的开门声、他的脚步声以及他说话的声音时，又增添了一种新的神秘的惧怕感。她双手捂着脸紧紧地蜷缩在墙角，除了身体在抖动以外，她一动不动地蹲在那里。

“站起来，我不会伤害你的……也许，我可以帮助你。”这位先生不停地说着。“我叫你站起来！”在露琪娅连续两次违背他的命令后，他愤怒地说道。

就像受到惊吓一样，可怜的露琪娅立刻跪了下来。她双手合十，就像跪在一个圣像面前。她抬起头看着无名氏的面孔，又立刻低下头，说道：“我就在这里！要杀就杀吧！”

“我告诉过你，我不会伤害你。”无名氏看着她充满悲伤和恐惧的面容回复道。

“打起精神，打起精神来！”老太婆说道，“如果他亲口告诉你他不会伤害你……”

“为什么？”露琪娅说道，她那因恐惧而颤抖的声音里混杂着某种因绝望而滋生的勇气，“为什么要让我遭受如此痛苦？我做了什么对不起您的事？”

“也许是他们虐待了你？告诉我！”

“虐待？他们强行把我带走。为什么？他们为什么抓我？为什么我在这个地方？我到底在哪里啊？我只是一个可怜的人，我到底做了什么对不起您的事？看在上帝的份儿上……”

“上帝！上帝！”无名氏打断道，“总是说上帝！那些没有能力保护自己的人，总把上帝提出来，好像他们和上帝说过话一样。你说那话是什么意思？让我……？”他没有说完这句话。

“噢，先生，像我这样可怜的女子，除了祈求您的怜悯以外，我还能奢望什么？一个人就算犯罪无数，只要他行一个善举，上帝便会宽恕他。请放我走吧，看在上帝的份儿上，放我走吧。让一个可怜的人遭受如此痛苦的人都不会有好结果的。噢，您能够发号施令，我求求您叫他们放我走吧。他们强行把我带到这里，让这个女人陪着我，叫他们把我送到……到我母亲居住的地方。噢，最最神圣的圣母玛利亚！母亲，母亲——看在慈悲的份儿上，我的母亲。也许她就在距此不远的地方……我看到了我的家乡。为什么您让我遭受这样的痛苦和折磨？让他们带我回教堂，我会终身为您祈福。您就说一句话又有什么关系呢？噢，您瞧，您也感动了，您也对我产生了怜悯之心，只要您一句话。一个人就算犯罪无数，只要他一个善举，上帝便会宽恕他。”

“噢，为什么她不是那些把我驱逐出境的狗贼的女儿？”无名氏暗自思忖，“为什么她不是那些想置我于死地的恶棍的女儿？要是那样，看着她受苦，我就会很高兴。可是，相反，她是……”

“请别抛弃这一行善的念头。”露琪娅看见这个强权人士的脸上流露出一种犹豫不决的神情，心里再次充满了希望，继续真诚地说道，“要是您不愿对我施舍这样的慈悲，上帝也会赐予我的。我宁愿死，这样我就解脱了。但是您……或许有一天，即使您……但是不，不，我会一直向上帝祈祷，乞求他保佑您免遭一切灾难。您说句话吧，这并不会让您蒙受任何的损失，不是吗？要是您知道我所遭受的痛苦，您……”

“快，打起精神。”无名氏打断她的话说道，语气温柔得简直让老婆子大吃一惊，“我做了丝毫伤害您的事吗？我恐吓了您吗？”

“噢，当然没有。我明白，您有一颗善良的心，会同情一个不幸的女孩儿。要是您愿意，您可以比任何人更令我恐惧，令我害怕，甚至可以杀了我。然而，您却并没有那样做，而是……让我放宽了心，上帝会奖赏您的。您就大发慈悲，好事做到底，放我走，放我走吧。”

“明天早上……”

“噢，请现在就放了我，就现在……”

“我说，明天早上我会再来看你的。快，打起精神来，好好休息哈。你肯定饿了，我马上派人给你送点儿吃的。”

“不，不，要是谁闯进这儿来，我马上去死，我马上去死。请把我送到一个教堂去……上帝定会因此而奖赏你的。”

“我会让女仆给你送些吃的过来。”无名氏说道。这样说完，他自己也很惊讶，不知道自己怎么会突然想到那样的方法，怎么会那么希望想找到一个方法来安抚这个可怜的女孩儿。

“而你，”他转过身对这位老婆子继续说道，“劝她吃点儿东西，接着让她躺在这张床上休息。如果她愿意让你陪她，那你就陪她；要是她不愿意，你也可以好好在地上睡一晚。我说过，多鼓励鼓励她，让她打起精神来。小心点儿，别让她埋怨你。”

这样说完，他便朝着门口快速走去。露琪娅站了起来，跑去想留住他，再次求他放了自己，可是他还是走了。

“噢，可怜的我啊！快，赶紧将门关上。”听见关门声和上门闩的声音之后，她又再次蜷缩到了那个角落里。“噢，可怜的我！”她哭泣着重复道，“现在我该去求谁呢？我又在哪儿？看在我可怜的份儿上，你可不可以告诉我，告诉我那位同我讲话的先生究竟是谁？”

“他是谁？嗯，他是谁，你觉得我会告诉你吗？等着他自己来告诉你吧。因为有着他的保护，你就很骄傲，你想得到满足，就让我来替你受罪。你自个儿去问他吧。要是我告诉了你这些，那我就听不到他刚刚对你说的那番好话了。我已经老了，已经老了。”她继续咕咕哝哝地低声说着，“这些该死的小妞儿们，她们哭啊，笑啊，做出一副媚态，而且还总是一副有理的样子。”然而，在听到了露琪娅的哭泣声后，她记起了主人那可怕的吩咐，于是便向蜷缩在角落里的可怜的露琪娅弯下身子，用一种温和的语气对她说道：“唉，我并没有说什么伤害你的话。快，高兴点儿，别再问我那样的问题了，因为我无法回答你。快，高兴点儿，善良的姑娘。唉，你不知道，要是主人能像对你讲话那样对其他人的话，那这些人不知道会有多开心。开心点儿，马上会有人来给你送饭了，我知道……从他说话的语气，肯定会给你送些好吃的。吃完后，你就可以躺下休息。”

“希望你可以留个角落让我睡。”她补充说道，语气中流露出难以抑制的愤怒。

“我不想吃，也不想睡，就让我自己待一会儿吧，别靠近我。不过，你也别离开这间屋子好吗？”

“不，不，我不会离开的。”老婆子一边说着，一边向后退了退，坐在了那把破旧的椅子上。在那儿，她瞥了瞥可怜的露琪娅，目光惊恐而又嫉妒。随后，她又看了看那床铺，一想到自己可能今晚一整晚都不能睡在那儿，她就很不是滋味，同时，她还抱怨着天气之冷。不过，当想到那美味的晚饭时，她心里便舒服了点儿，因为她也可能分享到那美味的食物。露琪娅既没感到冷，也没感到饿，除了感到悲伤和恐惧。她仿佛失去了所有知觉，就像一个神志不清的病人在恍惚中一样。

一听到敲门声，她便站了起来，抬起那惶恐的脸，大声喊道：“谁在外面？谁在外面？别让任何人进来。”

“没人，没人，好消息。”老婆子说道，“是玛撒送吃的来了。”

“快关上门！快关上门！”露琪娅大声喊道。

“好，马上就关。”老婆子回答说。她接过了玛撒手中的篮子，朝着玛撒匆忙地点了点头，随后便关上了门，将篮子放在了屋子中央的一张桌子上。接着，她便反复地邀请露琪娅来享用这诱人的晚餐。她用了很多她自认为很有效的话来刺激露琪娅的胃口，还大肆赞赏着食物的美味：“这么可口的食物，像我们这样的平凡之人要是尝了几口，那一辈子也忘不了。这酒，是主人同他的朋友们喝的……当他们中哪位突然来访时……他们便想好好痛饮一番，嗯！”不过，看见所有这些诱惑的话并未产生任何效果，她又说道：“这是你自己不吃的。明天你可别对主人说，我没劝过你。不过，我是会去吃点儿东西的，而且还会给你留下足够的食物，等你想明白了，愿意听从主人的吩咐，你就来吃吧。”这样说完，她便自己一个人贪婪地吃了起来。当她吃饱之后，便站了起来，朝着角落走去。她弯着身子，再次邀请露琪娅去吃点儿东西，以便吃完后，可以躺下休息。

“不，不，我什么都不想吃。”露琪娅回答道，她的声音虚弱而又无力，昏昏欲睡的。随后，她又坚决地说道：“门闩上了吗？闩紧了吗？”看了看四周后，她站了起来，伸着双手，迈着迟疑的步伐朝门口走去。

老婆子一下子跨到了她的前面，伸出手去摸那门锁，抓住锁把，摇了摇，插销摩擦着门鼻儿，发出哗啦哗啦的响声。“你听见了吗？看见了吗？闩上了吧？你现在满意了？”

“呵，满意？在这儿我岂能满意？”露琪娅说着，并再次蜷缩到了那个角落。“不过，上帝必定知道我在这儿。”

“快去睡觉吧，你像条狗似的蜷缩在那儿干吗？有谁见过你这样的人，明明可以享受舒适，却偏要去吃苦头。”

“不，不，你别管我。”

“好吧，是你自己愿意这样的。看，我给你留了好的位置，我躺在床边。为了你，我会睡得很不舒服。如果你想睡觉，你知道该怎么做。记住，我已经叫过你多次了。”这样说着，老婆子便衣服也不脱就钻进了被褥。很快，房间里便鸦雀无声了。露琪娅仍然一动不动地蜷缩在角落里，她的双膝弯曲着，双肘搁在膝盖上，双手捂着脸。她既没睡着，也谈不上清醒，而是浑浑噩噩的，模糊的思绪、期望和恐惧不停地在她头脑里闪现和交替。从某种程度上说，当她清醒之时，会清楚地记得自己当天所看见的和遭受到的那种恐怖，明白自己目前所处的这种黑暗可怕的现实。而当她思绪模糊之时，她又会努力同那不确定和恐怖形成的梦幻抗争。很长一段时间，她都一直处于这种痛苦之中，我们在此一带而过。但是，最后，她筋疲力尽，十分地疲倦，于是便放松了自己，伸开了自己僵硬的四肢，躺在了地上，就像真睡似的。不过，她突然又醒了过来，仿佛是她的内心在召唤着她醒过来似的，她竭力让自己完全清醒，恢复理智，以便想起自己究竟在哪儿，怎样到这儿的，为什么会在这儿。突然一个声音传入了她的耳朵，仔细倾听，发现是那老婆子发出的缓慢而又深沉的呼吸声。于是她睁开双眼，看见一束微弱的灯光，那灯光照了一会儿，最后就完全熄灭了。这灯光是一盏快要熄灭的烛灯发出的光，它时而明亮，时而暗淡。可以说，它很像海岸上的波浪，时而涌上来，时而又退下去。这样，烛光照在屋内的物体上，还没将其颜色和形状照出来，就又暗淡下去了，放眼望去，只能看见一团模糊的东西。不过，她今天所获得的种种印象，很快便重新呈现在了她的头脑中，这帮助了她分辨那些她觉得模糊的东西。当她完全清醒之后，这位可怜的女孩儿又意识到了自己已身陷囹圄，记起了自己所经历的可怕的一天，同时又对未来感到莫名的恐慌。在经历了这么多激动不安的事情之后而获得的平静，以及她刚刚所感受到的那种宁静，加上自己孤零零一个人的状态，所有这一切竟使她产生了一种新的恐惧，让她有了想一死了之的想法。不过，正在此时，她记起了她还可以做祷告，这一想法让她得到了一丝安慰。她再次拿起了那串念珠，开始默诵玫瑰经。随着经文不断地从她那颤抖的嘴里被说出来，她的内心也渐渐感受到一种模糊的信念。突然，另一种想法闯入了她的头脑，即要是她在这种凄凉的情况下再做出一些牺牲，那她的祷告定会更容易被接受，更容易被上帝听到。于是，她努力想记起自己最重要的东西或者曾经得到的最重要的东西。因为此时此刻，她的心里除了感到害怕，其他什么都感觉不到。除了想摆脱这儿，重获自由，她便没有其他愿望了。她的确记起了那重要的东西究竟是什么，于是立刻决定将其作为牺牲的对象。接着，她站了起来跪在地上，两手在胸前合十，念珠悬挂在手上，抬起了头，仰望着天空，说道："噢，圣洁的圣母玛利亚！我曾多次向你祈求，求你保佑我，你也多次给予了我慰藉。你曾忍受了那么多的苦难，而如今又是这般的荣耀，还为受苦受难之人创造了这么多的奇迹，请帮帮我吧，把我带出这一险境，把我安全地带回我的母亲身旁。噢，要是你帮了我，圣洁的圣母玛利亚，我向你发誓，我会终身不嫁，放弃我那可怜的未婚夫，从此只属于你。"

说完这些话后，露琪娅便低下了头，将念珠挂在了脖子上，仿佛是要将其作为献身的象征，同时也作为一种护身的法宝，成为她方才投身的那场新的战争的盔甲。接着，她又坐在了地板上，内心渐渐浮现出一种平静之感和一种更加天真的信念。突然，她的脑海里响起了那位不知名的贵族人士重复说的话"明天早晨"，她仿佛从这句话里感受到了一种要释放她的承诺一样。她的感官在经受了那样痛苦的争斗后已变得疲惫不堪，如今在受到这些思绪的安抚之后渐渐平静了下来。最后，快到黎明时，露琪娅念着她的保护者的名字进入了梦乡，睡得很沉、很香。

在这个城堡里，还有一个人和她一样想要安然入睡，但始终辗转反侧，无法入眠。他从露琪娅那里离开（甚至可以说是逃跑）后，便命人给她送去餐饭，自己习惯性地去城堡别的地方走了走。但露琪娅的形象活灵活现地出现在他的面前，她的话不时地回荡在他的耳边，他匆忙地回到了自己的房间，狠狠地关上门，急忙脱了衣服躺在床上。但是那个形象却紧紧地逼近他，好像在说：您不能睡觉。"是怎样荒唐的好奇心竟驱使我去见她？"他想道，"尼比奥那混蛋竟是对的，一个人有了怜悯之心就不再是男子汉了，是的，不再是男子汉了……我？……难道我不再是男子汉了吗？怎么可能？发生了什么事？到底是什么魔鬼附在了我身上？这有什么好新奇的？难道我不知道女人总是爱哭哭啼啼恳求饶恕的吗？就算是当男人没有力气反驳时，他们也会这样。这到底是……？难道我以前从未见过女人哭泣吗？”

此时，他轻易地回忆起许多与此相似的情景，然而，不论是祈求，还是悲叹哀号，都不能阻止他完成自己已经决定了的事情。但是，这些回忆都没有使他重新找回完成这件事的决心，也没有令他消除对露琪娅的怜悯之心，反而增加了一些恐惧和惊愕之感，直到他再一次想起露琪娅的形象，反倒获得了一丝轻松，尽管他原是试图鼓足勇气来对付它的。“她还活着，”他说道，“她在这里，我还有时间，我可以叫她走，去过快乐的生活；我可以看到她表情的变化，甚至我还可以请求她的原谅……原谅我？我请求她的原谅？而且是向一个女人？我？……啊！但是，如果一句话，这样的一句话能让我好过些，能够让我摆脱附在我身上的恶魔，我就这样说。是的，我会这样说。我已经沦落到何等地步了啊！我已经不再是个男子汉了，的确不再是男子汉了！……去你的！”他愤怒地在床上翻来覆去。这床已经变得硬邦邦了，床上的被子也变得很旧很沉。“去你的。这些愚蠢的事曾经也多次出现在我的脑海，但是都过去了，这一次也会过去的。”

为了摒弃这一念头，他开始寻找一些能够让自己专注的事情，希望自己可以专心致志于这些事，但是他却一件也找不到。他觉得似乎一切都变了，那些曾经最能够激起他的欲望的事，如今对他来说已经没有任何诱惑力了。他的激情像一匹突然看到了影子的马一样变得不听使唤，不愿再次带领他前进。想到自己被卷入的这个还没有结束的事件，他既没有激励自己去完成，也没有因途中遇到的困难而愤怒（此时，愤怒也许会让他好过一点儿），而是对自己已经做到了这一步而感到后悔和惊愕。他的生活没有目的，没有愿望，甚至毫无作为，有的仅仅是那些令人难以忍受的回忆。所有与此相似的时光如今流淌得如此之慢、如此之沉重。他在头脑中把自己所有的手下排列出来，却发现没有一个人能担当重任。不仅如此，那些重新会见他们并与他们打成一片的想法如今变成了新的重负，使他感到烦恼不堪。倘若他要为明天安排一个可行的任务，他便想起，明天他可以放掉那个可怜的姑娘。

“我要放了她，是的，我会放了她。天一亮我就去见她，并派人护送她安全地离开。我让……护送她……可是，我对唐罗德里戈做出的承诺该怎么办？我和他之间的约定怎么办？唐罗德里戈？……唐罗德里戈是谁？”

像突然被上司问及一个出乎意料并令人尴尬的问题一样，无名氏匆忙地搜寻自己对自己所提出的问题的答案，或者说是一个新的自己所提出的问题。新的自己突然出现，并且开始变得强大起来，似乎在审判旧的自己。他努力寻找到底是什么引诱他在别人开口请求之前就答应让一个素不相识的无辜少女遭受如此迫害，没有憎恨和惧怕的刺激，而仅仅是为了效劳别人。但是，他没有找到任何能够解释他当时这样做的动机，甚至无法想象自己为何会被引诱接受这样的蠢事儿。当初之所以愿意这样做（而不是决定这样做）完全是受旧时习惯的驱使而做出的冲动的决定，是以前成百上千的作恶行为的自然结果。为了解释这一次的行为，这个烦心的自我审问的人陷入了对自己整个人生的思考中。他回忆过去。曾经年复一年，一件事又一件事，一场血案又一场血案，一次又一次犯罪，再现于如今正自新与自觉的心灵，摆脱了那些曾经引发他去作孽的思想；这一件件，一桩桩，以令人惊骇的奇形怪状再现于他的眼前，而当时他的那些思想阻碍他去察觉这可怕的情景。这一切，全是他的所作所为；这一切，就是他。想到这里，他不禁惊恐起来，而每一件往事的浮现，都加重和扩散了他的惊恐，以致惊恐最终化为绝望。他猛地翻身坐在了床上，急切地把手伸向旁边的墙壁，摸到了一把手枪。他一把抓起枪，取了下来，而且……在刚要结束那令自己难以忍受的生命的时候，他的头脑里充满了恐惧。他想这些恐怖的思想就算在自己死后依然会流淌在其脑海中。想到自己那丑陋的尸骨一动不动地躺在那里，还要受那些卑鄙的存活于世的人摆布，他就觉得毛骨悚然；明天一早城堡一片混乱，所有人都惊恐不安，一切事情都被搞得乱七八糟；而他自己却已经毫无权力，又不能说话，不知道会被人扔到哪儿去。他想着这个消息可能会传播出去，城堡里里外外以及远处的人们会不停地谈论这件事，他甚至还想到了敌人为此欢呼的声音。四周的黑暗和沉寂使他觉得死亡是一件更加令人伤心可怕的事情。与此相比，他似乎更愿意在光天化日、众目睽睽之下，毫不犹豫地跳入大海，一了百了，销声匿迹。他陷入这样令人烦恼的苦想之中，他不停地用拇指扳动着手枪扳机，突然他的头脑里闪过另一个想法：“如果小时候就有人告诉我人们如今正在谈论的来世的生活，那我会觉得好像还真有此事；但如果它根本就不存在，而只是神甫故意捏造出来的东西，那我这是在做什么？为什么我就该死？我所做的一切又有什么价值呢？有什么用呢？这简直就是荒谬。但是如果真的有来世……”

面对这样的疑惑和冒险，他感到更加绝望，就算是死亡，也无法摆脱这样的绝望。他放下手枪，用双手抓住头部，牙齿吱吱作响，全身不停地颤抖。突然，他几个小时前听见的那些话又出现在他的脑海里。“一个人就算犯罪多次，只要他行一次善举，上帝都会宽恕他。”这些话并不是以以前那种谦卑的语气出现的，而是包含着一种权威的语气，但是却让他感觉到了一丝希望。顷刻间，他如释重负一般举起手，冷静地想着说出这些话的可怜的露琪娅。对他来说，她似乎已经不再是一个祈求怜悯的罪犯，而是一个施舍同情和安慰的圣人。他焦急地等待黎明的到来，如此一来，他便会飞速跑去放了她，再一次从她嘴里听到那些减轻痛苦、充满慰藉的话。他甚至想自己把她送到她母亲那里。“那然后呢？明天剩下的时间我该做些什么？我后天又该怎么办？再然后呢？晚上我能做什么呢？再过十二小时又是夜晚的降临。噢，夜晚。不，不，可怕的夜晚。”他又想到了他那没有希望的未来。他不断搜寻着打发时间的方法，寻找着怎样度过白天黑夜的办法，可最终毫无收获。又一次他竟然想到了离开自己的城堡，逃到一个他从未听说过的乡村去，但是又觉得不论自己身在何处，自己始终是自己。接着他又萌发了一种想法：干脆就重新恢复以前的勇气，按照以前的兴趣爱好行事，来证明刚才这些只是因一时兴起才萌发的想法。此时此刻，他却害怕白天的到来，因为他的随从们会发现他如此痛苦的变化；他又希望黎明的到来，好像曙光会照亮他那阴暗的想法。瞧，露琪娅刚睡下不久，天就亮了。此时他正呆呆地坐在床上。突然，他听到一些漂浮不定的混杂的声音，里面还夹杂着一种节日般的喜庆。他侧耳细听，才发现那是远方人们敲钟发出的声音，再仔细听，又听到了钟声在山谷中的回声，这回声还不时地与其本来的声音相呼应。没过多久，他又听到不远处发出另一种钟声。“是什么欢庆活动？他们在高兴什么啊？”他从床上站起来，半穿着衣服跑到窗前，推开窗户向外望去。远处的山看上去仍是灰蒙蒙的一片，天空中笼罩着一朵朵白云。当天刚蒙蒙亮的时候，他看见山谷深处的大路上，许多人快活地走着；还有一些人刚离开住处，成群结队地向前走，所有人都向城堡右边的山谷出口走去，他甚至看见他们身着节日的服装载歌载舞的样子。“这些人在搞什么？这被诅咒的地方有什么值得庆贺的？”他叫来了睡在隔壁房间的一个亲信，问他为什么会有这样的行动。这个暴徒说自己也不了解情况，但他会马上去打听清楚。无名氏继续注视着这些流动的人群，随着天色逐渐变亮，他也看得更加清楚。他看见一群人走过之后，又有一群人接着走过来，人群中有男有女，还有孩子，有的成群结队，有的三三两两一起，还有的孤身一人；有人加快脚步追上前面的人与之同行；有些人刚刚离开家门，便和他第一个巧遇的人结伴同行。他们一起前进，就像朋友们事先约好一起出门旅行一样。他们的举止清楚地显示出大家都很匆忙，都很高兴。各处同时发出的钟声显得并不和谐，但是弥补了下面那些人发出的不能传到他耳朵里的声音。他不停地俯瞰着下面，迫切地想知道到底是什么使这么多不同的人带着节日的欢乐奔向同一个地方。

第二十二章

过了一会儿，这个亲信回来向他汇报说，米兰的大主教——红衣主教费德里戈·博罗梅奥昨天到了……打算在他现在所居住的地方住上几日。他到来的消息昨晚已在附近的各个村子里传开了，还激发了人们来看望这位大人物的愿望。钟声不断地响着，一来是为了表达人们对他的到来的开心和欢迎，二来是为了更好地传播他到来的消息。当这位无名氏先生再次独自一个人待着时，他便继续朝着山谷望去，显得更加心事重重。就因为一个男士！每个人都渴望着，欢呼着，就为了看一看这个男士！不过，毫无疑问，每个人的心中都有一个魔鬼折磨着自己。但是，没有谁，没有谁心中的魔鬼会像我的这般！没有谁会像我一样，度过一个那样难熬的夜晚！这位男士究竟有何能力，能让那么多人如此高兴？或许，他可以随便给这些人分发几枚银币……但是，并不是所有这些人都是为了得到那点儿施舍金才去看他的。那是为什么呢？是看他的手比画比画，再说几句客套话？噢，要是他能说几句话让我平静下来，要是……那我何不也去呢？何不去呢？……嗯，我要去！不然我还能做什么？我要去。我要同他谈谈，同他面对面地谈谈。可是，我要同他谈些什么呢？哦，好吧，就谈那件事……我要先听听他对这事有何看法。

就这样草率地决定之后，他迅速地穿好了衣服，套了件像军装的外衣，拿起了床上的手枪，将其插在腰带的一侧，又从墙上取下另一支手枪，插在了另一侧，还将一把匕首也插进了腰带，随后又从墙上取下了一杆和他一样令人生畏的卡宾枪，将其挂在了肩上，接着便戴上帽子，离开了房间，朝着露琪娅所在的房间走去。他将自己的卡宾枪放在了门边的一个角落里，然后一边敲门，一边喊着。老婆子赶紧从床上跳了下来，披了件衣服，跑着去开门。这位先生走进了房间，瞟了一眼整个房间，看见露琪娅躺在那个小角落里，非常安静。

“她睡着了？”他低声问老婆子，“就睡在那儿？我就是这样命令你的？你这个老巫婆。”

“我已经尽我所能地劝她了，”老婆子回答说，“不过，她既不吃，也不愿睡。”

“就让她安静地睡吧！当心点儿，别吵醒她，当她醒来时……玛撒会在隔壁房间等候她的差遣，她要吃什么，你就让玛撒立刻去取来。当她醒来时，告诉她我……我出去一会儿，很快便会回来，而且……会满足她的一切要求。”

听了此话，老婆子呆呆地站在那儿，非常地惊讶，心想：“这个女孩儿肯定是某位公主。”

随后，这位先生便离开了露琪娅的房间，拿起了卡宾枪，吩咐玛撒守在隔壁房间，又让他遇见的第一个手下去守护那个屋子。还说，除了玛撒，谁都不可接近露琪娅。之后，他便离开了城堡，大步朝山下走去。

作者的手稿并未提到从城堡到红衣主教所住之地究竟有多远。不过，根据下面我们所讲述的事实，肯定不会超过一个中等的散步那么远。当然，单从山谷的居民以及从远处而来的人们这一事实，我们是无法推断出距离的远近的，因为我们发现，据这一时期的历史记载，有的是从二十英里或者更远的地方来的，只为了来亲眼看一看红衣主教费德里戈。

当无名氏下山时，碰见了很多上山的手下，这些手下看见他，便都停了下来，等待他下达命令或者等候他的吩咐，看他是否需要他们中谁陪着他一起去做某事。不过，他的神情以及他回答他们向其致意的眼神，使他们竟不知道他究竟是何意。

然而，当他到了山下，走到大路上时，那又是更加非同寻常的事了。行人见他独自一人，没带任何随从，都流露出一种惊讶的神情，并且努力闪到一边，为他让出足够他和他的随从走的空间来。在整个路途中，行人一见他，就惊讶地朝其周围看了看，向他微微鞠躬，减缓步伐，以便走在他的后面。一到那个村庄，他便发现有很大一群人聚集在一起。他的名字很快便被人们传开了，他一露面，人们就赶紧往后退，为他让路。接着，他便朝着其中一人走去，向他询问红衣主教在哪儿。“在牧师家里。”被问的人一边回答，一边为他指出是哪一座府邸。随后，无名氏先生便朝那里走去。他进入一个小庭院，那儿聚集着很多牧师，牧师们一见到他，都流露出一种惊讶而又怀疑的神情。他又看到他的前面有一扇大门，此门通向另一个小客厅，那里也聚集着很多牧师。随后，他从肩上取下自己的卡宾枪，将其置于这个小庭院的一个角落，接着便走进了客厅。那里的牧师们惊讶地打量着他，不停地嘀咕着，重复着他的姓名，随后便全都安静了下来。他转向其中一位牧师，向其打听红衣主教在哪儿，还说自己想同他谈谈。

“我也是初到这儿。”那位牧师回答说。不过，他快速地朝四周瞟了一眼，呼唤着一位举着十字架的牧师。这位牧师坐在大厅的一个角落，正低声地对他的同伴说道：“这个人？这个臭名昭著的人，他到这儿来干什么？快让开！”然而，在这一片寂静之中，他听到了同伴在呼唤自己，于是不得不朝那儿走去。他微微地向无名氏行了行礼，倾听着他的询问，一双不安而又好奇的眼睛注视着他的脸颊。然后，他突然盯着地上，站在那儿犹豫了一会儿，随后吞吞吐吐地说道：“我不知道尊敬的大主教是否……此时……会在……可能……或许……但是我还是去看看吧。”他极不情愿地走进旁边的屋内，向红衣主教汇报这一消息。

故事讲述到这儿，我们不得不稍稍停顿一会儿，就像一个游客，在经历了一段较长的旅行，穿过荒凉的地区之后，肯定精疲力竭了，只好放慢速度，在一棵大树的绿荫之下停下片刻，斜靠在一片挨着小溪的草地旁休息一样。此刻我们遇见的这人，无论何时回忆起他的姓名都会给人尊敬之感，和愉悦的同情之感。在目睹了这么多痛苦的场面和如此令人害怕和可恶的场景之后，这一感觉就更加强烈了。所以，一定得花费一些笔墨来叙述此人的情况。谁要是不愿倾听这些，而想急于知道这个故事是如何进展的，不妨跳过此段，直接进入下一章。

费德里戈·博罗梅奥出生于1564年，属于那种极其稀罕的人物。他将自己非凡的才华、富裕的资源、优越的地位、坚持不懈的毅力献给了高标准的事物和准则的研究及实践。他的生活就像一条小溪，从岩石中流出，清澈见底，永不停歇，永不浑浊，不停地流经无数的陆地、田野，最后流进了海洋。尽管身处安逸而奢华的环境，但是他从孩提时代起，就谨记克己和谦虚的原则，谨记骄奢淫逸是空虚，骄傲自满是罪过的准则，谨记什么是真正的高贵和富裕的教导。所有这些，不管人们的内心是否承认，都已经在宗教的基本教育中，从一代传到另一代了。我是说，他注重这些准则和言辞，并且真心诚意地接受它们、领会它们，发现它们是千真万确的。因此，他认定其他与之相反的准则和言辞都是不真实的，尽管它们也是世代相传，有时还出自于同一些人的口中。就这样，他下定决心，要将那些千真万确的事作为其行动和思想的准则。通过这些，他明白了，生活对于大多数人来说并非生来就是一种负担；生活也并非只对那些少数人来说才是快乐。生活对于所有的人而言都是奉献，每个人都应对此有着清醒的认识。他从孩提时代起，就已开始考虑要怎样做一个有用而又神圣的人。

1580年，费德里戈·博罗梅奥宣布他决心献身宗教事业，并从堂兄卡洛手中接过教袍。在当时，卡洛早已享有很高的声誉，还被人们称为圣人。过了不久，他便进入了一所由他的堂兄在帕维亚建立的神学院，这神学院是以他们的姓氏命名的。在那儿，他勤奋地完成了规定的任务，还自愿承担了另外两项义务：向那些愚昧无知之人和那些流浪汉灌输基督教教义，去拜访、安慰、帮助病人。他利用自己在周围树立起的威望影响自己的同伴，让其同自己一起行善。在做每一件正当、有益的事情时，他的优秀品格都驱使他义无反顾地走在最前列，即使他当时的社会地位仍然是低下的。后来，当他的地位能够为他带来种种好处的时候，他不只无意去追求，而且想尽种种法子去回避这些好处。他的饮食与其说是简单的，毋宁说是寒酸的；他的衣着与其说是朴实的，毋宁说是陈旧的。不过，他的整个生活趋向和行为都是与这些准则相符合的。他认为根本没有必要改变这一切，尽管有些亲戚极力反对他的这种行为，还抱怨说他这样做有损他们整个家族的颜面。此外，他还得同自己的导师们进行另一斗争：他们常常悄悄地、出其不意地，努力想在他的身前、身后以及四周安放一些更加高贵的装饰物，一些可以将他与其他人分辨开来的装饰物，使他显得与众不同。他们或许认为，通过这样做，长期以来便能讨好他。或者由于受到过分屈从的奴性的驱使，他们对他人的荣耀感到很自豪，并能满足自己的虚荣心。或许，他们属于那种谨小慎微的人，无论是对至善的美德还是至恶的恶行，都惊恐地避而远之，他们始终宣称完美在于中庸，并将中庸视为他们达到的目标，觉得在中庸的状态下感觉很自在。费德里戈不仅拒绝了这些好意，还谴责了一些过分殷勤的人，而这就是他童年时期和青年时期的境况。

红衣主教卡洛在世期间，可以说是一位既庄重而又有权威的人士，他深受人们的尊敬和爱戴，比费德里戈大二十六岁。因此，面对这么一位德高望重的前辈，无论是孩提时代的费德里戈还是青年时代的费德里戈，都竭力使其作为自己行动和言语的楷模，这当然并不令人感到惊奇。不过，确实，在他死后，没有人能够看出那时年仅二十岁的费德里戈，缺乏一位导师和监督者。他的天赋、才能、虔诚不断增加了他的威望；而他同不止一位有权势的红衣主教的关系和联系，以及他的家族的名声，还有他本人的名字——卡洛，几乎已在人们的思想中将其与神圣、高贵结合在一起，所有会而且能将其引上基督教的高位的东西，都集于他一身，预示着他会拥有这些成就。然而，他心中却确信，没有哪个信奉基督教的人能够在口头上否认这一点，即一个人只有始终为他人服务，才有资格担任高位，而他恰恰就害怕高位，所以就尽量设法避免。当然，这并非是说他不想为人们服务才选择逃避——很少有人像他这样用生命来为人们服务——而是因为他认为自己不配也很难胜任这一崇高而又危险的职位。就因为这些原因，1595年，当他在被教皇克莱门斯八世授予米兰的大主教时，他显得很焦虑，并毫不犹豫地拒绝了。不过，后来，由于无法违背教皇的命令，他只好接受了。

那样谦虚的表示，谁会不知道呢？它做起来并不困难，也不罕见。不过，对于虚伪之人来说，这样做并不需要花费很大的努力；而对于滑稽之人来说，在每一个场合下嘲笑这样的谦虚也是很低俗的。不过，难道人们因此就要停止流露出这样英明而又圣洁的情感吗？生活是言语的试金石。这种情感的言语，尽管有时候会出于一些骗子和嘲弄者之口，但是只要它们引导和伴随着一种正直的、自我牺牲的生活，那就是美好的。

费德里戈就任大主教后，总是特别注意不为自己谋取财富、花费时间，也不对自己有任何的照顾，除非出于特殊的需要。他说，正如大家所说的那样，基督教的收入是贫穷之人的财产，而他在现实生活中所展现出的格言，显然就是源于这一事实。他做了估算，计算出他和仆人们每年要开销的总价是六百斯库多（斯库多是当时的金币名，它的重量和价值从未改变，后来又被称作泽基诺），于是便下令说，这笔钱每年都从他的个人收入中拨给教会，由教会开支。他在自己的开支中是那么的节约，那么的精打细算，以至于从来不会扔掉一件还未完全穿烂的衣服。不过，正如当时的作家所记录的那样，他生来喜爱简朴，并酷爱整洁。而事实上，在他那个年代，两个不同寻常的特征便是摆阔和肮脏。出于同样的缘故，为了使他节俭的餐桌上的残羹剩饭一点儿也不浪费，他吩咐将每顿饭剩余的食物送给贫穷院。他命令，贫穷院每天派一人前来餐厅，收集所有未吃完的食物。要不是费德里戈以他过人的胆量和宏伟的气魄，花费巨大的投资，建成安布罗焦图书馆，那他的那些节俭的意图很可能引发一系列的误解，让人们以为这些只是目光短浅、微不足道、狭隘的善行，只是小事一桩，没有宏图大志。为了使这个图书馆饱含图书和手稿，他不仅收集了大量的劳力和费用，他还派出他能够找到的八位学识渊博、经验丰富的学者奔赴意大利、法国、西班牙、德国、弗兰德、希腊、黎巴嫩和耶路撒冷收集书卷。通过这个方法，他一共收集到大约三万册印刷图书和一万四千份手稿。他还为这个图书馆聘请了很多博士，刚开始时有九位成员，并且由他支付所有费用；后来由于收入入不敷出，于是减少到两名成员。他们在办公室里边从事各种不同的研究，比如神学、历史学、典雅的文学以及东方语言，每个人都必须在他们所从事的科目上发表一些作品。为此他还增设了一个学院，被称为“三语学院”，专门研究希腊语、拉丁语和意大利语；他还办有另外一个学院，这个学院专门教学生们这几种学科和语言，以便他们以后能够成为这方面的专家；他还为东方语言和希伯来语设立了一个印刷办公室，其中包括古巴比伦语、阿拉伯语、波斯语和亚美尼亚语；他还设立了一个画廊，一个雕塑馆和一所培养绘画、雕塑和建筑人才的艺术学校。就画廊和艺术学校来说，他已经找到一些现成的教授，而对于其他学校，我们已经明白他花了多大精力去收集那些图书和手稿，如今，他也花了这样大的努力去物色别的教授。毋庸置疑的是，要找到印刷这些语言使用的铅字更困难，因为这些语言当时在欧洲的学习远不及现在广泛，而比铅字更难找的是那些懂得这些语言的人。只稍举这样一个事实：书院的九位教授当中，有八个是从神学院里那些年轻的学生中挑选出来的，这就足以说明，他对那时的学术水平和学者名不符实的声誉，是颇为不满的。他的这个观点和后代子孙的观点是一致的，因为后人已完全遗忘了这两者。在他所制定的有关图书馆的用途和管理的规章制度中，有一条很明确地表示他对图书馆长久用途的规定。这种规定不仅本身令人钦佩，而且在其他许多细节方面也非常明智、优雅，远远超出了同时代的普通思想和习惯。他要求图书管理员和欧洲一些学识渊博的人保持联系，这样他可以及时收集有关科学现状的信息和一些即将出版的著作的消息，以便能够及时购买。他授权给图书管理员，要他向学生们推荐能够在设计上对他们有所裨益的书籍，还下令图书馆对所有人开放，不论是本市市民还是外地人，都可以充分利用图书馆里的藏书。如今看来，这种规章制度似乎是顺理成章的事——图书馆的建立不就是为此目的吗？但是在当时的社会环境下人们却不以为然。费德里戈逝世后，一个名叫彼尔保罗·波斯卡的人担任了图书管理员，并写了一本有关安布罗焦图书馆历史的著作（该作品用当时流行的优美的文体写成）。该著作明确指出，这座完全由一个人出资建造的图书馆里面的藏书对所有人都开放，所有有需要的读者都可以借阅馆内书籍，还可以自由地在图书馆里面学习。为了方便读者做笔记，图书管理员还为他们提供了笔、墨水及纸张。然而，在意大利其他一些有名的公共图书馆里，人们几乎看不到任何藏书，这些书都被藏在书柜里，从来不被开启。只有在图书馆主席偶尔大发慈悲的时候，它们才得以见见天日，出来展示一下。这些人从未想过为时常来图书馆借阅的人提供方便之类的问题。因此，用图书来装潢这样的图书馆，就意味着不让公众阅读和利用这些藏书。这就相当于以前常有的、至今仍然存在的诸多使土地更加贫瘠的耕作方法中的一种。

去查究费德里戈在公共教育上的投资有什么好结果是没有任何意义的。按照通常的办法，一两句话就能说明清楚，那就是要么取得不可思议的成就，要么一事无成。但是如果一定要在某种程度上去研究清楚，去解释清楚到底产生了什么效果，那这必然也是一件困难重重、毫无利益并且花费时间的事。与其去做这样的探究和思考，还不如让我们想想谋划这一事业的该是多么慷慨、多么有见地、多么乐善好施、多么执着地致力于人类发展的一个人啊。他的计划规模如此之庞大，并且当时社会的愚昧无知、懒惰性情以及对所有好学之人的蔑视行为使这项工作更难开展下去。然而，他不顾“这事有那么重要吗”“除了这事还有别的事可以做啊”“这简直就是异想天开”“这事也确实有不足之处”之类的诘问，依然实践了自己的计划。毫无疑问的是，这些议论之多，肯定超过了他为这项事业所花费的金钱数目——十万零五千斯库多，绝大部分是他个人财产。

把这样的人称为仁慈、慷慨的好人，也许他根本就无须为了援助贫困者花费如此大量的金钱。而且，也有很多人认为，我们所描述的这位大慈善家在公共教育上所花费的金钱是对社会最好的、最有利的救济。但是费德里戈认为，这样的救济实际上是他自己主要的职责，他对此事的做法与他做其他事一样，都言行一致。他用毕生的精力从事慈善事业。关于我们已经有所提及的那次饥荒，不久后我们也许还会描述一些详细特征，从中可以知道他对于从事这些事是多么的慷慨大方。他的传记作者记录了很多有关他的美德的显著事例，在此我们将引用其中的一个。当他听说某个贵族采用各种诡计强迫自己那想要下嫁别人的女儿去当修女的时候，他便叫人请来那位父亲。交谈过后得知父亲这样强迫女儿的真正动机是因为缺少能够让女儿风光出嫁的四千斯库多，费德里戈立刻拿出四千斯库多赠给他，让他作为女儿出嫁的嫁妆。也许有人认为这种慷慨的行为太过分了，是对一个愚蠢、的性格反复无常的贵族的一种俯就，说这四千斯库多还可以更好地用在别的事情上。对此我们无法作答，只是虔诚地希望能够常常看到更多的这种不受当时占据主导地位的思想（每个年代都有自身的统治思想）所禁锢的优良美德。同时，这种美德也区别于当时的潮流趋势。而在这一事件当中，这种美德驱使一个人捐赠出四千斯库多，却使一个年轻的姑娘免遭去当修女的痛苦。

费德里戈无限的慈爱不仅体现在他对贫困人民的救济中，而且还表现在他的整体行为中。他很容易和所有人交往，尤其是那些生活在社会底层的穷苦人民，他总是以热情关爱的态度对待他们。因为在当时的社会状况下，他们几乎不敢想象自己能受此待遇。因此，他也不得不同主张“不要过分”态度的绅士们进行斗争。这些绅士们想让费德里戈先生在所有事上都要有个限度，不能超出他们所规定的范围。有一次，费德里戈先生到一个荒凉多山的乡村，教导一些穷苦的孩子们。在教导与询问的过程中，他对他们都爱护有加。但是这时便有人提醒他对待这些孩子的时候要小心谨慎，因为他们都很肮脏并且令人厌恶，仿佛这个人还在幻想费德里戈根本没有足够的识别能力来发现这些，或者不够聪明去找到巧妙地拐弯的主意。这就是在一定的时间、环境的条件下，那些身居高位者的不幸。很少有人指出他们的不足，但又不乏竭力赞美他们优点的人。但是，善良的主教愤怒地说：“他们就是我的孩子，也许以后再也见不到我了，难道我都不能拥抱他们一下吗？”

然而，他很少将愤怒表现出来，他温和镇定的绅士风范受到大家的敬佩，这都归因于他内心愉悦的性情。然而，实际上，这都是他努力克制自己轻狂易怒的性格的结果。如果他表情严肃或是动作粗暴，那都是因为下属贪婪或做事粗心大意，或者是犯了违背他们崇高精神的行为。对于那些能够影响自己的利益或世俗荣耀的东西，他都没有流露出丝毫的高兴或遗憾、渴望或焦虑的情绪。如果他心中不存在这些情感，那是令人敬佩的；倘若心中存在这些情感，但他却能表现得无动于衷，那是更加令人肃然起敬的。他多次帮助红衣主教教会，但他从未想过去争取那令人向往的高尚的职位。有一次，当一个具有很大影响力的同行代表他本人以及自己的门派（很难听的词，但当时人们是这样称呼的）为他投票时，费德里戈以自己的方式拒绝了这一建议，使他立刻放弃了这一想法并把票投给了别人。这样的谦恭及对权势的厌恶同样表现在他的日常生活中。他谨慎谦虚、孜孜不倦地管理和调整着每一件事，并认为这样做是自己的职责；他总是避免介入他人之事，甚至当别人提出请求时，他也想方设法予以礼貌回绝。大家都知道，和费德里戈先生一样的热情好善之人，其做事之谨慎和自我节制的力度远不及费德里戈先生。

如果我们允许自己去收集他性格上比较显著的特点，那一定会发现他的性格是由相互对立的各种优点复杂交错地结合而成的，但是这些对立方面却又很难结合在一起。然而，我们却不能忽略他卓越人生中的另外一个优秀特点：他整日忙碌于领导、宗教仪式、教育、演说、巡视教区、旅行、处理纠纷等各种各样的活动，但他依然能够找到时间钻研学问，并且像一个文学教授一样将自己奉献给这个领域。事实上，在他同时代的人当中，他享有很高的荣誉，也附有很多的称号，其中之一便是饱学之士。

然而，我们不能否认的是，他始终坚定自己的信念，恒久不变地坚持自己的观点。如今看来，每个人都会觉得这些观点与其说是缺少依据，毋宁说是奇特的，这也是我要对那些非常希望认定这些观点是否正确的人讲的。有人打算在这方面为他辩护，援引一般公认的解释，说那些更多的是时代的谬误，而不是个人的失误。说实话，如果这些解释是探究事实而取得的结果，那么它可能具有重大意义，但如果就像平常那样赤裸裸地进行辩护，那就毫无意义可言。而且，我们并不想以简单的方式解决复杂的问题，就暂且停笔于此，简单地提一下就够了。对于这样一个从总体上来说如此令人钦佩之人，我们也不愿意说他的每个特征都是如此，以免让人误以为我们是在为他写悼词。

这样做并不是对读者不尊敬，假设有些读者提出疑问：这位博学多识的人是否留下什么永恒的著作？那么我会回答他确实留下了一些著作。他总共留下了大约一百部作品，包括拉丁语、意大利语的书卷和手稿，有关伦理、历史、古代宗教和世俗史、文学、艺术和其他方面的论文。

“这是怎么回事呢？”读者问道，“如此多的著作都被遗忘，或鲜为人知，或很少被人研究，他如此才华横溢、如此勤勉治学、如此阅历丰富、如此深思熟虑、对善与美如此满腔热情、如此心地纯洁，他还具备其他种种造就伟大作家必需的优秀品质，可是这一切都没有使他这一百部著作中哪怕有一部能流芳百世，并且让那些不完全赞同他的人也承认它是杰作，让那些并不阅读这些作品的人哪怕知道其中一部的书名，这又是为什么？这一切为何不足以使他在我们这些后辈心目中赢得文学声誉？”

毫无疑问，这些质问都是合乎情理的，而且也十分有趣。因为只要对一些普遍的事实进行探究，就可以找到这一现象的根源，只要找到这种根源，也就解释了其他许多类似的现象。但是这些解释又要花费很长篇幅，万一它们同样不能使您感到满意呢？如果让读者觉得恶心厌烦又该怎么办呢？因此我们最好不再谈论这位令人钦佩的人的性格特征了，重新回到我们的故事，让我们在作者的笔下再去看看他的所作所为吧。

第二十三章

根据他通常的习惯，即一有空闲时间，就赶紧学习。此刻，红衣主教费德里戈就在等着去教堂做礼拜的这段空隙内赶紧看书。就在这时，捧着十字架的牧师进来了，神色沮丧而又混乱。

他说道："一个奇怪的访客，尊敬的大人，真的是个很奇怪的访客。"

"是谁呢？"红衣主教问道。

"不是其他人，就是那个……"捧着十字架的牧师一字一句地清楚地说出了那个我们不能告诉你们的名字，然后补充说道："他现在就在外面，坚持要见大人您。"

"是他！"红衣主教流露出一种高兴的神色，合上了书，从座位上站了起来说道，"让他进来吧，马上让他进来。"

"但是……"牧师接着说道，没有丝毫想要出去通报的意思，"尊敬的大人，您应该知道他是怎样的人。他是个强盗头子，臭名昭著的……"

"对于一个主教而言，那样一个人竟想要来拜访他，这难道不是一件很值得高兴的事吗？"

"可是……"牧师继续说道，"有些事，我们从来不会多说什么，因为大人您会说那些全是废话，不过，既然事情到了这个地步，我觉得我有责任……热忱会招来敌人的，大人。我们很清楚，不止一个暴徒口出狂言，说有朝一日……”

“那他们做了什么呢？”红衣主教打断他的话问道。

“我是说，此人是那些歹徒的总策划人，是一个丧心病狂的家伙，他同那些最粗暴的歹徒都有来往，说不定就是被派来……”

“噢，这都什么规矩啊！”费德里戈再次打断他的话，笑着说道，“士兵劝自己的将军临阵逃脱吗？”随后，他呈现出一种严肃而又思考的表情，继续说道：“圣人卡洛从来不会考虑他究竟该不该去接见那样一个人，而是会亲自去找他。快让他赶紧进来吧，他已经等得够久了。”

随后，牧师便朝着门口走去，心里暗自思忖道：“唉，没救了。这些圣人总是那么固执。”

他打开了门，走进了那间同伴们和那位先生所在的房间。他看见同伴们都聚集在了一边，小心翼翼地议论着，偷窥着那位先生。而那位先生却独自一人站在一个角落里。于是，他朝那位先生走去，从头到脚地谨慎地打量着他，心想：“那先生的衣服里会不会藏有某些武器？”同时他又想：“在带领他进去之前，至少应该建议他……”可是，他又无法下定决心，继而便走近那人，说道：“先生，大人已在等你了，你随我来吧！”当那人跟随牧师穿过人群时，大家立刻为他让开了路。牧师看了看两边的人，仿佛在说：“我能怎么办？难道你们不知道大主教总是自行其是吗？”

走到大主教所在的那间屋子外面，牧师打开了门，向大主教费德里戈介绍了无名氏。费德里戈立刻向前走来，脸上流露出一种高兴而又安详的神情，他张开双臂，就像是欢迎一个期待已久的客人一样。与此同时，他还做了一个手势，示意牧师赶紧出去，牧师随即便走了出去。

当只剩下他们两个人时，他们俩便都在那儿安静地站了一会儿，各自思考着不同的心事。无名氏似乎是被一种难以言喻的感觉驱使至此，而不是因有某种特定的目的才到这儿的。此刻他站在那儿，仿佛也是被迫而来，内心有着两种对立的感觉折磨着他：一方面，他想要而且模糊地希望减轻自己内心的这种痛苦；另一方面，他又因自己来这儿感到很惭愧，因为此刻他就像一个忏悔者，一个垂头丧气的可怜虫，来到此处坦白自己的罪过，并向一个陌生人请求宽恕。他不知道自己该说些什么，也几乎不想去找些话题。然而，他抬头看了看大主教的脸，内心渐渐涌出一种强烈的、温柔的尊敬之感，这增加了他的自信，使他抑制了自己的傲慢，陷入了沉默。

事实上，费德里戈的举止表现出了一种优越感，同时也显得十分亲切和蔼。他的行为自然得体，几乎不由自主地表现出一种威严。他的体魄丝毫没因为年老而变得弯腰驼背，他的那双眼睛严肃而又炯炯有神，他的表情安详而又富于思想。清心寡欲、沉思、辛劳使得他满头银发、面色苍白，同时还透露出一种童贞的健美。总而言之，所有这些特征都暗示了他年轻时是相当俊俏、帅气的。他的虔诚而仁慈的思想，漫长而宁静的内心生活，对人们的博爱精神，不可言喻的希望带来的持久的欣悦，赋予了他老年的潇洒风度，而他身着的紫红色的教袍所特有的淳朴的华美，更凸显了他的这种风采。

由于早已习惯从人们的表情中窥测出他们的想法，红衣主教犀利地注视着无名氏的面孔，约莫片刻的工夫。他从此人焦虑、阴暗的面孔中越来越多地发现，有某种东西与他刚听到此人前来拜访时所报的希望相一致。于是，他激动地说道："噢，你的拜访是多么的难得啊！我该怎样感谢你的大驾光临呢？你尽管责备我吧！"

"责备？"无名氏惊呼道，他对红衣主教的话和态度深感惊讶，同时也因此平静了下来，他很高兴红衣主教能打破僵局，挑起话题。

"当然了，我本来就应该受到责备。"大主教回答道，"因为我竟让你先来拜访我，其实，长久以来，很多次都该我去拜访你。"

"你来拜访我？你知道我是谁吗？他们把我的姓名清清楚楚地告诉你了吗？"

"你的来访，我感到非常的高兴，相信你从我的表情中也能明显地看出来。你觉得要是一个陌生人前来拜访，我会有这么高兴吗？正是你，才让我感到了这么高兴，我是说，我该去找你。至少，我曾经爱怜过你，曾经为你流过泪，还多次为你祈祷过。你是我众多信徒孩子中的一个。你们每一位，我都打心眼里喜爱。你是我最想拥抱和接见的人，要是我能拥有这种希望的话。不过只有上帝才知道怎样创造奇迹，弥补他可怜的仆人们的缺点和傲慢。”

无名氏听到这一番热情的话惊呆了，他发现主教所说的话竟与他想要说出，而又不知道该怎样说出的话十分类似。他十分激动，同时又异常惊讶，于是便安静地站在那儿。“好吧，”费德里戈继续说道，语气更加温柔，“你不是有个好消息要告诉我吗？这可是我期盼已久的啊。”

“好消息？我的心中只有痛苦，我能告诉你什么好消息呢？要是你知道的话，请告诉我吧，你想从我这样的人的口中听到什么好消息？”

“上帝已触摸到了你的心灵，想让你归顺于他。”红衣主教冷静地回答道。

“上帝？上帝！上帝！要是我能看见他！要是我能感觉到他！可上帝在哪儿呢？”

“你在问我吗？你！谁能有你离上帝这么近啊？难道你没感觉到他就在你心里吗？他令你受不了，令你焦虑不安，从不给你片刻安宁。同时，他又在指引你，给予你一种安宁和慰藉的希望。这种慰藉是完整的、无穷尽的，只要你承认上帝、感谢上帝、向上帝祈求。”

“噢，当然！我的内心的确有什么东西在压迫着我、折磨着我。不过，上帝！如果那就是上帝的话，如果他真像人们所说的那样的话，你觉得他会怎么对付我呢？”

无名氏带着绝望的语调说出这一番话。然而，费德里戈以庄严的语调，仿佛是受他平静的心态所驱使，回答道：“上帝能对你做什么呢？他想把你改造成什么样子呢？一个显示他的权力和仁慈的标志就是：他可以通过你获得荣耀，而这是其他任何人都无法给他的。很久以来，全世界的人们都在号召着要对付你，千千万万的声音都在咒骂着你的所作所为……”无名氏听了这一番不同寻常的话不由得战栗了一下，同时也惊讶了一会儿，他更惊讶的是自己竟对此没有感到一点儿愤怒，反而几乎感到了一种轻松。“这一荣耀，”费德里戈继续说道，“对于上帝来说会有什么样的益处呢？这些声音或许是惊恐之声，私利之声，还可能是正义之声。不过这正义之声是那么的容易，那么的自然。或许，还有一些声音，不，是有很多声音，是嫉妒你那邪恶的权势以及你至今为止那可悲的所谓安全感。然而，当你，你自己亲自站起来，谴责你过去的所作所为，批判你过去的生活时，那么！那么，这样上帝就能获得真正的荣耀了！你问上帝会怎么对付你？我是谁啊，我不过是一介草民，怎能告诉你至高无上的上帝从今以后会将你改造成什么样子呢？当上帝用爱、用希望、用懊悔来点燃你心灵的火焰时，他又能利用你那刚强的意志、坚定的毅力造就什么呢？你是谁，你这个可怜之人？既然你可以谋划和实践那些惊天动地的邪恶行径，难道上帝就不能让你发生行善的愿望与行动？上帝要怎么对待你呢？他会宽恕你吗？他会拯救你吗？在你身上完成救赎之事？这些不就是只有上帝才能做的最为崇高的事情！噢，你想一想，我这个卑贱、可怜、无能之人，都对自己充满信心，都那么急切地想拯救你，并十分乐意奉献出我余下的日子来帮助你（上帝可为我做证）。噢，请想一想，上帝的爱该是多么的博大！正是他激起我这有瑕疵的不过却很热烈的情感，是他指示我、鼓励我去忘我地爱你。可想而知，他该是多么爱你，多么关心你啊！”

当这些话从大主教的口中说出时，大主教的面孔、表情以及他的所有举止都深深地表明，他所说的都是肺腑之言。而这位听者的表情却完全改变了，从最初那抽搐的面孔，变为惊讶、关注，最后逐渐变为了深深的感动，不像开始那么痛苦了。他的双眼，从孩提时代起，就不知道怎样流泪，如今却已湿润了。当大主教说完这些话时，无名氏便双手遮住面孔，眼泪哗啦啦地流了下来，仿佛这是他做出的最后的、最明确的答复。

“伟大，仁慈的上帝啊！”费德里戈伸出双手，抬头仰望着天空，大声呼喊道，“我曾做过什么呀？我不过是一个没用的仆人，一个懒散的牧羊者，您竟号召我来享受这华丽的盛宴，让我看到如此令人愉悦的奇迹！”这样说着，他便伸出了自己的手去握无名氏的手。

“不，”忏悔的无名氏说道，“不，别碰我。别弄脏了你那圣洁而又慈善的手。你不知道，你想握住的手曾经做了些什么。”

“让我握吧，”费德里戈说道，随即温柔地强行拉住了他的手，“让我握住这双将会弥补很多错误、做出无数善行、抚慰众多受难者、扔掉武器、和平谦恭地伸向无数敌人的手吧！”

“你太过奖了！”无名氏哭泣道，“别管我了，大人。善良的费德里戈，别管我了！还有一大群人等着你呢！那么多好人，那么多单纯之人，那么多远道而来的人，他们都想来亲眼看看你，听你说教，而你现在却留在这儿同我这样的人谈话。”

“我们暂且留下那九十九只羔羊，”红衣主教回答道，“它们在山顶会很安全的。我想先同你这位迷途的羔羊待一会儿。或许，它们此刻会比见到我这可怜的神甫更开心呢。或许上帝，那个在你身上创造了仁慈的奇迹的人，正将这一喜悦传递到它们的心里，尽管它们并不知道这一喜悦源自何处。或许这些羔羊已经不知不觉地同我们联合在了一起；或许圣灵已在它们的心中播下了朦胧的仁爱之情，引导它们为你请愿，用善心对待你，而你却不知道自己竟是他们感激的对象。”这么说着，他便伸开自己的胳膊，围住了无名氏的脖子，而无名氏在努力想要避开并挣扎了一会儿后，最终让了步，被他那热烈的真情完全征服了，随后，他也紧紧地拥抱着红衣主教，将他那颤抖而又扭曲的脸埋在了红衣主教的肩上，泪水顺着脸颊流到了费德里戈那纯洁的红色教袍上，沾湿了他的衣襟。而费德里戈那洁净的双手温柔地抚摸着无名氏的身躯，触摸着那曾经总是暗藏着暴力和背叛的武器的外衣。

最后，无名氏从拥抱中抽身出来，再次伸出双手仰望着天空，大声喊道：“伟大的上帝啊！仁慈的上帝啊！如今，我了解自己了，如今，我知道自己是个什么样的人了，以前我所犯的罪孽此刻就浮现在我的眼前。一想到那时的我，我就浑身战栗啊。然而……然而现在我感到了轻松，感到了愉悦。是的，感到很愉悦，这是我以前那可怕的人生中从未体验过的喜悦啊。”

“这是上帝给你的一点小小的体会。”费德里戈说道，“他引导你去为他服务，鼓励你坚定地走向铺在你面前的新的道路，在这条路上，你有太多未做的事，太多需要弥补的事，太多需要悔恨的事。”

“我是一个多么不幸的人啊！”无名氏大声喊道，“有多少，噢，有多少事情？除了悔恨，我什么也无法做啊！不过，至少有些事才刚刚开始，我可以让其马上终止，目前就有一件事，我可以立刻中断它，可以弥补它。”

费德里戈全神贯注地倾听着，无名氏简要地叙述了对露琪娅的劫持，叙述了这个不幸的女孩儿所受的折磨和恐慌，以及她的苦苦哀求，还有这哀求如何使他内心不安。而且还说，那女孩儿至今仍在他的城堡里……他就这样叙述着，其口吻比我们所用的口吻还要强烈得多。

“啊，那么，我们抓紧时间，马上就去救她吧！”费德里戈大声呼喊道，神色焦急而又怜悯，“上帝一定会保佑你的！这是上帝宽恕你的预兆！他让你成为一个你本想毁掉的人的救星。上帝会保佑你的！不，他已经保佑你了！你知道那位不幸的受难女孩来自哪个地方吗？”

随后，无名氏便说出了露琪娅的家乡名。

“那离此处不远，”红衣主教说道，“真是感谢上帝呀，或许……”这么说着，他便朝一个小桌子走去，摇了摇铃。捧着十字架的牧师听到这铃声的召唤，立刻一脸焦急地走了进来，随即他便瞧了瞧无名氏。看见无名氏那扭曲的面孔，那双红彤彤的、刚刚哭泣过的双眼，他又好奇地看向红衣主教。他发现红衣主教那沉着冷静的面孔下，竟透露出一种庄严的喜悦和一种非同寻常的挂念。他大吃一惊，于是便张着嘴，出神地站在那儿。可是红衣主教很快便将他从迷糊状态中唤醒了，问他：“在这隔壁房间的那些牧师中，有没有一个来自……的牧师？”

“有，最尊贵的主教大人。”牧师回答道。

“让他立即进来，”费德里戈说道，“并叫这个地区的神甫同他一起来。”

牧师退出了房间，走近神甫们聚集的房间里。所有的目光立刻便转向了他，他茫然地感到吃惊，但脸上仍洋溢着欢乐的神情。他将双手举在空中不停地挥舞，说道："先生们，先生们，这一切变化都是上帝的杰作。"他在那儿站了一会儿，一时说不出别的话来，然后又以抑制不住的激动的声音宣布："最尊贵的红衣主教大人要见本堂神甫和来自某某乡的堂区神甫。"

第一个被召见的神甫立刻向前走去。同时，人群中传来一声"我吗？"的既惊奇又疑惑的声音。

"你不是来自某某乡的堂区神甫吗？"

"我是，不过……"

"最尊敬的红衣主教大人要见你。"

"我？"同样的声音回答道，好像通过这个音节在表达：召见我有什么意图啊？然而这一次，随着这个声音，走出一个人来，他正是唐阿邦迪奥。他勉强地踏着步子走了出来，感觉很诧异，也很反感。神甫用手示意他，好像在说："走吧。没什么好怕的。"然后便把他们护送到门口，打开门将他们带了进去。

红衣主教大人放开了无名氏的手，并和他商议好了该如何行动。他向旁边退了一点儿，示意本堂神甫过来，简略地向他描述了事情的情况后，便问他是否能够立刻找来一位信得过的女人乘坐轿子去城堡把露琪娅接过来。所找的这个女人既要仁慈体贴，又要聪明伶俐，要能够担任这次不比寻常的差事。她的言行举止要能够鼓励这位不幸的姑娘，并使她冷静下来。对露琪娅来说，在经历了这么多惊吓和折磨后，再次获得自由可能会增加她的忧虑。神甫思考了一会儿说有一个非常合适的人选，然后便离开了。红衣主教大人又把捧十字架的神甫叫到身边，叫他立刻准备好轿子和轿夫，并给他两头骡子并装好马鞍。这位神甫离开后，红衣主教大人立刻转向了唐阿邦迪奥先生。

为了与无名氏保持一定的距离，唐阿邦迪奥靠近了红衣主教大人，同时，他不时地看看这个，又看看那个，内心不断地想所有这些奇怪的安排到底意味着什么。他向前走了一步，深深地鞠了一躬，说道："我听说最尊贵的红衣主教大人要见我，但我想其中是不是有什么误会？"

"我向你保证，没有弄错。"费德里戈回答道，"我有一个好消息要告诉你，需要你去完成一件令人愉快的差事。你教区有一位名叫露琪娅·蒙德拉的女教民，也许你正在为她的失踪感到悲伤，如今已经找到她了，她就在附近，在我这位朋友家里面。现在你可以同他以及本堂神甫找的那个女人一起去把她接回来，并陪她一起到这里来。"

唐阿邦迪奥极力掩饰由这个建议或命令引起的烦恼、惊恐不安和沮丧，他想："我能够说什么呢？"他没法消除已经表露在脸上的不满情绪，因此他只能深深地低着头，表示听从这个建议。他没有抬起头，却又向无名氏深深地鞠了一躬，并用可怜的眼神看着他，好像在说："我已经落在你手里了，请发发慈悲，宽容一些吧。"

过了一会儿，红衣主教大人便问他露琪娅还有什么亲人。

"在近亲当中，和她住在一起或者可能住在一起的只有她的母亲。"唐阿邦迪奥回答道。

"她在家吗？"

"是的，在家，我的大人。"

"那就好，"费德里戈说道，"既然这位可怜的姑娘不能直接回家，对她来说，能够尽快见到自己的母亲将会是最大的安慰。因此，如果我去教堂之前，此区的本堂神甫还没有回来，麻烦你转告他，叫他找一辆马车或一匹坐骑，找一个靠得住的人去把她的母亲接到这里来。"

"如果直接派我去，会不会好点儿呢？"

"不，不，不用你去，我已经给你安排了别的任务。"红衣主教大人回答道。

"我提议，"唐阿邦迪奥再次说道，"还是让我去告诉她这个消息。她是一个很敏感的女人。这就需要一个了解她的性情并知道如何和她交流的人去办这件事，否则，她只会把事情弄得更糟糕。"

"正因为这样我才叫你转告本堂神甫，叫他挑一个合适的人去，还有别的事情需要你去完成。”红衣主教回答道。他本来想说：在经受了长时间的痛苦后，城堡里那可怜的姑娘对自己的未来已经不抱任何希望，因此她急需要见一位熟悉的、值得她信赖的人。但是他却不能在有第三者的情况下明确地说明这个原因。事实上，令红衣主教大人感到奇怪的是唐阿邦迪奥竟然没有想到这一点。他如此坚持自己那不合时宜的建议，因此，他不得不怀疑唐阿邦迪奥先生在隐瞒什么。他死死地盯住他的脸，发现他原来是害怕和那位可怕的人一起前行，哪怕是在一起待上几秒钟。因此，他急切地想驱散这胆小的猜疑，然而，当他新结识的朋友在他面前时，他又不愿意把神甫拉到一旁小声告诉他这个缘由。他想，最好的办法就是假装毫无动机地直接和无名氏交谈，好让唐阿邦迪奥从他的回答中看出无名氏不再是一个可怕之人。因此，他转向无名氏，就像对一个亲密的老朋友一样，诚挚地说道："您不要以为我会为您今天的造访感到满意。您还会再回来的，对吗？并且是同这位善良的神甫一道回来？"

"我还会再回来吗？"无名氏回答道，"就算您不要我再回来，我也会像乞丐一样赖在您门前不走。我还想再和您谈谈，还想听见您的声音，还想再见到您，我真的很需要您！"

费德里戈紧紧地握住他的一只手，说道："那么，请您赏光同本堂神甫，还有我共进午餐。我恭候您。我现在得去做祷告，我得和人们一起向上帝祷告，而您也将第一次获得上帝的怜悯。"

看到这样的场景，唐阿邦迪奥像个怯弱的孩子一样站在那里一动不动。他瞪大眼睛，看着一个人勇敢地抚摸着一条大的、对人不友好的粗暴的狗，这条狗向来因咬人而声名狼藉，如今，他却听见那主人说它是一条善良温顺的畜生。他看着那主人，对此既不反对也不表示赞同；他又看看那条狗，他仍然惧怕靠近它，生怕它天性未泯，再一次扑上来咬他；他又害怕逃跑，怕自己被认为是一个胆小鬼。因此，他在心里说道："要是在自己家里，那该有多安全啊！"

红衣主教大人仍然握着无名氏的手，准备和他一起离开房间。他瞥了一眼在他后面的唐阿邦迪奥先生，可怜的唐阿邦迪奥看上去一脸的不愉快。红衣主教大人心里想他的不愉快可能是因为他感觉到自己受到冷落的缘故，尤其是当那臭名昭著的无名氏受到了如此热烈的欢迎和接待时，他就像被遗忘在角落里一样。因此，红衣主教大人转向唐阿邦迪奥，停留了一会儿，很友好地对他说："教区神甫先生，在上帝的家园里，你永远与我们在一起，但是这位……这位perierat，et inventus est[①]。"

"噢，很高兴大人您能这么说。"唐阿邦迪奥先生向那两位深深地鞠了一躬，说道。

红衣主教大人继续向前走，走到门边的时候，他轻轻地推了推门，站在门外的仆人们立刻将门打开，这两个引人注目之人出现在聚集在门外房间里的神甫们的面前。他们注视着这两个人脸上明显不同但同时又很深沉的表情：受人尊敬的费德里戈脸上显现出一种令人愉快的温和之感和谦虚的喜悦之情；无名氏的表情里却夹杂着某种慰藉、一种新的不同寻常的谦虚以及忏悔之情。尽管如此，他那狂野易怒的本性仍然很显眼。当时，不止一位神甫想起了预言家以赛亚的话：暴狼将与小羔羊共处，猛狮将与牛犊一同吃草。唐阿邦迪奥跟在他们后面走了出来，但是谁也没有注意到他。

当他们走到房子中心的时候，红衣主教大人的男仆从另一边走了进来，告诉他已经准备好了神甫所交代的所有东西，就等着神甫找的那位女人来了。主教大人吩咐他，那个神甫一回来，就让他去见唐阿邦迪奥，然后所有事都听从他和无名氏的安排。红衣主教大人再一次握住无名氏的手，说："我希望你能再来。"然后鞠躬向唐阿邦迪奥告别，便出发向教堂方向走去。神甫们成群结队紧跟其后，其余的排成行列跟在后面，只留下唐阿邦迪奥和无名氏这两名即将出发的同路人在房间里。

无名氏呆呆地站在那里想着自己的事儿，他迫不及待地想要把他的露琪娅从痛苦和监禁中解救出来。这里所说的"他的"和前一天相比意义大不一样。他的表情稍显不安，这在唐阿邦迪奥的眼里好像是要发生什么不幸的事情。唐阿邦迪奥从眼角偷窥了他一眼，并试着想要说一些表示友好

① 拉丁语，意为"一位失而复得的人"。

的话。“但是我能对他说什么呢？”他想，“我要对他说我很高兴吗？我高兴什么？为他曾经是个恶魔，如今却像别人一样决定做一个好人而感到高兴？这只是一番恭维的话而已！哎，哎，哎……但是，我必须得说些别的，因为以‘我很高兴’开始的恭维话有时候并不意味着什么。毕竟，如果他真的变成了一个好人呢？这事也发生得太突然了。世界上人们出于各种动机，装腔作势的人太多了。我知道些什么呢？况且，我还得和他一起去那座城堡！噢，这是怎么回事，怎么回事，到底是怎么回事？要是今天早上有谁告诉我，那该多好啊！啊，要是我能够安全逃离出去，我一定跟佩尔佩图阿没完，谁叫她在完全没有必要的情况下强迫我离开自己的教区来到这里。她说周围所有地区的神甫，甚至那些比我住得还远的神甫都会聚集在这里，说我不能比他们还落后。这样说，那样说，最后就把我给骗了过来！噢，可怜的我！但是我一定得对他说些什么。”他想到了要对他说什么，当他刚要开口说“我从未想过能够如此荣幸地有您做伴”时，主教大人的男仆带着本堂神甫进入了房间。本堂神甫说找来的那位女人坐在轿子里等待二位，然后转向唐阿邦迪奥，想要知道主教大人还吩咐他做什么。唐阿邦迪奥在思想混乱的情况下尽快地说完，然后走近男仆对他说：“请你至少给我一头听话的牲口。因为，说实话，我是一个很糟糕的骑手。”

“你可以想象一下，”红衣主教的助手含笑回答，“这是主教的书记的骡子，他可是一个文弱的书生。”

“那还差不多……”唐阿邦迪奥先生一边回答，心里一边继续思忖，“但愿上帝给了我一头好的牲畜。”

无名氏先生一听到一切准备就绪，便大步走向门外。一到门口，他发现唐阿邦迪奥先生落在了后面，于是便停下来等他。当唐阿邦迪奥先生面带歉意急匆匆地赶上他时，无名氏先生朝他微微鞠了鞠躬，示意他先走，其举止神情是那么的礼貌、谦恭，这使得这位不幸的、饱受折磨的唐阿邦迪奥先生深感欣慰。然而，唐阿邦迪奥先生一踏进庭院，就看见另一件令其惊慌之事，这又使他刚刚获得的那点儿信心完全消失不见了。他看见无名氏朝着一个角落走去，一只手拿起一把卡宾枪，另一只手抓着腰带，就像士兵做军事训练一样，十分迅速地将卡宾枪悬挂在了肩上。

“哎呀，哎呀，我怎么这么倒霉啊！”唐阿邦迪奥先生心想，“他拿那武器是要干什么啊？难道说这就是皈依上帝的苦鞭和腰带！要是他心血来潮那该如何是好？噢，这是什么样的苦差事啊！这是什么样的苦差事啊！”

要是无名氏能够猜到此刻他的同伴竟有这样的想法，很难说他会不会做什么来安慰安慰他。不过，他根本就没往那方面想过，唐阿邦迪奥先生也小心翼翼地避免表露出任何“我不相信先生你”这一想法。一到大门口，他们发现两头骡子已经备好，无名氏随即骑到了一位马夫给他牵过来的骡子的身上。

“这骡子不会很凶猛吧？”唐阿邦迪奥先生向红衣主教的助手问道，他的一只脚踩上马镫，一只脚仍站在地上。

“你就安心上去吧，它非常温顺。”那人回答道。唐阿邦迪奥先生抓着马鞍，并在助手的帮助下慢慢地爬了上去，最后他发现自己竟安全地骑在了那骡子的背上。

前面不远处有一乘由两头骡子拉着的轿子，随着马夫的一声吆喝，那骡车驶了出去，一行人上路了。

他们要打教堂前面经过，那儿挤满了人，而在教堂广场上也满是村民，以及远道而来的访客。这一个爆炸性的新闻早已在人群中传开，这队人马一出现，尤其是那个数小时前人们还害怕、憎恶，如今却令众人惊讶而又喜悦的无名氏一出现，人群中便立即响起了一片掌声。尽管人们迫切地希望走近点儿去看看这位无名氏的尊容，可他们一见到他走来，便纷纷为其让路。就这样，轿车向前行驶着，无名氏紧随其后。当走到教堂大门口时，他摘下了帽子，低垂着那曾令人害怕的脑袋，前额几乎碰到了骡子的鬃毛。他听到千百张口小声地向他喊道：“上帝会保佑你的！”唐阿邦迪奥先生也摘下了帽子，低垂着头向上帝祈祷。不过，在听到教友们唱着那庄严而又和谐的圣歌时，他的心里涌现出了一种羡慕、忧伤的柔情和突如其来的热情。他好不容易控制住自己，才不让眼泪流下来。

当他们走出村庄来到空旷的田野，走在那荒凉的大路上时，唐阿邦迪奥先生的思绪又笼罩了一层阴影。眼下，轿夫成了他唯一信任的人，轿夫是红衣主教的手下，肯定是正直老实之人，此外，他看上去也不像一个懦夫。时不时，他们会看见一些行人经过，有时这些行人还是成群结队的，他们是跑去看红衣主教的，这使得唐阿邦迪奥先生颇感欣慰。然而，这只是暂时的一点儿欣慰，因为他正朝着那可怕的山谷走去，在那儿，他只能见到他的同伴无名氏的手下，他们会是些什么样的手下啊！此刻，他竟那么渴求同他的这位同伴聊聊天，一来是为了更进一步地了解他，二来可以同他套套近乎。不过，在看到他的同伴完全沉浸在自己的思绪里时，唐阿邦迪奥先生的这一愿望也破灭了。随后，他只能自己在那儿自言自语。以下就是这位可怜之人在这一旅途中的内心独白的一部分，要是将其独白全部记录下来，那都可以写成一本书了。

“有道是，不管是圣人，还是罪人，他们都不满足只是管理、操心自己的事，而是只要有可能，他们巴不得让全世界的人都加入他们，同他们一起狂欢。而那最好管闲事之人竟找上了我这样一个从来没有干涉过他人之事的人，抓住我的头发，强行将我拽进了他们的事中。我别无他求，只求平平静静地过日子！那个神经错乱的恶棍唐罗德里戈，要是他有丝毫的理智，他都可以成为世界上最幸福的人，他到底还想要什么呢？他既富有又年轻，还备受人们的尊敬和奉承，可他竟还厌倦这种富裕的生活，非要给他自己和他的邻居找点儿麻烦。他本可以就这样天天吃喝玩乐，噢，不，先生，他不一定要干出世上最荒谬的、最邪恶的、最丧心病狂的勾当玩弄女人。他原本可以驾着马车进入天堂，而他却选择一瘸一拐地走向那魔鬼住的地狱，还有这个人……”此刻，他看了看无名氏，仿佛觉得他会听见他在想什么。“就是这个人！他曾为非作歹，将世界搞得天翻地覆，如今他又用忏悔来把世界弄得鸡犬不宁……而且还不知道这忏悔是真是假呢。与此同时，如今却要我来检验他是否是真的忏悔……一个生来血管里便带着疯狂的人，注定一生都要制造事端。像我这样，一生只为做个诚实正直的人，付出了多大的代价啊？噢，不，我的先生，他们一定要打打杀杀，把人四分五裂，同魔鬼玩耍……

噢，可怜的我啊！然后……在悔悟时又搞得如此天翻地覆。想要真的悔悟，那就在家安安静静地悔悟，根本不需要这么招摇，不需要给邻居带来那么大的麻烦。而那尊敬的红衣主教，立刻张开双臂来欢迎他最亲爱的朋友。他这位亲爱的朋友，并且还完全相信他所说的一切，仿佛在看他会创造什么奇迹似的。随后，他竟立刻下定决心，赶紧手忙脚乱地投入此事，一会儿这儿，一会儿那儿，而这个在我们家就称作鲁莽行事。他还将一个可怜的牧师，在没有任何保障的情况下就交给了此人！这就被称作拿一个人的命运去做赌注。作为一个神圣的大主教，就像他一样，应该将牧师看作他的眼珠那样珍贵！在我看来，除了圣德外，还应多一点思考、多一点谨慎、多一点仁慈……假如这一切只不过是表面现象呢？谁能说清楚人们的意图呢？尤其是像他这样的一个人。试想一下，我得同他一起去他的城堡！那儿肯定会有恶魔啊，噢，可怜的我啊！还是不想这个为好。露琪娅又怎么跟这一切扯上关系了呢？很明显唐罗德里戈先生肯定对她有什么密谋。他们都是怎样的人啊，但最终一切肯定都会明白的。可这个人怎么抓住了她呢？谁会知道啊？所有这些全是红衣主教大人的秘密，他们对我这个为此四处奔波的人都只字不提。我并不关心他人的事。不过，既然要我冒着危险参与此事，我就有权知道一些事。要是只是去接那位可怜的女孩儿的话，那就得耐心点儿！但是，他可以直接自己将那女孩儿带来啊。此外，要是他真的皈依上帝，要是他已成了一个神圣的神甫的话，那还需要我干什么呢？噢，真是一团糟啊！好吧，既然这是上帝的意愿，尽管会遇到极大的麻烦，不过还是要忍耐！我也为那可怜的露琪娅感到高兴，她也该脱离危险了，上帝一定知道她所遭受的一切，我真同情她。不过，她生来就是要毁掉我的……至少，我希望我能看穿他的心，看看他究竟在想些什么。谁了解他呢？他像荒野之中的圣安东尼奥，一会儿又像荷罗孚尼本人。噢，可怜的我啊！可怜的我啊！算了，上帝一定会帮助我的，因为我并非是自愿卷入这一危险的事中的。”

事实上，可以说，我们能从无名氏的面孔上看出他的思绪，他此刻的思绪就像是暴雨即将来临时，乌云从太阳面前轻快地掠过一样，时而阳光明媚，时而阴影笼罩。他的灵魂，此刻仍沉浸在费德里戈那安慰的言语中，他非常兴奋，仿佛获得了新生，变成了活力十足的青年。此刻，他的心里还涌现出一种仁慈、宽恕、热爱的希望。不过，随即，他又再次陷入了过去那可怕而沉重的负担之中。他急切地思量着哪些罪恶的行径可以弥补，哪些又可以终止。需要采取哪些最确切、最快速有效的措施以解开这种种症结，又该怎样打发走那些昔日的手下。不过，这一切都太难理清、太困难了。而目前要做的事，是最容易而且是就快完成的事，他急切地想赶紧回去，去解救那可怜的女孩儿。一想到那女孩儿此刻正遭受着折磨，而这全怪他，因为是他将其监禁起来的，他就非常痛苦。当他们来到岔路口时，轿夫转过身问他，该走哪一条路，他用手指了指，并示意轿夫加快速度。

他们进入了山谷。可想而知，此刻的唐阿邦迪奥先生是怎样的感觉啊！他曾经听过有关这一有名的山谷的很多可怕的故事，如今他却身临其境，亲眼目睹了那些臭名昭著的、全意大利最有能力的暴徒，那些毫无恐惧之心、毫无同情之心的人物。在每一个拐角处，他都可以看到一个、两个、三个那样的人。他们毕恭毕敬地对无名氏行礼，不过他们中有的被晒得黢黑，有的胡子翘得高高，有的眼神极为犀利。唐阿邦迪奥先生觉得他们似乎在说：“我们将那牧师杀了如何？”当他极为惊恐之时，一种思绪暗暗闯入他的脑中：“要是我替那对年轻人主持了婚礼该多好啊！这样我就不会遇到这么倒霉的事了。”与此同时，他们正沿着一条小溪旁的沙砾路走着，小溪的一侧是阴暗荒芜的陡峭崖壁，另一侧则是一伙豺狼似的人物。他们让人觉得沙漠比这儿更好，连但丁幻游的地狱的恶沟也不会比这儿更糟糕了。

他们从“恶夜客栈”面前走过。在那客栈的门口站着几名暴徒，他们一看到无名氏，便向其鞠躬致意，还看了看他的同伴和这辆轿车。他们不知道这到底是怎么回事。早上无名氏独自一人离开，本来就很奇怪了，而如今他的返回也不比他早上离开时正常。他带回的是捕获的猎物吗？他独自一人是怎样捕捉到的呢？这辆奇怪的轿子又是怎么回事？那轿夫穿的是哪家的制服？他们看啊看，不过没有一个人动，因为这是主人用眼神对他们下达的命令。

他们向上攀登着，爬上了山顶。站在台阶和门边的暴徒们退到了两边，为他们让路。无名氏打了一个手势，示意他们别再后退了。接着他快马加鞭，冲到了轿子前面，示意轿夫和唐阿邦迪奥跟随着他进入外面的一个庭院，随即又进入了第二个庭院，最后他们朝着一个小后门走去。无名氏向一个歹徒做了个手势，那人便急急忙忙地跑来扶住马镫。无名氏示意他站在门后，对其说道："你就站在那儿，别让任何人进来！"随后，无名氏便抓着马缰，从骡子上下来了。接着他又朝着轿子走去，对掀开轿帘的那位女士低声说道："快去安慰安慰那可怜的女孩儿，告诉她，她已经获得自由了，正处于朋友的保护中。上帝会奖赏你的。"随后，他便命令轿夫打开轿门，帮助那女士从轿子里出来。接下来，他又朝着唐阿邦迪奥先生走去，神情十分安详，这是可怜的唐阿邦迪奥从未见到过的，也是他从未想过的。此外，他的神情中还透露出一点儿事情即将结束的喜悦。他伸出胳膊，帮助唐阿邦迪奥从骡子上下来，以同样低的语调对其说道："牧师先生，因为我给你带来了很大的麻烦，不过，我不想为此请求你的原谅，因为你这样做是为了那会奖赏你的上帝，也是为了那可怜的女孩儿。"

这种表情、这些话语，再一次使唐阿邦迪奥先生的心平静了下来。他长长地嘘了一口气，这是他一小时前就一直憋着，找不到出路的一口气。随后，他也低声回答道："大人您在同我开玩笑吧？可，可，可，可……"随后，他扶着无名氏客气地伸出的手，以最快的速度从骡子上一溜而下。无名氏拿着马缰，将其递给了轿夫，吩咐他就在外面等他们。随后，他从兜里掏出一串钥匙，打开了后门的门，走了进去，还示意牧师和那位女士紧跟着自己。他们朝着楼梯口走去，三个人静静地爬上了楼。

第二十四章

露琪娅刚醒不久，她花了一点儿时间努力使自己彻底清醒过来，并竭力把那令人困扰的梦境与类似感冒发烧一样的痛苦的现实情景区分开来。老太婆急忙走到她的面前，用很勉强的谦卑的语气对她说："啊，你睡着了吗？我昨晚告诉过你很多遍，你本可以在床上睡的。"露琪娅没有回答她。她显得有点儿愤怒，但仍然恳求地说道："吃点儿东西吧。你得放精明一点儿。噢，你看你脸色多差！你必须得吃点儿东西，否则，等主人回来时，他一定会唯我是问。"

"不，不，我想离开这里，我想去我母亲那里。你的主人答应过我会送我回去，他说'明天早上'，你家主人现在在哪里？"

"他出去了，但是他说他很快就会回来，然后按照你的希望做你要他做的一切。"

"他真的这样说吗？他真的这样说吗？那真是太好了！我想直接去找我的母亲，马上出发。"

隔壁房间里响起了脚步声，接着是一声轻轻地敲门声。老太婆连忙跑到门边，问道："是谁呀？"

“开门。”那个熟悉的声音小声地回答道。

老太婆轻轻地推了一下门，把门闩拔了下来。无名氏半开着门让她出去，并立刻让唐阿邦迪奥和那位善良的女人进了屋子。然后他又把门关上，像刚才吩咐另一个守门的人一样，他也叫老太婆到离城堡较远的地方去，自己一个人在门外候着。

所有这一切慌乱的动作、等待的那段时间以及两个陌生人的出现，都使露琪娅惶恐不安，因为她现在的处境本就令人难以忍受，任何一个细微的变化都只会增加她的恐惧。她抬起头，看见一个神甫和一个女人，这使她稍微有了一点儿勇气。她又仔细地看了看，心里默默想到：“是他吗？”最后，她认出了唐阿邦迪奥先生，她的眼睛像中了魔似的死死地盯在那儿。那个女人走近她，弯下身子，握住她的双手，一脸同情地看着她，像是在爱抚她，又像是要把她拉起来，对她说：“噢，可怜的孩子，快，和我们一起走吧，跟我们走吧。”

“你是谁？”露琪娅问道。还没有等到回答，她便转向了唐阿邦迪奥，他站在离她两三步远的地方，脸上也表露出同情的表情。露琪娅再一次凝视着他，惊喊道：“您！就是您！是教区神甫先生吗？我们在哪儿呀？……噢，可怜的我已经失去了识别能力了。”

“没有，没有，”唐阿邦迪奥回答道，“的确是我。打起精神来，难道你看不出来我们是来这儿带你离开的吗？我就是你的教区神甫，我是骑着骡子专门到这里来……”

露琪娅立刻恢复了所有的力气，她站起身来，再一次注视着面前的这两个人，说道：“一定是圣母玛利亚派你们到这里来的。”

“我想的确是这样。”那位善良的女人说道。

“但是我们能离开这里吗？我们真的可以离开这里了吗？”露琪娅降低声音问道，眼神中充满了怯懦和猜疑。“所有那些人？……”她接着说道，她的嘴唇由于惊吓不停地颤抖着，“那么那个大人……那个人……他确实答应过我……”

“他亲自和我们一起来的，”唐阿邦迪奥先生说道，“他正在外面等着我们，我们快走吧，总不能让像他这样的人等太久。”

在这个时候，他们所说的那个人打开门出现在门口，然后走了进来。就在不久前，露琪娅还想着见他，当她对世间所有事物都不抱希望时，她只想见到他。如今，她看到这两个友好的人，听到了他们的声音之后，却无法抑制瞬息间产生的厌恶。她屏住呼吸靠在善良女人的肩上，脸死死地藏在她的怀里。前一天晚上无名氏看到她这样的表情时就很不忍心，如今，由于长时间的折磨和绝食，她的脸色变得更加苍白，看上去是那么的痛苦，那么的沮丧。看到此种情况，无名氏突然停下了脚步。现在，看到露琪娅如此恐惧的表情，他低下了头，一动不动地站在那里。过了一会儿，尽管露琪娅并没有问什么问题，他却大声说道："这是真的，请宽恕我！"

"他是来这里放你走的，他已经不再是以前的他了，他已经改邪归正，变成了一个善良的人，难道你没有听见他在祈求你的原谅吗？"这位善良的女人在露琪娅耳边轻轻地说道。

"他还需要说什么吗？好了好了，抬起头来，不要像个孩子似的，我们快点儿走吧。"唐阿邦迪奥说。露琪娅抬起头，看见无名氏低着头，表情窘迫而又谦恭，此时，宽慰、感激和怜悯之情在她心里混成一片，她说道："噢，亲爱的先生，上帝会因你的仁慈赐福于你的。"

"上帝也会加倍地赐福于你，因为你的那些话让我成为了一个好人。"

说完这些话，他转过身去，第一个走出屋子。露琪娅如今已完全恢复了勇气，她拉着那位女人的胳膊跟在无名氏后面，唐阿邦迪奥则走在最后。他们走下楼梯，来到一个通向院子的小门前。无名氏把门打开后，他们便向轿子走去。他礼貌又带点羞涩（对他来说，这是两个新的品质）地搀扶着露琪娅让她进入轿子，然后又把那位善良的女人扶进轿子里面，然后又从轿夫手里接过骡子的缰绳，搀扶着唐阿邦迪奥上了骡子。

"噢，真是委屈你了！"唐阿邦迪奥说道，比第一次更加敏捷地骑了上去。等无名氏也坐好后，他们便出发了。无名氏抬起头，以前一贯的权威的表情再次显露出来。一路上遇到的那些恶棍从他的表情中看得出他的深思以及对某件事或某个人的强烈挂念，但是他们不懂，而且也不可能了解得更多。他们不知道他们的主人所经历的巨大的变化，而且，毫无疑问的是，他们当中没有一个人会去猜测。

那位善良的女人立刻把轿帘拉好，然后亲切地握着露琪娅的手，露出怜爱和祝贺的表情，以温和的态度安慰着她。她看出可怜的露琪娅因自己所遭受的痛苦而疲劳不堪，并且对所发生的一切还感到迷惑不解，也并没有因为获救而感到欣喜。善良的女人尽可能地说些能够使她回忆起过去的话，并帮她梳理了一下她那混乱的思绪。她跟她说她来自哪个村子，并告诉她他们正要去的村子的名字。

“真的吗？”露琪娅问道，她知道那个村子离她自己的村子很近，“啊，最最圣洁的圣母玛利亚，我真的太感激您了。我的母亲，我的母亲。”

“我们会找人直接把她接过来。”善良的女人说道，她不知道已经有人去做这件事了。

“好的，好的，上帝会赐福于你的，因为你……但，你是谁？你怎么也来到了这里……？”

“是我们的教区神甫叫我来的，”善良的女人说道，“因为上帝感动了这位先生的心。他来到我们村子，和正在这里访问的红衣主教大人谈话。他在红衣主教大人面前对自己曾经所犯的罪行感到忏悔，希望自己能够成为一个善良的人。他告诉主教大人，他在一个不敬畏上帝的人的唆使下抓了一位无辜少女，但是神甫并没有告诉我那人是谁。”

露琪娅抬起头望着天空。

“也许你知道那个人是谁。”善良的女人接着说道，“算了吧。红衣主教大人又想到，既然这件事涉及一个少女，因此他就想到需要一个女人和她做伴。于是他叫神甫去找一个合适的人，而神甫出于好意就去了我那儿……”

“噢，上帝会因你的善良赐福于你。”

“好了，听我说，可怜的孩子。神甫叫我尽最大努力安慰你、鼓励你，并让你明白是上帝奇迹般地救了你……”

“啊，是的，我的确是奇迹般地获救了。一定是圣母玛利亚在为我说情。”

“所以你一定要振作起来，原谅那个曾经伤害过你的人，并因上帝已经宽恕了他而感到欣慰。是的，为他祈祷吧，因为上帝不仅会因此而赐福于你，你自己也会感到宽慰。”

此时，露琪娅的眼神已经明确地表示她对此感到赞同，目光里饱含着一种言语不能表达的甜美。

“真是个好姑娘。”那位女人说道，“当时你的教区神甫也在我们村（那时村里聚集了很多来自四面八方的神甫，他们的数量足以举行四次祭礼），红衣主教大人认为让他和我们一起来可能更妥当。不过，这个人确实也帮不了什么忙。我听说他是一个懦弱的人，而这一次，我算是看清楚了，他就像一堆杂草里面的小鸡一样胆小怕事。”

“而这个人……”露琪娅问道，“那位已经由一个恶人变为了善良的人是谁啊？”

“什么？难道你没有听说过他吗？”善良的女人惊奇地问道，同时说出来那个人的名字。

“噢，慈爱的上帝啊！”露琪娅惊叫道。她曾经不止一次听到过这个人的名字，而每次听到这个名字时都感到惊恐万分。他总是被人说成十恶不赦的恶魔！现在，她想到，自己曾落入他的手中，陷入令人绝望的危险当中，如今又得到了他的怜悯和出乎意料的救助。她又想到，那人的面容先是怎样的粗野，以后是怎样的激动，末了又是怎样的谦逊，于是，她像着了魔似地陷入了沉思默想，不时地自言自语：“噢，仁慈的上帝啊！”

“这的确是天大的恩惠啊！”善良的女士说道，“对整个世界，整个临近的村庄来说，都是一种极大的安慰啊！请想一想，曾有多少人害怕他啊。而如今，我们的红衣主教告诉我说……再看看他的面孔，他已经变成一个圣徒了！并且，他说到，马上也就做到了。”

要说这位善良的女士对于这件她也参与其中的大事并不好奇的话，那是不真实的。不过，我们得承认，她既尊敬露琪娅，同时又对她深感同情，而且从某种程度上说，她觉得自己所承担的重任神圣而又严肃。因此，她从来没有想过要问一些轻率而又无聊的问题。在整个旅途中，她所说的话都是出于对露琪娅的安慰和关心。

“上帝才知道，你有多久没有进食了！”

“我不记得了……应该有很长时间了吧！”

“噢，可怜的孩子，你肯定想吃点东西补充点儿体力了吧？”

“是的。”露琪娅虚弱地回答道。

“感谢上帝，我们一回家，就马上给你弄点儿吃的。再坚持会儿，很快就到了。”

随后，露琪娅无精打采地坐在轿子的角落里，睡意蒙眬，善良的女士也就任她安静地待在那儿休息。

对于唐阿邦迪奥先生而言，回去的旅程当然不像他来时那样难熬了，不过，那也并非就是一次愉快的旅程。起初的恐惧感已没有了，这让他如释重负，可是，过了一会儿，上百种烦恼又萦绕在他的思绪里。就像一棵大树被连根拔起后，有一段时间地面是空的，不过，很快那儿就长出了很多杂草。他变得越来越敏感，即使对一些小事也是如此。不管是想到目前的情形还是未来的前途，他都非常惶恐不安。此刻，他觉得骑着骡子去旅行比来时更加不舒服，他一点儿也不习惯，尤其是骑着骡子从城堡上面走到山谷下面。赶骡子的轿夫在无名氏的指示下，正赶着骡子快速向前驶去，后面的那两头骡子也以相应的速度紧随其后。就这样，在较陡峭的地方，可怜的唐阿邦迪奥先生就像是被置于身后的一根杠杆上一样，向前倾斜着，他不得不紧抓着马缰，以此来平衡自己。尽管如此，他也不敢叫同伴走慢点儿，同时他自己也希望尽快逃离此处。除此之外，到了山丘之上或是陡峭的悬崖边，那骡子仿佛也根据它同类的习惯，想都不想就朝着边缘走，还将一只腿置于悬崖边，唐阿邦迪奥先生看到自己垂直的脚下就是悬崖，心里暗自思忖道，只需稍稍往那边缘再走一点，就会坠入深渊。于是他在心里暗骂着那骡子，说道：“即使你这畜生也有那种该死的寻求冒险的倾向。明明有宽阔、安全的大路你不走，非得走在悬崖边。”随后，他将马绳拉向了另一边，不过还是无济于事。他只能像平常一样，将愤怒和害怕咽到肚子里，任由骡子乱走。那些歹徒手下不再让他觉得那么恐慌害怕了，因为他已非常清楚他们的老大在想什么了。“不过，”唐阿邦迪奥反思道，“要是我们还在此处，那些歹徒手下就知道这一惊人的消息了。天知道这些人会作何感想，天知道他们会做出什么事来啊。天啊，要是他们知道我是作为一名传教士来到此处的话，上帝保佑，他们肯定会杀了我的！”此刻，无名氏那傲慢的神情不再让他感觉不安了。“要让那些家伙感到害怕，”他暗自思忖道，“还真少不了这个无名氏在这。这一点我很清楚，不过，为什么偏偏就让我落入这些人的手中呢？”

得啦，他们总算走到了山脚，走出了那山谷。无名氏的额头渐渐舒展开了，唐阿邦迪奥先生也露出了一副更自然的表情。他将自己的脑袋从两肩中伸出来，伸开了手臂和大腿，挺了挺腰，整个人仿佛完全变了一副面貌一样。他的呼吸顺畅多了，脑袋也清醒了，不过他又开始思考其他更远的危险：“那个恶棍唐罗德里戈先生会说些什么呢？他这样碰了一鼻子的灰，既损失了钱财，还遭到了人们的耻笑。试想一下，他怎么可能咽下这口气！现在他肯定暴跳如雷。他会不会来拿我出气？因为我曾参与了此事。他那时就敢派两个恶棍在大路上截住我，为难我，那么如今，他会做出什么样的事来啊，上帝才会知道。他肯定不会同红衣主教大人争吵，因为他还没那么大的胆量，他只有忍气吞声。可是，他的血液里满是愤怒，他肯定会找人发泄的。这件事会如何终结呢？他总要找个地儿来发泄一下，让谁吃几个拳头、挨上一顿鞭子吧。当然，红衣主教大人本来就想将露琪娅置于安全的地方，而那不幸的小伙子已经脱离了危险，不过他也经历了很大的困难。这么说来，得小心那鞭子落在我的肩上了。这确实很残酷，因为我遭受了那么多的苦难，那么多的波折，不但没有得到一定的报酬，反而还得忍受惩罚。在让我参与了这么危险的事后，红衣主教会怎么保护我呢？他能保证那该死的恶棍不会再像以前那样恐吓我吗？此外，他有那么多的事需要考虑，有那么多的事需要亲自处理，他怎么可能照顾到所有的事呢？有时，他们会把事弄得比起初还糟。那些做善事的人，只是粗略地做做表面。当他们做到让自己满意时，就觉得满足了，根本不会再去关心结果会怎样。不过，那些喜欢做坏事的人，就勤奋得多，他们一定会将事做完，绝不会半途而废，因为他们的心里总有一个恶魔在吞噬着他们，引诱他们去作恶。难道我能去说我来这儿是为了执行红衣主教的命令，而不是我自愿来的吗？那看上去就好像我是站在邪恶之人那边一样。噢，神圣的上帝啊！我会站在邪恶之人那边！我是受了他们的引诱！得了，最好的办法就是告诉佩尔佩图阿整件事，然后让她去到处传播此事。只要红衣主教别心血来潮，四处去宣扬，别将我卷入此事就行。不管怎么样，我们一到那儿，要是主教从教堂出来，我就会尽快向他告辞；要是他没有出来，我会留下一封抱歉书，然后即刻回家。露琪娅被他们照顾得很好，也不需要我了。在经历了这么多烦心事后，我也可以要求休息一下。此外……要是红衣主教对这整件事感到好奇怎么办？他肯定会让我讲述那件有关婚礼的事！那可真是什么倒霉的事都赶上了！可要是主教大人来参观我的教区怎么办？……噢，一切就顺其自然吧，我不必预先犯起愁来，我的麻烦事已够多了。眼下，我得闭门在家，不再出去。只要红衣主教还在这个地方，唐罗德里戈先生就不敢胡来。然后……噢，然后呢？唉，我看我余下的日子都得在忧患中度过了。”

宗教仪式还没结束，那队人马就已到了。他们穿过了那拥挤的人群。那些人比之前更激动，纷纷为其让路。随后，他们便分开了。那两个骑着骡子的人走进了那个小广场，那儿矗立着牧师们的住房；而那辆轿子则朝着善良的女士家走去。

唐阿邦迪奥先生果然按照他刚刚打定的主意那么做的。他刚从骡子身上下来，便对无名氏说了一番极其奉承恭维的话，又请无名氏代他向红衣主教说声抱歉，因为他有急事得赶紧回自己的教区。随后，他又去找那个他称之为马儿的东西，就是他放在大厅角落的那根拐杖，接着便离开了。无名氏就留在那儿等着红衣主教从教堂回来。

那位善良的女士，在将露琪娅安置在她厨房里最舒服的座位上后，便急急忙忙地为她准备一些吃的。露琪娅时不时地向她说些感谢和抱歉的话，而她则用乡村人的热情和直率示意这不值得一提。

她迅速地往锅底下添加些木柴。锅里正炖着一只阉公鸡，鸡汤已经煮沸了。她将鸡汤盛入一个放有几片面包的碗里，再将其端给了露琪娅。看见这个可怜的女孩儿一勺一勺地喝着鸡汤，气色慢慢好了起来，她就大声地对自己道贺，因为这一切都发生在她所说的许多人家里都揭不开锅的时候。“今天，大家都在想方设法做点儿好吃的。”她补充说道，“除了那些可怜的穷人，他们连豌豆和稀粥都吃不上。不过，他们今天都希望能从慈善的红衣主教那里得到些吃的。感谢上帝，我们家还不至于沦落到那个地步。我的丈夫有一门好手艺，再加上我们还有一小块儿土地，这够我们生活了。所以你尽管吃吧，别有所顾忌。阉公鸡马上就炖好了，你一会儿可以多吃点，好好补充补充体力。”随后，她从露琪娅手中接过了喝完的鸡汤碗，接着便回去摆好餐桌，准备午饭。

露琪娅的身体恢复了很多，心情也渐渐平静了些。由于她生来就很爱干净、整洁，所以此刻她便开始整理自己的着装。她重新梳理了一下自己蓬松而又凌乱的头发，调整了自己的手帕，将其围在脖子上，垂于胸前。在这么整理的时候，她的手指碰到了头一天她悬挂在脖子上的念珠。她看了一眼那念珠，心里顿时慌乱起来。她记起了自己昨晚所发的誓，还有在此之前沉重的感觉使她感到的压抑，现在突然苏醒了，异常清晰、明确地显现在她的脑子里。刚刚才恢复的力量，突然又完全丧失了。要不是有她昔日的纯真、顺从，以及虔诚的信念支撑着她，让她有所准备，那时涌现出的惊慌之感定会让她极其绝望。在涌现出那么多难以言表的思绪之后，她的脑袋里闪现的唯一念头就是：“噢，可怜的我啊，我究竟都做了些什么！”

然而，她刚刚这样想，心里便对此感到很恐惧。她回忆起了发誓时的所有场景，她那无法忍受的痛苦、那无法被救的绝望、那祈祷时的虔诚，以及她许下的愿望。如今，上帝已接纳了她的请求，而她却想违背自己许下的誓言，她觉得，这样做简直就是对上帝和圣母玛利亚的一种背叛，觉得自己是在亵渎神灵。她认为，那样的不忠定会给自己带来一种新的、更可怕的灾难，到那时，可能不管她如何祈祷、发誓，都是徒劳的，她不会得到一丝的安慰。想到这，她便立马抛弃了那一刹后悔的思想，虔诚地从脖子上拿下念珠，将其握在颤抖的手中，再一次许下并确认了那个誓言。与此同时，她还忧伤而诚挚地恳求上帝，望其赐她履行那誓言的力量，消除那些令她激动、后悔的思绪，不要再动摇她的意念，至少别这么折磨她。伦佐已经远离此处，根本没有希望再回到她的身边，这种分离令她至今仍很痛苦，而现在她却觉得伦佐的远离同她自己的许愿，都是出于同一个目的。她努力想在此事上寻找一种理由，以作为对另一件事的安慰。然后，露琪娅又开始想到，为了平息这件事，上帝一定有办法让伦佐不再想……但是，当她心里产生这个想法时，所有的烦心事又重新盘旋在她的脑海。每当可怜的露琪娅感到后悔时，就重新祈祷，再一次明确自己的誓言。她在挣扎中清醒了过来。如果允许我们这样表达的话，她就像一个疲惫不堪、身受重伤的胜利者从被击败的敌人身上站起来。

就在这个时候，她听见了慢慢逼近的脚步声和欢乐的说话声，是这个女人的家人从教堂回来了。两个小女孩和一个小男孩蹦蹦跳跳进了屋子，他们停了下来好奇地望着露琪娅，然后跑到了他们母亲的身边：一个不停地打听这个从未谋面的客人的名字，她怎么来到这里以及为什么来到这里；另一个则试着向母亲叙述他们刚刚的所见所闻。然而，善良的女人只是简单地回复了一句“安静点，安静点”。这家的主人踏着镇定的步伐，一脸热忱地走了进来。我们还未曾提及过这个人，他是这个村子和附近村庄的缝纫工，是一个知书达理的人。事实上，他不止一次阅读过《圣徒列传》和《法国王室趣史》。在与他同龄的村民中，他被认为是一个博学多才之人，然而，他总是很谦虚地否认人们对他这样评价，只是说自己选错了职业，说如果自己致力于学问，而不是其他别的什么……正因如此，他是世界上脾气最好、最友善的人。对于他的妻子被神甫叫去加入那个以仁慈为名接露琪娅的任务时，他不仅表示赞同，而且如果有必要的话，他还会鼓励妻子。刚才的盛大礼拜仪式、群众的聚集以及红衣主教大人的布道都激发了他善良的感情。他满怀希望地回到家，迫不及待地想知道事情进展得如何，并想知道那无辜的少女是否安然无恙。

“你看，她在这儿。”他进门时，善良的女人指着露琪娅对他说道。

露琪娅的脸突然红了，她站起身来，结结巴巴地说些道歉之类的话。但是，他打断露琪娅的话走到她的身边，恭贺她终于脱离困境。他大声说道："欢迎，欢迎。你来到我们家里，是上帝赐予的福气。真高兴看到你在这里。我早就确信，你一定会安全地被带出来，因为我从未发现上帝自己创造的奇迹会不得到一个好的结果。非常高兴能在这里看到你。可怜的姑娘，受到上帝的恩惠的确是一件很伟大的事。"

请大家不要因为他阅读过《圣徒列传》，就认为他是唯一一个这样看待这件事的人。事实上，整个村子的人，甚至是其附近村子的村民都会认为这是一件奇迹般的大事。说实话，考虑到这件事随后所产生的结果，也只能称其为奇迹。

此时，他的妻子把壶取下来。他悄悄走到妻子旁边，小声地说："一切进展得顺利吗？"

"一切都很顺利，稍后我再告诉你详情。"

"好的，好的，随时告诉我都可以。"

善良的女人很快准备好了餐饭，她走到露琪娅身边，并把她领到桌前让她坐下。她撕下一个鸡翅膀放在露琪娅面前，然后和丈夫一同坐下。他们不断地劝这位沮丧、怯懦的姑娘不要拘谨，吃点儿东西。缝纫工稍稍吃了几口以后，就兴致勃勃地打开了话匣子，围坐在餐桌旁的孩子们不时地打断他的谈话，因为他们亲眼目睹了许多不寻常的事情，实在很难一直充当听众的角色。他绘声绘色地描述了那庄重的仪式，然后又谈到无名氏那不可思议的转变。然而，给他印象最深刻的，也是他重复得最多的是红衣主教大人的布道。

"看到他站在圣坛面前，"他说道，"像他这么伟大的人物，像一个教区神甫一样……"

"以及他头上那一个金闪闪的东西……"小女儿说道。

"别说话。你想想，我是说，他是一个如此有身份有学识的人，人们说他已经读完了很多书，这是别人无法办到的，即使是米兰人也办不到；你想想，他能够以一种所有人都懂的方式来布道……"

“就连我都很明白他说的是什么。”另一个孩子说道。

“我叫你闭嘴。我好奇你听得懂什么？”

“我知道他在代替教区神甫讲解四福音书。”

“够了，安静点！我不是说那些明白事理的人，我是说，就连那些最愚昧、最无知的人都能够听懂。你现在去问他们是否还能重复红衣主教大人所说的话，我敢保证他们一个字也说不出来，但是他们却懂得那些话所包含的意义。红衣主教大人始终未提及那位先生的名字，但他们都明白他所暗指的就是他。除此之外，他们只要看见他眼睛里的泪水，就能明白他所说的了。然后，整个教堂里哭声一片……”

“是的，是的，的确如此，”小男孩突然说道，“但是为什么他们都哭得像孩子一样呢？”

“住嘴。我们村里的确有一些铁石心肠的人。红衣主教大人让我们明白，尽管这里在闹饥荒，我们还是应该感谢上帝，也要感到满足。我们应该努力工作，尽我们所能互相帮助，还要心甘情愿地去做这些事。因为受苦的贫穷并非不幸，唯有恶行败迹才是真正的不幸。这并不是他美妙动听的言辞，因为大家都知道，他自己本来可以比任何人都过得好，但他却过着跟穷人一样的生活，还把自己的面包拿出来送给饥饿的人。啊！听这样一个人布道能够让人感到心满意足，不像别的许多人总是说‘照我说的去做，不要照我做的去做’。而且他还告诉我们，就算那些没有身份地位的人，只要他们有剩余的粮食，就应该和穷苦的人一同分享。”

说到这里，他好像突然想起了什么，没有再继续讲下去。他犹豫了一会儿，然后夹了一些菜在盘子里，又放上一块面包，又把餐盘放在一块餐巾上，拎起布的四角，对大女儿说：“来，拿着。”然后，他又把一瓶酒放在女儿另一只手里，说道：“你去寡妇玛利亚那儿一趟，把这些东西全部送给她，告诉她和孩子们一起享用，但是你一定要表现得友好，不要让她觉得这是在施舍她。如果在路上遇到别人，不要透露任何事。小心，不要摔坏了这些东西。”

露琪娅的眼眶湿润了，心里充满了柔情，她从刚刚所听到的对话中得到了一些慰藉，这种慰藉是连那些庄严的布道都无法给予的。她的心被缝纫工所描绘的那庄严的仪式以及他们虔诚的情绪给吸引了，她摆脱了原本悲伤的情绪，并且，即使那些悲伤重新来袭，她的内心也已有抵御他们的力量。就算想到她那巨大的牺牲，尽管这依然使她感到痛苦，但是她依然觉得有一种朴实的、庄严的快乐。

过了一会儿，这个村子的教区神甫进来了，他说是红衣主教大人派他来问候露琪娅的，并告诉她主教大人今天还想见见她。然后他代替主教大人对这一对善良的夫妇表示感谢。他们三个既感到惊奇又惶恐不安，真不知道该说什么话来回复这样一位有身份地位的人。

“你的母亲还没到吗？”神甫对露琪娅说。

“我的母亲？”可怜的姑娘惊呼道。神甫告诉她，在红衣主教大人的吩咐下，已经有人去接她的母亲了。露琪娅用围裙不断地擦拭着眼泪，甚至在神甫离开后，她都还在哭泣。然而，当由神甫所带来的这个消息而引发的激动心情平静下来以后，可怜的露琪娅想到即将见到自己的母亲，这给她带来很大的安慰！就在几个小时之前，她根本就没有料想到会得到这样的安慰，甚至她还以誓约作为交换的条件，她这样说过：“安全地把我带到我母亲身边吧！”，如今这些话清晰地萦绕在她的记忆中。因此，她比任何时候都要更加坚定地要遵守自己许下的誓言，她又一次痛苦地悲叹自己曾经一度纠结和后悔。

实际上，当他们正在谈论阿格尼丝时，她已经在离他们不远的地方了。可以想象这个可怜的女人在听到这样令她出乎意料的消息的时候，她内心作何感想。尽管那个消息说露琪娅已经脱离危险，但还是有些含糊不清。这个传话的人既没有详细说明也没有稍作解释，而阿格尼丝自己也无法根据自己所了解的情况来解释清楚这件事。她撕扯着自己的头发，不断地说：“啊，上帝啊！啊，圣母玛利亚！”她问了传话人很多问题，而对于这些问题，传话人也无法作答。她急匆匆地进入了马车。一路上，她仍然不停地长吁短叹，提出得不到回答的问题。但是，在某个地方，她却看到了唐阿邦迪奥先生，他手持拐杖，一步一步慢慢前行。两个人同时

“噢”了一声之后，唐阿邦迪奥先生停了下来，阿格尼丝也停下马车，她把他拉到路边的一个小树林里。唐阿邦迪奥把自己所确定的、已经所观察到的情况一五一十地告诉了阿格尼丝。虽然整个事情还不是很清楚，但至少阿格尼丝确认露琪娅现在很安全，因而她长长地吁了一口气。

之后，唐阿邦迪奥还跟她谈了另外一件事。他絮絮叨叨地告诉阿格尼丝，如果红衣主教大人要接见她和她的女儿，在他面前要怎样做才算是举止得体。他特别叮嘱，切不可谈起那场征婚的风波……然而，阿格尼丝却认为神甫说这些全都是为了自己的利益，因此她打断了他的话。她没有承诺任何事，也没有做任何决定，因为她完全在想另外一件事。就这样，她重新出发了。

最后，这辆马车总算到了，停在了裁缝家门口。露琪娅急匆匆地跑了出来，而阿格尼丝也从马车上下来，急急忙忙地冲进了屋内，母女俩紧紧地拥抱在了一起。善良的女士鼓励着母女二人，让她们慢慢冷静了下来，还分享着她们的喜悦。随后，这位体贴的女士将二人单独留了下来，说她要去给她们准备床铺，还说，她定会有办法，不会有什么麻烦的，无论如何，她和她的丈夫宁可睡在地上，也不会让她们去找别的住处。

母女俩紧紧地拥抱了一会儿，泣不成声地宣泄了各自的情绪。随后，阿格尼丝迫切地想要听听露琪娅的遭遇，露琪娅便开始忧伤地叙述她那不幸的经历。不过，读者也了解，这段历史没有谁完全了解。对露琪娅她自己而言，她也有些不明白的疑点，尤其是当她急急忙忙地走到街上时，恰好碰到一辆让她后来极为害怕的马车。关于这点，母女俩做了很多猜测，可不仅没有理出一点思绪，反而连真相的边都沾不上。

至于究竟谁是策划这一切的主谋，不管是阿格尼丝还是露琪娅，都毫无疑问地认定是唐罗德里戈先生。

“啊，那个该死的恶棍！啊，那个来自地狱的恶魔！”阿格尼丝大声呼喊道，“不过，他终究会得到报应，上帝定会根据他的所作所为来惩罚他，那时，他也会感觉到……”

“不，不，母亲，不，”露琪娅打断阿格尼丝的话说道，“不要诅咒他受苦难，不要诅咒任何人！如果你知道这得忍受些什么！如果你经历过！就让我们为他向上帝和圣母玛利亚祈祷吧。上帝会触摸他的心灵，就像上帝曾触摸那位可怜的无名氏先生一样，谁会比那位先生更邪恶呢，可他如今都成了一个圣人。”

一回忆起她最近遭受的经历，露琪娅就全身战栗，感到很害怕，这也使得她不止一次讲着讲着就停了下来。在流了那么多的眼泪之后，她很难再继续原来所讲的话题，不过，还有一种异样的感觉令其的言语受到了阻碍，那就是她的誓愿。她害怕母亲会责怪她，说她不谨慎，鲁莽行事，又担心母亲会像张罗婚礼的事一样，提出一些她自认为很聪明的意见，可却得让她违背良心地接受。她还害怕这可怜的女人为了想获得他人的指教和建议，从而将此事告诉他人，这样一来，这事可就传出去了。露琪娅一想到这儿，就变得面红耳赤的，而且，她觉得多少有点儿愧对母亲，觉得有一种说不清楚的抵触情绪阻碍她涉及这个话题。这种种缘故合在一起，促使她把这件重要的事情隐瞒了下来，而暗暗决定首先向克里斯托福罗神甫透露秘密。不过，当她询问神甫得知克里斯托福罗已不在原先的修道院，去了一个很远又不知名的城镇时，她心中不由涌起了一阵惆怅的伤感。

“你知道伦佐吗？”阿格尼丝问道。

“他已经安全了，不是吗？”露琪娅急匆匆地问道。

“想必是吧，因为很多人都是这么说的。据说他去了贝加莫，不过没有谁知道他确切住哪儿。从那以后，他自己也没给我们来信。或许他还没找到合适的方法寄信吧。”

“啊，要是他真的安全了，那可真是上帝在保佑他啊！”露琪娅说道。她正想改变话题，但一件事打断了她的话，因为红衣主教出现了。

上次我们说过，神圣的红衣主教在教堂。他从教堂一回来，便听无名氏说露琪娅已平安到达了，于是就请无名氏同他一起坐下来进餐。他让无名氏坐在自己的右手边，周围坐着其他牧师。那些牧师目不转睛地盯着无名氏，看着如今他那张温顺而又毫不示弱、谦卑而又毫不沮丧的脸，忍不住将其与之前他给他们的印象相比较。

晚饭一结束，两人便再次一块离开了。两人在交谈了一会儿后——这次的交谈比之前那次还久——无名氏便骑着那头早上来时骑的骡子，起身回自己的城堡去了。红衣主教则叫来了教区牧师，让他给自己带路，去露琪娅所住之处。

“噢，尊敬的大人，”教区牧师回答道，“你不必亲自前往，我可以去请那位女孩儿和她的母亲来这，要是她的母亲已经到了的话。也可以让那对裁缝夫妇到这来。只要大人您愿意，您想见谁，我都可以请他们来，不用您亲自去。”

“我想亲自去见见他们。”费德里戈回答道。

“尊敬的大人，不必劳您大驾了，我马上就去请他们，很快他们就会到了。”教区牧师坚持道。其实这个教区牧师是一个好人，他只是不知道红衣主教大人是想借此拜访来表明自己对不幸女孩儿、对无辜受难者，以及好客之人的尊重，也是对他自己的职责的尊重。不过，当上司再次表明了他的希望时，作为下属，他只有遵从并带路。

当这两个人一走到街上，所有的人便立刻围在他们周围，有的走在红衣主教和教区牧师的两旁，有的尾随其后。教区牧师殷勤地在那不停地招呼道：“快，快，大家往后退点儿，让开些。唉，唉！”然而，费德里戈却阻止他道：“随他们吧，随他们吧！”他就这样向前走着，时而举起手，向众人祝福，时而又将手放下，去抚摸那些围绕在他周围的孩子。就这样，他们来到了裁缝家，走了进去，而那些人则留在了门外。裁缝本人也在人群中，他像众人一样，紧随在红衣主教身后。他张大着嘴巴，眼睛死死地注视着周围发生的一切，不知道主教他们要往哪儿去。不过，当他看见他们走向那令他意想不到的地方时，他便赶紧将人推开，连忙喊道：“劳驾，我有急事，请让让路。”随后，他便走进了屋内。

阿格尼丝和露琪娅听见街上吵闹了起来，正奇怪发生什么事时，便见房门被人打开，迎面走来了穿着红色教袍的红衣主教，还有那教区神甫。

“是她吗？”费德里戈向教区牧师询问道，牧师肯定地点了点头，于是红衣主教便朝露琪娅走去。此刻，露琪娅和她的母亲正由于惊讶和羞涩，呆呆地站在那儿，哑默无言。不过，红衣主教的语调、表情、行为，以及他的话语使得母女俩重振精神。“可怜的女孩儿，”费德里戈说道，“上帝让你遭受了这么大的一次考验，不过，他又向你表明，他慈爱的目光从来没有离开你，也从来没有遗忘你。他挽救了你，而且借助你成全了一件极大的善举，向一个人实施了无限的仁慈，同时也使许多人摆脱了苦难。”

说话间，女主人走进了房间。当时，她听见外面乱嚷嚷的，十分吵闹，于是就走向窗户，看看下面发生了什么事，恰好看见那两位先生走了进来，于是她便整理了自己的着装，急急忙忙地跑了下去。几乎在同一时刻，裁缝也从另一扇门进来了。裁缝和妻了看见贵客正在同那母女俩交谈，于是便安静地退到一个角落，尊敬地等在那儿。红衣主教在礼貌地同裁缝夫妇打了招呼后，便继续同那对母女交谈。他一面安慰她们，一面问她们问题，想从她们的回答中找出一些方法，以此来帮助其他受苦受难之人。

“要是所有的牧师都能像主教大人您，那该会有多好，要是他们也能偶尔支持一下贫穷之人，帮助他们摆脱困境，而不是让其陷入困境，那该多好。”阿格尼丝说道。她受到费德里戈那和善、亲切的行为的鼓舞，同时一想到唐阿邦迪奥牧师就愤怒。因为唐阿邦迪奥牧师总是牺牲别人的利益，如今甚至还想阻止她们向他的上司倾诉、抱怨，不过，这下好了，她总算获得一个难得的倾诉机会。

“你想说什么就说吧，”红衣主教说，“请随意地说。”

“我是说，要是我们的牧师先生也尽了他的职责，事情就不会变成今天这个样子了。”

然而，当红衣主教再次要求她详细地讲述此事时，她却感到很迷惑，因为要讲述这个故事得牵扯到她自己，这部分是她不愿让人知道的，尤其是不愿让主教那样的人知道。不过，她缩短了一些故事情节，勉强地叙述出了整个故事。她讲到了婚礼，讲到唐阿邦迪奥先生拒绝主婚，还讲到他是如何利用上司为托词（唉，阿格尼丝）来拒绝的。随后，她便直接跳到了唐罗德里戈先生，说他设下了什么阴谋陷阱，又说她们自己是在得知消息后才侥幸逃脱的。她最后又补充道："不过，我们确实是刚逃过一场劫难，便又陷入了另一场灾难。然而，要是唐阿邦迪奥先生能够将整件事如实地告诉我们，能够及时为我那两个可怜的孩子主持婚礼，我们就可以一起直接地、悄悄地逃走了。逃得远远的，逃到一个没人认识我们的地方。可是，给他这样一弄，时机就丧失了，事情也就到了现在这副模样了。"

"我会让唐阿邦迪奥牧师就此事给我一个交代。"红衣主教说道。

"噢，不，大人，不要。"阿格尼丝回答说，"我向你讲述此事，并不是想让你责备他。反正事情也已经发生了，再责备他又能怎样呢。再说，这样做也没什么好处。他的天性如此，如果再遇上这样的事，他仍然会那么做的。"

然而，露琪娅很不满意母亲这样叙述此事，于是补充道："我们也有错，可能这是上帝的意愿，才让计划不成功的。"

"你们能做错什么事呢，我可怜的女孩儿？"费德里戈问道。

尽管母亲一直在给她悄悄使眼色，但是露琪娅仍然将她们在唐阿邦迪奥先生家所做的事全说了出来。在讲述完此事时，她还说道："我们做错了事，所以上帝才这样惩罚了我们。"

"你们把所蒙受的苦难从上帝的手中接过来，打起精神吧。"费德里戈说道，"因为除去那些历经痛苦的磨难，并且能够自我谴责的人，谁还有权享受快乐与希望呢？"

随后，红衣主教便问露琪娅的未婚夫现在在哪儿，露琪娅呆呆地站在那儿，低垂着头，看着地上，一句话也没说。阿格尼丝回答说伦佐已经离开了家乡。红衣主教听到她这么说，心里顿时感到很惊讶，也很不满，于是问道："为什么会如此？"

随后，阿格尼丝便吞吞吐吐地将她所知道的有关伦佐的情况全部讲了出来。

"我听说过这个年轻人，"红衣主教说道，"不过，像他那样一个卷入官司的人，怎么会和这个年轻女孩儿的婚事扯上关系呢？"

"他是一个正直的年轻小伙子。"露琪娅满脸绯红地、以一种坚定的声音说道。

“他的确是一个很稳重的小伙子，”阿格尼丝补充说道，“您可以问任何一个人，也可以向神甫证实这一点。谁知道他们在下面搞什么阴谋诡计？穷人们很容易被称为流氓。”

“是的，确实如此，”红衣主教大人说道，“我必须得了解一些关于他的情况。”知道他的姓名和住址后，他便把它们记录在一个小本子上。他补充道，几天后他会去她们的村子，到那时，露琪娅就可以放心地回家去，而在这期间，他将为露琪娅准备一个安全的栖身之处，直到一切都安排妥当。

然后，他转向房子的女主人，她立刻迎了上来。红衣主教大人再次对她表示感谢，尽管他已经叫本区神甫代为谢过了。他问他们是否愿意让这两位上帝送来的客人在此住上几天。

“噢，当然愿意，先生。”善良的女人回答道，她的语调和神情远比这几个字能够表达她的意愿。然而，面对这样一位询问者，她的丈夫却显得格外兴奋。他想在这么重要的场合向其致意，因此他急切地想要找到一个更好的回答。他前额紧皱、眉头紧锁、双唇紧闭、绞尽脑汁地想，直到被一些还不太完整的想法和那些支离破碎的语言搞得一团乱。然而，时间有限，红衣主教大人示意他已经明白了他的沉默，可怜的他顺口说道：“那还用说！”在这样的情况下，他想不出别的词。这一次的失误不仅引起了他的不安，更成为了他生活中痛苦的回忆。他每次回想起此事，都感觉自己被嘲弄了一般。曾有无数词出现在他的脑海里，每一句都比那个愚蠢的“那还用说”要好得多。不过，这正像一句谚语所说的：事后聪明，为时晚矣！

红衣主教大人离开的时候，祝福道：“上帝会赐福于这个家庭的。”

当天晚上，红衣主教大人问教区神甫，用什么办法才可以补偿那个缝纫工的家庭，毕竟他也不是一个富裕之家，尤其是在这个时期。教区神甫回答说，实际上，在那个时期，不论是工作收入还是土地年产，都难以使这个缝纫工慷慨地接待别人。但是，由于前些年有些积存，他算是比较富裕的人了，因此接待两位客人不会给他带来太大的困难，并且他自己也很乐意这样做，而且，在这种情况下，如果想办法给他一些补偿，他也许会认为这是一种侮辱。

“也许他把钱借给别人去了，而那些人又无力偿还。”红衣主教大人说道。

“您可以自己想想，最尊敬的大人，那些穷人们只能用收成的剩余部分来还债，而去年他们并没有剩余，今年，所有人都落到了缺少生活必需品的地步。”

“好吧，”费德里戈回答道，“就让我来承担这些债务吧，你帮我向他要一张借据清单，用我的钱替他还债。”

“这将是一笔很大的数目。”

“这样更好。我敢说你这个地区还有很多贫苦的人，他们甚至没有衣服穿。他们没有负债是因为他们根本就借不到钱。”

“是啊！太多穷人了，我们也只能尽力而为。但是在这样的情况下，怎样才能照顾到所有人呢？”

“叫那缝纫工给他们制作一些衣服，费用由我来承担，并且会如期支付。的确，在这样的年头，如果不是花在面包上的钱都是一种奢侈，但这是个例外。”

不过，在结束这一天的故事的时候，我们不能不简略地叙述一下无名氏是怎么度过这一天的最后时光的。

这一次，无名氏改邪归正的消息在他回到山谷之前就已经先传到了，这消息使所有人都感到很惊愕，他们焦虑不安并窃窃私语。他向自己最先遇到的几个暴徒或仆人（其实都一样）示意，叫他们跟在他的后面，一路上都是这样。所有人都心怀疑虑地跟在他后面，但他们仍像平常那样谦恭服从，因此跟随的人越来越多，最后，无名氏回到了城堡。他示意那些在门口守卫的人跟其他人一起跟在他后面。他们进入第一进院子，在院子中央停了下来，他发出了雷鸣般的呐喊。这是他平常所惯用的一个信号，所有听到这个喊声的手下都会立刻到他面前聚合。转眼之间，分散在城堡各处的人听到了这个号召都聚集在这里，和那些已经聚集在一起的人混杂在一起，急切地望着自己的主人。

“去大厅里等我。”他说道。他仍在骡子上，看着他们向大厅走去。接着他跳下骡子，并亲自把它牵到马棚里，然后向大厅走去。当他进入大厅的时候，所有窃窃私语的声音都停止了。大家都退到一边，给他留下了一块很大的空地，这伙人大概有三十几个。

无名氏举起一只手，像是为了保持现有的安静。他挺胸昂首，用目光扫视在场的每一个人，说道：“你们所有的人都给我听着，没有我的允许谁也不准说话。我的朋友们，至今我们所走的路是通向地狱之路，我并不是要责备你们——我是你们的头儿，是所有的人当中最邪恶的人——但是请听我说，仁慈的上帝召唤我去改变自己的人生，我决意要这样做，而且我已经开始改变了。但愿上帝也这样召唤你们一起改变。我要你们知道，并且牢记，我已决心在离开这人世以前，再也不做一件违背上帝的神律的事情。我撤销向你们所有人发布的邪恶的命令。我希望你们明白，我现在命令你们以后再也不要做我以前命令你们所做的那些事了。你们还要明白，从今以后，没有人能够在我的庇护下为非作歹，任何人都不能以为我效力为理由到处干坏事。谁愿意接受这些条件就留在这里，以后我会像对待自己的儿子一样善待他们，这样的话，就算是在我生命的最后一天，我也会感觉幸福。就算我没有什么吃的，但是我会把我最后一块面包给你们当中的最后一个人。那些不愿意留下来的人会得到他们应有的酬劳。另外我还会附赠一份小礼物，他们可以离开这里，但是离开后再也不许回来。除非他们想改过自新，弃恶从善。如果是这样，我会伸开双臂欢迎他们。你们今天晚上好好考虑，明天早上我会逐个听你们的答复。那时，我会给你们新的命令。现在你们都退下吧，上帝对我如此慈爱，希望你们也能做出正确的决定。”

说到这里，他停了下来，所有人都沉默不语，尽管他们的头脑里充满了各种各样混乱的想法，但是他们都没有将这些表现出来，他们已经习惯把自己主人的话当作一种命令。主人的声音宣布他已经改变了自己的意愿，但是旨意并没有因此而被削弱。他们当中从未有人有过这样的想法：由于他改邪归正了，因此他们便可以不把他放在眼里，像对待别人一样回答他的话了。他们把他看作圣人，并且是一个趾高气昂佩戴宝剑的圣人。他们不仅畏惧他，而且都很爱戴他（尤其是那些出生在他的领地里的人，而且这部分人还占多数）。另外，所有的人都很崇拜他。在他面前，他们都感觉到他身上有某种庄重威严的气质，即便是那些最粗野、最桀骜不驯的人，也感觉到他们面对的是一个公认的权威者。他们方才听到从他嘴里说来的事情，虽然很不顺耳，但这决然不是虚情假意，而且事实上也并不同他们的理智相悖。如果说，他们曾经千百次地嘲笑过他方才说的这种事情，那不是不相信它的缘故，而是借着嘲笑来掩饰一旦认真地思考时便会唤起的恐惧。如今他们看到这种恐惧在其主人身上所产生的效果，他们每一个人都或多或少地感染了这种感觉，至少在短时间里是这样的。除此之外，他们当中有些人早晨曾经离开山谷去市镇，最先听到了那轰动的新闻，亲眼目睹了民众的欣喜雀跃以及对无名氏的热爱和敬重，这种新的情感取代了往日对他的仇恨和畏惧。他们把这所见所闻带回了城堡。这样，虽然他们一直是他依仗的主要力量，但他们始终习惯以崇敬的心情仰视他，现在又在他身上看到了民众的崇拜和惊奇。他们看到，他今天依旧高居众人之上，虽然是以另一种方式，但地位却没有变化。他依旧高出常人，依旧是首领。

他们困惑地站在那里，谁也不再相信别人，谁也不再相信自己。一些人郁郁不乐；一些人在计划自己到哪里去找藏身之处；一些人自言自语，在考虑自己是否也能下定决心改邪归正做个好人；甚至有些人已经被他的话所感动，正考虑和他一起这样做；剩下的一些人没有任何打算，只想留在这个能够提供面包的地方（在这样的时日，面包也是少有的），以便有更多的时间做出决定。然而，却没有一个人吭声。在无名氏快要结束自己的讲话时，他威严地举起了手，示意他们都离开。于是，他们像一群绵羊一样静悄悄地朝大门方向走去。无名氏跟在他们后面，随着众人离开，然后院子中间站住，在昏暗的暮色中目送他们逐渐散去，各人回到自己的位置。无名氏回到大厅拿了一个灯笼，再一次巡视走廊、大厅以及院子的每一个角落。在确认一切都很平静之后，他也回到自己的房间。是的，该睡觉了，因为他太疲惫了。

虽然以前他总是为一些紧急事务而奔波，但是他却从来没有像现在这样感觉背负了太多错综复杂的事，然而，他还是该睡觉去了。他在前一天夜里所感到的悔恨没有减弱，反而更清晰、更强烈地出现在他的脑海里，然而，他还是该睡觉去了。这么多年来在这个城堡建立的秩序，如今因为自己的几句话就要被撤销了。他已经习惯依赖下属们对他的无私奉献，他们已经做好承担任何任务的准备，他们对他无比的忠诚，如今他却亲自结束了这种关系。他曾不择手段地制造麻烦，他曾把混乱带进自己的家门，然而，现在他还是该睡觉去了。

他走进自己的卧室，来到床边。就在昨晚，他还认为这是一张长满了荆棘的床。如今，他跪在床边，虔心祈祷。事实上，他发现了在自己心灵深处的某一个角落的童年时便会背诵的祈祷词，于是，他开始诵读起来。这些祈祷词在心中埋藏了那么久，如今他却一字一句地一一诵读出来。因此他感到一种难以言喻的情感：由于再一次拥有了年少时候天真无邪的甜蜜，他感到一阵慰藉；当他想到自己以前和现在竟有如此大的差异时，他又感到加倍的痛苦。他又急切地想要通过做好事为自己赎罪，使自己的良心得到安慰——一个最接近于他无法达到的天真无邪的境界。他又深深感受到一种对上帝的仁慈的感情和信赖，上帝已经向他赐予了种种仁慈，并将引导他到达那个境界。然后他站起身来，继而躺在床上，很快便睡着了。

这一天就这样结束了。在我们的作者写作的年代，那一天仍然被人们津津乐道。若不是这位作者记载了下来，那么，就不会有任何情形——至少是那些详情——能够留传下来，因为上文提及的里帕蒙蒂和里沃拉，只是谈到那个伤天害理的恶魔与红衣主教费德里戈会晤之后，奇迹般地改变了生活，直至他生命的终结。可是，有多少人读过这两位著名作家的书呢？而阅读我们这部作品的人将会更少。倘使有人愿意去踏访那座城堡，谁知道那儿是否还存留下一星半点记载昔日历史的、零星的、模糊的遗迹？从那时到现在，韶光易逝，谁知道又有了几多变迁！

第二十五章

第二天，在露琪娅的村里，以及整个莱科镇及其附近地区，大家都不谈论其他事，都纷纷谈论着露琪娅、无名氏、红衣主教，以及另外一个人，这个人虽然平时极其乐意让别人谈到自己，不过，眼下却宁愿弃此殊荣。此人就是唐罗德里戈。

这倒不是说之前没有人对他的所作所为说长道短，只是那些议论都是零零星星的，且都是私下悄悄的谈论。而且，只有两个交情甚好的人碰在一起才敢将他的事当作话题无所拘束地谈论一番。不过，即便是这样，人们通常都不会将自己的情绪完完全全地宣泄出来，因为，在通常的情况下，人们肆意将自己的愤怒宣泄出来，势必会危险临头，所以，他们要么有所保留地宣泄自己的情绪，要么将其完全隐藏，而且在现实中也尽力地克制自己的情绪。然而，如今谁又会对那样臭名昭著的事不闻不问、不理不睬呢？毕竟在此事上，上帝都伸出了援手，而且那两人又如此完美地展现了自己。一位是那么的热爱正义，又有着极高的权威；另一位则曾经是那么冒失、专横，如今却放下武器，改做了好人。同这两人相比，唐罗德里戈看上去就显得太微不足道了。现在所有人都知道他想骚扰一个纯洁的女孩，想玷污她。为了达到目的，他不惜用无礼的方式、残暴的行为、可恶的阴谋来迫害她。人们借着这个机会，把那位贵族的其他种种丑行也统统抖了出来。他们全凭着自己的感觉说话，每个人都因为受到了别人的赞同而感觉胆壮了不少。到处都有人们在交头接耳地谈论，到处都激荡着愤怒的情绪。不过，人们说话时又不失小心谨慎，因为唐罗德里戈手下还豢养一大批暴徒。

人们同时还大肆批评唐罗德里戈的狐朋狗友，他们责备镇长大人，说他对唐罗德里戈的所作所为总是视而不见、装聋作哑。不过人们说这些话时也很谨慎，因为镇长大人的手下虽没有暴徒，但却也有很多密探。至于说那个“吹毛求疵”博士，他虽没有武器，不过却总是播弄是非，搞点小阴谋，还有其他阿谀奉承者，对于这些人，人们便不那么顾忌，随意大骂，以致他们在所到之处竟被群众指指点点、怒目相视，“吹毛求疵”博士认为还是尽量不出门为好，因此有好一段时间他都龟缩在家里。

这一消息使唐罗德里戈也大吃一惊，这与他时时刻刻、日日夜夜所期盼的消息是那么截然不同，以致整整两天，他都同自己的暴徒手下待在府邸，干生闷气。第三天，他便动身去了米兰。要是那儿只有人们的窃窃私语，事情既然都已发展到这个地步，或许他还可以特地留下来去直面这一切，甚至寻个机会，从最大胆的人中拉那么一个出来，好生教训一番，以此来警告其他人。但是他得到确切消息，说红衣主教会来此处巡视，于是他只好当机立断，匆匆逃跑了。他的那位伯爵叔叔除了知道阿蒂利奥告诉他的有关事情外，可能对此事根本就一无所知。伯爵肯定希望在那样一个场合下，唐罗德里戈会是第一个拜谒红衣主教的人，并在众目睽睽之下受到主教最体面的接待，不过现在谁都明白事情落到了何种地步。伯爵当然想要获得相关情况的详细汇报，因为这是一个难得的机会，可以向众人展示下他们家族会受到至高无上的权威者怎样的尊敬和对待。为了摆脱如今这令人厌恶的麻烦，唐罗德里戈趁天色未亮就早早地起了床，带着格里索和几个手下，前呼后拥，乘坐马车离开了。临行前，他还命令家里其他手下随后也跟随他们去米兰。他就像一个逃难者（或许，此处请允许我们将他与一个著名人物做个对比），像罗马贵族卡提利纳因谋反失败而被迫离开罗马那样，发誓很快便会改头换面，回来报仇雪恨。

与此同时，红衣主教已来到莱科地区，每天巡视一个堂区教堂。他来到露琪娅所在的村庄的那天，很多居民都早早地来到路上，前来迎接他。在村庄的入口，我们那两个可怜的女人的屋舍正好就在旁边，村民们搭起了一道喜庆的凯旋门，其横竖用柱子支撑着，用稻草和地衣包裹，外面再以绿色的冬青枝和别的其他灌木枝装饰。冬青枝上还垂着红红的果子，所以很好辨认。教堂前面的墙壁上还挂着装饰壁毯，家家户户的窗户上都悬挂着床单、被褥和婴儿的包布，就像艳丽的垂饰一样。总而言之，人们利用了一切少之又少的能够派上用场的物品，制造出了隆重的欢迎的气氛。临近傍晚——这是红衣主教费德里戈通常回到教堂的时间，大部分留在家的人：老人、妇女和一些儿童，全都为了欢迎他而出来了。他们有的排成队列，有的三五成群，统统由唐阿邦迪奥带领着。在这欢呼之中，唐阿邦迪奥却显得闷闷不乐，郁郁寡欢。或许正如他自己所说，这是由于那不断往来的人群和喧闹声令他厌烦，是由于担心那两个女人喋喋不休地向红衣主教告状，这样他就可能被主教叫去对证婚一事作一番解释。

人们终于瞧见红衣主教出现了，或者说得更确切点，人们只瞧见了团团围住红衣主教的轿子和他周围的随从和群众。因为放眼望去，只能看到众人头上晃动着的一个标志，那是骑着骡子的神甫所举的十字架。那些跟着唐阿邦迪奥行走的村民，也急匆匆、乱哄哄地跑到那混乱的人群中。见此情形，唐阿邦迪奥忙不迭地吼道："慢点，排着队走，你们要干什么？"随后，他十分生气地转过身，继续咕咕哝哝地抱怨道："乱透了，真是乱透了。"接着，他便走进了空空的教堂，在那儿等着红衣主教。

与此同时，神圣的主教缓缓地向前走着，他一边挥手向人们表达着祝福，一边接受着众人对他的祝福。不过，主教的随从人员却忙着维持秩序，他们竭力让群众稍稍后退，同主教保持一定的距离。作为露琪娅的同乡，村民们都迫切地想要对主教的到来表示一种非同寻常的欢迎，然而这并非易事，因为长时间以来，作为一种习俗，不管红衣主教走到哪儿，人们都会以超乎寻常的热情来欢迎他。当他刚刚当上主教，第一次庄严地进入大教堂时，人们都一起向他拥去，激情之高简直都令人担心他的生命。主教的贴身侍卫不得不拔出剑来，恐吓拥上前的人们。人们这种狂热的、失去体统的行为，诚然是为了向这位来到教堂的大主教表示敬仰之情，可是为了缓和他们的情绪，却几乎弄到恐吓和流血的地步。不过，要不是那两个身强力壮的勇敢人士将主教举起，并将其从教堂门口护送到大祭坛那儿，那样的保护或许都还难以保护大主教的安全。从此以后，大主教在众多教堂出访时，每次进入大教堂都成为一件很困难的事，有时他甚至要冒特别大的危险，这可不是说笑。

这一次，他也是费了好大力气才进入教堂，走向了祭坛。在做了一番祷告之后，他根据自己往常的习惯，向众人发表了简短的演说，其中谈到了他对众人的关心、对众人的希望即希望其都能都到拯救，还指出他们应该为明日的宗教仪式准备些什么。之后，主教便回到了神甫住宅处休息，在谈论了一番其他的事情以后，便问到了伦佐的情况。唐阿邦迪奥回答说，伦佐是一个活泼、固执且易冲动的青年，不过，当红衣主教再进一步询问时，唐阿邦迪奥不得不承认说，伦佐确实是一个正直的青年，还说，他自己也不明白伦佐怎么一到米兰就变成了大坏蛋，做了很多伤天害理之事。

“至于那个年轻女孩，”红衣主教奥说，“你觉得她目前可能安全地回来居住吗？”

“就目前而言，她或许可以安全地回来，我说的只是目前，要是她愿意的话，她可以回来。不过，”他叹了叹气，继续补充道，“除非尊敬的大人你，一直在这儿居住，或者，至少说住在这儿附近。”

“上帝一直在我们的身边，”红衣主教说，“此外，我会考虑她的安全。”随后，他便急匆匆地下达命令，吩咐下人第二天一早为他准备好一顶轿子，再带上一个随从，一起去接那母女俩。

唐阿邦迪奥出来时，内心感到很轻松愉快，因为红衣主教只同他谈到了那两个年轻人，根本没叫他解释为何拒绝主婚。“这么说，他对此一无所知，”唐阿邦迪奥自言自语道，“阿格尼丝对此竟只字不提，真是太好了！她们会再次见到主教的，不过，我会去开导她们，一定要开导她们。”可怜的唐阿邦迪奥不知道，费德里戈之所以没同他谈论那事，正是因为他打算待时间充裕时，再同他好好详谈一番。费德里戈希望在惩罚他之前，先听听他对此做何解释。

然而，善良的红衣主教本打算将露琪娅置于一个安全的地方，其实这根本就没有必要。他离开之后，发生了一些其他的事，现在请容许我细细道来。

母女俩在裁缝家度过了几日，便尽力回到各自之前的生活方式中去。露琪娅很快便提出了干活的请求，就像在女修道院那样，独自一人待在一间空房子里，努力地做一些针线活，避开了人们的视线。阿格尼丝有时外出走走，有时同女儿一起做针线活。她们的谈话是那么的忧伤，同时又是那么的充满深情。两人都做好了要分离的准备，因为小羔羊是不可能再回到狼穴的附近去居住的。什么时候会分离，分离后的结局又是如何呢？未来是黑暗的、充满荆棘的，对露琪娅尤其如此。然而，阿格尼丝则沉浸在许多愉悦的期望中：伦佐，要是没发生什么不幸的事，迟早都会捎信来告知他的情况；要是他已经找到某项工作，并且安顿了下来（这有什么可怀疑的呢？），同时信守对露琪娅的承诺，为什么她们不可以去同他一起生活呢？她经常给女儿讲述这些希望，可是谁又说得清，她的女儿听到这些会更痛苦吗？露琪娅总是将自己的大秘密藏在心底，当然，尽管她并非是第一次向母亲隐瞒秘密，可是对于那么善良的母亲，她仍然感到很不安。然而，由于羞愧和我们之前提到的各种担心害怕，她一天又一天地克制着自己，什么也没说。她的计划完全不同于母亲的计划，或者可以说，她根本没有任何计划，因为她已经将自己完全托付给了上天。因此，她总是竭力转换或者打断话题，或者含糊其辞，说她已经不再抱有什么希望，只想同母亲在一起。不过，她总是说着说着就哭了，从而打断了谈话。

“你可知道，为什么你会有如此看法？”阿格尼丝说道，“因为你遭受了太多的苦难，所以你觉得事情不会好转。不过，就将这一切托付给上帝吧，要是……出现了一丝光明，一丝希望，那时，你就会知道你是不是真的什么都不在乎了。”露琪娅吻了吻自己的母亲，哭泣起来。

此时，她们同主人之间也迅速建立起了良好的友谊关系。当施恩者和受惠者都是高尚而善良的人时，怎么能不萌生出这样的感情呢？尤其是阿格尼丝，她同这家的女主人常常聊得没完没了。那位裁缝也给她们俩讲了很多故事和一些伦理道德之事，以此来逗她们开心。尤其是在吃晚饭的时候，他总是给她们讲述一些有趣的故事，比如博沃·丹东纳或者荒野中的神甫。

在这个村庄的不远处，有一座乡间房子，里面居住着一对很是有名的夫妇，唐费兰特先生和他的夫人普拉塞德。像平常一样，我们的作者并没有告诉我们他们的姓氏。普拉塞德是一位上了岁数的贵妇人，生性喜爱做善事，当然，这是人们最应该做的事，不过，这也可能像任何别的事一样，善事常常带来适得其反的效果。为了做善事，我们得知道该怎样行善，就像其他任何事一样，我们只能通过自己的感情、判断、主见来认识善事，而我们的感情、判断、主见常常具有随意性。普拉塞德对于主见的态度，就像人们对待朋友的态度一样，认为知心朋友不必求多，因此她虽没有很多主见，可是对自己的主见却格外执着。不幸的是，在这些不多的主见中，有许多是扭曲的，可她对其仍然钟爱有加。因此，总是发生这样的事：要么她把其实并非是善事的事误以为善事，要么她千方百计想行善时，却产生了相反的效果，要么她认定可以做的事，却怎么也行不通，因为她含糊的逻辑是这样推断的，谁做了超乎其职责的事，谁就可以越权行事。她常常看不到事情的本质，或者说她看到的是实际并不存在的。这种种错误以及许多其他类似的失误，可能对于所有的人来说，当然也包括优秀的人，都是难以避免的。不过对普拉塞德来说，这样的事情也发生得太过频繁了些，并且常常是所有的过失同时在她身上发生。

一听说露琪娅的悲惨经历，以及所有有关这个年轻女孩的传闻，普拉塞德便甚感好奇，很想见见这个女孩，于是，她派了一辆马车和一个随从，前去接露琪娅母女俩。露琪娅耸了耸肩，表示她毫不在乎，请求告诉她这一消息的裁缝，找个借口婉言拒绝。要是只是普通人要求认识这个有着奇迹般经历的女孩的话，裁缝倒是很愿意帮她这个忙，拒绝他们。可是，在这件事上，婉拒即意味着违抗。因此，他想方设法，说了很多好话，讲了很多理由，诸如“这样做不符合惯例”、“这家是名门望族，不可对高贵的人说‘不’”、“这可能对她们而言还是件好事”、“普拉塞德非但是位贵妇人，而且是一位圣徒”。总而言之，裁缝说了很多，再加上阿格尼丝总在一旁不停地附和裁缝说着“当然，确实如此”之类的话，露琪娅不得不屈服了。

当母女俩来到贵妇人家里时，普拉塞德十分热情地接待了她们，还说了好多祝贺的话，还对她们嘘寒问暖，给予勉励。她的一举一动都流露出一种与生俱来的优越感，不过，她又表现得那么谦逊、那么关切、那么真诚，从而淡化了她的尊贵，几乎一下子便打消了阿格尼丝在这样一位贵妇人面前起初那种压抑的敬畏感，露琪娅很快亦是如此。她们甚至还觉得普拉塞德太太身上有着某种吸引力。总之，普拉塞德一听说红衣主教答应给露琪娅找个避难之地，便萌生了要促成主教这一善举的愿望，同时也想抢先接受这一善事，于是便自告奋勇地说要将这个年轻女孩带回自己的家中，在那儿，露琪娅不必特地做什么事，尽可随意地做些纺织针线的活儿。她末了还说，她会想办法去同红衣主教商量。

做这件事，普拉塞德太太除了看到这一善举具有的明显、直接的效果外，还看重并追求它的另一种在她看来可能更重要的效果，那就是指引这位年轻人，让她走上正轨。当她第一次听别人谈起露琪娅的时候，她就相信，一个愿意下嫁给一个恶棍、一个聚众闹事的无赖的姑娘一定有某种缺陷或某些潜在的邪恶的特征。俗话说，你告诉我你和什么人交往，我就知道你是个什么样的人。露琪娅的到来使她更加确信了自己的这一想法，但这并不意味着她认为露琪娅不是一个好姑娘，只是确定了她有很多需要改正的缺点。她一直低着头，像是把下巴埋在脖子里一样；她不愿意回答任何问题，或者只是像被迫一样支支吾吾地说几个字。这举止表面看上去倒是挺端庄的，但实际上却证明她是一个很固执的人——由此可以看出，这个年轻的姑娘有自己的种种想法。她那脸上时时漾出的红晕、那压抑的声声叹息，还有她那一双眼睛，也无不讨普拉塞德太太的喜欢。她确信露琪娅所受的灾难是源自于她对那个无赖的好感，上帝因惩罚她，以警告她要完全和他断绝关系。有了这些假设以后，她便决定协助上帝实现如此崇高的目标。正如她通常对别人和自己说的，她的一切愿望都要顺从上帝的旨意，但是她总是错把自己脑子里的奇思怪想当作上帝的意愿。然而，她从不表露我们提到过的关于她的另一个打算。对别人行善的时候，她不想让当事人发现她的这一意图，这是她为人处事的一条准则。

母女二人凝视着彼此。她们毫无选择，想到无论如何都摆脱不了痛苦的分别，她们便觉得这位夫人所提供的帮助是可以接受的，至少这个地方距离她们的村子不远，假设出现最坏的情况，她们还可以在以后的节日里相聚在一起。她们都从对方的眼神中看出她们对此建议的赞同，于是，她们转向普拉塞德太太，表示接受她的邀请并予以感谢。这位夫人又恢复了往日和蔼可亲的态度，并再次承诺会很快写信通报红衣主教大人这一消息。两位女子离开之后，夫人就让唐费兰特起草这封信。唐费兰特是一位博学多才之人，在后面的故事中我们还将更具体地叙述他的情况，每当遇到很重要的信函时，普拉塞德太太便会请他做自己的秘书。由于这封信函如此重要，唐费兰特在起草书信的时候倾其才能，并把初稿交由夫人誊写，并再三叮嘱她使用正字法书写——这是他所学的众多学问中的一门学问，也是他在家里能发号施令的少数几件事之一。普拉塞德太太极其认真地誊写了这封信，然后让人把这封信送到缝纫工手上。两三天过后，红衣主教大人便差人去接那母女俩返回家乡。

当她们到达神甫府邸时，红衣主教大人还没有去教堂。主教大人已经吩咐下来，只要她们一到，便立刻引去相见。堂区神甫最先见到她们，向她们说了主人的吩咐，但又让她们停留了片刻，为的是匆匆地向她们指点一下在红衣主教大人面前该注意的礼节以及对主教大人的称呼。这是他惯常的做法，但凡有机会，他都会背着主教大人叮嘱一番。可怜的神甫看到那些晋见主教大人的人都不太注重礼节，这使他非常恼怒。他对其他的神甫说：“这一切都源于这位大圣人太过于仁慈，待人接物太过于谦和了。”他还说自己不止一次听到那些来访的人竟以“是的，先生”或

“不，先生”回答主教大人的话。

此刻红衣主教大人正在同唐阿邦迪奥谈论有关教区的事务，因此唐阿邦迪奥不能像其所希望的那样向两个女人做些指示。只是当他离开的时候，她们正走进来，他便趁机使了一个眼色，表示很满意她们的举止，并恳求她们对于那件事只字不提。

他们相互问候致意过后，阿格尼丝从怀里拿出那封信，并递交给红衣主教大人，说道：“这是普拉塞德太太给您的信，她说她和您交情甚深，我的先生，当然，想你们这些伟大的人物都相互认识，您看了这封信就明白事情的原委了。”

“很好。”费德里戈说道，他一读完信就知道唐费兰特在他华丽的字眼下面所隐含的意思。他很了解这一家人，因此更加确信夫人是出于善意才邀请露琪娅去那里。露琪娅住在那里，她便不会再次受到她的迫害者的陷害。我们无法确认红衣主教大人对普拉塞德太太的看法，也许他认为她并不是承担这件事的合适人选。但是，正如我们所说过的或暗指的那样，对于他本人来说，他不去扰乱别人主动要求做的事情，也不会亲自指示别人该如何把事情做得更好。

“你们要再一次面临离别的痛苦，也不确定以后会处于何种处境，但一定要心平气和地对待这一切，”主教大人补充道，“你们一定要相信这一切很快就会过去，上帝一定会按照自己的意愿结束这些事，但是请相信，他所希望发生的一切都是对你们最有利的。”另外，他还好好地叮嘱了露琪娅几句，还说了一两句安慰她们的话，为她们祝福以后，就让她们走了。走到街道街口的时候，一群亲朋好友立刻围了上来，甚至可以说全村的人都在等候她们，并欢呼着把她们送回家。那些妇女们争相表示祝贺，不断地询问情况，以表同情，但当他们听说露琪娅第二天又要离开的时候，所有人都感到很遗憾。男人们都争着要为她做点事——每个人都想在那天晚上守护她。为此，我们的作者想到了一个合适的谚语来描述这现象：你想要很多人随时准备为你服务吗？那就确信自己不需要他们的帮忙。

人们的热烈欢迎使露琪娅感到很困惑，甚至颇感惊讶，尽管从总体上来说，这对露琪娅也有好处，他们想通过喧闹欢乐的方式使她从悲伤的情绪中解脱出来，但当她走进自家门槛，回到自己的房间，看到那些熟悉的东西时，那些悲伤的回忆再一次充盈于她的脑海。

教堂的钟声响起，宣告宗教仪式即将开始。所有人都向教堂走去，而对于这两个刚回家的女人来说，这又是一次欢乐的旅程。

宗教仪式结束以后，唐阿邦迪奥急忙赶回家去，看看佩尔佩图阿是否已经把晚餐准备停当，随即被告知红衣主教大人唤他过去。于是他立刻赶到红衣主教大人那里，主教大人一直在等待他的到来。“神甫先生，”红衣主教大人说，他说话的方式就像在告知神甫他将开始一次很长很严肃的对话，“神甫先生，您为什么没有为那个可怜的露琪娅和她的未婚夫主持婚礼？”

“这两个女人今早肯定把所有事都抖出来了。”唐阿邦迪奥想道。他结结巴巴地回答道：“最尊贵的大人，您肯定也听说了我们在处理这件事上所遇到的麻烦。这件事如此复杂，直到今天仍然没有人弄清楚它的来龙去脉。经受了那么多困苦磨难之后，那位年轻的姑娘却奇迹般地出现在这里，而她的未婚夫，在经历了那次事件后，谁也不知道他的去处，尊贵的大人，您可以由此得出结论啊!”

“我是问，”红衣主教大人回复道，“发生这些麻烦事之前，他们请求你为他们主持婚礼，而你却拒绝为他们证婚，这是真的吗？如果是真的，这又是什么缘故？”

“的确是这样……但如果最尊贵的大人知道……他们恐吓我，不准我张扬出去……”他没有说完便停了下来，其举止好像在礼貌地暗示红衣主教大人不要再追究此事。

“但是，”红衣主教说，他的声音和表情都比平常严肃得多，“现在是你的红衣主教，为了履行自己的职责，也为了听取你的辩解，想了解为什么你没有去做在你的正常职责范围内你必须做的事？”

“大人，”唐阿邦迪奥身子缩成一团，说道，“我本不愿意再提及此事……我觉得这件事情本就复杂，并且这都已经成为过去，也没有补救的方法，因此没有必要再次提出……但是，但是，我想尊贵的大人是不会为难他的任何一位教区神甫的。因为，大人您也知道，尊贵的大人不可能无处不在，而我却要一直留在这里……但如果是您的吩咐，那我会将那件事一五一十地告诉您。”

“那你说吧，我也只是希望你不再因此受到指责。”

于是，唐阿邦迪奥开始讲述那段悲惨的故事，但他却只是用了“一位杰出的先生”来代替故事中的主要人名，在这样的关键时刻，他显得非常谨慎。

“除此之外，你就没有别的理由？”仔细听完整个故事后，红衣主教大人问道。

“也许我表达得还不够清楚，”唐阿邦迪奥回答道，“有人逼我不要主持这场婚礼，否则他们便会置我于死地。”

“你认为这就能使你逃避履行自己的责任吗？”

“就算有时会遇到诸多麻烦，我仍然努力地履行自己的职责，但当事情涉及一个人的生命时……”

“你献身教会，”费德里戈用更加严厉的语气说，“接受神圣的职责，教会有教导你要顾虑自己的生命安全吗？教会有向你保证过神甫的职责没有任何困难，没有任何危险吗？或者教会是否指示过你，只要存在危险就不用履行圣职吗？教会对你的教诲难道不是正好与此相反吗？难道教会没有提醒过你，派遣你来履行圣职，就等于羊入虎口吗？难道你不知道那些暴力压迫者可能不喜欢你受教会之命所做的事吗？耶稣赐予我们思想，为我们树立榜样，我们因为追随他才被称为牧人，并且以牧人自居。耶稣来到尘世执行自己的使命，难道他也将保证自己的生命安全作为交换条件吗？如果要保全生命，我是说，如果为了让他在尘世多存活几天，就要以仁慈和牺牲自己的职责作为代价，那他所开创的涂油礼和按手礼以及赐给神甫的神圣职责还有什么用呢？对于世俗社会来说，这样的美德和教义就足够了。我在说些什么？噢，真是耻辱啊！世俗社会本身就抵制这样的美德和教义；世俗社会也制订了区分善与恶的标准，它也有自己的原则，自尊和憎恨的原则，他们也不会为了保全生命而违反这些戒律。它不允许这样，但他们都会遵守那些准则。而我们呢？我们是承受救赎的儿女，又是宣扬救赎的使者！如果你的那些教友都像你这样说话，那教会将变成什么样子？倘若教会带着这样的信条存于这个世界，那她还有什么地位呢？”

唐阿邦迪奥低着头，在红衣主教这番话的打击下，他的心如同被一只大鹰抓着的一只小鸡，大鹰抓着小鸡并把它带到一个它很陌生的地方，呼吸它从未呼吸过的空气。他觉得自己应该及时回答红衣主教大人的话，于是故作恭敬地回答道：“大人，这一切都是我的错。如果一个人不用考虑自己生命的安危，那我就无话可说了。但如果一个人被逼和一个位尊权贵且蛮不讲理的人打交道，就算他愿意为此做一个受雇于他人的杀手，我也不知道他到底能够得到什么。我所说的这个蛮不讲理的人，是一个既无法征服也无法与他平起平坐的人。”

“难道你不知道为正义受苦就意味着我们的胜利吗？倘若你连这一点都不知道，那我不知道你是如何宣教的？不知道你是如何当上一名宣教士的？你为那些穷苦人家都带去了怎样的福音？谁要求过你一定要用暴力去征服暴力？当然，终有一天，没有人会问你是否有能力去征服那些权势之人，因为教会并没有赋予你这样的使命。但是一定会有人问你是否运用了自己手中所有的权力去做那些你该做的事情，尽管有人阻止你这样做。”

“这些圣徒也真奇怪。”此时唐阿邦迪奥想道，“实际上，他的意思就是说，他关心那两个年轻人的爱情甚于一个神甫的生命。”对于神甫本人来说，他真希望此次谈话到此结束，但他看到红衣主教大人每次停顿时，都希望得到他的回答：坦诚或道歉。总之，希望他说点什么。

“我重复一遍我刚才说的话，大人，”因此，他回答道，“这一切都是我的错……但是我一个人也无能为力啊。”

“那我倒要问你，为什么你还要献身于这种与世俗感情相对立的职务呢？我想说的是，你怎么会不记得从事这种神圣的职责是很需要勇气的？

而你又怎么会不记得，只要你向上帝祈求，他就会赐予你力量？难道你认为那些殉道者生来就勇气可嘉吗？难道你认为他们生来就蔑视自己的生命吗？世界上有那么多才刚刚开始享受生命的年轻人，也有那么多惋惜生命的迟暮老人，还有那么多正在成长的孩子，那么多可亲的母亲。他们都很有勇气，因为勇气对于他们来说是不可或缺的，而且他们也坚信上帝。你知道自己的弱点，也明白自己的职责，但你是否曾想过你可能遇到的困难的处境？你是否想过实际上自己已经处于困境当中？啊，如果你在多年的牧人生涯中爱上了自己的羊群（怎么可能不爱呢），因此，如果你爱他们，关心他们，想要他们开心幸福，那么在需要时，你便不会缺乏勇气，因为爱是无所畏惧的。如今，我可以确切地说，倘若你爱那些你愿意在精神上给予其关爱的人，你爱那些被你称作孩子的人，那么当你看到他们当中的两个同你一样受到威胁时，啊，当然了，肉体的薄弱固然使你为自己的安危感到焦虑，但你对她们的爱却会使你为她们担心。你将会为你的第一次恐惧而感到惭愧，因为这是你腐朽品质的结果。你会向上帝祈求力量去战胜这种恐惧，并试着去驱除这诱惑般的恐惧。但你仍然会为了他人感到害怕，为你的孩子们感到害怕，但这种害怕却颇显高尚。你会去关注这种恐惧，因为它会使你心神不安，会激励甚至强迫你去考虑该如何使他们脱离危险，并努力去做自己力所能及的事以实现这个目的。恐惧和慈爱给你带来了什么？你又为他们做了些什么？你又是否为他们考虑过什么？”

说到这里，红衣主教没有继续说下去，他显然在等待神甫的回答。

第二十六章

对于这一番责问，唐阿邦迪奥本想尽可能模棱两可地回答几句，但他却愣住了，一句话也没说。而且，说实话，即使是我们，虽然有作者的手稿在眼前，有笔在手中，仅仅只须用语言将事件述诸笔端，也会畏惧读者的批评，颇觉汗颜，难以记叙下去。我们觉得，如此轻飘飘地去谈论坚韧、仁慈、热忱关心他人以及无限的自我牺牲精神等高贵的准则，确实有些奇怪。不过，一想到方才慷慨陈词的是一个能身体力行地践行自己的准则的人，我们也就有了继续讲述下去的勇气。

“怎么，你答不上来吗？”红衣主教接着说，“哼，要是就你自身而言，你做到了仁慈和职责要求你做的事，不管事情变成什么样，你现在都会给我一些回答。你自己反省一下，你都做了些什么吧。你遵循恶人的命令，根本不顾职责的要求。你还对他言听计从，他给你展示了他自己邪恶的愿望，不过是想对受害人加以隐瞒，免得她们逃跑，对他有所防范。他不想使用武力，只希望保守秘密，是为了在时机成熟时实现自己的阴谋计划和暴力企图。他要求你违背教规、保持沉默，你就真的违背教规、保持沉默。现在，我问你，你是否还做过其他什么事？告诉我，你是否因为想拒绝主婚，还编纂了其他托辞，从而来避免泄露真正的目的？”他停了一会儿，再次等待着唐阿邦迪奥的回答。

“那两个拨弄是非的女人竟然连这个也说了。”唐阿邦迪奥暗自思忖道。不过，由于他并没有丝毫显示出要对此做些解释，所以，红衣主教便继续说道：“要是你真对那些可怜的人说了一些违背事实的话，使其像邪恶者所希望的那样，蒙在鼓里，糊里糊涂地……那么，我必须得相信确实如我所说了，我也不得不同你一起脸红羞愧，希望你会同我一起为此哭泣。瞧，你为了保全自己的性命（啊，仁慈的上帝，你刚刚竟还将其作为辩护的理由），竟沦落到这种地步，竟让你……要是你觉得我说得不对，你可以随意反驳；要是你觉得我言之有理，你就应当谦虚地接受……那邪恶竟导致你去欺骗那些弱势群众，去对你自己的孩子们撒谎。”

“瞧，这是怎么一回事，”唐阿邦迪奥又暗自思忖道，“对那个恶魔（他指的是无名氏），我们的红衣主教却双手搂着他的脖子拥抱。可对我呢？就因为我为救自己的性命说了半句不实之词，他就这样小题大做的，唠叨个没完。不过，他们是上司，所以他们总是有理。谁叫我职位低呢，谁都可以欺负我，就连圣人也是如此。”他大声地说道：“我是做错了，我也明白自己做错了，可是，在那种情况下我能怎么做呢？”

“你还要问我吗？难道我没告诉你吗？难道还要我重复一次？你要有爱心，我的孩子，还要祈祷。那时，你就会觉得或许邪恶确实能够威胁你、打击你，可是它不能命令你做事。你可以根据上帝的旨意，为那两个分开的年轻人主持婚礼，让他们结合；你也应完全履行自己的职责，帮助那两个不幸的无辜受害者。上帝自然会为那可能产生的后果来保护你，因为你是遵循他的意愿做事的。而你却选择走另一条路，如今你就得为你这样做的后果负责，可现在都造成了什么样的后果啊！然而，假如当你焦急地环顾四周，发现自己已智穷才尽，想不到任何办法了，也找不到任何摆脱困境的途径，那你有好生思考、好生寻找一番吗？或许如今你已知道，要是那两个可怜的孩子结了婚，他们自会寻求逃跑的办法，他们自会准备好逃离那个有权势的恶霸，或许他们已经找到了一个栖身之地。不过，即使没有发生此事，难道你不记得你还有上司吗？要是他都没有帮助你履行职责，他又有何权力来指责你失职呢？为什么你没想过要将那个恶棍阻碍你履行职责的事禀报给你的上司主教呢？”

“这正是佩尔佩图阿给我出的馊主意！”唐阿邦迪奥愤怒地想道。在这一对话中，他的眼前浮现得最多的就是那两个暴徒的身影，总想着唐罗德里戈仍然活得好好的，而且有一天定会带着满腔的愤怒胜利归来。

“为什么你没想到，”红衣主教继续说道，“要是这两个可怜的无辜者果真没有其他避难之处，至少可以将他们送到我这儿，我会保证他们的安全的。要是你将他们送到我这儿，将这两个被遗弃之人送到我这个大主教这儿，我定会将这作为自己的事。我自然不是说视为自己的累赘，而是视为自己的亲骨肉、视为自己的财富。至于你，我也为你担忧，在我没有确切知道你平安无事、毫发无损之前，我是怎样都睡不着的。莫非你觉得我没法保全你的身家性命？你觉得，当他知道人们都已知晓他的阴谋，而且我也已知并在密切关注他，决定用我所有的力量来保护你时，他会大胆得真的毫不收敛自己的胆大妄为？难道你不知道邪恶势力不仅要依靠他自己的力量，同时还要依靠他人的恐惧和轻信吗？”

“这又应了佩尔佩图阿的看法。”唐阿邦迪奥再次暗自思忖道，可他却从没想到，连他的女仆都同费德里戈·博洛梅奥在当时能够如何行事和应该如何行事这一点上不谋而合，足可见他自己的见识是多么浅薄。

“但是你，”红衣主教得出结论，“除了你自身暂时的危险，其他什么都没看见，也不愿看见。对你而言，考虑自身的安全是那么的重要，以致你根本不愿理会其他任何事，那还有什么奇怪的呢？”

“这是因为我自己亲眼看见了那两个暴徒狰狞的面孔，”唐阿邦迪奥急急忙忙地解释道，“我亲耳听见他们威吓的谈话。尊敬的大人你说得很对，可是你应该站在一个可怜的神甫的立场，替他想想，体验一下他当时的感受。”

然而，唐阿邦迪奥刚刚说出这些话便紧闭自己的嘴，自悔失言。他觉得自己已被愤怒冲昏了头，于是在心里暗暗对自己说：“现在他肯定会大发雷霆了。”不过，当他带着疑问的眼光抬头看时，却惊奇地发现主教那令他永远捉摸不透、无法理解的神色，那带着威严、责备的严肃面孔转而呈现出了忧伤、沉思的庄重神情。

“你说得对。”费德里戈说道，“那正是我们可怜而又可悲的境遇。我们总是苛刻地要求别人，而我们自己是否甘愿付出，只有上帝知道。就这样，我们还去评判、纠正和责备别人。上帝知道在同种情况下，我们应该做什么，也知道在类似的情况下我们做了什么。然而，要是我将自己的缺点作为他人履行职责的尺度，或者是作为我自己教导他人的尺度，那就太可悲了。诚然，我确实应该树立一个好的榜样，给予他人正确的指导，而不应像律师一样，让他人承担无法忍受的重负，而自己却连手指也不动一下。好吧，我的孩子，那些有权势的人的错误，别人看得要比权威者自己清楚。要是你意识到我因胆怯和失职而造成什么错误，请坦白地告诉我，帮助我将其改正过来。我在哪方面没有做好表率，请你至少坦白告诉我，让我可以做些弥补。请随便指出我的缺点，那样，我口中的话才会更有价值，因为你会更加明确地感觉到那些已不再是我自己的话，而是上帝的，他会给予你我一定的力量去履行规定的职责。”

“噢，多么圣洁的人啊！不过这又是何等的折磨人！”唐阿邦迪奥暗自思忖道，“他竟连他自己也不宽容，还说应该检讨、妨碍、批评、反省他自己。”随后，唐阿邦迪奥大声地说道：“噢，尊敬的大人，你在同我开玩笑吧！谁不知道尊敬的大人你心胸宽广，热情无畏啊？”而在心里，他又补充道：“只是有点太过了。”

“我并非想叫你来赞扬我，你的赞扬只会令我浑身战栗。”费德里戈说道，“因为上帝知道我做错了什么，我自己也知道，而且我所知道的错误足以令我感到挫败。不过，我曾经希望，现在仍然希望我们能够一起谦虚地在上帝面前承认自己的错误，一起遵从上帝。出于对你的关爱，我想让你明白，你的行为、言语，完全与你平时所宣讲的背道而驰，你日后也会因此而受到惩罚的。”

“现在把一切过失都推到了我的身上，”唐阿邦迪奥说道，“但那些向你告状之人，应该没有告诉你，他们也曾耍了阴谋，悄悄闯入我家，想让我违反规定替他们主持婚礼吧！”

“她们全都告诉了我，我的孩子，不过让我悲伤、沮丧地看到你那么心急地替自己找借口，你为了替自己找借口，不惜指责他人，你不知道，其实你指责他人的才是你自己应该坦白的。是谁令她们（当然，我并不是说那样做是必要的）禁不住诱惑，采取了那样的措施？要是她们可以寻得正常的解决之法，她们又怎么会去寻求违规之路呢？要是她们认为能够获得神甫你热诚的欢迎，得到你的帮助和建议，她们又怎会设下圈套呢？要不是神甫你东躲西藏，躲避她们，她们又怎会出其不意地袭击你呢？难道你还因这事要责备她们？你之所以愤怒，难道是因为她们在经历了那么多不幸之后，（我该怎么说呢）没有向神甫你诉说半句，没有向你倾诉她们的忧伤吗？受压迫者的求助，受难者的埋怨令世人厌恶，但是我们岂能那样呢！……然而，就算她们只字不提，对你而言，又有什么好处呢？难道说她们的事完全由上帝来审判，这就对你有益？她们给予你一个听取上司主教的肺腑之言的机会，让你更清楚地明白在道义上你究竟亏欠她们多少，这些难道不是一个令你应该热爱她们的新理由吗（其实你早就有很多理由去爱他们）？唉，我是想说，即使她们激怒了你、冒犯了你、让你受了苦（这还需要我说吗？），你也应该热爱她们。你要热爱她们，因为她们已经受了很多苦，而且还会受很多苦，因为她们是你的教民，因为她们是弱势群众，因为你需要得到宽恕。而你想一想，倘若你想要获得宽恕，她们的祈祷对你来说会是多么的重要。”

唐阿邦迪奥站在那里一言不发，但是这种沉默已不再是方才那种不被说服的、不耐烦的沉默。这种沉默好像表明他有很多事需要考虑，而不是急于开口说话。他所听到的那些言辞是对他头脑里他信奉已久并认为天经地义的教义的一种新的解释。从前他总是因为过分考虑自己的不幸而忽略了他的教民所遭受的灾难，如今别人的不幸却对他的心产生了新的影响。

这次红衣主教对他的劝诫是为了使他痛悔当初，即使他没有彻底地悔悟（因为同样的恐惧仍在他心中为他自己辩护着），但在某种程度上，他终究还是感到些许忏悔。对自己的不满以及对别人的同情交叉在心里，使他感到一种悔恨和耻辱。如果允许我打个比喻的话，这就好比把一支受压损的、潮湿的蜡烛拿到大火面前点燃。最初只是冒些烟，喷出一些火花并发出噼里啪啦的声音，但是不会燃烧起来，但到了最后，它终于还是燃烧起来了。倘若不是想到唐罗德里戈，他会斥责自己并痛哭一番，不过，明显看得出他还是被打动了，红衣主教因此明白，他的话并不是对他完全没有影响。

“现在，”红衣主教继续说道，“他们有一个人已经逃离家乡，另一个也正准备逃离这里，他们都有很好的理由远离家乡，即使上帝有意让他们在一起，他们也不会在此相聚。唉，现在他们不再需要你的帮助了，你也没有任何机会为他们做善事了，而我们短浅的目光也不能够预测将来是否还有机会。但是谁知道仁慈的上帝是否会再给你一次机会呢？啊，如果还有机会，你可千万不要放弃啊！你要时刻警惕着去寻求，并祈求上帝再次为你创造这样的机会吧！”

“我不会让您失望，大人，我保证不会再次让您失望。”唐阿邦迪奥发自内心地回答道。

“啊，好的，我的孩子，太好了！”费德里戈惊呼道。最后，他满怀慈爱地说道：“上帝知道，我多么希望能够和你进行一次与众不同的谈话。我们都到了这把年纪，上帝知道我以谴责的方式和你谈话让你感到痛苦，这对我来说又何尝不是呢。我是多么乐意分享我们所共同关心的事和我们的烦心事，和你一起交谈我们那如此相似的神圣的职责。上帝都承认我刚刚不得不对你说的那些话，于你于我都有好处。你肯定也不希望上帝召唤我去向他解释为什么你没有履行自己该履行的职责吧。让我们为那些已逝的过去救赎吧，让我们把这痛苦空虚的心奉献给上帝吧，他会让我们的心满载慈爱，以弥补过去所犯下的错，并保证将来。他的慈爱让我们悲喜交加，让我们感到害怕，但也让我们更加信任他。在任何情况下，他的慈爱都会变成我们需要的美德。”

说完这些话，红衣主教大人离开房间，唐阿邦迪奥紧跟其后。

在此，我们的作者告诉我们，这并不是他们之间唯一的一次对话，露琪娅也并不是他们谈话的唯一内容。但为了不偏离故事主题，他只提到了他们这一次对话。出于同样的原因，他也没有提及费德里戈在整个过程中所说或所做的其他事情，也没有谈到他的宽容大度或他所调解的纷争，也没有谈到人与人之间、家族与家族之间及乡镇与乡镇之间的宿怨，更没有提起他帮助过的那些暴徒和恶霸（他们当中，有的人终身都弃恶从善，有的人则只是一时被驯服罢了）。这些事情布满了红衣主教大人所到访的教区的每个角落，而作者对此并未提及。

然后，作者继续讲述我们的故事。第二天早上，普拉塞德太太按照约定前来接露琪娅并向红衣主教大人致意。大人高度称赞了这位年轻的姑娘，随后便热情地把她托付给这位夫人。露琪娅和母亲道别后（可以想象她是何等的伤心）就离开了自己的房间。她再一次告别自己的故乡，想到自己要离开这个她深深爱着的地方，又想到以后可能再也不会对它有如此深厚的感情，便感到加倍的痛苦。但这一次同母亲离别并不是最后一次，因为普拉塞德太太说过她以后还将在她的家里住上一段时间，况且她的房子距此不远。阿格尼丝答应露琪娅一定会去看望她，然后她们便痛苦地离别了。

当红衣主教大人正准备启程去下一个教区时，无名氏所在地区的教区神甫前来求见。得到允许后，他把来自无名氏的一个包裹和一封信呈递给了红衣主教大人。无名氏在信中恳请红衣主教大人把包裹里的一百枚金币转交给露琪娅的母亲，让她作为自己的女儿的嫁妆或充作别的用途。他还请红衣主教大人转告她们，无论什么时候，只要她们有需要，他都愿意帮助她们，并且表明，这对于他来说，正是他所期盼发生的事情，他还指出可怜的露琪娅知道他的安身之地。红衣主教大人立刻让人把阿格尼丝叫来，将整个事情告诉了她。阿格尼丝听到这样的消息，既高兴又倍感激动，毫不客气地接过红衣主教大人递给她的包裹。“愿上帝保佑这位先生，”她说，“请尊贵的大人代我多多感谢他。请不要把此事告诉任何人，因为这个村子很……不好意思，大人，我知道像您这样身份高贵的人是不会到处闲谈这些事的，但是……我想您明白我的意思。”

阿格尼丝匆忙地回到家，立即关上房门，打开包裹，尽管她已经做好了心理准备，但看见这么多钱也不免激动不已。以前她最多也就见过一枚金币，而且都很少见到。她点了点数，然后吃力地将它们叠在一起，因为每一个金币都有一点凹凸不平，所以这些金币不时从她那笨拙的手指间滑出来。最后她终于成功地把这些金币包好，将它们裹在一块方巾里面，又用绳子绕了几圈捆好，塞进草褥垫的一个角落里。这一天剩下的时间她都在自己的房间里度过，她计划着美好的未来，并期待明天的来临。她躺在床上久久不能入睡，心里面一直想着草褥垫下的一百枚金币，甚至在她入睡后，她还梦见了这些金币。第二天黎明时分，她便起了床，立即向露琪娅所在的别墅跑去。

虽然露琪娅极不愿意谈起她所立下的誓言，但她还是下定决心在和母亲的这次见面中把事情告诉她，因为在以后很长一段时间里，这将是她们最后一次见面。

当她们母女单独在一起的时候，阿格尼丝便按捺不住心中的喜悦，想要告诉女儿这个好消息。她压着声音，唯恐有人听见她的话，小声地说：“我有一件很重要的事要告诉你。”随后她便向露琪娅讲述了这个出人意料的好事。

“愿上帝保佑那位先生，”露琪娅说，“现在你已拥有足够的钱，可以好好地过日子了，你也可以为别人做些善事。”

“什么？”阿格尼丝回答道，“难道你不明白用这些钱我们可以做多少事？你听我说，我只有你这个亲人，或者说唯有你们俩，因为从伦佐和你订婚开始，我就把他当作自己的亲生儿子。如今他毫无音讯，生死未卜，这一切都取决于他所遇到什么的事情。但是，噢，不会所有事都那么糟糕，对吗？希望他不会有事，希望他不会有事。对于我来说，我宁愿死后葬身在自己的家乡，但是由于那个恶棍，你却不能留在这里，而每当我想起这恶棍就在附近，我便开始讨厌自己的家乡。但是，只要和你们在一起，不论是在什么地方，我都会觉得很幸福。我曾做好准备，打算和你们一起去天涯海角，但是要是没有钱，我们怎么能够实现这个愿望呢？现在你明白我的意思吗？那个可怜的家伙再怎么勤俭节约也攒不了几个钱，而且只要警察一来，这些钱就没了，但如今上帝给了我们这么多钱来补偿我们所受的痛苦。好了，如果他找到方法告诉我们他还活着，他在哪里以及有什么打算，我就到米兰去接你，啊，我会亲自去接你。很久以前，我做这些事之前都要深思熟虑一番，但是灾难使人增长见识，况且我去过蒙扎，知道出远门是怎么一回事。我会找一个合适的伴侣，或找一个亲戚陪我一起去，比如说马贾尼科的阿莱西奥。但说实话，要是在我们村里找不到一个合适的人，我就和他一起去，我们会承担所有的费用，还有……你明白吗？”

然而，她看到露琪娅不但没有受到鼓舞，而且还变得更加沮丧，尽管她没有表露出来。于是，阿格尼丝突然停止说话，问道：“你到底是怎么了？你还不赞同我的意见吗？”

“可怜的妈妈！”露琪娅伸出手紧紧搂住母亲的脖子，把脸埋在她怀里，哭着喊道。

“到底怎么了？”母亲急切地问道。

“我本该早早告诉你的，”露琪娅抬起头，努力使自己冷静下来，说，“可我一直没有勇气告诉你，请原谅我。”

“那你快告诉我吧。”

“我再也不能嫁给那个可怜的家伙了。”

“你说什么？怎么回事？”

露琪娅低着头，呼吸急促，眼泪不停地翻滚下来，就像讲述一件不幸却又无法更改的事一样，她说出了自己坚决不嫁的誓言。同时，她双手合十，再次恳求母亲原谅，并请求母亲不要告诉任何人，而是帮助她履行自己的誓言。

听完这话，阿格尼丝惊愕万分。她本想因为女儿对自己的隐瞒而大发雷霆，但是这件事情的严重性使她压制住了自己的愤怒。她本想斥责女儿为何做出这样愚蠢的决定，但又觉得这样做就是在抱怨上帝。露琪娅又开始绘声绘色地描绘那晚她所感受到的恐惧和绝望，以及那出乎意料的解救，正是在那样的情况下，她才庄严地许下这样的誓言。此时，阿格尼丝想到了因违背誓言而遭受到可怕惩罚的事例，这些事都是她听别人说起的，她自己也曾讲给女儿听过。她惊讶着愣了一会儿，问道："那现在你打算怎么办？"

"现在，"露琪娅回答说，"全由上帝和圣母玛利亚来安排了，我已将自己交予他们手中，至今为止，他们从未抛弃过我，将来也不会抛弃，而且……在灵魂得到拯救之后，我唯一向上帝请求的便是让我回到你的身边。他会答应我的，是的，我知道他会答应我，那天……在那辆马车里……啊，圣洁的圣母玛利亚！……那些人！……他们谁会告诉我，要将我带到那个无名氏那儿，而他第二天又将我送到你这儿来呢？"

"但是，你难道不知道当时就应将那事告诉你的母亲吗？"阿格尼丝略有些生气地说道，但疼爱和怜悯多少缓和了她的愤怒。

"请原谅我，那时我实在没有勇气……再说，早一点告诉你，让你悲伤，又有什么用呢？"

"那伦佐呢？"阿格尼丝摇着头问道。

"啊，"露琪娅打了一个寒战大声说道，"我不能再想那位可怜的青年了。很久之前，上天可能便已注定……瞧，看上去仿佛是上帝的旨意让我们分开，可谁又知道呢？……可是，不，不，上帝会保佑他脱离危险的，会让他在没有我时更加幸福的。"

"但是如今，你看，"阿格尼丝回答道，"要是你没有许下那束缚你一生的誓言，要是伦佐没有发生什么不幸之事，我还可以用钱找到一个补救的办法。"

"但是，"露琪娅回答说，"要不是我度过了一个那样的夜晚，我们又怎会得到这笔钱呢？……这一切正是上帝的旨意，就按照他的旨意去做吧。"她的声音因为哭泣而变得哽咽。

听到这出乎意料的回答，阿格尼丝沉默了，同时也陷入了沉思。过了一会儿，露琪娅抑制住了自己的眼泪，继续说道："如今，既然事情已经这样，我们也只能冷静地对待了。不过，可怜的母亲，你得帮帮我，首先你得向上帝为你不幸的女儿祈祷，然后……你得让那可怜的青年知道此事。请你考虑一下此事，帮帮我这个忙，因为你可以考虑周到的。当你找到他在哪儿时，就让人给他写封信，找个人……噢，对了，你的表兄阿莱西奥就是最好的人选，他既谨慎又善良，并且一直都希望我们过得好，还不会说长道短，造谣生事。就让他来写这封信吧，让他如实告诉伦佐，我现在在哪儿，正受着怎样的折磨，并说明这都是上帝的旨意。告诉他今后一定要安下心来，告诉他我永远永远都不会成为任何人的妻子。请用婉转的方式告诉他此事，并向他说明我已许下诺言，而且真正发过誓……当他知道我已经向圣母玛利亚许过诺……他一直都挺敬畏上帝的……而你，一旦有任何关于他的消息，请立刻叫人写信给我，让我知道他很好，然后……就不用再告诉我其他的了。”

阿格尼丝温情地向女儿保证说，一切均会按照她所希望的那样进行。

“我还得说一件事，”露琪娅继续说道，“那位可怜的青年……要是他没有不幸地爱上我，他也就不会遭受现在所发生的一切了。如今他四处漂泊、到处流浪，他们已经毁掉了他的所有前途、掠夺了他的一切家产，可怜的他啊，你知道为什么……如今我们会得到这么多的钱吗？噢，母亲，既然上帝赐给我们这么多钱，确实，你也将那可怜的青年看成你的……是的，看成你的亲生儿子，噢，你就将那钱分成两份吧，一份给他，因为，我相信，上帝不会让我们吃亏的。你留心一点，找个适当的机会，托人将那钱带给他吧，因为上帝知道，他是多么的需要钱啊！”

“唉，你想到哪儿去了？”阿格尼丝回答说，“我一定会把钱送给他的。可怜的年轻人！为什么你会觉得我得到这笔钱很高兴呢？但是……我来这儿时，的确很高兴。算了，我会把钱带给他的，可怜的年轻人！不过他……我知道我想说什么。当然，钱确实能给那些需要它的人带来乐趣，不过，钱不能使他感到充实。”

母亲如此爽快、慷慨地答应自己的要求，露琪娅很是感谢。露琪娅流露出的感激和深情，足以让任何一个旁观者察觉，她的心仍秘密地记挂着伦佐，或许，她自己还没这样清楚地意识到这一点。

“要是没有你，我这个可怜的孤单女人该怎么办啊？”此刻换作阿格尼丝哭着说了。

“我不是也没有你吗，我可怜的母亲？我还在一个陌生人的家里，要去米兰……不过，上帝会在你我身边的，他会让我们再次相聚，再过八九个月，我们便又会在这儿见面。我希望，到那时，或者在那之前，上帝会将一切安排好，能够使我们相聚。就让上帝去安排吧，我会一直为此请求圣母玛利亚的，要是我还能为圣母玛利亚做些什么，我一定会做的。不过，圣母是那么的仁慈，她定会无条件地赐予我们恩典的。”

露琪娅母女俩说完这些，还说了一些其他类似的、重复的话，说了一些哀伤与安慰、反对与顺从的话，还互相嘱托并保证要严守秘密。在流了很多泪水以及拥抱了一次又一次后，母女俩依依不舍地分别了，两人轮番约定最迟在来年秋天相聚，好像这些诺言都取决于她们似的，然而，人们在类似情况下通常都这样做。

时间过了很久后，阿格尼丝没有听到伦佐的一点消息，既没收到他的来信也没收到他的口信。她向那些来自贝加莫或者其附近的村民们打听，可是没有谁知道他的一点情况。

不只是阿格尼丝对伦佐的打听徒劳无获，红衣主教费德里戈也并非是出于恭维才告诉母女俩他也会去寻求一些有关那不幸的青年的情况，事实上，他也立即写信去询问了。他视察完毕回到米兰后，收到了来信，信中被告知找不到他所说的那人，说那人确实在一个亲戚家住了数日，在那儿他没有干什么值得一提的事。不过，有一天早上，他却突然消失了，就连他的亲戚都不知道他的情况究竟如何，只能重复着一些模糊的、矛盾的流言蜚语。有人说那年轻人已经被召入伍，去了地中海东部地区，去了德国，在一次涉水时溺水身亡。不过，写信者还说会继续打听，一旦有了任何关于此人的确切消息，便会立刻向最尊敬的主教大人汇报。

这些消息，连同一些其他的消息，最后传遍了整个莱科地区，最终也传到了阿格尼丝的耳中。这个可怜的女人尽了她自己最大的努力去找出哪些消息的真的属实，以便找出这个或者那个流言的来源，然而，她从未得到过多于“据说”的消息，甚至时至今日，人们都以为只须用“据说”，就足以证实所有事实是真的了。有时，她刚听到某种谣言，有人就会前来告诉她那不是真的，不过那人告诉她的另一消息同样是奇怪而又糟糕的。事实就是，所有这些谣传都是无事实根据的。

米兰的总督，意大利的行政长官贡扎罗·费尔南德斯·德科尔多瓦先生向驻米兰的威尼斯代表提出严重的抗议，说一个流氓、一个公开的抢劫犯、一个骚乱和屠杀的主要策划者，臭名昭著的洛伦佐·特拉马利诺从警察手中逃脱，逃到了贝加莫地区，还受到了当局的接待和庇护。威尼斯代表回答说，他对此事一无所知，不过，他会写信回威尼斯了解情况，以便能就此事向总督大人做一解释。

威尼斯有一条准则，即支持和鼓励米兰的丝绸制造者移民到贝加莫地区，为此，威尼斯还为他们提供了很多优惠条件，其中最突出的便是安全，因为要是安全没有得到保障，其他一切都是无稽之谈。不过，当两个大人物在争吵时，第三个人总是渔翁得利。因此，不知是谁悄悄地告诉博尔托洛，伦佐目前不宜在此居住，应让其改名换姓，暂时送到其他工厂去。博尔托洛当然明白这一提示，于是二话不说，赶紧将此事告诉了他的表弟伦佐，他带着伦佐一起乘坐一辆马车，将其带到了另一家丝绸厂，那厂离原来的住地约有十五英里远，还将伦佐改名为安东尼奥·里沃尔塔，介绍给了厂长。那厂长是米兰本地人，是博尔托洛的一个老相识。尽管年景不好，此人仍二话不说便接受了这位老朋友介绍来的诚实聪慧之人。后来，在试用伦佐期间，他非常庆幸自己得到了这样一位有能力的丝绸纺织工，除此之外，只是在起初，他觉得伦佐有点傻，因为在叫他安东尼奥时，他通常都不答应。

很快，贝加莫的司法长官便接到来自威尼斯上级的一个温和的命令，上级要求他进一步去收集信息，查看该区域内，尤其是那一个村子里是否有那一可疑人。司法长官依照上司的要求，在做了一番必要的调查后，向米兰的长官汇报说，没有此人，而米兰的长官最后又将这一消息转告给了贡扎罗·费尔南德斯·德科尔多瓦总督。

当然免不了有些好奇之人总想从博尔托洛那儿得知那个年轻人怎么不在那儿了，并且又去了哪里。起初，博尔托洛回答这些人说：“唉，他消失了！”不过，后来，为了让那些纠缠不休的人不再询问，同时又不能让他们对实际的情形产生怀疑，博尔托洛便一会儿向一人这么说，一会儿又向另一个人那么说，于是便形成了我们上文所提到的谣言了。不过，后来，他说有些谣言他也是听别人说的，根本没有事实根据。

然而，当红衣主教派人到他那儿去打听时，那人并没有提及红衣主教的名字，只显出一副重要而又神秘的样子，让博尔托洛明白他是在为一个大人物办事，因此，博尔托洛变得更加谨慎，认定只能按照平常的方式来回答。由于事情涉及一位大人物，他将给人们讲的所有故事，一五一十地全部讲了出来。

不过，不要认定像贡扎罗·费尔南德斯·德科尔多瓦先生这样的大人物生来就仇恨一个可怜的山野丝绸纺织工。他也不会因为听人禀报说伦佐曾用不敬的言语冒犯了脖子上套着锁链的摩尔西国王，因而就想报复他。也别认定他将伦佐视为一个危险人物，纵然他已逃到天涯海角，都值得再将他抓回来，就像罗马元老院对待汉尼拔那样。贡扎罗的头脑中本就有许多重要之事要处理，哪有心思料理伦佐的案子。要是你们觉得看上去，他确实处理了此事，那也是由各种机缘巧合而造成的，这是这位可怜的年轻人既不愿意也并不知情的，他却因此被一根看不见的细线同太多太过于重要的事情牵连在了一起。

第二十七章

我们曾不止一次提到过当时为争夺温琴佐·贡札加公爵二世封地所爆发的残酷的战争，但每次都是匆匆地涉及，因而总是粗略地一带而过。如今为了读者更好地理解我们的故事，我们便要对这些事进行更加详细地描写。只要是了解历史的人都知道这些事，但是，我们也假设了一番：也许只是一些毫无学识的人在读我们的作品。因此，我们在此为那些需要了解此事的人尽可能详尽地描述一下，也并无不恰当之处。

我们曾经说过，贡札加一世公爵逝世以后，他的幼子卡洛·贡札加此前已经移居法兰西，执掌着法兰西中部城市内韦斯和莱特尔两处公爵封地，如今返回意大利，先是接管了曼图亚，接着又掌握了蒙费拉托。由于匆忙，我们当时没有多费笔墨予以细说。西班牙王室已经决定不惜任何代价要把这位新君主逐出曼图亚和蒙费拉托这两块封地。若要实现这一目标，就需要一些合适的理由，因为无缘无故发动的战争将被视为非正义战争。因此，马德里王室宣布支持瓜斯塔拉君王费兰特·贡札加入主曼图亚，支持萨沃依公爵卡洛·埃马努埃莱和洛林女公爵遗孀玛格丽塔·贡札加入主蒙费拉托。贡扎罗总督出生于将帅门第，曾参加弗兰德斯之战，现在他极其渴望在意大利指挥一场战争，他的情绪也许比任何人都要激昂，巴不得战争马上打响。就在这个时候，他按自己的方式理解西班牙王室的意图，并在王室的命令下达之前，便就攻占和瓜分蒙费拉托的事宜同萨沃依公爵缔结了条约，然后轻而易举地让西班牙王国大臣奥利瓦列斯伯爵大公签了字，并使他相信，蒙费拉托的首府卡萨莱按照条约的规定，应归西班牙王室所有，它虽然防卫极为坚固，但攻占起来易如反掌。然而，他又以西班牙国王的名义声明，一旦攻占此地，在拥有曼图亚大公国的日耳曼国王的旨意下达之前，他仅仅履行代管的职责。日耳曼国王部分受他人影响，部分出于为自己的利益考虑，拒绝为刚掌管了曼图亚和蒙费拉托的新君主举行封地仪式，并且命令，凡有争议的领地统统由他暂时管辖，待他听取争议双方的申诉之后，再把领地划给最理应拥有它们的一方。那位内韦斯的新君主自然不愿意服从这一决定。

然而，这位新君主也有一些身份显赫的朋友，例如黎塞留的红衣主教，威尼斯共和国的权贵们以及教皇乌尔班八世。但此时红衣主教大人正忙于同英国交战，正围攻拉罗谢尔，再加之王后一行人从中作梗（王后玛利亚·梅迪奇因为某种缘故同内韦斯家族不和），所以红衣主教也只能口头上作些许诺。只要法国军队不首先入主意大利，威尼斯人是不会介入此事的，他们甚至都不会表明自己的态度。他们在暗地里尽其所能地帮助这位公爵的同时，又视事态的发展，不时地向西班牙王室和米兰总督提出或温和或具有威胁性的抗议、提议和规劝。而教皇乌尔班八世则把内韦斯公爵推荐给自己的朋友们，并在公爵的对手面前为他说情，还提出各种和解的方案，但就是不肯派兵作战。

这样，贡扎罗和他进攻的同盟者便信心十足地展开他们预谋的行动。萨沃依大公卡洛·埃马努埃莱进攻蒙费拉托；贡扎罗则雄心勃勃地围攻卡萨莱。但此番进攻并没有如贡扎罗所愿给他带来满足感，因为“切莫把战争想象成一朵不带刺的玫瑰花”。西班牙王室没有照他要求的那样提供足够的支援；而他的同盟者的援助又过于积极了些，也就是说，在得到自己的那份战利品后，他的盟友又开始把本该属于西班牙王室的那部分战果一点点地据为己有。贡扎罗愤怒无比，但是，他又担心如果他稍有发作，那位骁勇善战而又老奸巨猾、工于心计的公爵会突然倒戈，投靠法兰西，因此，对这件事他只得睁一只眼闭一只眼，忍气吞声，装出一副很满意的样子。围攻卡萨莱进行得很不顺利，旷日持久，久攻不下，而且有时还不得不后退。这一方面是由于被围攻者沉着应对，意志坚定，而且不屈不挠；另一方面是由于围攻一方兵力不足，而且据某个史学家称，贡扎罗这次在指挥上也出现了不少失误之处。

但愿这一切都是真实可信的，我们甚至倾向于希望，实际情形正是这样，如果正是因为这个缘故，死亡和伤残的人员将大为减少，卡萨莱民房的毁坏也将大为减少，那我们将感到由衷的欣慰。就在这紧要关头，传来了米兰发生骚乱的消息，于是贡扎罗立刻亲自赶赴米兰。

在下属呈送给他的报告中，提到了伦佐的反叛和逃跑，也提及了抓捕他的真实原因和一些虚构的因素，报告还提到此人如今已藏身于贝加莫。这一情况引起了贡扎罗的注意。他还从别处获知米兰的暴乱使威尼斯人幸灾乐祸，他们认为贡扎罗会因此放弃对卡萨莱的围攻，他们还揣测他对此感到失望和焦虑，他们甚至还想到，在这骚乱不久后，就会传来他们翘首期盼但令贡扎罗十分惶恐不安的消息：拉罗谢尔已经投降了。由于那些权贵们对他的事业持有如此态度，作为一个男子汉又身为政治家的他感到十分恼怒，他想尽一切办法使他们觉悟，让他们相信他并没有失去以前的勇气，因为仅仅说一句“我不怕”相当于什么也没有说。最好的策略便是表现出一副愤怒的样子，因此，当威尼斯大臣以向他致意来窥视他的表情和动作的时候，贡扎罗只是轻微地谈了一下那场骚乱，让他们误认为他已经补救了一切。然后他就伦佐的自身问题抱怨了一下，而读者已经对这事的经过和结果有所了解。从那以后，他便不再注意这些琐事，对于他来说，这件事已经结束了。又过了一段时间，他回到了卡萨莱的战场，但不论他在哪里，似乎头脑里总是装满了各种不同的事。当他收到关于伦佐一事的答复时，他抬起头摇了摇，像是一只寻找桑叶的蚕，他仔细想了一会儿，却只能在头脑里搜寻到源于此事的一个影子，尽管想起了当时的情况，但却还是只能模糊地想起那个人，并且这种印象持续的时间也非常短。从那以后，他便忙于别的事情，就没有再考虑伦佐这件事了。

但是，伦佐根据自己了解到的很少的信息，怎么也想不到如此好心肠的贡扎罗先生对于此事确是如此漠不关心，但在那一段时间里，除了努力把自己隐藏起来之外他再也没有什么别的想法，或更准确地说，他根本就不关心别的事情。我们可以想象他是多么迫切地想要将自己的消息告诉那两个女人，也是多么希望能够得到一些关于她们的消息。但是他却面临着两大问题。第一，由于他不会写字，从广义上来说甚至连读都不会，因此他必须得找一个他信得过的人帮他写信。也许我们的读者还记得，当初“吹毛求疵”博士问及他这个问题时，他回答说他识字。事实上，这并不是吹嘘，也不是正如他们说的虚张声势，因为，如果花点时间，他还是能够读一些印刷文字，然而，写字却又是另外一回事了。因此，他便不得不让第三个人知道有关他的事以及他故意有所保留的秘密了。当时，要找到一个信得过的能写字的人还真不是一件容易的事，特别是在一个他没有熟人的地方。第二，他必须找到一个送信人，一个正打算去那个地方又愿意为他带信的人，然而，要找到一个符合这样条件的人也非易事。

最后，经过一番寻找，他终于找到了一个愿意帮他写信的人，但是他又不知道这两个女人是否还在蒙扎，因此他认为最好是把给阿格尼丝的信附在给克里斯托福罗神甫的信中。此外，写信人还担负着送信的使命，最后他把信交给了一个要路过佩斯卡莱尼科的人，然后此人又把信交到了距修道院不远处的路边的一个小旅馆老板的手上，最后，他把信送到了修道院，但后来的事便不得而知了。由于迟迟没有任何回音，伦佐又找人写了第二封信，信的内容与第一封类似，他把这封信附在一封写给他在莱科的某个远亲的信里。他还找到了另一个送信人。这一次，送信人终于把这封信送到了阿格尼丝的手中。她急忙跑到马贾尼科，让她的表兄阿莱西奥给她读这封信，并让他解释了信的含义所在。她和表兄商量着该如何回复伦佐，阿莱西奥将内容记录下来，写了一封回信，并找到方法把信送到了安东尼奥·里沃尔塔居住的地方。然而，这一切并不像我们所想象的那样发展迅速。伦佐收到回信后，又急忙找人写了一封回信。总之，他们双方就开始书信来往，这种来往算不上频繁也不是特别有规律。

为了对他们之间的通信有个大致的认识，需要稍稍了解一下，这样的事情在那个年头，甚至时至今日，是怎样进行的：因为我觉得，在这一方面只有微小的变化，或者说没有任何变化。

不会写信的农民在需要写信的时候，便会去找一个会写字的人为他写信，而他们所找之人都是那些与他们地位相当的人，因为要是找其他人，他们会感到惭愧或感觉不够放心。他们将过去的事按时间顺序清楚明了地让写信人写下来，并以同样的方式告诉他要表达的想法。写信人理解其中一部分，有一部分不能理解，于是便提出一些意见，建议他们稍作修改，然后说“都交给我吧”。于是便提起笔，尽其所能地把他所接收到的信息用文字表达出来。在写的过程中，他还按照自己的方法稍微做一些修改，简写一些内容，甚至有时还删减了部分内容。这也是无可奈何之事，比邻居懂得多的人总不愿意成为他人手中的一个工具，因此，一旦他插手别人的事，他便会强迫他们按照自己的意愿行事。除此之外，那些能够读书写字之人并不会把请他写信的人想表达的全部写出来。不仅如此，有时候他写的完全是另一回事。确实，就连我们这些写书出版的人也会有这样的情况。

当将用这种方式写成的信件送达收信人的手中时，不识字的收信人便会将信件交给本村一个有学识的人，请他读并讲解给自己听。不过，在理解信的内容时，又出现了一个新的问题，因为当事人很清楚事情的原委，信中的这句或那句话是这种意思，可读信的人则依据自己撰写书信的经验，认定它们是另一种意思。最后，不识字的人只好听信识字之人的意见，并请他代为回信。这封回信也按照相似的方式写好，同样又会遇到类似的解读问题。此外，要是信中之事是极为敏感的话题，或者是涉及某些秘密而又不想让第三者知道，因害怕信件会丢失的话，人们便会故意不将事情讲清楚。要是这样的话，通信虽说继续着，但双方互相理解的程度就好比两位哲学家就抽象的变迁理论争论了长达四小时之久的情形一般。我们无意将这种情形同如今的现实相比，要不然我们就要遭到友善的责备。

现在，两位通信人的情形就同我们所描述的情形完全一样。第一封信是以伦佐的名义写的，信中包含了很多内容。信中开始比较简略地叙述了他的脱险经历，不过，同时又告知了他此时的境况。无论是阿格尼丝还是其译员都无法从信中获得完整而又清楚的信息。含蓄的提示、姓名的更改、处境虽安全但却还是需要隐藏起来，这些事对她们而言本来就比较难理解，更何况里面有的地方还使用了暗语。随后，信中又热情而又急切地询问到有关露琪娅的处境，模糊而又忧伤地提到了他听到的有关露琪娅的传言。最后，信里还表达了模糊的、遥远的希望，以及有关未来的计划。伦佐承诺并恳求要坚守他们的誓言，不要失去耐心和勇气，等待情势的好转。

过了一段时日，阿格尼丝找到了一个可靠的送信者，让那人将回信和露琪娅给的五十枚金币带给伦佐。看到那么多的钱，伦佐一时竟不知道该如何是好，他既好奇又担忧，根本高兴不起来，于是他起身去找那个代笔者，请他给自己解读那封信，解开那奇怪的谜。

阿格尼丝请人代写的信件，先是抱怨了伦佐的信写得不清楚，随后仍以同样的含糊不清讲述了那人（书中是这样称呼的）的悲惨经历，接着解释了那五十枚金币从何而来，还较为婉转地叙述了那人的誓言，不过，最后也以更加直接而又明确的话语建议他要冷静下来，别再想有关那人的一切事了。

伦佐差点就同那个替他读信的人吵了起来，那些他所听懂的以及没听懂的话气得他直打哆嗦，愤怒无比。他让读信之人将那这可怕的信念了三四遍，时而发觉自己更明白了，时而又觉得自己最初明白的地方变得更不清楚了。在这种激动的情绪下，他坚持让那代为写信之人立刻拿起笔，帮他写一封回信。信中先是强烈地表达了对露琪娅的遭遇的同情及惊讶，随后便继续口述道："请你继续写下去，我是不会抛弃我的那一片痴情，永远都不会抛弃。那样的劝告是不该对像我这样的小伙子说的。我也不会用那钱的，我会将其存起来，把它作为年轻女孩露琪娅的嫁妆，我已经把她当我的妻子看了。对于那誓言我是一无所知，而我也只听说圣洁的圣母玛利亚很乐意帮助受苦受难之人，为他们赐福，从未听说过她会鼓励人们去违背自己的诺言。那许下的誓言根本就无效，而且用这笔钱也足以让我们在此建立起自己的家。尽管我此刻陷入困难，不过这就宛如一场暴风雨，很快便会过去。”他还说了别的类似的话。

不久，阿格尼丝也收到了此信，并迅速写了封回信。他们就这样按照我们所描述的方式继续进行通信。

阿格尼丝不知是用了什么办法竟让露琪娅得知伦佐还安全地活着，并且也得知伦佐已得知那誓言的事。听到这一消息，露琪娅深深地松了一口气，心里只希望伦佐能尽快忘记她，其他便无所求了。而对于她自己，她也曾每天下了上百次的决心，说要忘掉伦佐。而且，她还用了各种法子来履行自己的决定。她不停地工作，竭力让自己全身心地投入。当伦佐的形象浮现在她的头脑中时，她便开始在心里默默地做祷告。然而，这一形象仿佛是蓄意与她作对，不再公开地独自出现了，而是躲藏在其他形象之后，这样待她察觉到时，它早已存在一段时间了。露琪娅时时挂念着她的母亲。她又怎能不为此发愁呢？思念中的伦佐常常伴随着母亲的形象悄悄出现，就像他平日里总是跟随母亲一起走来一样。因此，不管露琪娅想到谁，想到哪个地方，回忆起过去什么事，伦佐的形象都会浮现在她的眼前。要是这个可怜的女孩有时幻想着未来，他仍然会出现在她的思绪中。尽管只是说一句：“在未来的生活中，是没有我的。”可是，完全不去想伦佐，对露琪娅而言根本就办不到，但她从某种程度上说可以尽量少想一点，让自己对他不再那么牵肠挂肚。要是只是她自己独自一人这么思念，或许她倒是可以更好地克制自己。可是普拉塞德一心想将那位青年从露琪娅的思绪里驱逐出去，可她又找不到其他的好办法，只得不停地谈论他。“怎么样，”普拉塞德会说，“你已经没有想他了吧？”

“我谁也没想。”露琪娅回答道。

不过，普拉塞德对她这样逃避性的回答很是不满，回答说，光是嘴说没想是不够的，得用行动证明。随后，她便对如今的年轻女孩的行为大发议论，说道：“她们一旦爱上了一个放荡的男子（这类人正是她们喜欢的类型），是不会愿意同他分开的。有时想跟一个规规矩矩的正人君子缔结美满的婚约，但阴差阳错却遭遇了挫折，她们立马便会心安理得地接受。

相反，要是对方是一个恶棍，那她们的心里便会留下无法治愈的伤。”随后，普拉塞德开始指责那位不在场的年轻人，那个来到米兰，抢劫城镇，屠杀村民的无赖。她还试图让露琪娅承认这年轻人曾经在自己的家乡也做了很多伤天害理之事。

露琪娅既羞愧又悲伤，她那柔弱的心里满是愤怒，而且她也自知自己身份卑微，于是便用颤抖的声音证明说，可怜的伦佐在家乡从未做过那些事，他从来都是得到人们的称赞的。她还说自己希望此时能有某个同乡之人来为此做证。至于说他在米兰的经历，她虽然不了解具体发生了什么，可她深信他绝不会做出那事，因为从孩提时代她便了解他的为人和品行。露琪娅替他辩护是出于对他的同情，出于对真理的热爱，她向自己解释，她这样表露情感，完全是为了替一位近邻辩护。不过，普拉塞德却从这些辩护词里找到了说服露琪娅的新论据，说她的心里仍然有伦佐。说实话，在此时，很难说清楚实情究竟如何。老妇人对这位可怜的青年的可耻的描述，激起了年轻女孩露琪娅在思绪里早已形成的印象，使这一印象更加生动而清晰。她之前努力想要抑制的记忆，此刻又全部浮现在她的头脑中。老妇人对伦佐的厌恶和蔑视使露琪娅回忆起自己以前之所以尊敬、同情他的很多缘由；而老妇人对伦佐盲目的、强烈的憎恶却使得露琪娅对伦佐更加同情。有了这些感觉，谁说得清是不是还有着其他感觉伴随在一起涌入她的心里呢？试想一下，要是强行将这些感觉驱逐出她的思绪，她会怎么样？然而，不管怎么说，与露琪娅的谈话从来不会持续太长，因为她的话很快便会被泪水淹没。

要是普拉塞德之所以这样说是出于对露琪娅的根深蒂固的憎恶，或许，露琪娅的这些泪水能够打动她，让其闭嘴不再说了。但是，女士这样说是出于好意，因此，她依然我行我素，继续发表着自己的看法。就像呻吟和祈求的哭喊声可能会使敌人放下武器，但却不能让外科医生放下手术刀一样。不过，老妇人在履行完自己的职责之后，总会将责备和训斥转化为鼓励和建议，同时还伴随着一点赞赏，在苦味中揉进些许甜味，用一切办法触动女孩的心，以便更好地达到自己的目的。然而，这些争论（通常都会有相同的开端、过程和结局），确切来说，并未使善良的露琪娅心里产生对老妇人严厉说教的怨恨，毕竟，总的来说，老人对她还是很友好的。即使在这件事上，她也是出于好意。然而，这些争论却使得露琪娅的情绪大为激动，心烦意乱，可能要花费不少时间以及大量的努力才会令她恢复平静。

对露琪娅而言，幸运的是普拉塞德并非只操心她一人，这样的争论因此也不会经常发生。其他所有人，或多或少都需要她一一进行纠正和指导。除了利用现成的场合外，她还会自己寻找机会，自愿对一些与她毫不相干之人提供同样的帮助。她有五个女儿，她们全都不在家，可是这令她比她们在家时更放心不下。五个女儿中，有三个是修女，另外两个嫁了人。因此，普拉塞德十分自然地认定自己应该管理三座女修道院和两个家庭。可这件事涉及的面太广，也太复杂，还很困难，因为两个女婿都有父母、兄弟姊妹的照应，而三个修女女儿呢，又得到其他权贵人士、许多修女的支持，她们自然都不愿再接受她的监管。所以，这简直就如同一场战争，又或者说是五场战争。在某种程度上说，这些战争是不动神色、不失体面的，不过却又是相当激烈并会永远存在的。这五个地方，一直保持着高度的警惕，避开她的关心、拒绝她的建议、躲避她的询问，每件事都努力避开她，不让她介入。我们暂不提她在做那些与自己毫无干系的事时所遇到的反抗和困难，因为大家都知道，通常人们要做善事必须得采取强制的办法。她的热情能够自由发挥的唯一地方便是她自己的家，因为在家里，所有的人都得听从她的命令，都得屈服于她的权威，不过唐费兰特先生除外，对于他而言，普拉塞德完全是以另一种方式同其打交道。

唐费兰特先生是一个好学之人，他既不喜欢发号施令，也不甘愿按照他人的标准做事。家里的一切事物，全由他的妻子做主，这他完全赞同。可是要他做奴隶，那是绝对不可能的。要是偶尔要求他帮她写点什么东西，他是愿意的，因为他有这种才能。可要是她让他写的东西没有得到他的认可，他就会说“不”，在那样的情况下，他通常会说：“你自己想办法吧。既然你那么清楚，你就自个儿写吧。”有时，普拉塞德想让他放弃做什么，或者要求他做她所希望的事，在劝说了半天，他仍然一无所动时，普拉塞德则会埋怨他，把他称作什么不爱麻烦的懒虫、固执己见的家伙、臭学者，不过在最后这个称呼里，尽管她说起来带着些许蔑视之情，可是却也包含着某些满足之感。

唐费兰特花大部分时间在书房里。他的书房里有大量的藏书，几乎有三百卷，而这些都是他精心挑选的不同学科的著名作品，他或多或少对这些学科都有所了解。在天文学方面，他的知识远远超过一般的爱好者，因为他不仅仅掌握了一些基础的知识和行星的视位、回合和影响之类的通用术语，他还通晓如何恰当地说出有关黄道十二宫、行星运行的最大经纬度、行星的光亮度、距地平圈的高度和行星的飞行及旋转。总之，他能够巧妙地说出关于天文学既确切又深奥的原理。他大概有二十年的时光都生活在那些冗长的争论里，他支持卡尔达诺的科学理论，而又反对一个极其顽固地追逐阿尔卡诺理论的学者。唐费兰特愿意承认古人的成就，但是他无法忍受那些轻视现代人的做法，尽管他们有时看上去振振有词。他也很精通科学的发展史，在有需要的时候，他能够引用那些已经得到证实的著名的预言，也能够很清楚明了地阐释那些没有得到证实的预言，还说明其实这不是学科的过错，而错在那些不懂得如何运用科学的人身上。

他还掌握了足够使他应用的古典哲学，但仍然通过阅读迪奥吉尼斯·拉厄西奥的作品充实自己。然而，尽管这些哲学体系都很完美，但难以同时吸收，因为想要成为一个哲学家，就一定要选择一位哲人。因此，唐费兰特选择了亚里士多德。他曾说过，亚里士多德既非古人，也非现代人，而是一个真正的不受时限的哲学家。他还收藏了现代那些追随亚里士多德的著名哲学家的作品。为了不浪费时间，他从不阅读那些反对亚里士多德的作品，或者说，为了不浪费金钱，他根本不会去买那些作品。当然，这事也有例外，考虑到一些作品在天文学方面的价值，他也在自己的图书馆里为卡尔达诺著名的二十二卷本《论机敏的认识》和其他一些反对亚里士多德学说的作品保留了一席之地。他说，能够写出像《四季的天体运行计算勘正》和《十二名人出生录》这样的著作的人，尽管犯了一点错误，但其作品仍然值得阅读。他说，此人最大的缺点便是过于有才，如果他始终走在正道上，那么没有人能够想象他在哲学方面会取得怎样的成就。在学者们的眼里，唐费兰特称得上是个完美的亚里士多德派，尽管他总是谦逊地说自己学识不佳。他不止一次谦虚地说，世界的一般概念、本质和灵魂以及世间万物的实质都没有想象中那样明确。

对于自然科学，他并没有做深入的研究，而是作为一种消遣方式简单地略过。他读过亚里士多德关于此学科的著作，但并没有进行研究。他凭借这种阅读以及自己不经意间从哲学著作中收集到的相关信息，凭借自己对某些著作譬如波尔塔的《自然的奥秘》，卡尔达诺的三部著作《石头》、《动物》、《植物》，阿尔贝托·马尼奥有关植物和动物的论述及其他一些诸如此类的著作的了解，他已经能够在一大群学者面前崭露头角，随意讲出很多有关医学草本的神奇价值和作用。他能够确切地描绘出女海妖和长生鸟的形状和习性，能够解释为何火蜥蜴被放入火中而不会被烧死；为何一只小鱼有突然使海上的大船停下来的力量和能力；为何露珠在贝壳里会变成珍珠；变色龙如何靠空气生存，并如何慢慢变成了水晶。他还能够解释很多自然界的神奇秘密。

我们的作者说过，唐费兰特对魔法和巫术也颇有研究，这些在当时非常流行，而且正如科学一样很有用处。在这些学科中，事实至关重要，也是最容易得到证实的。显然，他学习这些并没有其他的目的，而仅仅是使自己熟知巫师们那些坑人的艺技以便保护自己。在伟大的马丁诺·德利奥（科学领导者）的指导下，他已能够很在行地谈论那些迷魂汤、催眠术和激怒药及由这三种东西延伸出的无尽的魔法。我们的作者又一次提到，这三种巫术到现在都还十分流行，并造成了一些可悲的后果。

唐费兰特在历史学尤其是世界史方面的学识也很渊博，在这方面他熟知的作者有塔尔尼奥塔、托尔奇、布加蒂、康伯纳和瓜佐，总之，都是些受人尊敬之人。

唐费兰特常常说：“如果没有政治，又何谈历史呢？一个人领着路一直向前走，但若没有人跟着他，那便是徒劳，正如倘若没有政治，历史犹如一个没人做向导的行人。”因此，他也专门在他的书架上为这些统计留了一席地方，在那些鲜为人知的作者里，博迪诺、卡瓦康蒂、桑索维诺、帕卢塔和博卡利尼都很引人注目。然而，在这种科目上，唐费兰特喜欢其中两本书，在某一段时间里，他认为这两本书乃天下奇书，然而，他始终无法确定哪本最佳。在这两本书中，其中一本是佛罗伦萨书记官的《君主论》——唐费兰特先生说：“他的确是一个卑鄙之人，但他的思想造诣很深奥。”另一本是与之同样著名的乔瓦尼·博台罗的《国家机密》——唐费兰特先生评价道：“他确实是一位正直之人，但却也暗藏奸诈之风。”然而，不久以后，也正是我们的故事发生的时候，一部新作品的问世终结了谁是第一的问题。唐费兰特也说，这本书已经超越了先前那两本典范。这本书收集了世上所有的阴谋诡计，并对所有事件都做了粗略的介绍，以方便人们了解。书中所描绘的所有美德，人们都会将它们付诸实践。这本书篇幅不大，但一字千金，一句话，这本著作就是唐瓦雷尼亚诺·卡斯蒂里奥的《执政者》。这位作者是一位很著名的人物，甚至可以这样说，那些伟大的学者都竞相赞扬他，最伟大的政治家也都想让他皈依于自己的旗下。众所周知，教皇乌尔班八世对他极其称赞；红衣主教博尔盖斯恳请他执笔描写教皇保罗五世的事迹；那不勒斯总督唐比特罗·迪·托莱多请他描写天主教国王在意大利发起的战争，但他们都枉费心机。在红衣主教黎塞留的建议下，法国国王路易十三将他提名为史官；萨沃依的卡洛·埃马努埃莱公爵赐予他同样的称号；信仰基督教的国王之女克里斯蒂娜公爵并没有说出一些高尚的词来赞扬他，而只是在一份公文中写道：“他当之无愧地获得了我们时代意大利最伟大的作家的荣誉。”

如果在上述的各个科学领域里，唐费兰特都是一个有学识的人，那么在另一个学科里他也应该称得上佼佼者，那就是关于骑士荣誉的学问。他不仅能够熟练地对此发表高论，而且总是被邀请去解决一些关于荣誉的纠纷，而他也总是能够提出一些好的意见。他在他的图书馆里，甚至可以说在他的脑子里，储存着关于这门学问最优秀的作家的著作，其中包括帕里德·达·波佐、法乌斯塔·达·龙贯诺、乌莱亚、穆奇奥、罗梅依和阿尔贝加托，还有托尔夸托·塔索的两部《福尔诺》以及一些他的其他作品，比如《被解放的耶路撒冷》和《被征服的耶路撒冷》，这些都是写骑士学问的著作。在有些场合，唐费兰特能够背诵这两首长诗的所有诗句。然而，在所有的作家当中，他最尊敬的还是著名的弗朗奇斯克·比拉戈。他们不止一次在一起探讨荣誉的问题。当比拉戈在谈到唐费兰特时，他总是怀着一种特殊的敬意。当这位著名作家的《骑士论》问世时，唐费兰特毫不犹豫地预言这部作品将彻底推翻奥莱瓦诺的权威，而且会同其他的姐妹篇一起成为后世的典范。作者说，每个人都可以看到这一预言是否能够得到证实。

从这里开始，作者又开始描述他对骑士文学的研究，但我们也开始怀疑读者是否愿意继续跟随他去听这样的故事，我们甚至害怕会被人认为是盲目跟从的抄袭员，也害怕由于跟随他说了那么多与故事主题无关的事（其实也只是为了展示他的学识，以及说明他没有落后于时代）而和他一起变成令人讨厌的人。然而，在写了那么多内容之后，为了不浪费我们的精力，就不再叙述后面所发生的事了，让我们言归正传，因为我们还有很长一段时间才能见到我们故事的主人公，还有很长时间才能见到读者感兴趣的那些人物，如果他们对我们的整个故事感兴趣的话。

直到第二年，也就是1629年的秋天，故事中的所有人物，不论是出于自愿还是被逼无奈，几乎都处于我们曾经所提到过的状态。没有人遇到意外的事，也没什么值得一提的事。最后，随着秋天的临近，阿格尼丝和露琪娅本打算再次相聚，但突如其来的重大事件使这一期望成为泡影，但这仅仅是这一事件所产生的后果中微不足道的一个。随后又发生了一系列事情，但这些事并没有使我们故事中人物的命运发生很大的变化。最后他们卷入一些更普遍、影响力更大、波及范围更广的事件中，就连世上最底层的人也被卷入其中。这些事件犹如一场巨大的、无法抗拒的飓风，将树连根拔起，将平房夷为平地，到处都能看到破碎的瓦砾。而埋藏在草地下的麦秆、角落里枯萎的树叶，都像发了狂一样在空中飞舞着。

现在，为了让读者能把我们后面要叙述的个人遭遇看个明白，我们有必要讲述一下那些社会事件，这样，我们又得偏离故事的主题了。

第二十八章

圣马丁节和第二天的叛乱之后，米兰似乎又奇迹般地恢复了之前的富裕景象。面包房里摆满了面包，价格也与收成好时的年景一样低，面粉也相应降了价。那些在那两天的叛乱中闹得最凶，或者做了更坏的事的人，如今（除了少数被抓之人外）都相互祝贺着。请不要认为，在因逮捕引发的最初恐惧消失之后，他们会开始有所收敛。在广场、街角以及客栈里，人们都欢呼、鼓掌，大肆炫耀自个儿找到了降低面包价格的好方法。然而，在这欣喜的、自负的氛围中，仍透露出一种莫名的不安（怎么可能不会那样呢？）、一种不祥的预感，总觉得这样好的景象不会延续太久。人们纷纷涌入面包房和面粉店，就像当初安东尼奥·费雷尔初次颁布面包官价时形成的短暂的富足假象一样，尽可能地抢购，大肆消费。那些事先存了点私房钱的人，将钱全拿了出来，去买面包和面粉，然后再将其装在箱子、小桶、仓库里储存起来。他们如此互相追逐着去享受这种优惠的价格，不仅使这种难以维持的僵局无法持久下去，而且连短暂的持续都越来越困难。于是，在11月5日，安东尼奥·费雷尔便根据上级的指示，颁布了一道告示，规定凡是家中已购买了面包和面粉的人，一律不得再购买；凡是家中购买的面包量超过了家人两天的所需量的人，“将按照总督大人的意愿，处以罚款和刑罚”，同时命令每一位在职人员及所有公民，告发蓄意违反告示的人；命令地方法官严厉搜查被告发的家庭。其还对面包商颁发了新的命令，要求他们确保面包的供应，“违者，将按照总督大人的意愿，处以五年或五年以上的劳役”。要是有谁以为告示会一一得以执行的话，那他一定得有很好的想象力。当然，要是所有这些命令当时全被贯彻执行了的话，那被米兰公国打发到海上的人就会像大不列颠目前的人口一样多了。

从某种程度上说，既然上级命令面包商得做那么多的面包，同时也需下达一些命令，规定做面包的材料必须足够。于是，他们决定，正如在荒年时，人们总是设法将其他东西掺入有其他用途的谷物中一样，将米粉掺入面包，做成一种混合面包。11月23日，上级又颁布了一道告示，要求每人将自己拥有的一半未碾好的大米（在米兰，未碾过的米称为稻谷，这一说法一直沿用至今）上交给粮食督办和十二位粮食委员会成员。要是谁在没有得到上述当局允许的情况下，胆敢私自储存粮食，则会受到处罚，将会被没收全部谷物，并处以每一百五十千克三枚银币的罚款。谁都看得出来，这种做法很公正合理。

不过，这些大米也是需要用钱去买的，而且大米的价格比面粉的价格高了很多。弥补这一巨大差额的重担自然落到了市政府的头上。但是，十夫长委员会本已接受了这一重任，可就在11月23日当天，他们竟向总督汇报说，市政府确实无法承担起此重担。于是，总督便在12月7日这天，规定了上述大米的价格，每一百五十千克十二里拉。凡要价太高或拒绝出售的人，都将被没收粮食，并处以同等价值的罚款，“还会根据情节的轻重和违反者的情况，按照总督大人的意愿，处以更高的罚金或更高的刑罚，甚至服苦役”。

碾好的大米的价格是在骚乱以前制定的，至于小麦和其他普通谷物的价格，或者套用现代编年史上最有名的术语“最高限价”，可能在其他的法令中已作出了规定，对此我们便不得而知了。

在米兰，面包和面粉因此降到了一个公道的价格，但随之而来的后果便是附近乡村的百姓蜂拥而来，抢购粮食。贡扎罗，正如他自己所言，为防止事态恶化，迫不得已，于12月15日又颁布了另一道告示，禁止将价值超过二十便士的面包带出城外，违令者没收其面包，同时罚款二十五枚银币；或者，在无力支付罚款的情况下，照惯例，按照总督大人阁下的意旨，判以当众鞭笞两下，甚至更加严重的刑罚。同月22日（很难说得清为什么会这么晚），又颁布了一项关于禁止携带面粉和谷物出城的类似的告示。

群众想通过抢劫和纵火获得富足，而政府却想借苦役和鞭子来达到维持它的目的。这些手段本身倒是很方便，不过，它们距离目标有多远，读者自然清楚；至于说它们实际上起到了何种作用，读者也会很快知道。指出下面这个事实并非完全没有好处，况且它又是如此的显而易见。这些莫名其妙的措施之间存在着必然的因果关系，每一项措施都是前一项措施不可避免的后果，而所有的措施都可追究到最初那项对面包限价的措施，当初对面包制定的价格与按供需关系而形成的实际价格悬殊太大。在民众看来，限定面包价格的做法，过去和现在都始终是一种公正的，同时又简单易行的办法。因此，每遇饥荒之年，粮食匮乏，民众便自然而然地期盼这样的措施、祈求这样的措施，而且如果有可能的话，他们甚至采取行动来强制政府执行这样的措施。随后，这样做造成的后果日益显现出来，那些对此负有责任的人，按情理自有必要对其后果进行逐一纠正，便又颁布法令，禁止人们去做前一个法令驱使他们去做的事情。此处，请允许我顺便提及一件十分巧合的趣事。在某个国家，在一个离我们很近的时期，发生了现代历史上最为轰动、最引人注目的事件，在相似的局势下，采取了相似的措施（几乎可以说，这些措施实质相同，采取的先后顺序也几乎一模一样，唯一的区别在于实施的范围不同）。尽管在欧洲，人们的认知力在提高，知识也有了发展，但那样的措施依然被沿用。发生这样的事情，主要是因为广大民众的认知力尚没有得到提高，因此他们得以在较长时间内让自己的意愿占上风，用他们的话说，得以对那些制定法律的人施加压力。

不过，现在还是回到我们之前所讲的话题上吧。回顾米兰这一场叛乱，归根结底产生了两个主要后果：一是在叛乱期间，毁坏和浪费了很多粮食；二是在面包限价期间，人们大量地、毫无节制地、随意地消耗了原本可以持续到来年丰收的为数不多的粮食。除了这些重大的后果，还有就是对四个叛乱头目的惩处，其中两人在拐杖面包房前被处以绞刑，另外两人则在粮食督办家街道的两个尽头被处以绞刑。

至于其他，由于当时的历史对这一时期的记载比较随意，所以我们根本找不到丝毫关于那时的强行制订的官价表如何并且是何时结束的资料。由于缺少正面材料，我们只好做出假设，倾向于认定，该价目表是在12月24日之前或者之后不久取消的，因为12月24日正是将那四个反叛头目处以绞刑的日子。至于通告，我们在援引了12月22日的那条通告后，便再也没有看见过有关粮食的告示了。它们要么是被人撕毁了，要么是我们没发现，或者是政府最终发现这些补救措施根本无济于事，如果不是得到了教训，就是对此丧失了信心，最后便为形式所迫，不得不废除它们。事实上，我们发现，在不止一位历史学家（这些历史学家都倾向于描述重大的事件，却不怎么记录其根源和过程）的记载中，我们看到了该国家的风貌，最主要的是该城市从去年的冬天到来年的春天的景象。造成灾难的根源就是粮食的供应和需求的矛盾关系不仅未被消除，反而由于采取了那些饮鸩止渴的措施而加剧了。而公共的、私人的运输工具的不足，周边地区粮食的匮乏，饥荒的盛行，贸易的单调与限制，以及法律本身试图规定和维护粮食的低价，全都阻碍了粮食的进口。以下就是那个凄凉景象的真实写照。

每走一步，都会看见商店关闭着，工厂大部分都已荒废，大街上呈现出一副难以描述的悲惨景象，到处是痛苦、悲伤。长时期的职业乞丐如今已减少了很多，他们混杂和淹没在一大群新的乞丐中，有时竟同那些昔日曾经给自己施舍过东西的人争抢施舍物。学徒和伙计被商店老板解雇，减少了或者几乎完全丧失了每日的收入，只得依靠自己昔日存下的资金或者老本艰难度日。对商店老板而言，昔日事业的停止就代表着倒闭和破产。而各行各业的工人，不管他们曾在普通工厂或精密工厂、需品工厂或奢侈品工厂做过工，都流浪在大街小巷。他们要么走家串户，要么斜靠在街角，要么蜷缩在住宅或者教堂前的人行道上，可怜兮兮地请求着施舍。有时他们也会在穷困和未被克制的羞愧间徘徊，面色憔悴，虚弱无比，由于长时间未进食，加之寒冷透过他们单薄而又破烂的衣服，他们直哆嗦。不过，他们中很多人身上还残留着昔日富裕生活的痕迹，而他们此刻的闲散和失望也并没有完全掩盖他们之前勤劳、勇敢的习性。在这一群悲惨的人中，还混杂着不少富裕人家之前的仆人，他们都是被那些从中等阶级跌入贫困阶层的主人所解雇的，或者，在那样饥荒的年份，这些富贵的贵族人士再也不能承担起昔日那么多的随从。可以说，在这些不同的人中，还有很多另外的不幸之人，他们当中的一部分人，孩子、妇女、年迈的父母，习惯于依靠他们过去的收入为生，如今也同他们一起，或三五成群，或散落在各处，四处乞讨。

还有一些很容易辨别的人，他们有着蓬乱的头发、华丽的破衣服，甚至还有着与众不同的举止和行为，以及带有由奇特的习惯造成的印记，这些人便是邪恶的暴徒，他们失去了昔日靠为非作歹获得的面包，如今也不得不到处乞讨为生。他们显出惊恐、顺从的样子，加入了乞讨的竞争行列，受饥饿所迫，步履艰难地走在路上。昔日的他们总是傲视一切，带着蔑视而凶狠的眼光，穿着漂亮而奇特的制服，佩戴着精美的武器，浑身喷着香水，如今却卑贱地伸出那双曾经总是威胁、伤害别人的手来乞讨。

然而，最常见也最令人心生怜惜的仍是那些或形单影只，或夫妻两人，或举家逃难的农民——丈夫和妻子抱着或背着婴儿，牵着孩子，扶着老人。他们当中，有的人的房子被士兵强占或洗劫一空，因而不得不绝望地逃了出来；还有一些特想赢得别人同情的人，故意将他们在维护自己所剩无几的粮食时被殴打而留下的刀疤和瘀伤给别人看；还有的人则是默默忍受着那些蛮横不讲理的胡作非为的行径。然而，那些没有遭受这种特殊的灾难的人也并未幸免于难，他们承受了更严重的饥荒和苛捐杂税之苦。全国任何一个地方都无法避免这两种灾难，他们最后被迫背井离乡，逃到城里求生，并把城市当作古老的栖息地，能够得到富足以及别人慷慨救助的地方。新来的人很容易被辨别出来，因为他们不仅步态犹豫，表情惶恐，而且，当他们打算找个地方引起人们注意以博得同情时，会对如此之多的人同时竞争表现出恼怒和惊慌。还有一些人和他们同时到达城市，这些人则在城里的大街小巷晃悠，靠可怜的施舍勉强度日，在供求如此悬殊的情况下，他们的表情更显得惊慌不安，他们穿着布衣（或只是裹着一些破布），表情各异。在那疲惫不堪的人群中，来自沼泽地区的人面色苍白，来自平原和丘陵地带的人面部黝黑，而那些来自山区的人则面带红色，所有的人都骨瘦如柴、憔悴不已，眼睛向内凹陷，眼神时而严厉，时而呆滞，头发凌乱无比，胡须既长又乱。那些曾经因为劳作而变得强壮的人如今由于缺乏食物而精疲力竭，他们的胳膊上、腿上及那瘦骨突出的胸部上的皮肤都皱缩在一起，暴露在他们的破衣服之下。妇女和年幼的孩子有所不同，但他们的痛苦丝毫没有减少，反而显得更加无精打采，更加衰弱无力。

在街道旁房屋的屋檐下，沿着墙壁的那一段铺满了被踏碎的稻草，稻草里面还掺杂着别的肮脏的碎布。然而，对那些不幸的人来说，这都是上天的恩赐，是对他们表达仁爱的一种方式，让他们有个栖息之地。偶尔在白天也能看到有人躺在那里，饥饿和衰弱消耗了他们的精力，也使他们丧失了支撑自己身体的力量。有时候人们竟发现那凄凉的“床上”躺了一具死尸；有时候，又一个可怜的精疲力竭的人忽然晕厥在地，于是道路上又多了一具尸体。

一些邻居或路过的人在同情心的驱使下，会俯下身看看某个受害者。在某些地方，出现了某个财力颇丰、向来慷慨大度、乐善好施的人发起的有组织的救助行动，此人就是善良的费德里戈。他精心挑选了六名富有仁爱之心并且体格强壮的神甫来执行这个任务，并把他们分为两人一组，带着一些搬运工，带着各种食物和有效的速成滋补品，分别负责城市三分之一的区域。每天早上，这几组人员便在各自所负责的地方巡逻，给予难民所需要的帮助。有的人濒临死亡，正承受着巨大的痛苦，根本无法进食，神甫便给予他们最后的救助和安慰；对那些需要食物的人，他们就分发一些汤汁、鸡蛋、面包或葡萄酒；对于那些因长期饥饿而精疲力竭的人，则分发滋补胶剂和浓葡萄酒，让他们恢复力气，而且，如果需要的话，还为他们提供酒精饮料。同时，对于那些衣衫褴褛的人，他们则分发一些衣物。他们的救助并不仅限于这个地方，这位善良的大主教希望在自己力所能及的地方采取一些有效的措施，长期救济那些贫困的人。对于那些经过初步救助恢复了力气能够站起来行走的穷苦人，大主教则赐给他们一些钱财，以免他们因为贫穷或得不到别的救助而再次陷入以前的悲凉处境。对于其他的穷苦人，神甫们则在附近的住户为他们寻找栖息之地。大部分富裕的家庭在红衣主教的建议下，或出于慈爱、或出于怜悯，都热情地收容了这些难民；有些人家有这个心思，但却心有余而力不足，神甫们就请求他们为这些难民提供食宿，在谈好价钱之后，便立刻先付了一部分给他们。然后，这些神甫把寄宿在别人家的难民告诉其教区神甫，好让他们前去探望一番，他们自己也会再回来看望这些可怜的难民。

不言而喻的是，红衣主教大人并没有把自己的关心局限于这种遭受极端痛苦之人，也没有等这些事严重时才采取措施。他对穷苦人民炙热的关怀和慈爱触动了所有人，他的慈爱行动从各种事中体现出来，就连他不能到达的地方他也尽力施加帮助，并按照不同的需要采取各种不同的救援形式。事实上，当他把自己所有资产拿出来时，还实行了最严格的节约制度，放弃那些如今无关紧要的善举，并想尽各种办法筹集资金，把所有的钱都用来救济难民。他购买了大量的粮食，分配给他所在教区中最贫困的地方，由于这种救助根本无法满足需要，他还分发了大量食用盐。里帕蒙蒂在描述这件事时这样说道："借助这些食用盐，人们会把地上的青草和树皮都当作他们的食物。"他还把粮食和钱财发给城市里的教区神甫，他自己也亲自去每一个地区视察，并分发救济金，暗地里帮助了很多极度贫困的家庭。根据当代著名医生亚历山德罗·塔迪诺在他的《关于米兰大瘟疫的源起和概况的报告》中所说的（以后我们还将经常引用），在大主教的宫殿里，每天都要做大量的米饭，每天早晨都会分发两千碗米粥。

当考虑到这些慈善行为全是来自某一个人和他的个人财产时，我们肯定会说其效果是相当可观的，因为，就通常而言，费德里戈先生是不会因为别人而慷慨解囊的。除他之外，还有一些个体也参与了这次行善活动，尽管投入的财力不算丰富，但其数量也相当可观。另外，十夫长委员会也同意分发救济金来应对这紧急情况，并委托粮食委员会予以分发。然而，从实际需要来看，这样的救济也只是杯水车薪。一些快要饿死的山里人在红衣主教的救济下得以延续自己的生命，而另一些人却又落到了饥饿难耐的悲惨地步。以前得到救助的那些人，用完了那有限的供给物之后又陷入了濒临死亡的境地。而一些别的地方，虽然没有被遗忘，但看上去并不是特别贫困，因此便区别对待这些地方，但贫困却变得越来越严重，正可谓饿殍满道，人们从各个方向涌向城市。比如说，有两千个身体比较强壮、动作比较敏捷的饿汉打败了其余的竞争者，跑到前面拿到了一碗汤，那么他今天便不会饿死。而还有数千名受饿的人落在他们后面，眼睁睁地看着这些比他们幸运的人，但是，在那些落后的人群中，不是还有他们的妻子、儿女和父母吗？在城市的某些地方，一些极度贫困的人得到了救助，恢复了精力，还能站起来，生活暂时得到了保障，然而，在别的地方，由于没有得到救助和慰藉，更多的人由于长期受苦而命丧黄泉。

白天，大街小巷到处都传来嗡嗡的哀求声，到了晚上，则传出一阵阵痛苦的呻吟，这声音还不时被一声哭诉所打断，这哭诉声突然爆发，像是一阵阵抱怨声、哀求声，或荒凉的尖叫声。

值得注意的是，尽管人们正饱受如此极端的痛苦，尽管人群中抱怨连连，但他们始终没有一点造反的意图，或发出一点造反的号召，至少看不到任何造反的迹象。然而，在那些活着的或者死去了的人当中，还是有很多人是不甘心忍受的，事实上，他们当中的数百人在圣马丁节那天充分地表现了出来。我们绝不能这样想：那四个不幸之徒已经用自己的死代众人受了惩罚，因此才使他们不敢再次轻举妄动。那些流离失所的人们再次聚集在一起，他们早已感觉自己已经受到惩罚，并且正在受罚，且不说那些现实中的刑罚，就说他们对刑罚的回忆，又能对他们的心灵产生什么影响呢？通常来说，人类就是这样：我们只是用暴力反对一般的罪恶，而当面对极端的罪恶时，却总是默默地低下头。我们不是屈从，而是在受到了那么多无法忍受的痛苦之后已经变得麻木不仁。

在这可悲的人群中，每天都有很多人死亡，同时又有很多人来填补空缺：难民源源不断地涌向这里，先是来自附近村子，稍后是来自周围各个乡村，最后是来自这个国家的其他城市。同时，每天也有很多老居民离开米兰这个城市——他们当中，一些人不愿意看到如此的灾难而选择离开，另一些人是住所被新来的难民所抢占，最后绝望地离开，想去别的地方寻求救助——任何地方都可以，至少去的那地方乞讨的人不是那么多，竞争也不会那么激烈。这些难民沿着不同的路线行走，在半路上却迎面相遇，这是一幅多么可怕的景象啊，这对于他们来说是个不祥的预兆。然而，他们还是各自继续往前走，就算不再怀着改变自己悲惨遭遇的希望，至少不会再回到那个已经让他们感到憎恶和绝望的地方。有的人饥饿无比，耗尽了最后一点力气，最后栽倒在地上，静静地死在那里，这对他们同行的伙伴来说是何等悲凉的场景，而对于别的路人来说，却使他们感到恐怖，有人甚至还对此抱怨不休。里帕蒙蒂写道：“我看到城墙周围的大路上有一具女尸……她嘴里还含着啃了一半的青草，双唇似乎还在用尽全力地……她背着一个包袱，手里抱着一个婴儿，双手护着他，婴儿痛苦地哭喊着闹着要吃奶……一个富有同情心的人来到她的面前，抱起小孩，给他喂了点食物，就这样完成了母亲的职责。”

盛装华服与衣衫褴褛、奢侈富足与贫困潦倒的对照，是平常日子里司空见惯的景象，而那个时候却荡然无存了。衣衫褴褛和贫困潦倒几乎充斥世界。表面的节俭成为鲜明的特色。可以看到贵族们衣着朴实无华，有时甚至穿着寒酸、破旧的衣服在街头行走。对于一些人来说，引发贫困的共同原因，也改变了他们的命运，或者迫使他们原先已经动摇了的家业破产；而另外一些人，害怕豪华会激发大众的绝望，或者因为自己亵渎了大众的绝望情绪而感到羞愧。那些权豪势要，既受人尊敬，又让人憎恨，平时出门总是由一群强人前呼后拥，趾高气扬，如今几乎总是独自悄悄地外出，低垂着脑袋，脸上流露出和解的，或者请求和解的表情。

也有另外一些富裕的人，他们曾经是那么的仁慈，举止是那么的优雅，在看到如今这连绵不断的灾难后，也显得迷惑、惊慌失措，好像是被时时刻刻见到的贫困所征服，这贫穷不仅粉碎了救济的可能性，而且也几乎粉碎了同情的力量。那些还能够提供一些帮助的人，也不得不在不同程度的饥饿之间和不同程度的需求之间做出艰难的选择。他刚对其中一位可怜的乞丐伸出援助之手，其他的乞丐也纷纷伸出手向他乞讨。那些多少还有点力气的人，赶紧蜂拥前来祈求更多的施舍；那些虚弱的老人和孩子只能远远地伸出自己瘦弱的手；而那些在人群后的母亲，有时也高高地举起用破布包裹着的哭泣的婴儿，以便让施舍之人看见。

人们就这样度过了冬天和春天。一段时间以来，卫生委员会向粮食委员会禀报说，由于城市的各个角落聚集着大量的乞丐，该城市很可能染上瘟疫，并且建议应该将所有的行乞之人聚集在不同的收容所。正在当局考虑此项建议，审批这项建议，制订实施方案的方法、途径和地点时，街上的尸体急剧增加，每天都会死很多人，随后还发生了其他的灾难。粮食委员会提出了一个更适用、更迅速的解决方案，即将所有的乞丐，不管是健康之人还是患病之人，聚集在同一个地方——传染病院，由传染病院治疗和收留，所花的费用全由政府承担。这一方案被采纳了，尽管卫生委员会对此持反对意见，说那么多人聚集在一起，定会增加他们正想避免的危险。

米兰的传染病院（或许有的读者读到该故事时，既没有见过，也没有听过有关它的描述）是一个由栅栏围起来的四方形的院子，地处城外，位于东门的左侧。它与城墙之间有护城河、环形大道和一条环绕医院的水渠。医院的纵向两侧约有五百步之长，另外两侧较短，也许只有十五步路。这座一层楼的建筑，从外面被分割成很多小房间。在里面，沿着平房三侧的墙，是一条曲折的拱形走廊，饰以一排排小巧的石柱。

该病院曾经共有两百八十八间房，有的房间要比其他房间大。不过，如今我们可以看到，在这座建筑的中央，有一个很大的入口。在正面的一侧，面对大陆，有一个较小的入口。为了开设这两个入口，都不知摧毁了多少小房间。在我们所叙述的故事发生的年代，该病院只有两扇门，一扇在侧墙的中间，面对城墙，另一扇在与它相对的另一侧。在里面的场地中央，有个八角形的小教堂，该教堂至今仍然存在。

整个病院于1489年开始兴建，它最初由私人捐资，后来又获得政府的拨款和许多热心公益事业人士的资助。它最初的用途，正如它的名字所表明，是在需要的时候用来收容染上瘟疫的病人。在那一段时间之前和之后的许多年里，瘟疫时常流行，有时一年内就会发生两次、四次、六次，甚至八次，有时发生在欧洲的一个国家，有时肆虐于欧洲的许多国家，有时甚至势不可当地席卷整个大陆。在我们所讲述的这一故事的年代里，这里是检疫货物的场所。

目前，为了尽快将该院腾出来，也顾不上严格遵守卫生法规，只能匆忙地将所有的洁净物品搬出来。每间房屋里都铺满了稻草，尽可能地安放好买来的一定种类和数量的食品。然后广泛张贴告示，邀请所有的乞丐前来住院。

许多乞丐十分乐意接受该项帮助，因生病而躺在大街小巷或者是广场的所有乞丐全被人抬到了此处。才几天的时间，人数便超过了三千。不过，还有更多的人留在了外面。或许，他们每个人都期待其他人去那儿，这样，留下的少数人可分享城里的施舍；或许，他们生来便对禁闭有一种厌恶之感；或许，是穷人对权贵之人的所有建议都感到不信任（这种不信任总是同那些感受到它的人和诱发它的人的无知、同贫穷之人的数量、同法律的非正义性始终是相称的）；或许，他们确实明白，他们提供的善助的实质究竟是什么；或许，所有这些原因均有；或许，还有别的什么原因。不过有一件事是可以确定的，那就是大多数人依旧在城市各处闲荡乞讨。面对这一状况，政府觉得只能将邀请改为强制。于是大批警察被派出去将行乞之人赶到传染病院，有时甚至将那些反抗的乞丐捆绑起来送入病院。每送一人，他们可得到十里拉的赏金。所以有句话说得没错，即使在财政紧缺的年代，政府的公费也总会花在不当之处。不过，就像人们所猜想的，尽管粮食供应委员会的意图如此明显，可还是有一大批乞丐逃到了城外，或者其他别的什么地方，以求至少能在那儿自由、随意地死去。然而该强制手段是如此具有成效，以致在短短的时间里，在传染病院避难的乞丐人数——不管他们是自愿还是被抓到这儿的——达到了一万之多。

尽管当时的记录丝毫没有提及，但我们仍可想象到那些妇女和孩子定被安置到了其他地方。诚然，此处确实不需要维护良好秩序的法规和举措。不过，读者可以试想一下，尤其是在那样一个年代，处于那样的情形，能够建立和维护怎样的秩序呢？因为在那儿，既有自愿来此避难的乞丐，同时又有被迫抓来此地避难的乞丐；既有被迫乞讨，忍受着痛苦和悲伤之人，又有以乞讨为职业之人；还有很多诚实之人，他们曾在田间或者仓库做过工，他们同许多四处闲荡、耍流氓、嘲笑他人、打架斗殴之人，乱糟糟地住在一起。

就算我们并没有正面材料证实，但是，他们就这样吃住在一起，其伙食、居住的条件究竟如何，大家都可以猜想得到。更何况我们还有这一正面材料。在每一间小房子里，居住着二三十个人，他们挤在一起睡觉，睡不下的，便只得躺在走廊下去睡，有的睡在那些腐烂、恶臭的稻草上，有的干脆直接睡在光秃秃的地板上。尽管官方下令，所有的稻草必须干净、充足、时常更换，可实际上，那稻草却稀少、腐烂，并且从来没有更换过。同样，官方下令说所有的面包必须具有很高的质量，但又有哪个管理阶层会说自个儿加工分发的面包是不好的呢？在正常情况下，对少数人都尚难办到的事，如今在那样恶劣的情况下，对那么多的人又怎能办到呢？正如我们在当时的记录中找到的一样，说该传染病院的面包掺杂了一些难以消化的、不营养的物质。很遗憾，这样的抱怨并非是没有根据的。传染病院的水也是很缺乏的，我是说干净、健康的饮水。围绕着病院的那条水沟成为人们用水的唯一渠道，该渠道很浅，流动也很慢，里面甚至还有泥巴，再加上如此众多的病人一起使用、接触，该水的水质有多差，大家想必也猜得到。

这种种因素，在患病的或者虚弱的身体上所起的不良影响尤为显著，于是导致了死亡。此外，还要加上最为恶劣的天气因素：先是阴雨连绵，紧接着是更加严重的干旱，伴随干旱的还有预料中的酷热。伴随着肉体的折磨而来的，是精神的折磨，囚徒般的生活带来的沉闷和焦躁之感，对往昔生活的怀念，失去朋友的痛楚，对不在身边的朋友的刻骨铭心的思念，由别的病人的痛苦引发的憎恶和畏惧之感，以及其他种种带进医院或者在医院里被唤起的或绝望或愤怒的情感；还有对死亡的恐惧，连续的死亡所造成的凄惨景象，这诸多原因使死亡愈来愈频繁地出现，而死亡本身又进而成为导致死亡的、新的、重要的因素。不足为奇的是，在这样的拘禁下，死亡的人数不断增加，死神笼罩着整个传染病院，以致该病院已呈现出瘟疫的种种症状，许多人甚至都直接把当前的状况冠以瘟疫一名。或许上述这些原因的综合和激化仅仅是加剧了一次纯粹的流行性感冒，或许确有传染病蔓延开来（这在严重程度和持续时间都不及此次米兰大饥荒的饥荒中是常有的事），食物的匮乏、营养的不足、不洁的空气、肮脏的环境、疲惫的身体和惊恐的情绪为传染病安排和准备了适合传染病蔓延的条件，可以说，传染病在这些身体上找到了自己的生存环境，找到了自己的活动期，简言之，找到了它发生、滋长和扩散的必不可少的条件（请允许我这个无知者在这儿侈谈这么一番话，我其实只是接受了一些医生，特别是最近一位绝顶聪明、勤奋的著名医生以充分的论据和修正提出的观点）。或许，根据一份含糊而又不确切的报告，卫生委员会的医生们似乎认为，该瘟疫起初是在这座传染病院爆发的。或许在那之前，该瘟疫就已经存在并且开始传播（这种看法似乎更加真实可信，如果考虑到这样的事实，此前早已哀鸿遍野），只是被带进了传染病院后，由于这里人满为患，这些人又受其他因素的影响，更容易染病，瘟疫因而得以在那儿以新的、可怕的速度蔓延开来。不管其中哪一种猜测是对的，在传染病院每天死亡的很快便达到了数百人。

当病院中其余的人无精打采、忍受着折磨、害怕不已、痛苦不堪、惊恐万分之时，粮食委员会也觉得羞愧、不知所措、犹豫不决。他们久久地争论，又听取卫生署的意见，最终找不到别的法子，只能把当初如此大张旗鼓，花费如此之多的钱财，采用如此强制的手段所做的一切，统统予以推翻。他们打开了传染病院的大门，遣散了所有尚有力气的乞丐，这些乞丐异常狂喜地离开了。整个城市又再一次地充满了之前的乞讨之声，不过这乞讨声比之前的要虚弱得多，还断断续续的。人们再一次看见了成群的乞丐，尽管其数量比之前少了很多，不过，在想到为何这些数量会变得如此之少时，大家便觉得更加的难过。那些患病的乞丐被转送到当时一家名为圣母玛利亚·德拉斯泰拉的收容所，在那儿，大多数人都悄然死去了。

然而，与此同时，田间显出了一片金黄的颜色，收获的季节又到了。城里的乞丐开始纷纷上路，回到各自的家乡去，准备这期待已久的丰收。善良的费德里戈想出了一个新的方法，做出了自己最后的努力，向每个归家之人送一把收割用的镰刀和一枚银币。

随着丰收的到来，饥荒总算结束了。然而，瘟疫和传染病引起的死亡尽管日益减少，可是却一直延续到秋天才消失。正当它们即将消失之时，却又发生了新的灾荒。

在这一过程中发生了很多重要的事，这些均被奇特地称为历史事件。正如我们上文所说，红衣主教黎塞留攻占罗塞拉之后，便匆匆忙忙地同英国国王缔结了盟约。他还以自己雄辩的口才在法国会议上建议并劝服大家，要对内韦斯公爵提供一些有效的帮助，还成功劝服国王御驾亲征。

正当他们在做必要的准备的时候，帝国代表纳索伯爵建议曼图亚新上任的公爵把自己所掌管的领地交给费迪南二世，否则他将派兵占领此地。这位伯爵虽处于十分绝望的境地，但他拒绝接受如此苛刻的条件，如今又有法国的援助，他便对此条件更加不屑一顾。不过，他尽可能地用拐弯抹角、模棱两可的方式来表达自己的此种态度。他提出的建议表面上显得顺从屈就，实则没多大风险。

纳索伯爵离开的时候，还威胁说会以武力解决这个问题。同年三月，红衣主教黎塞留同国王一起率军下山，向萨沃依公爵借道，协商之后并未达成协议，一阵冲锋对决之后，法国人掌握了主动权，于是他们再次谈判，并最终达成了协议。协议中的一条是，萨沃依公爵保证要科尔多瓦解除对卡萨莱的围攻，并保证如果科尔多瓦拒绝，他便会联合法军一起进攻米兰公国。贡扎罗也认为这一协议无伤大局，因此撤销了对卡萨莱的围攻。为了加强守备，法国立即派军驻扎卡萨莱。

阿吉利尼为此事件向路易国王写下了那首著名的十四行诗：

燃烧吧，啊，火焰，

让我们冶炼金和铁。

在另一首诗中，他劝告路易国王立即解救圣土，不过诗人的意见往往不被采纳，如果历史上有任何事情与诗人的思想相符合，便可以大胆地断言这些事是早就已经决定了的。相反，红衣主教黎塞留决定返回法国，处理一些他觉得比较紧急的事务。威尼斯外交官则列举出种种充分的理由，希望他改变这个决定。然而，国王和红衣主教就像对待阿吉利尼的诗一样，对他说的这些话不理不睬。于是，他们带领着大部分军队回到了法国，只留下六千人马在苏萨驻留以防守关口，执行协议。

法国军队刚刚撤走，费迪南二世的军队就从另一方进军过来，入侵了格劳宾登州和瓦泰利纳，即将入侵米兰地区。除了这次迁移所引起的恐惧，卫生委员会还得到可怕的消息，说军队里还潜伏着瘟疫，就像瓦尔基所说，一个世纪以前，德国人曾将瘟疫带到了佛罗伦萨。亚历山德罗·塔迪诺是卫生委员会的成员之一（除了卫生委员会主席之外，还有其他六名成员，其中有四位官员和两名医生），正如他在我们所援引的他的报告里所指出的，卫生委员会曾经委派他向总督汇报，如果德国大军经过米兰前往曼图亚，那么那可怕的危险便会威胁到整个国家的安全。从贡扎罗先生的全部表现来看，他似乎很想让自己名留青史，事实上，历史也避免不了对他的行为有所记载。不过，正如通常会发生的那样，历史不会或者不愿去记载他的一个最值得记忆和关注的行为，那就是他在那种形势下对塔迪诺的回答。他回答说，他不知如何是好，那只军队受利益和名誉的驱使才向这里迈进，这些原因远比他们正遭受的危险重要得多。但是，尽管如此，他说他将尽其所能补救这一切，并寄希望于上帝。

为了尽量补救这一切，卫生委员会的两名医生——塔迪诺和著名的洛多维科的儿子萨纳托雷·赛塔拉，建议禁止任何人从经过的士兵队伍里购买任何东西，违者将给予严重惩罚。但是，他们却无法使卫生委员会主席理解颁布这项命令的必要性，正如塔迪诺所说："他是一个心地善良的人，他不相信和那些人接触或者购买他们的东西就会导致成百上千人的死亡。"我们所引用的这段话，是当时最有特点的言论之一。的确如此，自卫生委员会成立以来，再也没有别的主席有过这样的见解，如果说这算得上见解的话。

对于贡扎罗来说，他做的这一回答是他最后一次在米兰所做的事情，因为是他发动了这场战争，且自己又是统帅，而战争的失利正是他在那个夏天被罢官的原因。他被迫离开米兰之际，有位当代作家注意到了一件在像他那样位尊权贵的人身上从不曾发生过的奇事。贡扎罗坐在旅行马车里，身后紧跟着其他权贵的马车，刚一离开被称作城市宫殿的王宫，他便遇到了一大群民众。一些人挡在他前面的路中央，另一些则跟在他的马车后面，高声嚷着，责骂声不绝于耳，似乎把他当作他们所遭受的饥荒的罪魁祸首。他们说，是他下令将玉米和粮食运到城外。他的马车顺着人群的方向前进，人们则用比语言更加锋利的石块、砖头、菜帮子、各种各样的果皮，以及在这种场合通常会抛出的东西砸向马车。一路上都有新的民众加入进来，有人受到侍卫官的驱逐，向后退了退，但又接着往前跑，候在东城门处，因为贡扎罗所乘坐的马车很快便要经过这道城门了。当贡扎罗以及尾随的马车出现时，他们双手和弹弓便一齐用上，雨点般的石块纷纷向这些马车袭来。片刻工夫以后，众人都作鸟兽散。

安布罗吉奥·斯皮诺拉被派遣来接替贡扎罗的位置，在费兰德斯战役中，他就早已功名显赫，如今仍然荣耀披身。

与此同时，德国军队接到了进攻曼图亚的最终命令，并于同年九月攻占米兰公国。

当时的军队主要是由职业指挥官所征集的自愿兵组成的，而这些指挥官有时也是受这个或那个亲王所托，有时他们还把自己人集中在一起自建军队。这些人被这个职业所吸引，但其吸引力并不在于他们所得到的补偿，而在于他们可以借此肆意掠夺。军队里面没有严格的纪律，而且要把不同指挥官各自的权威融合在一起也并非易事。尤其值得注意的是，这些指挥官也并不熟知那些纪律，而且就算他们愿意制定出严格普遍的纪律，他们也不知该如何建立和维护，因为这一类士兵要么联合起来反抗这样一个革新的、禁止掠夺的指挥官，要么弃他而去，让他一个人独守军旗。除此之外，由于雇用这些军队的亲王们只求招募到足够数目的人马，确保他们的野心得以实现，而不使雇佣兵的人数和他们有限的财力相称，所以多数情况下，雇佣兵的酬劳要拖延很久才支付，而且是每次支付一点儿。因此，军队在其作战或者已攻占之处肆意掠夺来的东西，就心照不宣地成为了士兵们酬劳的补充。下面是沃伦斯坦的名言，这些名言几乎和他本人同样著名：统领一支十万人的军队比统帅一支一万二千人的军队要容易得多。我们所谈到的这支军队，大部分由在战争中打败德军的队伍组成，这场战争就其本身和其后果而言是所有战争中最著名的战争。而且，由于它进行了三十年之久，故被称为“三十年战争”。而当时正好是战争进行的第十一年。除此之外，他还有一支由他的助理官带领的属于他自己的军团，而其余大部分指挥官也在他的管辖之下。然而，他们当中不止一人促成了四年后那众所周知的悲惨结局。

二十八万步兵和七千骑兵从瓦尔泰利纳下来径直向曼图亚进发，他们必须沿着阿达河顺流而下。阿达河形成湖泊的两条支流，然后又重新汇合，最终流入泼河。他们又沿着泼河河岸行走了一段路程，在米兰公国境内走了整整八天。

大部分居民拿着自家值钱的东西，赶着牲口到山里避难去了；而另外一些人或者为了照顾生病之人，或者为了保护他们的房屋不被摧毁，也或者是为了看管他们埋藏在地下的珍贵物品，都留了下来；一些并没有什么可以失去的人也留了下来；还有几个恶棍甚至还想借此捞上一把。当第一分队到达这个村庄的时候，他们便驻留了下来，并很快就在当地和附近的村庄分散开来，肆意地掠夺——所有可供食用或可带走的东西都被洗劫一空，剩下的东西全被毁掉。他们毁坏了所有的田地，烧毁了所有的房屋，对人们肆意殴打，还奸淫那些可怜的妇女。

所有权宜之计以及保护财产的方法都无济于事，甚至有时还为其主人带来了更大的伤害——这些士兵对这些把戏已经了解得很透彻，他们将房屋的每一个角落翻了个底朝天，并摧毁了每一面墙壁，轻而易举地便认出了菜园子中刚翻过的泥土。有的士兵甚至跑到山上抢夺那些牲口；有的在某个恶棍的带领下（正如我们所言，有些恶棍想趁此机会捞到好处），去山洞里找隐藏在那里的富人，然后把他们拖回家，对他们严刑逼供，强迫他们说出隐藏宝藏的地方。

最后，这支部队终于离开了，鼓声和喇叭声渐渐消失在远处，接下来的几个小时，整个村子寂静得可怕，接着便又是一阵可恶的号角声，这宣告了下一支部队的到来。然而，这个地方已经没有什么东西可供他们掠夺，于是，狂怒之下，他们便摧毁了所有的东西，焚烧剩下的家具、门槛、水桶或酒桶，甚至把整个房屋都烧毁了。他们抓住那些没有逃走的居民，更加残暴地虐待他们。由于这支军队被划分成了很多支队伍，因此，在接下来的二十天内，情况一天比一天糟糕。

科利科是米兰公国第一个被这些恶魔入侵的小镇，接着他们洗劫了贝拉奥，然后进入瓦尔萨西纳，在那儿军队扩散开来，最后入侵了莱科地区。

第二十九章

在那些惊慌失措的人群中，可以看到我们较为熟悉的几个人。

那天，各类消息突然纷纷传来，说什么有一支军队正南下而来，不断逼近此地，那些士兵还一路到处破坏。要是当时谁没有看见唐阿邦迪奥那副惊恐、害怕的模样，那他肯定不懂得狼狈和恐慌是怎样一回事了。该军队压境了，他们的人数可达三万、四万、五万。他们全是魔鬼、异端分子、反基督徒。他们洗劫了科尔泰诺瓦，焚烧了普里马鲁纳，毁坏了因特罗比奥、帕斯图诺和巴尔西奥，眼下他们已到了巴拉比奥，可能明天便会来到这儿，这些便是人们相互传递的消息。人们有的急急忙忙地到处奔走，有的站在那儿，围成一个圈，不停地商谈着，在逃跑和留下来之间踌躇徘徊。女人们也聚集在一起，急得直挠头。唐阿邦迪奥比任何人都先做决定，也比任何人都坚定，他决定逃跑。可他发现，不管选择怎样的逃跑方式，不管逃到哪个可以想象到的地方，都会遭遇难以逾越的障碍，面临极其可怕的危险。“我该怎么办？”唐阿邦迪奥惊呼道，“我该逃到哪儿去呢？”上山去？暂且不说攀登上去有多难，即便到了那儿也不见得就很安全，众所周知，只要德国士兵发现一点有可供掠夺的东西的线索和希望，定会像猫一样敏捷地攀登上去。至于说科摩湖，其湖面太宽，加之又刮着大风。除此之外，大部分船夫害怕自己会被逼迫去承载那些士兵或者行李，早已驾着自己的船只躲到另一边去了。不过仍然有少数船夫留下来，满载着人群出发。由于船本身的重量以及暴风雨的袭击，他们时刻都有遭遇不测的危险。他一心想逃离军队经过的地方，却无法找到任何一种交通工具，比如一匹马，或者其他什么交通工具。要是走路的话，唐阿邦迪奥肯定是走不远的，而且他又怕在半路上被士兵截住。贝加莫地区离此处并不远，他凭着一双腿也可走到那里，但是已经传出消息说贝加莫政府已经派遣一支中队迅速前往国境边界，去拦截德国军队，防止该军的进攻。这些军人也不比德国军人好，同样是魔鬼，尽做些坏事。可怜的唐阿邦迪奥瞪大双眼，发疯似的在房间里转悠。他一直跟着佩尔佩图阿，想同她商量商量，然而佩尔佩图阿正忙着将那些珍贵的家用物品搜集起来，准备将它们藏入地下室或者储存室。她的手里和怀里全是物品，急急忙忙地跑上跑下，累得上气不接下气，回答道："我正忙着将这些东西放在安全的地方，完事之后，我们就像其他人一样行事。"唐阿邦迪奥本想让她暂停一下，同她商讨下逃难的各种方法，可是她却忙着自己的事。她的内心也感到了恐慌和害怕，加之主人的行为，她很是愤怒，于是在这样一个关键时刻，她的脾气可不像之前那样温顺了。"别人都能想出法子，那我们也同样可以。请原谅我这样说，你就只会妨碍我干事，难道你觉得别人就不想保命吗？难道那些士兵只是专门来同你打架？此刻你本可以伸出手帮帮我，而不是只苦着一张脸，站在那儿，说些没用的，碍手碍脚。"佩尔佩图阿说这些话是想摆脱他，最终她也确实摆脱了他的纠缠。其实她心里早已决定，等她完成此事，她便会像抓小孩一样抓着唐阿邦迪奥的胳膊，将他一直带到山上去。就这样，唐阿邦迪奥独自一人被撇在了一边。他退到窗户边，一边向窗外看着，一边倾听着外面的动静。有时他看见有人从窗前经过，他便会以一种一半是责备，一半是哭泣的嗓音喊道："帮帮你们这位可怜的神甫我吧，去为我找一匹马，或者一头骡子，一头驴也行。难道真的没人愿意帮助我？噢，都是些什么样的人啊！至少等等我，让我同你们一起走！等到有十五或者二十来人，再将我带上，这样我可能就不会被抛弃了！难道你们忍心让我落到那些狗贼的手里吗？难道你们不知道他们几乎都是路德会教友吗？他们会觉得杀死一位神甫是一件天经地义、值得称赞的事。你们要将我留在这儿殉葬吗？噢，这都是一群什么样的人啊！噢，都是一群什么样的人啊！”

可是，唐阿邦迪奥是在对谁说这些话呢？是对那些从他家窗前经过，搬着自家的家具，心里却仍然想着留在家里的物品的人说的。他们中有的赶着小牛，有的拽着孩子，背上还背着一些东西，而他们的妻子则抱着还不能走路的婴儿。有的直接向前走，根本不回答唐阿邦迪奥的问题，也不抬头向上看。有的人会回答说：“哦，神甫先生，你也自己尽点力吧！你真好，没有家人可担心！你得自个儿帮自个儿，尽自己最大的努力想想法子。”

“噢，可怜的我啊！”唐阿邦迪奥大声感叹道，“噢，都是些什么样的人啊！他们的心是何等的硬啊！根本没有一点慈悲之心，每个人都只想到自己，谁也不愿替我想想。”说完他便又去找佩尔佩图阿了。

“噢，我正想找你呢，”佩尔佩图阿说道，“你的钱在哪儿呢？”

“我们该怎么办？”

“把钱给我，我要将它埋藏在这间房子旁边的花园里，同那些刀叉、餐具埋在一起。”

“但是……”

“但是，没什么可但是的，快去拿来吧，留下一些自个儿应急，其余的就交给我吧。”

唐阿邦迪奥听从了她的建议，朝着放钱箱的地方走去，取出了自己为数不多的钱，将其交给了佩尔佩图阿。接着，佩尔佩图阿说道：“我现在就去将这些钱埋藏在花园那棵无花果树下。”随后，她便走了出去，不过很快就回来了，手里拿着一个装着食物的袋子和一个空背篓。她一边匆匆忙忙地将自己和主人的衣服塞进背篓，一边说道：“你至少应该自己携带着那本《大日经》吧。”

“但是我们这是要去哪儿呢？”

“其他人去了哪儿呢？首先，我们得去街上看看，打听打听，然后再决定该怎么做。”

正在这时，阿格尼丝走了进来，肩上也悬挂着个背篓，神情十分严肃，仿佛是来提供一个重要的建议似的。

阿格尼丝也决定不留下来等待那伙罪恶的客人，她家里就她独自一个，身边还有无名氏送给她的一些钱财，起初她也挺犹豫的，拿不定主意逃到哪儿去。这些剩余的金钱在过去几个月确实对她很有用，可现在却成为她担忧和犹豫不决的主要原因，因为她听说，在被入侵的地区，那些稍有一点钱的人的处境比其他任何人都糟糕，他们不仅要受到入侵者的暴力攻击，还得当心同乡人的觊觎。确实，她没将那笔从天而降的钱的事告诉其他任何人，除了唐阿邦迪奥。因为她时不时地会去唐阿邦迪奥那儿，用金币兑换些零钱，每次还留下一些，请神甫将那些钱捐助给那些更贫苦的人。然而，对于那些尚不习惯手里握有大笔钱财的人，一笔隐藏的钱会使他不停地怀疑这、怀疑那，总怀疑别人在打自己的主意。不过，此刻，当她正在努力将那些自个儿不能带走的东西到处藏起来时，她突然想到了那些金币。这些金币被她缝在了自己的内衣里，她记起了无名氏在给自己这些金币时，曾经说过，乐意为她效劳。她记得听人说过，该无名氏的城堡位于一个悬崖之上，要是没有无名氏的允许，除了飞鸟，谁都休想进去半步。于是，阿格尼丝便决定去那儿避避风头。正当她想着该怎样让那位先生认识自己时，唐阿邦迪奥便浮现在了她的脑际。这位神甫在同那位无名氏先生谈过之后，对她总是格外的友好。而且他这样做，又不损害任何人的利益，再说，那两个年轻人此刻也远在他方，如今向他提出某种要求，以此来考验他的可能性也就不存在了。她认为在如今这样慌乱的时刻，那位可怜的神甫肯定比她自己还混乱、还沮丧，或许她的这一计谋恰能得到他的赞同，于是她便前来献计了。阿格尼丝来到唐阿邦迪奥家，发现他此刻正同佩尔佩图阿在一起，于是便向他们说出了自己的来意。

“你觉得如何，佩尔佩图阿？”唐阿邦迪奥问道。

“我看，这是上帝的指示，咱们不要再浪费时间了，赶紧启程吧。”

“那，之后……”

“之后，之后……请放心，我们到了那儿，一定会很满意的。众所周知，如今那位无名氏先生别无他求，只是一心想为他人行善，毫无疑问，他肯定会乐意收留我们的。再说，他的城堡位于悬崖边，仿佛是建在空中的一样，那些德国士兵肯定不会去那儿的。我们再去找点吃的，因为在山上，当所有的存粮都吃完时，”她一边这样说着一边将粮食装进背篓里，置于放好的衣服上，“我们便会过得很凄惨。”

“他皈依上帝了，真的皈依上帝了，是吗？”

“大家都已知道他已经改邪归正了，而且你自个儿也亲眼见到过，还有什么可怀疑的呢？”

“试想一下，我们这样去会不会是自投罗网呢？”

“什么，自投罗网？唉，像你这样前怕狼后怕虎的（请原谅我这么说），永远也办不成什么事。不错，阿格尼丝！你的主意真是太棒了！”随后，佩尔佩图阿便将背篓放在桌上，将胳膊伸入背带中，背起了背篓。

“能否去找个男人，”唐阿邦迪奥说道，“找个男人同我们一起上路，也好保护他们的神甫？万一我们遇到了什么暴徒，唉，凄惨的是如今外面到处有暴徒闲荡，你们能帮助我什么呢。”

“你又想出个新花样，简直就是浪费大家的时间。”佩尔佩图阿大声说道，“现在上哪儿去找个男人？眼下大家都想着自己的事。精神点！去拿上经文和帽子，咱们该上路了。”

唐阿邦迪奥听从了佩尔佩图阿的话，很快便回来了，他的胳膊下夹着一本经文，头上戴着帽子，手上拿着根拐杖。三人穿过一扇通往庭院的小门，佩尔佩图阿锁上了那门，将钥匙放进了裤兜里。她这样做并非是不相信该门和锁的安全可靠，而是不愿忽视这一习惯。唐阿邦迪奥在经过教堂时，瞟了教堂一眼，嘴里咕咕哝哝道：“它是为众人服务的，所以众人应该保护它。要是他们真的爱护这教堂的话，定会想到这点，要是连这点心意都没有，那就是他们自己的事了。”

他们穿过田野，每个人都默不作声，各自想着自己的事情，还不时地环顾四周，尤其是唐阿邦迪奥，他一直很焦虑地留神四周，看是否有可疑人物或异于寻常的事。然而，他们并没有碰到任何人：所有的人或在家里收拾包裹，把有价值的东西藏起来，或正在通往山上的路上。

唐阿邦迪奥深深地叹了口气，接着又嘀咕着说了些什么，然后不断地抱怨。他很生内韦斯公爵的气，因为他本可以在法国当上公爵以享受荣华富贵，但他却不顾世俗的反对决心到曼图亚争夺公爵之位；他也生国王的气，他应该理解人们的做法，让世事顺其自然，而不是如此过分拘于小节，因为不论谁当上公爵，他始终是国王；最重要的是，他特别生米兰总督的气，因为他的责任便是使自己的国家免遭灾难，而事实上他却是这一切灾难的始作俑者，而这一切又源于他的好战。“我希望，”他说，“我希望那些先生们现在能来这里看看，尝试一下这种滋味。他们会给我们一个好的借口，但是，却使我们这些无辜之人在此受罪。”

“别提那些人了，他们绝对不会来帮助我们，”佩尔佩图阿说，“你总是那样唠叨着，请恕我直言，这根本就无济于事，更让我感到不安的是……”

“是什么事？”

佩尔佩图阿一路上都在心里盘算着她先前匆忙藏起来的东西，现在却开始悲叹起来，因为她想自己也许忘了某样东西，另一样东西又藏得不够好，或许那些强盗会以此为线索找到那里……

“做得好！”唐阿邦迪奥逐渐感觉到不再害怕丢失生命时，便开始担忧那些世俗的金钱和自己的奴仆了，他惊呼道，“做得好啊！你真是这样做的吗？你做事不动脑子的吗？”

“什么？”佩尔佩图阿突然停住脚步，大声说道，“什么？当时你不肯帮我，不鼓励我，改变了我的想法，现在你来责怪我？我考虑你的事比我自己的都还要多，可根本就没有任何人帮我一把，什么事都是我一个人操心。就算最后出了什么差错，我也无话可说，我所做的已经超出了我的职责范围。”

阿格尼丝说起了自己的不幸遭遇，打断了他们的争执：她对自己所遇到的麻烦并不感到悲伤，却为自己不能很快见到露琪娅而感到心痛。也许读者们还记得，她们正是计划在这个秋天相聚，但在这种情况下，普拉塞德太太不可能会到她乡下的房子里小住几日，就算她来了，她也会像其他人一样很快就离开。

他们所经过的不同地方的景色使阿格尼丝头脑里的这些想法更加活跃，也使她想要见到露琪娅的愿望更加强烈。他们穿过田野，走上了一条大道，这条大道正是不久前阿格尼丝和女儿在缝纫工家待了一段时间后，带着女儿一起回家时走的那条路。此时此刻，那村庄已经若隐若现出现在她的视线里。

“我们得去拜访一下那些善良的人。”阿格尼丝说。

“好的，我们还可以在那儿休息一下，我实在是背不动这个背篓了，而且还可顺便吃点东西。”佩尔佩图阿说。

“只要不浪费太多时间，要知道我们这次不是出来消遣旅游的。”唐阿邦迪奥最后说道。

他们受到热烈的欢迎，并且主人也很乐意见到他们，这使他们想起了主人以前所做过的好事。“尽你所能多行善举，”作者提到，“你便会经常遇到一些使你感到宽慰的人。”

阿格尼丝拥抱着这个使她感到宽心的善良的女人，突然放声大哭起来，只能抽泣着回答善良女人和她丈夫询问的关于露琪娅的问题。

“你过得比我们好多了，”唐阿邦迪奥说道，“她现在在米兰，已经脱离了危险，而且还远离了那些残忍的恶霸。”

“神甫先生和你们是在逃难，对吗？”缝纫工问道。

“是的。”神甫和佩尔佩图阿异口同声地回答道。

“噢，多么不幸啊！”

“我们正在赶往……城堡。”唐阿邦迪奥说。

“这是个好主意，在那里就像在教堂里一样安全。”

“你们继续待在这里不感到害怕吗？”唐阿邦迪奥问道。

“请听我说，神甫先生，您也知道，他们是不会到这里来的，上帝保佑，我们离他们行军的路线太远了。最坏他们也只是到此处抢劫一番，但上帝禁止他们这样做。不管怎样，我们还有很多时间，我们得去那些遭受不幸的村庄打听一下，因为他们会到那里去驻扎。”

他们已经约定在此稍停片刻，休息一下，而且现在正是午饭时间。

“我的朋友们，”缝纫工说道，“请你们赏光和我们共进午餐，我们诚挚地欢迎你们。”

佩尔佩图阿说他们自己带了一些食物。在相互谦让之后，大家决定把所有东西放在一起，一起用餐。

孩子们像见到老朋友一样，高兴地围在阿格尼丝的身边。突然缝纫工叫她的一个小女儿（如果读者还记得的话，这正是先前给寡妇玛利亚送东西的那个女孩）去剥掉放在墙角里那几个早熟的栗子壳，然后拿去烘烤。

“而你，”他对自己的小儿子说，“你到园子里去摇那棵桃树，摇一些桃子下来，然后全部拿到这里来，快去吧。”他又对另一个儿子说：“你去摘几个熟了的无花果来。相信你们已经能够很熟练地做这些事了。”缝纫工自己去打开了酒桶的塞子，他的妻子用台布铺好餐桌，佩尔佩图阿把他们所带的食物摆在桌子上，把一块餐巾布和一个陶器盘子放在尊贵的唐阿邦迪奥的座位前，又从背篓里取出一副餐具。待所有食物放好以后，大家坐在自己的座位上，开始用餐。虽然不能说他们对此感到很兴奋，但至少他们当中没有一个人预想到那一天他们是如此快乐。

“神甫先生，对于这样的混乱局势你有何看法？”缝纫工问道，“我觉得自己就像在读摩尔人入侵法国的历史。”

“我能说什么呢？这可怕的事竟也落到了我的头上。”

“不过，你倒选择了一个安全的避难所，”缝纫工接着说道，“若不是上级逼迫，那些士兵是不会到那个地方去的。你们在那儿会找到一些同伴，据说已经有很多人躲在那里，而且每天都有很多人前往那里避难。”

“我真希望他们会收留我们，我认识那位先生，我曾很有幸与他共处过，他是如此谦虚文雅的一个人！”唐阿邦迪奥说道。

“而且他还请红衣主教大人捎话给我，”阿格尼丝说，“只要我需要帮忙，尽管去找他就是了。”

“真是一个伟大的绝妙的转变啊！”唐阿邦迪奥接着说，“他一直都在坚持履行自己的承诺，不是吗？”

“噢，是的。”缝纫工说道。然后他开始尽可能详尽地述说无名氏转变后那圣洁的生活，说他如何从一个大众灾难变成了现在人们的榜样和恩人。

“那他手下那些人呢？还有那些仆人？”唐阿邦迪奥再次问道，他不止一次听闻过关于他们的传闻，但他不太确定事情的真实性。

“大部分都被遣散了，”缝纫工回答说，“而留下来的那些也都改头换面了。总之，那个城堡已经变成一个世外桃源。神甫先生，您是知道这些事的。”

接着，缝纫工又同阿格尼丝谈起红衣主教大人造访的事情。“真是个了不起的人啊！”缝纫工说道，“真是个好人！遗憾的是他没待多久就匆匆离开了，我都还没能对他表示敬意呢。我多么希望能够再次从容地与他谈谈。”

午饭过后，缝纫工让他们看了看他贴在门上的红衣主教大人的画像，他这样做是为了表示对红衣主教大人的尊敬，也是为了对其他来造访的人说，这画像并不像红衣主教大人本人，因为他曾经正好在这间屋子里近距离和红衣主教大人接触过。

“这是他们想把他画成这个样子吗？”阿格尼丝说，“衣服是有点像，但是……”

“这画不像他，对吧？”缝纫工说道，“我一直都是这样说的，但是这也没什么，这画上有他的名字，就当作一个纪念品吧。”

唐阿邦迪奥急着要走，缝纫工说为他们找一辆马车把他们送到山脚，于是他去了一会儿就回来了，说马车马上就来。然后他转向唐阿邦迪奥，对他说：“神甫先生，如果您愿意带上几本书，好在那里消磨时间的话，我很乐意为您效劳。这些书都是些方言写成的，也许不合您的口味，但是，或许……”

“谢谢你，谢谢，”唐阿邦迪奥回答说，“在现在这种情况下，也只能去想我们所面对的事情了。”

他们相互致谢，彼此祝福，缝纫工邀请他们再次来做客，而他们也承诺返回之时会再来拜访。这时，马车已经停在了门口。他们把背篓放进马车里，随后也上了马车，怀着沉重的心情开始了后面的旅程。

缝纫工对唐阿邦迪奥说的关于无名氏的话是真实的，从我们不再谈论他那天开始，他一直坚持按照自己的打算行事：弥补过失，寻求和平，解救穷苦的人。总之，他抓住每一个机会行善积德。以前，他的勇气总体现在欺负他人和保护自己上，如今，他的勇气却不再表现在欺负他人和保护自己上了。他总是独自一人散步，不再携带任何武器，时刻准备着面对自己之前所犯下的种种暴行带来的恶果。此刻，他觉得，自己曾欠过很多人的债，倘若自己再犯什么杀戮以此来保护自己的话，那不啻又多犯了一条新罪。他还觉得，人们对他所做的任何伤害都是对上帝的一种亵渎，可对他自己而言，却是理所应当的，甚至可以说是他的报应。尤为重要的是，他比这世上任何人都更没有权利去报复那些伤害自己的人。然而，以前他为了保护自己，豢养过很多暴徒杀手，自己也全副武装，可如今，他手无寸铁，但其安全并未受到丝毫影响。他昔日的凶猛残忍仍然历历在目，而如今的温顺又给人们留下了深刻的印象，前者使得众人总想报复他，而后者却又令这一报复变得容易起来。然而，事实却恰恰相反，这两者令众人对他产生了一种敬佩之感，而这也恰好成为了他人身安全的主要保障。他就是当初那个任何人都无法使其屈服的人，可如今他却愿屈辱自己。从前他那可鄙的行为激怒了众人，众人惧怕他、憎恶他，可如今，人们看到他如此的谦卑，之前的种种怨恨也就自然而然地消失了。那些遭受他欺负的人出乎意料地便消除了一切危险，顿时很满足，这是一种即使他们最成功地报复了他也无法得到的满足，是一种看到一位沾满血腥的人决心痛改前非、重新做人的满足，也可以说是一种同他们一起对之前的那些罪过感到愤慨的满足。曾经，许多人对他的怨恨，因为时间太久的缘故，因为痛惜无论在何种情况下都无法比他更强大，都无法对他的某些重大的罪过实行报复，而变得愈发强烈，愈发刻骨铭心，可如今看到他独自一人，徒手而行，毫无反抗的迹象，他们顿时便对他肃然起敬。他那发自内心的自贬，使得他的举止和行为自然而然地透露出更加优雅、更加高尚的特征，同时也可更加清楚地看到，蕴含了比之前更加坦诚的蔑视危险的气魄。那些视其为不共戴天的仇敌的人，看到公众对他这位诚心改过自新的人的敬畏，也不得不抑制自己的愤怒和怨恨。人们对他的敬畏、赞扬竟达到了如此的地步，以至于使得他总是想要去躲避这些。他不得不小心自己的面貌和举止，一方面既不能对自己心里的内疚显得过于清楚，另一方面又不能过分地谦卑，以免受到过多的赞赏。他总是坐在教堂的后面，其他任何人都不敢去坐这一位置，因为，这样会被视为霸占荣誉的一种行为。另外，倘若有人冒犯他，或者不尊敬他，不仅会被视为粗暴无礼和品性恶劣，更会被视为一种亵渎神灵的行为。即使对于那些能够借助别人的这种情感来约束自己的人，也或多或少地默认了这一感情。

这些原因同其他原因一起使得政府赦免了对无名氏的惩罚，保证了他的安全，尽管他对自己的安全并不在意。他的社会地位以及他的家庭，一直以来就是他的保护伞，如今对他更是有益，因为如今在他显赫的、狼藉的声名外，又增加了其痛改前非的荣誉和对其堪称典范的行为的赞颂。地方政府和显贵人士也同众人一样，对他的这一改变表示由衷的高兴。因此，要是此时去冒犯这样一位备受关注的人物，定会显得极不合适。除此之外，政府深深陷入了对活跃的、反复滋长的动乱所作的斗争之中，而且是持久的、又常常是失败的斗争；如今，政府已摆脱了那最难以制服、最令人烦心的动乱，当然会深感欣慰；再加上由这位无名氏自愿改过自新引发的救赎行为，更是政府不曾见过的、求之不得的。惩罚一位圣人，显然并非一个有效的手段，却足以勾销无力处置罪犯的耻辱。要是开了这种处罚的先例，只会产生一种效果，那就是阻碍其他像无名氏这样的暴徒悔过自新。或许是由于红衣主教费德里戈帮助无名氏皈依了上帝，所以无名氏的大名便也同费德里戈的名字联系在了一起，这也成为了他神圣的保护伞。那时的基督教当权者同世俗当权者有着一种特殊的关系，他们彼此间老是争斗，可是却又不会专门毁掉彼此，而且他们还总是交替使用敌对与赞扬，抗争与尊重的手段，他们有时甚至联手去干同一件事，但从来不会有讲和的意思。因此，在这样的情势和观念的影响下，从某种程度上来讲，便会形成这一局面：教会的宽恕，虽不能使当权者赦免无名氏的罪行，但也使得人们逐渐忘记此事，前者所产生的效果正是双方所期盼的。

事实就是这样，要是某人突然垮台，不管是大人物还是小角色都会争着去践踏他一番，而要是那人是自愿屈尊倒地，那众人反倒会尊重和宽恕他。

当然，也有很多人对无名氏这一轰动的悔悟并不高兴。他们中不少人原是被雇来做犯罪之事的，还有很多是同他一起犯事的伙伴，如今他们都失去了曾经早已依赖习惯了的大靠山，或许此时，他们有的正在筹划某种阴谋活动，只等着他的命令便可行动，可是就这样突然中断了。然而当他在宣布自己已皈依上帝时，我们也看到了同他在一起的那些暴徒手下们的不同反应：惊讶、悲伤、沮丧、烦恼。确实是什么情绪都有，除了鄙视和仇恨。那些被派遣到各处的暴徒手下和一些地位颇高的同伴初次得知这一消息时，都深有同感。不过，就像我们从援引里帕蒙蒂的说法中所发现的那样，他们的仇恨全都集中在了红衣主教费德里戈一人身上。他们将他视为干预他们这事的罪魁祸首，因为无名氏这样做只是为了使自己的灵魂得到救赎，谁都无权埋怨他的这一选择。

慢慢地，无名氏家里的大部分暴徒手下都不能适应新的纪律法规，并看到这并没有改变的可能，于是便纷纷各奔前程去了。他们有的去寻找新主子，或许，这些主人正是无名氏的一些老朋友；有的去了西班牙或者曼图亚第三军团或者其他交战国当兵；有的沦落街头，独自干着拦路抢劫的勾当；还有人却满足于随心所欲地敲诈勒索，过着乞丐般自由自在的生活。那些遍布在其他不同地方的手下也做了类似的选择。而那些设法让自己适应或者自愿接受这种新的生活方式的人，大部分来自本地，他们或回家种地，或重新操起自己早年学会，后来因为干着罪恶的勾当而荒疏了的手艺，那些外乡人则留在城堡当家仆。不管是本地人还是外乡人，都同主人无名氏一样，受到了众人的祝愿，过着满意的生活，他们既不欺负他人，也不会被他人欺负，他们虽然手无寸铁，可却得到了众人的尊重。

然而，当德国军队挥军南下时，那些居住地被威胁或者遭到入侵的逃难者便纷纷来到城堡，请求无名氏的庇护。无名氏甚感欣慰，因为那些弱势群体和被压迫者老是将他的住所视为一个巨大的魔窟，不敢靠近半步，而如今大家却将此视为避难处，纷纷赶来。无名氏非常高兴并且十分感激地接纳了所有这些背井离乡的难民。他甚至还传出话说，他愿意时刻敞开大门，欢迎那些愿意来他的城堡避难的人。他很快又命令手下，不仅要守卫好自家的城堡，而且还要守护好山谷，防止德国军队或者威尼斯轻骑兵前来捣乱、抢劫。他重新召集那些仍然留在他家的仆人（就像托儿蒂的诗歌所说的那样，数量虽然少，但却个个勇敢无比），对他们说这是上帝给予他们和他自己的一个很好的机会，让其来保护那些曾被他们欺压和侮辱过的人，他以十分随和的、坚信别人都会顺从的语气对手下吩咐着。他大概宣布了他要他们去做的事，尤其是指示他们有必要好好检点自己的行为，务必使那些到此来寻求庇护的人们只将他们看成保护者和朋友。随后，他命人从一个楼阁里拿下了那些放置已久的火枪、刀剑和长矛，然后再将其分发给所有的家仆。同时他还对山谷里所有的农民和佃户说，要是他们愿意，他们也可以自己带上武器来城堡，要是他们没有武器，他也可以给他们分发。随后，他挑选了一些人，仍命其为首领，指挥另外一些人。他还吩咐下人守住山口、山谷的各个部位、上山之路和城堡门口，并且规定了换班的人员和换班时间，就好像在军队里，或者在他进行罪恶的营生的年月里习惯做的那样。

在该楼阁的一个角落里，放置着无名氏独自一人使用过的种种武器。他那著名的卡宾枪、火枪、长剑、手枪、大刀和匕首，这些武器有的被弃置在地上，有的斜靠在墙上，从来没有哪个仆人敢碰它们一下。仆人们商定之后，决定去向主人请示，该给他拿什么武器。“一件也别拿。”无名氏如此回答说，这或许是因为他的誓言，或许是出于他的一种愿望。作为这样一支特殊的保卫部队的首领，他始终没有携带过武器。

同时，他又动员家里其他效劳或者听命于他的男人或妇女，尽量在城堡里准备足够多的房间。他们还将房间和大厅都作为宿舍，在那里架起床，铺好草垫子和棉被。他还命令下人准备好大量的食物，以供应那些上帝派到他这儿来寻求庇护的客人，这些客人真是一天比一天多。于此同时，他一刻也不停歇，在堡内外，山路上下，以及山谷各处到处视察、安排、加强防御。他既去探访守卫者，又让守卫者看见他，还用自己的言语、眼神作表率，把一切都处理得井井有条。不管是在堡里还是在路上，他都由衷地欢迎那些他遇到的刚来的避难者。不管是那些曾经见到过他的人，还是初次见到他的人，都非常高兴地注视着他，竟忘记了他曾给他们带来的不幸和惊恐。当他离开众人，继续走自己的路时，他们仍转过身来看他。

第三十章

来到山谷的大部分人并非来自我们所描述的这三位逃难者逃难的方向，而恰好是从与其相反的方向来的。在旅途的后阶段，他们遇到一些与他们同样不幸的人，这些人穿过小路，走上大道，还有人正在往大道上走。在这种情况下，所有相遇的人似乎都一见如故，每次他们的马车赶上某个步行的难民，彼此都会相互询问情况。有些人如同我们这三位逃难者一样，在士兵达到之前就已经逃跑了；有些人听到了兵器和战鼓的声音；而有的人还看到了军队，像受到惊吓的人描述恐怖事物一样向人们描述了他们。

“不过，我们算是幸运的了，”两个女人说道，“谢天谢地。钱财没了也无妨，至少我们保住了性命。”

但唐阿邦迪奥并不为此感到高兴，他看到眼前这么多的难民，而且还听说将有更多的难民从对面涌来，便开始变得忧郁起来。“噢，这都是些什么事儿啊！”当附近没人时，他对这两个女人说道：“这是什么情况啊！难道你们不知道，这么多人聚集到一起就等同于招来士兵吗？每个人都在躲避，都把能带走的东西全部带走，家里什么也没有，所以士兵们一定会想到这里一定有很多财富，他们肯定会追到这里来。噢，可怜的我，我陷入了怎样的境地啊！”

“他们到这里来能得到什么呀？”佩尔佩图阿说，“他们只会沿着行军路线前进，另外，我常常听说，当面临危险的时候，大伙儿最好聚在一起。”

“聚在一起？聚在一起就好？”唐阿邦迪奥反问道，“真是愚蠢的女人。难道你们不知道一个德国士兵就可以消灭一百个像他们这样的人？而且，如果他们真想玩儿什么花样，对他们来说那还是一件很有趣的事儿。如果我们正处于这样的战争中，那可就不妙了。噢，可怜的我，倘若我们已经到了山上，就不会面临如此危险的境况。为什么所有人都选择聚集到一个地方？……真是些令人讨厌的人！”他继续小声地说道，“都聚集到这里来，一个接着一个，还在不断地涌向这里，就像毫无理智的羔羊一样。”

“他们也可能以同样的方式在背后说我们呢。”阿格尼丝说道。

“安静点儿，安静点儿，”唐阿邦迪奥说，“说这些也于事无补，事情都已经发生了。我们已经来到了这里，就必须得待在这里。这是上帝的意愿，愿上帝保佑。”

当他们进入山谷入口时，唐阿邦迪奥看到很多全副武装的人，他们有的在门口防守着，有的守卫在地势低一点的房间里，这使他越发恐惧。他偷偷地瞥了他们一眼，发现那些并不是他上次同无名氏进来时所看到的恐怖的面孔，尽管有些人看上去很面熟，但却能感觉到他们发生了巨大的变化。但这些并没有使他感到安心。“噢，我真不幸，”他暗自想道，“瞧，现在他们定会干出些蠢事来！一定会是这样的，他这样的人我早该料到会如此。但是，他会怎么做呢？他会挑起战争吗？他想独自称王吗？噢，我真是太倒霉了。在这种所有人都想藏起来的情况下，他却想尽一切办法故意引起别人的注意，就像是他要去招惹别人一样。”

“你瞧，老爷，”佩尔佩图阿对他说，“现在这里有勇士把守，他们会保护我们的。让那些士兵们来吧！这些人可不像我们那么胆小，他们可不像我们那样除了逃跑之外便没有别的本领了。”

“住嘴！”唐阿邦迪奥用很低沉的声音愤怒地说道，“住嘴！你知道自己在说什么吗？向上帝祈祷吧，但愿那些士兵能够快速走过这里，或者祈祷他们不知道这里发生了什么事，也不知道这个地方就像一个要塞一样戒备森严。难道你不知道士兵的职责就是要攻下城池吗？除此之外，他们别无他求。对他们来说，猛攻一个地方就像去参加婚礼一样兴奋，因为他们会把一切看到的东西占为己有，杀死所有遇到的人。噢，可怜的我！好了，我一定得去看看能否在这深山里找到躲避灾难的方法。他们别想在这里抓住我，噢，他们不可能在这里抓住我！”

“如果你害怕别人的保卫和帮助……”佩尔佩图阿又开始说道。唐阿邦迪奥突然打断了她的话，用低沉的声音说道：“住嘴！你要小心，别把我们说过的话泄露出去，否则我们就完蛋了！一定要记住，我们在这里的这段时间，得一直做出一副笑脸，并对我们所看到的一切事物表示赞同。”

当他们到达恶夜客栈时，他们又看到了另一对全副武装的人。唐阿邦迪奥立刻脱帽致敬，同时心里不断想道“哎呀，哎呀，我还真踏进了营地啊！”马车在这里停了下来，他们也下了马车。唐阿邦迪奥迅速地付了钱打发车夫离开，然后和两个女人一起默不作声地向山上走去。他看到这些地方，就想起了曾经在这里所受的磨难，这些磨难与他现在所遇到的麻烦混杂在一起，使他心神不宁。阿格尼丝从未见到过这儿的景物，从前她每一次想起露琪娅在这儿遭遇的可怕经历，她的脑子里就会显出一种幻想的景象，如今这些东西活生生地出现在她的面前，又使她想起了那令人痛心的往事。“噢，神甫先生，”她惊呼道，“您想想，我那可怜的女儿曾经走过这条路……”

“你能不能安静点儿？愚昧的女人！”唐阿邦迪奥在她的耳边说道，“这些话能在这里说吗？你难道不知道我们现在在他的地盘上？最好没有人听见你说的话，但是，如果你再这样说……”

“噢，可现在他是一个圣徒……”阿格尼丝说道。

“够了！别说了！”唐阿邦迪奥再一次在她耳边反驳道，“难道你认为在圣徒面前就可以毫无忌惮地把头脑里闪过的念头全部说出来吗？你还是好好想想该怎样报答他对你们的恩惠吧。”

“噢，关于这个我早就想过了。你真以为我一点礼节也不懂吗？”

“所谓礼节，就是不要说一些使人感到不愉快的话，尤其是不要对一个不习惯听这些话的人说。你们两个都得注意了，对我们来说，这里并不是一个娱乐闲聊的地方，不能想到什么就说什么。你们也知道，这是一个伟大的先生的府邸。你们看，三教九流的人都汇聚到这儿。你们说话做事一定要小心谨慎，还得放机灵点，要注意你们的言辞，最重要的是，要记住只有在万不得已的情况下才能说话。沉默不语总不会引来祸端。”

“你那样说只会更加糟糕……”佩尔佩图阿又说道。

“住嘴！”唐阿邦迪奥小声说道，同时他迅速脱下帽子，深深地鞠了一躬——他抬头仰望时，发现无名氏正向他们走来。而无名氏也认出了是唐阿邦迪奥，于是加快脚步走过来迎接他们。

“神甫先生，”当他走近的时候说道，“我本想在世态和平的情况下邀您来做客，然而……不管怎么样，我很乐意为您效劳。”

“我相信尊贵的阁下是个仁慈的人，”唐阿邦迪奥回答道，“所以，尽管在这样艰难的形势下，我也冒险前来打扰您。尊贵的阁下也看到了，我还带来了两名同伴，这是我的女管家……”

“欢迎您。”无名氏说。

“这位，”唐阿邦迪奥继续说，“是阁下曾经施恩给……那位女孩的母亲。”

“露琪娅的母亲。”阿格尼丝说。

“露琪娅的母亲！”无名氏惊呼道，他面带羞愧地面对着阿格尼丝，说，“我曾施恩于露琪娅，这是永恒的上帝的旨意！您来到这里，来到我的府里，就是赐恩于我。欢迎您，您确实给我们带来了祝福。”

“噢，先生，您太客气了，”阿格尼丝说，“是我打扰到您了。而且，”她把嘴巴凑近他的耳朵，说道，“我还得谢谢您……”

无名氏打断了她的话，焦急地询问露琪娅的情况。听阿格尼丝说完相关情况后，他便转过身来陪同这几位新来的客人向城堡走去（尽管他们一再推辞，他仍然陪同他们）。阿格尼丝瞥了一眼神甫，好像在说：“你瞧，你没有必要来插手我们之间的交情。”

“那些士兵已经攻占了您的教区吗？”无名氏对唐阿邦迪奥说。

“没有，先生，我不想等到那些魔鬼的到来，就提前离开了，”唐阿邦迪奥回答道，“倘若等他们到来，天晓得我能不能逃脱他们的魔掌，还能不能到这儿来打扰您。”

“很好，很好，振作一点，”无名氏说道，“现在您已经安全了，他们不会到这上面来。而就算他们愿意为此一试，我们已做好充分的准备迎接他们！”

“我真希望他们不会上来，”唐阿邦迪奥说，“我还听说，”他手指着靠近山谷对面的大山，补充道，“我听说还有一队士兵在那里驻扎，但是……但是……”

“的确是这样，”无名氏说，“但是您不必害怕，因为我们也做好了对付他们的准备。”

“的确是受到两面夹击，”唐阿邦迪奥暗自想道，“我现在真陷入了被两面夹击的情况。我怎么会被这两个愚蠢的女人带到这里来？而这个人却好似如鱼得水!噢，这世上的人真是无奇不有啊！”

一走进城堡，无名氏就把这两个女人领到妇女们的住处，这个住宅区占据了位于城堡后部内院的三个侧面，坐落在伸出悬崖的一座峭壁上。男人的住宅区占据了另一座庭院的左右两侧，看上去像是在一块平地上。中间坐落着一间将这两个院子隔开的房子，一条大道通过一座拱门将其与正门相连。这间房子一部分用来储蓄食物，其余空地则用来存放逃难者的物品。在男人的住宅区里，有一间小房子是为可能到这里避难的神甫准备的。无名氏亲自陪同唐阿邦迪奥去到那里，唐阿邦迪奥是第一个住进这间房子的人。

这三位逃难者在城堡里住了大约二十三四天，每天都有很多难民逃亡至此，城堡里充满了各种各样杂乱的声音，但并未发生什么重要的事。然而，他们每一天都必须拿起武器，毫无宁日可言。忽而传说德国士兵从这个方向攻打过来了，忽而又说在那个方向看到了威尼斯轻骑兵。每当无名氏听到这样的消息，他都会派人去打探情况，如果有必要的话，他便亲自带领几个全副武装的手下走出山谷，前往据说存在安全隐患的地方。看到一对全副武装的人由一名没有武装的人率领着前进倒也是件奇特的事。多数情况下，那只是一些强征粮食的人和一些掠夺者，但在他们杀到以前就慌忙逃命去了。然而，有一次，无名氏正在驱赶这样的一群士兵，为的 是给他们一点教训，好使他们不要再流窜到这里作恶，他忽然得到消息，说附近的一个村子遭到侵袭，被洗劫一空了。侵袭者是不同营队的德国士兵，他们由于抢劫而掉了队，便集合起来，突然入侵了他们部队驻扎地附近的村子。他们对村民强取豪夺，无恶不作。无名氏向手下的人简单地训示了几句，便率领他们向那个村子进发。

他们突然袭来，完全在那些一心只想掠夺的士兵的意料之外。那些士兵看着这些全副武装、积极备战的队伍向他们扑来，便各管各地往来时的方向逃走了。无名氏带领手下们追了一程，然后下令收兵，让众人留在原地，察看是否有什么新情况，确定一切无事后方才回到城堡。当经过被他们解救的村庄时，我们根本无法用语言来描绘他们受到了怎样的赞扬和祝福。

聚集在城堡里的难民互不相识，其地位、习惯、性别、年龄各不相同，但从未发生任何动乱。无名氏在每个地方都布置了守卫，所有守卫都尽职尽责，防止任何不愉快的事情发生。

无名氏还邀来在他的城堡里避难的神甫及其他权威人士去城堡四处巡视，担负起监督之责。而他自己，也尽可能亲自去视察，让众人看见他，这样，即使他不在场，众人也会清楚地记得他们现今是在谁的家里，从而帮助抑制一下那些想要搞出点麻烦的人。此外，大家全是逃难者，因此一般都还倾向于和平的生活。他们心里挂念着自己的家庭和财产，有些人还思念着自己的亲朋好友，但外面传来的各种消息使他们甚是沮丧，这样一来，他们就更加想要维持和加强这种和平的生活了。

然而，也有一些自由自在、性格好强、精力充沛之人则努力想高高兴兴地度过那些日子。他们因为不够强大，无力保卫自己的家人而不得不抛弃自己的家园。他们不愿意为那些无法挽救的事悲泣、叹息，更不愿意预先去试想那些即将来临的大灾难。一些原本熟识的家庭，或者结伴逃到了这城堡，或者在此重逢，又结下了新的友谊。逃难者根据各自的习惯、性格，被划分成了不同的群体。那些不愿打扰主人的有钱、有工资的人就去下面的山谷中吃饭，那儿刚匆忙地建立起了几家餐馆和客栈。在那些小餐馆内，人们边吃边叹息，一味地谈论着他们那些悲惨不幸的事；而在另一些小客栈里，人们闭口不谈那些灾难，并且还说不值得去谈。对于那些无力或者不愿花费的人，城堡便会给他们分发面包、菜汤和酒。除此之外，城堡内有时还会多摆几桌餐饭，专门款待那些无名氏先生特意邀请之人。在这些被邀请的人中，就有我们熟悉的那三位逃难者。

阿格尼丝和佩尔佩图阿不想在城堡里白吃白住，于是便请求要做点事。由于城堡里一下子多了很多人，当然免不了会有许多事做。因此她们每天便将大部分时间花在了做这些事情上，而在闲暇时，她们便同那些在城堡里新结识的朋友或者可怜的唐阿邦迪奥聊天。尽管唐阿邦迪奥什么事都没做，可是他却一点也不觉得无聊，因为他一直处于害怕中。他最初怕的无非就是遭到袭击，我认为，他的这种恐惧已经过去了，或者即使还存在一点的话，也不那么令他厌烦了，因为，不管何时，只要他稍微一想，都会明白他的这种惧怕是毫无事实根据的。然而，一想到周边地区遭到双方野蛮的军队侵占的场景，以及他一直看到的那些身穿盔甲、全副武装的人，和如今他所在的这个城堡，再加上那些随时可能在此发生的种种意外，他的心里便产生了一种难以言喻的、模糊的、持续不断的惊慌之感，更别提当他想起自己的家时的那种担忧之情了。在来到城堡这么长的时间里，他从未离开城堡太远过，更别提下山了。他散步的唯一去处便是山顶的平地，他就这样在那上面走来走去的，有时他会散步到城堡的这边，有时又会散步到城堡的另一边，在那儿，他会观望着悬崖和峭壁的下方，看看有没有什么小路，也好在出现混乱之时有个藏身之地。他在散步途中，要是遇见任何同伴，他都会微微鞠躬，或者做出其他礼貌性的动作，不过，同他真正来往的人却是极少的。正如我们所讲述的一样，他通常交流的对象便是那两个女人。在她们面前，他可以痛痛快快地倾泻他的悲伤，尽管有时他会因此遭到佩尔佩图阿的反驳和阿格尼丝的耻笑。不过，他很少在餐桌上吃饭，即使有时在那儿吃，他也很少说话，只是安静地听着别人谈那些可怕的军队过境的消息。这些消息每天都会传到城堡里，要么是从一个村子传到另一个村子，要么是从一个人的口中传到另一个人的口中，或者是被某个人带到城堡的——这人原想留在家中，可最后不得不狼狈地逃出来，家里什么也无法带走。每天都会传来一些新的不幸的消息。有些职业传播消息者，努力地收集着各种各样的谣言，权衡着各种不同的叙述，然后将他们觉得最可靠的消息讲给其他人听。他们议论着哪支部队更加惨绝人寰，作恶最多的是步兵还是骑兵。他们还根据自己了解的情况，提及了一些军队的首领的姓名，讲述了其中几个人过去的一些事迹。他们还具体地列出了这些军队的驻地和行军路线，说某天某日，一个军队入侵了某个地区，第二天又入侵了另一地区，与此同时，在那儿，另一军队正在大肆作恶，而且其手段更加残暴。不过，他们主要搜寻的，并且尤为关注的是有关部队通过莱科的消息，因为这些可以表明他们便是那确实曾开进，后来又离开了那城镇的部队。先是沃伦斯坦的骑兵过了桥，紧跟着，梅罗德的步兵过了桥，接下来，安哈特的骑兵、勃兰登堡的步兵过了桥。随后，蒙泰库科利和费里拉的骑兵也过了桥；再然后阿尔特林格尔、菲尔斯滕贝格、科洛雷多、克罗地亚、托儿夸托·孔蒂的部队也纷纷经过，感谢上帝，加拉索带领的最后一支部队也过了桥。威尼斯轻骑兵最后也撤离了。莱科的整个地区总算再次恢复了自由。那些最先被敌军侵占的村庄的居民，在敌军离开之后，也陆续离开城堡，回到各自的村庄了。每天都有避难者断断续续地离开城堡：这就如同秋天狂风暴雨过后，人们再次看到那些隐藏在大树的各个树枝上寻求庇护的小鸟飞出来那样。或许，我们的那三位避难者是最后离开城堡的，这是由于唐阿邦迪奥极不愿意去冒险，怕他们一回家，就遇上那些落队的到处闲荡的德国军队。不管佩尔佩图阿如何一再请求得早点离开城堡，说她们耽搁得越久，村里的小偷就越有机会潜入他家偷走那些剩余的东西，但是唐阿邦迪奥不为所动。因为不管什么时候，只要一涉及生命的安全问题，唐阿邦迪奥总是会占优势，除非真有迫在眉睫的危险搞得他心烦意乱。

就在他们离开的那天，无名氏派人在恶夜客栈备好了一辆马车，还将几套为阿格尼丝准备的衣服放在了马车上。随后，他还将阿格尼丝叫到一边，强行要她收下了一小包金币，以弥补一些家里受损的东西，尽管阿格尼丝拍着胸脯，一而再，再而三地向他保证说他之前给的金币还没用完。“当你看到你那可怜的女儿露琪娅时……”无名氏最后说道，“我相信，她在为我祈祷，尽管我做了很多伤害她的事，告诉她，我很感谢她，我相信上帝定会使她的祈祷给她带来幸福。”

随后，无名氏坚持要送三位客人上车。唐阿邦迪奥的阿谀奉承和夸张言语，以及佩尔佩图阿的恭维话，我们就留给读者自己去猜想吧。他们出发了，按照事先的计划，在裁缝家做了短暂的停留，接着便继续上路了。他们从裁缝口中得知数百种有关德国军队过境的消息，通常都是一些有关偷窃、暴力、破坏、淫乱的行为。不过，幸运的是，他们在那儿并未遇见什么德国军队。

“啊，神甫先生，”裁缝一边扶着唐阿邦迪奥上马车，一边说道，“像这次的灾难，都足以写几本书了。”

马车继续向前行驶了一段路程，我们的几位旅行之人开始亲眼目睹无数次别人描述过的那副场景：葡萄园的树光秃秃的，一点也不像葡萄被摘之后的模样，倒像是被狂风和冰雹猛烈地摧残过一样。所有的葡萄树枝都被折断了，散落在地上；树干被弄得东倒西歪，泥土被践踏得不成样子；地上凌乱地遍布着碎片、树叶和树枝；有的树木被连根拔起；篱笆被弄得这儿一个洞，那儿一个孔；栅栏门也被卸了下来，不知道被甩到哪儿去了。村里也是同样的情形：门被弄得破碎不堪，窗户也被打碎了，稻草、破衣服还有各种各样的垃圾要么堆积成堆，要么散落在人行道上的各个地方。屋子里更是臭味熏天，令人难以忍受，有的村民正在忙着打扫家里的赃物，有的正在尽可能地修补大门和窗户，有的再次聚集在一块，一同在那儿哭泣，沉浸在悲伤之中。马车驶过时，立即有很多手伸向马车两端，请求施舍。

带着这些时而显现在眼前，时而又浮现在头脑中的凄凉景象，怀着自己家中也是这种情形的思绪，他们回到了自己家，结果发现家中的景象果然如同他们所想的一样。

阿格尼丝将自己的包袱放在庭院的一个角落，那是家里唯一干净的地方。随后，她便彻彻底底地将家打扫了一番，将留在家中那些稀少的家具重新收集和整理了一下。她请了一位木匠来家里修补大门，还请了一位铁匠来家里做窗户框架，接着她将无名氏给她的衣服仔细打量了一番，悄悄地数着无名氏给她的金币，暗暗地自言自语道："我已经安全了，感谢上帝，感谢圣母玛利亚，感谢无名氏先生，我安全了。"

唐阿邦迪奥和佩尔佩图阿没有用钥匙就直接进到了屋里。他们在经过客厅时，每走一步，都能闻到恶臭的气味、霉味和污浊的气息，熏得他们几乎后退。他们捂着鼻子，来到厨房门口，踮着脚走了进去。他们小心翼翼地走着，努力避开覆盖在地上的肮脏的东西。他们瞟了瞟四周，发现整个屋内已没什么完好的东西了，到处都是残渣碎片。在房间的各个角落，到处可以看到佩尔佩图阿饲养的鸡的羽毛，撕破的布条，唐阿邦迪奥的日历的散乱的纸页，以及厨房器皿的碎渣，它们或是堆集在一起，或是乱糟糟地散落在地上。在壁炉前能清楚地看到这场大灾难的遗迹，这就好比从一位专业的演说者冗长的演说中能够听出许多平淡无奇的思想一样。壁橱前有一些还未烧尽的木块和木片，看得出，它们原是一把椅子的把手、桌子的一条腿、一扇衣柜门、一根床柱，还有存放唐阿邦迪奥美酒的酒桶侧板，其余的便是一些煤渣和木炭。那些抢劫者们为了寻开心，竟用那些木炭在墙上乱画些人物像，各式各样的方形帽子，光秃秃的头顶，宽大的白色飘带，表明这些画中的人其实是神甫。此外，他们还特别用心将神甫画得狰狞可怕或者滑稽可笑。的确，说真的，这些"艺术家"画得还挺传神的。

"啊，这些可恶的畜生！"佩尔佩图阿大声惊呼道。

"啊，这些该死的盗贼！"唐阿邦迪奥也惊呼道。他俩就像逃跑一样，匆匆忙忙地从另一扇门走到了菜园里。他们呼吸了一些新鲜空气，接着便径直朝无花果树走去。然而，他们还未走到那儿，便发现这儿的土地已被人动过，两人同时发出一声惊叹。随后他们走过去探查实情，果不其然，里面除了空空的一个洞，其他什么也没有。这引起了两人的争论，唐阿邦迪奥开始责备佩尔佩图阿，说她没将东西藏好。读者可以想象得到佩尔佩图阿可能什么都不反驳吗？他们互相指责对方，等到吵累了的时候，便回过头意味深长地看看那个空洞，接着咕哝咕哝地抱怨着走进了屋里。回到屋内，他们看见到处仍是乱糟糟的，一片狼藉。随后，他们不知花了多长时间，做了多大的努力，才将屋子收拾干净，整理整洁，因为这时确实很难找到帮手。他们尽可能地修补好家里的那些毁坏的家具，最后用从阿格尼丝那儿借来的钱，渐渐重新购买了一些门、家具和家用器皿，总算安顿了下来。

除了这些悲伤之外，这场灾难还成了许多其他棘手的争论的根源。佩尔佩图阿通过四处打听、观察，以及亲自视察，得知自己主人家的东西，并非是像他们自己所猜测的那样，是被德国士兵拿走或者毁坏了的，相反，它们是被附近的某些邻居拿了的，现在那些东西正完好无损地放在那些邻居的家里。她一直缠着唐阿邦迪奥，想让他出面，亲自去将那些东西要回来。而唐阿邦迪奥死活也不愿去碰这招人嫉恨的事，他觉得，反正自己的东西已落入那些流氓的手中，对于那样一群人，可以说，唐阿邦迪奥只是一心想着和平了事。

“可是，我一点也不想知道这些事……”唐阿邦迪奥说道，“我告诉你多少次了？事情过去就算了，难道就因为我家被抢劫了，我就还得被人骚扰？”

“我看啊，”佩尔佩图阿回答说，“就是被人挖了自己的眼珠你也不会说。抢劫别人的东西本来就是一种罪过，但是像你这样的人，没来抢劫你才更是罪过。”

“你说的全是些傻话！”唐阿邦迪奥说，“你难道就不可以闭上你的嘴吗？”

佩尔佩图阿确实安静了下来，不过，她并不是马上就沉默了。她总想抓住一切机会，再次挑起话题。每当可怜的唐阿邦迪奥在他需要某种东西，而又无法找到时，便会抑制住自己的情绪，不敢再埋怨。因为不止一次，当他埋怨时，都会听到这样一句话："去某某人家要吧，他们家有，要是他们没遇到像你这样的大好人，他们也不可能一直霸占着那东西。"

导致唐阿邦迪奥心神不宁的另一件事，便是他听人说，每天都有三三两两的士兵不断从该处经过，这是他预料之中的事。因此，他总感觉好像有什么人，甚至一群人，来到自己家门口。他做的第一件事便是急急忙忙地将大门修好，如今，他更是小心翼翼地时刻警惕着，将门闩得紧紧的。不过，感谢上帝，从未有士兵闯入他家。可是，这些恐惧还没有消除，又发生一件新的灾祸。

不过，此处我们先将这位可怜的人放在一边，暂且不谈了。现在我们要谈的是另一件事，这事既不牵涉他个人的忧虑，也不涉及少数村庄的不幸事件，更不是一场短暂的灾难。

第三十一章

卫生委员会担心瘟疫会随着德国军队的入侵传播到米兰，而事实上，瘟疫的确传播到了米兰，而且，此瘟疫并没有就此止住，而是蔓延到了意大利的大部分地区。根据我们故事的线索，现在我们要讲述在这场灾难期间发生在米兰地区的主要事件，或者说在米兰城里所发生的重大事件，因为出于各种原因，就像世界各地常常发生的那样，当时的记录几乎只记录了有关城市的情况。实际上，我们叙述这件事并非只是说明我们的主人公所处的环境，同时也是为了在如此有限的空间内尽可能地描述一件历史上尤其著名但鲜为人知的事件。

在众多当代的著作中，没有一本著作足以提供有关瘟疫的清晰、富于条理的说法，同样，或许也没有一本著作能有助于形成这一说法。每一部作品（不排除里帕蒙蒂那些在数量上和对题材的选择上都超越其他作品的著作）都遗漏了一些在别的著作里记载的事实。每一部作品里都有很多重大的错误，但可以借助于其他著作或现存的已出版的或未发表的官方法令，对这些错误进行校正和修改。我们通常发现，在这一本著作中找到的原因，却要在另一部作品中才能找到其结果。除此之外，在所有作品中，令人感到困惑的是时间和事实的混淆，书中只有事件不停地前后运动，仿佛这些全是偶然发生的，没有宏观的描绘，也没有对细节的陈述。顺便提一下，这也是当时那些用粗俗语言写成的作品比较明显的一个特点，至少在意大利是这样的。欧洲其他国家是否如此便只有学识渊博之人才知道，而我们也只是简单猜测而已。后世的作者并没有为了找出一些与那场瘟疫相关联的时间去研究和比较这些回忆录，因此，通常情况下，人们对于这场瘟疫的见解很不确定，甚至感到迷惑，也就是说，对这场大灾难和重大错误的见解很模糊（确实，那些灾难和错误超乎人们的想象）。这种见解并非立足于事实依据，而是来自广泛舆论。实际上，那些事实混杂了一些散乱的事件，既毫无连贯性，也没有标注时间，也就是说，在整件事情当中，根本就毫无因果关系。我们仔细地研究比较了所有已出版的和诸多未出版的作品及大量官方文件（只有为数不多的关于这个主题的文件保存了下来），但我们并未从这些文件里面得到我们所需要的东西。我们并不打算叙述每一份官方文件或描述一些在某种程度上值得回忆的事件，更不愿意让那些想完全了解瘟疫的人认为熟读原著是无益的，暂且抛开这些作品的构思与撰写，不管它属于哪一类型的作品，我们都深深地感到它是一种充满活力的、不能言语的力量。我们只是尝试着去辨别和查明那些最普遍的、最重要的事实，按照它们所发生的时间重新排列，以便于追究它们的根源和性质，观察它们之间的相互影响，从而暂时提出有关这场灾难的简要明了的见解，直到有人提出更好的见解为止。

军队穿过的这个地区，横尸遍野。这些尸体有的躺在老百姓的家里，有的则被弃在野外。不久后，一些人或他们的整个家庭因感染上某种奇怪的病而相继死去，而仍然存活的人对此类病症毫不知情，只有少数人曾经见过此种状况的发生，因为这些人还记得五十三年前摧毁意大利大部分地区，尤其是米兰地区的那场瘟疫。在那个地方，那场瘟疫至今都被称为圣卡洛瘟疫。仁爱的力量是如此的强大！圣卡洛是一个人名，在各种各样的有关这次灾难的记录里面，都在很显要的位置突出这个人，因为仁爱使他的情感和行为比这灾难给人们留下了的印象更深，更值得人们纪念。他成为人们心中对那些事的一种体现，因为仁爱推动着他、指引他为人们做向导和榜样，并使他成为愿意为他人牺牲自己的救助者。对于他本人来说，这就像在一场大灾难中表现自我的机会，因此，这次灾难便以他的名字命名，似乎这意味着一种征服，或意味着某种发现。

洛多维科·赛塔拉是他生活的那个时代年事最高的医生。他不仅仅目睹了这次瘟疫的发生，而且还是多个医生里面最积极、最勇敢也是最著名的医生，尽管他当时很年轻。他对当时发生的瘟疫深感疑虑，因此时刻保持警觉状态，同时，他还忙于收集相关信息。10月20日，他在卫生委员会做报告时指出：毫无疑问，这次瘟疫源自莱科最偏远并与贝加莫毗邻的基乌索地区。然而，正如塔迪诺的《通报》中所记载的，卫生委员会并未对此采取任何措施。

从莱科和贝拉诺也传来了类似的消息。这时，卫生委员会才派出一位专员前往视察。这位专员路过科摩时，找了一位医生同他一同前往那个地区。这两个人要么是由于无知，要么是因为别的原因，被一个来自贝拉诺的无知的老理发师说服了。他告诉他们这种病并不是瘟疫，还补充说在一些地区，这是由秋天沼泽地里所发出的瘴气引起的，而在另一些地区，则是由于在德国军队入侵过后，人们由于缺乏食物导致饥饿，或饱受各种苦难才感染的。他们向卫生委员会报告了这个情况，而卫生委员会似乎对此情报也颇为满意。

然而，有关死亡的消息从四面八方纷至沓来，因此，卫生委员会派遣了两位代表去视察情况以采取相应的措施，其中一位是上文提到过的塔迪诺，另一位是委员会的审计员。当他们到达的时候，灾难已经蔓延开来，他们无须特意寻找也能随处可见瘟疫的迹象。他们视察了莱科、瓦尔萨西纳、科摩湖畔和两座名叫蒙特·迪布里昂纳和杰拉·迪·阿达的小城。他们所到地方的城镇都用栅栏与外界隔离着，有些房屋看上去毫无生机，像是被遗弃了一样。村民们四处逃难，有的露宿田野，有的已不知去向。塔迪诺写道：“那些看似野蛮的人，有的手里握着一点薄荷，有的拿着一种名叫芸香的植物，有的人拿着迷迭香，甚至还有人紧握着一瓶醋。”他们打听死亡的人数，而这数字使他们感到非常恐惧。他们探望了感染疾病的人，检查了死者的尸体，到处都能看到瘟疫所留下的模却令人惧怕的迹象。随后，他们立即以书信的形式向卫生委员会报告这悲惨状况，委员会于10月30日收到这报告，塔迪诺说道："准备发布命令，禁止所有来自瘟疫区的乡下人入城。"正当他们在起草这一法令时，委员会已经向税务官员下达了这一指令。

与此同时，两位专员匆忙地采取了他们认为最好的应对措施，然后回到了米兰。但令他们感到悲伤恼怒的是，他们所采取的措施根本不足以补救或阻止如此猖獗、蔓延得如此迅速的疫情。

11月14日，他们以口述和书信的形式向委员会报告了相关情况，委员会授命他们去晋见米兰新任总督，并向其报告最新的事态。他们按照上级命令见了总督并进行回报，总督大人很遗憾地获悉了这些消息，并对此深感不安，但严峻的战争形势更令他感到紧迫不安。"但战事更为严峻。"在仔细翻阅了卫生委员会的卷宗，又跟专门承担这项使命的塔迪诺交换了意见后，里帕蒙蒂这样写道。如果读者们还记得，这是塔迪诺第二次接受其目的和结局都相同的使命。两三天后，11月18日，米兰总督发布一项公告，在这一公告中，他完全不顾在这种情况下聚集群众所隐藏的危险，要求公众一起庆祝国王菲利普四世长子卡洛斯王子的诞生。在总督眼里，一切都和平常一样，似乎没有人向他汇报过任何情况似的。

我们已经提及，这位新上任的总督就是著名的安布罗吉奥·斯皮诺拉，他被派遣来调节这场战争，纠正贡扎罗的过失，顺便重治这个地区。我们再次稍稍提一下，几个月后，在那场他特别关心的战争期间，斯皮诺拉去世了——他并非死于战场，而是他为之效力的那些人对他的种种责骂和侮辱使他悲伤过度，在床榻上愤然死去。历史对他的命运深表惋惜，并谴责了他人忘恩负义的丑陋行为。历史还详细记载了他的军事和政治业绩，赞美他的深谋远虑及对待各种事情的积极态度和坚韧不拔的品质。我们还可以去查证，在他所关照的，或更确切地说在他所管辖的地区，在受到瘟疫威胁及当瘟疫蔓延到这个地区时，他凭借着这些品质做了哪些善事。

然而，撇开对此人的责难不谈，人民群众的行为不但淡化了我们对安布罗吉奥·斯皮诺拉的行为的惊奇，而且还激起了另一种更为强烈的惊奇，我说的是那些尚未染上瘟疫的地区的百姓，他们本有充分的理由惧怕这种疫病。当消息从那些受瘟疫侵害严重的地区，从那些几乎半包围着米兰城的地区传来的时候（有些地方距米兰城不超过十八或二十英里），谁不会想到这将引起一场大骚乱，谁不会想到他们会采取一些或有效或徒劳的防治措施，或者至少会感到一种无益的不安吧？倘若那个时代的史书在某一方面一致的话，那就是异口同声地证明，这样的情形压根儿没有发生。在前一年的饥荒中士兵们肆意妄为的欺压，以及人们心里所受的痛苦，足以说明人们死亡的原因。在大街上，商店里，或是人们自己家中，如果某人说话时暗示了一点点危险，或谈到有关瘟疫的情况，那么他便会受到人们的怀疑、嘲弄和蔑视。这种怀疑，或更加准确地说，这种盲目和怪癖，在元老院、十夫长委员会和所有的地方行政机关里都占据了上风。

红衣主教费德里戈一听到有关瘟疫的前几个病例就命令所有教区神甫要让人们意识到发现类似病例上报的重要性，也要让他们知道这是他们该履行的职责，并要求上报那些已经受到感染的或被怀疑已受到感染的物品。这也是他那值得称赞的品格的具体表现。

卫生委员会呼吁大家提出预防措施，希望大家予以合作，但这一切几乎是徒劳的。就卫生委员会本身而言，他们对此事的关心程度远不及眼前紧迫程度的需要，正像塔迪诺常指出的，而且从他的报告的全文可以更清楚地了解到，两位医生确信并深深意识到疫情的严重性和日益逼近的危险性，于是他们力促卫生委员会采取行动，然后卫生委员会又试图推动他人。

我们知道，当有关瘟疫的消息传来的时候，相关部门根本无意采取补救措施，甚至不愿意收到相关的信息，现在，我们不妨再举一个说明那些装腔作势的机关部门办事拖拉的例子，当然，这种拖拉不是由上级机关设置的障碍造成的。授权给地方部门本应在10月30日颁布的那项公告，直到11月23日才起草完毕，到当月29日才正式发布。而此时，瘟疫已经蔓延到了米兰城。

塔迪诺和里帕蒙蒂都想弄明白谁是第一个将此病带入米兰的人，也想多了解一些此人和这件事的情况。然而，实际上，当他们在追查如此大量的死亡的根源时，却发现不但不能查明死者的姓名，也不能确定死亡人数，因此，他们产生某种莫名的好奇心，想去了解那些可能被记载或保留下来的最初的几位死者的名字。似乎通过对最先死亡的人的观察和对其他一些无关紧要的小事的追查，就能使他们找到一些重要的、值得纪念的东西。

这两位历史学家都认定，第一个将此病带入米兰地区的人是一个在西班牙服役的意大利士兵，但对于他的其他情况，甚至这个士兵的名字，他们各持己见。塔迪诺认为，这位士兵是驻扎在莱科地区的比特罗·安东尼奥·洛瓦托；而里帕蒙蒂则认为是驻扎在基亚文纳的皮耶尔·保罗·洛卡迪。对于这个人是何时进入米兰城的，他们也有不同的看法：塔迪诺认为是在10月22日，而里帕蒙蒂则认为是在11月22日。

然而，在日期这一点上，我们很难同意以上的任何一种说法，不是之前说的那个日期，也不可能是之后说的那个日期。因为这两个日期都与其他确定的日期相抵触。当然，里帕蒙蒂是按照老人委员会的命令来记录的，理应掌握各种获取必要信息的手段；而塔迪诺所从事的工作比其他任何人都容易获知有关此事的消息。同另外一些较准确的材料比较的结果表明，早在禁止疫区人士入城这一告示公布之前，就有染上瘟疫的人进入了米兰。若有必要的话，或许可以证实，或者说几乎可以证实，这事发生在那月的月初的几天里。不过，读者定不会让我们如此辛劳。

不过，事情或许是这样的：那位不幸的士兵，即那个病源携带者，将一大捆从德国军队那儿购买来的或者是偷盗来的衣服带进了城里。他借宿在离修道院不远的东门郊区的一个亲戚家。他刚到那儿，就生病了，随后便被送到了医院，也就是在那儿，替他看病的主治医生在他的腋下发现了一个斑点。该医生初步怀疑那就是鼠疫，最后事实证明，也的确是鼠疫，而那人也在第四天就去世了。

卫生委员会立即下令将该人的家属隔离起来，将其拘禁在他们自己的家中。该人在医院所穿的衣服，所睡的床等，也全被焚烧了。那两位照看他的护士，还有一位主动帮助他的善良的神甫，几天之后，也都被证实染上了鼠疫，病倒了。从一开始，医院就对该病很是怀疑，认定其可能就是瘟疫，于是采取了预防措施，阻止了该瘟疫的蔓延和扩散。

不过，这位士兵将瘟疫的种子留在了外面，这种子很快便发芽生长起来了。第一个被传染的人是该士兵寄宿过的一户人家的主人，他是一位长笛爱好者。随后，卫生委员会下令将该户人家的其余家属都送往传染病院，在那儿，他们大多数都陆续犯病，很多在不久后便死了，死因便是这明显的传染病。

在城内，该瘟疫已由上述提到的那个家庭，由其衣物和家具传播开来。按照卫生委员会的吩咐，要对该家进行搜查和焚烧东西之前，该家人的一些亲戚、房客及仆人，便悄悄保存了一些衣物和家具。再加上法规的缺陷，执行法规的疏忽，以及人们努力地避开法规，该瘟疫一直潜伏着，并且于该年剩下的日子和1630年最初的几个月渐渐蔓延到民众之中。随后，忽而在这个村子，忽而又在那个村子，陆续有人被确认染上了瘟疫，染上瘟疫的人又因此病而去世了。由于发病人数并不是很多，人们便不再怀疑是发生了瘟疫才导致那些人死亡的。渐渐地，人们越来越愚昧地认定，那并不是瘟疫，甚至觉得根本没发生过瘟疫。很多医生仿佛回应民众的呼声（在这种情况下，它也是上帝的声音吗？），对为数不多的人的不祥的预言和可怕的警告嗤之以鼻。每当那些医生被请去治疗染上瘟疫的病人，他们总是宣称其只是属于普通的病，是可以治疗的，而丝毫不管该瘟疫表现出何种症状和病象。

有关这些病例的报告也被送到了卫生委员会，不过，这些报告通常都被延误了，并且内容也不是很确切。出于对被隔离及传染病院的害怕，人们只能借助于其他错误的途径，偷藏病人，贿赂掘墓之人和那些年长者，另外还贿赂一些卫生委员会的下层长官和派出的验尸者，让其做伪证。

然而，只要一发现有染上该瘟疫的人，卫生委员会便立即下令将该病人的家隔离起来或进行焚烧，而其家人也被迅速送往传染病院。容易想象，卫生委员会的这一做法，会使得那些贵族、富商和低层人民有多生气、多不满。他们一致认定这一行为是既不合理又没用处的。他们将愤怒主要集中在两位医生身上，一位名叫塔迪诺，另一位名叫赛纳托雷·赛塔拉，后者是上文提及的洛多维科·赛塔拉医生的儿子。人们对这两人的愤怒达到了极点，以至于从那以后，只要他们一公开露面，便免不了遭受被辱骂或者被扔石头的攻击。这两人的这种特殊的处境一直持续了数月，而且也很值得记录下来。这两人看清了那日益迫近的大灾难，于是便想方设法，竭尽全力，试图将其消除。然而，他们不仅在最需要有人支持的地方遇到了各种阻碍，而且还成为了众人公共的仇敌，就像里帕蒙蒂所说的："祖国的公敌。"

众人的愤怒也牵扯到其他医生身上，因为这些医生也确信那传染病就是瘟疫，还竭力将他们那痛苦而确切的发现告诉给其他人，并建议他们采取一些预防措施。那些谨慎之人则责备医生们，说他们听信了谗言，执拗得很，而大多数人则公然指责他们，说他们是在欺诈，是计划好了想借助公众的害怕来从中获利。

那位年老的医生洛多维科·赛塔拉已年近八十了，一直以来，他都是帕维亚大学医学系的教授，随后他成了米兰的伦理哲学家。他出版了许多本书，在当时有很高的声誉。此外，他还多次受到其他大学如因戈尔斯塔德大学、比萨大学、波伦亚大学、帕多瓦大学的邀请，去做学术讲座，可是他却一一拒绝了，这无疑使得他成为当时最富有影响的人物之一。他不仅在学术界享有较高的声望，在生活中也是如此。人们尊敬他、爱戴他，是因为他有一颗仁慈之心，老是救助和接济贫穷之人。然而，有一件事，却扰乱和减弱了他的那些善举所为他赢得的众人对他的尊敬，而当时这事本身是应当更加增强和加深这种尊敬的，那就是这位可怜的学者竟赞同当时那种最致命的、最普遍的"偏见"，而且他还优先倡导那偏见。不过，他并未与众人分离开，可这却也带来了麻烦，大大地损害了他以其他方式获得的威望。然而，尽管他还享有较高的威望，可这不仅不足以使其战胜公众对瘟疫这一事件的看法，而且还使得他成为了广大百姓的仇敌和辱骂的对象，这些人很容易从评论转向实际的示威和行动。

有一天，当他乘坐着轿子去看望他的病人时，人群开始围绕在其轿子周围，大声责备他就是那些不顾一切，仍然宣称该处确实存在瘟疫的那些医生们的首领，还说是他使得全城的人民处于恐慌之中，因为他总是皱着眉，拖着粗浓的胡须，所有这一切均是为了使医生们从中获取暴利。人们越来越多，大家的愤怒情绪也愈演愈烈。因此，那些轿夫一看见形势不对，便立即抬着自己的主人躲进一个朋友家——庆幸的是，幸亏有个朋友的家就在附近。他之所以遭遇到这一围攻，只是因为他清楚地预测到，并且向众人陈述了瘟疫这一事实，为的是想将他那千千万万的同胞们从瘟疫中解救出来。而有一次，正是由于他悲叹的建议，才挽救了一位可怜的女孩。这女孩曾备受人们的折磨，遭受了很多的痛苦。她被众人当作女巫准备活活烧死，而仅仅只是因为这个女孩的主人得了极其严重的胃病，时刻遭受着病痛的折磨。而该女孩的另一个主人，却死心塌地地迷恋上了她。这事，使得他重新获得了众人对他的敬重，大家大赞他，说他十分聪慧，他也因此获得了前所未有的新的值得颂扬的头衔。

可是，到了三月底的时候，病倒和死亡的人数开始陡增，最先发生在东门一带，随后发展到城里的所有街区。病人伴有痉挛、心悸、嗜睡、昏迷等奇怪的症状，同时全身还出现了乌青的斑点和肿包。患病之人在得病之后大多很快便死了，有的甚至没有任何患病的征兆而突然猝死。原来那些否认这是传染病的医生，如今仍然不愿承认他们曾经嘲笑过的东西，可是又不得不给如今这到处肆虐、触目惊心的疾病取一个属名，于是只好将其称作恶性热病、传染热病。这自然是一种可怜的权宜之计，一种自欺欺人的文字游戏，带来了极大的害处，因为，尽管这一做法表面看来是承认了事实，但它仍然没有使人明白，这是一种通过接触传染的瘟疫，而承认和看到这一点是最紧要的事。当地的官员仿佛刚从沉睡中苏醒过来一般，开始或多或少听点卫生委员会的呼吁和建议，执行他们的公告以及关于查封住所和检疫隔离的决议。委员会还不停地申请经费，以维持传染病院因为新增的医护行动而不断增长的日常开支。为了筹款，卫生委员会向十夫长委员会提出申请，而钱的事还有待执政官们作出决定（我相信他们是永远不会作出决定来的，顶多是走走过场而已），到底该由当地政府还是由大公国的财政开支。虽然贡扎罗总督再次率军出征，围攻可怜的卡萨莱去了，但首席大臣安东尼奥·费雷尔奉他的命令，也频频向十夫长委员申请拨款；元老院也向十夫长委员会申请，要求他们在瘟疫传播开来以前，在同其他地区的经济联系中断以前，设法做好城市的粮食供应，以及为相当大一批现如今失去了工作的居民谋求生计。十夫长委员会则努力通过借贷和收税来筹集钱财。他们将筹集到的部分资金交给卫生委员会，部分交给贫穷之人，部分用于购买谷物，这样，从某种程度上说，弥补了现在的某些需求。然而，严重的苦难尚未来临。

在传染病院，尽管每天都有大批人死去，可是其总人数却仍在不断上升。然而，还有一些艰巨的任务，比如确保服务、维护纪律、按规定进行隔离等，简而言之，就是要维护或者建立卫生委员会规定的管理制度。因为，从一开始，正是由于许多病人恣意妄为，加上部分官员玩忽职守、疏忽大意，所有的一切才陷入了一片混乱。卫生委员会和十夫长委员会走投无路，只好求助于嘉步遣会修士，求助于教省代理主教（之所以这么称呼他，是因为他刚接替了前不久去世的教省主教）派一位能干的修士去管理那悲伤的王国。这位教省代理主教向他们推荐了一位名叫费利切·卡萨蒂的修士。该修士正值壮年，因自己的仁慈、热忱、温顺而又坚毅的性格享有很高的声誉。而随后的一切也证实，他的这种声誉是当之无愧的。他的助手米凯莱·波佐博纳利也是一位年轻人，此人严厉而又稳重，其面貌也是如此。人们都欣然地接受了这两位神甫。在3月30日这天，这两人便来到了传染病院。卫生委员会的总负责人带领着他们四处巡视了一番，为了便于他们任职，还召集了服务人员和各个阶层的官员，当着众人的面，大声宣布说费利切神甫将担任该传染病院的院长，享有最高而且无限的权力。随着该院患病人数的不断增加，其他嘉布遣会修士也纷纷来到此地。他们分别担任主管、忏悔神甫、管理员、护士、厨师、壁橱的看官者、洗衣员，总之，就是一切必要的服务人员。费利切神甫一直勤奋地、孜孜不倦地忙碌着，不分白天和黑夜地去视察走廊、病房，或者其他空旷之地。

有时他带着一支长矛，有时又只系着一根苦带。他鼓励每个人，调解每一件事，以平息骚乱，解决纷争，恐吓、惩处、责备、安慰病人。他时时擦干眼泪，可泪水又时时忍不住流下来。不久，他也染上了传染病，病愈之后，他反而更加精神抖擞地去履行自己的职责。同时，他的许多教友也忘我地、不顾一切地工作着，可是他们却很开心。

诚然，这样专横严酷的治理，是一种非同寻常的权宜之计，异乎寻常的还有这场灾难、眼下这个时代。即使我们对这个时代知之甚少，但单是这一权宜之计便足以作为一个论据、作为一个例子，让我们了解到这个社会是多么的杂乱，管理又是多么的无序了。不过，提到这些修士时，我们应该怀有敬意和爱怜，怀有那种因人类对自己的同胞作出了巨大的贡献而在人们心中、在大众心中所激起的感恩之情，同样值得称道的还有修士们的大无畏的牺牲品质。为慈善事业牺牲自己的生命是明智而崇高的行为，在任何时间、任何形势下都如此。“倘若这里没有这些修士，”塔迪诺写道，“毫无疑问，整个城市都将毁于一旦，因为那些修士竟然在如此短暂的时间里，为了公众的慈善事业做了那么多的事情，他们从市政当局没有得到援助，或者至少可以说只得到了很少的援助，他们完全凭借自己的勤劳和智慧在传染病院里收容了成千上万不幸的人，这简直就是一个奇迹。”

人们通过接触和交流不断传播这种疾病，顽固地否认瘟疫之人逐渐减少。这种疾病在穷人阶层里传播了一段时间后，便开始在较有地位的人群中蔓延开来。在这些人当中，最值得提及的是当时最著名的主治医生赛塔拉。人们至少说过这位可怜的老人的所作所为是合乎其理的，但是谁知道呢。他，连同他的妻子和两个儿子，以及为他效力的七个仆人，都染上了瘟疫。他和其中一个儿子获救活了下来，其余的人都不幸去世。塔迪诺写道：“发生在城里显赫家庭里的这些案例，促使贵族家庭和平民家庭都反思起来，那些对此表示怀疑的医生和无知鲁莽的平民都开始紧闭双唇，咬住牙齿，瞠目结舌。”

不过，极端顽固者的计谋和报复心理常常迫使他们怀有希望，这种固执能够置理智和事实于不顾，直至到最后一刻。下面就是这样的一个例子。那些曾经坚决怀疑他们身边或他们之中有潜在的疾病（而这种疾病又是通过自然途径传播开来导致重大毁坏）的人，如今再也不敢否认疾病扩散的事实，但仍不承认其是通过自然途径传播的（因为如果承认，就等于承认自己所犯下的巨大的错误）。他们迫切地想要找到疾病传播的其他理由，而且愿意接受呈现在他们面前的任何理由。不幸的是，当时不仅在意大利，包括欧洲的每一个地区的传统观念中，都认为是魔法在作祟：施魔法的人运用一些残忍的诡计，让人们通过传染性食物和妖术来传播瘟疫。在以前发生过的很多瘟疫中，尤其是半个世纪以前发生在米兰的那场瘟疫中，人们对这样的说法以及与此类似的说法半信半疑。稍作补充的是，去年由国王菲利普四世签署的一份公文发至米兰总督，公文里告知他四名被怀疑散布有毒物质和传染病毒的法国人逃出了马德里，并要求米兰总督时刻警惕，防止他们进入米兰。总督将这份公告汇报给了参议院和卫生委员会，当时并未引起他们的重视。然而，当瘟疫真正爆发的时候，当所有的人都意识到这是瘟疫的时候，他们才开始注意这公文里的信息，从而确认了是有人故施恶计，这也是他们第一次对此类事件有所怀疑。

然而，有两件事（一是盲目的、失控的恐惧，二是我也说不清楚的恶劣伎俩）使很多原先只是含糊地怀疑存在某种罪恶企图的人开始真正相信是有人在故弄玄虚、制造恶端。5月17日晚，一些人似乎看到教堂里有人给用来隔离不同性别信徒的挡板涂上了油软膏，又把挡板和长凳搬到了教堂外面。尽管卫生委员会主席在四名成员的陪同下，闻讯赶来，察看了隔板、长凳和圣水池，但终究没找到任何能够证实这是有人故意放毒的证据。为了迁就别人的想象，他决定，与其说是出于必要，毋宁说是过于谨慎，只要将隔板重新清洗一遍就可以了。然而，这么多堆放在一起的物品使人们产生一种强烈的惊愕感，人们认为任何一个物品都是别人故意施毒的证据。据说教堂里的所有长凳、墙壁，甚至钟绳都被涂上了毒油膏。这不仅仅在当时得到了证实，同时代的所有记录当中都提到过这件事（有些回忆录是在很多年之后才撰写的），说法与此大体相同。要不是我们在圣费德莱的档案里找到一封由卫生委员会写给总督的信，我们便永远无法确定故事的真实性。

第二天早上，一副新奇的景象使市民们目瞪口呆。在城里的每一个地区，他们看到所有住宅的墙壁和大门都被涂上了一条长长的不知为何物的痕迹，有的是微黄色的，有的发白，就像海绵一样分散开来。这也许是为了制造某种更普遍的恐慌而搞的某种恶毒卑鄙的手段；或许是为了引起公众的混乱而实施的一个非常可怕的计划；或者是因为别的原因。事实证明，将这件事归咎于少数人实施的蓄意恶毒的手段，而不是归咎于人们的想象似乎要合理得多。事实上，这种事并不是第一次出现，可以说在每个年代的各个地方，都不乏后来者。里帕蒙蒂，这个经常嘲弄这次涂药膏事件以及对人们如此轻信此类事件感到悲叹的人，断言说自己曾经看到过这种石膏工艺，接着便描述了这一工艺。在上述所援引的书信中，卫生委员会的官员们以同样的方式讲述了这件事情。他们谈到对此事的视察情况，谈到了用那些涂料在狗身上做的实验，并证明这些根本不会导致不良后果。他们还补充说道，他们相信这种鲁莽行为并非邪恶的计划，而是由于无知而导致的结果。这个观点表明，到那个时候，他们仍保持着稳重的心态，无视那些不存在的东西。同时，同时代的其他记录也表明（且不去考证这些记述的真实性）许多人起初也认为这仅仅是一种恶作剧，并且没有任何记载说有人反对这一说法。倘若真有这样的人存在，那么他们一定会被一些人提及，而且被他们称作荒谬的人。我认为，把这件恶搞之事的细节（一部分鲜为人知，另一部分根本没人知晓）综合在一起加以描述也并无不恰当之处，因为在这么多人一起所犯的错误中，令我最感兴趣，也是最值得我去观察的是这些错误扩散的途径，以及它们闯入人们的头脑并支配他们思想的形式和方法。

这个早已骚乱不断、动荡不安的城市如今已被搅得天翻地覆。房屋的主人用燃着的稻草去烧那些被涂染过的地方，过往的行人纷纷止步观看，个个都战栗着，嘴里还不停地咕哝着。那些很容易因为其穿着而被识别的外乡人被认为是作案者，大街上的人们将他们捉住，立刻送到了警察局。

执法官对被抓之人、捉捕者和证人进行了盘问和审查，但发现所有的人都是清白的，看来这些执法官仍然具有怀疑、思考和理解的能力。卫生委员会发布了一项公告，允诺赦免那些举报罪犯的人，并对其进行奖励。卫生委员会的官员们在我们所援引的那封信中写道（信上所写的日期是5月21日，但很明显是19日写的，因为出版的法令上标明的日期便是19日）：“无论如何，面对如此危险、人们竞相猜疑的局面，我们认为，无论使用何种方法都要对罪犯进行严厉打击，以告慰人民，保证其生活安宁。故今日颁布此法令。”然而，这项法令并未提及，至少没有明确地谈到他们向总督大人提到的理智及冷静的猜测：他们对此有所保留，表明当时民众对此感到狂热不安，也表明他们自身对此事的一种妥协，然而，这事引起的后果越严重，这些人就越应受责备。

当卫生委员会正在询问情况的时候，正如平常一样，已有很多人找到了答案。在那些认为所涂之物为有毒的药膏的人群当中，有些人认为这是贡扎罗·费尔南德斯·德科多尔瓦的报复行为，因为他在离职时曾受到侮辱；有人认为这是红衣主教黎塞留的主意，因为他想消灭米兰，然后毫不费力地坐拥这所城市；还有一些人，不知出于何种动机，认为科拉尔托伯爵或沃伦斯坦或米兰的某个名门望族是此事的肇事者。正如我们所言，当然也不缺乏那些完全把这事当作笑话的人，认为肇事者是学生、贵族和厌倦了对卡萨莱的围攻的军官们。然而，尽管人们都感到特别恐惧，病毒却没有立刻被传染出去，也没有导致普遍的死亡，也许这正是人们心中最早出现的那些恐惧逐步减弱、事情几乎被人遗忘的原因。

不管怎么说，仍然有一定数量的人不相信瘟疫的存在，因为无论是在传染病医院还是在城里，都有人得到了治愈，恢复了健康。针对与事实相左的观点而提出的总结陈词，人们总是对其怀有好奇心的。塔迪诺写道：“平民百姓和一些对此表示怀疑的医生都认为这不是真正的瘟疫，倘若是瘟疫的话，那么所有感染上病毒的人早就已经死了。”为了消除人们心中的疑虑，卫生委员会想到了一个切合实际、源于现实的对策。在圣神降临周期间，民众会在东门外的圣格雷戈里奥墓地前聚合，为在瘟疫中不幸身亡且葬在此地的死者祈祷。他们会借此机会在这里娱乐观光，于是每个人都穿得十分体面。就在那一天，有一家人全部死于瘟疫。在卫生委员会的指示下，死者赤裸裸的尸体被安置在一辆马车上，然后进入人群集中最密集的地方，在马车、骑马人和行人之间穿行，让他们看清楚瘟疫所留下的明显的标记。马车所到之处，人们都十分惊愕，并不断发出窃窃的声音。这使更多的人们相信这就是瘟疫，除此之外，瘟疫自身的蔓延也使人们相信它的存在，而人们聚集在一起，又加速了瘟疫的传播。

最初的时候，人们绝对不相信瘟疫的存在，甚至禁止使用“瘟疫”这个字眼，后来又认为这是瘟疫性热病——这一形容词的使用虽然没有直接说是瘟疫，但难道不是间接地承认了这一观点吗？后来，人们又不太确定这到底是不是真正的瘟疫，也就是说，在某种程度上可以称之为瘟疫，或明确地说这不是瘟疫，而只是一种无法命名的疾病。最后人们才毫无争议地确信这就是瘟疫，但是这个说法又生出另一种说法——下毒和巫术，旨在篡改和混淆如今他们再也不能否认的瘟疫的说法。

我想，我们已经没有必要为了解与此类似的历史事件而为这段历史发表更多的观点。感谢上天，与此有着相同性质和重大影响，花费如此大的代价才排除疑义，同时又受到别的说法的纠缠的历史事件并不多见。然而，无论是小事件还是大事件，在多数情况下，通过采取早已被证实的方法，例如在发表意见之前，先仔细观察、倾听来自各方面的消息，然后经过一番思考后加以比较，这样就可以避免这个漫长而曲折的过程。

第三十二章

由于形势日益严峻，当时的各种需求越来越难以满足，在5月4日，十夫长委员会决定向州长大人请求帮助。相应地，在当月的22日，十夫长委员会派遣两位代表去拜见州长大人，向其简要概述了该城市的灾难及贫困状况：巨大的花费使得财务亏空，负债累累，未来的开支都已被预支了很多。由于诸多原因，尤其是战争带来的毁坏，使得人们根本难以交税。同时，他们还请求州长大人按照一直以来的法律和惯例，和卡洛斯五世的特别法令，考虑由国家财政部来负担瘟疫所耗费的巨大开支。就像在1576年发生的那场瘟疫一样，州长大人阿亚蒙特侯爵不仅命人免除了所有税收，而且还从国库拨下四千金币来资助遭受瘟疫的城市。最后，两位代表向州长大人提出了四项请求：即就像1576年一样，免除赋税；国库拨款救济；州长大人向国王汇报该城和该地区的受灾状况；不要再派军队驻扎该地，因为过去该地曾受到了驻军的破坏和践踏。州长大人在回信中对该城人们表示了慰问，同时也说了一些劝诫之词：他很遗憾不能前来米兰，不能尽自己的努力缓解该城的困苦，不过，他希望十夫长委员会的各位先生的热忱、勤勉能弥补这一切，因为如今正是毫不吝惜地投入钱财的时候，应该想方设法将事情做好。至于说他们提出的要求，只要时间和其他必要条件允许，他定会尽量地满足。信的结尾处是他的署名，即安布罗焦·斯皮诺拉，字迹虽然潦草，可却就像他的允诺一样清楚明了。首席大臣费雷尔很快回了一封信，向州长大人表示，十夫长委员会的成员们对此甚感遗憾。随后，他们经常写信来往，一方提出要求，另一方一一作答，可是我并没发现他们究竟做出了什么确切的结论。一段时间后，在瘟疫闹得最厉害的时候，州长大人向首席大臣费雷尔发了一份公函，表示因战事繁忙，只好让其全权处理瘟疫一事。

在向总督大人寻求帮助的同时，十夫长委员会又作出另一项决定，请求红衣主教组织一场隆重的宗教仪式，把圣卡洛的灵柩抬出来，在城里游行。善良的红衣主教出于多方面的考虑，拒绝了这一请求。红衣主教不喜欢对这种随心所欲的行动投以信任，他担心，要是这样的活动不能取得预期的效果，这种信任会转变为过错，他的这种担心不是毫无道理的。他还担心，假使确有恶人到处涂抹毒物，那这游行定会给犯罪之人提供大好的可乘之机；假使这样的恶人并不存在，那样众多的人聚在一起定会使疫情广为蔓延，成为更加现实的危险。因为刚有所平息的关于恶人涂抹毒物的怀疑，如今又再次活跃起来，而且比以前任何时候都更加普遍、更加严重了。

现今人们又看到，或者说似乎看到，在城墙，或者公共建筑的入口处、私人住房的大门和门环上都涂有毒性物质。有关这些发现的消息，从一人口中传到另一人口中，你传给我，我传给你，闹得沸沸扬扬的。就像通常所发生的一样，当众人害怕不安之时，常常会把所听到的事当成真正所发生的事一样。众人的心灵越来越因遭受到的瘟疫而痛苦，因危险的迫近而愤怒，他们非常乐意相信这种传言。出于愤怒，他们有的甚至施行一些报复行动。就像一位正直之士在谈及这一问题时所尖锐地指出的一样，人们宁愿将瘟疫归咎于人类邪恶的表现，好对其发泄自己的愤怒，而不愿承认该瘟疫源自于某种人们除了逆来顺受地接受而别无他法的结果。这是一种极其细微的、瞬间即发作的，还会穿透各种物体的毒物，这些言语就足以解释此瘟疫那剧烈的、神秘的、最不可捉摸的性质。据说这种毒物是由蟾蜍、蟒蛇、一些感染病人的唾液和脓血，以及一切狂野而又荒谬的幻想才能产生的恶臭而肮脏的东西组成的。而在这些东西之中，又施加了一些巫术。用了这巫术，一切不可能的事都变为了可能，一切物体都失去了其所有的效力，一切困难也都迎刃而解了。最初该毒物的效果为何没有立即完全显现，如今其原因便一清二楚了，那是由于制作该毒物之人初次尝试，技艺还不精，但现在他的技艺已经十分精湛，玩弄这种恶魔似的把戏的劲头更加疯狂。此时，要是有谁仍然相信这只是他们耍的一种把戏，要是有人仍然否认这不是一个密谋，那即使他没被人怀疑成想故意转移众人的注意力之人、涂毒之人或者其同盟，那他也定会被视为一个盲目者或者一个执拗之人。涂抹毒物这一字眼很快就成为了一种普遍、严肃而又恐怖的字眼。有了这种信仰，即涂抹毒物之人肯定存在，那就肯定能找到他们，就这样，大家都提高了警觉，双眼时刻注视着。人们的一举一动都可能引起怀疑，而这怀疑很容易就变成了自信，而自信又继而沦为疯狂。

里帕蒙蒂讲述了以下两件事作为此种情形的证明。他说，自己之所以选择这两件事，不是因为它们是日常所发生的事中最骇人听闻的，而是由于这两件事都是他亲眼所见到的。

有一天，也不知是什么节日，在安东尼奥教堂，有位年过八十的老人在跪着祈祷完后，准备坐在凳子上休息会儿，由于凳子上有灰尘，他在坐下之前便用自己的披风，抹了抹灰尘，他的这一动作恰好被几个女人看见了。“那个老头正在凳子上涂毒。”几个女人大声喊道。那些正好在教堂里的人（请注意，这儿可是教堂）纷纷向老人走来，他们揪着老人的银发，对其拳打脚踢，把他打倒在地，只剩下半条命了。随后，他们还将老人送进了监狱，让法官审判他，折磨他。“我亲眼看着，老人就是这样被一路拽着去了监狱，”里帕蒙蒂说道，“从那以后，我再也没有听到过他之后的一些情况了，不过，我确信他肯定时日不多了。”

另一件事也相当奇怪，它就发生在第二天，不过，这事可没上面那事那么悲惨。这事讲述的是三位年轻的法国人一起来到意大利，准备参观意大利的名胜古迹，要是合适，再找个挣钱的工作干干。他们中一位是学者，一位是画家，另一位则是机械工人。他们刚到大教堂的外墙，准备好好站在那儿观赏观赏，便有一两个或者更多过路之人停了下来，组成了一个小群体。他们目不转睛地盯着那三个法国人，从其服装、发饰和行囊得知他们是外地人，更糟糕的还是法国人。这三人为了使自己确信该教堂的外墙是由大理石做的，于是便伸出自己的手去触摸它。这一摸可摸出了麻烦，他们瞬间便被众人包围了。人们抓着他们，殴打他们，还叫嚷着要将他们送进监狱。幸运的是，法院离教堂并不是很远，更加庆幸的是，他们被证明是无辜的，于是最后便被无罪释放了。

类似的事不止发生在城内，这种狂热就像传染病一样，很快便传到了各处。要是一位过路的游客被农民看见没有走在大路上，或是在大路上东张西望，或是停下来休息，这个陌生人要是被发现有什么奇怪之处，不管是在衣着打扮方面还是在他的面部表情方面，都会被视为涂抹毒物者。并且，一旦发现之人做出暗示，或者说某个小孩子发出呼叫，或者拉响警铃，人们便会蜂拥而来，向这位不幸之人扔石头，或者将其恶狠狠地拽进监狱。监狱在当时的一段时期竟成了安全之所。

不过，十夫长委员们并没有因为大主教的拒绝而感到气馁，他们继续向其请求，而且公众对此也很是赞同，高声呼吁着支持他们。费德里戈坚持己见，继续去说服十夫长委员们，而这正是一个人凭良心为反对时代的谬见以及众人的偏执所能做的一切。在那种舆论之下，加之当时对瘟疫的危险性在远不具备我们如今拥有的证据的条件下所形成的模糊而有争议的认识，这就不难理解大主教费德里戈的那种善良的意愿，即使在自己的头脑里，也被众人那些错误的要求给压倒了。此外，至于说在他随后的让步中是否包含着些许软弱，那就是人心的秘密了。当然，如果说在某些情况下，可以将所有的错误都归结于智力，而与良心无关，那确实是有少部分人（当然，红衣主教费德里戈就是其中一人）在其整个一生中完全凭着自己的良心做事，丝毫不考虑到任何短暂的利益。随后，由于众人的一再请求，他最终还是让了步，同意举行宗教游行，他还进一步满足了众人的愿望，说在游行结束后，会将圣卡洛的灵柩放于公共的地方，即教堂的最高祭坛上停放八天。

我并未发现卫生委员会或者其他权威机构对此做出任何反对或者抗议。卫生委员会只是下令采取一些预防措施，并未排除瘟疫的危险性，仅仅表达了对其的忧虑。他们在众人进城方面制定了严厉的规定，为确保这一规定得到执行，他们还封锁了城门；同时，为了避免染病之人和被怀疑染病之人有参与的机会，他们还在被隔离的房子上钉了钉子。这种房子，据当时的一位作家称，起码有五百座。

众人用了三天时间准备，到了预定之日，即6月11日早晨，游行队伍便从大教堂那儿出发了。长长的队伍由群众在前面带着路，其中大部分是妇女，她们的脸被大量的丝绸遮着，许多人还赤着脚，穿着麻布衣服。随后是举着旗帜的各个行会和身着各种颜色服饰的兄弟会会员。接下来是修道院的修士，之后便是俗间教士，每人都佩有代表自己级别的徽章，手里还拿着点燃的蜡烛。在队伍的中间，伴随着那众多的烛光和那高昂的圣歌，灵柩缓缓前行。它顶着精致的华盖，由四位衣着讲究的教士轮番抬着。水晶中显现出圣卡洛那令人尊敬的尸体。圣卡洛穿着光芒照人的华丽主教服，头上还戴着主教法冠。在那残缺不全、腐坏的身形下，仍然可以分辨出他昔日的容颜的迹象，同那图画中的他一模一样，同时也与某些人记忆中的形象一样。他在世时，这些人曾经目睹过他的这副尊容。在这位已逝的神甫的尸体后（里帕蒙蒂这么说，我们主要也是根据他的描述），按照功勋、血统、高贵，走在最前面的是费德里戈大主教，他的身后跟着一些神甫，紧挨着这些神甫的是当地的部分官员，他们穿着官服，再后面的便是贵族人士。这些贵族人士，有的穿着奢华的衣服，仿佛是为了显示仪式的庄严，有的为了表示赎罪，穿着丧服，或者赤着脚，戴着遮住自己的脸的帽子，他们全都手持大蜡烛。最后面的是一些混杂之人。

整条大街全被装饰了一番，就像在过节时装饰的一样。富人们纷纷拿出自家最华丽的装饰物，穷人家的墙壁上也由富裕的邻居或者官方出钱粉刷一新。在游行队伍经过之处，到处都悬挂着枝叶繁茂的树枝、图画、题词和象征性的物品，家家户户的窗台上都陈列着花瓶、珍贵的古董和其他稀有的珍品，哪里都是燃烧着的灯烛。那些染上瘟疫，被隔离在家的病人，在许多窗口旁，静静地观望着游行队伍，嘴里默默地祈祷着。其他街道上空无一人，十分寂静，即使有人，也只是在窗口边侧耳倾听外面的嘈杂之声。不过，其他人，其中甚至有些修女，攀上了屋顶，眺望着远处的灵柩、随从和其他东西。

游行队伍穿过了城里的大街小巷，还在每一个十字路口或者小广场上（这里是那些郊区的主要街道的终结处，广场当时仍保留“卡罗比”的旧称，现如今只剩下一个这样的广场了）停下来。他们将灵柩置于十字架旁边，这些十字架是圣卡洛在上次瘟疫盛行时修建起来的，如今有的仍然伫立着。这样，直到中午之后，游行队伍才返回大教堂。

第二天，当游行队伍怀着自以为是的自信，确信游行能够消除瘟疫之灾的时候，在城市的每一个角落，死亡人数都在急剧增加。瘟疫竟猖獗到如此地步，以至于所有的人都意识到瘟疫的起因正是游行本身。然而，普遍的偏见却有何等惊人而令人悲伤的力量啊！人们并没有把死亡人数的增加归咎于大量人群长时间地聚集在一起，也不归咎于人与人之间偶尔大范围毫无节制的接触，而把这一切都归咎于毒害者为了大规模地实施他们那极其邪恶的计划所采用的简便的方法。据说那些人混杂在人群中，给他们遇到的每一个人都涂上毒药膏。然而，这个方法并不足以在各个阶层中引起太多死亡。就表面看来，即使是最善于观察的人也不曾发现任何似油的东西或类似的污点。在整个过程当中，为了解释这一现象，他们又诉诸另一古老的说法，这个说法当时已在欧洲被认可为科学常识，即那些恶人使用了具有魔力的毒粉末。据说，只要将这些粉末撒在大街上人们驻足的地方，便很容易粘在人们的衣裙上或赤足行走的人的脚上。当代的一位作家写道：“因此，恰在宗教游行的那一天，正是虔诚与邪恶、背叛与真诚、得到与失去相冲突的一天。”事实上，这是人类仅存的一点理智与其自己创造出来的幽灵之间的冲突。

从那一天起，疫情越发猖獗起来，在很短的时间内就波及了每一个家庭。根据上面所引用的索马利亚的说法，传染病院的人突然从两千迅速增长到一万两千人。而随着时间的推移，几乎所有报告都指出，其人数增长到了一万六千人。7月4日，我从卫生委员会管理员给总督的另一封信中获知，每天的死亡人数已超过五百。在瘟疫蔓延最猖獗的时候，根据人们公认的数据来看，在一段时间之内，每天的死亡人数竟达到一千两百或一千五百。而且，如果我们相信塔迪诺的说法，每天的死亡人数则超过了三千五百。

不难想象，那些十夫长们如今面临着怎样的艰难局面，他们不但肩负着为公众提供生活必需品的重任，还得补救在大灾难中损坏但仍可进行修理的东西，他们每天都得更换和补充一些为公众服务的人员，比如脚夫、鸣道夫和执事。脚夫（甚至在古老的米兰也不确定其由来）则担任瘟疫中最费力、最危险的工作，也就是把尸体从房子里或传染病院里抬出来，再用马车将其运往墓地掩埋；还要把被染上瘟疫的病人送去传染病院，并好好地照看他们，还要烧掉所有被感染的东西或清洗那些被怀疑受到感染的物品。鸣道夫的主要任务是在马车旁边摇铃，示意路人让开。按照卫生委员会的指示，执事则负责管理脚夫和鸣道夫。同时，委员会还不断为传染病院派遣一些内外科医生、药品、食物和其他各种医疗设备，并为数量日益增长的病院人提供住处。为此，在传染病院的空地上，他们用木头和稻草匆忙地盖起了一些小木屋，又在传染病院里建起了一座完全由木板围成的小传染病院，这个小传染病院能够容纳四千多人。尽管这样，房屋仍然无法满足需求，因此又增建了两座传染病院，但由于缺乏各种资源，最终无法将其完工。需求日益增长，而资源、人力和志气却在日益衰减。制定的计划和宣布的命令无法及时执行，不但不能满足一些迫切的需要，就连口头上的保证也没有，而且由于工作能力的缺失和对事态的绝望，他们压根儿就不顾及那些令人感到悲痛的紧急事件。例如，大量婴儿在其母亲被瘟疫夺去性命后，由于无人照料看护，都相继死去。卫生委员会呼吁为这些孤儿和产妇建造避难所，为他们做点好事，但到最后仍毫无结果。塔迪诺写道：“城里的十夫长们也值得我们同情，不管怎样，他们也因野蛮无理、肆意妄为的兵痞们而感到厌烦和疲倦；在不幸的大公国里的官员们也值得同情，他们想从总督那里得到帮助或一些供应，但都徒劳无功，因为正处于战争年代，总督只会告诫他们要善待士兵。”因此，攻占卡萨莱是多么的重要啊！不论是出于何种原因，胜利的光辉是多么的荣耀啊！

因此，他们在传染病院的附近挖了一个大坑，并把尸体埋葬在这里。每一天都出现大量的新尸体，它们裸露在城里的每个地方，各地的地方法官到处寻找愿意从事这一悲惨任务的人员，可都徒劳无功，因此他们也无计可施。如果不提供一些特别的救助，真不敢想象事情的结果将会是何等惨烈。卫生委员会主席几乎绝望，他饱含泪水，恳请两位管理传染病院的杰出的神甫给予帮助。米歇尔神甫向其保证自己会在四天之内将城里的尸体清理完毕，在八天之内提供满足当时需要的物资，并且还能满足近期内最糟糕情况下的需要。在另一位神甫和卫生委员会主席指定给他的几位官员的陪同下，他来到城外，召集一些农民工。他借助于卫生委员会的权威以及自己的威望，成功地召集了两百人。他把这些人分配到三个不同的地方去挖三个特大的坑。然后，他派遣传染病院的脚夫们运走那些尸体，并将他们埋在大坑里。就这样，他在规定的时间的最后一天将其诺言全部兑现。

有一次，传染病院里突然缺乏医生，他们提供优厚的酬劳和莫大的荣誉，费了很大劲儿，花了很长时间才找到几个医生，但这几个医生还远不能满足需要。传染病院里还时常缺乏粮食，他们总担心那些病人还将死于饥饿。然而，当他们正想尽各种办法筹集粮食时（为此他们不抱任何希望，更不用说及时筹集到食物），某个仁慈之士不止一次为他们雪中送炭，因为在麻木不仁的人群中，尽管他们对自身有所疑惧，对他人毫不关心，但心底却产生一种仁爱之心，还有一些对世俗的欢乐毫无挂念的人，其慈爱之心也随即产生。尽管有些能够提供帮助的人不幸逝世或逃之夭夭，但仍然有一些身体强壮、勇气可嘉的人始终坚守自己的岗位，甚至有些人在同情心的驱使下，坚定不移地担当起不属于他们职责范围的工作。

最引人注目的是，在那艰苦的环境下，神甫们面对这些艰辛的工作却心甘情愿地为此事尽心尽责。在传染病院及城里的其他地方，他们都在无私地救济难民。只要有苦难的地方，就有他们忙碌的身影。人们总能看到他们和眩晕之人、将死之人在一起，有时候就连他们自己也饱受折磨，危在旦夕。他们给予那些病人精神安慰，尽可能地为其提供物质帮助，只要别人需要，他们就乐意为之服务。只在城里就有六十多位教区神甫因感染瘟疫而死亡，这个数字约占神甫总数的九分之八。

正如人们所期望的一样，费德里戈一直鼓舞着大家，为大家树立了榜样。在这个大主教家庭的所有成员几乎都因病逝世的时候，其亲朋好友、地方高官和邻近的贵族们都恳请他搬到另一个隐蔽的别墅中远离危险，但他回绝了这些劝告和请求。他在给教区神甫的信中写道："就算放弃生命，也不要放弃我们这世上的家庭和孩子们，照顾他们是我们的职责；你们要直面这瘟疫，只要能为基督拯救一个灵魂，就当心怀爱心，像去迎接生命、领取某种奖励一样。他没有忽视任何没有妨碍他履行自己职责的措施，而且还为此对教士们做了一些指导和规定；而当他在行善中面临危险的时候，他也毫不畏惧，似乎根本没有察觉到危险的存在似的。为了赞扬和调动神甫们的热情，他经常和他们待在一起，鼓励那些对待工作不积极的神甫，并把他们派遣至别的神甫亡故的地方，希望他走近每一个需要他的人。他探访传染病院，给患病之人送去安慰，并鼓励医护人员，要他们尽心尽责地照顾好病人；他走访了整个城市，救济那些被隔离在家里的不幸的穷人。他靠在门前或驻足于窗户下面，聆听人们的悲苦，并说了一些安慰的话，叫他们一定要鼓起勇气。总之，他将自己投身于瘟疫，并生活在被瘟疫感染的人群中，令他自己都感到吃惊的是，到了最后他也没有感染上这疾病。

在这波及公众的大灾难中，在正常的秩序遭受持久的骚乱时，总会有某种美德的发扬和升华，但同时犯罪的概率也有所增加，而且大多数情况下其增长速度异乎寻常。而在瘟疫肆虐的当下，各种罪恶行径尤其显著。那些没有感染上瘟疫并对此毫不惧怕的恶棍们，趁着公众混乱以及公共力量的削弱，找到了新的犯罪机会，并能够保证自己不受处罚。而且，大部分公共力量已经落入了这些恶棍的手中。一般来说，除了那些不惧怕瘟疫、天生就对自然植物无所畏惧的人愿意从事脚夫和鸣道夫之外——他们喜爱肆意地掠夺和抢劫，再无他人。

为了对付这些人，当局政府制定了最严格的法令，也制定了诸多严厉的惩罚措施来威胁他们，为他们划分了固定的范围，而且，正如我们先前说过的那样，还派遣人员管制他们。地方官员和某些贵族被派往城里各个地区，并赋予他们权力抓好时机好好地管制他们。在一段时间之内，事情一直发展得比较顺利，然而，由于死亡人数、逃跑人员的不断增加，加上幸存者也越发恐惧，这些管理人员们已无法再对那些恶棍进行管理，他们所有的人，尤其是脚夫们，把自己当作一切事物的仲裁者。他们像主人一样专横地走进别人的家中，更像敌人一样乱闯民宅，更不用说他们是如何肆意掠夺，如何虐待那些染上瘟疫的不幸的人们。他们把他们那污秽邪恶之手放在那些健康的孩子、女人和男人身上，并威胁他们说，如果不把钱交出来，就把他们拖去传染病院。有时候，他们甚至还让穷人们为他们的“服务”付钱，如果不交出一大笔钱，他们便拒绝将那些腐烂的尸体搬出去。据说（鉴于一些人太过于轻信别人，另一些人又太过于狡诈，信和不信的说法都同样靠不住），塔迪诺也这样说，为达到扩散瘟疫的目的，那些脚夫和鸣道夫故意让受到感染的病人从马车上掉下来，因为对他们来说，瘟疫意味着金钱，在有瘟疫的日子里他们就像在自己的王国里一样自由自在。另一些邪恶之人伪装成脚夫，在脚上绑一个响铃——这是区别脚夫与否的标志，他们闯进民宅，对他们施以各种暴行。有些房间没人居住，或者只是居住着一些虚弱或者快要死的人。这些房间大开着门，时常会有小偷进来无所顾忌地偷东西。还有些房间也会被警察闯入，这些警察同样肆意抢劫，甚至比那些小偷的行径还要恶劣。

疯狂与邪恶同步增长，所有那些盛行的错误或多或少地都从人们的张皇失措和茫然不安中获得了额外的力量，产生了更加广泛、更加迅速的后果。每个人都不得不去增强和扩大对于涂抹毒物这事的恐惧，正如我们所看到的那样，涂抹毒物这一行为，就其影响和表现方面而言，又常常代表着另一种罪恶。这种想象的危险情形比真正现存的危险更加困扰、折磨着人们的心灵。“然而，”里帕蒙蒂说道，“人们眼睛看到的和脚底触碰到的，不是散乱的尸体，就是堆积如山的尸体，使得整个城市就像一个巨大的坟场一样；另一种更加骇人听闻、更加丑恶的症状便是人们之间那种相互的憎恶，相互的不信任，以及过度的怀疑……他们不仅不信任朋友、客人，而且连那些人类关系的群体之名，如夫妻、父子、兄弟都成为极其恐怖的词语。他们互相猜疑，这真是一件既可怕，又难以启齿的事啊。家庭的餐桌、夫妻的婚床，都被视为可怕的诱惑之地，被视为放置毒物的地方。”

对于涂抹毒物的这一阴谋的胡乱猜想和奇特构思，粉碎了人们之间的相互理解，颠覆了彼此间的种种信任。一开始，人们只是以为涂毒者是受着贪心和野心的驱使，可后来，他们猜想并且相信，在这一行为中隐藏着某种说不清楚的恶魔般的渴求，某种足以战胜其意志的诱惑。病人在梦中责备自己，做了别人暗害自己时所做的事，这仿佛是在吐露真话，可以说，这使得任何事在任何人的眼里都是可信的。要是神志不清的病人在梦中，就像人们所想象的那样，做出一些只有涂毒之人才会做的动作的话，那这可比言语留给人们的印象要深得多。这事倒是很可能发生，也是一件为许多作家提供了一些很好的论据的事件。同理，在审理巫术这一漫长而又悲惨的过程中，被告的供词以及他们所做的一切并非总是被屈打成招才承认的，也不是为了进一步支持和维护有关巫术一事，因为当一种观点在某个地方盛行时，它肯定会想方设法地表现自己，寻找一切可能的出路，经历让人信服的各个阶段。很难想象，所有人，或者说大多数人，会永久地相信某件非常奇特的事一旦发生，而其始作俑者却不会暴露出来。

由涂毒一事引发的故事很多，其中有一件令众人很信服，而且它还流传得很广，因此值得一提。不过，每个人都在讲述这同一件事，可是讲的内容却不尽相同（这可能就是该故事奇特的地方）。故事大致是这样的：有一天，有个人看见一辆六只脚的马车停放在大教堂的广场上，里面坐着一位重量级的人物和他的几个随从，这个大人物忧郁的神情中透出些许兴奋，他的眼睛红得似火，头发直立着，紧闭的双唇还露出威胁的表情。正当这人看得入神时，马车停了下来，车夫还邀请他上车，这人也没拒绝。马车在绕了一两圈后便来到了一所宫殿，于是他们便下了车，同众人一起走进了那宫殿。

在那儿，这人见到的景象有惬意的，也有恐怖的。他看见了废弃之地，看见了花园，看到了墓穴，也看到了大厅。在这些大厅里，还坐着一些幽灵。最后，他被带领着去参观一个装钱的大箱子，那些人告诉他，只要他接受一个装着油膏什么的瓶子，将其涂抹在城里，那他就可以拿那钱柜里任何他喜欢的东西。他拒绝那么做，于是顷刻间，便发现自己回到了刚刚上马车的地方。这个故事被广大人群所相信，根据里帕蒙蒂所说，这一故事也并未遭到许多有学识之人的取笑。它传遍了整个意大利，甚至还传到了其他更远的国家。在德国，该故事还被绘成了版画。一位名叫马贡扎的大主教候选人写信给红衣主教费德里戈，询问米兰的这一奇特之事是否可信，红衣主教回信说，这一切纯属无稽之谈。

还有一些有学识的人，他们的梦话虽然本质不同，却也有着相同的作用，带来了同等悲惨的后果。他们大部分都相信，彗星是于1628年出现的，而且该年土星又与木星会合了，这些就是许多灾难的根源。“土木二星的会合，”塔迪诺写道，“会于1630年应验。那些有学识之人是这么认为的，大家也都明白这有何含义。它预示着即将会发生的置人于死地的疾病，还会发生种种令人惊讶的事。”这一预言我不知道是何人何时捏造出来的，但据里帕蒙蒂说，很多人都能随口道出。而另一颗彗星恰好又在发生瘟疫这年的6月显现，因此，它被人们视为一种新的警示，同时也作为一个明显的涂毒证据。他们还翻阅各种书籍，而且发现有很多人为制造的瘟疫，他们甚至还引用李维、塔西佗、戴奥尼夏、霍默、奥维德，以及许多其他的古人的书籍，这些书中都叙述或者提及过类似的事情。还有一些现代作家，他们的著作中对此谈得更多。他们还引用了其他数百名作家的著作，这些作家要么从理论上，要么从口头上，都提及了有关毒药、巫术、涂毒和火药之类的事。切萨尔皮诺、卡尔达诺、格雷维诺、萨廖、帕雷奥、斯肯基奥、扎基亚，以及可怜的德尔里奥都属于上述被提及的作家。如果说，一个作家的声誉同他的作品的好坏成比例的话，那德尔里奥肯定算得上最杰出的人士之一。他的著作《魔术的专题演讲》概括了到当时为止，人们在巫术方面所梦想的一切，成为无法辩驳的权威之作。在一个多世纪里，它为那些不合法的、恐怖的、持续的谋杀提供了准则和有力的动力。

从没文化的老百姓的发明中，有学识的人获得了符合他们自己思想的东西；从这些有学识的人的发明中，老百姓也获得了他们能够尽量理解的东西。他们一起形成了庞杂混乱、共同狂热的群众。

不过，那些医生的行为，才令人觉得更加惊奇。我说的医生，指的是那些从一开始就相信该传染病就是瘟疫的人，尤其是塔迪诺，是他自己预言说那是瘟疫，并目睹着它的到来，可以说，他亲眼看见了它的发展。他公开断言那是瘟疫，说其是通过接触传播的，还说要是对其不采取措施加以制止，它定会使整个国家都染上此病。可是，后来，他却将这些结果作为涂抹毒物的一个论据。他在米兰第二个死于瘟疫的患者卡洛·科隆纳的身上发现，谵妄是此病的一种症状，后来，他却将此事作为涂毒这一可怕的阴谋的证据。这事大致是这样的：有两个目击证人，他们透露说，自己曾听到一个身患瘟疫的朋友说，有一天晚上，有几个人来到他的房间，说要是愿在附近的住房上涂抹毒物，那他就给这位病人健康和财富，而他一再拒绝，最后那几人便离开了，留给他的是床下的一只狼和床上的三只猫。它们一直待在那儿，直到天亮。

要是说只有一个人那么想，得出那样的结论，我们还可以说是他自己太过古怪，根本不值得一提；可是，很多人都是那么认为的，那这便成为人们当时思绪的一种典范了。而且它还显示了那些有条不紊、理智的思绪是怎样被另一种思绪直接扰乱的。从其他方面来讲，这位塔迪诺还是当时米兰非常有名气的人士之一。

两位著名的、享有较高声誉的作家曾写道，红衣主教费德里戈对涂毒一事很是怀疑。我们很高兴能在回忆这位优秀、慈善的人时，给予他更加全面的赞扬，同时呈现出这位善良的主教在此事上，就像在很多其他事上，超越许多同时代的人的品格。不过，我们也不得不指出，在他身上呈现出的公众舆论对于人们的巨大压力，即使像对他那样最高贵的思想也是如此。至少从里帕蒙蒂的描述中可以看出，起初，费德里戈确实对此事有所怀疑，后来，他也认为公众的舆论确实包含大量的轻信、无知和害怕，他希望能够找到某种托词来弥补自己这么迟缓的承认，而且他还发现，公众的观点虽然有些夸大，可是其中有的方面还是说得很有道理。安布罗焦图书馆还保存着由费德里戈亲自撰写的有关此次瘟疫的小册子。以下就是他的这种情感，其中有一次竟清楚地表达出来："有关涂毒一事的报道多种多样，其构造之法也是层出不穷，其中有的我们认为是真的，另外一些则是编撰的。"

不过，有些人自始至终，甚至直到生命的最后一刻，都认定此事全然是想象的产物。我们并不是从这些人本人那里获知这一观点的，因为没有谁有足够的胆量当众吐露自己与公众截然对立的观点。我们是从一些作家那儿获知此种观点的，这些作家或嘲笑、或指责、或驳斥这种观点，说它只是一小撮人的成见，是一种不敢拿出来供公众争辩的谬误，但不管怎么说，这种观点毕竟存在。我们还从另外一位知晓民间传说的人士那儿了解到此观点。"我在米兰就遇到过很多明智之人，"善良的穆拉托里在以上提及的文章中写道，"他们从自己的祖辈那儿得知有关此事的可信的评述，他们都不相信有关涂毒一事的种种报道。"看起来真理仍然在慢慢流传，尽管人们只是对家人才会说出，可是它却实实在在地存在。不过，这些家人都将其掩藏起来，不敢明说，怕引起公众的谴责。

地方官员的人数每日都在减少。对每件事，他们都失去了信心，感到十分困惑，可以说，他们将自己那唯一尚存的勇气，唯一的那点快要消失的决心，花在了寻找涂毒者上。他们自以为把那些涂毒者找出来全不费功夫。

当然，随之而来的审判既不是这一类审判的开始，也不能将其视为审判史上的罕见之事。因为，我们暂时撇开古董不谈，只谈跟我们所讲述之事较近的年代里的一些事：1526年在巴勒莫，1530年、1545年以及1574年在日内瓦，1536年在卡萨尔·蒙费拉托，1555年在帕多瓦，以及1599年和1630年在都灵，都有一位或者多位不幸人士被指控曾用粉末、毒物和巫术，或者同时用这几种手段来传播瘟疫。这些人最后遭受了审判，还被处以最残忍的极刑。不过，在米兰所发生的所谓的涂抹毒物一事，由于长时间以来一直被众人记得，而且传播得很广，因此，它可能是最值得研究的东西了。或者，说得更明白点，那就是在很多方面，它都值得众人研究，因为它确实给人们留下了很多详细而又真实的材料。尽管不久前，我们才赞扬了一位作家，讲述到了此事，不过，他的目的也并非是为了将此事写成历史，说得更实在点，而是想从中获取有关这个话题的最为重要，也最为广泛的论据。对我们来说，这段历史可以形成一部新的作品的素材。不过，这些也不是用几句话就能说得清楚的，而此处也不是更进一步讨论它的场所。此外，我们在这些事上逗留了那么久，兴许读者们已不再想进一步了解我们所讲述的这些了。因此，我们还是将这些事留给另一部著作去讲述和探讨吧。

最后，我们还是回归到我们的主人公身上，不要再抛下他们，直至故事的结束。

第三十三章

在八月底的一个夜晚，也正是瘟疫盛行之时，唐罗德里戈在忠实的格里索的陪同下回到了米兰的府邸，格里索是仅剩的三四个家仆当中的其中一个。在回家之前，他总是会和几个老朋友一起聚聚会以排解当时心中的苦闷。每一次聚会，都会有几个新面孔出现，也有些老熟人缺席宴会。那一天，唐罗德里戈兴奋至极，他说了不少趣事，还为前两天被瘟疫夺去性命的阿蒂利奥伯爵致了悼词，逗得在场之人哄堂大笑。

然而，在他准备起身回家的时候，他却觉得精疲力竭，全身乏力，并且呼吸困难，心里像火烧一样难受，他把这一切都归咎于饮酒过量、深夜无眠和天气变化的缘故。在回府邸的途中，他没有说过一句话，而一到家就吩咐格里索为他把灯点燃，并将他送回卧室。当他们走进卧室之后，格里索点上灯，发现主人面红耳赤，眼珠子异常发红，像是凸出来了一样。因此，他远远地站在一边，因为在当时的情况下，正如人们常说的，即便是衣衫褴褛的叫花子也有几分医生的眼力。

“你瞧，我很好。”唐罗德里戈说道，他从格里索的举止中看出了他心里的想法，“我感觉还不错，只是喝了些……只是喝多了酒，喝了一些很纯的白酒……但只要好好睡一觉就会没事的。我很困了，把那盏灯拿走，它照得我眼花缭乱，让我感到心烦……”

“都是那白酒惹的祸，”仍站在一边的格里索说道，“快躺下好好睡一觉吧，明天就会没事的。”

“你说得对，如果我能够睡着……其实，我感觉很好。你把那手铃放在我床边，如果我在深夜时有什么需要便方便呼唤你了，不过，你可得留心点，这样才能听见铃声……不过，我应该不会有事……赶快把那该死的灯给我拿走。”唐罗德里戈说道。

此时，格里索慢慢地靠近他，照他的吩咐把手铃放在床边，说道：“这该死的灯光可把我给折磨透了。”然后他拿起灯，向主人道了晚安，趁唐罗德里戈缩进被窝的时候匆忙地离开了房间。

然而，唐罗德里戈却觉得那被子像座山一样重重地压在他身上，于是他掀开被子缩成一团，其实他早已经疲惫不堪，但只要他一闭上双眼便会立刻清醒，好像有人故意摇醒他一样。他感觉身子里越来越热，心越来越不安。他又想起了那天气、白酒和自己放荡不羁的生活，并把所有事都归咎于这些东西。但是，有一个想法逐渐代替了这些想法。这一想法同其他想法混杂在一起，是每次他和朋友聚会时都会谈到的话题，因为这比对它置之不理要容易得多，这就是瘟疫。

在长时间的辗转反侧之后，他终于安然入睡了。他开始做一些世界上最令人沮丧、使人不安的噩梦，一个接着一个，直到他梦见自己身处大教堂中，站在一大群人中间。他不知自己如何到达那儿，尤其是在这种情况下，也不知道从何时开始产生了这样的念头，为此，他感到特别恼怒。他看了看周围的人，个个都面黄肌瘦、脸色发白、目光呆滞、双唇下垂。所有的人都衣衫褴褛，从他们衣服的破裂处可以看到他们身上乌青色的斑点和肿块。

“让开，你们这些流氓！”眼望着那离他很远很远的大门，他大声呵斥道。伴随着这一声呵斥，他开始显露出威胁的表情，但仍然站在原地一动不动。不仅如此，为了不与围在他四周的那些肮脏的人有任何接触，他使劲儿地蜷缩着身子。但是那些毫无知觉的人没有一个移动一步，甚至没有一个听懂了他的意思。与他所想的相反的是，他们都向他逼近，他还感觉他们当中有人用胳膊肘或别的什么东西撞击他左边位于心脏和腋窝之间的部位，使他觉得像是受到血压冲击一样难受。他扭动着身子，想要避开这种撞击，但忽然又觉得有什么东西在猛扎他同一个地方。

此时，他勃然大怒，伸手去拔剑，这才发现簇拥他的人们早已拔了他的剑，而剑的手柄正好顶在他的胸前。他一触摸到自己的剑就感觉到一阵阵刺痛。他大声呼喊，累得气喘吁吁，却还想拼尽全力喊得更大声。

就在这时，他看见所有面孔都转向了同一个方向。他也朝同样的方向望去。他看到了一座圣坛，还看到一些从圣坛边缘渐渐升起的光滑而闪亮的圆形物。随后，这个圆形物渐渐升起，最后才认出这是一个光秃秃的头，接着出现的是一双眼睛、一副面孔和一缕长长的胡须，那是一个神甫的上半身。他认出，那是克里斯托福罗神甫。神甫扫视了一下周围的人，唐罗德里戈觉得神甫在注视着他，同时，神甫举起手来，那姿势和在他府邸底层的客厅里所做的一模一样。随后，唐罗德里戈也愤懑地举起了手，他奋力一拼，好像试图抓住空中那只手臂。

然而，一个在他喉咙里一直隐隐作响的声音突然爆发出来，他大叫了一声，从梦中惊醒过来。他放下那高举的手，花了很大功夫才使自己完全清醒。他睁开双眼，白昼的阳光像昨晚的烛光一样照得他难受，他认出了自己的床榻和房间，才明白这竟是一场梦。教堂、人群和神甫全都消失得无影无踪，但是他的左边胸口却仍然隐隐作痛。同时，他觉得心跳加速，耳边发出嗡嗡的噪声，内火中烧，四肢沉重无比，甚至比昨晚刚躺下的时候更严重。他犹豫不决，想要看看胸口剧痛的地方，最后，他终于拉开了覆盖胸口的衣服看了一眼。他浑身战栗，原来，他看到的是一块丑陋的乌得发紫的肿块。

唐罗德里戈惊慌失措，死亡的恐惧萦绕在他的心头。他觉得更恐怖的是自己将要受那些搬运尸体的脚夫们的蹂躏，被他们抬走，扔进传染病院。当他正想尽一切办法逃避这一可怕的命运时，他又感觉自己的思绪混乱不堪。此时，他虚弱无比，甚至已陷入绝望的境地。他抓住手铃，拼尽全力摇了摇。时刻警惕着的格里索立刻出现在他的面前。他在离床有一段距离的地方站着，仔细端详着主人，立刻确信眼前这一切便是他昨晚料想到的。

“格里索，”唐罗德里戈吃力地坐了起来，说道，“你一直都是我最信任的人。”

“是的，先生。”

“我也一直都没有亏待过你。”

“那是因为您心地善良。”

“我想你很值得我的信任……”

“是的，先生！”

“我感觉不舒服，格里索。”

“我也看出来了。”

“如果我病好了，我会给你更多的好处。”

格里索一言不发，站在那儿默默地等着，看主人说了这些开场白之后还会说什么。

“除了你之外，没有别的人值得我信任。”唐罗德里戈接着说，“帮我一个忙，格里索。”

“老爷请吩咐。”格里索说。他以平常的那些套话回答今天主人不同寻常的要求。

“你知道基奥多医生住哪儿吗？”

“我非常清楚。”

“他是一个正人君子，只要付钱给他，他就会为病人保守秘密。你去帮我把他请来，告诉他我会付他四枚或六枚金币作为出诊费，如果他要求付更多，那我也照付不误，但请他立刻就来，你一定要小心行事，不要让别人发现了。”

“您考虑得很周到，”格里索说，“我现在就去，很快就回来。”

“听我说，格里索，先给我倒杯水，我渴得要死，实在是受不了了。”

“不行，先生，”格里索回答说，“没有医生的允许什么也不能吃。这是一种棘手的疾病，没有时间耽误了。您要冷静下来，我很快就把基奥多医生请来。”

说完后，格里索便走出房间，匆忙地把门关上。

唐罗德里戈重新躺在床上，他想象着自己和格里索一起走到基奥多医生的家里，数着需要走多少路程，得花多少时间。他还不时地看看左边胸口上的肿块，但每看到这肿块他就浑身颤抖，因此他很快将目光移向别的地方。一段时间过后，他开始听是否有基奥多医生到来的脚步声，这种注意力缓解了他的痛苦，使自己的思绪在某种程度上保持了清醒。突然，他听到远处传来的一种响声，但这声音好像是从其他房间传来，而不是从大街上传来的。他聚精会神地听着，发现声音越来越大，节奏也越来越快，而且，还伴随着一阵杂乱的脚步声。他开始惶恐不安，站了起来，更加仔细地听，只听见隔壁房间格里索发出的低沉的声音，像是有人小心地将很重的东西放在地上一样。他把腿伸至床沿外，似乎要站起来。他窥视着门口，看见门被打开了，两个身着肮脏的破旧红衣服的人出现在他的面前，他们面带凶恶的表情朝他走来——原来是两个脚夫。他也看见格里索半遮着脸躲在门后窥视事情发展的境况。

“啊，你这无耻的叛徒！……给我滚开，你这个流氓！比翁迪诺，卡洛特，救命啊！有人要杀我！”唐罗德里戈大声喊道。他一手伸进枕头下，摸索出自己的手枪。然而，当他第一次大叫的时候，其中一个脚夫就扑上床去，将他按住使他动弹不得。他从唐罗德里戈手中抢过手枪扔到远处，然后把他按在床上，使他无法反抗。这位脚夫愤怒不已，极其蔑视地说：“啊，你这无赖！敢跟我们脚夫作对！敢反抗委员会的官员们！敢欺负那些仁慈行善之人！”

“快将他按住，别让他动，直到我们将他抬走。”一个同伴一边说，一边朝着钱箱走去，随后，格里索也跟着走了进去，开始同那人一起去撬那钱箱。

“你这坏蛋！”唐罗德里戈咆哮道。他从按着自己的那人的身下，怒视着格里索，想从那人强健的胳膊下挣脱出来。“先让我杀了那个无耻的叛徒，”他对那些脚夫们说道，“然后你们想怎么处置我，都随你们的便。”随后，他又开始去呼叫他的其他仆人，可都是徒劳。因为邪恶的格里索早就假借主人唐罗德里戈的名义将所有的仆人支开了。随后，他再去找那些脚夫，准备洗劫主人的钱财，自己也好分一部分。

“你给我安静点！”那个将不幸的唐罗德里戈按在床上的脚夫说道，随后，他转过身，对着那两个正在洗劫钱财的同伙喊道：“你俩做事要讲义气，可别忘了分我一份。”

“你！你！”唐罗德里戈对正在忙着撬开钱箱，从箱子里拿出金钱和衣服，再平分给其他脚夫们的格里索怒吼道，“你！等到……之后！哼，你这来自地狱的恶魔！我一定会康复的，一定会康复的！”格里索什么话也没说，甚至根本没往唐罗德里戈这边看一眼。

“快把他按住！”另一个脚夫说道，“他已经疯了。”

可怜的唐罗德里戈确实已经疯了。他用尽自己全身的力气大喊了一声，做了最后一次凶猛的挣扎之后，突然向后倒了下去，仿佛痴呆了一般，不过，他仍然定睛地盯着脚夫们，好像着了魔似的，他时不时还虚弱地挣扎下，痛苦地呻吟几声。

脚夫们一个抬着他的脚，一个抓着他的肩，将他抬到了隔壁房间，放置在他们早已在那儿准备好的手推车上，随后，另一个脚夫再回去将那抢掠的钱财拿回，然后，他们便抬着可怜的唐罗德里戈离开了。

格里索留了下来，他匆忙地挑选着一切对他有用的东西，将它们卷成了一个包，随后便离开了。他竭力让自己不碰到那些脚夫们，也不让他们碰到自己。不过，最后他在匆忙地搜寻钱财之时，顺手拿起了那件放在床头上的主人的衣服，抖了抖，看是否有钱财什么的，丝毫没想过其他什么。然而，第二天，他就不得不去想了。因为正当他在一家客栈寻欢作乐时，他突然感觉浑身发冷，颤抖，两眼发昏，全身无力，随后便倒在了地上。他被自己的同伴们抛弃了，随后便落入了那几个脚夫手中。这些脚夫将他身上所有值钱的东西全都拿走了，还将他扔到一辆马车上，这马车还没到达他主人所在的传染病院，他就一命呜呼了。

眼下我们就暂且将唐罗德里戈留在那痛苦的传染病院，得去寻找另一个人了。要不是唐罗德里戈从中作梗，这个人的命运绝不会同他的混在一起，甚至可以肯定地说，根本都不会发生他们两人的这一系列故事。我说的这个人就是伦佐，上次我们讲到他去了一个新的丝绸制造厂，化名为安东尼奥·里沃尔塔。

要是我没记错的话，他在那工厂已经干了差不多五六个月了。这时，威尼斯共和国刚公布要同西班牙国王为敌，因此，伦佐也不必再担心米兰方面的追究和迫害了。博尔托洛热切地去将伦佐接回他那里，让他同自己在一起，他这样做，一是因为自己确实很喜欢伦佐，二是因为伦佐生来就是一个聪明能干之人，再加上技艺精深，在那个工厂里已然成为总管的得力助手，可是他自己却没有希望成为总管，因为他不会写字。由于这一原因对他来说含有一定的分量，所以我们被迫在此一提。或许你们读者想要一个更加理想的博尔托洛，我又能说些什么呢，你们大可自己去塑造一个那样的博尔托洛，不过，我们所描述的他，确实就是这样一个人。

从那以后，伦佐就一直在博尔托洛那儿工作。不止一次，尤其是在收到阿格尼丝那封令他日思夜盼的信后，他心中便会涌现出去当兵的种种想法，想以此来结束现在这无尽的痛苦。从军的机会并不少，因为当时正值战争期间，威尼斯共和国急需招收大量的军人。有时，这种入伍当兵的诱惑对于伦佐而言甚是强烈，因为当时人们都在谈论着要入侵米兰，对于伦佐来说，这是一个很好的乔装回到他自己家乡的机会。因为这样，他就可以去见露琪娅，向她解释清楚所有这一切。不过，博尔托洛总会有聪明的办法，让伦佐放弃这一决定。

“要是他们真想去攻打米兰的话，”博尔托洛说道，“即使没有你，他们还是会去，你何不等到自己方便时再去呢？再说，要是他们打得头破血流地回来，你待在家里不是更好？只有那些走投无路之人才会纷涌去当兵，不过，也确实有那样一些人。可在他们踏进米兰之前……虽然他们在那儿吹得天花乱坠的，但我压根就不信他们那一套。米兰大公国可不是像他们所说的那样一口就能轻易吞掉的。要知道，我亲爱的表弟，这也涉及西班牙呢。你知道西班牙想干什么吗？威尼斯只会关起门来称王称霸，但这并不能说明什么。你要有点耐心，难道你觉得待在我这儿不好吗？……我知道你想说什么，不过如果上天注定他们会成功攻打米兰，那么没有你去干些傻事，事情或许会更好。某个圣人会帮助你的，相信我，这根本不是你该干的事，你觉得自己放弃做丝绸，跑去打打杀杀，适合吗？你同那样一群士兵待在一起干什么？他们才是干那事的合适人选。”

有几次，伦佐决意乔装打扮一番，用假名悄悄去当兵，不过博尔托洛每次都会想出妙计让其放弃这一想法。

正如我们所讲述的那样，随后，米兰这一地区发生了瘟疫，甚至还蔓延到贝加莫边界。不久，它就越过了这一边界……不过，别担心，我是不会再讲述这一段历史的。要是谁想了解它的话，大可以去看洛伦佐·吉拉尔代利按政府的命令编写的一部作品，此书很罕见，可能不大为人所知，不过它确实包含了大量的资料，可能都超过了最著名的有关瘟疫描述的总和。可见，好书还是会受制于很多东西！我想说的是，伦佐也染上了瘟疫，可是他却听之任之，后来自己就好了。他也曾到过死亡的边缘，不过他那顽强的体质却战胜了疾病，数日内便没什么大碍了。一旦重新获得了生命，伦佐的心里顿时萌生出更多的牵挂、希望、回忆和对未来的向往，换句话说，此刻他比往常更加的思念露琪娅。在这受苦受难之际，能存活下来本来就是一种奇迹，而她此刻的情形又是怎样的呢？明明离她这么近，可却怎么得不到她的丝毫消息呢？唉，天知道这种苦难的日子还得持续多久！纵使所有这一切都结束了，所有的危险也没有了，他也知道了露琪娅仍然还活着，可是露琪娅的那一誓言仍是一个谜团。“我要去找她，向她问清所有这些事。”伦佐暗自思忖道。之前，他在同病魔抗争之时也这样在心底对自己说过：“如果她还活着，嗯，如果她还活着，我就去找她，我也一定会找到她！我要亲耳听她说那誓言究竟是怎么回事，我会让她看到，那誓言根本就站不住脚，要是她还活着，我定会将她和阿格尼丝一块带走！阿格尼丝向来就对我很好，我相信她如今仍然会对我好的！逮捕？哼，如今那些幸存之人要想的可是其他的事了。那些曾被通缉的人，如今还不是自由自在的？就连这儿，仍然有这类人……难不成只有那些暴徒才能逍遥法外吗？大家都说，此刻米兰还陷入了其他麻烦事中。要是我让这么好的机会流失了（我说的机会指的是瘟疫！看看，出于本能，为了使一切都屈从于自己，有时候人们会用上何等的言辞啊），那我就再找不到这么好的机会了。”

善良的伦佐，希望总是美好的。

刚可以蹒跚而行，伦佐便起身去找表兄博尔托洛，这人将他自己保护得很好，丝毫没染上瘟疫。伦佐并未进入表兄家去找他，而是在街上呼喊他的名字，让他走到窗口。

“嘿，”博尔托洛说道，“你的病好了呀，真是太好了！”

“我的腿仍然没力气，还没完全好，不过，正如你所看到的那样，我现在确实已无大碍了。”

“嗯，我真羡慕你，过去要是谁说一句‘我好了！’没什么大不了的，可是如今要是谁能说一句‘我好很多了！’这才真是一句美妙的言辞！”

伦佐对表兄说了一番祝福之类的话后，才将自己的决定告诉他。

“去吧，上帝这次会保佑你的！”表兄博尔托洛回答说，“你要设法避开警察，就如同我设法避开瘟疫一样。要是上帝保佑你我二人的话，那我们定会再见面的！”

“嗯，我一定会回来见你的，但愿上帝不会让我一人孤身前来！好了，希望这一愿望成真吧！”

“但愿你会同你的同伴一起回来。要是上帝愿意的话，我们还会再在一起工作，一起愉快地畅饮。我只希望到时你还能见到我，只希望这一瘟疫会很快结束。”

“我们会再见面的，会的，一定会的！”

“我再重复一遍，但愿上帝保佑你！”

几天以来，伦佐一直在锻炼自己的身体，想尽快恢复体力。他一觉得自己能够经得住长途跋涉了，便准备立即出发。他在自己的衣服下拴了一条腰带，里面包着那五十枚金币。这钱他一分也没动过，也没向任何人提起过，就连对他表兄博尔托洛也没说过。他还多带了另外一些钱，这些钱都是他每天省吃俭用节约出来的。他的胳膊下还挂着一个包裹，里面装着一些衣服。

此外，他的衣兜里揣着一份由他的第二个雇主主动为他写的推荐信，信里写的是伦佐在这里用的假名字——安东尼奥·里沃尔塔；一侧的裤兜里还放了一把匕首，这是那个年代任何诚实之人出门时的必带之物。八月末的那天，即唐罗德里戈被送往传染病院后的第三天，伦佐就朝着莱科出发了。为了不去米兰冒险，他想先回自己的家乡，看看在那儿能否找到仍然活着的阿格尼丝，向其打听打听他早就想知道的种种事情。

在别人眼中，那些少数感染上瘟疫又恢复健康的人已完全称得上是特权阶级了。大部分感染上瘟疫的人都被折磨得半死，有的已经死去，而那些迄今为止都未感染上瘟疫的人仍然焦虑不安，他们总是小心谨慎，步履缓慢，神情忧郁，一会儿匆忙一会儿又犹豫不定，因为他们触碰到的所有物体都有可能使他们丧命。而另一些人正好相反，他们似乎确定自己已经脱离危险（因为连续感染两次瘟疫是很少见的，而且是超乎寻常的事），便自由自在地穿行在有传染病的地方，就像中世纪的骑士一样——那些骑士穿着盔甲，骑在同样披着战甲的战马上，他们漫无目的地闲荡（从那时起，便被人称为侠客）。他们周围到处是徒步行走的穷苦的城里人和乡下人，这些人衣衫褴褛，难以抵御种种打击。骑士是一种美好的、睿智的、有益的职业，那些政治经济学论文着实该把他们拟为重点研讨的对象。

伦佐心里感到一种踏实，但读者已经知道他内心其实也焦虑不安。他不时地想到这次空前的灾难，于是心中更加忧虑。在蔚蓝的天空下，他穿过一个个乡村朝着自己的家乡走去。然而，在他经过大量荒凉的原野后，除了一些晃荡的影子之外什么也没有，他还看到一些被抬到坟地去的尸体，既没有举行葬礼，也没有任何哀歌。正午的时候，他在一个小树林中停了下来，吃了一些随身带的面包和食物。一路上道路两旁的果树上硕果累累，有无花果、桃子、李子和苹果，他尽情享用这些水果。他只需要进入果园便能随意摘取果实，或者只需从地上拣一些便可，因为今年每一种水果的产量都异常的多，只是几乎没有人注意到这一点。一串串大大的葡萄悬在空中，任凭路人享用。

快到傍晚的时候，伦佐远远地看见了自己的村庄。尽管他早已做好心理准备，但一看到自己的家乡，他的心便开始激烈地跳动。那些痛苦的回忆再次困扰着他，并且产生一种不祥的预感，他的耳边似乎又响起了当他逃离家乡时伴随他的不祥的钟声，同时，我们也可以这样说，他感觉四周笼罩着一种死一般的寂静。他走近教堂庭院的时候非常激动，而当他走近另外的那个地方时，激动的心情更是无法遏制，因为他原本打算当作休息的地方正是以前他称之为露琪娅的家的地方，而现在最好称之为阿格尼丝的家。他唯一的愿望，便是祈求上帝让他知道阿格尼丝还活着，而且过得很好。他打算在这个地方休息一晚，他想，自己的房子除了老鼠和臭猫之外肯定没有别的东西了。

伦佐害怕经过村庄时被人瞧见，于是走了另外一条小路，他曾与阿格尼丝和露琪娅一起走这条路去找教区神甫。走到一半的时候，他发现道路两边一边是自家葡萄园，一边是自己的家，因此他便想进去看一看里面的情况。

他环顾四周，继续赶路，既渴望遇见别人又害怕遇见别人。走了几步后，他看见一个身着衬衫的人坐在地上，像一个傻瓜一样背靠在茉莉篱笆上。从这人的穿着和神情来看，他觉得这人像那可怜的杰尔瓦索，也就是曾经第二个充当他们“婚礼”证人的小伙子。但走近了才发现并不是杰尔瓦索，而是曾经把杰尔瓦索带来参与那件事的机灵的托尼奥。那场瘟疫剥夺了他强健的身体，使他变得神志不清，神情和动作都很像他那愚笨的弟弟杰尔瓦索。

“喂，托尼奥，”伦佐停在他的面前对他说，“是你吗？”

托尼奥向上看了看，头却一动不动。

“托尼奥，你不认识我了吗？”

“谁染上了瘟疫都在劫难逃。”托尼奥睁大眼睛看着他，并回答道。

“你感染上瘟疫了？噢，可怜的托尼奥，你真的不认识我了吗？”

“谁染上了瘟疫都在劫难逃。”托尼奥傻笑着回答道。伦佐看到这个情况，想必自己也不能从他口中得到什么消息，于是他继续赶路，但心中仍感到孤独抑郁。突然，他看到一个黑影绕过转角处向他走来，他立马便认出了那是唐阿邦迪奥。他手持一根拐杖慢慢地走上前来，像是被拐杖牵引着一样。当他走得更近的时候，从他苍白消瘦的面孔和每一个神情便可看出他也刚刚经历过大风波。他用余光瞧了瞧伦佐，觉得像他又不像他。从他的穿着可以看出这是一个外乡人，确实，他是一个来自贝加莫的外乡人。

“没错，是他。”唐阿邦迪奥自言自语道。他举起双手，脸上显示出一种惊讶的表情，手中的拐杖突然悬在空中，他瘦弱的双臂在袖口里不停地颤抖。曾经，他的手臂只能勉强地伸进这袖口。伦佐跑上前去，深深地行了一个礼。尽管读者已经知道他们是如何分道扬镳的，但不管怎样，他始终是他的教区神甫。

“是你在这里吗？”神甫惊呼道。

“你瞧，是我，您知道露琪娅的情况吗？”

“你想让我知道什么？我什么都不清楚。如果她还活着的话，那她应该在米兰，但是你……”

“阿格尼丝呢？她还活着吗？”

“可能还活着，但你能够去找谁呢？她不在这里，她在……”

“她在哪里？”

“她去了瓦尔萨西纳，和她在帕斯图罗的亲戚一起住，你知道那个地方，因为听说那里的瘟疫没这儿这么严重。而你，我是说……”

“噢，很抱歉。那克里斯托福罗神甫呢？”

“他离开好长一段时间了，但是……”

“这我知道，他们写信给我说过这件事。但我想知道他可曾回到了这里？”

“没有，后来再也没有听到过关于他的消息。可是你……”

“对此，我也感到很遗憾。”

“但是你……我是说，看在上帝的份儿上，告诉我，你回到这里干什么？难道你不知道上级军官在捉捕你吗？”

“这有什么关系呢？他们现在正忙于别的事呢。我只是想回来看看。难道您真的不知道……”

“我不知道你到底要处理什么事。如今这个地方已经没有人的踪迹了，空荡荡的一片，什么东西也没有。他们仍在捉拿你，你回到这里就等于羊入虎口，你认为这样做明智吗？我比你了解得多，并出于对你的关爱我才告诉你，请照我说的去做吧。在被人发现之前，系好鞋带赶快走吧，回到你来的那个地方去。而如果你已经被人发现了，那就得快点逃离这个地方。你认为你还适合待在这里吗？你不知道他们一直在追查你吗？他们曾想挖地三尺把你找出来，还把你家里翻了个底朝天……”

“我知道这事，那一帮混蛋！”

“但你还是……”

“我说过我不在乎这些。那个家伙还活着吗？他还住这儿？”

“我跟你说过已经没有人住在这里了。我劝你不要再想这些事了，我觉得你……”

“我问那家伙是不是还在这里！”

“噢，上帝啊！请你小声点！经历了这么多事后你竟然还是这个暴躁的脾气。”

“他在这里，还是不在这里？”

“好了，好了，他已经不在这里了。但是，我的孩子，瘟疫，你得注意防止感染上瘟疫。这种情况下，谁还愿意到处闲荡啊？”

“如果世上除了瘟疫之外再无他物……我是说我自己，我已经感染过瘟疫，现在已经痊愈了，如今我是个健康自由的人。”

“的确如此！的确如此！这岂不是上帝的启示吗？一个幸免于难的人，我认为，理应感激上帝。还有……”

“我的确很感激上帝。”

“所以别再去惹其他的麻烦了。照我说的做吧！”

“神甫先生，如果我没有猜错的话，你也感染过瘟疫。”

“我的确也被感染过！那东西太可怕太难以对付了，我能出现在这里也是一种奇迹，但是，它却使我变成现在这个样子。我现在只想安安静静地生活，好恢复身体。我已经开始好转了……看在上帝的份儿上，你到底来这里干什么？回去吧！”

“你一直都在叫我回去，我有足够的理由可以不回去。你问我来这里干什么，来这里干什么，我是回到自己的家啊！”

“可你的家……”

“告诉我这里到底死了多少人？”

“唉！唉！”唐阿邦迪奥深深地感叹道。他从佩尔佩图阿说起，然后列举了一长串人的名字，还说了很多无一幸免的家庭的名字。虽然伦佐已经预想到了此类事情的发生，但当他听到那么多熟悉的人，即他的朋友和亲人们（多年前他就失去了父母）死去的消息时，他心里也倍感痛苦。他低下头，不时地说道：“唉，可怜的人，可怜的女人们啊！”

“你也知道，”唐阿邦迪奥接着说，“这事还没完呢。倘若活下来的人不理智行事，不排除头脑中那些异想天开的想法，那么等待他的也将是世界末日。”

“请您不要害怕，我并没有打算留在这儿。”

“啊，谢天谢地，你终于觉悟了。你最好回到……”

“对此您就不必操心了。”

“什么？你不会再次做些比这更愚蠢的事吧？”

“我是说您不要担心我，这是我自己的事，我已经不是三岁小孩了，不管怎样，我希望您不要告诉任何人您见到过我。您身为神甫，我是信奉您的，您不会出卖我，对吧？”

“我明白，”唐阿邦迪奥愤怒地叹息道，“我明白。你是想毁了自己，同时也毁了我。我想，你经历的苦难还不够多，而我尝到的苦头也还不够，我明白，我明白了。”说完这些话后，他又继续赶路。

伦佐一脸懊恼地站在那里，思忖着他应该到哪儿去借宿一晚。在唐阿邦迪奥所列出的一系列的死亡名单中，有一户农民家庭，除了一个和伦佐年龄相当的人幸存以外，其余的人都不幸遇难。这个人是伦佐年少时的伙伴，他家的房子坐落在村子外不远的地方，伦佐决定去那儿找他，并在那儿借宿一晚。

他走到自家的葡萄园，尽管站在外面，都可以猜测到里面的情形如何。他走之前，葡萄园里面的葡萄树很高大，树枝繁茂，可如今这儿再也看不见那些树干和树冠了。如果说确实看到了一些什么，那也只是看到了一些他不在期间长出来的杂草。

他走到栅门前（栅栏门的铰链已经不见了），朝里面瞟了一眼，看见葡萄园里的情形真是糟透了。因为已经连续两个冬天，附近的邻居都到他们所说的这个“可怜的葡萄园”来打柴了。葡萄树、桑树，以及各种各样的果树，全被胡乱地拔掉，或者被一齐砍倒了。

不过，果园之前的种种印迹还是看得出的，那些嫩枝条从一排排被砍掉的葡萄树上生长出来，显现出一行行荒芜的迹象。到处都是桑树、无花果、桃树、樱桃树和李子树的嫩枝和新叶，不过它们全被淹没在了各种各样的茂盛的野草丛中。这些野草是自己生长出来的，没有人为的帮助。还有一片荨麻、蕨类植物、黑麦草、绊根草、大麦、野燕麦、绿色老板谷、菊苣、野粟，以及类似的植物等。各地的村民都根据自己的爱好对这些植物进行分类，将它们统称为杂草或者类似的野生植物。

这些植物的茎秆相互交杂在一起，大家都争着挤压空间，或者向外伸张，蔓延至地上，简而言之，它们向各个方向争夺地盘。这些植物的树叶、花朵，还有果实交织在一起，颜色各不相同，形状也大不一样，大小也千姿百态。那些果实要么是一串串的，要么就是一束束的，而那些树叶则要么是白色的、黄色的，要么是红色或蓝色的。

在这些混杂的植物中，还长着一些高一点，体态优美一点的植物，尽管它们大多数都不是什么珍贵植物，可是它们却长得很显眼。土耳其的葡萄树比其他任何植物都长得高，它有着长长的、微红色的枝条和宽大的、深绿的叶子，有的叶子边缘已显出绛红色，沉沉下垂的枝头挂满了一串串葡萄；往下是一些挂着蓝灰色浆果的枝条，往上是些紫红色的果子，再往上是绿色的果子，最顶端处还开着一些白色的小花朵。

此外，这儿还有紫衫，它那宽大粗狂的叶子延伸至地面，而它的茎则垂直伸入空中，长长的下垂的树枝上到处都散落着金灿灿的黄色花朵。当然这儿也有刺菜蓟，它的树叶和花萼上也长满了粗糙的刺，从那刺下滋生出一束束白色小花，或者紫色小花，有的花簇已经掉了，变为轻轻的银色羽毛，微风吹来，这些羽毛便掉落了。此处还有一些旋花类植物，这些植物缠绕着桑树的新枝慢慢向上攀爬，用其悬垂着的树叶将桑树完全覆盖，将自己那洁白、柔软的小铃铛悬挂在桑树的顶端。那儿还有个野南瓜，这株带着红色斑点的南瓜藤缠绕在一棵葡萄树新长出的枝条上。这枝条由于找不到支撑它的物体，只好也将自己的藤蔓缠绕在南瓜藤上。它们那虚弱的茎秆以及大不相同的树叶也交杂在一起，互相扶持着对方，一块往上长，就好比两个虚弱的病人彼此搀扶着，将对方作为自己的支撑物。在葡萄园里，刺藤随处可见，它上蹿下钻，轻灵自如地穿梭于各种植物之间，时而扯弯了枝条，时而又将其拉直，还一路蔓延至果园门口，好像是在那儿拦截进入果园的人一样，就连园子的主人也不放过。

不过，伦佐并没有心思进入那样一个葡萄园，他往里面瞟了瞟就走了。或许他站在那儿观看的时间都没我们对此讲述的时间长。他向前走了一会儿，再继续往前走一点就到了他家。他穿过了自家菜园，那儿的情形与葡萄园一样，到处长满了繁茂的杂草。他踏进了自家屋子的门槛，这屋子最底层有几间房。一听到他的脚步声，一看见他进屋，一些老鼠便叽叽喳喳地四处乱窜，钻进覆盖在整个地板上的那些垃圾之中。那里还有一张德国士兵用过的床。他抬头向上看了看四周的墙壁，发现其四周的灰泥都已脱落，还被烟熏得黑乎乎的。随后，他又望了望天花板，看见那里布满了蜘蛛网。随后，他便离开了这里，用手指挠着头，沿着刚刚他来时才开辟的路，穿过了菜园，回到了之前来时的路上。他走了几步，接着便拐入左边的一条小径，这条小径通向田野。一路上他没有看见任何人，也没听到人们的说话声，最后来到了他打算留宿的小房子的附近。此时天已经黑了，他的朋友此刻正坐在门外的一个木凳上，双臂交叉着，两眼一动不动地仰望着天空，就像一个因不幸而变得迷惑，因长久的孤独而变得孤僻的人一样。一听见脚步声，这位朋友便转过身来，想看看究竟是谁来了。他借助微弱的光，透过树叶和树枝望去，确实看见了一个人影，于是他便站了起来，举着双手，大声喊道：“干吗总是来找我呢？难道我昨天做得还不够？你发发慈悲，让我自个儿待一会儿吧！”

伦佐不知道他这话究竟是什么意思，于是便叫那位朋友的名字以此来作为回答。

“伦佐……”那人以一种惊讶而又探寻的语气问道。

“是我。”伦佐回答说，接着两人便急急忙忙奔向对方。

“真的是你呀？”当他们走近时，那位朋友如此说道。“哦，见到你可真是太高兴了！谁能想到我们竟会在这儿遇见啊！我还以为你是那个保林呢，他总是让我去帮他埋葬那些死者。你知道如今这儿只剩下我了吗？只剩下我一个，就像一位隐士一样，孤身一人！”

“我知道。”伦佐回答说。他们匆忙地互相问候着，接着便一问一答地一起走进了屋里。进去之后，那位朋友没有停止谈话，他一边继续询问，一边尽可能地忙着为这位突如其来的客人准备一些吃的。他在想，在如今这样的状况下，该做些什么来款待伦佐呢。他将水壶放到火上，开始做玉米粥，不过，过了片刻，他便将勺子递给伦佐，让其帮着搅拌，接着便走了出去。他在出去前还说道：“你瞧，现在只能靠我自己了，什么都得靠我自己了！”

过了一会儿，那位朋友便提着一小桶牛奶、一小块腌肉、两块鲜奶酪、无花果和桃子回来了。等到所有这一切都安置妥当后，他便将煮好的粥盛到木盘里，招呼伦佐一块坐到餐桌旁。坐下之后，他们二人便相互感谢对方。朋友感谢伦佐来看望他，而伦佐则感谢朋友设宴款待自己。在分开近两年的日子里，他们突然明白了彼此之间的情谊是那么的深厚，而这都是他们之前从未感受到的，尽管之前他们几乎天天都见面。也正如这手稿所记载的那样，他们二人所遭受的种种磨难使他们都感觉到，无论是我们对他人所表示的仁爱，还是他人对我们的仁爱，都会使人宽慰很多。

诚然，没有人能够代替阿格尼丝在伦佐心中的位置，也没什么安慰能消除她不在伦佐身边给他带来的惆怅、失落，这不仅是因为很久以来伦佐便对这位特别的老人心存感激、热爱，而且还因为伦佐迫切想知道的所有事只有阿格尼丝一人能够告诉他答案。伦佐在那儿站了一会儿，心里琢磨着自己是不是该先去找阿格尼丝，毕竟此处离她家已不是很远了。然而，考虑到阿格尼丝可能对露琪娅健康与否也一无所知，伦佐决定还是先去找露琪娅，解开那个谜，得出自己的看法，然后再将结果告诉阿格尼丝。不过，他从朋友那儿就得知了很多他不知道的事，得到了一些他特别想知道的很多事的线索，不管是有关露琪娅的状况方面，还是他自己之前被追捕、被控告，以及唐罗德里戈如何落荒而逃，再也没有出现在他的府邸方面的事。总之，他知道了这些事的所有情节。同时，他还得知（虽然这对他而言，并不重要）唐费兰特先生确切的姓氏。虽然，阿格尼丝曾让人代自己给伦佐写过信，但是天晓得那信是怎么写的，再加上贝加莫的读信者又以那样一种方式来读信，读出来的内容与其真正想表达的意思相差千里。要是伦佐真带着那封信去找那样一个人，可能他永远都找不到一个能够猜出他所指的那人是谁的人。不过，这是唯一一个他能获知露琪娅消息的线索。至于说追捕他的事，如今他已更加确信，这种危险已离他越来越远，根本不必再担心了。加上镇长也已死于瘟疫，谁都不知道何时会再任命新的镇长。大部分警察也都死了，那些剩下的警察，也会有其他事要考虑，哪会有那么多精力去翻那些旧账呢。

伦佐也向朋友讲述了他自己的遭遇，另外也从朋友那儿得知了有关那些士兵过境，有关瘟疫、涂抹毒物之人，以及其他事的上百个传闻。“这些都是悲惨的事件。”朋友一边说道，一边陪着伦佐走进另一间小房子，这房子因曾染上过瘟疫，所以已无人居住。“这些事令我们无法相信，同时也令我们永远都无法再真正快乐起来，不过，要是朋友间谈谈它，反倒是一件令人轻松的事。”

天快破晓时，两人便一块下了楼。伦佐已收拾好自己的行李，准备上路，他将自己的腰带系在马甲里，将一把匕首放入口袋。不过，为了行走快捷、轻巧，他便将自己的另一个包裹暂时寄放在了朋友家。“我此去，一切顺利的话，”伦佐说道，“要是我能找到露琪娅，要是她还活着，要是……算了……我会再回到这儿的，我会去柏斯图罗，将这个好消息带给可怜的阿格尼丝，到时，到时……不过，要是运气不好，要是上帝不愿……那么我也不知道自己该做什么了，我不知道自己会去哪儿，不过有一点可以确信，那就是你再也不会看见我回到这儿。”这样说着，伦佐便站在那个通向田野的门槛上，朝四周望了望。他那深情而又悲伤的目光注视着自己家乡初升的太阳，这个太阳他已经很久都没见到了。朋友安慰着他，对他说了一些美好、祝愿的话，还让他带着一些干粮，陪着他走了一段路，最后又再次向他表达了祝愿，接着便同他告别了。

伦佐从容不迫地往前走着，如今他所考虑的就是能在当天到达米兰城附近，这样的话，他第二天一早便可去搜寻露琪娅了。他这一路上都很平安，没发生什么事故。除了看见一些凄惨悲伤的画面外，也没遇上其他让他走神的事。像前一天一样，他适时地在一片小树林中停下来休息片刻，吃点点心，补充补充体力。在经过蒙扎市时，伦佐看见有个面包铺开着，正在供应面包，便买了两个，他只是想有所储存，免得以后挨饿。店主示意伦佐不要走进店铺内，他向其递出一个小铲子，上面拖着一个装着醋和水的小碗，让伦佐将钱放在小碗里即可。伦佐按照他的话做了，随后，店主便用火钳夹着两块面包，将其逐一递给了伦佐。伦佐于是便将面包放入了兜里。

临近傍晚时，伦佐来到了格雷科，不过，他并不知道此地的名字。然而，凭借着先前对此地的一些记忆，以及估算了一下从蒙扎市走到此处的距离，他猜测到此地已离米兰不远了。因此，他从大路上走了下来，走进田野，想去寻找个住处，好在那儿度过一宿，因为他实在是不想再去找什么客栈，免得又滋生出麻烦。他也确实找到了那样一个住处，而且那地方比他想象的还好些。他看见了一个奶牛场，该奶牛场的篱笆有个缝隙，他便决定就从那缝隙处钻进去。进去之后，他发现里面空无一人，一个角落里有个大草棚，草棚里堆放着一些干草，干草旁斜靠着一把梯子。他再次向四周望了望，接着便冒险爬上了那梯子，上去后，便躺在了稻草上，想就在此度过一宿。确实，他刚躺下，很快便睡着了，一直睡到第二天早上才醒。当他醒来时，他又爬到“大床”的边缘，伸出脑袋，看见没有人，就沿着梯子下来，并从进来的地方走了出去。他走上一条乡间小路，将大教堂视为指路的北极星，朝着教堂方向走了一会儿，便来到了米兰城墙下，这儿位于东门和新门之间，离新门已经相当近了。

第三十四章

至于进城的方法，伦佐听说有很严格的制度，即没有健康证明的人一律不能进城。但事实上，对于任何人来说，只要有点头脑的人把握住时机，便可轻而易举混入城里。而事实也正是如此，暂且不说其他的原因，就因为在这样的情况下，所有命令都很难执行；也不谈那些使这些命令更难执行的特殊原因。如今米兰城已陷落到如此境地，没有人知道会有什么来保卫它，也不知道需要保卫什么；对于任何来到这里的人来说，与其说他们给这里的居民带来了危险，还不如说他们是在拿自己的健康冒险。

根据这个消息，伦佐打算到第一个城门的时候就想办法混进城去，倘若在途中遇到不测，就在城外绕着走，直到找到一个更容易进城的城门。天知道伦佐认为米兰有多少个城门。

于是，他走到一面城墙跟前，一动不动地站在那里环顾四周，就像一个不知道该走哪条路的人一样踌躇不定。他好像在等，并试着从每一个事物中推算出该走哪条路。但除了两条蜿蜒小路之外他再也找不到其他的路。前方是一面城墙，四周没有任何人类活动过的痕迹，只有在一座平台后面升起的一股股浓烟，这烟越升越高，在空中形成一个大圆圈，随后便消失在那灰蒙蒙的天空中。这是有人在焚烧因瘟疫而死的人的衣物、床和其他物品等所释放的烟雾。那时，不仅在这里，在城里的每个角落都看得到这令人悲哀的火焰。

那天天气闷热，空气十分凝重，乌云笼罩了整个天空，遮挡了所有的阳光，但却又没有下雨的征兆。四周的田地有一部分并未开垦，使整片田野看上去毫无生机。所有的植物都已经枯萎了，却没有一滴雨露滋润那干枯下垂的叶子。在这样一个几乎可称之为大城市的地方出现这样一般死的沉寂，使伦佐原本就不安的心感到更加惊恐，他头脑里的那些想法突然变得昏暗起来。

伦佐在那里驻留了一会儿，然后顺着右边那条路不知不觉向着城东方向走去，但因为有一座堡垒挡住了视线，所以他并没有发现这个城门。走了几小步后，他开始听到一阵阵忽而停止忽而响起的铃声，接着，又听见了有人说话的声音。他继续向前走，绕过城堡的一个角落，出现在他眼前的是一间小木屋，门边站着一个无精打采、毫不留心的看守；木屋后面是一个由木桩围成的栅栏，门的另一边是两面墙，墙的上面是用来保护城门的屋脊。然而，门前有一个担架挡住了去路，两个脚夫正把一个可怜的家伙放在上面，准备将他抬走，被抬走之人是刚被发现感染了瘟疫的税务官员。伦佐站在那里，等脚夫们把他抬走。待这些脚夫离开之后，似乎没有人再去把栅栏关上。伦佐认为这正是进城的好时机，于是他加快脚步向门口走去，但另一位哨兵叫住了他，向他喊道：“站住！”

伦佐立刻停了下来，向那人使了使眼色并掏出一枚金币给他看了看。那家伙或许是已经得过瘟疫，或许是对金币的喜爱远远大于对瘟疫的恐惧，示意伦佐把金币扔给他。看到金币很快就滚到了自己的脚边，他便小声地对伦佐说道：“快走。”还没等他说第二遍，伦佐便早已穿过栅栏门，进入了米兰城。他继续向前走，没有人发现他，也没有人注意到他。当走了大约四十步的时候，他又听见一个人在他背后对他喊“站住”，这次是一个税收员。然而，这一次他却假装没有听见，他并没有转过身来，而是加快了前进的脚步。“站住！”收税员又一次向他喊道，但这声音却表现出他的不耐烦，而不是要伦佐听从他的决心了。那人见伦佐并没有停下来，便耸了耸肩，回到自己的岗位上去了，好像他更关心的是尽量避免和路人有过多的接触，而不愿意去盘问他们。

城门里面的那条路和现在一样，都直通向一个名叫纳维利奥运河的地方，路的两旁是树篱和一些院子、教堂和修道院的围墙等，还有少量的私人住宅。在这条路的尽头和另一条沿着运河的路的交汇处有一个名叫圣欧塞比奥的十字架，这使伦佐不论怎么向前看，都只能看到这个庞大的十字架。他走到一个十字路口，向左右打探了一番，看到右边那条名为桑塔特蕾莎的路上有一个人正向他走来。“终于看到一个活人了。”他自言自语道。于是他立刻转向那边，打算向过来之人询问一些情况。那人看见一个外乡人向他走来，从老远开始就觉得很疑惑，当他发现伦佐并不是急着去做自己的事而是向他走去的时候，他心里变得更加恐慌。当他们相距不远时，伦佐像一个很懂礼节的乡下人一样脱下帽子，然后用左手托着帽子，右手摸着帽顶，径直向这位陌生人走去。然而，那人睁大双眼，被吓得往后退了一步，举起手中那根有很多结节的拐杖，将锋利的一头指向伦佐，大声说道：“走开，走开。”

“噢，嘿！”伦佐把帽子戴上也大声说道。正像他在稍后的故事里所叙述的一样，他宁愿去做别的任何事也不愿和那人挑起口角之争。于是他离开了那个粗鲁的人继续赶路，或者更确切地说，继续顺着桑塔特蕾莎路走去。

那人全身颤抖，不时地回头张望，然后继续走自己的路。当他回到家后，便向家人讲述了他是如何遇到一个看似谦恭温顺实则卑鄙无耻的涂毒者——那人手里拿着一瓶药膏或一包毒粉末（他也不确定到底为何物），并用帽子遮掩着，要不是他没让那人靠近，那人肯定会对他施以诡计。“如果他再靠近一步，”他补充说道，“我一定会在他碰到我之前，一刀刺穿他的身体。真是个浑蛋！而且，更加不幸的是，我们都在人迹罕至的地方，如果是在米兰城中心，我一定会召集很多人把他抓住。我敢肯定他的帽子下面藏有毒物。但是，在那偏僻的地方，四周无人，我没有被传染上就很满足了，而且他只要一瞬间就能够把毒粉末撒在我身上，要知道，这些人对这种事早就得心应手了，而且，他们还有魔鬼的帮助。现在他还在米兰闲逛，谁知道他还会做出什么坏事！”在此人的有生之年，每当谈起涂毒者时，他都要不断重复自己的经历，并补充道：“有些人始终认为这不是事实，但毕竟眼见为实。”

伦佐并没有多想自己逃离了一个怎样的境况，他不再感到害怕，而是愤懑着继续赶路。他边走边想自己的遭遇，也大概猜到了那个人一定把他当成了暴徒。但他觉得这事儿也太不合常理了，他断定那人多半是个傻子。然而，他想：“这真是个不祥的预兆。似乎这次米兰之行凶多吉少。在进入米兰城的时候一切都还顺利，可进了城之后，却遭遇了很多不愉快的事。算了吧……在上帝的帮助下……如果我找到……如果我真的找到……噢，这一切都算不了什么。”

来到桥头，伦佐毫不犹豫地转向了左边，沿着一条名叫圣马可的路向前走，他似乎觉得这条路一定通往市中心。他一面走，一面不停地环顾四周，希望能够遇见什么人，但是他除了看到一些躺在房屋和街道之间的沟渠里的腐烂的尸体之外，再也没有发现任何人。又走了一段路之后，他听到有人在向他喊叫，于是他循声望去，看见在不远处一座破烂的房子的阳台上有一个穷苦的女人。这个女人周围还有一群孩子，那女人还在冲着伦佐喊，并用手示意他过去。于是，他向那房子跑去。当他靠近的时候，那位女人说：“噢，年轻人，看在这些死去的人的份儿上，求你去找卫生委员会的官员们，告诉他们我们被人遗弃了。我丈夫因病去世了，他们就把我们当作被感染疾病的人关在这里。你也看见了，他们把门钉得死死的。从昨天早上到现在，没有任何人给我们送东西吃。我们在这里等了很久，却没有等到一个愿意帮助我们的基督教徒，这些可怜的孩子就要活活饿死了。”

“饿死？！”伦佐惊呼道。他把手伸进衣袋里，拿出两个面包，说，“你放个东西下来，好把面包拉上去。”

“上帝会赐福于你的，请等一等。”这个女人说着，便取来一个篮子，然后用一根绳子将篮子放了下去。伦佐想到第一次进米兰时在十字架附近拣到的那两块面包，心里想："你瞧，这还真是物归原主。这样做也许比我把面包归还给它真正的主人要好得多，因为我这么做的确是一大善举啊！"

"至于你提到的官员，尊敬的夫人，"伦佐将面包放入篮子里，说道，"恐怕我没办法帮你，因为，说实话，我是一个外乡人，在这个地方都没什么熟人，当然，如果我遇到一个有礼貌又说得上话的人，我一定会把你们的情况告诉他。"

可怜的女人请求他这样去做，并告诉了他街道的名字，以便他向别人提及这里。

"我想，"伦佐接着说，"请你帮我一个忙，一件真正的善事，而且也不会给你带来任何麻烦。米兰有一个家庭显赫的大富翁，你能告诉我他住哪里吗？"

"我知道米兰的确有这样一户人家，"女人回答说，"但我确实不知道在什么地方。如果你沿着这个方向继续向前走，你会遇见一些愿意为你指路的人。但是请不要忘了把我们的情况告诉他。"

"请放心吧。"伦佐说完，便继续赶路。

每当他向前一步，就听见一个离他越来越近并逐渐增大的声音，他在和那个女人谈话时，就已经听到了这个声音——是车轮与马蹄的声音、铃铛响起的声音，还有不时出现的鞭子挥斥的声音，同时混杂着人们大声嚷嚷的声音。他向前望去，但什么也没看见。当他走到这条蜿蜒的路的尽头时，他发现前方正是圣马可广场。

首先映入伦佐眼帘的是两根垂直的横梁、一根绳子和两个滑轮，他立刻识别出（因为这个在当时是很常见的东西）这就是那令人憎恶的刑具。刑具垂直竖立在那个地方（不仅那儿有，几乎在所有的广场和宽敞的街道上都有）是想让每个街区的代理人能够享有各种专横的权力，这样他们便能够对任何他们觉得该受惩处的人施以惩罚，不管这人是被拘禁在家从而离家出走的人，还是违抗上级命令的官员，或者犯了其他罪过的人。在那样的时代里，尤其是在那个特殊的时期，这种刑罚极其严厉，但收效甚微。

正当伦佐仔细地注视着这种刑具，想知道它为什么会被置于那个地方时，他便听见一些声音由远处渐渐传来，并且越来越清晰。此外，他还看见一个手中摇着小铃铛的男人从教堂的一个角落后面走了出来。这是一个公役，他的身后有两匹马，它们拉着一辆满载着尸体的大车，伸着脖子，用马蹄刨着路，艰难地向前走着，接着是第二辆、第三辆，甚至第四辆。每一辆马车旁都有一个马夫，他们用鞭子一边抽打着马匹，一边咒骂着它们，使其前进。那些尸体大部分是赤裸的，有些用破布胡乱地包裹了一下，它们被乱七八糟地放在一起，简直就像一堆蛇，在一个温暖的春日渐渐展开身躯，苏醒过来。每当马车遇到什么障碍或者晃动一下，便可看到这些可怕的尸体跟着抖动，待到晃动一停止，这些尸体也跟着散落开来，混乱不堪：人头不停地摇晃，少女那长长的头发散落开来，乱糟糟的，手臂悬吊着，随着马车的晃动，不停地拍打着车轮。这种景象本就已经令人惊恐不已，如今却变得更加凄惨。

这个年轻人停在了广场的一个角落，挨着运河的栏杆，为那些已逝的无名死者祈祷。就在此时，一个可怕的想法突然闪现在他的脑中：或许，她就在那儿，在这些尸体中，在尸体下，有……噢，上帝，但愿这不是真的，快帮我摆脱这种想法吧！

送葬的车队驶过去后，伦佐也继续前行。他穿过广场，沿着运河的左岸街道走去。他这样做没有别的原因，只是不想同送葬的车队走同一个方向，所以他便选择了与它相反的方向。他沿着教堂和运河中间的道路走了几步后，便看见了右边的马尔切利诺桥。他越过那桥，接着便来到了新街。他朝前望了望，想找一个可以问路的人。他看见街道的尽头有一位身穿马甲的神甫，这神甫拄着一根小拐杖，站在一扇半开着的门旁，低垂着脑袋，耳朵紧紧地贴在门的缝隙处。伦佐见神甫很快又举起双手做祷告，于是便猜测，神甫可能是在听一个人的忏悔。他心想："这正是我要找的人。要是一位神甫在履行自己的职责时，没有一点慈善之心、一点乐善好施之意，那我只能说，这个世界已经彻底沦丧，什么都没有了。”

与此同时，神甫离开了那扇门，小心翼翼地走在路中央，朝着伦佐走来。当他快走近伦佐时，伦佐便摘下了自己的帽子，示意想同他谈谈。这时，神甫也停了下来，表示愿意同他谈。不过，他将自己的拐杖置于面前的地上，仿佛是筑起一道屏障来保护自己一样。伦佐问了神甫几个问题，善良的神甫也做出了令其满意的回答，他不仅告诉伦佐那家人居住之处的街道名称，还给他指出去那儿的路线。因为他看得出，这位可怜的小伙子此刻正需要他指路。他给伦佐指了指，指出在哪个地方向左转，哪个地方又向右转，还要经过哪些教堂、十字路口，最后又指出再走哪六条或者哪八条小巷，便可到达他想去的地方了。

“上帝会保佑您身体健康的，不管是现在，还是将来！”伦佐说道，正当神甫准备离开时，他又补充道，“麻烦您再帮个忙。”随后，他便将那位被人们遗忘的女人的名字告诉了神甫。善良的神甫感谢伦佐给他提供了这样一个需要帮助的机会，还说自己定会告知相关人员，接着便离开了。伦佐向其鞠了一躬，随后也上路了。他一边向前走，一边努力回想着刚刚神甫给他指的那些路，这样他就不用每到一个街角处，都重新再去找人问路。不过，不难想象，对他而言，这件事是多么的困难。这并非是因为记住这些路线很复杂，而是因为他的头脑中渐渐萌生出不安的情绪。那条街道的名称，他将要走的那段路程，使得他心烦意乱。这是他日思夜想，非常渴望得到的消息，要是没有这消息，那他什么也做不了。而如今神甫已告诉他了，再说神甫又没对他说其他什么不好的事，也没说什么厄运，那他究竟是怎么回事呢？这是由于他非常清楚地想到了自己一直以来怀疑的事即将水落石出，那时，他可能会听说“她还活着”或者“她已经死了”，这一想法使他万分压抑，令他心乱如麻，以至于他宁愿自己此刻对什么事都一无所知，仍然在他开始这段旅程的起点，而不是如今这旅程的终点。不过，随后他又重新鼓起了勇气，对自己说道：“唉，要是现在我们还是小孩子，事情又会如何呢？”这样，他的心里稍微想开了点，接着便继续上路，朝城里走去了。

这是一个怎样的城市啊？由于饥荒，这里与一年前相比，相差简直太大了。

伦佐经过之处，碰巧就是米兰最丑陋、最荒凉的地区之一。那个街角的十字路口就被称作新街（在当时，此处有一个十字架，而在其对面和现在的圣方济各·迪保拉教堂的侧面，还有个名为圣阿纳斯塔西亚的古教堂），这附近曾是瘟疫最盛行之处，到处都是被遗弃的死尸，这些死尸散发出让人难以忍受的臭味而使得少数幸存下来的人也被迫迁移到其他地方去了。因此，路过的行人看见这儿如此荒凉会感到无比的惊讶。同时，从一些迹象中可以看出，不久前这儿还有人居住过，如今却变为一片废墟，这顿时又给人一种更加凄凉、恐怖的感觉。伦佐加快了步伐，心想自己所寻找的地方不是这里，从而安慰自己。他希望自己能在到达那个地方之前，情形会好一点，至少部分情形会有所改观。确实，他很快便来到了一个可以称之为活人居住的地方，然而，那又是怎样的一个地方啊！那些又是怎样的一群活人啊！出于疑虑和恐慌，街上所有的房门几乎全都是紧闭着的，只有那些荒废的或者被抢劫过的房门才是开着的。还有一些房屋，由于里面曾居住过患有瘟疫的病人，或者死于瘟疫的人，其房门要么用钉子钉死了，要么就被查封了。此外，还有些房子被人用木炭画了个十字架，这是在暗示脚夫，里面有死尸需被抬走。不过，画这些十字架有很大的随意性，因为得看这地方是否有卫生委员会的或者其他的官员，看他们是倾向于执行上级的命令还是要采取暴力或者压迫的手段。到处都是破碎的布料、腐烂的绷带、腐化的稻草，或者从窗户扔下的床单和脏衣服。有时，有些突然死在大街上的人，他们的尸体便一直在那儿，直到运送尸体的马车经过，然后才被拉走。有时，运尸车上还会掉下尸体，有时还会有人直接将尸体从窗户那儿扔下来。这场持久、邪恶的瘟疫完全腐蚀了人类的心灵，剥夺了他们的同情心和所有的社会责任感。昔日商铺里的嘈杂声、马车的喧闹声、商贩的叫卖声、行人的谈话声如今都听不见了，只有葬礼车的隆隆声、乞丐的哀叹声、病人的呻吟声、疯子的号叫声和脚夫的呼喊声偶尔打破这死一般的寂静。一到黎明、中午和傍晚，大教堂的钟声便会敲响，这是暗示人们是时候念大主教规定的祷文了。这时，其他教堂也纷纷敲响钟声，以作为回应。接着便可看到人们从窗口探出身子，共同祈祷。还可以听见人们低声细语的祷告和叹息，其中还混合着一种慰藉的悲凉。

大约有三分之二的居民死于这次瘟疫，那些幸存者，大部分不是逃走了，就是染病躺在家里。广场上几乎什么都没有了，行人也少之又少。或许在街上走很久，你才能遇见一个行人，不过，这人神态古怪，身上清晰可见这场浩劫留下的印记。昔日那些地位显赫之人如今既没围着披肩、披风，也没穿着先前那些华丽的服饰了。神甫不再穿昔日的长袍衣服，而天主教的修士也不再戴之前的帽子。总之，所有那些很容易沾上东西，或者可能为涂毒者提供方便（人们对这个比对其他任何东西都害怕）的衣服，他们都不再穿了。除此之外，人们外出时，特别注意尽可能地穿紧身的衣服，不再注重自己的仪表，不修边幅地便出去了。那些早就习惯留着胡须的人，此时的胡须留得更长了，而那些之前常剃胡须的人，如今不再剃了，任其自由地长。人们的头发也留得很长，加之不打理，所以变得乱糟糟的。这不仅是由于长期的沮丧、消沉已令他们无心打理仪容仪表，而且是因为自从一位名叫詹贾科莫·莫拉的理发师被扣上传播瘟疫的罪名被逮捕和判刑之后，人们对所有的理发师都已经心存怀疑。事后很长一段时间，莫拉这个名字在整个城内都被视为声名狼藉之名，而事实上，他本应该得到人们更加广泛、更加永久的同情。

大部分人出门时一只手中都拿着一根棍子，甚至手枪，以此来恐吓那些想要偷偷接近他们的人，而另一只手上却握着香片，或者由金属或木料制作的小球，里面装着浸透了香醋的海绵。有时，他们一边走，一边便拿出这球来闻一闻，或者一直将其放在鼻子处。有的脖子上挂着一个小瓶，里面装着水银，据说这东西可以吸收和制止各种瘟疫臭气，他们还时不时小心翼翼地更换里面的水银。那些富贵之人出门时，不仅不像之前一样有随从跟着，而且胳膊处还提着篮子，径直去买生活必需品。即使是那些朋友，彼此在街上遇着了，也只是远远地打个招呼，接着便安静地，急匆匆地走了。每个在街上行走的人，都会竭力避开地面上堆积的那些脏乱之物和那些足以要人命的障碍物。有些地方，这些污物甚至成堆成堆的。大家都尽量走在路中央，因为害怕某个障碍物或者其他什么致命重物会被人们从窗户那儿扔出来，害怕有毒粉末会像之前那样直接被人从窗户口倒下，倒在行人身上，害怕碰到那些可能被涂抹了毒物的墙壁。就这样，人们那极其荒谬的无知如今使得他们雪上加霜，使得他们更加缺乏理智，对瘟疫更加恐惧，要知道，起初，他们对瘟疫并没有那么害怕。

当然也有一些不那么丑陋，令人怜悯的景象，那就是那些健康而又富裕的人的境况。由于我们已经描述了那么多悲惨的景象，而且之后还会给大家描述一些更悲惨的景象，所以现在我们就停下来，不再讲述那些游荡在街上的患病之人或者躺在地上的乞丐、妇女、儿童的悲惨境遇了。目睹了这次大灾难的人，只要看到或者想到，唯有少数人在这次灾难中幸存下来，就能够从给外乡人和后世留下的极其痛苦而强烈的印象中得到一种几乎沮丧的慰藉。

伦佐已在这片惨不忍睹的环境中走了一段路了，当他离他应该拐进去的那条街道只有几码远的地方时，忽然听到一阵混乱的声响，他从中分辨出那是熟悉而又可怕的铃声。

当他来到那最宽阔的街道路口时，伦佐看见路中间停着四辆马车，就像在一个粮食市场上，人们不停地走来走去，把麻袋掏空，然后又将一些东西塞进去，好一幅繁忙景象。

一些脚夫慌忙地走进房里，又肩扛重物从房里出来，并把这些重物卸在这个或那个马车上。他们当中有些人穿着红色制服，而另一些人却不是；还有一些人带有更令人讨厌的标志——五颜六色的羽毛饰品和大外衣。在万民悲痛的时候，这些可恶的恶棍竟然像庆祝某个节日一样穿戴那些不祥的东西。有时候，还有一些听起来令人感到悲痛的声音从窗户传出来：“到这里来，脚夫们。”而令人感到更加悲痛的是，从人群中竟也传出这样可怕的声音：“马上就来。”或者还有一些人在附近哀叹着，请求脚夫们动作快点，而脚夫们却以咒骂回应他们。

伦佐走近那条街，加快了脚步，尽量让自己不去看那些阻塞街道的障碍物，除了必须绕过它们的时候。然而，当他看到一个特别值得怜悯的东西的时候，他还是不由自主地停了下来。

他看见一个女人从一个房门走了出来，向马车方向走去。从这个女人的外表来看，这个女人已经度过了自己的花样年华，但仍然流露出一种清纯之美。尽管遭受了巨大的痛苦，感到疲惫不堪，尽管她极力掩饰自己的美丽，但她的美丽并没有因此而褪色——这也正体现了伦巴第族女性端庄优雅、别有风致的美。她步履疲惫而沉重，但却很稳健。尽管她脸上仍有泪痕，但此时她眼里并无泪水。她的悲伤中隐藏着某些安宁和深沉，这表明她的心志还很清醒，足以承受巨大的痛苦。然而，在这诸多不幸中，她那引人注意的外貌唤起了人们那已经冷漠和麻木的心，引起了人们的怜悯。她怀里抱着一个大约九岁的小女孩的尸体，她精心地为孩子打扮了一番：母亲把她前额的头发整齐地分开，并为她穿上一件非常洁白的衣服，似乎是为了奖励她，要带她去参加一个很早以前就答应过的宴会一样。女人没有将女孩抱着，而是用手护着，让女儿靠在自己的胳膊上，女儿的胸口贴着那女人的胸口，好像女孩儿还活着一样。女孩儿那像蜡一样白的小手毫无生气地下垂着；她的头比熟睡时的头还要沉重，死死地贴在母亲的肩上；如果说她们的相貌不足以确定她们俩之间的关系，那么，那女人所流露出的感情却足以证明。

一位面部表情极其恐怖的脚夫向这个女人走去，并试图从她手里把女孩抢过来，然而他对此却犹豫不决，并且表现出一种异乎寻常的尊重。那女人吓得后退了一步，但并没有表现出蔑视或生气，说道：“不！请不要把她抢走，我自己会把她安放在马车上。你拿着。”说完，她摊开另一只手，把钱包放在了脚夫已经伸出的那只手里，然后她继续说道：“请你答应我，不要再取走她身上的任何东西，也不要让别人这样做，你就照她现在的样子把她安葬了吧！”

脚夫把右手放在胸前，发誓会照做。这个脚夫兴致勃勃地甚至是恭恭敬敬地（他并非为了突然得到的钱财而高兴，而是被一种从未体验过的感情所征服）为那女孩腾出一点位置。那女人轻吻了女儿的前额后，便把她放在那像床一样的马车上，然后用一块纯白的亚麻布将其盖住，最后，她说："永别了，切奇莉亚！你安息吧！今晚我们就会来陪你，然后我们永远在一起。在此期间，你一定要为我们祈祷，我也会为你和其他人祈祷。"然后她再一次转向脚夫，说道："今天晚上你再到这里来的时候，希望你来取走我的尸体，而且还不止我一个。"

说完这些话，女人又回到了自己的家中，不一会儿她便再次出现在窗口。这一次，她手里抱着一个更加可爱的小女孩，那女孩还活着，但脸上却显示出她也将不久于人世的迹象。她停在那里，一直思忖着上一个孩子那单调的葬礼。她一直看着马车离开，直到马车消失在她的视野她才离开窗户。她现在唯一能够做的就是将自己最后一个女儿放在床上，然后坐在她身边，静静地等待死亡的到来。这就像大镰刀在花园里割草时，不论是盛开的花朵还是含苞待放的花苞都会一起殒命一样。

"噢，天哪，"伦佐惊呼道，"您听到她的祈祷了吗？请把她和她的孩子们全都召唤到您身边吧。她们遭受了太多的苦了，她们真的受了太多苦了。"

伦佐因受到强烈的震撼而激动不已。当他平复下来之后，他便开始回忆他所走过的路线，以便确定他是否应该在第一条街转弯，该向左边走还是向右边走。突然，从左边那条街上传来了一种不一样的混乱的嘈杂声，其中包括严厉的吆喝声、卑微的哀怨声和女人们及孩子们所发出的呻吟声。

伦佐继续前行，一想到那令人伤心难过、无比沮丧的不祥之兆，心中便增加了许多烦恼。在一个十字路口前，他看见一群杂乱的人向他这边走来，他站在原地不动以便让那些人通过。

这是一群被送往传染病院的病人，其中一些人被强行拖着走。他们徒劳地挣扎着，大声喊叫说宁愿死在自家床上也不愿被送去传染病院。他们诅咒脚夫们对他们的斥责和命令。另外一些人则好像完全没有了知觉，只是默默地走着，脸上也没有显示任何悲痛的表情，似乎已对生活不抱任何希望。女人们紧紧地抱着自己的幼婴，孩子们对死亡毫不恐惧，却被这些脚夫的叫喊声和命令声给吓着了，他们大哭着要自己的母亲，大闹着要回到他们信任的母亲的怀抱里，哭喊着要回到自己熟知的家。唉！他们的母亲突然染上了瘟疫，毫无知觉地躺在那里，即将被马车送到传染病院。而如果马车来得比较晚，她们将被送去墓地，而孩子们却天真地以为母亲只是躺在床上睡着了。噢，灾难使人留下更多痛苦的泪水！也许那些饱受苦难的母亲们已经忘记了一切，甚至忘记了自己的孩子，她们什么也不奢望，只求静静地死去。

然而，在这混乱当中，仍然可见到一些坚定和虔诚的榜样：父母、兄弟、子女及夫妻都相互支持和鼓励，不仅仅是成年人，就连一些小男孩和小女孩也满腹同情心地跑来护送他们的弟弟妹妹，嘱咐他们要乖乖听话，并让他们相信他们是被送到一个有人照顾他们的地方，他们很快就会恢复健康。

正当伦佐看到这令人伤感又让人倍感亲切的画面时，一件与此毫不相干的事使伦佐开始痛苦不安。他要找的那家人可能就在不远处，可眼前这些人中谁知道呀……然而，当整个人群都走过去的时候，这种疑虑也随之消失。他转向走在后面的一个脚夫，并向他打听唐费兰特所在的街道地址和家庭住址。可那人却回答说："早成一片废墟了，乡巴佬。"但伦佐对此并不在意，他又看见不远处有一位卫生委员会官员。他走在护送队的后面，看上去有一副基督教徒的面孔，于是，伦佐向他询问了同样的问题。这位官员用手中的棍子指了指他来的那个方向，说道："从第一条街向右走，左边最后一座房子便是了。"

一种新的焦虑感涌上伦佐心头，他向官员所指的那个方向走去，很快就从周围那简陋的房屋中认出了那座大房子。他走到那紧闭的大门前，拿起门环悬在空中，就像是从一个签筒里抽出标有"生"或"死"的签一样，坚定地敲了下去。

片刻之后，门上的小窗口被打开了一条缝，一个女人通过窗口向外窥探，满脸疑惑地望着门口，好像在说："脚夫？抢劫犯？官员？涂毒者？魔鬼？"

“夫人，”伦佐抬起头，怯懦地问道，“请问这里是否有一个名叫露琪娅的乡下姑娘在这里干活？”

“她已经不在这儿了，你走吧。”女人正准备关上窗，顺口回答道。

“看在上帝的份儿上，请等一下，她不在这儿了？那请问她现在在哪里？”

“在传染病院呢。”女人说着，又准备关上小窗口。

“请再等等，看在上帝的份儿上！她感染上瘟疫了？”

“是的，你觉得很新奇，嗯？快走吧。”

“噢，请等一等。她病得厉害吗？染上瘟疫多长时间了？”

但这一次，那个女人已经把小窗关上了。

“噢，夫人，夫人，求您了，就问您一句话，看在那些死去的可怜人的份儿上。我不会打听您的任何情况。哎!”我们倒不如说他是在和墙对话。

听到这个消息，伦佐心里备受煎熬，他也为女人对他的态度而感到愤怒，他站在门边，一副灰心丧气的样子。他又拿起门环，并紧紧地握在手中，想要去敲门，但他停住了，最终也没有敲。他满是愤懑，转过身想看看附近有没有什么人，好从他们那里打听到一些更加准确的消息，或者他们还会给他一些指南和提示。但他只看见大约离他二十多步的地方有一个女人，那女人表情中显露出一种恐惧、憎恨、不耐烦和怨恨的情绪。她神色慌张，似乎既想观察伦佐，同时又想看着远方；她张大嘴巴，像是要以自己最大的音量呼喊出来，然而，她屏住呼吸，举起她那皮包骨的手臂，不断地屈伸那两只布满了皱纹的手，就像是想要抓住什么一样，实则是想在别人没有注意到的时候召集一些人过来。而当他们四眼相对的时候，那女人显得更加可怕，像一个受到惊吓的人一样大声尖叫起来。

“你这是……”伦佐向那女人举起拳头，说道。然而，当这个女人意识到再也不能出其不意地将他抓获时，她终于大叫起来：“是涂毒者！快！快抓住他！抓住他！他就是那个涂毒者！”

“谁？我？！啊，你这谎话连篇的女巫！你给我住嘴！”伦佐大声喊道，他朝那女人走去，想要恐吓她，让她闭嘴。然而，他立刻意识到此时此刻还是该自保。女人的喊叫声刚落，就有很多人从各个方向聚集到这里来，其人数虽然不及三个月前发生的那次类似的事件人数多，但也足以对付这样一个势单力薄的人。就在此时，那女人又打开了大门的小窗口，这一次，那女人更加粗鲁地吼道："快抓住他！快抓住他！他一定是那些到处游荡并在贵族门上涂毒的坏人之一！"

伦佐立刻发觉，此时最好的办法便是摆脱他们，而不是留下来向其解释清楚自己是清白的。他向街道两边瞟了一眼，看哪边人少一些，然后再往哪边跑。他用力推开一个试着拦住他去路的人，再向另一个朝他跑来的人的胸膛打了一拳，将其打得退了好几步。接着，他便迅速跑了。他将自己那握得紧紧的拳头伸入空中，准备好攻击任何阻挡他去路的家伙。前面的街道畅通无阻，可是他却听到自己的身后传来急促的脚步声和一些叫喊声："快抓住他！抓住他！他是个涂毒者！"听见这些脚步声和呼喊声离自己越来越近，又不知道这样的追逐何时才会结束。他由生气变为愤怒，由痛苦变为绝望，仿佛一片愁云蒙蔽了他的双眼。他一把按住自己的匕首，从剑鞘中抽了出来，双脚站定，转过身去，脸上露出他这一生中最恐怖、最凶恶的神色，伸出胳膊，露出那闪闪发亮的匕首，大声喊道："你们这群无赖，谁敢上前一步，我就用这把匕首给谁涂毒！"

然而，令他感到惊讶和松了一口气的是，他察觉到那些追赶他的人已经在远处停了下来，犹豫不决。不过他们仍在那儿呼喊着，着了魔似地挥舞着双臂，仿佛是在示意身后的人赶紧过来一样。伦佐再次转过身去，看见前方不远处（由于心神不宁，他刚刚并未看见）有一辆车正迎面驶来，或者确切地说，是几辆通常运送尸体的葬礼车和几个通常的送葬人员。在这些送葬人员身后，还有一小部分人，他们也想扑向涂毒者，将其逮住。不过，由于受到葬礼车的阻碍，他们没能得逞。此刻，伦佐发现自己已被街道两头的人包围了。他突然想到，要想让自己平安脱险，只能让那些人真正害怕自己。不过，他又想到现在已不是犹豫的时刻，于是便将匕首放入鞘中，朝着运尸车跑去。他越过第一辆，注意到第二辆车上有一大块是空的，于是便瞄准目标，迅速跳了上去。他的右脚踩在车上，左脚放在空中，双臂向前高高举起。

“棒极了，棒极了！”脚夫们异口同声地喊道。他们中有的跟随着车队走着，有的坐在车上，还有的，说起来都令人害怕，竟坐在尸体上。他们大口大口地喝着那瓶相互传递着的大烧瓶里的酒。“真是太棒了，跳得好准！”

“你得到了脚夫们的支持和保护，就会像是在教堂中一样安全！”一个坐在马车上的车夫对伦佐说道。

看着车队渐渐靠近，伦佐的那一大群敌人转过身背对着他，慢慢撤退了。不过，他们仍在那儿喊着：“快抓住他！抓住他！抓住那个涂毒者！”他们中，有一小部分人小心翼翼地向后撤退着，偶尔停下来，对着伦佐做起狰狞、恐怖、愤怒的表情和手势。而伦佐则坐在车上，挥动着自己的拳头，以此作答。

“让我来教训教训他们。”一个脚夫说道。接着，他便从一个尸体上扯下一块肮脏的破布，然后匆忙地将其打成一个小结，抓着其中的一端，像在扔投掷的武器一样，将其高举着，装出一副要向那群人扔去的样子，对其大喊道：“看这儿，你们这些家伙！”众人一看到他这一动作，便纷纷惊慌而逃。伦佐只看见那些敌人的后背，以及他们那挥动在空中的鞋后跟，就像是服装商的锤子一样。

脚夫们爆发出一阵胜利的喝彩声以及激烈的大笑声，并且用一声长长的“呸”送走了那群人。

“哈哈，瞧，我们还是能够保护正直之人吧！”那个将破布捏成靶子假装扔向敌人的那位脚夫对伦佐说道，“我们中的一个人，比一百个那样的胆小鬼还强！”

“当然，当然，是你们救了我，”伦佐回答道，“我衷心地感谢你们！”

“小事一桩，就别提了，别提了。”那位脚夫说道，“这是你应得的，看得出，你是一个正直的年轻人。你向刚刚那群坏蛋涂毒，做得对，向他们涂毒，将他们全都毒死，他们活着也是一无是处，或许死了才会有点作用。

瞧，我们冒着生命危险去干活，可他们竟还诅咒我们，说什么等到瘟疫结束了，就把我们全都绞死。我看啊，在瘟疫没结束之前，他们才该统统死绝，只留下我们脚夫，唱着胜利之歌，在米兰自由自在地活着。”

“但愿瘟疫永存，那群乌合之众统统死绝！”另一个脚夫大声感叹道。他一边说着这种美好的祝酒词，一边将酒瓶放在嘴边。随着马车的晃动，他双手紧抓着酒瓶，喝了一大口，然后便将其递给伦佐，对其说道：“为了咱们的健康，干杯！”

“我衷心希望，你们大家身体健康！”伦佐说道，“不过，我不渴，现在我也确实不想喝酒，谢谢你们的好意！”

“看来，你确实是被吓着了，”那个脚夫说道，“你看上去根本就是个好青年，不像他们口中所说的涂毒者。”

“每个人都只是做他自己能做的事。”另一个脚夫说道。

“快，把酒给我喝点，”一个走在马车旁边的脚夫说道，“因为，我想敬这制酒的主人一杯，他就躺在这群尸体中……那儿，就在那儿，在那精致的马车里。”

他一边阴险而又邪恶地笑着，一边指着伦佐前面的那辆马车。随后，他那严肃的表情变得更加邪恶，更加令人厌烦。他朝着那个方向微微鞠了鞠躬，继续说道：“尊敬的先生，让一个可怜的不幸脚夫来品尝你的酒，你可满意？你瞧，生活就是如此，是我们将你抬进马车里，让你去你的国度。你们这些大老爷喝一点酒，就浑身不自在，而我们这些可怜的脚夫却胃口极好。”

在同伴们的响亮的笑声中，他拿起那瓶酒，举了起来。然而，在畅饮之前，他却将身子转了过来，对着伦佐，双眼死死地盯着伦佐的脸，脸上露出蔑视而又怜悯的神情，对他说道：“那个与你订立协议的魔鬼，肯定非常年轻。这样，要是我们没法帮助你时，他还可以给予你大量的帮助。”同伴们又哈哈大笑起来，在这笑声中，那个脚夫把酒瓶放在了嘴边。

“给我们一点酒，快，给我们一点！”前面马车上的许多人这样大声叫嚷着。那个开玩笑的脚夫畅饮了一口酒后，便双手抱着酒瓶，将其递给了其他同伴。

他们就这样轮流地传递着酒瓶，你喝一口，我喝一口，直到最后一人将其喝完。那人还握着瓶颈，在空中摇晃了两三下，最后才将其扔在路上，摔碎了。接着他还大声呼喊着："瘟疫长存！"随后，他突然唱起了当时一首下流的民歌，很快，其他脚夫也随声附和了起来，合唱着这首下流的歌曲。魔鬼似的歌声混合着铃铛的叮叮当当声、马车的哐当哐当声，以及人的脚步声和马的马蹄声，在空旷、寂静的街道上回响着，那声音响彻街道两旁的房屋，使得居住在那街道上的少数人们痛苦不堪。

然而，谁说世上的东西有时不能善用？谁说世上的东西有时不能给人带来好处呢？对于伦佐而言，方才的危险，比起如今陪伴在这些死人和脚夫身旁更令其难以容忍。而眼下脚夫们的歌声听起来也还是挺悦耳的，因为这使他摆脱了那尴尬的交谈。尽管他仍然处于迷惑之中，仍然有些焦虑，可是他的心里却是由衷地感谢上帝，感谢他让自己平安脱险，同时又未伤害到其他人。如今，他又祈求上帝，请他帮助自己摆脱掉拯救自己的恩人们。而他自己也时刻警惕着，注视着那些脚夫同伴，注视着街道的情形，以便能抓住适当的时机从车上悄悄滑下来，而不惊动脚夫们，使得他们大吵和叫嚷，引起路人的注意。

瞧，马车走到一个拐角处，伦佐似乎能认出他们正要经过的地方是哪里。他仔细地瞧着那儿，突然更加确定那是哪儿。读者们知道他现在在哪儿吗？他就在东门的十字路口，大约在二十个月前，他从那条街慢慢地走过，准备去米兰，而从米兰回来时却是那么匆忙地从此处经过。他突然回想起，从那儿可以直接去传染病院。既没有专门去寻找，也没有向路人打听，却无意中发现此处，伦佐觉得这是上帝在指引自己，是今后一切事情顺利进行的预兆。就在此时，一位办事委员朝着运尸车走来，示意脚夫们暂停下来，还说了别的什么话。说完之后，车队真的停了下来，刚才的唱歌声如今也变成了大声的对话。与伦佐同坐一辆马车的一个脚夫从马车上跳了下来，伦佐对其说道："谢谢你们救了我，上帝会奖赏你们的。"随后，他也从马车的另一边跳了下来。

“快走吧，可怜的涂毒者。”脚夫回答道，“你不是那个能够毁灭米兰的人。”

幸运的是，旁边并没有人听见他说这话。运尸车队停在了街道的左边，伦佐急急忙忙地跑向车队的右面，紧贴着墙，吃力地朝桥走去。他过了桥，沿着通往郊外的著名街道走着，很快便看见了嘉步遣会修道院。接着，他走进去，看见传染病院的一个角落。然后，他翻过栅栏，院内的景象便呈现在他眼前。尽管看到的只是院内的一部分，可是这让人有一种空旷、特别和难以描述的感觉。

从伦佐所站之处放眼望去，传染病院的两边呈现出一幅乱哄哄的混乱景象。里面有一宽敞的大厅，大量的人群一会儿纷纷涌入其中，一会儿又大批大批地出来。病人纷纷涌入病院，有的竟坐在围墙边的壕沟上，有的甚至躺在那里。这些人或许是由于精疲力竭，已无力走入病院，或许是由于感到自己已无希望，于是便从病院里出来，同样因为没有力气，所以无法再向前行走。还有一些人仿佛痴呆了一般，在病院里到处闲荡。不少人已经完全痴呆了。他们中有个人竟迫切地向一位躺在地上的患病之人叙述着自己的幻想；还有个人在那儿胡言乱语；另一个仿佛看见了什么欢乐的画面，脸上露出微笑的神情。然而，在这忧郁的欢乐声中，最奇特、最轰动的一幕是，有人竟在那儿高唱着歌曲。这歌声似乎不是从那凄惨的人群中传来，它比其他的声音更加洪亮，是一首充满着爱、欢乐和愉悦的民曲。顺着这声音望去，你会看见那位在此刻唱出那么欢乐的歌曲的可怜之人，那人正坐在传染病院的那条沟渠旁的尽头，高昂着头，静静地唱着这忧伤的曲子。

伦佐刚沿着院子南侧的建筑物走了几步，便听见人群中突然爆发出一阵不同寻常的鼓噪声，远处有人大声呼喊道：“当心，快抓住它！”伦佐踮起脚尖，往前望去，只见一匹马正迎面狂奔而来，策马前进的骑手的样子看起来更加可怜。这个可怜而疯狂的人，看见大车旁有一匹解下缰绳和鞍具的马无人看守，便纵身跃上马背，用拳头使劲敲打马脖子，用脚跟猛踢马肚子，赶着它疾驰前进。脚夫们在后面追赶，边跑边大声呼叫。马儿扬起的滚滚尘土弥漫在脚夫们的头顶上，将他们完全笼罩。

看到这悲惨的景象，极其困惑而又疲惫的伦佐来到了病院门口。或许，他在此处看见的悲惨景象比在这一路上所见到的还要多，还要凄惨。他朝着病院门口走去，向里面瞟了一眼，接着便走进拱门，在门廊中央一动不动地停留了一会儿。

第三十五章

读者可以想象，一个被一万六千名病人挤得水泄不通的传染病院里是怎样的情景。所有的空间都被占据了，有的地方搭建起了茅屋棚舍，有的地方停满了马车，到处都是拥挤的人群，长廊两边的稻草垫上堆满了尸体和奄奄一息的病人。整个院子像一个巨大的洞穴，躁乱波动的人们就像波涛汹涌的大海，里面的人来来回回，走走停停。一些人因为疾病，身体情况愈发糟糕，另一些大病初愈的患者要么欣喜若狂，要么在照顾其他的病人，这就是突然映入伦佐眼前的景象，他惊恐不已，无可奈何地站在那里。我们也不打算再对这一景象进行描述，因为毫无疑问，读者们也不愿意我们继续描述下去。我们只是跟着这个年轻人沉重的步伐，停留在他停留的地方，尽量描述一些他的所见所闻、他的行为和遭遇等。

从他站立的那扇门到院子中间，再从那里到对面的那扇门，有一条小路，这条小路没有小屋和其他障碍物。伦佐第二次打量的时候，发现有人慌乱地移动马车，并清理这个地方，他还注意到有几个官员和嘉布遣会修士在指挥这一行动，同时也在驱赶那些在一旁观看、无所事事的人。他唯恐自己也被这样赶出去，便悄悄溜了进来，然后径直转向右方，向棚屋走去。

他看到哪儿容得下他的一只脚就往哪里走去，他径直向前，从一个棚屋到另一个棚屋。每到一个棚屋前他都探头去看，他还仔细观察躺在那里的人群，看着那些或因饱受疾病折磨或因抽搐而全身萎缩在一起的，或因濒临死亡而一动不动的人，唯恐发现自己要找的那个人。然而，他走了很长一段路，查看了很多人后，仍然没有见到任何女人的面孔。因此，他觉得那些女患者应该被安排在另一个地方。然而这也只是猜测而已，他无法知道她们到底在什么地方。他不时地遇到一些服务人员，他们不仅在形态举止和服饰上大有不同，而且他们在此服务的动机也有所不同：有的人已毫无同情心，而有的人对病人们却有着很强烈的怜悯之心。然而，为了避免再给自己惹上祸端，伦佐并没有向这两类人打听任何消息。他决定自己一个人继续走下去，直到找到有女病人的地方为止。他一面走，一面小心翼翼地向周围张望，有时候他再也无法忍受这痛苦的景象，便把目光收回来。然而，他又能把目光投向哪里呢？投向一些别的悲惨的景象？

如果说还有什么东西能够给眼前凄惨的景象平添一份痛苦的话，那便是空气和天空。雾霭愈变愈浓，积聚成愈来愈晦暗的乌云，似乎预示着夜晚暴风雨的降临。在这阴沉昏暗的天际边缘，阳光隐约可见，就像罩上了一层厚厚的面纱，发出暗淡微弱的光，散发出一种死气沉沉的热气。在人们发出的巨大的嗡嗡声中，不时还可以听到断断续续的雷声。而且，就算是侧耳倾听，也辨别不出它到底来自何方，也许人们会认为这是远方奔驰的马车突然停下来时所发出的声音。在周围的田野上，再也看不到微风中摇曳的树枝，再也看不到天空中飞翔的小鸟，只有刚刚飞出巢穴的燕子展开翅膀，掠过大地，好像在为大地清扫垃圾。但是，附近人们所发出的混杂声惊动了它们，它们迅速地飞向天空，离开了这个地方。这种时候，就是结伴出游的游客也不愿打破这沉寂。它们就像猎人一样仔细探视着地面，小心翼翼地前进；也像在田地里耕作的农民，不知不觉地就停止哼歌。就像在风雨即将降临的时刻，世间万物从表面上看去很平静，而其内部却早已躁动不安，好像要施压于一切有生命的物体，向人类一切活动、懒惰的生物及生存本身施加一种巨大的压迫力。然而，尤其是在这个注定要遭受痛苦和死亡的地方，迄今为止，那些一直与病痛斗争的人们也许会承受一些新的压力。成百上千的病人的病情迅速恶化，同时，与死亡的最后斗争将变得更加艰巨。随着病痛的加剧，人们的呻吟声变得越来越微弱，也许，在那个地方，人们从未遭受过可以与此相提并论的痛楚。

伦佐已经在这迷宫式的棚屋群里晃悠了一段时间，但却毫无收获。就在这个时候，在混杂的哀怨声中，他听到了一种混杂着婴儿哭声和绵羊的咩叫的声音。于是他来到一块破旧的被隔离出来的木板前，发现这种奇特的声音是从木板里面传出来的。他从两块木板间的缝隙向里面望去，看到里面有一块圈地，地面还零星地分散着几间小屋，在这些小屋里面的人并不像医务室里那种常见的病人，而是一些躺在小床铺、小枕头或床单或布块上的婴儿，并有一些忙碌的奶妈和其他一些女人正忙着照看他们。比别的任何东西更能吸引他的注意力的是，有几只母山羊混杂在这些女人当中为她们充当助手——这是一个在非常时期非常特殊的地点建立起来的一个喂养婴儿的地方。更奇特的是，有几只母山羊安安静静地站在婴儿的旁边给婴儿喂奶；有一只山羊像是被激发了母亲的情感一样，一听到婴儿的哭声便迅速跑到那个婴儿旁边，尽力做好喂奶的姿势，咩咩地叫着，好像在召唤别人前来帮助它。

到处都坐着把孩子抱在怀里喂奶的奶妈，有一些奶妈的脸色显露出对孩子的真挚的关爱，这不由得旁观者心生怀疑，她们到底是受利益引诱到这里来，还是自愿来帮助这些遭受苦难的孩子们？其中一个奶妈面带愁容，把怀里正在哭泣的婴儿从自己毫无奶汁的乳房抱走，伤心地去寻找一头可以给这孩子喂奶的山羊；另一个奶妈满脸温情地看着吸着她乳头的睡着了的孩子，她轻轻地吻了他一下，便走进一个棚屋将他放在一个小床上；还有一位奶妈将自己的乳头放进一个婴儿的嘴里，她凝望着天空，并不是心不在焉、粗心大意，而是满怀愁绪，从那姿势和神情来看，她似乎在想自己那夭折的孩子。

另外一些上了年纪、阅历丰富的人都在忙着其他的事。一个妇女听到饥饿的婴儿的哭声便立刻跑过去，把他抱到一只正在吃青草的山羊旁边，并让他的小嘴贴着羊奶头，同时还轻声地吆喝着它，让它安静地喂奶；另一个妇女则跑过去驱赶一只母羊，因为这只母羊在给一个婴儿喂奶时踩在了另一个婴儿的身上；还有一个妇女抱着自己的孩子摇啊摇，并试着唱摇篮曲哄孩子入睡，然后又亲切地叫了叫她给他取的名字，说些甜蜜的话使他安静下来。就在这个时候，一位留有白须的嘉布遣会修士来到了这里，他刚从两个死去的妇女那里抱来两个大声哭泣的婴儿。一个妇女立即跑过去接住孩子，然后就到人群中和羊群中去寻找能够代替他们母亲的妇女或母羊。

伦佐心中焦虑不安，他曾不止一次强迫自己离开这里继续赶路，但又忍不住想多看一会儿。

最后，他终于离开了这个地方，紧挨着木板继续前进，直到遇到了一组倚着围墙盖的棚屋，他才不得已转了一个弯。他沿着那些木屋一直向前，想要再一次靠近木板，看能不能有什么新的发现。然而，当他正探视前方的路时，一个黑影从他眼前一闪而过，使他忽的惊了一下。大概在一百步之外的地方，他看见一位嘉布遣会修士迅速赶路并很快消失在木屋群中。尽管这位修士离他很远，但举止、神情和整个形象都和克里斯托福罗神甫有几分相像。此时，读者可以想象伦佐的心情是何等激动，他迅速朝那个方向跑去，不停地环顾四周。他在那儿绕了几圈，将木屋前前后后、里里外外都找了一遍。终于，伦佐通过一个小巷子又见到了那个修士，他心中狂喜。他在不远处看到这位修士手里拿着一个粥碗从一口大锅旁走近了一座小木屋，然后，伦佐发现他坐在门边，用手在碗上画了一个十字架。接着，他像一个时刻警觉着的人一样向四周望了望，发现没有人，这才开始吃起来。这位修士的确是克里斯托福罗神甫。

我们用几句话来描述自上次与伦佐分别到在这里重逢期间克里斯托福罗神甫所经历的事情。他从没有离开过里米尼，甚至都没有过要离开的想法，直到米兰爆发瘟疫，他才找到一个自己梦寐以求的牺牲自己、服务他人的机会。他执意恳求被调回米兰照顾那些受到瘟疫迫害的人们。当时，阿蒂利奥的伯爵叔叔已经去世；另外，当时更需要的是护理人员，而不是政治家；因此，他的恳请很容易便得到了批准。于是他立刻返回米兰，来到传染病院，到目前为止已经在这里照顾患者将近三个月了。

再一次看到这位善良的神甫时，伦佐自是感到特别欣慰。然而，当他确认是克里斯托福罗神甫时，他却发现他已经不再是以前那个善良的神甫了，这一点使伦佐感到特别痛苦。他弯腰驼背、步履蹒跚、面色苍白，一副精竭力衰的样子，全靠精神的力量他才足以勉强支撑自己。

神甫也注视着向他靠近的年轻人，年轻人向他做了做手势（那时他还不敢叫出声来）好让他认出自己。"噢，克里斯托福罗神甫。"当他靠近神甫，无须大喊便能听到的时候，伦佐说道。

"你在这儿？！"神甫把碗放在地上，站起身来说道。

"您好吗？神甫，您还好吗？"

"比你所看到的那些可怜人要好得多。"神甫回答道，然而就像所有的事都变了一样，他的声音变得很微弱、很空洞。只有他的眼神和以前一样，甚至还增添了一些光辉。他的爱心在救助他人的崇高行动中得到升华，他意识到自己愈来愈接近上帝时，无比欣慰，几乎在他日渐衰微的身体里重新点起更加炽热的纯洁的火焰。"但是你，"神甫继续说，"你是怎么跑到这儿来的？你为何冒着染上瘟疫的危险来到这里？"

"谢天谢地，我已经感染过瘟疫了。我是到这里……来找……露琪娅的。"

"露琪娅！露琪娅在这儿吗？"

"她在这里，至少我希望她现在还在这里。"

"她现在是你的妻子了吗？"

"噢，亲爱的神甫，她还不是我的妻子。难道您对所发生的事一无所知吗？"

"的确不知，孩子。自从上帝让我离开你们那天以来，我再也没有听说过关于你们的任何消息，如今上帝又将你带回到我的身边，说实话，我很想知道你们的一切。可是……追捕你的那个宣判？"

“因此，您知道我遭受到了怎样的待遇了吧？”

“但你都做了些什么呀？”

“请听我说，如果我说那天我在米兰非常谨慎的话，那的确是谎话，但我也确实没做什么坏事。”

“我相信你，以前我也一直很相信你。”

“那么现在我可以把所有事都告诉您了。”

“等等，”神甫说道。他向小屋外面走了几步，喊道：“维多雷神甫！”不一会儿，一个年轻的嘉布遣会修士出现了，克里斯托福罗神甫对他说：“维多雷神甫，请帮我一个忙，我得离开一会儿，劳烦您在这一段时间内代我照顾一下那些病人，如果有人找我，请叫我一声，尤其是那个病人。如果他有哪怕是一点点恢复的迹象，看在上帝的份儿上，请您立刻通知我。”

年轻的神甫回答说他会照克里斯托福罗神甫所要求的那样做，然后，克里斯托福罗神甫又转向伦佐，说道：“我们到里面去吧！但是……”他停住脚步，立刻补充道，“我看你一脸疲惫的样子，你得吃点什么东西……”

“确实还有点饿了，”伦佐说道，“您这样说我还想起来了，我今天都还没吃过东西呢。”

“你等一下，”神甫说完便拿起另一只碗又到那大锅里去盛了一碗回来，他把这碗食物和一个汤匙递给伦佐。神甫让他坐在自己用稻草铺成的一个席垫儿上，然后到房间角落里的那个桶里取来一杯酒。他把酒放在离伦佐不远处的一张桌子上，然后端起自己的碗，坐在伦佐旁边。

“噢，克里斯托福罗神甫，”伦佐说道，“怎么能够让您为我做这种事儿呢？您还和以前一样，我打内心里向您表示感谢。”

“你不用谢我，”神甫说道，“那些东西都是为那些可怜之人准备的，而现在你也算作其中一个。好吧，现在，你就告诉我那些我不知道的事情吧！告诉我关于露琪娅的所有消息，而且尽量长话短说，因为时间有限，你也看见了，这里还有很多事要打理。”

伦佐一勺一勺地吃着碗里的东西，开始讲述露琪娅所经受的一切，讲述她是如何在蒙扎的一个修道院里避难，然后又是如何被人劫走……

听到露琪娅遭受到这么大的磨难和危险，想到当时是自己叫她去到那个地方的时候，善良的神甫情绪激昂，紧张得喘不过气。而当他听到露琪娅是如何奇迹般地被救回并回到她母亲的身边，并投奔到普拉塞德太太那里时，神甫又很快恢复了往日的平静。

“现在，我说说我自己吧。”伦佐接着说。他简单地描述了一下他在米兰度过的那一天，以及他是如何逃跑，自己又为何一直远离家乡。如今所有事都被搅了个翻天覆地，他不得不冒险回到这里，他还说了他在这里没有找到阿格尼丝以及他在米兰打听到的消息，说露琪娅被送到了传染病院。“我来这里，”最后他说道，“我来这里是为了找她，我想知道她是否还活着……是否还爱我……因为……有时候……”

“不过，你是怎样找到这里的？”神甫问道，“你是否知道她到底住在哪儿，或者她是什么时候来到这病院的？”

“不知道，亲爱的神甫，我只知道她在这儿，其余的什么都不知道了，但愿上帝保佑，她会在这儿！”

“噢，可怜的年轻人！那你在这儿是怎样寻找的？”

“我就四处徘徊，到处游荡。不过到目前为止，我在此处只看见了一些男病人，我觉得那些女患者肯定被单独安置在其他地方。不过，究竟在哪儿，我还没找到。要是真是我想的这样的话，神甫你现在就可以告诉我。”

“亲爱的孩子，难道你不知道除了要去那儿办事外，男子是不允许进入那儿的？”

“唉，那我该怎么办呢？”

“亲爱的孩子，这一规定既公正，又正确。如果说这场严重悲惨的灾难使得人们无法按规矩办事，那么，难道它就能成为一位正直之人违背它的理由吗？”

“但是，克里斯托福罗神甫，”罗佐说道，“露琪娅本应成为我的妻子，你知道我们是怎样被迫分开的吗？这二十个月以来，我一直默默地忍受着痛苦、折磨，我大老远地跑到这里，冒了很多危险，这危险一个比一个艰险，可是现在……”

“我真不知道该说什么才好。”神甫继续说道，他的回答更像是自己思考后做出的决定，而不是来回答伦佐的问题。“你怀着善良的意愿去吧，上帝希望看见所有能自由进入那儿的人都能循规蹈矩，好好表现，我相信你也做得到！上帝定会保佑你这矢志不渝的爱情，奖赏你在寻找和希望找到她时所表现出的忠贞不贰之心。他既然将那女孩赐给了你，便不会计较你在寻找她时所采取的不合规定的方法，他比任何人都更加严厉，可是也比任何人都更宽容。你只须记住，你去那儿的行为，我们两人都得负责，或许这并不是为人类负责，而是为上帝负责，快跟我来吧。”这样说着，他便站了起来，伦佐也学着他的样子，站了起来。伦佐一边仔细地听着神甫的话，一边按照自己起初的想法，决定暂不将露琪娅的誓言告诉他。“要是神甫听到此事，”伦佐心里暗自思忖道，“他定会为我制造其他困难。我还是先找到露琪娅再说，然后总会有时间将此事告诉神甫，要是……到那时，还有什么要紧呢？”

克里斯托福罗神甫将伦佐带到一个小木屋的门口，这门面朝北方，接着对其继续说道：“请仔细听我说，传染病院的院长费利切神甫今天要带领少数病人去别处做隔离检查，你瞧位于中央的那座教堂……”他举着自己那瘦弱、颤抖的手指着左边云雾中挺立在简陋的棚屋之间的小教堂的圆顶，对伦佐说道。“此刻他们都聚集在那儿，接着会从你刚刚进来的门那儿出去。”

“噢，原来他们是在为这事清理道路。”

“对啊，想必你肯定也听到了钟声吧！”

“我只听见了一次。”

“你所听到的那次实际上已经是第二次钟声，待到第三次钟声敲响之时，他们就已经集合完了。这时，费利切神甫便会同众人讲几句话，然后大家就会出发了。当你听到这一钟声时，你就得赶紧走到那儿去，设法找到一个位于人群后的位置，站在那儿，尽可能站在道路的一边，这样既不会惹来麻烦，也不会被人注意到，你可以看着大家走过，看露琪娅是否也在其中。要是上帝不愿她出现在那里，那么，那个地方……”神甫再次举起手，指着他们对面的那排建筑物，“那一排屋子和它前面的空地，全是女人居住的。你可以看到那个木栅栏，它将这里同那里隔开了。不过，有些地方已经破烂了，所以你要进去，应该不难。一旦进去了，要是你没做什么令人起疑的事，人们应该不会说你的。不过，要是有人出来阻拦你的话，就说……神甫认识你，他会为你作保。然后，你就去找那位神甫，要满怀信心……和顺从天命。你必须记住，到此处寻人并非易事，尤其是找一位活着的病人！你知道吗，我是多么频繁地看到这里面的可怜女士换了一批又一批。我看到的那些被抬走的人，多得数不清。而能活着出来的人真是稀少得可怜。快去吧，不过得做好……牺牲的准备。”

“嗯，我明白！”伦佐转动着眼珠，神色瞬间变了，他打断神甫的话说道，“我明白，我现在就去，我会找遍传染病院的各个地方，从这儿找到那儿，上上下下我都会找遍……要是我还是找不到她……”

“要是你找不到她呢？”神甫说道，神色严肃而又沉重，但又充满着期待，用告诫的目光看着伦佐。

然而伦佐的怒气早就在胸口膨胀，此刻他更加抑制不住，于是重复地接着说道，“要是我找不到她，那我就去找另一个人。不管他是在米兰，在他那可恶的府邸，还是在世界的尽头，或在魔鬼的府邸，我都会去找他。我要找到那个令我和露琪娅分开的恶棍，要不是因为他这个坏蛋，露琪娅在二十个月前就是我的了。要是我们注定要死，那至少也会死在一起，只要那个坏蛋还活着，我就一定要找到他……”

“伦佐！”克里斯托福罗神甫一边抓着伦佐的胳膊，一边更加严肃地盯着他说。

“要是我找到了他，”伦佐满是愤怒地继续说道，“要是瘟疫没有执行正义，没有惩罚他……今时不同往日了，昔日他豢养了大批打手，所以能够将人们逼入绝境，随意嘲弄，可如今他已经没了打手，是时候大家面对面地相互较量了，我一定要让他受到应有的惩罚。”

“可怜的人儿啊！”克里斯托福罗神甫大声喊道，声音又像先前那样洪亮，“可怜的人儿啊！”他抬起低垂着的头，面颊变得绯红，眼睛里透出愤怒之火，同时又蕴含着某种可怕的东西。“看看你自己，可怜的人儿！”他一边这样说着，一边用一只手抓着伦佐的胳膊，使劲地摇晃，同时又用另一只手在其面前，指着周围的种种凄惨景象。“瞧，是上帝在惩罚人们呀，他才是惩罚者！他是审判者，不是被审判者！他会鞭笞人们，同时也会原谅人们！而你，你不过是地上的一条小虫，你还想去惩罚人！你呀，你知道什么是真正的惩罚吗？你走吧，你这不幸的家伙，快走！我原本还希望……是的，我原本的确希望，在我死前，上帝会给我一丝安慰，让我听到可怜的露琪娅还活着的消息，或许我还能看见她，听见她向我许诺说，她会来我的墓前祈祷。你走吧，你使得我的这一希望完全破灭了！上帝不会为你将她留在世上，而你当然也无法使你自己确信上帝会想到来安慰你，上帝会想到露琪娅的，因为她是那些值得眷顾的灵魂中的一个，你走吧，我没有时间听你在这儿胡说了。”

这么说着，克里斯托福罗神甫便甩开伦佐的胳膊，朝一间病房走去。

“噢，神甫，”伦佐跟在他身后，带着祈求的神情说道，“你打算就用这种方式把我打发走吗？”

“怎么！”这位嘉布遣会修士严肃地说道，“你胆敢要求我将这些正等着我请求上帝原谅的可怜的病人的时间，浪费在倾听你说那些愤怒的言辞和报仇的决心上吗？当你在请求慰藉和指明方向时，我仔细倾听了你的言论。为了安慰和帮助你，我没去拯救其他受难者，可是现在，你的心里只想着报仇，你想让我怎么办呢？快走吧！在这里，我看见过许多遭受他人欺辱的人，他们在临死之际原谅了伤害自己的那个人。我也看到过许多伤害他人的人因为无法在被自己伤害过的人面前认罪、忏悔，所以十分哀伤，对于这两类人，我可以为之哭泣，可是对于你，我能怎么办呢？”

“好，我原谅他！我真的原谅他！永远原谅他！”年轻人大声说道。

“伦佐，”神甫以更加平静而又严肃的语气说道，“你自己好好想一想吧，相信你原谅过他几次。”

神甫等了一会儿，发现伦佐并没有回答，于是突然低垂着脑袋，以一种平静的声音继续说道：“你知道我为何要穿上这身长袍衣服吗？”

此刻伦佐犹豫了。

“想必你知道！”老人接着说道。

“是的，我知道。”伦佐回答说。

“我曾经也恨过人，因此，就因为你的那种想法，我就责备你，而那个我憎恨的，那个我打心底憎恨的，那个我恨了很久的人却被我给杀了。”

“是的，不过，他是一个专横跋扈的家伙，是一个……”

“闭嘴！”神甫打断他的话说道，“你觉得要是对那真有一个合理的理由的话，为什么我在这儿找了三十年都还没找到呢？唉，要是现在你能感受我对仇人的内疚，使你也有同感，那该有多好啊！可是我做得到吗？不过，上帝是肯定能够做到的，但愿他可以做到……听着，伦佐，上帝希望你好，他的这种希望甚至胜过你自己。你敢去报仇，可是上帝他却有足够的力量、足够的仁爱制止你那么做。他赐予你的帮助是别人完全没资格获得的。你应该知道，你也说过很多次，说他能够阻止那些压迫他人的恶棍。不过，你也要记住，他同样能够制服那些想复仇的人。难道你觉得，就因为你可怜，就因为你受到过伤害，上帝就不能对付你，保护那个他依据自己的形象所创造出的人免受你的报复吗？你觉得他会容忍你做你想做的一切事？当然不可能，不过，你觉得他能做什么呢？你大可以继续仇恨，大可以永远这样堕落下去，大可以继续像你现在那么想，也大可以这样拒绝所有的祝福。因为，不管你的事进展得怎么样，也不管你处于怎样的情况下，只要你没有真正原谅他，没有真心说一句原谅他的话，你就会受到惩罚！”

“是啊，是啊，”伦佐异常羞愧地说道，“我现在才明白，之前我并未真正原谅他，我明白自己方才所讲的话就像畜生一样，而不像一个基督徒。不过现在，多亏上帝的指引，我会打心底真正原谅他！”

“假如你将来再见到他，你会如何？”

“我会向上帝祈求，请他给我耐心，让我去触动他的心。”

“你还记得吗？上帝不仅要我们原谅自己的敌人，还要我们热爱他们，他是如此地爱他们，以至于愿意为他们付出自己的生命。”

“是的，多亏你的提醒，我记起来了！”

“好吧，那咱们现在就去看看他，你说过，你会找到他，而你马上也就会找到他了。快来，来了你便会看到那个你一直恨得牙痒痒，一直希望他倒霉，一直想要他的命的人。”

随后，神甫便拉着伦佐的手，像个健壮的年轻人一样紧紧地握住，朝前面走去，伦佐紧随其后，不敢多问一句。

走了一小段路程后，神甫便停在了一个靠近小木屋的入口处，他双眼注视着伦佐的面孔，眼神既温柔又严肃，随后便带着伦佐走了进去。

走进小屋子后，伦佐首先看到的是一个坐在稻草上的病人。不过，此人看上去就像是没病似的，可以说已痊愈了。那人一看到神甫，就摇了摇头，仿佛在说“不”似的，神甫忧伤而又无奈地低下了头。与此同时，伦佐也带着好奇而又不安的神色打量了周围一番，他看见了另外三四个病人，一眼便认出了其中的一位。那人躺在一张斜靠着墙的床上，裹着一床毯子，披着一件像被褥似的长袍。伦佐仔细一看，发现他就是唐罗德里戈，于是便情不自禁地向后退了几步。不过，此时，神甫却再次抓着他的手，将其拉到床边，伸出另一只手，指了指那个躺卧在床上的人。

那人十分可怜，躺在床上一动也不动，睁着双眼，可是却什么也看不见，脸色苍白而又满是黑色斑点，嘴唇乌黑而又肿胀。要不是此人的脸还在强烈地痉挛着，表明他还在做垂死挣扎，完全可以说他的脸跟死人的脸没什么两样。他的胸脯由于艰难的呼吸而上下起伏着，而他的右手，露在了披风外，紧紧地压着心口。他的手指弯曲着，呈钩状，成了紫青色，指尖都是黑色的。

“你看到了吧，”神甫以一种低沉而又庄严的声音说道，“这或许是对他的一种惩罚，又或许是对他的一种仁慈。现在，对于这样一个曾经伤害过你的人，你肯定会有一种感觉，而这也将会同上帝某一天对你的感觉一样，因为你也曾亵渎过上帝。为他祈福吧，你也会因此受到祝福的。他已经躺在这儿四天了，正如你所见到的那样，他完全没有了知觉，或许上帝是打算给他一点时间来忏悔。不过，这得要你来替他祈求，或许上帝是想你和那位可怜的女孩一起为他祈祷，又或许上帝只是将这种恩典赐给你一人，想让你这备受折磨而又善良的心来为他祈祷。或许此刻，这人的拯救和你自己的拯救都取决于你自己，取决于你的原谅、同情……和爱心。”

说完这些，神甫便保持沉默，双手合十，低垂着脑袋，仿佛在祈祷一样，伦佐也同样如此。

他们就这样祈祷了一会儿，直到听见第三次钟声敲响。随后，两人便像商量好的一样，一块儿走了出去。他们中没有谁问问题，也没有谁回答，不过他们的神情早已说明了一切。

“现在去吧，”神甫接着说道，“去吧，准备好，要么去做出牺牲，要么去接受恩泽，不管结果怎么样，你都应该感谢上帝，无论如何，也都请来告诉我一下你的结果，我们一起颂扬上帝！”

接着，他们便没再说什么，各自分开了。一个回到了他刚才来的地方，另一个则朝着离此处不到百步的小教堂走去了。

第三十六章

几个小时以前，在伦佐寻找露琪娅的紧要关头，当最难抉择、起着关键作用的时刻即将到来的时候，谁曾告诉过他，他的心要为露琪娅和唐罗德里戈两人忧心？而事实上的确如此：在他走向小教堂的过程中，他刚刚所看到的唐罗德里戈的形象总是和他想要见到但又害怕见到的露琪娅的形象混杂在一起，挥之不去。克里斯托福罗神甫在唐罗德里戈病床旁说的那些话与他原本的想法相冲突，这使他更加躁动不安。他并没有把此事与他刚刚在小屋里为唐罗德里戈做的祈祷联系起来（这祈祷突然被那钟声打断），因此他不期望这一次行动会有一个圆满的结果。

坐落于传染病院中央的八角形小教堂高出地面几个台阶。最先它是开放式的，四周仅仅依靠半露柱和圆柱支撑着，可以说是一座完全镂空的建筑。它的每一面的两根圆柱子之间都有一扇拱顶，里面是一道拱廊，环绕着可以确切地被称为教堂的建筑。教堂由半露柱支撑起来的八个的拱顶组成，同外面的拱顶相对应，托起教堂的圆顶，因此，无论从院落的那个地方，无论透过哪间屋子的窗口，都可以看见立在教堂中央的祭坛。如今教堂已挪作他用，每一面的空当都砌上了墙，但原本的框架依然保存完整，清楚地显示出这建筑当初的状况和功用。

伦佐刚动身，就看见费利切神甫出现在教堂的门廊之中，并向朝着城门的那个拱门走去，人群早已聚集在拱门下的台阶上，片刻之后，从他的举止可以看出他已经开始布道。

按照克里斯托福罗神甫的指点，伦佐沿着某条小路绕了过去，来到了队伍的后面。他静静地站在那里，扫视了一下所有的人，但从他所站的位置来看，他除了能看到大量的人（或更准确地说，是一片人头）之外什么也看不见。圣坛中间有一些带着方巾或蒙着面纱的人，他仔细地观察了一番这些人，但也没有发现他要找的人。于是，他也朝着人群注视的方向望去。他被布道者庄严的形象所感动，因此，尽管他现在脑子里满是期望能够找到露琪娅的想法，但他还是集中精力听了神甫庄严布道的一部分内容。

“让我们为那成千上万从这里出去的人默哀片刻，”他举起一只手，用手指指着他背后那扇通向圣格雷戈里奥墓地的门。我们也可以这样说，当时那个墓地实则就是一个巨大无比的坑,他继续说道：“让我们再看一眼那成千上万仍留在这儿的人，唉，现在还不能确定他们今后会从哪扇门出去。让我们再看看我们自己，我们即将恢复健康，人数却如此稀少。感谢上帝！感谢上帝的公正和慈爱！感谢上帝赐予我们生死！感谢他乐意为拯救我们而做出的选择！噢，我的孩子们，上帝这样做不正是为了保全一小部分经受了苦难的磨炼又因心怀感恩而振作的人吗？不就是为了让我们时刻铭记我们的生命是他赐予的，让我们用自己的生命作为一份礼物为他效劳吗？他这样做不就是为了让我们记住自己所遭受的苦难，让我们日后对别的苦难之人产生怜悯之心并施恩于他们吗？同时，让我们把这些受苦难之人当作那些我们曾一起承受困苦、怀抱希望和心怀畏惧的人吧。他们当中有我们的亲朋好友，总之，他们都是我们的兄弟姐妹。他们将看到我们从他们身边走过，不仅会因有人恢复健康而感到欣慰，而且也会从我们的举止中得到启发。他们仍然在与疾病抗争，但上帝不希望我们因幸免于难而陷于喧嚣尘世的欢乐之中。让他们看见我们离开时对上帝心怀感激，并对他们做祈祷。这样的话，他们可能会说：‘即使离开了这个地方，他们也不会忘记我们，他们会继续为我们这些可怜的人祈祷！’让我们从现在开始踏上新的旅程，从此以后过上满怀爱心的生活。那些已经完全恢复精力的人要向那些仍然虚弱的人伸出援助之手，年轻人要帮助年老之人，那些痛失孩子的人们，请看看你们周围有多少失去了父母的孤儿，就由你们做他们的父母吧！这种包含着罪过的仁慈会缓解你们的痛苦。”

此时，人群里发出一声声叹息声和抽泣声，而且声音越来越大。但当他们看到神甫将一根绳子环绕在其脖子上跪倒在地的时候，所有的声音都停止了。人群中鸦雀无声，他们都等待着神甫接下来要说些什么。

“对于我和我的同伴们来说，”神甫接着说道，“我们并没有做出什么丰功伟绩，但却选择了可以为你们服务的高尚事业。如果我们没有很好地执行这一职责，我虔诚地祈求你们的宽恕。如果我们由于懒惰或力不从心，没有重视你们的需求，或是没有随时准备好听取你们的召唤；如果我们的不耐烦和疲惫使我们在你们面前表现得很严厉或很沮丧；如果我们由于种种卑鄙的想法，认为你们必须依赖我们，而使我们没有那么谦恭地对待你们；倘若由于我们的弱点使我们有时候做出一些冒犯你们的行为，请你们宽恕我们这一切行为！若是这样的话，上帝也会宽恕你们所犯下的罪过并赐福与你们。”然后，他站了起来，对着人群画了一个很大的十字。

尽管我们不能准确地转述神甫的原话，但至少也如实地讲述了他话中的真正意义和重点，然而，他那独特的讲述方式却是我们所不能描述的——他把照顾瘟疫患者称作一项特权，因为他觉得应该是这样。他坦诚自己没有履行好这一职责，因为他的良知使他觉得他没有尽到这一责任。他请求宽恕，因为他深信自己需要得到大众的宽恕。但人们看到他们周围的这些嘉布遣会修士都尽心尽责地照顾他们，有的还为此牺牲了自己，而如今在上面为他们布道的这位神甫，更是为人们鞠躬尽瘁。不难想象，他的这一呼吁使多少人黯然叹息、悲伤流泪！然后，这个令人钦佩的神甫拿起靠在一根圆柱子上的一个大十字架高举在自己的身前，接着又把自己的凉鞋放在外面拱廊的边儿上，走下台阶，穿过人们恭恭敬敬地为他让出的那条路，走到前面为人们领路。

伦佐也被神甫的这番话所感动，他似乎觉得神甫也在祈求他的宽恕，他后退了几步，来到一个木屋的旁边。他站在那儿等着，将头部和上半身伸出墙壁，睁大眼睛探视着情况，而且心跳得很厉害，但同时神甫的布道和人们的情绪在他心中所引起的激动情绪又使他产生了一种从未有过的特殊的信念。

费利切神甫光着脚丫走了过来，他脖子上还套着那根绳子，身前还高举着那个大的十字架。他苍白憔悴的面孔既流露出悲伤，又显现出某种勇气。他的步伐缓慢而坚定，就像一个宽容别人弱点的人。总之，他所遭受的诸多磨难使他更有力量去帮助那些需要帮助的人，以及做一些在他能力范围之外的事。紧跟其后的是一些年龄稍大的孩子们，他们大多数都赤裸着脚，只有极少数的人衣着齐全，还有一些人只穿了一件衬衣。随后跟着的是妇女，而且几乎每一个妇女都抱着一个孩子，她们还轮流地唱着《求主怜悯》这首歌，她们那微弱的声音和苍白疲惫的脸色足以使每一个碰巧路过的旁观者对她们产生怜悯之心。伦佐挨个审视人群里面的每一个人，几乎一个都没有放过，因为游行队伍走得非常缓慢，这使他有足够的时间仔细观察。人群不断地走过，他也不停地观望，但总是毫无结果。他快速扫视了一下后面的人群，但后面的人已经不多了，如今最后几排的人从伦佐身边走过，但他却没有发现一个熟悉的面孔。他双臂自然下垂，头部斜靠在肩上，当男人的队伍在他面前经过的时候，他还是在探视前面走过的女人的队伍。然而，当他看到男人的队伍后面那几辆载着正在恢复期间但还不能行走的病人的时候，他再一次集中注意力，心中再一次燃起了希望的火花。妇女们坐在后面的车上，加上马车前进的速度也不快，伦佐同样可以仔细观察其中的每一个人。但结果呢？他一辆一辆地观察这些车里的女人，但最后仍然是毫无结果。车队后面有一位单个行走的嘉布遣会修士，他手持拐杖，一脸严肃的表情，是这个车队的监管者。他就是我们曾提到过的帮助费利切神甫管理的助手——米歇尔神甫。

这样一来，伦佐心中的希望全部落空了。他不仅感受不到由这希望带给他的慰藉，而且正如通常一样，这使他陷入了比以前更加糟糕的境地。

现在最好的事情就是找到患病的露琪娅。然而，急速增长的忧虑感取代了他满心热切的希望，他努力地积聚自己身上的力量，把所有心思都集中在那微弱的希望之线上。他来到大路上，朝队伍离开的那个地方走去。他走到小教堂的时候，在最低的一个台阶上跪了下来，并虔诚地向上帝祈祷，他只是说了一些断断续续、毫不连贯的句子，像是在请求、抱怨或给出承诺。他所说的这些话从来没有对别人提起过，因为他们根本没法理解，或者也可以说没有耐心听他讲述这些话，他们没有那么伟大——只富有同情心而没有蔑视的态度。

伦佐的精神有所振奋，他站起身来，绕着小教堂走来走去，突然来到了一条他以前从未见过的路上。这条路通往对面的一扇门，他向前走了几步，发现路的两边正是神甫告诉过他的木栅栏。正如神甫所说，这个木栅栏到处都是缺口。

伦佐从其中一个缺口走了进去，发现自己置身于妇女住宅区内。几乎在他迈出第一步时，他便发现地上有一个像脚夫们拴在脚腕上的那种小铃铛，这铃铛上不但有环扣，还系有带子，看上去非常精致。因此，他立刻想到这样一个东西可以用来当作出入那里的通行证。于是，他拾起那个小铃铛，并向四周看了看是否有人注意着他，然后便像脚夫一样将铃铛系在自己的脚腕上，立刻开始寻找露琪娅。如果从查找人数上来看，这将是一个令人感到厌烦的事，而且这些人已经被疾病折磨得面目全非了。他四处张望，看到的却是一副新的悲惨的景象，有些与他以前所见过的情景类似，而还有一部分却与之截然不同。尽管遭受同样的灾难，但这个地方的人却承受着全然不同的痛苦，甚至可以这样说，这里的病人承受着不一样的痛苦、不一样的抱怨、不一样的忍受，甚至相互怜悯和帮助都与别的地方不一样。在外人看来，这不仅仅会让他们产生怜悯之心，甚至会让他们感到恐惧。伦佐不知走了多远，既没有什么收获，也没有什么意外的事发生，直到他听到一声“喂”，他觉得这声音是在召唤他。于是他转过头来，看到不远处有一个官员，这位官员举起一只手向伦佐示意，并说道：“那几个屋子需要你帮忙，我们已经把这里清扫完了。”

伦佐立刻意识到那人把他当作了脚夫，而这一切都是因他佩戴在脚腕上的那个小铃铛。他认为自己真是个愚昧的人，因为他只想到这个标志可能使他避免一些不必要的麻烦，但却没想到它还会让自己惹麻烦上身。与此同时，他又在想该如何摆脱这个困难。他匆忙地向那人频繁点头，好像在说他已经知道该怎么做了。然后，他立刻溜到了小屋之间，消失在了官员的视线里。

当他认为自己走得够远的时候，伦佐开始想如何消除这个为他引来麻烦的东西。为了在取铃铛时不被别人发现，他来到两个小屋之间的一条小道上。他停下来弯下腰去解开铃铛上的小带子，同时把头靠在其中一个小屋的稻草墙上。突然，他听到从某个地方传来了一个声音。噢，天哪！不可能吧！他屏住呼吸，将自己的所有精力都集中在那一只耳朵上……的确，是的，就是那个声音……“怕什么？”那个温柔的声音说道，“我们已经经历了比暴风雨还要可怕的事情，曾经一度保佑我们的上帝还会继续保护我们的。”

如果说伦佐当时没有发出声音，那并不是因为他怕自己被发现，而是因为激动而喘不过气来。他的双腿直打哆嗦，眼前一片模糊，但这并未持续多长时间。接着他站了起来，比以往更加清醒，更有精神。他连蹦带跳地来到了小屋门口，看到了刚刚说话的姑娘。她站在床边，接着又俯下身子。她听到响声立马转过身来向门口望去，她以为自己看错了，然后再定睛一看，惊呼道：“噢，神圣的上帝啊！”

“露琪娅，我找到你了，我终于找到你了！真的是你！你还活着！”伦佐颤抖着身子向前走去，惊呼道。

“噢，神圣的上帝啊！”露琪娅重复说道，她似乎比伦佐颤抖得更厉害，“是你吗？这是怎么一回事？你是怎么到这里的？你为什么要来？瘟疫！”

“我得过瘟疫，已经痊愈了。你呢？”

“啊，我也是。那我的母亲呢？”

“她在帕斯图罗，我还没有见过她。但我相信她过得很好。而你……

你的脸色看上去还是那么苍白，看上去仍然很虚弱。但你已经痊愈了，对吗？”

“托上帝的福，他还想让我多活些日子。对了，伦佐，你到这里来干什么？”

“干什么？”伦佐一直在靠近露琪娅，说道，“你问我为什么？问我为什么来到这里？这还需要我说吗？我一直思念的是谁？难道我已经不再是伦佐，或是你已不再是露琪娅了？”

“哎，你在说什么？你在说些什么呀？难道我母亲没有叫人写信给你吗？”

“是的，她的确叫人给我写过信。给一个饱受苦难的不幸的逃命者——给一个从未伤害过你们的青年人写信是一件多么美妙的事啊！”

“但是伦佐，伦佐。既然你已经知道了，那你为什么还要回来？为什么啊？”

“为什么要回来？噢，露琪娅，我们曾许下那么多承诺！难道我们都不再是原来的自己了吗？难道你什么都不记得了吗？我们差一点就成为夫妻了呀！”

“噢，天哪！”露琪娅双手合十，痛苦地望着天，惊呼道，“您为什么不大发慈悲让我回到您的身边！……噢，伦佐，不管你做过什么，我想让你明白，我已经开始希望……经过一段时间之后……你会忘了我……”

“这是多么美妙的希望啊！你竟当着我的面说出这样的话！”

“啊，你这是做什么啊？在这样的地方，面对这样不幸的场面，你这是做什么啊？这里除了死亡之外，什么也没有！而你却到此……”

“我们只能为这些死去的人祈祷，希望上帝引领他们到一个更好的地方去。但是如果就因为这而让活着的人生活在绝望之中，那也太不公平了！”

“但是，伦佐，伦佐，你完全不知道自己在说些什么！我已经向圣母玛利亚做出承诺——那可是一个誓言啊！”

“我告诉你，那些承诺没有任何意义！”

“噢，天哪，你在说什么啊？这段时间你都到哪里去了？你都和谁混在一起？你怎么能够这样说话？”

“我正像一位善良的基督教徒说话。我把圣母玛利亚想得更加善良，因为我相信她不会接受一个受到伤害的可怜青年的誓言。噢，倘若圣母玛利亚能够说话，那该多好啊！但事实上发生了什么呢？那只是你一个人的想法而已。难道你不知道你该怎样向圣母玛利亚起誓吗？你应该承诺她，我们会为我们的第一个女儿取名为‘玛利亚’，我此时此刻就可以做出这样的承诺，做出这样的承诺才是对圣母，玛利亚的最大的尊重，这才是更有意义的承诺，而且还不伤害任何人。”

“不，不，你别这样说，你还是不知道自己在说什么。你不知道什么叫作立誓，你没有处于那样的危难之中，你根本就体会不到。看在上帝的份儿上，你还是走吧，走吧！”

露琪娅使劲儿推了一下伦佐，然后回到床边。

“露琪娅，”伦佐一动不动，说道，“你只需要告诉我一件事：如果不是因为这个，你还会像以前那样对我吗？”

“真是个狠心的人，”露琪娅转过身，强忍着泪水，说道，“你让我说出这样毫无用处、对我有害，甚至可能招来罪恶的话你就满意了吗？你走开，走啊！你不要再想我了，我们注定不会在一起。我们也许会在天堂再见，如今我们存活于世的日子也不长了。哎，你走吧！请你想办法告知我的母亲我已经痊愈了，上帝一直垂怜我，一直帮助我，让我找到那位善良的女人，她待我像我母亲待我那样好。请转告我的母亲，我希望你也能够恢复健康。如果上帝保佑，我们还会再见面的……看在上帝的份儿上，你走吧，不要再想我了……除了你向上帝祷告的时候。”

露琪娅似乎也没有什么要说的了，她做出一副不想再听到任何话的样子。她像是想要避开什么危险一样再一次回到了床边，而她方才提到的那个女人就躺在那里。

“听我说，露琪娅，你听我说。”伦佐说道，然而，他却没有试图靠近的意思。

“不，不，我求求你快走吧！”

“听我说，克里斯托福罗神甫……”

“什么？”

“他也在这里。”

“在这里？在哪里？你怎么知道？”

“我刚刚还和他谈过话呢，我和他一起待了一段时间，我觉得像他这样的神甫……”

“我敢说，他一定是在这里照顾那些可怜的瘟疫患者，可他呢？他得过瘟疫吗？”

“啊，露琪娅，我担心，我非常担心……”伦佐犹豫不决，他不敢说出令他自已和露琪娅都感到痛苦的话。露琪娅又离开床边，再一次走近伦佐，听他说道：“我担心他现在已经感染上了。”

“噢，可怜的神甫！我在说什么呀，可怜的人？我才是可怜之人！那他现在怎么样？卧病不起、被人照料着吗？”

“没有，他还在到处忙碌，照顾着其他病人。但如果你亲眼看到他的表情，你就会发现他也只能勉强支撑着自己的身体。我看到过很多病人，那一定是……肯定没有看错。”

“噢，他真的在这里！”

“是的，他就在距此不远的地方，比你家到我家的距离稍远一点……倘若你还记得……”

“噢，最神圣的圣母玛利亚！”

“是的，稍微远一点儿。你可能想知道我们是否谈到了你，他对我说了一些事……如果你知道他给我看了什么就好了。你听我说，我要告诉你他首先对我说的话，这可是他亲自对我说的。他说我来这里找你是正确的，上帝会同意一个青年这样做的，而且还说上帝会帮助我找到你。你瞧，现在我已经找到你了。事实上，他就是一位圣徒。你瞧，事情就是这样的。”

“但是，他这样说是因为他根本就不知道……”

“你想让神甫知道你自己没有征求任何人的意见就做出有违常理的事

儿吗？他是一个如此善良又明事理的人，他绝不会想到会发生这样的事。但是，噢，你让我看到了……”接着，他讲述了自己在唐罗德里戈所在的小屋里所看到的情景，尽管露琪娅在这个地方待了这么久，对那些很强烈的刺激都习以为常，但当她听到这个消息的时候，她还是震撼不已，而且还表露出一点怜悯之心。

伦佐接着说道：“在那儿，神甫像位圣人似地说，也许主会赐恩于那个可怜的家伙（现在我实在不知道怎么称呼他）……说上帝会等合适的时候，就把他带走，但是神甫希望我们一起为他祈祷……一起祈祷！你知道吗？”

“是的，我明白了。我们会各自在上帝为我们安排的地方为他祈祷，上帝会把我们的祷告合在一起的。”

“可是我把神甫说的话都给你说了！”

“可是伦佐，他并不知道……”

“难道你不明白，圣人说话时，代表的都是上帝的意愿？如果本不该如此，他就不会这么说……还有可怜的家伙的灵魂呢！我确实已经为他祈祷过了，而且我将继续为他祈祷。我用心地为他祈祷，就好像为自己的亲兄弟祈祷那样。你想想看，如果这个可怜的家伙没有了结这件事，没有弥补他的过错，他在另一个世界会觉得怎么样呢？如果你还讲点理的话，那么一切都像原先一样，过去的事情就过去了，而且他也已受到了他应有的惩罚……”

“不，伦佐，不！上帝不会让我们用做坏事的方式来体现他的仁慈。这件事就交由上帝，我们的职责是向他祈祷。如果那天夜里我死了，莫非上帝就不会宽恕他了吗？如今我活了下来，还获得了自由……”

“你的母亲，可怜的阿格尼丝，她一直那么疼爱我，渴望能看到我们结成夫妻。她不是也对你说过，你的想法不对吗？她也有时候帮你周全地考虑问题，因为有的时候，她比你考虑得更清楚……”

“我的母亲！难道你指望我的母亲来劝说我违背誓言吗？伦佐！你犯糊涂了吗？”

“噢，你想让我说吗？你们女人家是不会明白这些事的，克里斯托福罗神甫让我不管找到你与否，都回去将结果告诉他。我要回去了，咱们去听听他怎么说……”

“嗯，好，你快去找那位神圣的人吧，告诉他我在为他祈祷，也请他为我祈祷。因为我是如此地需要他的祈祷，如此地需要！不过，看在上帝的份儿上，也为了拯救你我的灵魂，永远都别再来这儿伤害我、诱惑我了。克里斯托福罗神甫会知道怎样给你解释清楚所有的事的，会让你恢复理智，会让你的心情平静下来的。”

“让我的心情平静下来？噢，你最好想都别那么想。你已经让人给我写信，信中也说过这句糟透了的话，只有我自己才明白它给我带来了多大的伤害，令我多痛苦。现在你又这样对我说，好，那我现在也清清楚楚、明明白白地告诉你，我的心永远都平静不了，你想忘了我，可是我并不想忘了你。我向你保证，要是你让我失去了理智，那我永远都不会再恢复正常了，你听见了吗？我的工作，我的那些好品行，都统统见鬼去吧！难道你想让我真成为一个神经病，一辈子与愤怒做伴……还有那位可怜的家伙，上帝知道，我已经打心底原谅了他，可是你……难不成你想让我一辈子都记得，要不是他……吗？露琪娅，你叫我忘了你，忘了你，我怎么可能做得到？你觉得，一直以来，我都是在想念谁啊？……经历了那么多的事！许下过那么多的誓言！还是说我们分开后，我做过什么伤害你的事吗？你为何要这样对我？难道说就因为我遭受过种种磨难？就因为我有过不幸？就因为世人迫害我？就因为我这么久远离家乡，与你相隔千里？就因为只要我一有可能，便前来寻找你？”

露琪娅强忍住泪水，刚能勉强说出话，便双手合十，仰望着天空，大声感叹道：“噢，圣洁的圣母玛利亚，请帮帮我吧！你知道，自从那晚过后，我再也没有经历过像现在这样的痛苦了。既然你那时都拯救了我，噢，现在也还是帮帮我吧！”

“是的，露琪娅，你向圣母玛利亚祈求是对的。不过，为什么你就觉得圣母那样一个善良、仁慈的母亲，会因为你在自己都不知道自己在说什么的时候，说出的一句话，就乐意使我们遭受折磨……或者从某种程度上说，使我遭受折磨……还是说，你觉得她那时帮助了你，就是为了使我们以后陷入麻烦？……要是这仅仅只是一个借口，如果是你自己讨厌我了……请告诉我……请明明白白地说清楚。”

“看在上帝的份儿上，伦佐，看在上帝的份儿上，看在那些可怜的死者的份儿上，别说了，别说了，别逼我去死……现在还不到时候，快去找克里斯托福罗神甫，将我的事告诉他，然后就别再回这儿来了，别再回来了。”

“我会去的，不过，你觉得我可能会不回来吗？纵然你到了天涯海角，我都会回来找你，我一定会的。”说完，伦佐便离开了。

露琪娅坐了下来，或者更确切地说是瘫倒在了床边的地上，头埋在床上，失声痛哭起来。那个一直在仔细地关注着这一切，倾听着这一谈话，可却一句话也没说的女人此刻便向她问道，伦佐为何到此，他们为何而起争执，以及她为什么要哭。或许，此时读者们会问道，这位女人到底是谁，为了满足大家的愿望，我们就稍稍介绍一下她。

这女人是一位富商的妻子，大约三十岁。在几天之内，在她家中，她亲眼目睹了自己的丈夫、孩子因为染上瘟疫相继去世。不久，她自己也染上此病，接着便被送到了传染病院，被安置在一个小棚屋里。与此同时，因为染上瘟疫而失去了意识的露琪娅渐渐开始恢复意识。在她失去意识的这段期间，她的同伴被换了好几次，这女人就是她新的同伴。要知道，露琪娅是在唐费兰特先生的家中病倒的。露琪娅和这女人所住的小棚屋只能容纳两个病人，在众多的病人中，很快，这两个染上瘟疫、失去过亲人、孤独忧伤的女人便产生了亲人间才有的那种亲密、喜爱之感。不久，露琪娅便能够照顾这位病得很严重的同伴了。现在，这位女人也度过了危险期，她们相互陪伴、鼓励、保护对方，还许诺说，两人要一起离开传染病院。此外，她们甚至还约定好，出了病院以后，仍然不分开。这位女富商将自己的房子、仓库、保险箱全都交给了她的弟弟，一位卫生委员保管。如今她已是个孤独而又凄惨的女富商，其拥有的财富不仅足以让她过上她想要的舒适的生活，而且还绰绰有余。因此，她想将露琪娅留在身边，把她视为女儿或者妹妹，露琪娅同意了。读者可以想象下，露琪娅对这位女士和上帝是何等的感激！但，这一切都只有待她打听到她母亲阿格尼丝的消息，征求其同意后才算数。不过，露琪娅向来做事就谨慎。因此，她从未将自己的婚约及所遭遇的种种危险之事告诉过这位女士。然而现在，她的心情是如此的激动，很难再控制住，所以她十分想将所有的事都说出来，发泄发泄，再说这位女士也非常愿意倾听。随后，露琪娅便双手紧抓着她的朋友的右手，哭泣着将此事的前因后果全告诉了她。

与此同时，伦佐正急匆匆地大步朝着善良的修士所在之地走去。他小心翼翼地循着之前的路线走，虽然花费了不少力气，不过最后总算到了那里。他找到了那间小屋子，可是里面却没有神甫。于是他便在其附近瞎转悠，最后发现神甫竟在一个帐篷里，蹲在地上，甚至可以说是趴在地上，安慰着一个即将去世的病人。伦佐向后退了退，安静地在那儿等着。过了一会儿，他看见神甫将那位病人的眼睛合上后，接着又跪在了地上，祈祷了片刻，才重新站起来。这时，他才朝着神甫走去。

“噢！”神甫看见伦佐走来，向其问道，“事情怎么样？”

“她的确在那儿，我找到了她。”

“那她现在状况如何？”

“已经康复了，至少可以不用躺在床上了。”

“多谢上帝！”

“不过……”伦佐走近神甫，轻声说道，“又出现了另一件麻烦事。”

“什么事？”

“我的意思是……你也知道那位年轻的女孩有多善良，不过，她有时候又特别固执。我和她曾许下过很多誓言，这你也知道，可是现在她却告诉我说她不能嫁给我，原因就是她在那个恐怖的夜晚，头脑发热，向圣母玛利亚发过誓说会永远献身于她。这事根本就说不过去，不是吗？对于那些有知识的人来说，此事尚且还说得过去。可是对于我们这些普通人而言，我们根本就不知道在那时该做什么……所以此事根本就讲不通，不是吗？”

“她离这儿很远吗？”

“不，不远，离教堂就几步路。”

“在这儿等我一会儿，”神甫说道，“待会儿我同你一起去。”

“你是说，你想开导她，让她明白……”

“我也不知道，孩子，我得先去听听她怎么说。”

“我明白了。”伦佐说道，他的双眼紧盯着地面，双臂交叉于胸前，心中根本没底。神甫又去找维多雷神甫，请其再代替他一会儿。他走进自己的小屋，出来时，手臂上挎了个篮子，然后走到了伦佐身旁，说道：“咱们走吧。”随后，神甫便走在前面，朝着他们俩一起去过的小棚屋那儿走去。这一次，他自己一个人走了进去，过了片刻又走了出来，说道：“没什么，我们祈祷吧，我们祈祷吧。”“现在，”神甫接着补充道，“由你来带路！”

随后，两人便没再说什么，直接上路了。

天色越来越昏暗，似乎就要下雨。一道道闪电冲破朦胧的天色，瞬间照亮了柱廊那长长的屋顶、教堂的炮塔以及小棚屋那简陋的屋顶，接着便是那轰隆隆的雷声，从天的这边响到那边。伦佐走在前面，仔细地注视着道路，怀着不安的期望，一心只想早点到达目的地。不过，考虑到他的同伴，神甫的身体，他又不得不放慢了速度。神甫因为十分劳累，加之又染上过瘟疫，而天气还如此炎热，走起来就相当吃力。有时他会抬起他那苍白的面孔，望着天空，好像这样才能更自由地呼吸一样。

当他们来到那间小屋子门前，伦佐停住了脚步，转过身来，用颤抖的声音说道：“她就在这里面。”

接着，他们便走进了屋内……“瞧，他们来了！”躺在床上的那位女士大声惊叹道。露琪娅转过身子，匆忙地站了起来，朝着老人走去，大声喊道：“噢，我看见了谁啊！噢，克里斯托福罗神甫！”

“你好，露琪娅！上帝将你从多少困苦中解救了出来呀！一直以来，你都很信任上帝，想必你对此很欣喜吧！”

“噢，是的，我确实很满意！不过，神甫你还好吗？天啊，你怎么变了这么多呀！你还好吗？告诉我，你还好吗？”

“如上帝和我所愿，也多亏上帝的保佑。”神甫温和地回答道。随后，他将露琪娅拉到了一边，继续说道：“听着，露琪娅，我只能在这儿待一会儿，你以前一直很信任我，那你现在也愿像之前那样相信我吗？”

“噢，你不是一直都是我的神甫吗？”

“那么，孩子，伦佐告诉我的那一誓言究竟是怎么回事呢？”

“那是一个我在恐慌之时，向圣母玛利亚许下的誓言……终身不嫁。”

“但是，孩子，当时你又是否记得你已经同别人订过婚了呢？”

“这关系到上帝和圣母玛利亚……所以我并未考虑此事。”

“孩子，当我们自己做出牺牲和奉献时，上帝是会赞同的，上帝所希望的是你自己的真心和意愿。但是你不能将别人的意愿奉献给他，因为你已经许下承诺，要嫁给他人了。”

“难道我做错了吗？”

“不，我可怜的孩子，别那么想，我相信神圣的圣母玛利亚是很乐意接受你那饱受过折磨的心灵，愿意将其呈递给上帝的。不过，你得告诉我，对于这一事件，你是否向其他任何人征求过意见？”

“我觉得此事并不是一件我需要坦白的罪过，而且人们在做善事时也没有必要大声说出来。”

“那你是否是因为其他什么理由，才违背你对伦佐所许下的承诺呢？”

“至于这个……我……会因为其他什么理由呢？……我真说不上来……”露琪娅回答道。她吞吞吐吐的回答并不是因为她的思绪不坚定，她那由于长期患病而变得苍白的脸颊上，渐渐显出了绯红的颜色。

“那你相信，”老人继续低垂着眼睛，继续说道，“上帝如今已授权于教会，让其以最好的效果为依据，代替他废除或者保留人们对他承担的责任和义务吗？”

“是的，我相信。”

“那么，你应该知道，我们是受命来关心世间人类的，还拥有教会全部的力量，所以，对于所有那些想求助于我们的人，只要他们要求，我们都可以免除其因立下誓言而愿承担的责任，不管那责任是什么。”

“但是，对圣母玛利亚许下了诺言，然后再反悔，这难道不是一种罪过吗？何况当时，我确实是很真心诚意地向其许愿的……”露琪娅说道，声音因为这突如其来的希望而变得更加激动，同时长时间以来，她心里一直所担心的种种事件还令其产生了一种恐惧之感。

“怎么会是罪过呢，我的孩子？”神甫说道，“难道说，求助于教会，请求管理教会的神甫执行上帝赐予教会，教会赐予他的职权，就是一种罪过？我目睹了你们二人是怎样结合的，我敢肯定，如果说世上有两人是上帝安排在一起的，那这两人绝对是你们。现在，我并未看到上帝想让你们分开的种种暗示。而且，我感谢上帝，感谢他赋予我——尽管我算不上一个称职的神甫——以他的名义说话的权利，将你在困境中所许下的诺言还给你。要是现在你要求我将你在你的誓言中所承担的责任免除的话，我定会毫不犹豫地马上就替你解除，而且，我还希望，你马上就这样要求我。”

“那么……那么……我请求你解除它。”露琪娅说道，脸上露出一种因羞涩而显得不安的神情。

随后，神甫便示意站在不远处的角落里的伦佐进来，伦佐正全神贯注地注视着（他只能这样做）这一他最关心的对话。伦佐一走进来，神甫便大声对露琪娅说道：“我以教会赋予我的权力向你宣布，解除你终身不嫁的誓言，取消你在誓言中考虑不周的种种言辞，取消你因此可能承担的种种责任。”

读者可以试想一下，伦佐听到这些话后，该是何等的反应！他迅速向神甫投去感激的眼神，接着又立即看向露琪娅，希望看见她相同的目光，可却是徒劳。

“恢复你以前坚定而又平静的生活吧，”这位嘉布遣会修士继续对露琪娅说道，“向上帝再次祈求，求他将你曾经向他祈求的那种神圣、宁静的生活赐予你。你要相信，在你经历过那么多的悲伤困苦之后，上帝定会赐予你足够多的恩典。而你，”神甫转过身，对伦佐说道，“你要记住，孩子，教会将这位伴侣再一次交还给你，并不是想让你去获取短暂的尘世之乐。这种尘世之乐，或许是完整的，没有掺杂任何悲伤之事。不过，终究有一天，你们还是会分离。到时，你们仍会遭受极大的痛苦。相反，他这样做，是想将你们二人引上一条永远快乐的路，让你们就像旅途中的伴侣那样，相互敬爱对方，让你怀有这样一种想法，即纵然有一天，彼此分离了，你们也要有终会再次重聚的希望。感谢上帝，是他让你们有了今天，是他让你们并非通过骚乱而有短暂的欢乐，而是通过磨难和困苦才达到了今天这样美满的境地，是他赋予你们这宁静而又安详的快乐。要是上帝赐予你们孩子，你们得为他好好抚养他们，鼓励他们要热爱上帝，热爱所有的人，同时在其他一切方面，也得好好地引导他们。对了，露琪娅！他有没有告诉你，”此时，神甫指着伦佐说道，“他在这儿见到了谁？”

“有，神甫，他告诉我了。”

“那你们为他祈祷吧！不要觉得这么做很疲倦，同时也请你们为我祈祷！……孩子们，我希望你们能够记得我这位可怜的神甫！”这时，神甫从篮子里拿出一个由木头制作的小盒子。这原本只是个普通的小木盒，不过已经摩挲得发亮，接着继续说道：“这盒子里还有一块面包……是我第一次化缘获得的，至于这块面包的故事，你们也曾听我说过。我将它留给你们，你们要好好保管，今后给你们的子女看！他们会在一个悲惨的年代，来到这个不幸的世界，游荡在那些骄傲易怒的人之间。告诉他们要一直原谅他人，一直原谅，原谅任何事！任何事！同时，请他们也为我这个可怜的神甫祈祷！”

这样说着，神甫便将盒子递给了露琪娅，露琪娅毕恭毕敬地接了过去，仿佛是在接一个神圣的遗物似的。随后，神甫以平和的声音补充道：“那么，现在，快告诉我，你在米兰有什么依靠没有呢？离开传染病院后，你又打算去哪儿？谁把你带回你的母亲那儿呢？希望她身体还健康。”

“这位善良的女士就像是我的母亲一样，我们打算一起离开传染病院，然后，她会为我安排好一切。”

“上帝保佑你！”神甫朝着那张床走去，对那女士说道。

“我也感谢你，”这位寡妇说道，“感谢你给这两个可怜的年轻人所带来的安慰。我原本就想将亲爱的露琪娅留在我身边，照顾她。好吧，我会陪她回到她的家乡，把她交在她母亲手里，而且，”寡妇低声补充道，“我想为她办嫁妆，我有很多的钱财，现在也没人能同我一起分享它们了。”

“这样的话，”神甫说道，“那你或许能为上帝作贡献，与此同时，还能造福于你的邻居。我不用将这个年轻女孩推荐给你了，因为，我看得出，你已经将她视为你自己的亲生女儿了。现在我只能感谢上帝，因为即使在困苦中，他仍现身来拯救你们，是他将你们带到这儿让你们相遇，给予你们真诚的爱。好啦！”神甫接着转过身，拉着伦佐的手，对其说道，“现在，我们在这儿也没什么事要做了，而且待在此处的时间也已经够长了，走吧！”

“噢，神甫，”露琪娅说道，“我还能再见到你吗？我在这个世上并没有作什么贡献也康复了，可是你却……”

“很久之前，”老人以一种温和而又严肃的语调回答道，“我就向上帝祈求，请他大发慈悲，让我在服务于我的病人时结束自己。要是他现在就成全了我，我希望所有爱我的人都能帮助我感谢感谢他。好啦，告诉伦佐，你想为你的母亲说些什么。”

“告诉她你所见到的一切，”露琪娅转过身，对未婚夫说道，“告诉她，我在此处又找到了另一位母亲，我们很快便会一起去看她，而且我希望，真心希望，她一切安好！”

“要是你需要钱，”伦佐说道，“我这儿有你之前给我的所有金币，而且……”

“不，不，”寡妇打断他的话说道，“我有很多钱。”

“咱们走吧。”神甫建议道。

“再见，露琪娅……还有你，善良的夫人，再见！”伦佐此时找不到合适的词语来表达自己的心情，于是便这样说道。

“天晓得，上帝会不会大发慈悲，让我们再次见面呀！”露琪娅感叹道。

“但愿上帝永远陪着你们，保佑你们！”克里斯托福罗神甫对这两位女士说道，说完便在伦佐的陪同下离开了小棚屋。

傍晚渐渐来临，天空乌云密布，就要下雨的样子。神甫再次建议这位无家可归的年轻人暂且在他那简陋的小屋里留宿一晚。“我不能再陪伴你了，”神甫补充道，“不过，你至少可以在这儿避避雨，住一宿。”

然而，伦佐一心只想着赶路，因为他知道，就算在这儿逗留，也既不能去看露琪娅，又不能同善良的神甫谈话。至于说时间和天气，可以说，不管是白天黑夜、晴天下雨，还是微风或飓风，对他而言都是一样的。因此，他谢过善良的朋友，说自己想尽快去找阿格尼丝。

他们走到路上时，嘉布遣会修士便握着伦佐的手，说道：“要是（但愿上帝保佑）你找到了善良的阿格尼丝，请代我向她，向所有健在之人问好，请他们记住我克里斯托福罗神甫，为我祈祷。上帝与你同在，会永远保佑你的！”

“噢，亲爱的神甫！……我们还会再见面吗？还会再见面吗？”

“希望会在天堂见吧。”说完这些话，神甫便离开了伦佐，而伦佐却仍站在那儿，静静地观望着神甫远去的背影，直到其消失不见。接着他才匆忙地朝着大门走去，最后同情地朝着那忧伤之地望了望。周围的人群十分忙碌，脚夫们跑来跑去，忙着搬东西，张挂帐篷的门帘，数不清的病人也慢慢朝帐篷和柱廊走去，以躲避即将来临的雨。

第三十七章

伦佐走过传染病院的大门，朝右边走去，想找到他早上沿着墙经过的那条小路，天空已稀疏地落下冰雹似的大雨点。这些雨点猛地打落在干燥的白色路面上，并反弹着溅起一阵阵白雾，让雨水显得更加密集了。在他到达小路之前，就已经下起了倾盆大雨。伦佐不但没有感到不安，反而在雨中自娱自乐起来，他享受着这清新的空气和草与树叶所发出的沙沙的声音。这些草和树叶不停地摇动，雨珠掉下来，使它们突然重新焕发了生机。他深深地吸了一口气，在这大自然的温柔怜惜中，他更加清楚明了地感受到自己人生中的悲喜。

不过，倘若伦佐能够预见到几天以后发生的情况，那他现在欣喜的心情恐怕会更加纯粹和完整，因为这场暴雨带走，或可以说是冲走了瘟疫，从那一天起，尽管传染病院里的病人并不是全部都恢复了健康，但至少这里再也没有接纳新的病人。一个星期之内，各家人都打开房门，商店也重新开张了。再也没有人谈论那四十天的隔离，而且只是有些地方还残留少量的瘟疫的痕迹。况且，每一次爆发瘟疫，那些残留的痕迹总是会保留一段时间。

于是，伦佐继续赶路。他没有考虑去哪个地方，怎么去，以及什么时候能够到达，甚至也没有想过自己在何处借宿，他只是匆忙地赶路。他想尽早到达自己的村庄，找某个人说说话，向他述说自己所经历的种种磨难，更重要的是，他想尽快到达帕斯图罗找到阿格尼丝。然而，他又想起了当天发生的那些事，这使他感到非常痛苦和害怕，甚至又觉察到了危险的降临，但总有一个想法使他分外激动：我找到她了，她已经痊愈了，现在她可以做我的妻子了！于是，他兴奋地踏进了一个水潭，并溅起了水花，就像一只黄狗从水里跳了出来；有时，他还兴奋地搓搓手，然后比以往任何时候都要激动地向前走。他的眼睛探视着前方的路，头脑里不断搜寻着昨天来时和今天早上的一些想法。他高兴地回味着他当时最想从脑海里驱除掉的想法——不确定露琪娅的死活，寻找她所要面对的困难，如何在那么多死者和濒临死亡的人群中找到还活着的她。“最后我还是找到她了。”他最后说道。接着，他又想起了那天那些可怕的情景——他想着自己曾手拿门环，心里想着她是否在里面；但那女人的回答却使他灰心丧气，在他还没有回过神来的时候，背后那些疯狂的恶棍又向他扑来；而在那堆满死尸或挤满病人的传染病院里，又不知到哪里去找她，但终究在那里找到了她！他又想起了那些正处于恢复阶段的病人队伍走完的时候，那是怎样的一个时刻！当没有在队伍当中找到她时，他又是何等的悲痛啊！而如今，这些事对他都不再重要了。还有那个妇女病区，他在那小屋后面出乎意料地听到了露琪娅的声音，并且见到了她，看到了在屋子里走动的露琪娅。而接下来的事呢？那个比以往任何时候都还要让人为难的誓言，而现在也已经解决了！对唐罗德里戈的仇恨,曾经让他痛苦万分，使他的快乐都化为乌有，现在也烟消云散了。要不是到现在为止还不确定阿格尼丝的安危，要不是他为克里斯托福罗神甫感到悲痛，要不是他还处在瘟疫泛滥的地区，真不敢想象他心里是怎样的一种满足感。

夜幕降临的时候，他来到了赛斯托，但这大雨似乎没有要停的意思。然而，此时的伦佐比以往任何时候都有精力。他继续赶路，考虑到此时要找到住所应该会遇到很多困难，加上自己全身已经湿透了，所以他干脆不找旅馆。他唯一需要的是食物，因为在经历了这么多事后，嘉布遣会修士给他喝的一碗汤早就消化得干干净净了。他环顾四周，看周围是否有面包店。很快，他便发现了一家面包店，于是便跑进去买了两个面包，店主用钳子把面包夹给他。他吃着一个面包，并把另一个面包放进衣袋里，然后继续赶路。

当他到达蒙扎的时候天已经黑了，尽管如此，他还是找到了那座通向正道的城门。这当然值得高兴，可说真的，这只是对后面旅程的一个巨大补偿。我们可以想象这条路的路况是多么的糟糕，并且越往前走越糟糕。这路中间向下凹下去（我们前面已经提到过，整条路都是这样），像河床一样，如果这称不上是一条河流，那至少也算得上是一条水沟。路上到处都是水坑，有时候很难将鞋子拔出来，有时候甚至连脚都抬不起来。但伦佐尽其可能地走出那泥潭，他既没有感到不耐烦，没有破口大骂，也没有丝毫后悔的意思。不管花多大的劲儿，只要他想到他所踏出的每一步都使他更接近目的地，他便感到特别欣慰。上帝觉得合适的时候，雨总是会停，那一天总会到来，而到那时候，他现在正在走的路都已经留在他的身后了。

事实上，我们也可以这样说，要不是特别需要，他是不会产生这样的想法的。现在他的脑子里满是这些年所遭遇的悲惨事情，无尽的困难和灾祸。他曾多次心灰意懒，甚至不愿再去想那遥遥无期的将来——露琪娅回到他的身边，神甫为他们主持婚礼，他们建立自己的家庭并相互讲述各自所经历的变化，然后相守到老。

我不知道他每次到分叉口的时候，是借助于那微弱的灯光还是凭借自己那少许经验而找到了正确的道路，或者只是碰巧撞上了那条路。对于他自己来说，他曾多次详尽地描述自己的经历（所有迹象都表明我们的作者曾不止一次听他讲述过他的故事），这都是些冗长的叙述。他自己也说过，对于那个夜晚，他就像是在床上做梦一般，已经什么都记不起了。尽管如此，当天刚亮的时候，他到达了阿达河河畔。

雨一直没有停过，只是不知何时已由原来的倾盆大雨变成了中雨，然后又只是飘着毛毛雨。柔软稀薄的云朵像一层层轻盈而又透明的面纱一样飘浮在空中，而黎明到来之时，伦佐便认清了周围的山，其中便有他的村庄。此时他的心情实在是难以言表。我也只能说他眼前的这些山，隔壁的雷赛格内村和整个莱科地区似乎都属于自己。他又打量了自己一番，发现自己和他想象中的样子不太一样，他甚至想象出自己的样子：衣服透湿并紧紧地贴在身上——从头部到腰部全是湿漉漉的一片，下半身则全是稀泥。倘若他能够用镜子照照自己，看到自己的帽檐僵硬地垂了下来，硬邦邦的头发死死地贴在脸上，一定不会大吃一惊。尽管他看上去已经很疲惫了，但他对此似乎毫无察觉。黎明的清新空气和夜晚的凉爽以及自己湿漉漉的身体使他更有精神，于是他更想加快步伐继续赶路。

伦佐到了佩斯卡特之后，便沿着阿达河继续赶路，他悲痛地看了佩斯卡莱尼科一眼。他走过大桥，穿过田野和几条小路，很快就来到了他上次借宿的朋友家里。他的朋友刚起床，正站在门口观看天气，当他看到这个全身湿透、浑身稀泥、如此肮脏但又兴奋无比、自由自在的奇怪身影时，他大吃了一惊。这是他生平第一次看到这样狼狈不堪但又自我感到满足的人。

“啊，”他说道，“你回来啦？怎么会在这么糟糕的天气回来呢？事情进展得怎么样？”

“她在那里，”伦佐说道，“她在那里，她在那里！”

“那她身体还好吗？”

“她已经痊愈了，身体比以前好多了。在我的有生之年我一定得感谢上帝和圣母玛利亚的恩惠。但是，噢！发生了很多重大的惊心动魄的事，以后我将一一告诉你。”

“但你看你这窘迫的样子！”

“我依然很帅气，对吗？”

“说实话，你还真可以用上半身的雨水来冲洗下半身的稀泥，但等等，我给你生火烧水。”

“那我可就恭敬不如从命了。你知道我从哪里开始淋雨吗？就在传染病院门口。但我毫不在意，天要下雨我没办法阻止，况且我也有自己的事情要做。”

朋友走了出去，很快便抱着两捆柴火进来了。他把一捆放在地上，另一捆放在炉灶旁边，用昨晚仅剩的一点余火引燃了柴火，不一会儿火就烧得特别旺。同时，伦佐脱下帽子，甩了两三下就把它扔在地上。接着，他吃力地脱下了自己的上衣，然后，他从裤袋里掏出他的短刀，鞘湿漉漉的，好像在水里浸泡过一样。他把刀放在桌上，说道："它也遭了罪了，但这是雨水，这是雨水，谢天谢地……我差一点没有逃脱……我待会儿再告诉你。"于是他开始搓手。"现在，我得请你帮我另外一个忙，"他补充道，"请把我放在楼上那个小包裹拿下来，在我烘干这些衣服之前……"

朋友拿着包裹回来后，说道："我想你一定饿了吧。我想你一路上肯定不缺水喝，但吃的东西恐怕……"

"昨天傍晚我买了两个面包，但说实话，这两个面包还不够我塞牙缝儿呢。"

"让我来吧！"他的朋友说道。接着他倒了些水在锅里，又把锅挂在火上方的铁钩上，他补充说道："我去挤一些牛奶，等我回来的时候水也就烧开了，然后我们做一顿好吃的玉米粥，你先把衣服换好吧。"

当只剩下伦佐一个人的时候，他花了很大的功夫才把贴在身上的剩下的衣服脱了下来，他擦干身子后又穿上一套干衣服。他朋友回来后就开始做玉米粥，而伦佐则满怀期待地坐在旁边等着。

"我现在开始觉得疲惫了，"伦佐说道，"我走了这么长的路，但其实那也不算什么。我经历了很多事，恐怕要花一整天才能讲完。噢，米兰城里真是惨不忍睹啊！谁都应该去看看或感受一下那种场景，那景象足以使人恶心。我敢说，淋一点小雨都不算什么了。而米兰的那些贵族们又是怎么对待我的啊！我会告诉你的。如果你能够亲眼看见传染病院的凄惨状况就好了！那真的足以使每个人都感到痛苦不堪。好了好了，我把一切都告诉你吧……还有，露琪娅在那里，不久后便会到这里来，她即将成为我的妻子，我想请你做我们婚礼的见证人。不管有没有瘟疫，我们都要高高兴兴的，至少该高兴几个小时吧。"

总之，伦佐花了一整天的时间向朋友讲述他所经历的种种。外面一直下着毛毛细雨，所以那朋友一整天都待在家里。他有时候坐在伦佐旁边，有时候又忙着修理酒桶，还做了一些别的，为酿制葡萄酒做准备，有时伦佐也跟着帮忙。正如他自己所说，他是那种闲着不做事比干活都累的人。因此，他忍不住跑到阿格尼丝的家，去看了看那窗户并欢快地用手摸了摸，但整个来回都没有被任何人发现，于是他便上床早早地睡觉了。第二天早上，他很早就起床了。尽管发现天空并没有回复往日的晴朗，但至少雨停了。于是，他立刻出发前往帕斯图罗。

伦佐比读者更加急于结束这些事情，因此他早早地来到了帕斯图罗。他向别人打听阿格尼丝的消息，得到的回复是阿格尼丝很安全，而且身体很健康。那人还把阿格尼丝所住的孤零零的一间小屋指给伦佐看。因此，伦佐向那边走去，还在街上就高呼阿格尼丝的名字。阿格尼丝听到这声音，立刻跑到窗前。她站在那儿，张开嘴好像要说些什么，抑或大叫一声，但伦佐已开口说道："露琪娅已经痊愈了，我前天看到了她，她让我向您问好，而且很快就会回来。除了这些，我还有好多事要告诉你呢。"

伦佐的出现使阿格尼丝大吃一惊，而这些消息也使她感到特别开心。她迫切地想要知道更多的消息。她刚开始惊呼了一声，接着不断问伦佐一些问题，最后却忘记了一直以来她采取的戒备措施，说道："我来为你开门。"

"等等，"伦佐说，"我猜你没有得过瘟疫吧？"

"没有，没有，你呢？"

"我已经得过了，所以你得小心一点儿。我是从米兰过来的，并且还在患有瘟疫的人群里走过，但我已经把所有衣服都换了，不过瘟疫这东西有时候就像巫术一样附在人的身上。既然迄今为止你都得到了上帝的庇佑，那么，在瘟疫结束之前，你一定要多加小心。因为你是我们的母亲，我们希望我们能够开开心心地生活在一起，以弥补我们曾遭受的那些苦难，至少我是这样想的。"

"但是……"阿格尼丝说道。

"啊！"伦佐打断道，"已经没有'但是'了，我知道你想表达什么意思，但是请听我说，已经不存在'但是'了。我们去外面某个地方谈谈吧，一个既没有危险而我们又能在那儿畅所欲言的地方，我将告诉你所有的事。”

阿格尼丝向伦佐指了指屋后的菜园子，伦佐先走了进去，发现里面有两只对着放的长凳。他坐在其中一个长凳上，稍后阿格尼丝也坐在另一个长凳上。我敢肯定，要是读者已经知晓之前所发生的事，而如今还作为第三者亲眼来目睹他们那热烈的对话，亲耳倾听他们的叙述、询问、解释、感叹、安慰和祝贺，听到有关唐罗德里戈、克里斯托福罗神甫及其他所有事情的议论，听到他们像回忆往事一样对未来清晰而又明确的描绘，我敢肯定，读者定会听得出神，以致最后一个离开。但是，要是这一对话只是用少量笔墨写一写，没有提及任何新事件，我想读者绝对不会对此感兴趣，他们宁愿自己去猜想。他们这一谈话，得出的结论便是他们一起去贝加莫地区重新建立新家，因为伦佐已在那儿有了比较好的根基了。至于说什么时候去，他们还没有决定，因为这得取决于这场瘟疫和其他情况。不过，只要危险一结束，阿格尼丝就会回家去等露琪娅，或者说露琪娅会回那儿等她。在此期间，伦佐会经常去帕斯图罗看望他的母亲，告知他可能会发生的事情。

伦佐在离开时，也准备将钱拿给阿格尼丝，他说道：“你瞧，之前你给我的这些金币，全在这儿。我曾发过誓，事情没有弄清之前，我是绝不会动这些钱的。不过，要是现在你需要用钱的话，就请去端一碗水和醋来，我将这五十枚亮闪闪的金币扔进里面。”

“不，不，”阿格尼丝说道，“我这儿的钱足够我用了，将你的钱留起来吧，待到你成家时，会很有用的。”

随后，伦佐便离开了，他欣喜自己找到了这位对他如此重要的人。而且此人身体健康，安然无恙，因此他倍感欣慰。当天接下来的时间和当晚，他都是在朋友家度过的。第二天一早，他便再次出发了，不过却是奔向另一个地方，朝着他们即将在那儿居住的小镇走去。

在那儿，伦佐找到了博尔托洛。他的身体仍然非常健康，而且不再像之前那样害怕生病了。因为近几日来，那儿的情况也迅速好转了。新患病的人少了很多，而且瘟疫已不像最初那样严重。它已不再引发那种致命的红斑，也不再有一些剧烈的症状，只剩下一些轻微的发烧，并且这些发烧还是断断续续的，同时伴随着颜色浅淡，颇像普通疖子的小斑点，这些都是可以治愈的。整个城市的面貌也有所改观。瘟疫的幸存者也开始走出家门，相互慰问，祝贺对方。人们已经开始谈论重新上班的事，幸存的雇主也开始考虑重招雇员，尤其是那些纺织部门，比如丝绸制造业，早在瘟疫之前工人便很缺乏，如今更是想大量招聘员工。伦佐没有展示出丝毫的架子，二话不说便许诺表兄说（不过，肯定是要得到阿格尼丝和露琪娅的同意才行），一旦他把家眷迁来此处，便继续重回表兄的厂里上班。与此同时，他还开始做一些必要的准备工作。他找了一间宽敞的屋子，办这事非常容易，而且开支也不大。在这屋子里，他配备了一些必要的用品。这次，他花费了自己起先保存着的金币，不过花得也并不是太多，因为市场上货物比较多，而购买者却比较少，所以价格很低。

几天后，伦佐又回到了自己的故乡，发现那儿的情形也好转了很多。接着他又立刻奔向了帕斯图罗，再次在那儿找到了健壮的阿格尼丝。此时的阿格尼丝早就做好了回家的准备，她只想尽快回家，于是他们立刻便起程了。他们一起回到了家乡，一起看到那儿的景象，其心情是何等的激动、何等的高兴，此处我们就不再予以讲述了。

阿格尼丝发现所有的东西都跟她离开时一模一样，这使她不由得感叹道，定是上天见她这个可怜的寡妇与女儿相依为命，所以才派天使来保护她家。“上一次，”她补充道，“可以这样想，上帝肯定是照顾其他人家去了，所以没有考虑到我家，忍受他人拿走了我们家那少有的财产。不过，现在他给我们展示了相反的境况，他派人从别处给我们带来了一大笔钱，使我们能够重新补办所有那些被毁坏的物品。我所有的损失都得了补偿，这也不准确，因为露琪娅那些漂亮的嫁妆和其他一些东西全被偷走了，而且还没来得及补办。不过，你瞧，现在上帝又以另一种方式解决了此事。当我正在忙碌地准备着嫁妆时，谁会来告诉我说，你认为你这是在替露琪娅办事吗？不，善良的女人！你是在为一个你根本就不认识的人置办这些，天晓得谁会穿上这件婚纱，以及其他的衣服啊。至于说露琪娅的婚纱、嫁妆，自会有一位善良的人替她置办。这个人你并不认识，你甚至也不知道世上究竟有没有她这样一个人。”

阿格尼丝首先想到的事便是在自家简陋的屋子里，赶快替这位善良的女士准备最舒服的住处，接着她又找来一些生丝，将其绕成线团，以此来消磨时光。

伦佐呢，在这漫长日子里并没有闲着，好在他精通两门手艺，于是便干起了农活。他将一部分时间用于帮助房东。在那个时代，要是能有个能干的工人听从自己的安排，那可真是太幸运了。同时，他又将另一部分时间用来经营阿格尼丝的小菜园，或者说是帮她重新开垦，因为这菜园早在阿格尼丝不在家期间就已荒废了。至于说他自己的土地，伦佐根本就没有想过。因为，他说那就像是一头蓬乱的散发，并非用两只手就可以弄好的。他甚至去也没去过那儿。同时他也并未回过家，因为家中那凄凉荒芜的景象使他很是难受，因此他决定将其全部卖掉，不管卖多少钱，再用卖来的钱为新家购置东西。

如果说这场瘟疫的幸存者彼此见面都有一种死里逃生的感觉的话，那么，对伦佐家乡的邻居来说，伦佐可以算得上死过两次了。大家都欢迎他、祝贺他，都想倾听他的故事。读者们或许会问，他被官府通缉一事现在怎么样了。这事最后不了了之了，伦佐自己也几乎都没考虑过此事，而且他觉得那些专门办理此事的人可能都已忘了此事。他这样想确实没错，这不仅是由于当时瘟疫一事阻碍了许多事，还由于在当时来说，这是一种很普遍的风气，凡是针对个人的普通法令或特殊法令，要是没有专门的权威人士出于仇恨死咬住不放，那么，它们通常便不会像最初颁布时那样有效，这一点在本故事的许多地方大家也都看得出来。这就好比滑膛枪的子弹，要是没有击中，便会安安静静地掉在地上，不会对任何人造成伤害。这也就是颁布许多法令的必然结果。由于人的活动是有限的，因此频繁地制订这些法令必然会导致其执行起来有很大的缺陷，可以说力不从心、顾此失彼。

要是谁想知道伦佐在等待露琪娅的这段时间里，同唐阿邦迪奥相处得如何的话，我只能说他们都在尽量回避对方。唐阿邦迪奥很害怕听到有关婚礼一事的种种消息，因为只要一想到那事，他便会一边想起唐罗德里戈和他的暴徒手下们，一边又想起红衣主教及红衣主教的训诫。而伦佐也决定不到最后一刻，就不将此事告诉唐阿邦迪奥，因为他不愿冒险事先引起一些不必要的麻烦，令自己不安，这事谁又说得准呢？再说那些闲言碎语不仅没用，而且还会使事情变得越来越糟。所以，即使他想闲聊，也只是去和阿格尼丝聊。“你觉得她很快便会回来了吗？”他们中某人会这样问道。“但愿吧。”另一人便会这样回答。

通常那个这样回答的人一会儿又会提出同样的问题。他们就这样用这些或者类似的闲聊来打发时间，对他们而言，似乎越到最后，时间过得越慢。

不过，我们可以简要叙述伦佐离开传染病院后的情况，以使我们的读者尽快度过这段时间。伦佐刚离开几天，露琪娅同那位善良的寡妇也离开了。她们一起住进了寡妇家，并按照检疫隔离的规定，一直待在家里，闭门不出，直到隔离四十天后。寡妇将部分时间用来准备露琪娅的嫁妆，露琪娅起初感觉不好意思，用一番客套话推辞之后，也投入了准备嫁妆这项工作中。待到隔离期满，寡妇便将自家货栈和住屋暂时交由在卫生院做事的弟弟照看，便准备同露琪娅一起出行了。我们得迅速补充说明一点，即她们离开、到达，以及到达以后还发生了一些事情，尽管我们能够理解读者想知道这些事的焦急心理。不过，我们还是得讲述一下在这段时间里所发生的三件事，其中至少有两件，我们觉得是应该向读者解释清楚的，否则读者就会责备我们太草率了。

第一件事是，当露琪娅最初向寡妇吐露心声时，由于情绪过于激动，所以讲得不是特别清晰。不过，如今她再次向其讲述自己的经历时，便清楚、具体了很多，她甚至还直言不讳地提到了蒙扎市女修道院的那位曾收留过自己的修女。随后，露琪娅从自己的寡妇朋友那儿得知了有关这位修女更多的事，找到了解开那些迷惑的钥匙，不过这也使得她心里既忧伤、害怕又十分吃惊。她得知原来那位不幸的女士，曾被怀疑做过一些骇人听闻的勾当，最后被红衣主教下令送进了米兰的一家女修道院。送去之后，她曾在那儿大吵大闹，惹是生非，过了很久才开始悔悟，坦白自己的罪行。而她如今的生活就是心甘情愿地受罚，没有任何人会遭遇到比她更残忍的惩罚，除非是要了她的性命。要是有谁想知道有关这位女士的这段凄惨的历史，那他可以去看一下我们曾引用过的有关该女人的另一部著作。

另一件事是，在传染病院，露琪娅一遇到嘉布遣会修士，便会向其打听克里斯托福罗神甫的近况。她从他们那儿得知，神甫已经死于瘟疫，听到这一消息，她并不吃惊，相反却极为悲痛。最后，在离开米兰之前，露琪娅还希望去探望下她以前的老房东唐费兰特夫妇，要是他们还活着，她还可以对其略表敬意，以表示自己的一份心意。随后，寡妇便陪同她来到了唐费兰特先生家，在那儿，她们得知这对夫妇也因患上瘟疫而去世了。对于已逝的普拉塞德，我们已没有什么想说的了；不过，至于唐费兰特先生，考虑到他是一位博学之士，所以我们的作者认为还是有必要更进一步地谈谈。现在我们就冒昧地将作者记录下的部分情况，大致抄写如下。

作者说，瘟疫一开始，唐费兰特先生是那些最坚决地对此持否定态度的人之一，一直到最后，他仍这样认为。不过，他并非像众人一样大喊大叫，说其不是瘟疫，而是有根有据。因而，这至少使得人们不能说他的论据缺乏联系性。

“在自然法则中，”唐费兰特先生常说，“只存在两种事物：实体和非实体。要是我能证明传染病既不是实体也不是非实体，那我就可以证明它根本就不存在，而只是一种妄想。现在我就来论证它。实体要么是精神上的，要么是物质上的。如果说传染病是一种精神实体，那纯属荒谬之论，没人会赞同。因此，这样来谈论它就没有必要了。物质实体又分为简单实体和混合实体两种。现在，传染病不是一种简单实体，几句话就可以论证这一点。它不是气体，因为倘若是气体，它便不会从一个人身上传到另一个人身上，而是迅速传到它自己的领域，即大气层中；它也不是水，因为如果是水，便可以将物体弄湿，再有风将其吹干；它不是火，因为它若是火，便可燃烧；它也不是土，因为若是土，便可被人们看见；它也并非是什么化合实体，因为倘若是实体，不管怎样，都可以被人们看见，或触摸到。不过，有谁看见过这种传染病呢？有谁触摸过它呢？接下来，我们还得来看一看，它是否是一种非实体。这种观点更加糟糕。那些绅士医生们说它是从一个人身上传到另一个人身上的，而这也恰是他们的论据的最关键之处，是他们开出众多无用药方的借口。现在，咱们试想一下它就是一种非实体，那它就成了一种可以传递的非实体，这两种观点本身就是相互矛盾的。在整个哲学中，没有比这更清楚、明确的了：一种非实体是不可能从一个物体传递到另一个物体上的，倘若要说它是非实体，那就好像为了躲避斯库拉，却不幸落入卡律布狄斯的魔掌。因为，倘若它确实是非实体，那么就不可能像人们所断言的会传播和扩散。既然这些原则被确立了，那我们再谈那些瘀斑、脓包以及瘤子……又有什么用呢？”

“这些纯属荒谬之论。”曾经有个人这样说道。

“不，不是，”唐费兰特先生会继续说道，“我并没有那样说过。科学就是科学，只是我们必须得学会应用它。瘀斑、脓包、瘤子、腮腺、紫色肿瘤及黑色肿胀，都是一些可敬的词语，它们有自己真实而又合理的含义，不过我想说的是，它们同这个问题根本没有一点关联。谁否认这些东西的存在？所有这一切都取决于它们的来源。”

在此处，唐费兰特先生也开始陷入困窘之地。很长一段时间以来，他一直将自己局限于宣讲反对瘟疫一事的观点中，而且发现，不管在哪儿，都会有乐意、愿意倾听他宣讲的人。因为，当一位学识渊博的学者宣讲一件大家都已确信的事实时，他享有的权威之高是不言而喻的。然而，当他想要证明那些医生的错误并不是在于他们确信这是一种可怕的流行传染病，而是在于对此病的根源的解释上（我说的是发病初期，人们不愿听到有关瘟疫的言论）时，他发现人们已不再愿意倾听他的宣讲，反而还大肆反对。这时，演说也只得结束，他只能断断续续、支离破碎地提出他的这些学说。

“毕竟还是真的存在着原因的。”他说道，“那些对此持相反观点的人，即认定传染病会从一个人的身上传到另一个人的身上的人，也不得不承认这一点……就让他们尽可能地否认土星和木星那致命的会合吧。大家是否听说过，土木二星会合的影响能够扩散？人们会否认星球的存在吗？还是说，他们想告诉我这些天体毫无意义，就像针垫上插的针一样？……不过，在此事上，我无法赞同这些医生们的观点。因为他们一方面承认我们笼罩在土木二星会合的危险下，另一方面却又迫切地告诉我们说‘不要碰这，不要碰那，这样你才安全！’仿佛只要避免与地面上的物体接触，就可以阻止天体运作的实际影响似的！他们急切地焚烧破烂的旧衣服！可怜的人呀！你们能烧掉木星、烧掉土星吗？”

可以说，由于他深信这些理论，对瘟疫不采取任何预防措施，所以最后便染上了瘟疫，卧病在床，直至死去，就像一个梅塔斯塔西奥戏剧中的英雄人物一样，还在抱怨星辰。

至于说他的那些著名图书最后沦落到了何处，或许已散落到了书贩们的书摊上了吧。

第三十八章

一天傍晚，阿格尼丝听到远处驶来的马车在门外停下的声响。“是她，准是她！”果然是露琪娅回来了，还跟着那个善良的寡妇。她们相互亲切地问候，激动的心情自不必说，读者不难想象。

第二天，伦佐很早就来了，他对露琪娅回来一事完全不知情，来这里只是想和阿格尼丝谈谈心，诉说自己的忧心，因为露琪娅迟迟未归。然而，当他看到露琪娅就站在自己面前时，他又将做出怎样的举动，说出怎样的话，也留待我们的读者去想象吧。而露琪娅见到他时的那种欢欣鼓舞劲儿也无须我多费笔墨去描述。“早上好，伦佐，你还好吗？”露琪娅低着头，镇定地说道。读者们且不要以为伦佐会觉得受了露琪娅的冷待，会快快不乐。事实上，他完全理解露琪娅这种举止的真正含义，就像人们懂得如何接受来自有教养人士的溢美之词一样，伦佐非常理解这些话背后所隐含的深意。而且，我们也轻易地察觉到，她会用两种截然不同的方式说这些话，一种只对伦佐说，而她对认识的其他人说话则是另一种语气。

“看到你真是太好了。”年轻人回答道。这虽然是句俗套话，却正好能反映他当时的心情。

“可怜的克里斯托福罗神甫……”露琪娅说道，“让我们为他的灵魂祈祷吧！几乎可以肯定，他此时也在天堂为我们祈祷。”

“唉，我担心的事还是发生了。”伦佐说。事实上，这并非是两人谈话中所提到的唯一悲伤的话题，但这又怎么样呢？不管他们谈到了什么内容，他们的心里仍然觉得十分愉悦。就像一匹倔强任性的马一样，停在某个地方迟迟不肯前进，先扬起一只马蹄，再扬起另一只，然后又原地踏步，又蹦又跳地折腾了好一阵子后，才又跨出一步，接着突然一跃而出，好似狂风一般急速前进。在伦佐眼里，时间正是如此，刚开始觉得分分秒秒犹如小时般漫长，如今却觉得几个钟头飞逝得像几分钟那样快。

寡妇的到来非但没有破坏这一家人团聚的气氛，反而使之活跃了几分。伦佐在传染病院里看到她躺在病床上的那副样子，绝没有想到她的性情是如此友善和活跃。但是传染病院和乡村、死亡与婚礼终究不能混为一谈。她和阿格尼丝很快便成了好朋友，伦佐很高兴看到她对露琪娅十分温存，还不时开开玩笑。她打趣露琪娅时显得那么温文柔雅、得体，并很有分寸地鼓励露琪娅说出自己想说的话和表达自己想要表达的感情。

终于，伦佐提出他要去找唐阿邦迪奥商量婚礼之事。

他来到唐阿邦迪奥的府邸，逗趣而又谦恭地说道：“神甫先生，上次您说您头疼，所以不能替我们主持婚礼，请问您现在头痛好了吗？现在是时候了，新娘也到了，我来是想知道您什么时候方便，不过，这一次我得恳请您能够快点主持这事儿。”

唐阿邦迪奥并没有回答说他不能替他们主持婚礼，只是又开始含糊其辞，找各种借口，用各种方式暗示说对伦佐的通缉令还未取消，何必抛头露面，还在公众场合宣扬他的名字，又说婚礼还可以在别的地方进行等。总之，尽扯些与此事毫不相干的事。

“噢，我明白了，”伦佐说道，“您的头痛病仍然没有痊愈。但您听我说，请听我说。”接着，他开始描述他曾看到的唐罗德里戈所处的悲惨境况，说他现在肯定早已不在人世了。“但愿，”他最后说道，“上帝能够宽容他。”

“这事和我们没有任何关系，”唐阿邦迪奥说道，“我说过我不同意吗？当然没有。我只是说……我这样说是有原因的。另外，您瞧，只要唐罗德里戈还有一口气……可您瞧瞧我这副模样，我是一个病人，我与其说是这世上的人，毋宁说更接近另外一个世界，但我尚在……如果不再遇上什么灾难……得了……我兴许还能在这世上多活些时日。您再想想某些人的身体状况，但我已经说了，这与我们毫无瓜葛。”

他们又继续争辩了一番，但最后毫无结果。伦佐恭敬地鞠了一躬，回到了阿格尼丝家里，并把所有经过告诉了他们，最后，他说道：“我选择回来，是因为我再也受不了他了，我怕自己失去耐性对他说出不恭敬的话。有时候我真觉得他跟上次一模一样，还是那般支支吾吾、含糊其辞，还是那一套论调。我敢说，如果我们再争辩下去，他肯定又得搬出几个拉丁词语来。我觉得这次又得拖延很久，也许我们就该像他说的那样，到我们要定居的地方去结婚。”

“我来说说我们该怎么做吧，”寡妇说道，“我想我们几个女人再去试试，看能否找到好办法说服他。而且，我也想趁此机会见识见识这个人，看他是否真像你所说的那样。为了不这么快再去打扰他，我们午饭后再去。现在，新郎先生，趁阿格尼丝正忙的时候，请陪我们出去走一走，我暂且充当一下露琪娅的母亲。这里的山山水水，我是久闻其名，真想好好欣赏一番，因为就我所看到的这几个地方，这里真是美极了。”

于是，伦佐陪她们去了自己的朋友家里，朋友很热情地招待了他们。而且，她们还让这位朋友答应，当天以及以后的每一天，只要他抽得开身，一定去她们那儿吃饭。

散完步，用罢午餐，伦佐突然一声不吭就走了，也没有说要去哪里。三个女人等了他一会儿，又一起商量好对付唐阿邦迪奥的方法，然后便出发向唐阿邦迪奥展开攻势去了。

“我敢说她们都来了。”唐阿邦迪奥暗自思忖道，但是他强装着一副愉快的表情，向露琪娅祝贺，问候了阿格尼丝，也向这个陌生人致意了一番。他请她们坐下，然后便大谈瘟疫之事。他请露琪娅说说自己在经历了那么多的苦难之后，是怎样逃过这场瘟疫的；谈到传染病院时，他又借机让那个陪伴露琪娅的寡妇又大谈了一番；然后，唐阿邦迪奥便顺理成章地谈起了自己在这场劫难中的经历；接着他再次热烈祝贺阿格尼丝平安无恙。他不停地说，但这两位年长的女人从一开始便寻找进入正题的机会，最后，其中一个（我不确定到底是哪一个）终于打破了这一局面。但你猜怎样？唐阿邦迪奥装作没有听见，他并没有回绝，只是又开始找些借口和托词，东拉西扯，始终不着正题。“看来，”他说道，“一定得撤销对伦佐的通缉令。这位夫人，您是从米兰来的，或多或少也知道解决这类事情的门道，您得找有势力的大人物出面，只要有他们罩着，凡事都会迎刃而解。当然，如果想避开这些麻烦直接举行婚礼，而且这两位年轻人，连同我们的阿格尼丝都有意移居到外地去，我也只是随便说说，因为哪儿过得好，哪儿就是家。我认为在那个地方什么事都好办，至少没有通缉令的束缚。我自己也不确定，何时才能办这件婚礼大事，但我希望它能顺利、圆满地进行。说实话，由于那个法令在这儿仍然有效，要我在圣坛上说出洛伦佐·特拉马利诺的名字，我会受到良心的谴责的。我也真心希望他们好，但我怕好心帮了倒忙。夫人，还有你们，看着办吧！”

说到这里，阿格尼丝和寡妇开始各自以自己的方式反驳唐阿邦迪奥提出来的那些理由，而唐阿邦迪奥则换了一种方式，把上述理由重复了一遍，又把谈话扯回了原先的出发点。这时，伦佐迈着坚定的脚步走了进来，脸上的表情表明他带来了什么消息。

“侯爵先生来了。”他说。

“这是什么意思？他到哪儿来了？”唐阿邦迪奥问道。

“他到了他的府邸，也就是原来唐罗德里戈的府邸，因为据说侯爵先生是唐罗德里戈的委托继承人，所以这就毋庸置疑了。对于我来说，只要听见那个人安详地死去，那我就很开心满足了。至少迄今为止，我每天都在为他念天主经，而现在我得为他念悼亡经了。那位侯爵先生是一个非常能干的人。”

“的确是这样，”唐阿邦迪奥说道，“我不止一次听说过他是一个老派作风的正人君子。敢情这些都是真的？”

“您相信圣器看管人吗？”

“什么意思？”

“因为他亲眼看见了侯爵先生，而我只是在府邸周围转了转。说实话，我是特地去那儿的，想着那儿的人肯定了解一些情况。而且，有好几个人对我都是这么说的。后来我便遇见了安布罗吉奥，他刚从那边过来，而且还看到了侯爵先生，我是说，他目睹了侯爵入主唐罗德里戈府邸。您想听听安布罗吉奥是怎样说的吗？我还特意请他在外面候着。”

“好吧，那就让他进来吧。”唐阿邦迪奥说道。于是，伦佐出去把圣器看管人请了进来。圣器看管人证实了这一切，还补充了一些别的细节，消除了所有的疑虑，然后便离开了。

“啊！他真的死了。果真离开了人世！”唐阿邦迪奥惊呼道，“我的孩子们，你们看，天意使然啊。你们可知道这是一件多么了不起的大事！对这些可怜的乡村人来说是多大的慰藉啊！因为，如果他在这儿的话，其他人根本就无法生存。这场瘟疫的确是人们苦难的根源，但它也如同一把扫帚，清除了我们自己无法摆脱的某些家伙。那些人年轻气盛，年富力强，可以说那些注定为他们主持葬礼之人还在学校做拉丁文练习呢。然而，一眨眼的工夫，他们统统都消失了。我们再也不会看见他带着凶狠的打手们到处转悠了，再也看不到他趾高气扬、目空一切的样子了——看上去活像吞下了通条似的，那瞪着别人的目光好似在说别人活在世上全是承蒙他恩赐一样。现在好了，他已经死了，而我们还活着。他再也不能派人来威胁一个正直之人了。你们也知道，他给我们每个人都带来了许多烦忧，现在我们终于可以大胆地这样说了。”

“我已经打心里宽恕了他。”伦佐说道。

“你做得对，你应该这么做，”唐阿邦迪奥回答道，“但我们也应该感谢上帝，是他让我们摆脱了那恶棍的折磨。现在我们可以再来谈论我们自己的事了，我觉得你们完全可以按照自己喜欢的方式办事。如果你们愿意让我主持婚礼，那么我愿意在此恭候；如果对你们来说，去别的地方举行婚礼更加方便，那你们就去别的地方办。至于伦佐的通缉令，我想应该没有任何人还在紧紧地追捕你了，再也没有人想要伤害你们，因此你们便不用那么不安了。更何况在小王子诞生的那一天，国王颁布了大赦令。至于这瘟疫，瘟疫！噢，瘟疫可击溃了许多东西。因此，如果你们愿意……今天是星期四……星期天我可以在教堂为你们主持婚礼。在经历了这么多事情后，上次发生的那件事不再算数了。而且，能为你们主持婚礼，我将荣幸之至。”

“您知道，我们正是为此事来找您的。”伦佐说。

“好极了，我很乐意为你们效劳，现在我得写信将此事告诉那位阁下。”

“这位阁下是谁？”

“这位阁下，”唐阿邦迪奥回答道，“就是我们的红衣主教，愿上帝保佑他。”

“噢，请原谅我说一件事儿，”阿格尼丝说道，“尽管我是一位卑微而无知的老太婆，但我可以肯定地说，您不应该这样称呼他，因为当我们第二次要和他谈话的时候，就像现在和您面谈一样，一位修士把我拉到一边，教我如何礼待这样一位绅士，说应该称呼他为最尊贵的大人，或是主教大人。”

“但现在如果他还有机会教你的话，他定会告诉你应该尊称他为阁下。你明白吗？因为教皇，愿上帝也保佑他，明令从六月起一律称红衣主教为‘阁下’。你知道为什么要作出这样的决定吗？因为‘最尊贵的’这一词原本只是对红衣主教和某些亲王的尊称，可现在，你们也看到了，它被滥用了，形形色色的人都被冠以这样的称谓，而且他们也欣然接受！而要是你们，能怎么办？一律禁止使用这个词？但如真是这样，一定会引起他们无止境的抱怨，互相憎恨和妒忌，甚至会惹出各种麻烦来，而且，他们还会一如既往地滥用这个词。因此教皇便想出了这个极好的办法。渐渐地，人们开始称呼红衣主教为‘阁下’，然后，所有的修道院院长和教堂的教长也想要被这么称呼，因为人的天性如此，总想着往高处走。最后，连教士也想……”

“还有教区神甫？”寡妇问道。

“不，不，”唐阿邦迪奥继续说道，“教区神甫一定要做牛做马，永远也不用担心教区神甫会听不习惯自己被称为‘尊敬的神甫’。如果有一天，那些习惯接受红衣主教般的待遇，听人们称他们为‘最尊贵的大人’的骑士们，也希望别人称其为‘阁下’时，我也一点不觉得惊奇。走着瞧吧，如果他们想要自己被这样称呼，就一定会有人这样称呼他们。到那时，教皇，不管谁来当教皇，又会为红衣主教找到其他的尊称。算了，还是回过头来谈谈我们自己的事吧。星期天我会在教堂为你们主持婚礼，你们知道我将怎样更好地为你们效劳吗？与此同时，我还得为另外两场婚礼申请许可。如果别的地方像我们这里一样，那么米兰办理婚礼许可的宗教事务所可有得忙了。星期天我要为一……二……三对新人主持婚礼，还没有包括你们，而且也许还会有更多的人要结婚。你们将看到，如果照这样的局势发展下去的话，以后就不会有单身男女了。佩尔佩图阿死得真不是时候，因为眼下连她也能找到一个伴侣。夫人，我想米兰的情况应该差不多吧。”

“的确是这样，您瞧，就在上个星期天，仅在我所在的教区就举行了五十场婚礼。”

“我说过，世界是不会终结的。夫人，没有狂蜂浪蝶开始围着您转吗？”

“没有，没有，我没有考虑过这事，也不想去考虑。”

“噢，是的，是的，因为您喜欢一个人生活，还有阿格尼丝，您瞧，还有阿格尼丝……”

“噢，您可真会开玩笑啊！”阿格尼丝说道。

“我的确很会开玩笑，而且，我觉得现在终于可以开开玩笑了，我们已经度过了那悲惨的日子，可不是吗，我的年轻人？我们的确经历过太多的苦难了，我们在这个世界的时日不多了，但愿我们能少些忧伤。你们可真幸运，以后没有灾祸发生，你们还有不少时间去回忆那些过往的伤心事。而我，却已经是个年迈的糟老头儿了……恶棍们可能会死掉，感染上瘟疫的病人也有可能康复，但面对衰老人们却无计可施，古人说得好：‘老年本身就是病’。”

“现在，”伦佐说道，“您可以尽情地说拉丁文了，我现在已经无所谓了。”

“到现在你都还介意我说拉丁语，是吗？好，好，那我就满足你的要求。我得用拉丁语为你们主持婚礼，那当你带着你的未婚妻走到我面前时，我就对你说‘你不喜欢拉丁语，那就请回吧’，你愿意这样吗？”

“啊，但我不是这个意思，”伦佐回答说，“在婚礼上说拉丁语我一点都不害怕，因为那是真诚、神圣的拉丁语，就像做弥撒时讲的拉丁语一样。而且，在教堂主持婚礼的神甫都必须照着书上的拉丁语念出来。我说的是在教堂以外的地方，谈话进行得好好的时候，却突然冷不防地冒出了一句令人害怕的拉丁语来。举个例子来说吧，现在我们全都在这里，过去的事情都已经过去了，而有一次您就站在这间屋子的那个角落突然说出一句拉丁文来，好像是让我明白，您不能为我们主持婚礼，还缺很多东西，您说我怎么听得懂？现在请您把那句话给我翻译一下吧！”

“住嘴，你这可恶的家伙，你给我住嘴！不要再翻老账了，如果我们现在还说这些事，那真不知道是谁欠谁呢。我已经宽恕了一切，就不要再谈这些事了。但那次的确是你们戏弄了我，我并不为此感到奇怪，因为我知道你是个彻彻底底的混蛋。可我是说这位斯文、如圣人般的纯洁姑娘，对她产生怀疑简直就是罪过，居然也参与了对我的戏弄。不过，我可清楚是谁指使她的，我清楚，一清二楚。”在说这话的时候，他把原来指着露琪娅的那只手指向了阿格尼丝。我们无法描述他是以怎样温和和客气的语气对他们指责一番的。唐罗德里戈死亡的消息使他谈兴大发，长时间以来，他从未这样轻松过。倘若我们还要描述接下来的谈话内容，那不知何时才能结束我们的故事。当他们准备离开的时候，他还不止一次地挽留客人，并继续喋喋不休。当他们走到门口时，他还让他们停留了一会儿，继续说些滑稽的事情。

第二天，我们曾提到过的侯爵先生登门造访，唐阿邦迪奥始料未及，同时又欣喜无比。这位侯爵虽然年事已高，却精神饱满，他的神态表情和人们称道的完全一致：坦率、善良、庄重、谦恭、高贵，但仍然流露出某种伤感。

“我来这儿，”他说，“是为了转达红衣主教对您的问候。”

“啊，两位多礼了，我荣幸之至！”

“我有幸成为这位盖世无双的红衣主教的朋友，当我去向他辞别的时候，他向我提起本教区的两位已经订了婚的年轻人，在唐罗德里戈的迫害之下遭受了很多磨难。红衣主教大人很想知道关于他们的消息。他们还活着吗？他们的事都解决了吗？”

“所有事都已经解决了，我正要写信告知红衣主教阁下，但既然我有幸……”

“他们在这儿吗？”

“是的，他们在，而且很快就要结为夫妻了。”

“请您告诉我，我能为他们做点什么吗？而且我该用怎样的方式为他们做事？在这次灾难中，我失去了我仅有的两个儿子和他们的母亲，原来准备好的三份较为可观的遗产因此保留了下来。在此之前，我的财产已经很宽绰了，所以，您瞧，如果能够给我提供一个像现在这样的机会，略表我的心意，那可真是帮了我一个大忙。”

“愿上帝保佑您！为什么并不是所有的老爷……都像您这样呢？好吧，我代替我的孩子们由衷地感谢您。既然最尊敬的大人您不嫌弃我，我倒可以替您出个主意，或许您会喜欢。那么，请允许我告诉您，这几位善良的人儿决定搬迁到另一个地方，所以他们便想将此处家中的少量家产给变卖了，我听说那位年轻人有个十来平方米的葡萄园，要是我没弄错的话，那葡萄园现已完全荒芜了。此外，他和他的未婚妻都各有一处房屋，您瞧，那两座房子简陋得像老鼠窝一样。像大人您这样高贵的人士肯定不会知道穷人们想要变卖掉它们该有多难。这些家产最后总是会落入某些无赖手中，这些无赖早就看上了他们这块地。不过，当他们得知地的主人想将其卖掉时，却又退缩回去，假装对此毫无兴趣，以此来迫使主人低价售给他们。他们现在的情形就是如此。尊敬的大人您，可能也已听出我说这些话有何用意。最尊敬的大人您能够给予他们最好的帮忙便是买下他们这些房屋和土地，从而使其摆脱这一困境。说老实话，我这样说也同样顾及到自己的利益，因为我希望此事若能办成的话，那我的教区便会多一位像侯爵大人您这样的业主。不过，此事最终还是得由大人您来做主，我只是遵照您的吩咐，冒昧谈点自己的看法。”

侯爵大人对此建议很是满意，大加赞赏了一番，并向唐阿邦迪奥道了谢，请他仲裁定价，并把价格尽量定得高点。而后，侯爵大人还提出了一个令唐阿邦迪奥特别惊奇的建议，他请神甫马上随他一起去露琪娅家里，还说，说不定会在那儿遇见伦佐。

一路上，唐阿邦迪奥欢天喜地的心情大家不难想象。他想起了另一件事情，于是说道：“既然最尊敬的大人您很乐意帮助这些可怜的人儿，那还有一事或许您能帮得上忙。两年前，在米兰发生骚乱的那天，那位年轻人曾犯过一点小错，不过他是不小心牵涉其中的，根本没有丝毫的恶意，只是年轻无知，就像老鼠钻进鼠夹一样掉进了陷阱，所以官方下了通缉令要追捕他。不过，我可以向您保证，他所犯之事真的不严重，只是一些年轻人的莽撞和过失行为，而且他也没那本事作恶，这一点我可以向您明说，因为他生下来以后是我为他洗礼的，而且我还看着他长大。此外，要是大人您愿意亲耳听听这些可怜人说的话，那您不妨让他亲自给您叙述一番自己的遭遇，听完后您便会明白的。

现在，也没人再翻出这些旧账来找他的麻烦了，何况，就像我给您说的那样，他已经准备离开此地，到别处去安家。不过，之后某个时候，他或许还会回来，又或许还会去别的什么地方，这谁都说不清。我想您也会赞同我的看法，即总是不要让他记录在案的好。侯爵大人您在米兰是位举足轻重的人物，是声名显赫的贵族……不，不，请允许我继续说下去，这是老实话。只要您关照一下，或者是您开口说句话，轻而易举地就能使他得到赦免了。”

“现在没有什么权威人士指控他吧？”

“没有，没有！我相信已没有人再追究了。通缉令刚下来的时候，他们确实是闹腾了一阵子，不过现在我想只是一纸空文罢了。”

“果真如此的话，这事就好办多了，我愿意出手帮忙。”

“尽管您不愿意别人称您为大人物，不过，我还是要这么称呼您，并且以后也会一直这么称呼您。不管您是否愿意，我也要这么叫您，纵然让我闭上嘴，这也毫无益处，因为大家都那么叫您，民声即天声。”

正如侯爵和唐阿邦迪奥神甫所期待的那样，他们果然找到了伦佐和那三个女人。几人欣喜若狂的情景就留给读者自己去想象吧。不过，我想那粗糙裸露的墙壁、窗户、桌子及厨房器皿也会因为有幸接待一位如此高贵的客人而惊讶不已。侯爵首先谈起红衣主教和其他事情，态度非常诚恳，同时又格外恭敬，接着他又谈了谈自己此番来访的用意，即购买房屋。随后，他便请唐阿邦迪奥出面给他要购买的房屋定个价。唐阿邦迪奥随即走上前来，说了一番客套话，说自己不是这方面的行家，不过出于对侯爵的尊敬，只好试着估个价，说了一个他自认为比较高的价格。买主当即表示非常满意，不过他仿佛没有听清神甫所说的话似的，在重复价格时，竟说了超过其一倍的价格，他不想让对方重新纠正价格，于是便邀请伦佐他们在婚礼的第二天到他的府邸去进餐，届时签订有关契约的事宜，以此结束了谈话。

“啊，”唐阿邦迪奥回家后，暗自思忖道，“要是每一次瘟疫，不管发生在哪里，都能以此结局来收场的话，那么，咒骂瘟疫倒成为了一种罪过，所以，不妨让每一代人都遇上一次这样的瘟疫，但条件是人们要联合起来医好疾病。”

结婚许可证批下来了，特赦令也收到了，婚礼这大喜的日子也终于来临了。新郎新娘怀着胜利的喜悦和信心走向了教堂，唐阿邦迪奥亲自宣布他们结为夫妻。另一件更具有特殊的、凯旋意义的事，便是次日去昔日唐罗德里戈的府邸做客。当他们爬上那斜坡，进入那门槛时，脑中存何感想，他们依据自己的性情会说些什么话，我就都留给读者们自己去揣测吧。我只想说明一点，那就是在众人欢愉之时，大家不止一次地谈到，倘若可怜的克里斯托福罗神甫也在场的话，这喜庆的聚会就圆满了。“不过，”大家补充道，“在天国的他现在一定比我们大家都还要幸福。”

侯爵热情地接待了他们，随后便将他们引入一个漂亮的餐厅，让伦佐夫妇、阿格尼丝及他们米兰的朋友一起入席，而他自己则同唐阿邦迪奥一块去了别处用餐。不过，在那之前，侯爵留下来同客人们待了一会儿，甚至还亲自招待他们。我希望，没有人会想到说，大家何不围坐一桌，同进晚餐，这样更简单方便。我向诸位介绍侯爵时曾说过，他是一位杰出人士，这并非是说他就像今天大家所说的那样是一个具有开创精神的人；我也说过他很谦虚，不过并没有说，他谦虚得有点过了。正是因为他谦虚，所以他才将这些善良的人视为贵客，不过还没法使他做到与他们平起平坐。

两处用餐完毕，一位律师起草了一份合约，不过这位律师并不是那位“吹毛求疵”博士。他的遗骸现在仍被安置在坎特莱利。我觉得对于那些不在这一带的人，有必要对此地略作介绍。

莱科以北约半英里，与另一个名叫卡斯泰诺的小镇毗邻的地方便是坎泰莱利，有两条路在这里交叉。在路口的一旁，有一个山冈，像是人工建的小丘，丘顶立着一个十字架。这里便是许多死于瘟疫的人的安葬之处。传说只是笼统地称这些人都死于那次瘟疫，这也倒属实，不过这一定指的是最近的这次瘟疫，因为它是人们记忆中最具破坏性的一次瘟疫。我们知道，倘若没有人对此加以解释，传说的事便会显得过于简略。

他们回来的途中一切顺利，只是伦佐带着变卖家产所得的金币太重了，所以走起路来不是很方便。不过，诸位读者都知道，他经历过比这还要艰辛得多的事情。我现在暂时不说此时他如何费劲脑汁思考着该怎样最合理地利用这些资金。如果能看到他头脑中闪现的不同计划、反复的斟酌及各种设想，听到他心里的关于务农还是从商的利与弊的争论，就会觉得这仿佛是上个世纪两大学派碰在一起展开的论战一般。对于伦佐来说，此事确实很为难、很困惑。因为他只是孤军奋战，不可能有人对他说："何必需要作出选择呢？干脆在恰到的时机两者皆干，反正它们在本质上也是一样的，而且这就好比人的两条腿，用双腿走路总比一条腿走路好得多。"

他们现在没顾得上作何盘算，只想着收拾好行李，早点起程。伦佐一家将前往他们新的住所，而寡妇则前往米兰。临别时，大家泪流满面，相互感谢，并且许诺说今后会互相拜访。伦佐及家人在同自己那好客的朋友告别时，尽管没有热泪满面，不过也离情依依。至于和唐阿邦迪奥的告别，诸位也切莫以为是冷冰冰的。

这三个可怜的人儿对他们的神甫唐阿邦迪奥始终怀有某种敬重之情，而唐阿邦迪奥内心深处其实也一直希望他们安好，这种种心理使得每个人的离情别绪更加五味杂陈。

或许有人会问，他们在告别自己的家乡和这里的青山绿水时，难道就不感觉到悲伤吗？对于这一问题，回答自然是肯定的，因为我敢说，他们或多或少都带着惆怅。不过，这种惆怅并不是特别的强烈，因为那两大障碍即唐罗德里戈和官府对伦佐的通缉令，都已经不复存在了，要是他们愿意，他们大可以继续留在故乡。不过，最近一段时间以来，他们三人早已习惯于把他们即将要去的城镇看作自己的家乡。伦佐总是对露琪娅和阿格尼丝说，手艺人在那儿有多受重视，在那儿生活有多少好处，使得两个女人对那儿颇有好感。此外，在他们即将告别的家乡，他们都经历过不堪回首的凄苦时日，那些悲惨的记忆总是使他们对那儿的感情一点点地变质。倘若我们也出生在那里，或许当我们追忆家乡的时候会更觉辛酸悲痛。我们的作者在手稿中写到，即使是婴儿，也更喜欢躺在奶娘的怀里，自信而又贪婪地搜寻那总是温柔地哺育他的乳房，不过，要是奶娘为了给他断奶，在奶头上涂上苦艾汁，婴儿便会缩回小嘴，然后再去尝试。不过，他最终还是会扭过头去，尽管是哭着离开，但已不再眷恋奶妈的怀抱了。

他们来到新的地方，刚安顿好一切，不料伦佐又遇到了烦心事。不知读者们读到此处会怎么想。为他感到同情吗？尽管这只是一些鸡毛蒜皮的小事，不过仍足以破坏原本快乐的心境。那就简要地交代一下此事吧。

早在露琪娅到达这个小镇之前，那里便有人对她议论纷纷了。人们得知伦佐为了她受了很多苦，而且对她还是矢志不渝。或许是由于伦佐的某个朋友在谈到露琪娅和其他一些事时，说了一些言过其实的话，所以引发了大家的好奇心，使得他们都想见见这位年轻的女孩，料想着会看到一位如花似玉的姑娘。

大家都知道期盼究竟是怎么一回事，它起初是一种虚幻、轻信和自信的感觉，后来，当他们发现结果并非所料时，便会大失所望、不屑一顾。其实他们永远都不可能找到能使其满足的东西，因为事实上，他们根本就不知道自己究竟想要什么，结果，他们便会毫不留情地贬损那些他们之前大肆崇拜的事物。

先前，许多人以为露琪娅一定有着一头金色的秀发，玫瑰般娇羞的面容，以及一双明眸善睐般的眼睛。可是，待到她一出现，见到她本人，人们便开始耸耸肩，嗤之以鼻地说道："这就是她？期待了那么久，谈论了那么多，还以为是个美人胚子，没想到她却是这副模样。唉，她不就是一个普通的农家女吗？跟其他农家女毫无区别。而且呀，像她这样的容貌和比她漂亮的女孩多了去了。"随后，人们便开始对她品头论足，有人说她这儿有缺陷，还有人说她那儿有缺陷，甚至有人干脆说她十足一个丑姑娘。

不过，没有人会当着伦佐的面谈这些事，所以最初一段时间，也并未出什么乱子。真正惹出事端、扩大裂痕的是那些后来把这些议论告诉伦佐的人。伦佐知晓后，除了深受刺激，还能怎样？他开始反复思考这些言论，对那些将这些议论告诉他的人大发牢骚，同时心里还暗暗说："这同你们有什么关系？谁让你们期待了？我同你们说起过她的相貌吗？我有向你们说过她漂亮吗？当你们问起我她是否漂亮时，我除了说过她是一位善良的女孩外，还说过别的吗？她是一位农家女子！我何时说过我会带来一位公主？你们不喜欢她？那别看她不就行了。你们这儿比她漂亮的女人多的是，那你们尽管去看她们好了。”

瞧，有时一件十分细小的事都足以决定一个人一生的状况。伦佐原本打算在此地成家立业，生活一辈子，不过，要是真这样的话，他以后的日子也就不会那么好过了。由于人人惹他不高兴，所以他现在也变得令人生厌了。他待每个人都不好，因为每个人都可能说过露琪娅的坏话。但这并不是说他就不讲礼貌了，要知道，在不违背公认的礼节的前提下，也可以巧妙地做很多事以发泄一个人的怒气。现在，他的一举一动都透露出对别人的讽刺挖苦，同时他对每件事都要借机抨击，要是连续两天遇上不好的天气，他便会立即说道：“唉，什么破地方！”总之，可以说，有不少人，甚至包括起初还对他很有好感的人，如今对他都只是在尽力忍受着。随着时间的推移，由于这种或那种缘故，他几乎和全镇的人成了冤家对头，或许连他自己也闹不明白造成如今这样糟糕的局面的最初原因，或者说根源是什么。

但也不妨这么说，瘟疫似乎想要努力弥补伦佐的种种错误。另一家丝绸织造厂的老板因为染上瘟疫而去世了，他的那间丝绸织造厂几乎就位于贝加莫城门口。继承这家丝绸厂的是一位放荡的年轻人，他发觉在工厂里找不到任何乐趣，于是便打算或者说急于想将丝绸厂卖掉，即使是半价也行。不过，他要求当面支付现金，这样的话，他就可以立即拿去挥霍了。这一消息传到了博尔托洛的耳中，他立即跑去察看了厂子，在经过一番讨价还价之后，终于谈成了这笔相当有利可图的交易。可是要立即支付现钱这一条件使得他所做的这一切都白费了，因为他省吃俭用积攒下来的钱远远不够支付这笔金额。因此，他同对方初步达成协议后，便急急忙忙地回来了，将此事告诉了表弟伦佐，打算拉他入伙。如此诱人的提议使原本举棋不定的伦佐打消了所有的疑虑，他决定马上投资办厂，于是便答应了表兄的提议。接着，他们俩便一同前去，签订了契约。厂子的新主人安顿下来，那里的人没有谁对露琪娅有所期盼，所以他们不仅没有对露琪娅指手画脚，而且还对她很有好感。伦佐听到不止一人说过："你们看见了那位刚到这里的漂亮的乡下女子了吗？"有了前面的形容词，自不必理会后面的那个名词了。

伦佐在先前的那个地方遇到的不愉快，也给他留下了有益的教训。在此以前，他自己也常常轻率地对别人的妻子品头论足，对别人的东西说三道四。如今，他明白了"说者无心，听者有意"这句话的含义，所以，渐渐地，他养成了说话之前先斟酌考虑这一习惯。

不过，读者也别以为，到了新地方就真的不会再有任何烦恼了。人啊，我们的作者写道（读者凭经验也已知晓，他特别喜欢用比喻，这次大家就再容忍一下，因为这很有可能是最后一次了）："人啊，只要仍然活在这个世上，就犹如是一个躺在不怎么舒服的床上的病人一样，看见周围其他的床铺得整洁、平整、舒坦，于是便幻想着那些床啊，肯定舒服得不得了，心里也就很想换一张床睡睡。但是，待他换到另一张床上，刚一躺下，就会觉得这儿有个尖尖的东西在扎他，那儿有一个硬块让他感觉不舒服，总之，仿佛他又回到了先前的那张床一样。"我们的作者由此得出结论，我们应当更多地想着如何行善，而不是去追求安逸，这样才会过得更好。这一比喻，尽管有点牵强，有点十七世纪的风格，不过，大体上还是很有道理的。不过，作者又继续说道，我们两位善良的朋友，即故事的男女主人公，从此再不会有类似我们之前讲述过的那些悲伤和麻烦事了，他们过着最平静、快乐和令人羡慕的生活，所以，要是我再这样继续叙述下去，会使读者厌烦至极的。丝绸织造厂发展得很顺利。起初，由于工人短缺，加之留下来的工人工作又不积极，要求又高，所以工厂发展起来有点困难。不过，后来政府颁布了一些法令，限制了工人的工资，在这一法令的帮助下，生产走上了正轨，工厂的业务也得到了发展，因为不管怎么说，业务都还是要发展的。随后，威尼斯又颁布了另一项更加明智的法令，凡是移居到威尼斯共和国的外乡人，均被免除了十年的动产和不动产税。这对我们的主人公而言，又是一大福音。

伦佐夫妇结婚不到一年，一个漂亮的小孩子降临人世，这似乎是上天特意给伦佐的一个机会，让他履行之前许下的崇高的承诺。降生的是个女孩，自然取名为玛利亚。后来，又陆陆续续生了好几个孩子，有男有女。阿格尼丝带着这些小家伙跑来跑去，忙得不亦乐乎，她称那些小家伙为小调皮鬼，她亲吻他们，在他们的小脸蛋上留下白色的印记，那些印记要过好一会儿才消退。这些小家伙们全都养成了良好的习惯，伦佐希望他们都学会读书写字，还说既然这种娱乐活动如此流行，那孩子们至少也得好好利用呀。

最有趣的事要数听伦佐讲述他自己的冒险经历了。每次讲到末尾时，他都会列举一些他学到的大道理，说这些道理有助于他将来更好地克身律己。“我学会了，”伦佐说，“不要卷入骚乱；我学会了，不要在大街上发表演讲；我学会了，不要起贪念；我学会了，当周围有头脑发热的人时，不要紧握别人家的门环；我学会了，在考虑到可能产生的后果之前，不要将铃铛拴在自己的脚上。”他还提到了种种其他道理。

露琪娅并未觉得伦佐所说的一番大道理有什么不当之处，不过，她还是对此不甚满意，总隐约感觉缺少了点什么。每次她听到伦佐将之前的大道理说了一遍又一遍，不免都会思索一番。“那我呢，”有一天，她问这位说教者，“我该悟出点什么道理呢？我并没有自找麻烦，是麻烦自己找上我的。你怎么不说，”她甜甜地笑着补充道，“我错就错在爱上了你，并许下承诺委身于你。”

听罢，伦佐起初颇感困惑，后来，在经过很长一段时间的讨论和探究之后，他们得出了结论：是我们自己给了麻烦可乘之机，不过，谨小慎微和洁身自好也不足以使我们免受其侵犯。麻烦一旦到来，不论是不是我们的过错，笃信上帝才能减轻它们的危害，并将其引上使我们的生活变得更加美好的方向上来。尽管这个结论是由这对卑微的夫妇总结出来的，但是它的确很有道理，所以，我们决定将它写在此处，作为整个故事的真谛。

倘若这个故事给诸位带去一丝乐趣的话，那就请你们好好感谢一下我们的作者吧，同时，从某种程度上来讲，也请你们对故事的修订者略表敬意。相反，倘若我们的故事令诸位感到厌烦的话，也请相信，这并非是我们的本意。